STEFANIE
GERSTENBERGER

PINIEN-
SOMMER

STEFANIE
GERSTENBERGER

PINIEN-
SOMMER

ROMAN

DIANA

Quellennachweis zum Gedicht *La Guitarra* von Federico García Lorca auf Seite 5:
Die italienische Übersetzung von Carlo Bo, *La Chitarra,* stammt aus:
Federico García Lorca, *Tutte le poesie.* © 2001 Garzanti Libri s.p.a.
Die deutsche Übersetzung von Gustav Siebenmann, *Die Gitarre,* stammt aus:
Federico García Lorca, *Poemas/Gedichte.* Hrsg. Gustav Siebenmann.
© 2007 Philipp Reclam jun. Verlag GmbH

Der Verlag weist ausdrücklich darauf hin, dass im Text enthaltene externe Links vom Verlag nur bis zum Zeitpunkt der Buchveröffentlichung eingesehen werden konnten. Auf spätere Veränderungen hat der Verlag keinerlei Einfluss. Eine Haftung des Verlags ist daher ausgeschlossen.

Von Stefanie Gerstenberger sind im Diana Verlag erschienen:
Das Limonenhaus – Magdalenas Garten – Oleanderregen – Orangenmond – Das Sternenboot –Piniensommer

MIX
Papier aus verantwortungsvollen Quellen
FSC® C014496
FSC www.fsc.org

Verlagsgruppe Random House FSC® N001967

in der Verlagsgruppe Random House GmbH,
Neumarkter Straße 28, 81673 München
Dieses Werk wurde vermittelt durch die Literarische Agentur
Thomas Schlück GmbH, 30827 Garbsen
Redaktion: Angelika Lieke
Umschlaggestaltung: t.mutzenbach design, München
Umschlagmotive: © Marta Teron, GooDween123,
S_Photo, kak2s/Shutterstock
Autorenfoto: © Marion Koell
Satz: Leingärtner, Nabburg
Druck und Bindung: GGP Media GmbH, Pößneck
Printed in Germany

ISBN 978-3-453-29161-4

www.diana-verlag.de
Besuchen Sie uns auch auf www.herzenszeilen.de
Dieses Buch ist auch als E-Book lieferbar.

La Chitarra

Incomincia il pianto
della chitarra.

Si spezzano le coppe
dell'alba.

Incomincia il pianto della
chitarra.

È inutile
farla tacere.

È impossibile
farla tacere.

Piange monotona
come piange l'acqua,
come piange il vento
sulla montagna.

È impossibile
farla tacere.

Piange per cose
lontane.

Die Gitarre

Es beginnt das Klagelied
der Gitarre.

Es splittern die Gläser
des Morgengrauens.

Es beginnt das Klagelied
der Gitarre.

Nichts hilft,
dass sie schweige.

Unmöglich,
dass sie schweigt.

Sie weint monoton,
wie das Wasser weint,
wie der Wind weint
über dem Schneefeld.

Unmöglich,
dass sie schweigt.

Sie weint um Dinge,
die weit weg.

Federico García Lorca

1. Kapitel

Sie hatten sie verstoßen. Verstoßen. Wie im Märchen.

Leise lief sie über den verlassenen Flur der Villa. Von den Wänden wellten sich die Tapeten herab. Zwei verrostete Deckenstützen blockierten den Weg.

Die Marchesa hatte ihr drittgeborenes Mädchen in die Arme der behinderten Schwester gedrückt und diese aus der Villa geschickt. Der Vater hatte das Mädchen nicht zurückgeholt.

Doch nun, Jahre später, war sie wieder hier und spürte, wie der zermahlene Tuffstein unter ihren Füßen knirschte. Es roch nach Staub und Mäusen. Gleich würde sie ihr Ziel erreicht haben, aber vorher ging es noch an dem klaffenden Türspalt vorbei. Vorher musste sie über Steine und Zementbrocken steigen und den Blick auf die vom Schutt verwüstete Hauskapelle ertragen.

Der junge Mann schien den abgewandten Blick des Mädchens bemerkt zu haben, denn nun tat er etwas, was er noch nie zuvor getan hatte: Er machte einen Schritt über das Geröll, kickte ein paar von den Gesteinsbrocken in den Raum hinein und zog an der Türklinke. Die Tür wehrte sich, schrappte knirschend über den Boden, doch der Blick auf die Kapelle verschwand. Nur mit viel Mühe konnte man sie noch durch einen winzigen Spalt erahnen.

Stella lächelte. Nicola kannte sie so gut! Was für ein Glück, mit ihm zusammen zu sein!

Glück verhießen auch die zwei Treppen, die sie nun emporstiegen, Glück war eine hohe Flügeltür, die von Nicola in diesem Moment aufgestoßen und behutsam wieder geschlossen wurde, sobald sie hindurchgegangen war. Glück war ein Versteck, das so offensichtlich war, dass keiner sie dort suchte, und auch eine zusammengerollte Matratze in einem antiken Schrank, der einsam in der Ecke des leeren Raums stand.

Sie keuchten leise, ihre Fäuste krallten sich in den braun-weiß gestreiften Stoff, bis sie die schwere Last über dem eisernen Bettgestell loslassen konnten. Stella holte das Laken, das sie am Morgen aus dem Wäscheschrank entwendet hatte; für einen kurzen Moment flatterte es über der Matratze in der Luft, bis es sich schließlich auf das Lager senkte. Endlich allein!

Langsam, als ob die Hitze ihr Blut plötzlich in süßen roten Sirup verwandelt hätte, in den man die Äpfel an den Straßenständen tauchte, hoben sie die Hände. Ihre Gesichter näherten sich einander. Stella schlang ihre Arme um Nico. Er strich über ihre Haare, ihre Wangen. Sie sog seinen Duft ein, den köstlichsten Duft der Welt. Männlich, nach warmer Erde, Salz und einem Hauch zerriebener Minze. Langsam näherten sich ihre Münder, trafen sich ihre Lippen. Sie küssten und liebten sich voller Hingabe und dann gleich noch einmal. Erschöpft lagen sie schließlich nebeneinander, und Stella spürte, wie der leichte Schweißfilm auf ihrer Haut in der Luft trocknete. Nur das allerwinzigste Stückchen Haut ihres kleinen Fingers berührte den seinen und verband sie miteinander. Für immer.

»*Amore.*«

»*Sì.*«

»Ich muss dir etwas Wichtiges sagen.«

»Was denn?« Nicos Stimme klang alarmiert.

»Da oben ist ein neuer Riss in der Decke.«

»Wo?«

»Dort oben in den Fresken. Siehst du das nicht?«

»Mein Gott, Stella … ich hab wirklich ’nen Schreck bekommen. Wo schaust du denn hin? Hast du das etwa schon bemerkt, während wir …?« Nico fing an zu lachen. »Mach dir keine Sorgen.« Er griff nach ihrer Hand und drehte unbewusst an dem Verlobungsring, der daran steckte.

»Der Riss ist riesig! Und neulich war er noch nicht da.«

»Ich sehe da oben nur das hellblaue Meer, die Fische und die Seeschlangen. Ich weiß schon, warum du wolltest, dass wir uns hier treffen. Es sind die schönsten Fresken, und damit ist es auch das schönste Zimmer der Villa.«

»Nö. Eigentlich nur, weil hier das alte Bettgestell steht …« Sie kicherte und schmiegte sich an ihn.

Nico ließ ihre Hand los und stützte sich auf einen Ellbogen: »Schau nicht auf den Riss, schau lieber *mich* an!«

»Ach, Nico. Irgendwann kommt das alles runter. Stell dir nur vor, wir werden von den Brocken erschlagen. Und man findet uns dann so!« Stella legte die Stirn in Falten.

»Wie jetzt gerade?« Nico lachte und küsste sie zärtlich auf den Mund. »Dann nennt man uns Romeo und Giulia und legt uns in ein gemeinsames Grab.«

»Sollten wir nicht vielleicht einen Statiker holen?«

»Frag mich!«

»Na klar, Herr Architekt.«

»Ich sage dir, das hält noch ewig.«

»Du siehst ja, was mit der Hauskapelle unter uns passiert ist.«

»Wann war das eigentlich genau?«

»Am Tag vor meiner Taufe, sagt Maria.« Wieder legte sich die Schwermut über sie, die unauflöslich mit ihrer Geburt in der Villa verbunden war.

»Madame! Was brauchen Sie eine Hauskapelle, wenn Sie Nicola Messina in den Armen halten können?«

Stella seufzte und sah heimlich auf ihre winzige Armbanduhr. Nie ist er ernst, sagte eine Stimme in ihrem Kopf. Aber gerade das magst du doch so an ihm, antwortete eine andere Stimme. Er bringt dich zum Lachen, wenn du dir mal wieder Sorgen machst. Und er bringt dich zum Strahlen, wenn ihr endlich mal alleine seid. Durch das Fenster konnte Stella die Zweige des hohen Pinienbaums sehen, der schon Jahrzehnte vor ihrer Geburt dort gestanden hatte. Als die Villa noch Reichtum und Überfluss beherbergte.

»Ich liebe dich. Habe ich dir das eigentlich schon einmal gesagt?« Er bohrte seinen wuscheligen Kopf in ihre Achselhöhle wie ein übermütiger junger Hund.

Sie lächelte, aber das konnte er nicht sehen: »Dass du mich liebst? Nein. Noch nie. Aber du wirst schon sehen, was du davon hast.« Sie schwang sich hoch, setzte sich auf ihn und nahm seine Handgelenke, als ob sie ihn am Weglaufen hindern wollte. »Wir haben noch eine halbe Stunde.«

»He, Stella! Wo biste denn?«

»Hörst du mich, mein Mädchen?«

»Also, was meinst du nun dazu, Stella?«

Aus allen Ecken der Villa rief man sie, die Stimmen überlagerten sich und drangen zu ihr in den grünen Salon. Muss denn immer *ich* alles machen? Stella legte ihre Stirn auf das aufgeschlagene Mathematikbuch, hob sie aber sofort wieder an, denn nun betrat der Marchese den Raum.

»Ach, hier sitzt du. So früh am Morgen schon über den Büchern? Nun ja, weißt du, es ist nämlich so … Ich musste gerade noch einmal über diese Statue im Garten nachdenken, und da ging mir die Frage durch den Kopf: Wer hat sie eigentlich umgestoßen? War es tatsächlich nur der Wind? Und wie kann das sein, dass ihr Kopf dabei abspringt und dann wegrollt und unauffindbar bleibt? So ein Kopf löst sich doch nicht in Luft auf …«

»Es tut mir leid, aber ich weiß es nicht«, unterbrach Stella den ungewohnten Redefluss ihres Vaters und zog die Schultern noch ein wenig höher. Sie hatten sich diese Fragen schon hundertmal gestellt.

»Ach so? Nun ja. Ich dachte nur …« Der Marchese knotete den Gürtel seines Hausmantels fester. »Vielleicht brauchen wir jemanden, der nach dem Rechten schaut. Als ich ein kleiner Junge war, hatten wir einen Portier, der Besucher mit einer Glocke ankündigte. Einmal bei einem einzelnen Herrn, zweimal für ein Ehepaar oder eine Dame, dreimal für Familienmitglieder, und wer war es doch noch, wenn er die Glocke viermal läutete? Ach, ich erinnere mich nicht …«

Stella stieß die Luft aus. Einen Portier? Wenn wir Geld hätten, lieber Vater, wenn wir Geld hätten, gerne auch einen Portier, dachte sie. Kann ich jetzt bitte in Ruhe einen letzten Blick auf meine Gleichungen werfen? Wie soll ich heute sonst die letzte Mathearbeit vor der Abschlussprüfung schreiben? In diesem Moment zog der Marchese etwas aus einer der Taschen seines goldschimmernden Rocks. »Und dann wäre da noch etwas. Es ist nämlich so … Der Brief traf gestern hier ein. Lies du ihn. Das bedeutet bestimmt nichts Gutes!« Er legte den Umschlag vor Stella auf den zierlichen Schreibtisch, tätschelte ihr unbeholfen und etwas zu heftig die Schulter und schlurfte dann in seinen Hauspantoffeln davon.

»Kloster der heiligen Samariterinnen vom Kreuz Christi«, las Stella auf dem Absender. »O Gott, wenn die beiden dort auch wieder rausgeschmissen werden, haben wir fast alle Klöster auf dem Festland durch.«

In diesem Moment kam Lolò durch die andere Türöffnung des *salotto* herein. »Hab dich schon gesucht, Schwesterchen. Warum antwortest du nich, wenn ich dich rufe?«

Stella steckte den Brief zwischen die Seiten des Mathebuches. Ihr Blick fiel auf die Oberarme ihres Cousins, deren Muskeln sich unter der schon jetzt im Frühjahr tiefbraunen Haut wölbten, und wanderte dann zu seinen derben Händen. »Hier, kriegst auch ’n Pfefferminz.« Er hielt ihr eine Packung *Mentinas* hin, die er Tag und Nacht lutschte. Hellblaue *Mentina*-Papierchen säumten seinen Weg wie die Kieselsteine bei Hänsel und Gretel.

Erst jetzt sah sie in seine kugelrunden dunklen Seerobbenaugen und auf seinen zu einem Grinsen verzogenen Mund. Ihr Cousin wusste nur zu gut, wie schwer sie ihm etwas abschlagen konnte.

»Lass dir von Maria etwas geben.«

»Die hat mich zu dir geschickt.«

»Mensch, Lolò! Warum hast du eigentlich nie Geld? Du bist doch zwei Wochen lang mit Alberto in Portovecchio beim Schiffsbau gewesen. Alberto gibt alles bei Assunta ab …«

»Na, die ist ja mit dem auch verheiratet«, warf Lolò ein.

»… und du? Liegst deiner Mutter auf der Tasche.«

»Und seine Wäsche lässt er mir da, und er futtert für drei …«, rief Assunta, während sie mit schaukelnden Hüften zu ihnen stieß. »Oh, sei ein Schatz, Stellina, und hilf mir doch mal mit dem Schuh!«

Stella seufzte und legte den Bleistift zur Seite. Lolò war natürlich in den benachbarten Salon geflohen und von dort aus abgehauen, sobald er den Hinkeschritt seiner Mutter hatte kommen hören. Sie stand auf und kniete sich vor Assunta hin, die im letzten Jahr so füllig geworden war, dass ihr das Bücken schwerfiel.

»Was koche ich denn für heute Abend?«, fragte die Tante auf sie hinab.

Natürlich, auch für den Speiseplan bin ich zuständig, dachte Stella und ging im Geiste den Inhalt des Kühlschranks und der Vorratskammer durch. »Haben wir nicht noch das *sugo* von Pupetta im Kühlschrank?« Sie klappte die Schnallen um und klemmte den hohen Spezialschuh damit an Assuntas verkümmertem Fuß fest. Assunta war es, die sie als Säugling in die Arme geschlossen und mit ihr aus der Villa gehinkt war. Die sie wie eine Tochter geliebt und aufgezogen hatte. Stella konnte sich noch gut daran erinnern, wie wundervoll geborgen sie sich in dem Bett zwischen Assunta und dem drei Jahre nach ihrer Ankunft geborenen Lolò gefühlt hatte. Das kleine Mädchen hatte immer darauf gewartet, einen Blick auf das geheimnisvolle weiße, an ein dünnes Stöckchen erinnernde verdrehte Bein zu erhaschen. Das Puppenbein. Manchmal, wenn Assunta schlief, hatte sie es aufgedeckt, lange betrachtet und vorsichtig berührt.

»Wenn wir heute Abend zu den Feuern von San Giuseppe gehen, essen wir ja auch noch etwas an den Ständen.«

»Oh, wie herrlich! All das Zuckerzeug!« Assunta klopfte sich auf ihren vorstehenden Bauch, der unter dem klein geblümten Hauskleid bebte.

»Eben. Da wird das *sugo* vorher schon noch reichen. Mach frische *tagliatelle* dazu, die kannst du besser als Pupetta.«

»Ach, ich liebe es, wenn wir mit der ganzen Familie unterwegs sind.«

Stella antwortete nicht. Sie musste sich unbedingt irgendetwas ausdenken, um zu Hause bleiben und lernen zu können.

An den Straßenständen wurde unter rot-goldenen Girlanden allerlei angeboten: gesalzene und kandierte Mandeln, Kichererbsen, weißer Nougat, Kürbiskerne. Und natürlich Granita. Aus Maulbeeren, Zitronen oder Jasminblüten. Stella schüttelte unmerklich den Kopf. Wieder einmal hatte sie es nicht geschafft, Assuntas Drängen nach dem abendlichen Spaziergang abzuwehren, noch dazu heute am Festtag.

»Siehst du«, sagte Assunta und umklammerte Stellas Arm noch fester, als sie an einer Gruppe junger Männer vorbeigingen, »so ein bisschen Bewegung tut dir nach dem vielen Sitzen doch gut!«

Stella nickte. Sosehr sie in der Villa für ihre Klugheit bewundert wurde und für das Talent, die meisten Probleme des Alltags zu lösen – hier draußen in der Öffentlichkeit hatte sie als minderjähriges Mädchen von fast neunzehn Jahren nichts zu sagen. Sie hatte ihren Körper angemessen bedeckt und die Augen gesenkt zu halten. Sie durfte niemanden anstarren, natürlich erst recht keinen Mann, und sollte möglichst nicht zu viel lachen oder sonst auf irgendeine Art die Aufmerksamkeit auf sich ziehen. Wenn ihr wüsstet, wie sehr ich lachen kann und die Aufmerksamkeit eines Mannes auf mich ziehe, im wahrsten Sinne des Wortes, dachte sie und lächelte bei dem Gedanken an den gestrigen Nachmittag vor sich hin.

»Wo ist denn der Taucher heute?«

Stella war unmerklich zusammengezuckt. Nicht zu fassen, als ob die Tante es mit ihrer kleinen Kartoffelnase wittern würde. »Nico? Ich weiß nicht. Zu Hause? Er lernt vermutlich. Bis zu unseren Abschlussprüfungen sind es nur noch zwei Monate.«

»Lernen? Der? Ausgerechnet am Abend von San Giuseppe? Der hat doch noch nie was für die Schule getan. Warum ist er nicht hier? Will er dich nicht sehen? Ihr macht doch keinen Unsinn?!«

Stella protestierte: *»Zia!«*

Aber Assunta konnte man nichts vormachen. »Was denn? Bei euch jungen Leuten weiß man doch nie.«

Stella merkte, wie ihr Magen sich aus Furcht zusammenzog und eine alarmierende Welle an die umliegenden Eingeweide schickte. Natürlich machten sie Unsinn dort oben im Ostflügel, und Assunta wusste das. Man sagte auch Unkeuschheit oder Sittenlosigkeit dazu. »Sünde« nannte Pater Anselmo es in seinen Predigten. Aber sollten sie etwa noch warten, bis sie das Studium beendet hatten, wie Nicos Mutter es bei der Verlobung verlangt hatte? Sollte sie noch endlose Jahre bis zu ihrer Ehe auf seine Umarmungen verzichten, seine nackte Haut nicht mehr auf der ihren spüren, seine zärtlichen Küsse überall auf ihrem Körper missen und nicht mehr das eine tun, das sie mittlerweile so sehr genossen …

Das hielte sie unmöglich aus, eher würde sie sterben wollen. In diesem Moment drückte Assunta ihren Arm und lächelte von unten zu ihr hoch. Sie musste dabei den Kopf leicht in den Nacken legen, denn Stella war fast zwei Köpfe größer als sie. Stella wusste, dass ihre Tante ihr die Liebe zu Nicola und auch die heimlichen Treffen von ganzem Herzen gönnte, aber das würde sie natürlich niemals zugeben.

Es war wirklich mühsam, als Frau durchs Leben zu gehen. Nur bei Nicola war es wunderschön, eine Frau zu sein, *seine* Frau. Wenn sie doch nur endlich ihre Unterschrift unter die Heiratsurkunde neben die seine setzen könnte. Niemand könnte ihn ihr dann mehr wegnehmen. Sie wäre die Signora di Camaleo Messina, verheiratet mit dem Architekten Nicola Messina. Na ja, sie korrigierte sich, eigentlich könnte sie sich ja auch Marchesa nennen. Ach was, die *Architektin* Maristella di Camaleo Messina, verheiratet mit dem Architekten Nicola Messina. Hörte sich das nicht viel großartiger an?

Außer dem Ostflügel hatten sie noch zwei weitere Verstecke, in denen sie sich trafen. Das Hinterzimmer der Apotheke, wenn Manuels Eltern am Wochenende mit ihm auf dem Land waren. Und das verlassene Bootshaus in der Bucht, zu dem Lolò sie dummerweise immer begleiten musste. Weil es sich nun mal so gehörte.

Das abgelegene Zimmer in der Villa hatte ihnen nicht nur im Winter eine Zuflucht auf der breiten Matratze unter vielen alten Decken geboten, sondern war auch jetzt, wo die Nächte noch kühl waren, der beste Platz. Nico hatte das kleine Tor in der Mauer von uraltem Gestrüpp freigelegt und ein neues Vorhängeschloss angebracht. So hatte er immer Zugang zum Garten und konnte sich von dort aus ungesehen in den Ostflügel schleichen – wie erst gestern Nachmittag. Sie rollten die Matratze jedes Mal wieder zusammen und versteckten sie mitsamt der Leintücher und Decken wieder in dem alten Schrank. Der Zugang zu dem einsturzgefährdeten Trakt war innerhalb der Villa abgesperrt, aber falls doch mal jemand in den Ostflügel kam, durfte er keinen Verdacht schöpfen.

Warum sollte Nico also hier sein? Um höfliche Konversation zu machen? Um neben ihr herzugehen und ihr ein Eis zu kaufen?

Assunta zog Stella zu sich herab, damit Maria, die Hausangestellte, sie nicht hörte: »Dies ist kein Gespräch für die Straße«, wisperte sie ihr ins Ohr, »doch ich muss dich warnen. Es gibt Wege, die wir nicht durchschauen, und dann passiert das, was nicht passieren darf …«

Wege, die wir nicht durchschauen, aha, dachte Stella und konnte sich ein belustigtes Kichern gerade noch verkneifen. Ausgerechnet Assunta wollte ihr auf diesem Gebiet Ratschläge geben? Die Spezialistin für unbefleckte Empfängnis? Die ihren Lolò von einem Hausierer, der mit Bürsten und Kämmen in ihrer Gasse aufgetaucht war, bekommen hatte, ohne dass man bis heute wusste, wie? Denn immer noch schwor sie Stein und Bein, ihm nicht *beigewohnt* zu haben. So nannte sie das. Assunta machte sich also tatsächlich Sorgen um sie. Wie lästig. Wie schön! Sie packte den Arm der Tante fester. »Du brauchst nicht beunruhigt zu sein. Ja, wir treffen uns manchmal, aber wir reden nur.« Und benutzen diese neuen Kondome, dachte sie. Die man sogar mehrmals verwenden kann, sagt Nico.

»Hach! Nur reden? Das wüsste ich aber! Du hast doch immer diesen speziellen Ausdruck in den Augen, wenn du von wer weiß woher angerannt kommst, nachdem man stundenlang nach dir gerufen hat.«

Stella zog es vor zu schweigen. Wenn Assunta wüsste, wenn alle hier am Strand wüssten, dass sie keine Jungfrau mehr war. Schon lange nicht mehr.

»Das gehört sich nicht, das gehört sich nun wirklich nicht!«, jammerte die Tante.

»Aber wir sind verlobt«, entgegnete Stella. »*Reden* dürfen wir doch.«

»Ach ja? Ganz alleine? Eben nicht! Jemand von uns muss dabei sein! Was sollen die Leute sonst denken?« Assunta gab keine Ruhe, bis Stella sie vor einen Stand zog, ihre letzten Münzen zusammenklaubte und ihr eine gedrehte Papiertüte mit gebrannten Mandeln kaufte.

Die Bewohner von Marinea hatten Gerümpel aus Holz, trockene Äste und Strandgut gesammelt und zu riesigen Haufen aufgeschichtet, die nun als lodernde Feuer zu Ehren des heiligen Giuseppe in weiten Abständen am Strand des Dorfes brannten. Kleine Jungen rannten aufgeregt umher, immer mehr Menschen strömten aus den Häusern.

»Meine Familie«, sagte Assunta, die alle Mandeln in Windeseile verschlungen hatte und anstelle ihrer Nichte nun den großen Alberto an ihrem Arm präsentierte. »Mein Mann, mein Sohn, meine geliebte Ziehtochter … und tatsächlich auch dabei: mein Schwager.« Sie zeigte mit dem Daumen hinter sich, wo das Auto des Marchese ihnen im Schritttempo über die Uferstraße folgte. Er würde sich nie zu Fuß unter das gemeine Volk mischen, dennoch schien er neuerdings an ihren Unternehmungen teilnehmen zu wollen.

Auch Maria hatte die Limousine bemerkt, Stella erkannte es an dem unruhigen Geschniefe, mit dem die Hausangestellte immer wieder die Nase hochzog, während sie mit gekreuzten Armen weiterging und dabei auf die *falò,* die Feuer, schaute. Stella betrachtete Marias sehnigen langen Hals, die dünnen, langsam ergrauenden Haare. Sie war bestimmt schon vierzig, mein Gott, so alt, und dennoch machte sie es unaufhörlich mit dem Marchese … Schnell verdrängte Stella die Bilder, die vor ihrem inneren Auge auftauchten. Sie hatte sie damals nicht beobachten wollen, ganz bestimmt nicht … Natürlich durfte Maria über die Beziehung zu ihrem adligen Herrn niemals etwas verlauten lassen. Man würde ihr auch gar nicht glauben. Stella mochte Maria. Sie hatte sie immer freundlich in Empfang genommen, wenn sie als kleines Mädchen sonntags in die Villa kam, um die Eltern zu besuchen, die sie nicht als Tochter hatten haben wollen. Und sie tat ihrem Vater gut. Er war mit einer abweisenden, melancholischen Ehefrau geschlagen gewesen und durch die späte Liebe zu Maria aufgeblüht.

O ja, dachte Stella. Dies ist auch meine Familie. Aber was wurde uns schon alles zugetragen, was haben die Leute übel über uns geredet, liebe Assunta.

Die Leute wunderten sich immer noch, wie die behinderte Assunta einen Mann wie Alberto dazu gebracht hatte, sie zu heiraten und damit endlich von dem Namen »Signorina Puppenbein« zu erlösen. Viele Frauen beneideten sie sogar um ihn, denn er war ihr anscheinend treu und hatte Bärenkräfte. Sie, die nicht nur einen unehelichen Sohn bekommen hatte, sondern dazu noch eine von der Schwester verstoßene Nichte aufziehen musste. Stella. Eine Nichte, die zwar offiziell verlobt, aber keine Jungfrau mehr war, da sie als Mädchen vom Kutscher der Familie vergewaltigt wurde. Stella verzog den Mund, als habe sie auf etwas Bitteres gebissen. So war es nicht, so war es ganz und gar nicht gewesen, doch die Leute glaubten, was sie glauben wollten, und machten auch kein Geheimnis aus ihrer Überzeugung. Assuntas Schwager sei nur ein verarmter, verschrobener Markgraf, behaupteten sie, der seit dem Freitod seiner Frau verdächtig viel mit der mageren Hausangestellten gesehen werde … Auch Assuntas andere Nichten boten viel Anlass zum Klatsch. Sie hatten sich kurz vor dem Selbstmord der Marchesa den Kopf geschoren und die Augenbrauen abrasiert und waren in Männerklamotten durch die Straßen gelaufen, um einer erzwungenen Doppelverlobung zu entfliehen. Nach dem Skandal wurden sie in ein fernes Kloster verbannt, und man hörte noch heute schreckliche Dinge über sie. Stella atmete tief ein. Es war nicht alles wahr, was man sich in Marinea und auch in Bellaforte über die Familie di Camaleo erzählte. Aber es war auch nicht alles erfunden.

Konnte diese Gruppe von Versehrten und Behinderten, irregeleiteten Armen und verarmten Adligen, für die manche Leute sie hielten, jemals eine intakte, gesunde Familie sein?

Als sie eine Stunde später wieder vor der Villa eintrafen, stand die lange Fiat-Limousine schon vor der Tür. Die zwei Stockwerke der Villa Camaleo erhoben sich hinter der Tuffsteinmauer, hinter den oberen Fenstern war alles dunkel. Was natürlich daran lag, dass sie größtenteils nur aufgemalt waren. Stella sog die Luft ein. Es war erst der neunzehnte März, doch der Jasmin trieb bereits aus und entwickelte sogar schon die ersten Blüten. Sie schaute hinüber auf die andere Straßenseite. Hinter Nicolas Fenster brannte noch Licht. »Siehst du, er lernt.«

Assunta grunzte etwas in ihr Doppelkinn. Gemeinsam betraten sie den Hof durch die niedrige, im Tor eingelassene Tür, als der Marchese von der Freitreppe herabgelaufen kam: »Ich glaube, wir sind beraubt worden! Jemand war in der Villa!«

»Oh, heilige Muttergottes!«, rief Maria und bekreuzigte sich.

Beraubt? Stella runzelte ungläubig die Stirn. Wer immer es auch gewesen sein mochte, er war offensichtlich nicht gut unterrichtet. Sie schaute an der Fassade hoch. Dass es in der Villa Camaleo nichts zu stehlen gab, wusste ganz Marinea und auch das nahe gelegene Bellaforte. Geld gab es keines. Das hundertteilige Service war angeschlagen, das Silberbesteck unvollständig, die ehemals feinen Tischdecken aus Damast bereits unzählige Male ausgebessert. Selbst die Gemälde waren von unbekannten, weil untalentierten Malern und daher wertlos. Stella hatte sie erst vor einem Jahr schätzen lassen. »Was ist denn weggekommen?«, fragte sie ihren Vater.

»Eines der Bilder lag heruntergerissen am Boden im Flur, und in meinem Arbeitszimmer roch es nach fremdem Schweiß.«

»Na, das wollen wir doch mal sehen, wo stecken diese Lumpen?«, knurrte Alberto.

»Geliebter, sei vorsichtig! Geh da bloß nicht rein! Vielleicht hocken sie noch irgendwo hinter einer Anrichte und warten mit Pistolen auf uns.« Assunta klammerte sich an Alberto und versuchte, ihn mit ihrem Gewicht daran zu hindern, weiter auf die Villa zuzugehen.

»Und was, wenn Pupetta etwas passiert ist?«, gab Maria zu bedenken. »Was haben sie wohl mit ihr gemacht?«

»Das waren bestimmt die Statuenmörder!«, sagte der Marchese und presste seine Hände rechts und links gegen die Schläfen.

Die Statuenmörder? Stella und Maria tauschten einen Blick.

»Wo ist Lolò?«, fragte Stella. »War der nicht eben noch hinter uns? Er könnte zusammen mit dir nach Pupetta sehen.«

Alberto nickte. »Keiner von uns darf alleine hineingehen.«

Lolò war verschwunden. Stella überlegte. Sollte sie Nico holen? Besser nicht, seine Mutter Flora würde endlos herumzetern, bis sie sie überhaupt hereinließe. Die Zeit hatten sie nicht.

»Also los! Vater, wir brauchen dich hier draußen, du passt auf Assunta und Maria auf.«

Der Marchese protestierte nicht, sondern knetete nur seine weichen Hände. Stella folgte dem kräftigen Rücken von Alberto, der vor ihr auf den Dienstboteneingang zusteuerte. Was, wenn tatsächlich noch jemand in der Villa war?

Vorsichtig öffnete Alberto die Tür. Sie trat hinter ihm ein und zog die Luft durch die Nasenlöcher. Ihr Vater hatte recht, auch sie nahm den fremdartigen Geruch wahr, scharf, nach zwiebeligem Schweiß. Sie zupfte Alberto am Arm: Pupetta!, formte sie tonlos mit den Lippen.

Gleich!, antwortete er mit einer Geste, schlich die Stufen hinab in die schummrige Küche und nahm das Fischmesser vom Tisch. Stella tastete nach einem Wetzstahl, der hier irgendwo an der Wand hängen musste. Ha, da war er! Das lange Stück Metall, an dem sie schon unzählige Messer geschärft hatte, lag schwer in ihrer Hand. Sie konnte damit zuschlagen. Sie würde damit zuschlagen! Doch plötzlich war ihr, als ob sie eine Hand an ihrem Hals und in ihrem Ausschnitt spürte. Genau wie damals, als der Kutscher sie im Stall überfallen hatte. Sie fing an zu zittern, und ihr Herz raste in Panik.

Alberto schien ihre Angst zu spüren: »Du bist schon immer ein mutiges Mädchen gewesen, Stella«, sagte er leise. »Aber ich gehe erst alleine oben durch die Räume. Versteck dich hier und warte auf mich.«

Dankbar stellte sie sich hinter die Tür und lauschte seinen Schritten, die sich leise entfernten. Sie versuchte ihren Herzschlag zu beruhigen: Hier würde sie keiner finden. Das war ihre Küche, ihr Reich, ihr Zufluchtsort. Jahrelang schon. Ihre Augen gewöhnten sich an die Dunkelheit, und sie konnte immer mehr erkennen. Und wenn jetzt ein Schatten die Treppe herunterkam? Denk nicht dran, konzentrier dich lieber, beschwor sie sich. Dort an dem Tisch in der Mitte hast du als Kind gegessen, Hausaufgaben gemacht und Kapern sortiert. Dort hat Maria sich vor dich gestellt, um dich gegen deine eigene Mutter, die Marchesa, in Schutz zu nehmen. Und Pupetta hat dir gezeigt, wie man Nudelteig macht, Kakteenfeigen schält, ohne sich die winzigen Stacheln in die Haut zu treiben, wie man Erbsen pult und ein Huhn ausnimmt. Pupetta ... Liebe alte knurrige Pupetta! Wie alt mochte die Köchin inzwischen sein? Sie war bereits uralt gewesen, als die Marchesa nach dem Tod des Großvaters darauf bestanden hatte, dass Stella das Haus der Großeltern und damit die weichen Arme von Assunta verließ. So wurde Stella als Zehnjährige wieder in die Villa zurückgezwungen, aus der sie als Neugeborenes schon nach wenigen Stunden verstoßen worden war.

Die Stille dröhnte in Stellas Ohren, ab und zu knackte es in den Wasserrohren. Genau diesen Geräuschen, diesem Ächzen und Atmen des Hauses hatte sie gelauscht, als sie nachts in ihrem Kämmerchen vor lauter Heimweh wach lag. Pupetta schlief nur zwei Türen weiter. Stella spürte, wie ihr Hals eng wurde. Sie hatte als Kind nirgendwo richtig hingehört. Doch nun würde sie alles tun, um ihre Familie, diesen zusammengewürfelten, liebenswerten Haufen, und die Villa nicht verlassen zu müssen.

Wo Alberto nur blieb? Wieder fühlte sie ihr Herz im Hals pochen. Nach einigen Minuten hielt Stella es nicht mehr aus, sie packte den Stab in ihrer Hand fester und schlich über den Flur auf das Zimmer der Köchin zu. Ein Streif Licht schimmerte unter der Kammertür hervor und beleuchtete die Tür auf der gegenüberliegenden Seite, die Lolò damals mit einem Riegel versehen hatte. Er wollte Stella vor den zerstörenden, wühlenden, stehlenden Händen der eigenen Schwestern schützen. Sie waren schlimmer als die Pest ... Sofort hatte Stella wieder den säuerlichen Buttergeruch, den die beiden verströmten, in der Nase. Regina und Enza waren nach dem Eklat bei Enzas Verlobung und dem darauf folgenden Selbstmord der Marchesa von einem Kloster ins nächste gereicht worden. Nirgendwo hatte man sie haben wollen, bis sie schließlich in der Nähe von Torino gelandet waren.

»Wir betrachten uns keinesfalls als eine Strafanstalt«, hatte die Schwester Oberin in dem Brief geschrieben, den Stella am Morgen in der Schule geöffnet hatte. »Wir wollen unsere Schutzbefohlenen nicht mit Gewalt disziplinieren, denn wir sehen es als ein Privileg an, dem Herrn dienen zu dürfen. Ihre Töchter jedoch stören mit ihrem unziemlichen Verhalten unsere friedliche Gemeinschaft. Sobald Regina ihre Volljährigkeit erreicht, ist der weitere Verbleib bei uns nicht mehr möglich.« O bitte, behaltet sie doch, dachte Stella, als eine Hand sie an der Schulter packte. Sie schwang den Stahlstab nach hinten, doch der Angreifer wehrte ihn ab, indem er ihn festhielt. Stella keuchte auf vor Anstrengung und versuchte sich loszureißen. Aber die Person hinter ihr war stärker.

»Ich bin's doch nur!« Der Wetzstahl fiel scheppernd zu Boden.

»Verdammt, Alberto, bist du wahnsinnig, mich so zu erschrecken!« Stella merkte, wie sehr sie zitterte. »Hast du was gefunden?«

»Ich glaube, sie sind durch das Gartentor in der Mauer rein, das haben sie jedenfalls aufgebrochen, und durch eine der Türen zum Untergeschoss sind sie wohl in die Villa gekommen. Die stand offen ...«

Das Gartentörchen! Nicolas Zugang zur Villa. »In der Gartenmauer gibt es eine Tür? Wie leichtsinnig. Wir werden sie zumauern müssen«, sagte sie, um keinen Verdacht aufkommen zu lassen. »Schauen wir nach Pupetta. Komm!«

Aber Alberto hielt sie zurück. »Da!«, sagte er nur und zeigte auf den Boden. Auf dem grau gesprenkelten Stein war ein Fleck zu sehen, den Stella bis jetzt nicht bemerkt hatte. Dabei glitzerte er feucht und spiegelte das Licht. Blut!, dachte Stella sofort, und dann stieg ihr auch der metallene Geruch in die Nase. Sie schaute zurück in die Küche, auch hier war in kleinen Abständen eine Reihe dunkler Flecken. Jemand war verletzt worden und hatte sich blutend über den Flur geschleppt. Wo war Pupetta?! Was hatten sie mit ihr gemacht?

Sie drückte die Klinke hinunter und lugte vorsichtig durch den Türspalt.

Die Köchin saß in ihrem Nachthemd im Bett, das Kopfkissen gemütlich im Rücken. Auf ihrem Gesicht lag ein verträumter Ausdruck, die Augen hatte sie halb geschlossen. Mit der linken Hand umklammerte sie ein Leinensäckchen, Stella erkannte es sofort. Als Kind hatte sie die alte Köchin dabei beobachtet, wie sie goldglänzende Münzen dort hineinzählte. In der anderen Hand hielt Pupetta einen Revolver, der klein wie ein Spielzeug auf ihrem Oberschenkel ruhte. Auf dem runzeligen Mund lag ein Lächeln. Sie war tot. Stella presste die Lippen zusammen. Pupetta. Doch nicht Pupetta! Sie war gestorben. Und ein Teil von Stellas Kindheit war mit ihr gegangen.

Hinter ihnen waren Schritte zu hören. Assuntas Schnaufen, das zaghafte Gemurmel des Marchese, Marias hohe Stimme. Das Licht in der Küche ging an. Stella riss ihren Blick von dem Leichnam los und ging zu der kleinen Gruppe, die ratlos in der Mitte des Raumes stand. Alberto folgte ihr.

»Warum habt ihr nicht draußen gewartet?«

»Wir dachten, ihr seid in Gefahr!« Maria griff sich an den Hals.

Und was hättet ihr tun wollen, wenn wir tatsächlich in Gefahr gewesen wären?, fragte Stella sich, doch sie breitete die Arme aus, um alle zu beruhigen.

»*Dio!* Was ist *das?*«, rief Assunta in diesem Moment und zeigte auf den Boden. Nun sah man auch die dünne Blutspur, die die Flecken miteinander verband.

»Pupetta hat vermutlich jemanden angeschossen«, sagte Stella und ließ die Arme sinken.

»Pupetta?«, kam es einstimmig aus drei Mündern.

»Der Dieb ist geflüchtet. Wir wissen nicht, ob es einer oder mehrere waren.«

»O Alberto, hast du sie vertrieben? Hast du auch wirklich überall nachgeschaut?«

»Aber ja doch, Liebes.« Alberto brummte vor sich hin, versteckte das Messer hinter seinem Rücken und nahm mit der freien Hand Assuntas Linke. Gemeinsam gingen sie auf Pupettas Kammer zu und blieben dort ehrfürchtig am Fußende ihres Bettes stehen.

»Wenn sie jemanden erschossen hat, kommt sie dann ins Gefängnis? Allmächtiger, steh uns bei, unsere Pupettina im Gefängnis!«

»Sie ist nicht mehr bei uns, Maria. Sie ist tot«, sagte Stella mit ruhiger Stimme. Schweigend schauten sie auf die alte Köchin und bekreuzigten sich gleichzeitig.

»Niemand kann sie mehr einsperren. Außerdem war es wohl Notwehr.« Stella seufzte.

»Mit Notwehr kriegste alles durch!« Das war Lolò. Plötzlich von irgendwoher wieder aufgetaucht, kaute er an einem gebratenen Hühnerbein, das er aus dem Kühlschrank entwendet haben musste.

»Ach je. Was sollen wir denn jetzt tun, Stella?«

Alle schauten sie erwartungsvoll an. Selbst Lolò und Alberto. »Ja. Was sollen wir tun?«

»Ich weiß es nicht. Ich muss nachdenken.« Doch ihre Augen blieben an Lolò hängen. Sobald sie sich in dem Tumult und dem Trauergeschrei, das nun losbrach, unbeobachtet fühlte, nahm sie sich ihren kleinen Cousin vor. »Du weißt doch was!«

»Ich?«

Sie packte ihn wie eine Katze im Nacken.

»He. Lass los. Das tut weh!« Doch er wehrte sich nicht.

Sie ließ von ihm ab, weil Assunta zu ihnen herüberschaute, und striegelte mit vorgetäuschter Zärtlichkeit seine platt am Kopf anliegenden Haare noch glatter. »Los, raus damit! Was hast du gehört?«, zischte sie in sein Ohr.

»Ach, der Pippo quatscht immer viel. Und nichts davon stimmt.«

Stella kniff mit den Nägeln von Daumen und Zeigefinger in sein Ohrläppchen.

»Bis jetzt.« Lolò jaulte auf. »Angeblich haben sie den Kopf der Statue dem Gnaziu ins Bett gelegt.«

»Der Kopf von unserer Statue lag beim Gnaziu im Bett? Bei dem Gewerkschafter? Und du sagst uns kein Wort?«, fauchte Stella ihn an.

»Das mit der Statue war nur so eine Idee, weil sie in die Villa nicht reinkamen. Darum hamses auch noch 'n zweites Mal probiert.

Obwohl ich ihnen gesagt habe, dasses in dieser Familie nix zu holen gibt.«

»In *dieser* Familie? Du gehörst auch dazu. Wir sind alle eine Familie, Lolò!«

»Von denen eine Hälfte im ehemaligen Pferdestall lebt.«

Sie schaute ihn entsetzt an. »Dann benimm dich so, dass man dich in einer Villa leben lassen möchte!«

2. Kapitel

Zeit. Nie hatte er genug Zeit. Irgendwann war der letzte Sauerstoff verbraucht, sein Blut floss langsamer und schien in den Adern zu stocken, die Lunge wehrte sich und wollte unbedingt einen Atemzug machen, egal wie, ob mit Wasser oder Luft, und er musste wieder aufsteigen. Aber noch nicht. Jetzt noch nicht!

Simone und Beppe, die reichen Brüder aus Bellaforte, waren letzten Sommer mit Sauerstoffflaschen und neuer Ausrüstung an den Strand nach Marinea gekommen. Sie hatten Brillen, Schnorchel und Flossen dabei und natürlich schwarze Taucheranzüge, aus diesem leichten, schnell trocknenden Material. Eine halbe Stunde waren sie unten geblieben. Neben der roten Warnboje, die sie mit sich zogen, waren alle paar Sekunden Luftblasen an der Wasseroberfläche zerplatzt. Nicola hatte es auch probieren dürfen. Der Anzug schmiegte sich wie eine zweite, warme Haut an seinen Körper. Das war toll. Warum er nicht mit Sauerstoff tauche, hatten ihn die Freunde gefragt.

Er hatte darüber nachgedacht. Atmen unter Wasser? Was für ein seltsames Gefühl, die eigenen Atemzüge in den Ohren zu hören. Zu laut, fast schon bedrohlich, und einfach falsch. Die Stille war verloren, die herrliche Stille, die sich um ihn herum, aber auch in ihm ausbreitete, ohne die er nicht leben konnte. Wie war es möglich, ein Fisch unter Fischen zu werden, wenn man mit diesem Getöse und den dauernden Luftblasen durch das Wasser lärmte?

Nein. Er hatte sich zwar einen Taucheranzug gekauft, doch die Sauerstoffflaschen verschmähte er weiterhin. Ich bleibe hier unten ohne Luft, dachte Nicola und schaute dem schillernden Butterfisch hinterher, der dicht am Boden an ihm vorbeischwamm. Dir droht keine Gefahr, du Schöner. Diesmal hatte er die Harpune und den *gancio* – den langen Stab mit der gebogenen Spitze, mit dem man die Fische zwischen den Felsen aufscheuchen und manchmal sogar auch aufspießen konnte – oben im Boot gelassen, in dem schon drei Zackenbarsche lagen. Er mochte eigentlich auch gar nicht mehr jagen, das machte er nur auf den Turnieren, wenn er Geld brauchte oder wenn seine Mutter Flora ihn um einen Fisch für das Mittagessen bat.

Er sparte für eine Unterwasserkamera. Damit würde er diese verborgene Welt allen, die keine Ahnung von dem hatten, was sich hier unten tat, wenigstens auf Fotos zeigen können.

Jetzt war es aber wirklich an der Zeit. Ein Blick auf die Uhr: keine vier Minuten. Mist. Er hatte keine Kondition mehr! Im Spätherbst hatte er es locker auf vier Minuten fünfzig gebracht. Er sah nach oben zum Boot, das sich dunkel wie der Abdruck eines gigantischen Bügeleisens am Wasserhimmel abzeichnete. Plötzlich verzerrte sich das Bügeleisen, und sein Kopf fühlte sich an wie kurz vor dem Einschlafen. Er musste hoch, in der nächsten Sekunde musste er einfach atmen, sonst würde etwas Schlimmes passieren. Nico stieß sich heftig vom Grund ab, dabei öffnete er mit einer Hand seinen Bleigürtel, der an ihm herabglitt und Richtung Meeresboden trudelte. Nach einer endlosen Sekunde durchbrach er die Oberfläche, seine Lunge ächzte. Endlich Luft! Die rettende Luft! Und der Himmel! Die Sonne!

»Nicola!!«

Was hatte sie denn? Sie schrie ja wie seine Mutter, als er damals schwimmen lernte und der Fischer Giacomo ihn nicht ordentlich festgehalten hatte. Er versuchte, seinen keuchenden Atem und seine gequälten Lungen zu beruhigen, holte bewusst tief Luft und ließ sich auf dem Rücken treiben. Sein Körper nahm den vermissten Sauerstoff gierig auf und schickte ihn in die feinsten Verästelungen der Blutgefäße. Seine Ohren waren halb unter Wasser, doch er hörte Stella trotzdem auf ihn herabschimpfen: »Mach das nicht noch einmal! Solltest du je wieder auf die Idee kommen, alleine zu tauchen, dann bin ich weg! Es ist mir dann schnurzegal, ob du jemals wieder hochkommst! Merk dir das!«

Mann, sie war echt wütend. Obwohl er es total süß fand, wie sie »schnurzegal« sagte. Das war seit einiger Zeit ihr Lieblingswort.

»Ich sitze hier zwischen diesen halbtoten, zuckenden, schleimigen Fischleibern und kann nicht lernen, weil ich Todesangst um dich ausstehe!«

»Angst um mich musst du doch nicht haben, meine Kleine! Meine Maristella, mein Meeresstern.« Froh, wieder Atem zum Sprechen zu haben, schwamm er auf das Ruderboot zu.

»Dein Meeresstern lässt dich nicht ins Boot, wenn du dich nicht sofort entschuldigst!« Sie schlug ihm mit einem Buch auf seine aufgeweichten Finger, mit denen er sich an der Bootskante festgehalten hatte, sodass er sie zurückzog. He, das tat richtig weh!

»So lange war das gar nicht, und nun mach keinen Scheiß, Stella, ich bin müde. Nachher ertrinke ich noch, und du bist schuld!« Er lachte zu ihr hoch, bis sie auch endlich wieder lächelte. Mein Gott, er liebte dieses Mädchen so sehr, dass es wehtat, zehnmal mehr als der Schlag auf die Finger eben.

»Ich bringe die Fische gleich zu Giacomo, und dann müsste es eigentlich schon reichen für die Kamera. Ich werde ganz viele Fotos von dir machen.«

»Von mir unter Wasser? Wo ich kaum schwimmen kann? Prima Idee! Und wann lernst du?«

Statt einer Antwort zog Nico sich über den Bootsrand und hievte sich mit letzter Kraft auf die Bank ihr gegenüber. Schwer atmend sah er zu, wie Stella ihre Bücher vor der Nässe, die er verbreitete, in Sicherheit brachte. Mit den Füßen musste er sich zwischen die großen Fische schieben, so dicht lagen sie nebeneinander. Verdammt, warum hatte der letzte Tauchgang ihn nur so angestrengt? Hatte er es vielleicht übertrieben? Es war Ende März und der erste wirklich warme Tag in diesem Jahr. Das Boot war endlich startklar, und Stella war bereit gewesen, ihn zu begleiten. Lolò war mit ihnen gekommen, aber sobald man das Boot vom Dorf aus nicht mehr sehen konnte, am ersten Felsenriff wieder ausgestiegen. So hielten sie das oft. Sie fuhren zu dritt aus Marinea los und kamen auch zu dritt wieder an. In der Zwischenzeit spazierte Lolò im Dorf herum und verstreute seine hellblauen Pfefferminzpapierchen, ging in die Villa zurück oder trieb sich sonst wo herum. Bis jetzt hatte noch niemand ihr Geheimnis aufgedeckt. Dass er den kleinen Penner, den *birbantello,* für seine lückenhaften Anstandswauwaudienste bezahlte, wusste Stella allerdings nicht …

Nicola seufzte. Wie immer hatte er den Winter über an Lungenvolumen verloren, aber nun fing das Frühjahr an, und danach kam der Sommer! Na ja, vor dem Sommer standen auch noch die Abiturprüfungen an … Nico streichelte über den silbriggrau geschuppten Fisch zu seinen Füßen. Wenn er nicht bald anfing, den Stoff noch einmal zu wiederholen, würde er durchfallen. So viel war sicher. Er hob einen der Fische hoch. »Machst du ein Foto von mir?«

Stella griff nach der Kamera in der Lederhülle. Nico grinste zufrieden und setzte sich in Pose. Sie wusste, dass er es liebte, mit dem Fang fotografiert zu werden, und die alte Leica von seinem Vater machte immer noch fantastisch scharfe Fotos, wenn man Belichtungszeit und Blende richtig einstellte.

Sie stand auf. »Lächeln!«, befahl sie, zielte mit der Kamera von oben auf ihn und drückte den Auslöser. Dann ließ sie die Leica sinken. »Nico, ich meine es ernst, wann lernst du?«

»Ich lerne doch schon. Da sind nur noch so schrecklich viele andere Sachen, um die ich mich kümmern muss. Du kennst meine Mutter, die will immer, dass ich ihr helfe und bei allem dabei bin, was sie macht.«

Stella nickte und verstaute die Kamera wieder im hinteren Teil des Bootes, damit sie nicht nass wurde. »Den Anzug für die Abschlussfeier hat sie allerdings alleine bei den Gebrüdern Mineo ausgesucht, und er passt dir trotzdem wie angegossen. Das hat sie mir am Sonntag ganz stolz erzählt, als ich zum Kaffeetrinken zu euch kommen durfte. Wäre doch schade, wenn der bis nächstes Jahr dort hängen müsste ...«

»Du magst meine Mutter nicht. Ich weiß.«

Stella schüttelte den Kopf. »*Ich* mag sie, aber sie mag mich nicht. Dass ich in eine Adelsfamilie hineingeboren wurde und trotzdem wie ein Arbeiterkind aufgewachsen bin, versteht sie einfach immer noch nicht. Was soll ich also tun?«

Statt einer Antwort stand Nico auf und küsste sie. »Hoffen wir, dass Lolò schon wieder am Felsen ist. Wenn der kleine Penner uns heute wieder so lange warten lässt, wie er sich das inzwischen angewöhnt hat, kann er was erleben!«

»Ich hasse es, dass wir uns so verstecken müssen. Wenn deine Mutter uns endlich heiraten ließe, dürften wir wenigstens offiziell ohne Begleitung in einem Boot sitzen!«

»Dieser Kuss wäre dann trotzdem äußerst unsittlich in der Öffentlichkeit.« Er zeigte grinsend auf das offene Meer.

»Du sagst es. Aber ohne Heirat, so wie jetzt, bin ich das leichte Mädchen, das jeder haben kann.«

Den Ruf hast du leider sowieso schon, dachte Nicola, doch eher hätte er das Tauchen aufgegeben, als diesen Satz laut auszusprechen. Nachdem Stella von dem Kutscher im Stall der Villa überfallen worden war, hatte ihr Ruf im Dorf und auch in Bellaforte sehr gelitten. Nicht nur hinter vorgehaltener Hand waren Fragen laut geworden: Warum war Stella mit dem Kutscher überhaupt allein gewesen? Hatte er das Mädchen vergewaltigt? Oder nicht vielleicht doch auf eigenen Wunsch entjungfert? Von der Tatsache, dass sie von ihm brutal geschlagen, betatscht und dann in den Verschlag des Pferdes gestoßen worden war, wollten die Leute nichts hören.

»In anderen Ländern ist das kein Problem, da sind sie schon viel weiter«, sagte Stella, die die Beine auf die Ruderbank gezogen und unter dem weiten Rock ihres Kleides versteckt hatte. »Da wohnen Männer und Frauen während des Studiums sogar zusammen, ohne verheiratet zu sein! Habe ich im Radio gehört.«

»Wir gehen nach dem Studium einfach von hier weg!« Nico lachte.

»Abgemacht!« Stella nickte zustimmend. »Wohin?«

»Nach Deutschland oder England. Oder Amerika.«

»Amerika! Da ist noch Platz, da können wir alles Mögliche entwerfen. Architektonisch sind die USA das Paradies.«

»Ist das so? Dann machen wir das, *amore!*«

Sie schauten sich an. Auf dem Wasser brach sich die Nachmittagssonne. Der leichte Wind roch nach Algen und Salz und den schroffen Felsen der Berge, die sich die Küste entlangzogen. Nach Zitronengärten und frisch austreibendem Grün, nach dem grandiosen Dreieck der Insel, die sich vor ihnen ausbreitete. Nach Heimat. Nach einer Heimat, die sie beide doch so sehr liebten. Niemals! Niemals werden wir weggehen, dachte Nico.

Nico griff nach den Rudern, hielt dann aber inne. »Wenn wir abhauen, Stella, dann geht das hier immer so weiter, dann ändert sich gar nichts. Nee, wir müssen direkt an Ort und Stelle kämpfen. Für die Rechte der Frauen, für mehr Demokratie, gegen die da in Rom und gegen die Mafia!«

»Mehr nicht?«, fragte Stella. Sie zuckte mit den Schultern. »Na gut. Mach du das. Ich hatte sowieso nicht vor wegzugehen. Ich muss mich um die Villa kümmern. Um meinen Vater und um alle anderen auch. Ich brauche Geld. Und zwar nicht nur, um uns ein paar Tage über die Runden zu bringen. Ich brauche so viel Geld, dass wir endlich sorgenfrei leben können.«

»Als Architekt verdient man gut, *amore*. Du machst dir immer zu viel Sorgen.«

»Vorher kommen noch fünf Jahre Studium, Nico. Und jedes Jahr kostet zweihundertfünfzigtausend Lire.«

»Ein halber Cinquecento pro Jahr. Ungefähr.«

»Aber teuer genug …« Sie rieb sich die Stirn. »Du hast es gut. Deine Mutter hat für dich gespart.« Doch dann lachte sie plötzlich wieder. »Weißt du, wie wir die Kosten für die Hochzeit sparen können? Wir beichten Pater Anselmo, dass wir es bereits getan haben, und heiraten wie die armen Sünder morgens um sechs vor der Messe!«

»*Nooo …*« Entrüstet schaute Nico auf. »*No!* Du weißt doch, auf was du dann alles verzichten musst. Was ist mit einem Brautkleid, ganz in Weiß, was ist mit …?«

»Du meinst, ich kann es nicht ertragen, in Schwarz zu heiraten? Ich würde das tun. Sofort. Wir wären endlich richtig zusammen, und selbst deine Mutter könnte nichts mehr dagegen sagen …«

»Tja. Meine Mutter …« Nicola schwieg eine Weile. »Hast du schon mal daran gedacht, sie ›Mama‹ zu nennen?«

»Wie bitte? Um sie darauf hinzuweisen, dass sie ja doch irgendwann meine Schwiegermutter wird?«

»Die meisten verheirateten Frauen nennen ihre *suocera* so.«

»Aber nur, wenn …« Stella beendete den Satz nicht, aber Nico wusste, was sie hatte sagen wollen: Nur wenn sie sie mögen.

»Ich meine es ernst, Nico. Meinetwegen müssen wir keine richtige Hochzeit feiern. Mir egal, was die Leute denken, und Geld sparen wir obendrein.« Stella kniff die Augen gegen die gleißende Märzsonne zusammen. »Glaub nicht, dass ich nicht weiß, wie man über mich redet, Nico. Mein Ruf ist sowieso längst ruiniert. Für die meisten hier bin ich die adlige Tochter ohne Moral, das gefallene Mädchen …«

»Gerade deswegen, Stella! Die Leute reden schlecht über dich, obwohl sie keine Ahnung haben, was in Wahrheit passiert ist! Wir geben ihnen auf keinen Fall auch noch die Genugtuung, uns morgens um sechs vor der Messe durch eine Nebentür demütig in die Kirche schleichen zu sehen.«

Stella stieß die Luft aus. »Okay, nächstes Mal nehmen wir Manuele zum Tauchen mit.«

Nico grinste über ihr Friedensangebot. »Aber der hält's da unten nicht lange aus.« Er legte die Ruder beiseite. »Ich muss übrigens noch mal runter, meinen Gürtel holen.« Er wich Stellas drohendem Blick aus.

Als er kurze Zeit später wieder im Boot saß, umschloss er mit festem Griff die Ruder, um Stella nicht sehen zu lassen, wie sehr seine Hände zitterten. Er legte sich mit den Rudern zurück. Seine Kondition war dahin, seine Muskeln auch. Es war zum Verrücktwerden. Diese verdammten Wintermonate verwandelten ihn jedes Mal in einen kraftlosen Mehlwurm.

Stella packte ihre Bücher in die Tasche. »Ich mag Manuele. Er spielt Klavier, er verfolgt sein Studium und hilft seinen Eltern noch dauernd in der Apotheke. Und nach welchem Fach man ihn auch fragt, er weiß alles.«

»Manchmal glaube ich, der wäre viel eher was für dich …«

»Bitte?« Stella lachte laut auf. »Niemals! Was soll ich denn mit *dem?*«

»Schon gut. Ich wollte nur mal hören, ob du mir noch treu bist.«

»Treu? Das sagt der Richtige! Um wen scharwenzeln denn am Strand immer die Mädchen herum, kaum dass man ihm den Rücken kehrt?«

Er hoffte, dass Stella sich auf seinen Schoß setzen würde, wie sie es so gerne tat. Sie schlang dann die Beine um ihn und ließ ihn weiterrudern. Doch er sah, wie ihr Blick auf die Fischleiber fiel, die den Boden komplett bedeckten. Sie hasste es, die schuppig-glitschige Haut berühren zu müssen, und blieb sitzen. Einen Moment lang war er dankbar dafür, sie hätte sonst vielleicht bemerkt, wie schwach er sich fühlte.

»Ich habe keine Ahnung, wovon du sprichst«, antwortete er, doch es ging ihm gleich besser, wenn er an den Sommer dachte und daran, wie sich die Mädchenhälse nach ihm reckten, wenn er braun gebrannt und durchtrainiert mit dem Boot voller Fische an den Strand gerudert kam. Na ja, eigentlich nur die von den Touristinnen. Die eine Schwedin war wirklich süß gewesen. Ingrid. Wie Ingrid Bergman. Da konnte der Wichtigtuer Marcello noch so tolle Kopfsprünge von dem hölzernen Aufbau mit den Badekabinen machen, die sie letztes Jahr in Marinea gebaut hatten. Die Mädchen fanden ihn viel interessanter ... ihn, der sie nicht beachtete.

»Nico? Hörst du mir überhaupt zu?«

»Ja klar. Das nächste Mal nehmen wir Manuele für dich mit.«

Stella guckte einen kurzen Moment ernst, doch dann kicherte sie. »Sag nichts gegen Manuele! Die treue Seele hängt mit der Taucherbrille über dir im Wasser und verbrennt sich die Schultern, *poverino!* Aber er passt wenigstens auf dich auf.«

Geschafft! Nun stapelten sich alle Bücher, aus denen er etwas für die Abschlussprüfung lernen musste, schon mal auf seinem Schreibtisch. Verdammt hoch der Stapel, dachte Nico, ist das wirklich alles nötig? Italienisch? Komm, das beherrschst du doch gut genug. Weg damit. Geschichte? Mmm, reinschauen solltest du da schon noch mal. Und wenn das erledigt ist, gibt es zur Belohnung einen Blick in die neue Ausgabe des *Mondo sommerso*, die der Briefträger heute gebracht hat.

»Na, lernst du fleißig?«, fragte Flora, als sie zwei Stunden später durch einen Spalt der Zimmertür lugte, um ihren Sohn zum Abendessen zu holen.

»Ja klar!« Schnell schlug Nicola die Zeitschrift zu und zeigte auf den Bücherstapel, der sich unberührt auf dem Schreibtisch türmte, aber einen ausgezeichneten Sichtschutz bot. *Versunkene Welt,* meine Güte, er war wirklich abgetaucht in die Welt der Boote, der Harpunen und Tauchausrüstungen. Der Bericht über das Tauchturnier auf Ustica war mehr als zehn Seiten lang und exzellent geschrieben, und zu den interessanten Kleinanzeigen war er ja noch gar nicht gekommen.

Verdammt. Die Bücher ... Der alte Buttoni hatte mit der ganzen Klasse gewettet, dass Nicola im Mündlichen in Griechisch durchfallen würde. Also musste er im Schriftlichen doppelt beweisen, dass Buttoni ihn mal kreuzweise konnte.

»Dass ihr aber auch so viel lernen müsst, ihr jungen Menschen«, sagte Flora beim Essen und lud Nico noch eine weitere Kelle *pasta alla norma* auf.

»Na ja, ich muss da noch einiges nachholen«, sagte Nico, der nun doch ein schlechtes Gewissen bekam, weil auch dieser Tag, wie schon so viele zuvor, ungenutzt verstrichen war.

Sie aßen schweigend unter der Rosentapete im Wohnzimmer. Abends deckte seine Mutter immer hier am runden Tisch. Obwohl Nico die Stille unter Wasser so liebte, diese hier ging ihm auf die Nerven, aber worüber konnte er mit seiner Mutter reden? Auf keinen Fall über das Tauchen, auch nicht über sein Boot, das er Stella zu Ehren in *Marestella* umbenannt und deshalb den ursprünglichen Namen *Flora* übermalt hatte. Mein Gott, war sie damals sauer gewesen! Vom Meer durfte er auch nichts erzählen, ach, sowieso erwähnte er besser nichts, was mit Wasser zu tun hatte.

Das Gespräch mit Stella im Ruderboot fiel ihm wieder ein: Es war lustig gewesen, sich gemeinsam wilden Zukunftsfantasien hinzugeben. Doch von hier weggehen? Das konnte er seiner Mutter nicht antun. Durch das Abitur rasseln ebenso wenig, sie hatte alles Geld zusammengekratzt, um ihm die Schule zu ermöglichen. Und in den nächsten Jahren würde sie umgerechnet zweieinhalbmal den Preis eines Fiat 500 für sein Studium zahlen. Als ob sie seine Gedanken lesen könnte, sagte Flora plötzlich: »Kinderarzt wäre doch auch schön.«

Er wusste sofort, was sie meinte. »Mama!«

»Oder Tierarzt? *Dio,* was für erbarmungswürdige Kreaturen du als kleiner Junge immer mit nach Hause geschleppt hast … Aber nein, besser nicht, dann musst du ja den ganzen Tag in den Ställen herumstehen.«

»Mama!«

»Also doch lieber Medizin? Wäre Medizin nicht etwas für dich? Mein Sohn, ein richtiger Doktor im Krankenhaus!«

»Ich habe mich doch schon für Architektur entschieden.«

»Na, da weiß man ja auch, wer dir diesen Floh ins Ohr gesetzt hat!«

Nico atmete tief aus. Wenn es nach seiner Mutter ginge, würde er Stella niemals heiraten.

»Warst du heute etwa schon wieder tauchen? Lüg mich nicht an, ich sehe den Abdruck deiner Taucherbrille noch oben an deiner Stirn. Und deine Augen sind ganz geschwollen.« Ihre Stimme wurde schrill. Er hasste das. Die geschwollenen Augen kamen vom Unterdruck. Er hatte den Druckausgleich zu spät gemacht, als er auf fünfzehn Meter gegangen war. Da presste es einem alles zusammen, und die Maske zog sich am Kopf fest.

»Das Wasser ist doch noch viel zu kalt. Du holst dir noch den Tod! Wie oft muss ich dich bitten, da nicht mehr runterzugehen. Aber nein, mein Herr Sohn muss sich ja unbedingt …«

»Mama!«, unterbrach Nico sie energisch. »Ich war die ganzen letzten Monate nicht tauchen!«

»Ja, natürlich nicht, weil Winter war. Aber du würdest dich doch am liebsten auch noch zu Weihnachten in die eisigen Fluten stürzen!«

»Ja. Ich meine, nein. Und außerdem, Mama: Ich passe doch auf!«

»Das sagst du so, aber eines Tages …«

Okay, dachte Nico, bleibt mal wieder nur ein Thema, um sie abzulenken: »Wie war das«, fragte er mitten in ihre Litanei hinein, »konnte Papa eigentlich gut zeichnen?«

Flora hielt inne. Dann lächelte sie, und ihre Züge wurden weicher, als sie nun den Blick über die vielen Fotos ihres Mannes gleiten ließ, die in großen Silberrahmen an der Wand hingen. Auch Nico schaute hinauf. Von dem einen Foto, das ihn in Uniform zeigte, sah sein Vater, der im Dienst für das Vaterland gestorbene *Maresciallo* Messina, voller Erwartung auf ihn herab.

»Dein Vater? Der hat lieber fotografiert. Und reparieren konnte er auch kaum etwas. Aber weißt du, was er richtig gut konnte? Stimmen nachmachen, auch Tierstimmen, und andere Leute imitieren. Er konnte sich in die Menschen hineinversetzen. In Mistretta hat er einmal sogar im Radio gesprochen.«

»Wirklich? Bei einem richtigen Sender?«

»Ja. Er hat die Leute aufgerufen, ihren Müll nicht mehr in die Schlucht zu werfen. Denn das hat wilde Hunde angelockt, die dann auch in die Stadt kamen. Und weil er so eine wunderschöne, tiefe, melodiöse Stimme hatte, haben alle auf ihn gehört.«

Nico hatte diese Geschichten schon mehrmals von seiner Mutter zu hören bekommen, doch er wusste, wie gerne sie in den Erinnerungen an seinen Vater schwelgte. Wenn sie nur einen Moment lang glücklich war, war er es auch.

3. Kapitel

Es war der 1. April 1966.

Ich habe nichts für Nico, dachte Stella, als sie an diesem Morgen die Augen aufschlug. Mein Name ist Maristella Letizia di Camaleo, ich wohne in einer Villa aus dem Jahr 1751, mein Vater ist ein Graf, und auch ich könnte mich Gräfin nennen, und dennoch weiß ich nicht, wo ich das Geld für den nächsten Liter Milch hernehmen soll, und meinem Verlobten kann ich außer einem gestrickten Pullover aus alter aufgeribbelter Wolle, die ich zufällig im Ostflügel in einem Schrank gefunden habe, nichts zum Geburtstag schenken.

Mit einem Ruck stand sie auf, tappte auf nackten Füßen zur Balkontür und schaute hinaus. Die Magnolienbäume blühten, die Forsythienbüsche stachen leuchtend gelb aus dem hellen Frühlingsgrün hervor. Geburtstagswetter! Nico und sie wurden heute neunzehn Jahre alt. Neunzehn! Stella öffnete die Balkontür und sog die kühle Morgenluft tief ein. Es riecht nach Veränderung, dachte sie.

Früher hatte sie Veränderungen gehasst, weil sie nie etwas Gutes bedeuteten. Die ersten zehn Jahre bei den Großeltern und Assunta waren durch die sonntäglichen Pflichtbesuche in der Villa empfindlich gestört worden, dennoch rochen sie in ihren Erinnerungen köstlich. Nach dem süßen Ricottaschweiß der Tante, dem pudrigen Duft von Nonnas schwarzen Handschuhen für die Kirche, nach Lolòs abendlichem *biberon,* dem Milchfläschchen, und dem würzigen Tabak aus Babbos Maispfeife. Bis die gewaltsame Veränderung über sie hereinbrach. Die folgenden fünf Jahre in der Villa waren von dem bitteren Geruch der Kapern, die sie sortieren musste, des Laudanums für ihre Mutter und der Angst durchsetzt gewesen. Stella schloss die Tür. Dann nahm die Marchesa eine Überdosis des Opiumsafts, und es hatte sich gezeigt, dass Veränderungen auch etwas Gutes bewirken konnten.

Sie schlüpfte in das dunkelgrüne Kleid, das sie sich am Abend zuvor herausgelegt hatte, und betrachtete sich im Spiegel. Die Kleider von diesem Dior waren ihr wie auf den Leib geschneidert, doch alle viel zu schick für die Schule. Auch dieses hier hatte Assunta kürzer gemacht und den Ausschnitt verkleinert. Konnte sie das heute wirklich tragen, obwohl Pupetta erst seit knapp zwei Wochen tot war? Ach, warum denn nicht. Der alten Köchin hätte es bestimmt gefallen, und als Geburtstagskleid war es wegen seiner eleganten Schlichtheit genau richtig. Stella wusste, dass die Leute über sie redeten, weil sie ihre Garderobe ausschließlich dem wahrhaft unerschöpflichen Kleiderschrank ihrer verstorbenen Mutter entnahm. »Warum denn nicht?«, wiederholte sie laut und wandte sich wieder in den Raum. »Nicht wahr, wir beide wissen, warum?« Sie sandte einen Blick an die Decke. Ihre Mutter wurde nicht ausschließlich in der Hölle festgehalten, nein, manchmal bekam sie Ausgang, dann war sie dort oben. Aber sie machte ihr keine Angst mehr, im Gegenteil, sie hielten ab und an sogar Zwiesprache, über Stellas Kindheit und die speziellen Quälereien, die die Marchesa für sie erdacht hatte. Stella kannte mittlerweile die Gründe der tiefen Einsamkeit und des Unglücks ihrer Mutter und hegte keinen Groll mehr gegen sie. Doch es gab Tage, da lasteten die Zimmerfluchten und unbenutzten Räume der Villa wie der tonnenschwere Mahlstein einer Ölmühle auf ihr, und sowohl die Erinnerungen als auch die Gedanken an die Zukunft schnürten ihr die Luft ab.

Stella seufzte. Die Sorgen lauerten schon wie eine Katze hinter der Mauer, bereit, sie jeden Moment anzuspringen. Warum hat das Leben mich bloß mit zwei verrückten älteren Schwestern und einem toten Brüderchen bedacht und somit zur einzig ernst zu nehmenden Erbin der Familie auserkoren? Nein. Sie schob die Gedanken beiseite. Gerade heute durfte auf keinen Fall wieder so ein Sorgentag sein!

Sie wusch sich das Gesicht, bürstete ausgiebig ihr langes mahagonifarbenes Haar und hinderte es mit zwei Schildpattkämmen daran, in die Stirn zu fallen. Es mochte grausam klingen, doch erst nachdem die Marchesa freiwillig in den Tod hinübergeschlummert war, war so etwas wie Frieden in diese Mauern eingekehrt. Und natürlich, nachdem die beiden *masculazzi,* die als Mannweiber verschrienen Schwestern Regina und Enza, aufs Schnellste in ein weit abgelegenes Kloster gesteckt worden waren.

Stella ging die Treppe hinunter und fuhr dabei mit den Fingerspitzen an den Wänden entlang. Siehst du, sagte sie ihrer Mutter, frisch gestrichen haben wir die meisten von den friedlichen Mauern auch.

Was hatten sie geschuftet. Sie selbst hatte auf der Leiter gestanden, den dicken Pinselquast in der Hand. Assunta, Maria, Lolò und Alberto, ja selbst der Marchese hatte mitgeholfen, die Villa zu entrümpeln. Seitdem stieg der saubere Geruch von Farbe in den Fluren auf, der Duft der mit Lavendel bestückten Wäschesäckchen quoll aus den alten Schränken hervor, die leeren, aber aus ihrem Dämmerzustand gerissenen, staubfreien Salons und Zimmerfluchten atmeten wieder die Reinheit von Schmierseife, Zitronen und neu verleimten Stühlen.

Bis jetzt, dachte Stella. Bis dieser Brief kam. Irgendetwas wird passieren und wieder alles verändern. Aber verlasst euch drauf, liebe Schwestern, mir wird noch eine Lösung für euch einfallen! Ich werde es nicht zulassen, dass euer butterranziger Geruch hier wieder einzieht und euer tyrannisches Verhalten noch einmal die Oberhand gewinnt.

Stella ballte die Fäuste. Außerdem hatte sie ja noch ihren Nicola. Nicola würde sie retten. Und noch das letzte bisschen der schlechten Erinnerungen mit neuen, fröhlichen, ganz anderen, glücklichen Begebenheiten überdecken, wenn sie erst einmal zusammen hier lebten.

Sie ging in den Grünen Salon.

»Oh, da ist sie ja!« Assunta erhob sich von dem *divano,* auf dem sie offenbar ein Nickerchen gehalten hatte, und schloss Stella in die Arme. »Herzlichen Glückwunsch, mein Mädchen! *Ti amo! Ti amo! Ti amo!* Seit dem Moment, an dem ich dich vor neunzehn Jahren in die Arme nehmen durfte.«

Stella schmiegte sich an ihre rundliche Ziehmutter. Sie schimpfte zwar manchmal insgeheim auf Assunta, doch wilde Panik erfüllte sie, wenn sie nur daran dachte, dass ihre Tante sie irgendwann wieder alleine lassen würde, weil auch sie einmal sterben musste.

»Danke, liebste Tante. Ich liebe dich auch. Aber was machst du hier schon so früh?«, fragte sie und löste sich langsam aus der Umarmung. »Es ist noch nicht mal sechs.«

»Ich wusste, dass du immer zuerst hierherkommst, wenn du morgens das Haus inspizierst. Und seit Pupettas Tod kann ich doch auch nicht mehr richtig schlafen, das weißt du doch. Wegen der ganzen Aufregung und wegen der Einbrecher.«

»Alberto hat doch alle Türen noch mal zusätzlich gesichert.« Leider hat er auch den Bogen des Gartentors zugemauert ...

»Aber ich mache mir trotzdem Sorgen. Hätten wir nicht doch die Polizei rufen sollen?«

»Die Polizei? Was hätte die denn schon gemacht? Außer hier herumzuschnüffeln, womöglich einen von uns zu verdächtigen, den Schuss abgegeben zu haben, und vielleicht bei der Gelegenheit noch das eine oder andere mitgehen zu lassen?«

»Aber wenn die Diebe noch mal wiederkommen? Und nach dem Sommer bist du auch nicht mehr so oft hier.«

»Ich werde jeden Morgen zum Studieren mit der Bahn nach Palermo fahren und jeden Abend wieder zurück sein. Keine Angst.«

»Ach, Stellina, du bist so klug!«

Stella nickte. Sie war nicht nervös, was die Prüfungen anging. Zum Studium der Architektur würde sie ohne Zweifel zugelassen werden. Doch wie sollte sie die Gebühren nur bezahlen? Diese verdammten zweihundertfünfzigtausend Lire pro Jahr. Ihren Vater konnte sie schlecht fragen. Dann eher den Verwalter der Geschäftsbücher, den Notargehilfen Mauro Scaletti, der dem finanziellen Niedergang des Hauses Camaleo bereits seit zwei Jahren nachzuspüren versuchte. Aber sie kannte die Antwort schon. Geld, mein Mädchen? Guck in deine Hand, dann weißt du, wie viel da ist.

Assunta hinkte davon in Richtung Untergeschoss. »Du wolltest ja wegen Pupetta nicht feiern«, rief sie über die Schulter. »Trotzdem trinken wir jetzt eine feine Mandelmilch zusammen. Und einen Kuchen habe ich auch für dich. Mit Kastanienmehl gebacken.« Doch dann drehte sie sich noch einmal – wegen des zu kurzen Beins leicht schwankend – zu Stella um. »Eine schöne Beerdigung hat sie bekommen, unsere Pupetta.«

»Die allerschönste!« Kein Problem, mit dem vielen Geld, das sie unter ihrem Bett versteckt hatte.

»Unsere Anzeige hängt immer noch überall an den Mauern der Stadt! Wir betrauern den Heimgang unserer geliebten Bediensteten ... Das hast du wunderschön geschrieben, Stella. Und wir haben keine Lira für uns genommen!«

Sie schüttelten zeitgleich die Köpfe.

»Das bringt nämlich Unglück, wenn man etwas von den Toten nimmt, das man nicht haben soll«, zischte Assunta. »Da gab es mal einen Mann in Bellaforte, der …«

»Komm, das erzählst du mir, wenn du die Milch und den Kuchen hochbringst. Ich muss mal eben in die Bibliothek.«

»Was willst du *da* denn?«

Stella schaute an die Decke der mit Putten und Lorbeerkränzen verzierten Bibliothek, in der nur ein Regal mit ungefähr dreißig Büchern stand. Der Rest des großen Raumes war leer … Konnte sie den Bildband, den ihr der Marchese vor einem Jahr zum Geburtstag überreicht hatte, wirklich an Nico weiterverschenken? Da war er ja: *L'Architettura rinascimentale, Storia dell'Arte.* Hatte ihr Vater eine Widmung hineingeschrieben? Sie blätterte. Nein. Umso besser. Keiner würde es merken. Oder sollte sie ihm den Gedichtband von Federico García Lorca schenken, der gleich daneben stand? Er war wesentlich kleiner … und leichter. Wenn sie heirateten, würde Nico sowieso hier bei ihr einziehen, dann käme das Buch, welches auch immer sie ihm schenkte, wieder an seinen Platz zurück.

Nico hier in der Villa? Komisch, obwohl er schon so manches Mal unter den Augen von Assunta oder denen des Marchese offiziell auf einem der Sofas in den *salotti* gesessen hatte und sie oft daran dachte, dass er eines Tages mit ihr zwischen diesen hohen Mauern leben würde, hatte sie irgendwie kein Bild dazu. Sie sah ihn am Strand, in seinem Zimmer und mit ihr im Boot. Doch hier an diesem Ort blieb er seltsam verschwommen. Sie schüttelte den Kopf. Was für Sorgen machte sie sich nun schon wieder? Natürlich würden sie hier zusammen leben, wenn sie erst einmal verheiratet waren! Und die durchgelegene Matratze aus dem Raum mit den Meeresfresken, den Fischen und den Seeschlangen gegen ein eigenes Schlafzimmer eintauschten, nur für sie beide! Oder wollte er bei seiner Mutter Flora wohnen bleiben? Dachte die etwa, sie würden da drüben im winzigen *casa popolare* sein Zimmer teilen? Na also, viel zu wenig Platz!

Sie würden Kinder haben, die durch das Haus tollen dürften. Sie würden den Ostflügel noch besser absperren als jetzt, damit die Kleinen ... nicht auszudenken, wenn ihnen ein Brocken aus der Decke auf den Kopf fiele!

Oder sie würden den verwaisten Trakt des Gebäudes wiederaufbauen. Die Mauern und Zimmerdecken irgendwie abstützen oder gleich ganz einreißen und neu hochziehen ... Sie spürte die altbekannte Ungeduld in sich aufsteigen. Wie gerne würde sie endlich etwas über die Statik und ihre Berechnungen im Studium erfahren!

Zurück im Grünen Salon, erwartete Assunta sie schon mit einem Glas Mandelmilch. Sie grinste triumphierend. Irgendwie hatte sie es geschafft, den Jungen mit der Kuh zur Herausgabe von etwas Milch zu überreden, denn sie schuldeten ihm bereits so viel, dass er morgens gar nicht mehr an das große Tor klopfte. Auf dem Teller lag ein dunkler, flacher Kuchen, bestückt mit Pinienkernen und Rosinen.

Auch ihr Vater und Maria waren da und lächelten sie erwartungsvoll an. Stella nahm ihre Glückwünsche verlegen entgegen. Immer noch war es schwierig, die beiden in einem Raum zu sehen, ohne dass die Bilder in ihrem Kopf zu laufen anfingen, wie die schwarz-weiße Wochenschau vor dem Hauptfilm im Kino. Warum hatte sie damals nur durch das Schlüsselloch geguckt? Und war es nicht überhaupt schon Zeit für die Schule?

»Ich habe da noch eine Kleinigkeit für dich.« Der Marchese ging zu einem der zahlreichen schmalen Fenster, Maria folgte ihm. Mit einiger Anstrengung rollten sie etwas in den Raum, das aussah wie eine Schultafel, aber noch von einem weißen Tuch verborgen war. Ihr Vater zog das Tuch ab. Maria strahlte ihn an. Ein Zeichentisch! Massiv und riesig, mit einer mechanischen Führung für den Zeichenkopf, an dem zwei lange Lineale befestigt waren. Stella wurde ganz aufgeregt: Damit konnte man maßstabsgetreu kopieren!

»Aber Vater, das … war doch bestimmt …«

Doch der Marchese unterbrach sie ungewohnt lebhaft: »Für dich ist mir nichts zu teuer, meine Tochter! Du sollst einen guten Start in dein Studium haben. Und schau, was passiert, wenn du die Platte kippst.« Er löste eine Verriegelung und ließ die Tafel zum Tisch werden.

»Nur, wie …?« Unter Stellas Kopfhaut kribbelte es, sie ging näher an die hölzerne Fläche heran und strich darüber, aber ihr Vater ahnte wohl, welche Frage sie beschäftigte.

»Ich habe etwas verkauft. Etwas, das wir sowieso nicht brauchen.«

»Ja?« Stella hob erschrocken den Kopf. »Und was wäre das?«

»Schau, es ist doch so: Der Garten der Villa ist ja groß genug für uns, und wir haben das Stück dahinter noch nie genutzt.«

»Welches Stück? Meinst du etwa das Grundstück hinter der Mauer?«

»Genau. Das schmale Stück mit der Bodensenke. Was hätten wir jemals damit gemacht?«

»Wo die Frösche immer so fürchterlich lärmen«, warf Maria ein.

Alle schauten einander an. Assunta zuckte mit den Schultern. Maria umklammerte ihre Ellbogen und sah zu ihrem geliebten Marchese auf.

»An wen?«, fragte Stella.

»Ach … an eine Firma. Die Gebrüder Fontana aus Catania. Wollen da vielleicht Zitronen anbauen. Sie haben mir gesagt, womöglich würde es demnächst sowieso enteignet, weil die Stadt Bellaforte den Ausbau der Wasserversorgung plant. Die Gemeinden enteignen ja jetzt überall. Hinter Palermo, wo der Flughafen gebaut wurde, haben sie das auch gemacht, wegen der Autobahn und so weiter ... Ich habe also nicht lange gezögert und unterschrieben.« Er schloss die schweren Lider und sah einen Moment lang aus wie ein satter Kater.

»Unterschrieben? Ohne Signor Scaletti vorher gefragt zu haben?«

»Es musste schnell gehen. Und dich *konnte* ich ja nicht fragen.« Er lächelte sie an.

Ich hätte auch Nein gesagt, dachte Stella und warf einen bedauernden Blick auf den nagelneuen Zeichentisch. »Ich kann das gar nicht glauben. Die kommen extra aus Catania wegen ein paar Zitronen?« Doch als sie sah, wie sich sein gerade noch freudiger Gesichtsausdruck langsam verfinsterte, lenkte sie ein: »Es wird schon recht sein, Vater.« Er war in letzter Zeit so vergesslich, sie konnte ihm einfach keine Vorwürfe machen. Doch sie musste unbedingt mit Mauro Scaletti sprechen und den Bücherverwalter nachforschen lassen. Wer hatte das Grundstück wirklich gekauft, das direkt hinter der Gartenmauer anfing? Wenn es Frösche gab, gab es dann womöglich nicht auch Wasser? Hätte man einen neuen Brunnen für die Villa bohren können? Der tiefe Schacht im Garten, der ihr als kleines Mädchen immer so viel Angst gemacht hatte, war versiegt. Warum hatte sie sich nicht schon früher Gedanken über das Grundstück gemacht?

»Nun mach nicht so ein besorgtes Gesicht, Stella. Es wird schon gut gehen. Was soll jemand mit dem kleinen Streifen Land schon groß anfangen?« Maria ertrug es nicht, wenn jemand ihren verehrten Marchese, und sei es auch wortlos, kritisierte.

»Ach, hier seid ihr alle!« Lolò platzte in die Versammlung im Salon. »Herzlichen Glückwunsch, liebe Schwester!« Er rieb sich den Schlaf aus den Augen.

»Danke.« Stella lächelte. Lolò würde sie nie Cousine nennen.

»Gibt's noch was von dem da?«

Stella streckte ihm ihr Glas hin.

»Nun warte, bis wir hier fertig sind, oder geh selber runter in die Küche«, fuhr Assunta ihn an, doch Lolò leerte Stellas Glas bereits mit einem einzigen gierigen Schluck.

»Mal 'ne andere Frage«, sagte er, nachdem er sich den Mund abgewischt hatte. »Stimmt das, was meine Mutter da erzählt? Dass Enza und Regina wieder nach Hause kommen?«

Maria ruckte mit dem Hals nach vorne wie ein nervöses Huhn und bekreuzigte sich.

Stella zog die Schultern hoch. »Ich befürchte ja.«

»Meine Güte. Was machen wir mit den beiden nutzlo…« In letzter Sekunde wurde Lolò sich des angeheirateten Onkels gewahr und brach den Satz ab.

»Nun ja, es ist so … Da hat sich nun doch eine etwas andere Möglichkeit ergeben«, sagte der Marchese leise und fuhr mit seinen weißen Händen durch die Luft. »Das stand jedenfalls in dem Brief, den sie mir … den mir das Kloster geschickt hat.«

»Aber den hast du doch mir gegeben, bevor du ihn gelesen hast«, sagte Stella. Sie wünschte sich in die Schule, wenn es sein musste auch direkt in ihre mündliche Abschlussprüfung im Fach Chemie. Jetzt sofort.

»Aber es ist ja noch ein zweiter gekommen.«

»Wann denn? Von dem weiß ich nichts.« Stella musste die Lippen fest aufeinanderpressen, um nicht loszuschreien. Nach zwei tiefen Atemzügen hatte sie sich wieder gefasst. »Und was stand darin?«

»Nun ja. Wenn wir ihnen eine größere Schenkung machen würden, behalten sie sie auch da.«

»Dann lass uns das machen!«, sagte Assunta schnell.

»O ja. Bin ich auch für …« Lolò grinste. »Gibt's wenigstens heute frisches Brot?«

Doch Stella hatte keine Muße, seine Frage zu beantworten. »Schenkung? Was wollen sie denn geschenkt haben?«

»Die Nonnen wollen immer Land.«

»Haben wir denn überhaupt noch was?«

»Schon. Aber da musst du vermutlich den Scaletti fragen.« Ihr Vater schaute aus dem Fenster in den Garten.

Maria verzog den Mund. »Wenn der jetzt schon meint, er müsse hier alles kontrollieren.«

»Ja, der Scaletti kontrolliert.« Es klang schärfer, als Stella beabsichtigt hatte. »Er macht aber nichts, was wir nicht wollen oder was uns schadet.« Letzteres erledigen wir immer noch selbst, fügte sie im Stillen hinzu.

»Nun, vielleicht sollten wir wirklich das eine oder andere *terreno* verkaufen, damit die Mädchen dort bleiben können.« Der Marchese nickte bedächtig vor sich hin.

Stella rieb sich die Stirn. Als sie erwacht war, hatte sie sich nur um ein fehlendes Geschenk für ihren geliebten Nicola gesorgt. Und nun, kaum eine Stunde später? Waren die verdrängten Probleme mit viel größerer Wucht zurückgekehrt. Sie atmete tief ein.

»Aber diesmal komme ich mit, Vater. Einverstanden? Du reist nicht ohne mich nach Prizzi!«

4. Kapitel

Nico ließ seinen Blick über die gesenkten Köpfe schweifen. Was zum Teufel schrieben die denn alle noch? Fiel denn nur ihm nichts mehr ein? Er stützte die Stirn auf die Faust und starrte wieder auf sein Heft. Inhalt und Analyse von Pirandellos *Male di luna*. Eine Kurzgeschichte über einen Mann und seine mondsüchtige Frau. Wozu würde er das später mal brauchen können?

Es war heiß in der Aula. Die Lehrer saßen alle vorne, hinter einer Reihe von Pulten. Eine Fliege summte vorne am Fenster, und die dicke Lehrerin, die zur Aufsicht abgestellt war und mit ihren abgetretenen Absätzen zum zehnten Mal an seinem Einzelpult vorbeikam, verströmte einen betäubenden Geruch nach Haarspray. Er spürte ein vertrautes Zucken in den Beinen. Die Enge der Aula machte ihn nervös, die Wände schienen immer näher auf ihn zuzukommen. Er fühlte sich eingesperrt.

Er ermahnte sich durchzuhalten. Die letzte schriftliche Prüfung würde er doch wohl noch schaffen. Und schon am Nachmittag könnte er mit Stellina feiern, wenn sie es beide ungesehen nach oben in den Ostflügel schafften ... und dann später mit einem Ausflug nach Portovecchio.

Hättest du dich auf die Italienischprüfung genauso gründlich vorbereitet, wie du diesen Ausflug geplant hast, wärst du jetzt nicht am Ende mit deinem Latein, erklang eine Stimme in seinem Kopf. War das sein Freund Manuele, der ihm da ins Gewissen redete?

Ich wollte Stella eben eine Freude bereiten!

Mit einem *Tauchausflug?* Vor den mündlichen Prüfungen morgen?

Mama packt mir einen Picknickkorb, und ich werde endlich Fotos von Stella machen. Mit der neuen Unterwasserkamera!

Dazu musst du sie erst einmal unter Wasser bekommen!, hörte er wieder Manueles Stimme.

Ich hätte die Kamera ja schon viel früher gehabt, wenn ich ihr nicht die teure Aktentasche geschenkt hätte.

Die sie zum Studieren benutzen wird. Vermutlich wirst *du* keine brauchen.

Sei ruhig. Wie soll ich mich auf Pirandello konzentrieren, wenn du in meinem Kopf dauernd vom Tauchen quatschst?

Das war bis jetzt nicht gerade glanzvoll, was du bei den Prüfungen abgeliefert hast. Auch wenn du heute Nachmittag noch lernst, hast du mehr Glück als Verstand, wenn du morgen bei den mündlichen durchkommst.

»Noch zehn Minuten!«, sagte Dottore Sandolo vom Kopf der Aula und sah Nicola dabei direkt in die Augen.

Die schenke ich euch, die zehn Minuten. Ihr könnt meinetwegen zwischen diesen Mauern ersticken, dachte er, schob seine Zettel zusammen, griff nach seinem Stift und machte sich auf den Weg nach draußen.

»Aber bleib nicht wieder so lange unten, Nico!«

»Lolò passt doch auf ihn auf, Stella«, sagte Manuele.

Seine Augen lassen sie keinen Augenblick los, wenn er meint, sie merkt es nicht, dachte Nico und grinste. War das Leben nicht einfach großartig? Er hatte gestern noch gelernt und heute überall im Mündlichen gut abgeschnitten. Buttoni war ein Idiot. Wahrscheinlich hatte es auch daran gelegen, dass gleich drei Frauen in der externen Prüfungskommission gesessen hatten. Was für ein Glück! Frauen mochten ihn einfach. Und deswegen war das *liceo* seit heute Mittag erledigt, Vergangenheit, Geschichte. »Endlich Freiheit!«, rief er.

»Erst mal müssen wir das Schriftliche bestanden haben.« Stella wühlte in dem Korb nach der Schüssel mit den *arancini*. Sie konnte es nicht zugeben, aber die gefüllten Reisbällchen seiner Mutter waren nun mal die besten!

»Ach, klar haben wir bestanden! Und ab jetzt ist alles nur noch Belohnung für äußerst fleißiges Lernen.« Nico gab Stella einen salzig-nassen Kuss auf die Wange. Sofort schaute sie sich um.

»Keine Panik! Hier an der *Formica* kennt uns keiner!«

Die *Formica* war eine Felsformation nur wenige Zentimeter unter dem Meeresspiegel, ungefähr siebzig Meter vor dem Fischerörtchen Portovecchio gelegen.

»Ist mir egal, ob die mich kennen. Wir sind so nahe am Land, ich kann ja sogar den Fischern beim Netzeflicken zuschauen. Und wenn ich *die* beobachten kann, sehen sie mich auch ...«

»Lass uns runtergehen«, sagte Lolò. »Bevor Stella hysterisch wird und auch noch die letzte *cernie* abgehauen ist. Ich brauche Geld.«

Stella verdrehte die Augen. »Ja, lasst uns hier nur allein.«

»Ich bin gleich wieder da, *amore*. Wäre ja schön dumm, wenn nicht.« Nico schloss das Oberteil seines Taucheranzugs und beugte sich dicht an ihr Ohr: »Denn ich würde doch nie auf deine weichen, warmen, göttlichen Du-weißt-schon-was verzichten«, murmelte er. Hoppla. Hatte Manuele ihn etwa gehört? Der lächelte gerade peinlich berührt auf den Proviantkorb hinab, und auch Stella wurde jetzt rot, oder hatte sie sich nur den ersten Sonnenbrand des Jahres geholt? Egal. Das Leben war herrlich, und der Sommer fing gerade erst richtig an!

»Arrivo!« Mit den Flossen zuerst sprang Nico über Bord und landete mit einem lauten Platschen im Wasser.

»Guck mal. Ist das deine Mutter da drüben?«, fragte Manuele eine Stunde später, als der Boden des Bootes mit Zackenbarschen und Goldmakrelen bedeckt war.

»Kann nicht sein. Die Frau trägt was Buntes«, sagte Nicola und versuchte vom Boot aus den kleinen Anker frei zu bekommen, der sich in der zerklüfteten Oberfläche des Felsens unter der Wasserlinie verhakt hatte.

»Doch. Das ist sie, und sie winkt uns!«, sagte Stella und winkte kurz zurück.

Nico schirmte seine Augen gegen das Licht der untergehenden Sonne ab. »Ich fasse es nicht. Das ist sie wirklich. Los, hau rein, Manuele! Ich muss unbedingt wissen, was sie hier macht.«

»Ob was passiert ist?« Manuele keuchte, so sehr riss er die Ruder zurück.

»Hä? Was soll denn passiert sein? Das kann doch nur was Gutes bedeuten, wenn sie plötzlich ihre Trauerkleidung ablegt. Das hat sie erst ein einziges Mal gemacht. Und zwar, als ich beschlossen habe, weiter zur Schule zu gehen.«

»Ja«, sagte Stella leise. »Aber die neuen Farben konnten sich nicht lange an ihr behaupten.«

»Stimmt. Nur ein paar Tage lang«, sagte Manuele.

»Warum eigentlich?«, fragte Lolò.

»Es kam etwas dazwischen. He!«, rief Stella und wischte sich das Wasser vom Gesicht, das vom linken Ruder zu ihr hochgespritzt war.

»Oh, Entschuldigung! Ich bin untröstlich.«

Nico rollte mit den Augen. Manuele, Kumpel, mach mal halblang mit deiner Unterwürfigkeit …

»Schon gut«, sagte Stella. »Damals war es auch salzig.«

Nico schaute sie an. Meinte sie die Tränen, die sie wegen seiner Mutter Flora vergossen hatte? Die hatte sich nämlich schon vier Tage später wieder in ihr schwarzes Zeug gekleidet, bevor sie zu seiner Verlobung mitkam, und war ihrer Entscheidung seitdem treu geblieben. Drei Jahre sollten sie warten, hatte sie gefordert, mehr noch: Erst wenn er mit dem Studium fertig war und eine angemessene Arbeit hatte, um eine Familie versorgen zu können, sollten sie heiraten. Aber das konnte sie vergessen. Das würde ja noch ewig dauern …

»Mama!«, rief er, als sie sich der Betonmole des Hafens näherten, auf der seine Mutter klein und rund im Wind stand. Sie trug tatsächlich ein helles Kleid, mit blauen Borten und kurzen Ärmeln. »Was machst du hier?«

»Ich wusste ja, wo ich euch finde!« Sie lächelte, hielt die Hände auf dem Rücken verschränkt und drehte sich mit dem Oberkörper halb um ihre eigene Achse. Eine aufkommende Bö zauste ihre lockigen dunklen Haare, die sie ihrem Sohn vererbt hatte. Lolò packte die rostige Leiter, die an der Mauer befestigt war, kletterte aus dem Boot und half dann Stella hinauf auf die Mole. Sie gab Nicos Mutter die Hand und machte sogar einen Knicks.

»Also, was ist los?«, fragte Nico, als er endlich neben ihr stand. »Dein Kleid sieht wunderschön aus. So gar nicht …«

»… schwarz«, ergänzte Lolò.

»Danke. Ach, ich dachte, ich mach mal einen Ausflug.«

Nico schüttelte den Kopf. »Was? Mama, du *hasst* es doch, mit dem Bus zu fahren. Oder bist du etwa gelaufen?«

»Nein.« Wieder drehte sie ihre Schultern abwechselnd nach vorne wie ein kleines Mädchen. Nico sah, wie Stella die Lippen aufeinanderpresste, aber sich sofort zu einem Lächeln zwang, als sie seinen Blick auf sich spürte.

»Ich wollte dir gerne etwas zeigen. Aber ich dachte natürlich, du bist nur mit den Jungs unterwegs …«

Er hörte, wie Stella die Luft ausstieß. Nun gut, an ihrer Missstimmung konnte er im Moment nichts ändern.

Flora holte ihre Hand hinter dem Rücken hervor und öffnete die Faust. Darin lag … ein Autoschlüssel. »Der passt zu dem da!«, sagte sie und zeigte auf einen blauen Fiat 500, der ein paar Meter weiter am Hafenbecken stand und bereits von neugierigen kleinen Jungs umringt wurde. »Und er gehört dir!«

»Aber …« Nico war sprachlos. Er vergaß einen Moment lang alles, auch Stella, und ging auf das kleine Auto zu. Die runden Blinker leuchteten in der Sonne, die Reifen zierte ein schneeweißer Streifen. Das ganze Ding sah verdammt neu aus!

»Aber ich habe gar keinen Führerschein … und du doch auch nicht!«

»Doch, du hast nur nicht mitbekommen, wie ich ihn gemacht habe.« Flora sprang von einem Fuß auf den anderen und strahlte, so wie Nico sie noch nie hatte strahlen sehen.

»Komm. Wir fahren eine Runde. Und wenn du deine Prüfung in der Schule tatsächlich bestanden hast, machst du gleich dein *patente!*«

Die kleinen Jungs wichen zurück, denn nun umzingelten die Großen das Auto. Nicola schaute sich kurz um. Stella trottete langsam hinter ihnen her. Flora öffnete die Türen, und sie setzten sich abwechselnd ans Steuer. Die Jungen kommentierten jeden Knopf und jeden Schalter. Immerhin gab es vier davon. Die Scheibenwischer ließen sich in zwei verschiedene Geschwindigkeiten schalten, der Schaltknüppel war ein langer dünner Stab, auf dem eine polierte schwarze Kugel steckte, und an den Seitenfenstern gab es sogar kleine dreieckige Extrafensterchen, die man schräg hinausklappen konnte.

Irgendwann saß Stella neben Nico auf dem Beifahrersitz. Als seine Mutter gerade nicht guckte, legte er seine Hand auf ihr Knie, das unter ihrem Baumwollkleid hervorlugte. Sie war doch immerhin seine Verlobte … und so schön, so schlank, so groß, ihr Scheitel berührte fast das Autodach. »Nico, lass das!«, flüsterte sie und ließ die Tür zufallen.

»Warum denn?« Auch er schloss die Tür. »Mit dem werden wir nach Palermo zur Universität fahren, jeden Tag.«

»Und du meinst, sie lässt das zu?« Stella stieß die Luft durch die Nase aus. Sie klappte den Aschenbecher über den vier Schaltknöpfen auf und wieder zu und strich mit der Hand über das schmale Armaturenbrett, bis ihr Ellbogen an das Seitenfenster stieß. »Für *mich* hat sie den schließlich nicht gekauft.«

»Ach, jetzt sei nicht so! Freu dich doch mal. So schlimm ist sie doch gar nicht.« Doch an ihren Augen sah er, dass wirklich etwas Fantastisches, Unglaubliches, Weltbewegendes geschehen müsste, bis Stella ihre Meinung über seine Mutter ändern würde.

Die Wochen vergingen. Obwohl Nico mit den Werken von Pirandello nicht eben vertraut war, war er durch die Prüfungen gekommen, wenn auch nur, weil er die fremden Prüferinnen der Kommission mit seinem Charme und seiner Redegewandtheit betört hatte. Flora, die nur fünf Jahre die Schule hatte besuchen dürfen, rahmte die Abschlussurkunde ihres Sohnes und hängte sie in den Flur neben seine Babyfotos.

Für die theoretische Führerscheinprüfung büffelte Nico wesentlich konzentrierter als für die Schule. Und weil Signor Franco delle Poste ihn manchmal nach Feierabend in seinem Simca im Schritttempo durch Marinella fahren ließ, hatte er den Schein schon nach wenigen Fahrstunden in der Tasche. Zunächst fuhr er Flora nach Bellaforte und wo immer sie hinmochte.

»Warten wir, bis alles nicht mehr so neu für sie ist, dann nehme ich dich mit, *amore!*«

Falls sie diese Regelung demütigend fand, ließ Stella sich nichts anmerken.

Nico war glücklich. Bald, bald würde sein richtiges Leben beginnen. Doch erst einmal lagen drei unendlich lange Sommermonate vor ihm. Er trainierte für zwei Meisterschaften, an denen er teilnehmen wollte. Den *Coppa Sicilia* und den *Trofeo del Bono.* Jeden Vormittag war er an der Bucht, wo der *cubo,* ein großer, würfelförmiger Felsen, unter Wasser lag, und holte drei große *cernie* heraus, die er umgehend an die Fischer in Marinea verkaufte. Nachmittags tauchte er dann nur für sich, um sein Lungenvolumen und damit die Fähigkeit, noch länger ohne Luft unter Wasser zu bleiben, zu vergrößern.

Zwischendurch, wenn Flora mit dem Cinquecento von ihrer Arbeit als kleine Angestellte bei der Gemeinde gefahren kam, um das Mittagessen zuzubereiten, ging auch er nach Hause. In den heißen Stunden danach, wenn das Leben in den Straßen erstarb, wenn seine Mutter auf dem *divano* im Wohnzimmer ein Schläfchen machte und ihn seinerseits auf seinem Bett bei einem Nickerchen vermutete, traf er Stella im Ostflügel. Sie hatten einen noch einfacheren Zugang als durch das Gartentörchen gefunden: durch das Haupttor. Stella hatte ihm einfach einen Schlüssel dafür gegeben. Er musste nur aufpassen, dass ihn niemand im Hof vor der Freitreppe sah. Doch in den Mittagsstunden war auch in der Villa selten jemand wach, selbst die Fliegen klebten reglos an den Zimmerdecken.

Auch heute, in der alles versengenden Hitze eines schon tagelang wehenden Schirokkos, lagen sie dort oben wieder beieinander. Stella hatte die Fenster hinter den Läden geöffnet, und der harzige Duft des Pinienbaums erfüllte das Zimmer. Ab und zu öffnete sie den Mund, dann legte Nicola etwas auf ihre Zunge. Es waren die kleinen hellen Kerne, die er an diesem Morgen mühsam mit Hammer und Schraubenzieher aus einem Pinienzapfen geholt hatte. Er wusste, wie sehr sie den nussig-süßen Geschmack liebte. Nachdem er mit den restlichen Kernen ein kleines Herz auf Stellas Bauch gelegt hatte, ließ er sich zurück auf die Matratze sinken und richtete den Blick an die Decke.

»Wenn man hier liegt und auf das Meer da oben schaut, hat man das Gefühl, man sei unter Wasser. Welcher Verrückte hat diese Fresken wohl an die Decke gemalt? Das Meer als Himmel … unglaublich!«

»Wann willst du denn nun mal mitkommen?«, fragte Stella, ohne auf seine Überlegungen einzugehen. Sie legte ihren Kopf auf seiner Schulter zurecht, vorsichtig, um das Herz aus Pinienkernen nicht zu zerstören. »Ich bin schon dreimal ohne dich in Palermo gewesen.«

»Bald komme ich mit. Du lotst mich dann dorthin und zeigst mir alles. Ich hasse solche Gebäude.«

»Wie kannst du diesen wunderschönen alten Palazzo hassen?«, entgegnete sie. »Du warst ja noch nie in der Via Maqueda und weißt nicht mal, wie er von innen aussieht. Hast du meine Liste angeschaut, was für Vorlesungen es im ersten Jahr gibt? Habe ich extra für dich im Sekretariat abgeschrieben.«

»Und? Welche gibt es?«

Stella schnalzte mit der Zunge, doch er wusste, sie würde die Liste im Kopf haben. »Zunächst viel Mathematik, ein Grundseminar und mathematische Analyse. ›Geschichte und Theorie der Architektur I‹ und natürlich ›Konstruktion I‹. Aber es gibt auch offene Vorlesungen, eine habe ich entdeckt von Vittorio Gregotti. Gregotti, Nico! Da dürfen wir als Erstsemester auch hingehen. Wenn er im September überhaupt wiederkommt aus Milano. Der ist berühmt, der hat bestimmt viele Projekte! Ach, das ist alles so spannend, findest du nicht?«

»Doch, natürlich. Aber weißt du, was auch spannend ist? Ich hab's heute erfahren!« Nico zog seine Schulter vorsichtig unter ihrem Kopf hervor, stützte sich auf seinen Ellbogen und spielte mit einer dunklen Strähne von Stellas Haar, die quer über ihrer nackten Brust lag. »Mein Vater hat einen Sender besessen! Habe ich dir ja noch gar nicht erzählt. Mit einer Frequenz von über dreitausend

Metern. Die Geräte liegen immer noch bei seinem ehemaligen Kollegen in dessen Schuppen. Weißt du, was man damit alles machen kann?«

»Im Radio sprechen?«

»Einen eigenen Sender aufmachen.«

»Darf man das denn einfach so?«

»Ach, garantiert nicht. Aber das ist doch egal. Wir können den Leuten erzählen, was hier nicht richtig läuft. Wir können die Missetaten von Don Fattino endlich öffentlich machen!«

»Aber, Nico, man kann doch herausfinden, wo sich so ein Sender befindet. Man wird uns erwischen.«

»Uns? Also bist du dabei?«

»Nein. Natürlich nicht!«

»Und warum nicht?«

»Weil ich mich auf mein Studium konzentrieren will und für so was einfach …«

»… keine Zeit hast.«

»Genau.« Stella stützte sich nun auch auf. Die Pinienkerne rutschten unbeachtet von ihrem Bauch auf das Laken. »Das ist eine Nummer zu groß für uns. Außerdem, wenn du ehrlich bist: Alle wissen über Don Fattino und seine Missetaten, wie du sie nennst, Bescheid. Das müssen sie nicht erst im Radio hören. Und? Tun sie irgendwas? Nein.«

»Aber das darf doch nicht so bleiben! Der neue Capo der Carabinieri ist ein hinterhältiger Kerl. Der ist so dicke mit *ihm*.« Er rieb die Zeigefinger aneinander. »Und die anderen buchtet er ein. Einfach so. Nur wenn du ihm was zahlst, kommst du wieder raus. Gegen den muss man einfach was tun!«

»Ach, Nico …«

»Ach, Nico, ach, Nico!«, äffte er sie nach. »Mein Vater hat seine Überzeugung nie verraten. Er ist in Ausübung seines Amtes gestorben! Don Fattino hat ihn kaufen wollen, um ihn zum Schweigen zu bringen, wie er das bei allen getan hat. Aber mein Vater war nie bestechlich! Er nicht!«

»Und das willst du jetzt auch? Für deine Überzeugung sterben?« Stella sah ihn mit hochgezogenen Augenbrauen an.

Nico starrte zurück. Es tat weh, sie so reden zu hören, denn in ihren Augen konnte er auch all das lesen, was sie nicht aussprach: Du willst für deine Überzeugung sterben? Damit du endlich an deinen Vater heranreichst? Damit du dich mit ihm vergleichen kannst? Ihm ebenbürtig bist?

Nico schluckte. Sie kannte ihn so verdammt gut. »Wenn du so über mich denkst, na danke!«, sagte er, als hätte sie die Sätze tatsächlich laut ausgesprochen. Er sprang auf, schlüpfte in seine Sachen und stand wenige Sekunden später vor der Tür zum Innenhof. Es war ihm egal, ob jemand ihn sah. Wütend stapfte er über den Kies und verließ die Villa.

5. Kapitel

Ausgerechnet die beiden!«, sagte Lolò, während er Stella den Topf aus der Vorratskammer anreichte, die ihnen vor Jahren als Kühlschrank gedient hatte. »Die haben doch früher immer im Bett gelegen und Pralinen in sich reingestopft. Haben gefressen wie die Schweine. Und du hast nix gekriegt.«

»Lolò!« Obwohl es stimmte, mochte sie es nicht, wie er sprach.

»Aber eins sage ich dir«, fuhr er unbeirrt fort, »wenn die wirklich zurückkommen, werd' ich nich' den ganzen Tag hier sein, um auf deine fetten, verrückten Schwestern aufzupassen!«

»Natürlich nicht. Ich lasse mir was einfallen«, sagte Stella. Sie nahm weitere Töpfe und Kasserollen von ihm entgegen, stellte sie auf den Tisch in der Mitte der Küche und kehrte zu Lolò zurück.

Er fasste sie am Arm: »Könn' wa nicht was machen, damit die im Kloster sie zurücknehmen?«

»Regina ist einundzwanzig, also volljährig. Die Nonnen wollen sie nicht mehr. Wenn sie nicht wäre, hätte Enza schon lange gehen müssen.«

»Wenn wir endlich mal Geld hätten!« Lolò hob den Deckel von einem Topf, schnupperte und rümpfte die Nase. »Dann wär das Problem erledigt.«

Stella nickte. Die Verhandlungen mit dem Kloster waren schon vor Wochen gescheitert.

»Wir sollten versuchen, sie irgendwo abzugeben«, sagte Lolò

und jonglierte mit einem Fässchen Essig. »Sonst ham wir hier keinen Frieden mehr.«

»Das wäre wohl die beste Lösung …«

»Wann sie wohl kommen?« Stella schaute aus dem Fenster, obwohl dort draußen nur die Freitreppe und der Hof mit der Platane zu sehen waren.

»Warum bist du nicht mit deinem Vater nach Palermo gefahren, um sie abzuholen?«, fragte Maria und sah Stella ein wenig vorwurfsvoll an. »Und willst du sie wirklich in deine ehemalige Kammer und die von Pupetta sperren? Ist es denn richtig, sie zu trennen?« Den letzten Satz flüsterte sie nur noch.

»Sie sind noch nicht mal hier und schon wieder dabei, uns alle verrückt zu machen. Aber das werde ich nicht zulassen!« Stella verschränkte die Arme vor der Brust. »Diese Nonnen sind nur gierig, nicht fromm. Wir haben ihnen ein großes Grundstück bei Prizzi angeboten, aber sie wollten zwei!«

Doch das Hausmädchen hatte ihr offenbar nicht zugehört: »Und ihnen ihr Zimmer und das gemeinsame Bett von früher zu verweigern? Sie haben doch immer zusammen …«

»Ich weiß!«

»Ja, aber ob das denn richtig ist …«

»Es ist nicht mehr *ihr* Zimmer. Ich bin doch nicht verrückt und werde sie neben mir im ersten Stock wohnen lassen! Du weißt, was sie mit der Marchesa gemacht haben.«

»Ach je, ach je …«

»Deswegen ja, Maria. Deswegen haben sie sich das Recht auf eine Vorzugsbehandlung endgültig verwirkt.«

»Aber nun ist ja kein Laudanum mehr im Haus. Und wir können sie doch nicht einsperren!«

»Können wir nicht?« Stella stieß einen kleinen Schnaufer aus und blickte auf ihre Armbanduhr. Wenn der Zug aus Torino einigermaßen pünktlich in der *Stazione Centrale* in Palermo angekommen war, müssten die drei bald in der Villa eintreffen. Ihre Laune war sowieso nicht gerade die beste. Seit zwei Tagen hatte sie nichts von Nico gehört. Seit zwei Tagen! Wie gemein von ihm. So eine lange Pause hatte es in den anderthalb Jahren, die sie jetzt zusammen waren, noch nie gegeben. Dabei hatte sie doch gar nichts gesagt, als er wieder mit seinem Vater anfing … Nur gedacht. Konnte er etwa ihre Gedanken lesen? Schärfer als beabsichtigt fuhr sie Maria an: »Sie bekommen auf keinen Fall etwas ans Bett gebracht! Auch nicht, wenn ich nicht da bin! Wenn sie zum Frühstück nicht erscheinen, gibt es erst zum Mittagessen wieder etwas.«

Maria sah sie an. »Du sprichst ganz wie eine Herrin.«

Herrin? Benahm sie sich etwa schon wie ihre Mutter, die Marchesa? So kaltherzig, rechthaberisch und beschränkt?

Dabei hatte sie nur Angst. Angst vor Enzas Kommandoton und ihrem abfälligen Lachen und vor der faulen Regina, die die große Schwester rückhaltlos bewunderte und ihr alles nachplapperte. Sie hatte Angst vor den hämischen Blicken, den Anspielungen, den Quälereien, denen sie damals ausgeliefert war. Würden die beiden sie wieder so herablassend behandeln? Würden sie versuchen, sie loszuwerden, aus der Villa zu werfen? Das kleine Mädchen von früher, das im Salon gestanden und vom Vater nur einen schlaffen Händedruck erhalten hatte, während die Schwestern über ihr abgetragenes Kleid lachten, steckte immer noch in ihr und wollte sich am liebsten mit dem Kopf in Assuntas nach Schmalz und Rosmarin duftender Küchenschürze verstecken. Herrin? Stella hob die Schultern. Sie war keine Herrin. Sie war nur eine vor Angst zitternde kleine Schwester, deren Familie ihr jeden Sonntag zeigte, dass sie sie nicht haben wollte.

»Ich weiß einfach nicht, was ich tun soll, Maria.« Nun klang ihre Stimme so, wie sie sich fühlte: kläglich.

Maria lächelte sie an. »Du bist ein gutes Mädchen, Stella.«

Aha. Was sollte das jetzt bedeuten? Da klingelte es an der Pforte. Der Vater! Und die beiden erstgeborenen Töchter, die er immer bevorzugt hatte. Stella merkte, wie ihr Kiefer sich verkrampfte.

Alles an ihnen ist ungepflegt. Sowohl ihre Körper als auch ihr Geist, dachte Stella, als sie die Schwestern auf dem Sofa im Grünen Salon sitzen sah. Enzas Haar war in den letzten zwei Jahren wieder gewachsen, nachdem sie es sich damals fast völlig abgeschoren hatte, doch es hing struppig von ihrem Kopf herab.

»Willkommen zu Hause«, sagte Stella und ballte die Fäuste hinter dem Rücken. Wie ihr seht, hat sich hier einiges zum Guten verändert, dachte sie. Und das wird auch so bleiben!

»Wie war die Reise?«, piepste Maria.

»Ihr werdet euch bald wieder eingewöhnen.« Assunta wischte sich die dicken, aufgesprungenen Hände an der Küchenschürze ab, die sie in der Eile abzunehmen vergessen hatte. Keine Antwort. Die Augen der beiden Mädchen irrten unruhig durch den *salotto*, doch sie schauten niemanden an.

Stella ging näher an den *divano* heran und stellte sich in den Halbkreis, den Assunta, Maria und der Marchese bildeten. Von hier sah sie, dass die Fingernägel der Schwestern bis auf das rohe Fleisch abgekaut, die Hände und Unterarme von roten Narben übersät waren.

Regina, die früher immer wohlgenährt, ja sogar ziemlich dick gewesen war, schien eingeschrumpft zu sein. Ihr knielanger grauer Rock und die ebenso graue Hemdbluse schlotterten an ihrem Körper. Ihr Gesicht war blass und wächsern, die Augen ohne Leben, wie erloschene Kerzenstumpen. Enza war ebenfalls in Grau gekleidet und noch dünner. Ihr Hals war zwischen die Schultern gezogen, als ob sie befürchtete, jeden Moment hinterrücks einen Schlag abzubekommen.

Stella wagte es nicht, ihren Vater anzuschauen. Was, wenn er die beiden Schwestern immer noch lieber mochte? Was, wenn sie gehen müsste? Endlich fasste sie Mut und schaute hoch, direkt in die Augen des Marchese. Sie konnte die Frage darin lesen: Was sollen wir nur mit ihnen machen? Sie kannte diesen Ausdruck. Zwar voller Mitleid, aber schwach und gefangen in seiner Unentschlossenheit. Wie früher, als er sich gegen seine Frau, die Marchesa, nicht zur Wehr setzen konnte und seine Gefühle gegenüber der jüngsten Tochter hinter einer Maske der Gleichgültigkeit versteckte. Er schien auf eine Antwort, auf eine Anweisung von ihr zu warten.

Als die Stille unerträglich wurde, räusperte Enza sich: »Will raus. Kann ich raus?« Ihre Stimme klang ein wenig kratzig und überhaupt nicht mehr fordernd, sondern eher unterwürfig. Ihr Gebiss wies große Lücken auf.

»In den Garten?« Stella wich unwillkürlich zur Seite, als die beiden sich erhoben und wie von unsichtbaren Peinigern verfolgt auf eine der Türen zustrebten. »Aber jetzt nicht! Nun setzt euch erst mal wieder.«

Sie hörten nicht, sie wollten aus der Villa hinaus, weil sie Angst hatten. So wie sie damals Angst vor ihnen gehabt hatte.

Lolò kam ihnen entgegen, er hob die Hände, wie um scheue Pferde zu beruhigen. Sofort zogen beide die Köpfe ein und kehrten wieder auf ihre Plätze zurück. Aus den Augenwinkeln sah Stella, wie Maria sich bekreuzigte.

O Gott, dachte sie und unterdrückte einen tiefen Seufzer. Sie sind völlig abgestumpft, wie Tiere, die man zu lange in einem Käfig gehalten und auch noch geschlagen hat. Plötzlich schämte sie sich abgrundtief für ihre Gedanken und die Sätze, die sie Maria gegenüber noch vor einer halben Stunde geäußert hatte. Sie durften sie nicht den ganzen Tag einsperren. Niemals. Sie mussten sich um sie kümmern.

Assunta nahm Enza an der Schulter, drückte sie sanft wieder auf das Sofa und strich ihr über das Haar. Stella sah, wie sie einen roten Fleck an ihren Schläfen untersuchte, dann auf ihren Scheitel starrte, der wie ein gezackter Blitz durch ihr Haar fuhr. Assunta machte Maria ein Zeichen, und ihr Mund formte dabei lautlos ein Wort: »*Pidocchi!*« Läuse!

»Maria bringt gleich etwas zu trinken«, sagte Stella, »und dann …«, … waschen wir euch erst mal, beendete sie den Satz in Gedanken.

Die Schwestern bezogen ihr altes Zimmer. Stella und Assunta heizten den Badeofen an und steckten die Mädchen nacheinander in die Kupferwanne, die Alberto ihnen aus dem ehemaligen Ankleidezimmer und Baderaum der Marchesa herübergeschleppt hatte. Sie ließen sie im Seifenwasser einweichen und wuschen ihnen die Haare. Danach schütteten sie ihnen jeweils die Hälfte der beißenden Flüssigkeit über die Köpfe, die Maria aus der Apotheke geholt hatte. Stella umwickelte das so behandelte Haar fest mit in Streifen gerissenen Leintüchern, die sie anschließend verbrennen würden. Was, wenn die lästigen Viecher sich in der Villa ausbreiteten? Eine furchtbare Vorstellung.

»Mit den Kopfverbänden sehen sie aus wie zwei Verletzte im Lazarett«, sagte Maria leise. Sie betrachteten die beiden, die eingehüllt in Handtücher und weißen Laken auf dem großen, frisch bezogenen Bett hockten.

»Das sind sie ja auch«, flüsterte Stella zurück. »Hast du die Flecken an ihren Schläfen gesehen? Beide haben sie, auf beiden Seiten. Ich muss unbedingt Manuele fragen, woher die kommen könnten.«

»Siehst du. Du bist ein gutes Mädchen.«

Bevor Stella etwas erwidern konnte, brachte Assunta ein Tablett mit dampfendem Kaffee und gerösteten Brotscheiben. Die Schwestern stürzten sich darauf, als ob ihre letzte Mahlzeit Tage zurückläge, und schmatzten laut.

Nachdem die Läusemedizin eine Stunde gewirkt hatte, kniete Stella sich hinter Regina, löste das Tuch von ihrem Kopf und zog den engzinkigen Läusekamm, den Manuele Maria mitgegeben hatte, vorsichtig durch die Haarsträhnen. Sie spürte die Blicke von Assunta auf sich.

Als sie fertig war, klebten unzählige durchsichtige Nissen und vierundzwanzig tote Läuse als dunkle Stippen in einem alten Taschentuch. Stella tunkte den Kamm wieder in die Schale mit Essig und wandte sich Enza zu.

»Lass mich das machen«, sagte Assunta. Dankbar gab Stella den Kamm an sie ab.

»Und gleich, wenn wir hier fertig sind, schlaft ihr euch erst einmal aus«, sagte Assunta. »Ihr wart schließlich zwei Tage unterwegs.«

»Darf nicht schlafen«, sagte Enza.

»Doch, das darfst du«, ermutigte Assunta sie sanft.

»Nein.« Enza strampelte mit den Beinen wie ein bockiges Kleinkind. »Ich darf nicht schlafen, darf nicht schlafen!«

War sie tatsächlich verrückt, wie die Nonnen angedeutet hatten?

»Regina schlafwandelt! Muss sie nachts festhalten. Sie irrt rum. Fällt hin.« Enza hielt die Augen niedergeschlagen. »Hat im Kloster fast … fast …«

»Dann schläft eine von uns bei euch und passt mit dir zusammen auf«, unterbrach Stella sie. »So kann nichts passieren.«

Stella wischte sich den Schweiß von der Stirn, als sie das Zimmer verließ. Sie hob den Blick und erschrak. Direkt vor ihr stand der Marchese.

»Wie geht es ihnen?«

Stella zuckte mit den Schultern. »Sie sind so verängstigt. Aber jetzt wenigstens erst einmal wieder sauber.« Sie war froh, ihn nicht ansehen zu müssen, während sie nebeneinander die breite Treppe hinuntergingen und sie ihn fragte: »Meinst du, es war falsch, sie ins Kloster zu bringen?«

Er schaute sie unter seinen halb geschlossenen Lidern hervor an: »Weißt du, dass ich mich das bis heute nie gefragt habe? Ich weiß nichts von diesen Mädchen. Gar nichts.«

»In Torino waren sie sogar in einer Nervenheilanstalt, stand in dem Brief, den Enza dabeihatte. Das haben die einfach so beschlossen, ohne uns zu fragen!«

»Es war ein großer Fehler.« Er fasste Stellas Hand. »Aber nun ist es zu spät, es rückgängig zu machen. Doch ich würde gerne etwas kaufen. Einen Fisch! Wir kaufen einen Fisch und grillen ihn draußen im Garten.«

»Halt bitte kurz an«, rief Stella, als ihr Vater die Fiat-Limousine um die Ecke lenkte. Dort vorne stand Nico an der Straße und schien auf sie zu warten.

Sie kurbelte das Fenster hinunter und sah zu ihm hoch. Sie wollte gerne kühl und distanziert sein, doch es fiel ihr schwer, weil sie sich so sehr freute, ihn zu sehen.

»Guten Tag, Signor Marchese«, begrüßte Nico zunächst ihren Vater und reichte ihm die Hand über Stella hinweg. »Hallo, Stella.« Er grinste. »Wohin soll die Fahrt denn gehen?«

»Nach Marinea«, sagte der Marchese ernst. »Einen Fisch kaufen.«

Stella schaute starr durch die Windschutzscheibe. Marinea lag direkt vor ihnen. Um an den Strand mit den Fischern zu gelangen, mussten sie eine Strecke von weniger als vierhundert Metern durch die Straßen des Dorfes zurücklegen. Doch ihr Vater war immer noch der Meinung, ein Marchese könne auf keinen Fall zu Fuß einen Fisch kaufen gehen.

Nico ließ sich nichts anmerken. Er tauschte Höflichkeiten mit ihrem Vater aus und wünschte ihnen einen erfolgreichen Fischkauf. Er selbst würde heute auch noch tauchen gehen. Der Marchese gab Gas, fuhr aber nicht los. Manchmal hatte er Probleme mit der Kupplung. Stella streckte ihre Hand aus dem Fenster. »Geh bitte nicht alleine tauchen, ja? Nimm Lolò mit, hörst du!«

»Mach dir keine Sorgen.« Nico gab ihr einen Kuss auf die Hand und formte mit den Lippen die Worte: *Ti amo!*

Stella lächelte und merkte, wie schwer die zwei Tage ohne ihn auf ihr gelastet hatten.

An diesem Abend, als der gegrillte Fisch verspeist war, als Enza und Regina sich nicht nur die Mägen mit Brot vollgestopft hatten, sondern auch die Taschen ihrer Kleider, wie sie später im Schlafzimmer entdecken sollte, war Stella völlig erschöpft. Doch sie ließ nicht zu, dass Assunta sich in das schmale Extrabett neben die Schwestern legte, sondern bestand darauf, selbst zu wachen.

»Warum?«, fragte Assunta, als Stella sich in ihrem eigenen Zimmer für die Nacht fertig machte. »Warum tust du das?«

»Ich habe die Angst in ihren Augen gesehen. Kann sie immer noch sehen.« Stella knöpfte ihr Nachthemd zu und sah ihr Gesicht prüfend im Spiegel der Kommode an, während sie weitersprach. »Heute Nachmittag, als ich die beiden da so abgemagert und verstört im Salon sitzen sah, habe ich mir etwas geschworen: Niemand soll jemals wieder Angst in diesem Haus haben müssen. Niemand soll sich zwischen diesen Mauern je wieder ungeliebt oder minderwertig fühlen.« Sie musste das Gesicht abwenden, denn die Tränen kamen plötzlich und ließen sich nicht zurückdrängen. »Ich versuche eben alles«, sagte sie weinend. »Einen guten Abschluss zu machen, irgendwie Geld aufzutreiben, die Villa zu retten, eine gute Tochter und eine gute Schwester zu sein …«

Assunta schloss sie in ihre Arme. »Ach, mein Kind! Ich glaube, du versuchst einfach nur, deine Familie heil zu machen.«

Stella schluchzte auf.

»Aber vergiss nicht, dir dabei helfen zu lassen.«

Sie wälzte sich auf der schmalen Matratze herum. Neben ihr im großen Bett atmeten Enza und Regina regelmäßig. Stella schloss die Augen. Es war sicher schon weit nach Mitternacht. Wenn sie morgen einigermaßen ausgeruht sein wollte, musste sie jetzt unbedingt schlafen. Aber es wollte ihr nicht gelingen. Sie öffnete die Augen wieder und starrte im Dunkeln an die hohe Decke. Plötzlich hörte sie ein Geräusch und sah, wie eine Gestalt sich durch den langsam größer werdenden Türspalt schob. Assunta? Nein, die war dicker. Lolò? Der war kleiner. Maria? Dafür war die Gestalt nicht dünn genug ... Staunend erkannte sie, dass es wohl der Marchese sein musste, der sich dem Bett der Schwestern näherte. Dort blieb er stehen. Wahrscheinlich lauschte er, ob sie wirklich alle schliefen. Stella merkte, wie ihr Herz anfing, schneller zu pochen. Was hatte er vor? Sollte sie zeigen, dass sie wach war? Sie hörte ihn flüsternd vor sich hin murmeln, während er sich auf der einen Seite des Bettes zu schaffen machte. Da kam er schon herüber, tastete sich langsam zwischen dem schmalen Spalt der zwei Betten hindurch und beugte sich nun über Regina. »Ich war kein guter Vater. Ich war *gar kein* Vater«, hörte sie ihn wispern. Stella presste die Augen zusammen und versuchte ruhig zu atmen. Sie spürte, wie er sich umdrehte und auch ihr Laken ein wenig höher zog, um es dann sanft auf ihre Schultern zu senken. »Das hast erst *du* mir beigebracht. *Du* ganz allein.« Er blieb noch eine Weile reglos im Dunklen stehen, bevor er das Zimmer wieder verließ.

6. Kapitel

Sie hatten ihm alles geschenkt, als ob sie froh waren, es los zu sein. Nico setzte sich hinter das Steuer und kurbelte das Fenster herunter. Es war fast eins und brüllend heiß. Er grinste und schaute auf den Verstärker, die Batterie und die große Drahtspule, von der er nicht wusste, wozu sie diente, und die er einfach mit dem Mikrofon und dem Kasten mit den vielen Knöpfen auf dem Beifahrersitz übereinandergestapelt hatte. Manuele würde ihm helfen. Manuele würde auch die Geduld haben, sich in das von Feuchtigkeit gewellte und mit grünen Schimmelpunkten übersäte Handbuch einzulesen, das er unter den technischen Geräten gefunden hatte. Sein Vater hatte sie zusammen mit dem Kollegen Alifieri irgendwo gebraucht erstanden. Wo, das wusste die Familie nicht mehr. Aber alles schien in gutem Zustand, und wenn man 1947 schon damit hatte senden können, warum sollte es dann heute nicht mehr funktionieren?

Seine Mutter hatte keine Ahnung, dass er hier war, und er hatte die Alifieris gebeten, seinen Besuch ihr gegenüber auch nicht zu erwähnen. Er hatte etwas bekommen, das ihm eine völlig neue, unbekannte Seite seines Vaters zeigte. Siebzehn Jahre nach seinem Tod hatte er eine Radiostation von ihm geerbt! Wie würde er sie nennen? Irgendwas mit Wellen natürlich. Wovon würde er als Erstes berichten, wenn das Mikrofon vor ihm stand? Davon, dass der *Giardino Pubblico* in Bellaforte zur Hälfte gerodet worden war, um einer privaten Herzklinik Platz zu machen? Dass der unverschämte

Geometer Varinelli mit der Herzogin von Saretta gemeinsame Sache machte und Grundstücke aus ihrem Besitz an die Stadt verkaufte, auf die sie selbst eine Bausperre gelegt hatte? Natürlich geschah dies alles auch zum Vorteil des Geometers. Und des Bürgermeisters Don Fattino, der, versteckt hinter einem Mittelsmann, eine Baufirma besaß. Er könnte natürlich auch in seiner ersten Sendung kundtun, dass Don Fattino mittlerweile völlig erblindet war und dennoch Bauanträge genehmigte, indem er mit der Hand ein extra für ihn erbautes Modell der Stadt abtastete. Seine Mutter hatte ihm das erzählt. Seine Mutter, die Abschriften dieser Genehmigungen machte, sie abheftete und zum Archivieren in den Keller brachte, von wo sie äußerst selten jemals wieder ans Tageslicht gelangten. Floras Gesprächigkeit, ihr Zorn und ihre Unzufriedenheit bei der täglichen Arbeit nährten eine Quelle, die er heimlich beim Mittag- oder Abendessen anzapfen konnte. Es durfte nur niemand erfahren, wer da sprach und wo der Sender saß. Sie würden ihn sonst verhaften. Oder gleich umbringen ... Nicola schluckte mühsam. Plötzlich hatte er keinen Hunger mehr, obwohl es doch längst Zeit für das Mittagessen war.

Er hielt vor der Apotheke und klingelte bei Manuele. »Hilf mir mal, hab das Auto voller Zeug.«

»Na ja, wir essen gerade. Und danach muss ich Klavier üben.«

»Manuele, wer ist das denn ...?«, schimpfte seine Mutter hinter ihm, doch als sie Nico sah, erhellte sich ihre Miene. »Nico, mein Lieber, komm doch rein! Willst du mitessen?«

»Nein, danke, bitte entschuldigen Sie die Störung, ich bin gleich wieder weg, Signora Galioto.« Nico bedachte sie mit seinem speziell für Mütter reservierten Lächeln, bis sie wieder in der Wohnung verschwunden war.

»Ich brauche einen Ort, wo nicht jeder gleich hinkommt«, flüsterte er Manuele zu. »Ich dachte, vielleicht oben bei euch im Verschlag auf dem Dach, dort wo der Wassertank steht.«

Der Freund schüttelte den Kopf, kam aber die Stufen herunter. Er hatte sich abgewöhnt, Nicolas Ideen zu hinterfragen. »Ein Sender ...«, sagte er nur, nachdem er in den Cinquecento gespäht hatte. »Sag nicht, du hast das wirklich vor?«

»Warum nicht? Wir müssen was ändern! Nur alte Bettlaken mit aufgemalten Sprüchen vor der *comune* hin und her zu tragen, bringt nicht viel.«

»Ein Sender ist ein Sprachrohr. Hast du dich mal gefragt, ob die Leute, über die du reden willst, in deinem Sprachrohr erwähnt werden möchten? Nein. Das möchten sie ganz bestimmt nicht!« Manueles tiefe Stimme klang wie immer ruhig und besonnen.

»Was du nicht sagst!« Warum war Manuele nur immer so verdammt vernünftig und musste ihm den Spiegel vorhalten?

Gemeinsam trugen sie alles in den Holzverschlag, den Manueles Vater auf dem flachen Dach errichtet hatte. Es gab zwar kein Fenster, dafür aber Strom, stellte Nico erfreut fest. Und keine zehn Meter entfernt wuchs der große Mast von der Post zwischen den flachen Dächern der umstehenden Häuser hervor.

»Und jetzt?« Manuele klopfte sich die Hände ab.

»Jetzt gehen wir tauchen!«

Die Stille war berauschend, der Blick auch. So weit hatte er noch nie schauen können. Woran mochte das liegen? Warme Strömungen oder vielleicht kalte? Hatte im *Mondo sommerso* nicht neulich etwas darüber gestanden? Nico konnte sich nur vage erinnern; die Gedanken ließen sich irgendwie nicht fassen und führten zu keinem Ergebnis. Na, wenn schon. Hier unten kamen ihm alle Probleme klein und nichtig vor. Was bedeutete schon Politik? Warum überhaupt andere Menschen aufklären, die lieber dumm bleiben wollten? Außer Stella und seiner Mutter waren ihm die meisten von ihnen sowieso ziemlich gleichgültig. Stella, Stella ... Er versuchte sich den Klang ihrer Stimme in Erinnerung zu rufen, aber es wollte ihm einfach nicht gelingen. Was war mit ihm los? Wie lange war er schon unten? Erst drei Minuten. Sein Körper wollte unbedingt ausatmen und Luft holen. Der Reiz wurde nahezu unerträglich. Nichts da! Eine Minute hatte er noch. Mindestens! Er musste sich nur ablenken. Also tat er ein paar Züge auf den Meeresgrund zu und berührte den Sand, wirbelte ihn mit den Fingerspitzen auf. Und dort vorne, wie ein Zeichen, lag eine wunderschöne Seeigelhülle. Ein schillerndes Rosa! Den würde er für Stella mit nach oben nehmen. Aber warum konnte er nicht nach ihm greifen?

Ich atme, dachte er, als er wieder zu sich kam. Warum atme ich? Und warum schlägt Manuele mir ins Gesicht? Ich bin im Wasser. Liege auf dem Rücken. Ich bin ganz leicht. Manuele hält mich. Wie kann er hier stehen, mitten im Meer?

»Nico!«, sagte der Freund in diesem Moment zu ihm, die Augen unnatürlich weit aufgerissen. »Kannst du dich hinhocken, kannst du hier warten? Wir sind auf dem *cubo,* du warst unten, erinnerst du dich? Ich hole das Boot.«

Nico konnte nur nicken. Warum klang Manueles Stimme so ungewöhnlich rau, so als ob er gleich anfangen würde, zu heulen?

Im Krankenhaus wurde er in den Keller und dort über lange, trüb ausgeleuchtete Flure vor die Unterdruckkammer geführt. Der Arzt fixierte ihn mit strengem Blick, als er ihm erklärte, wie gefährlich das Kohlenmonoxid war, das sich angeblich in seinem Blut angesammelt hatte. Ob er sich überanstrengt habe? Wie oft er das Apnoetauchen betreibe? Nico winkte ab. »Ich mache das jetzt schon seit sieben Jahren, *Dottore*. Ich trainiere für den *Coppa Sicilia.* Ich habe in Catania fast den Meistertitel geholt. Warum sollte ich auf einmal Probleme haben?«

»Ah«, sagte der Doktor nur, »du Fastmeister! Ihr jungen Leute haltet euch alle für unbesiegbar. Doch irgendwann sagt der Körper: Schluss jetzt!«

»Aber doch heute noch nicht!« Nico grinste Manuele an. Der Gute, mit seiner lächerlichen Taucherbrillenwacht oben an der Wasseroberfläche, auf die er immer bestand. Diesmal war er ja wenigstens zu etwas nütze gewesen ... Hatte ihn da unten rumliegen sehen und einfach hochgeholt, wenn auch zu schnell.

»Sag meiner Mutter bitte nichts davon«, bat er ihn, als sie vier Stunden später wieder vor dem Krankenhaus standen.

»Natürlich nicht! Aber Stella sollte doch wenigstens ...?«

»Bist du wahnsinnig?«

»Aber Nico! Es ist gefährlich, und du bist völlig erschöpft!«

»Quatsch! Mit mir ist alles in Ordnung.«

»Das nennst du in Ordnung? Du musst schließlich in den nächsten drei Tagen immer wieder für ein paar Stunden da rein. Ich würde alles darum geben, wenn du in nächster Zeit einfach etwas vorsichtiger wärst.«

»Auch einen Radiosender mit mir bauen? Einen, der funktioniert?«

»Auch einen Radiosender ... meinetwegen.«

7. Kapitel

Endlose wellige Hügel krochen an ihnen vorbei, abgeerntete Felder in allen Schattierungen von Umbra bis Ocker. Das Gezirpe der Grillen war noch über den Motorenlärm zu hören, die Landschaft war menschenleer, ab und zu überholten sie einzelne Bauern, die zusammengekauert auf ihren Pferdefuhrwerken hockten. Wenn man immer das Meer vor sich hat, kann man schnell vergessen, mit welch einer Wucht die Sonne das Land im Sommer verbrennt, dachte Stella. Sie sprachen nicht, auch der Marchese hing seinen Gedanken nach.

Endlich, nach drei Stunden Fahrt durch karstiges Gelände, kamen sie in Roccalina, dem kleinen Ort unweit von Prizzi, an. Oben auf dem Berg lag der Palast der Familie Camaleo, ein dreistöckiges Gebäude mit gelbgrauer Fassade, von der die wenigen Fenster, die nicht mit Brettern zugenagelt waren, feindlich auf sie hinabzuschauen schienen.

»*Ecco,* der Palazzo derer von Camaleo«, sagte ihr Vater.

»Wer hat als Letzter darin gewohnt?«, fragte Stella.

»Ein Bruder meines Großvaters. Die Zia Giuditta war seine Frau, meine Großtante. Die hatte er schon vorher verstoßen, aber vergessen, sie zu enterben.«

Das war also die Zia Giuditta, die ihm, dem armen Großneffen, dann wiederum alles vermacht hatte. Auch sie verstoßen. Stella horchte in sich hinein. Fühlte sie sich mit der Familie verbunden?

Oder waren das fremde Leute, die zufällig ihren Namen trugen? Di Camaleo. Der Name, den sie jahrelang nicht als den ihren betrachtet, der ihr im Gegenteil sogar Angst gemacht hatte.

»Können wir in den Palazzo hinein?«

Der Marchese schaute sie einen Moment lang an. Es schien ihn einige Anstrengung zu kosten, seine Augen unter den schweren Lidern geöffnet zu halten. »Nein. Auch zu Lebzeiten meines Großonkels habe ich ihn nie von innen gesehen. Und er soll auch völlig leer sein. Diebe sind mehrfach eingestiegen und haben ihn restlos ausgeraubt. Ihre drei Töchter waren unfruchtbar, sie alle und die Schwiegersöhne sind früh gestorben. Jeder für sich auf grausame Weise. Eine von ihnen hat sich …«

»Stopp!« Stella legte ihrem Vater die Hand auf den Arm. »Erzähl mir das bitte nicht. Ich bekomme die Bilder sonst nicht mehr aus meinem Kopf.«

»Nun gut. Die Tante hat sie um dreißig Jahre überlebt. Sie waren alle untereinander zerstritten und verfeindet.«

Stella spürte einen Schauer über ihren Rücken laufen. Wenn die Familie verfeindet war, brachte das nie Glück. Sie musste an die Schwestern zu Hause denken, die jetzt schon seit drei Wochen in ihrem alten Zimmer neben ihr wohnten. Noch immer schämte sie sich für den ersten Gedankenblitz, der ihr in den Sinn kam, als feststand, dass die Mädchen nach Hause kommen mussten. Doch hätte sie es wirklich über sich gebracht, sie in getrennte Kammern zu sperren? Niemals. Das wusste sie jetzt.

»Wie lange hast du damals im Palazzo deiner Großmutter gelebt?«

»Oh, der Palazzo Ignazio. Einer der wenigen, der beim schlimmen Erdbeben von 1908 nicht zusammengefallen ist. Das waren schöne Zeiten. Mein Vater verstarb, als ich noch klein war. Ich kannte ihn nicht und vermisste ihn auch nicht sonderlich. Wir hatten ja alles. Zahlreiche Diener, den Portier Antonio mit der

Glocke, die englischen Hauslehrerinnen. Außerdem gab meine Nonna oft wunderbare Gesellschaften. Ich hatte sogar einen kleinen Wagen, vor den man ein Pony spannen konnte.«

Stella nickte. Von dem Wagen hatte er ihr schon oft erzählt.

»Ich war zehn, als Großmutter starb und wir aus dem Palazzo rausmussten, um dem verheirateten Bruder meiner Mutter Platz zu machen. Von heute auf morgen waren wir arm. Ich, der kleine Ciro di Camaleo, war plötzlich ein Nichts.«

Sie fuhren durch die verlassenen Gassen des Örtchens, in den ärmlichen, dicht aneinandergedrängten Häusern schien niemand mehr zu wohnen. Es war völlig still. Keine Grillen mehr, nicht einmal Hunde hörte man bellen. Auf dem staubigen Hof eines etwas größeren Hauses hielten sie schließlich an. Sofort erschien ein kräftiger Mann im offenen Türrahmen. Das war also Don Sebastiano, der Verwalter ihrer Ländereien. Er hatte kein einziges Haar auf seinem gewaltigen Schädel, trug ein speckiges Hemd, aus dessen schmutzigem Kragen der Hals herausquoll, und der Gürtel seiner Hose bestand aus einem gedrehten Seil. Stella stieg erst aus dem Auto, als ihr Vater sie dazu aufforderte.

»Eure Tochter hat eindeutig die Schönheit der Marchesa geerbt, Gott habe sie selig.« Der Verwalter begrüßte sie, ohne ihr allerdings die Hand zu geben. Dieser Mann war nicht ehrlich, das sah sie sofort. Doch sie sah auch die wachen Augen und den brutalen Zug um seinen Mund. Er war ihrem scheuen, schwachen Vater bestimmt haushoch überlegen.

Der Mann bat sie ins Haus, sie traten ein. Stella schaute sich verstohlen um. Die Decke hing tief, das Mobiliar war einfach, und in der Küche gab es wahrscheinlich noch offenes Feuer, denn die Wände waren rußgeschwärzt. Gab es hier auch eine Frau, Kinder?

Der Verwalter kam mit einem Krug herbei und goss roten Wein in zwei dickwandige Gläser. Stella bekam Wasser.

»Von Eurem Land, hochverehrter Graf«, sagte er und erhob das Glas.

»Von unserem Land«, wiederholte der Vater.

Unser Land, dachte Stella. Nein, sie fühlte dabei nichts, sie hatte nichts mit diesem furchtbar vertrockneten Land zu tun und mit dem Wein auch nicht, obwohl sie ihn gern probiert hätte. Aber anständige Frauen tranken keinen Wein. Das war angeblich Männersache und würde sich wohl auch niemals ändern.

Wie könnten wir dem vormachen, dass wir irgendeine Ahnung hätten, was er hier treibt?, fragte sie sich und sah zwischen ihrem Vater und dem unordentlichen Stapel mit Papieren und Ordnern auf dem Tisch hin und her, der dort wohl schon für sie bereitlag.

Genau wie sie vermutet hatte, fing Don Sebastiano noch im Stehen an, die Blätter des Stapels durcheinanderzuschieben und Hektarzahlen und Geldsummen herunterzurasseln. Hundertfünfzigtausend Lire für einen Weidezaun, hunderttausend für die Bohrung eines neuen Brunnens, der dann sofort versiegt war, fünfhundert Liter Wein, der als eingedickter Most nach Norditalien hätte verkauft werden sollen, aber der Käufer hatte die Transportkosten nicht zahlen wollen.

»Und wo liegt er jetzt, der Most?«

Don Sebastiano antwortete Stella nicht, sondern leierte weiter seine Zahlen und Geldsummen hinunter. »Die letzten hundert Schafe der Herde von Alonso Pace sind an der Klauenseuche verendet. Hunderttausend Lire für eine Wegbefestigung, die zu dem Grundstück der Laroccas gehört.«

»Warum bezahlen wir deren Wege?«, fragte Stellas Vater. Sie schaute ihn erstaunt an. Hatte der Wein ihn mutig gemacht?

»Weil sie sonst nicht auf ihr Grundstück gelangen, der Weg aber noch auf ihrem *terreno* liegt, Marchese. Da ist ein Drehbrunnen für die Tiere drauf. Sie wollen den Herrn Marchese aber fragen, ob er ihnen das restliche Grundstück auch noch verkauft.«

Was für eine Logik! Der Drehbrunnen, natürlich brauchen die Laroccas einen Drehbrunnen in dieser Trockenheit. Er hat ihn hergegeben, um mir den Arbeitstisch für das Studium schenken zu können, dachte Stella, und als sie in die Augen ihres Vaters schaute, wusste sie, dass sie ins Schwarze getroffen hatte. »Ja, dann …«, stammelte er.

Verdammt! Sie hatten Geld nötig und brauchten wirklich niemanden, der es ihnen aus der Tasche zog! Stella räusperte sich und zog ihre Mundwinkel nach oben, während sie den Verwalter ins Visier nahm. »Sie machen das ganz ausgezeichnet, Signor Sebastiano. Aber ich weiß gar nicht, was eigentlich alles noch im Besitz meines Vaters ist, und kann mir doch Zahlen auch so schlecht merken …« Das war eine dicke Lüge. Wenn sie sich etwas merken konnte, dann Zahlen. »Könnten Sie mir vielleicht einmal die Karten zeigen?«

»Die Karten? Was für Karten?«

»Landkarten, auf denen die einzelnen Landparzellen eingezeichnet sind.«

»Nein, solche Karten gibt es hier nicht.«

»Aber woher wissen Sie dann, was noch übrig ist, wenn Sie etwas verkaufen?«

»Signor Marchese! Die Käufer haben ja die Karten.« Er schaute den Vater an, nicht sie. Irgendwo im Haus jaulte etwas auf. Ein Tier? Ein Mensch?

»Wir haben auch Karten, die liegen in der Villa«, sagte der Marchese beschwichtigend. Stella presste die Zähne zusammen. Gegen solche Grobiane hatte er sich noch nie durchsetzen können.

»Aber die sind doch nicht auf dem neusten Stand, hast du gesagt …« Sie probierte es noch einmal. »Oder Sie zeichnen es mir einfach grob auf.« Stella beschrieb einen Kreis, ohne die schmierige Tischplatte zu berühren. »Wo sind wir? Und was für

Ländereien gibt es noch?« Ein feuchter, muffiger Luftzug streifte sie im Nacken.

»Na ja, da oben im Ort steht der Palazzo, und im Westen gibt es was und im Norden. Eine Menge kleiner Parzellen eben. Manche hängen zusammen, manche nicht.«

»Genauer können Sie es nicht sagen? Und gibt es eine schriftliche Aufstellung der Ausgaben und Einnahmen des letzten Jahres?« Als er nicht antwortete, fragte sie noch einmal: »In diesem Papierhaufen da vielleicht?«

»Das habe ich jetzt nicht vorbereitet.« Er starrte sie mit gesenktem Kopf an, als wolle er sie jeden Moment auf die Hörner nehmen.

»Wir haben Juli. Wann gedenken Sie die Zahlen denn vorzubereiten? Zu Weihnachten?«

»Nein, so geht das nicht, Marchese. Mit Ihrer Tochter verhandele ich nicht.«

Stella verschränkte die Arme. »Dann fahren wir jetzt zu den Laroccas. Wenn die doch sowieso von uns kaufen wollen, haben sie bestimmt aktuelle Karten.« Sie ging auf den Ausgang zu. Obwohl da draußen der Staub, die Hitze und die heißen Ledersitze des Autos auf sie warteten, wollte sie so schnell wie möglich weg von diesem unangenehmen Menschen.

»Meinst du wirklich?« Der Marchese zuckte mit den Schultern, folgte ihr aber. Im Auto wandte er sich ihr zu. »Das waren recht unfreundliche Worte.«

»Aber er kann uns ja alles Mögliche erzählen, Vater! Muss er denn nicht auch schriftlich festhalten, was er macht? Was gehört uns, wie viel Land haben wir denn noch?«

Ihr Vater seufzte und griff nach dem Zündschlüssel, drehte ihn aber nicht um.

»Wir brauchen einen neuen Verwalter, Vater!« Stella kurbelte das Fenster noch weiter hinunter. »Wo können wir den herbekommen?«

»Das weiß ich nicht, liebe Stella.« Er ließ den Motor an. »Und wohin jetzt?«

»Zu den Laroccas!«

Nach einer Viertelstunde Fahrt durch von der Sonne verbrannte, rissige Ackerfurchen führte die schmale Straße sie plötzlich durch Hügel, die immer höher und grüner wurden, je weiter sie fuhren. Dicke weiße Steinbrocken waren auf den grasbewachsenen Flächen verteilt, als ob ein Riese sie zum Spaß dort ins Grün geworfen hätte.

»Sie haben sogar einen Wald, man nennt das Anwesen auch Bosco Grande. Und Wein machen sie. Schon seit vielen Jahren. Allerdings von besserer Qualität als das Gesöff, von dem ich da eben probieren durfte.«

Stella nickte. Die Laroccas hatten grüne Wiesen, einen Wald und machten auch besseren Wein ... Sie konnte kaum mehr atmen. Wie schon früher als Kind hatte sie das Gefühl, als ob viele dicke Fäden kreuz und quer ihre Lungen durchzogen. Sie sah eine dunkle Villa vor sich, staubige Gemälde, endlose Salons, in die sie nicht hineingebeten wurden. Sie würden nur Bittsteller sein, der Vater würde diesmal die Stelle des Nonno einnehmen, mit dem sie damals jeden Sonntag die Villa aufgesucht hatte. Ein Ärgernis, unwillkommen, man würde froh sein, wenn sie wieder aus dem Haus waren.

Egal, dachte sie, Hauptsache, wir können etwas verkaufen. Wir brauchen das Geld so dringend! Natürlich werden sie uns mit dem Preis über das Ohr hauen. Diese Adeligen, die sich etwas auf ihren Wein einbilden, den andere Menschen für sie anbauen und ernten. Die stolz sind auf ihren Stammbaum, obwohl sie nicht das Mindeste dazu beitragen. Wenigstens solange sie nicht heiraten. Ich hasse sie jetzt schon.

Sie schaute aus dem Seitenfenster. Warum ist das hier so verdammt grün?, fragte sie sich. Woher kommen diese dicht bestandenen Bauminseln mitten im Landesinneren? Haben die Laroccas denn mit allem Glück?

Die schlechte Laune breitete sich noch weiter in ihr aus, als sie eine lange, von Eichen gesäumte Allee hochfuhren, an deren Ende ein wuchtiges Gebäude durch das Grün schimmerte. Diese Bäume sind mindestens hundert Jahre alt. Ich wette, alles in diesem klobigen, unproportionierten Palast ist doppelt so alt und voller Spinnweben! Und seine Bewohner werden dünn und hager sein. Oder fett. Auf jeden Fall degeneriert durch Generationen von Inzucht, weil Cousins und Cousinen ersten Grades einander heiraten und Onkel sich ihre Nichten schnappen oder gleich die eigenen Töchter ... Stella schüttelte sich. Die wenigen Adeligen, die in der Villa zu Besuch gewesen waren, hatten sich wirklich nicht durch Schönheit hervorgetan.

Sie fuhren durch ein weit offen stehendes, schmiedeeisernes Tor. Mitten auf der von Oleanderbüschen eingefassten Auffahrt stand ein Holzverschlag, in dem eine dicke alte Frau saß und strickte. Stella überlegte einen Moment, bevor sie sich aus dem Wagen lehnte. »Maristella di Camaleo und der Marchese di Camaleo. Wir möchten zum Baron von Larocca. Es handelt sich um etwas Geschäftliches.«

»Geschäftliches, mein Herzchen? Aber sicher.« Die Alte sah mit einem milden Lächeln zu, wie sie an ihr vorbeifuhren.

»Was macht sie mit denen, die sie nicht hineinlassen darf?«, fragte Stella ihren Vater. »Einfach mit den Stricknadeln wedeln und zurückschicken?«

Der Marchese klammerte sich an sein Lenkrad und zuckte mit den Schultern. »Sie sind dort recht leger, die Familie hat fünf Kinder, soviel ich weiß. In Palermo besitzen sie mehrere Palazzi, aber nach dem Tod der Baronin ziehen sie es vor, auf dieser ehemaligen *masseria* zu wohnen. Gott weiß, warum. Man munkelt, die Kinder verwildern hier draußen regelrecht.«

Sie kamen auf einen gepflasterten Hof, dessen Steine die gleiche Farbe und Struktur hatten wie das Hauptgebäude. Auch die Stallungen, die den Hof umgaben und sich bis hinter das Haus zogen, waren erstarrt in Stein und schienen wie aus einem Guss. Stella stieg verächtlich schnaubend aus. Keine prächtige Villa, nur eine alte *masseria*. Zwei hohe Türen ragten rechts und links aus dem Gebäude, und weiter oben sah man mehrere Reihen von schmalen Schlitzen in der Fassade, die eher an Schießscharten erinnerten, denn als Fenster gelten konnten.

Der Hof war leer, doch sauber gefegt, und nun fielen ihr auch die zahlreichen Palmen in ihren Kübeln mitten in diesem steinernen Meer auf. Die hatten Palmen hier! Wollten ihren Bauernhof wohl in einen botanischen Garten verwandeln.

Von irgendwoher drang das laute Klacken von beschlagenen Hufen. Stella zog den Kopf ein. Seitdem sie damals von dem Kutscher zu dem durchgedrehten Pferd in die Box gestoßen worden war, hatte sich ihre Angst vor Pferden zu einer gewaltigen Panik ausgeweitet, sobald sich ihr eines näherte.

Der Marchese lächelte ihr beruhigend zu, da kam auch schon ein pechschwarzes Pferd um die Ecke gestürmt. Ihm folgte ein zweites, ebenso dunkles. Stella brachte sich schnell hinter dem Auto in Sicherheit, doch die beiden Reiter, zwei Knechte oder Stallburschen in dreckigen Klamotten und engen Reitlederhosen, grinsten nur von ihrer Höhe auf sie hinab und ritten vorbei. Stella atmete auf. Moment. War der zweite Reiter nicht ein Mädchen gewesen? Er hatte zwar auch, wie der erste, eine Schirmkappe getragen, doch das Gesicht …?

In diesem Moment kehrte der erste Reiter um und lenkte das Pferd zu ihnen zurück. Die Hufeisen dröhnten auf den glatten Steinen. »*Buon giorno!*«

»Guten Tag«, erwiderte Stella. »Wir würden gerne den Baron von Larocca sprechen.«

»Ah, bestimmt, um ein Pferd zu kaufen.« Der Knecht lachte selbstbewusst unter seiner tief ins Gesicht gezogenen Kappe.

Stella starrte ihn an, während sich die Gedanken in ihrem Kopf überschlugen. Wie dreist! Er sah ihre Angst und amüsierte sich anscheinend auch noch darüber. Sie verabscheute die Laroccas. Sie pickten sich die besten Stücke aus dem Besitz der Camaleos, als ob es Kirschen von einem Kuchen wären, und selbst ihre Diener waren unverschämt. Was hatte sie sich denn gedacht, was dieser Ausflug bringen würde? Dass sie mal eben alles in Ordnung brächte, was ihr Vater und seine Ahnen in all den Jahren verschludert hatten? Es war furchtbar hier draußen in dieser undurchschaubaren Welt der Barone und Gutshöfe, der Ländereien und Verwalter. Sie verstand das Spiel nicht. Wer war wer? Wer hatte etwas zu sagen? Sogar die Knechte machten sich über sie lustig. Ich bin dem nicht gewachsen, sagte sie sich. Ich bin nur die Tochter, und selbst diese Rolle beherrsche ich nicht richtig.

»Gehen Sie nur rein. Irgendjemand nimmt Sie da schon in Empfang!«

Der freche Reiterknecht schaute vom Pferd auf sie herab, zog seine Kappe vom Kopf und deutete eine kleine Verbeugung an. Seine Haare waren hell und brauchten dringend einen Schnitt, aber seine Augen ... Seine Augen waren faszinierend. Was für ein Blau! Sie entdeckte auch eine Narbe, die von der Oberlippe zur Nase lief und seinen breit lächelnden Mund etwas schief zog.

»Danke.« Stella wollte nicht weiter auf die zerschnittene Oberlippe starren und zupfte an ihrem Kleid, das von der Hitze im Wagen an ihrem Rücken und den Oberschenkeln klebte.

Nun ließ er sein blödes Riesenpferd auch noch steigen, und Stella wich noch weiter zurück, obwohl das Auto schützend zwischen ihnen stand. Der Angeber brachte das Pferd dazu, sich kunstvoll auf den Hinterbeinen zu drehen, und ritt mit ihm zu einer der Stallungen, in der der andere Reiter Gott sei Dank schon mit seinem Pferd verschwunden war.

»Gut. Welche der Türen nehmen wir? Rechts oder links?«, fragte Stella und hoffte, dabei möglichst unbefangen zu klingen. »Links«, entschied sie, da ihr Vater nur lächelnd mit den Schultern zuckte.

In der dunklen Eingangshalle, die womöglich einmal als Lager für Getreide gedient hatte, kamen gleich zwei Bedienstete auf sie zu. Der Mann trug den langen Rock eines Portiers, die Frau zurückhaltendes Grau aus leichtem Stoff, doch beides war von bester Qualität. Stellas Augen, durch die Kleider von Dior und Valentino im Kleiderschrank ihrer Mutter geschult, sahen solche Dinge sofort.

Überhaupt, von Verfall oder Spinnweben war hier nichts zu merken, stellte sie mit unterschwelligem Bedauern fest. Nachdem sie ihr Anliegen vorgebracht hatten, wurden sie in einen hellen Salon geführt, an dessen Wänden es kein überladenes Ornamentengewimmel gab, wie in ihrer Villa zu Hause, und auch keine düsteren Ölgemälde der Ahnen. Stellas Blick wanderte über mehrere von englischen Blumenstoffen überzogene *divani,* einige Anrichten aus dunklem Holz, einen Kamin mit einem Lederteppich davor, dazwischen große Vasen aus feinstem Porzellan, überquellend von weißen Rosen und blassblauen Levkojen. Überall stapelten sich Bücher, und unter dem runden Tisch hatte jemand eine kleine Peitsche und einen Holzkreisel vergessen.

Sie konnte sich nicht weiter umschauen, denn nun forderte man sie auf, sich zu setzen. Die Angestellten verließen den hohen Raum.

Jetzt werden sie uns erst einmal lange schmoren lassen, dachte Stella und presste die Zähne zusammen. Doch schon ging die Tür wieder auf, und Karaffen mit Wasser, Limonade und Wein wurden gebracht. Auch Teller mit süßen *cannoli* und kleinen salzigen

Fenchelkuchen. Die Frau in Grau forderte sie auf zuzugreifen. »Es tut mir leid, wir erwarten den Baron zwar jede Minute zu einem späten Mittagessen, doch das kann dauern. Er ist auf einem seiner Weinberge, da vergisst er gerne die Zeit.«

Stella nickte. Sie nahm sich fest vor, nichts anzurühren, doch sobald sie alleine waren, langte sie unwillig nach dem ersten Fenchelkuchen. Sie hatte furchtbaren Hunger. Und er schmeckte köstlich. Der kleine Spritzer *anice,* den ihr der Vater in das Glas Wasser gab und es damit milchig färbte, schmeckte angenehm nach Lakritz und machte sie ein bisschen betrunken.

Kaum zehn Minuten später trat der Baron ein. »Was für eine Ehre!« Er begrüßte sie mit Handschlag, und als er sah, dass sie versorgt waren, goss er sich selbst ein Glas Wein ein. Stella musterte ihn. Er war groß und weißhaarig, und weiße Bartstoppeln bedeckten den unteren Teil seines Gesichts, das von einer gewaltigen Hakennase beherrscht wurde. Er hatte sich offenbar nicht umgezogen, seine Kleidung war recht derb und wies einige Flecken auf. Dennoch strahlte er etwas Herrschaftliches aus.

Natürlich, dachte sie. Er hat sein ganzes Leben lang schon Befehle erteilt, mit der Gewissheit, dass sie auch ausgeführt werden.

»Wie schön, euch einmal kennenzulernen! Ihr wolltet etwas mit mir besprechen?«

Stella horchte auf. Er duzte sie! Und machte sie somit zu gleichberechtigten Mitgliedern dieser hochgestellten Kaste, obwohl er doch wissen musste, wie arm sie waren. Andererseits: Sie hatten etwas zu verkaufen, das er anscheinend gerne besitzen wollte. Sie nickte leise. Er würde teuer dafür bezahlen müssen!

In diesem Augenblick erklang ein Kichern von der Tür her, und ein kleines Mädchen schob sich herein. Hinter ihr tauchte ein junger Mann auf. Das Mädchen trug ein Blumenkleid und eingedrehte blonde Locken. Der Junge war ebenfalls blond. Er hatte seine

Haare mit Frisiercreme zurückgestriegelt, trug ein feines Hemd, eine Anzughose und dazu passende Schuhe. Mit einem Griff unter seine Arme schwenkte er das juchzende Mädchen herum und setzte es sich dann auf seine Schulter. Stella musste gegen ihren Willen lächeln. Das machte Nicola auch immer mit Carina, dem kleinen Nachbarsmädchen. Und wie dieses quietschte auch die Kleine auf und klammerte sich an seinen Kopf, indem sie die Hände auf seine Stirn legte. Er war älter, als es bei seinem Eintreten den Anschein gehabt hatte. Und … mein Gott, da waren diese blauen Augen wieder und die Narbe zwischen Mund und Nase! Warum hatte sie das nicht sofort bemerkt: Er war der unverschämte Pferdeknecht!

»Sie wollte euch unbedingt sehen«, sagte er in diesem Moment, »und hat sich dafür extra umgezogen.«

Na ja, und du wohl auch, dachte Stella und wusste nicht, wo sie hinschauen sollte. Zu *ihm* jedenfalls nicht, den Gefallen würde sie ihm nicht tun.

»Mein ältester Sohn, meine jüngste Tochter«, sagte der Hausherr und wollte sie gerade einander vorstellen, als die Kleine ihn unterbrach: »Die Signora Miss hat gesagt, ich mache *Fortgeschritte!*«

»Das ist sehr schön«, sagte der Baron und schaute seine Tochter dabei so liebevoll an, dass Stella ganz heiß vor Neid wurde.

Das kleine Mädchen nickte ernst.

Sie hatten eine Hauslehrerin? Eine Engländerin? In den Sommermonaten? Den Kindern war die Mutter gestorben, doch von Verwilderung konnte ganz offensichtlich keine Rede sein.

Der Baron erzählte ihrem Vater etwas über den Weinanbau und die Weizenernte, die schon eingeholt und dieses Jahr noch schlechter als die letzte ausgefallen war.

Der falsche Pferdeknecht warf Stella ein paar dezente Seitenblicke zu. Aber er starrte nicht, sondern versuchte anscheinend ihre Aufmerksamkeit zu erlangen, indem er sich besonders aufmerksam um seine Schwester kümmerte, ihr das Haar aus dem Gesicht strich und ein Glas Wasser eingoss. Stella wusste nicht, was sie tun sollte, und trank ihr Wasser-Anis-Gemisch aus. Ihr Vater redete recht lebhaft mit dem Baron. Soviel sie mitbekam, ging es noch nicht um den Verkauf von Ländereien.

»Ich lerne jetzt lesen. Gehst du in die Schule?«, fragte das kleine Mädchen und schob sich schüchtern und zugleich neugierig an sie heran.

»Nicht mehr. Ich bin gerade fertig. Und bald gehe ich auf die Universität.« Das war für den großen Bruder bestimmt.

»Bist du die Mama von einem Kind?«

»Nein!« Sie musste sich das Lachen verbeißen. »Ich bin noch keine Mama von einem Kind. Erst einmal möchte ich studieren. Das ist wichtiger.« Auch diese Auskunft war für den jungen Mann bestimmt, der sie nun doch anstarrte, dabei aber selbstsicher grinste. Sie drehte an ihrem Verlobungsring und musste kurz lächeln, als sie an Nico und seinen ersten verunglückten Antrag auf dem Boot dachte. Als sie aufschaute, ruhte sein Blick immer noch auf ihr. Na und. Sollte er ruhig sehen, dass sie schon vergeben war. Diese Typen dachten, wenn sie halbwegs gut aussahen und dazu noch reich waren, könnten sie sofort alles und jede haben. Das Mädchen rutschte unter den Tisch, um Kreisel und Peitsche zu holen. »Wer bist du?«, fragte sie, als sie wieder hervorkam.

Tja, wer bin ich eigentlich?, fragte Stella sich einen Moment lang. Dann entschied sie sich für die ausführliche Variante: »Ich bin die Marchesa Maristella Letizia di Camaleo.« Hier in diesem viel zu schönen Salon klang der Name, den sie nie benutzte, genauso hochtrabend und feierlich, wie sie es beabsichtigt hatte.

»Ich bitte tausendmal um Entschuldigung, ich habe mich gar nicht vorgestellt.« Der Blonde stand auf und machte eine höfliche Verbeugung. »Carlos von Larocca.«

Wie peinlich. Er, der Baron, der höher gestellt war als Stella, ließ seine Titel und weiteren Vornamen einfach weg.

Sie sah, wie das kleine Mädchen ihm etwas ins Ohr flüsterte. Er schüttelte den Kopf. »Nein, Felicita, ich befürchte, die Marchesa hat keine Lust, mit uns auszureiten«, sagte er. Er sprach langsam und betonte dabei jedes Wort. »Und außerdem ist Flüstern sehr unhöflich.«

»Aber warum denn nicht?« Felicita zerrte an Carlos' Hand und schaute Stella enttäuscht an. »Carlos setzt mich immer vorne vor den Sattel und hält mich fest. Vielleicht macht er das auch bei dir, wenn du willst.«

»Lieber nicht.« Stella lächelte dem kleinen Mädchen kurz zu. Es konnte schließlich nichts dafür, dass es zu den Laroccas gehörte.

»Seine Verlobte mag das auch.«

»So, Felicita. Jetzt ist aber Schluss.«

»Sieh an. Wie schön für sie.« Stella hörte selbst, wie spöttisch ihre Stimme klang.

»Komm, Fé! Dann zeigen wir Maristella Letizia di Camaleo unseren Wald.«

Meine Güte, warum hatte sie bloß mit diesem Namen angefangen?

»Aber wenn wir nicht reiten, müssen wir ja laufen«, schmollte die Kleine.

»Wir nehmen die Kutsche.« Er schenkte Stella einen fragenden Blick. »Wäre die Kutsche genehm?«

Sie verneinte und wies mit dem Kopf auf ihren Vater. »Ich würde gerne noch ein wenig bleiben.«

»Dann bleibe ich auch.« Carlos verschränkte die Arme und schaute in die Luft. Felicita ließ den Kreisel sehr geschickt mithilfe der Peitsche drehen. Von irgendwoher hörte man ein Klavier, jemand spielte ein schnelles Stück. Stella hatte keine Ahnung von Musik, aber es klang wundervoll. »Meine Schwester Ninetta«, sagte Carlos.

»Die vom Pferd?«

»Nein.« Er grinste. »Noch eine andere. Spielen Sie auch?«

Oh, er siezte sie. Wie wohlerzogen. »Nein. Ich interessiere mich mehr für Mathematik und Architektur. Sie entschuldigen.« Sie stand auf und setzte sich neben ihren Vater, der gerade mit dem Baron anstieß.

»Stella. Wir haben uns geeinigt!«

»Ach ja?« Diesmal war die Besorgnis in ihrer Stimme nicht zu überhören.

»Wir geben dem Baron unsere Weinfelder zum Anbau. Und bekommen dafür im Jahr hundert Flaschen Wein. Von diesem hier natürlich!«

»Der ist bestimmt gut«, sagte Stella schwach. Alle Felder? Für hundert Flaschen Wein? War das viel? »Ich würde mir gerne einmal auf der Karte anschauen, wo die Grundstücke genau liegen. Und sie mir dann auch ansehen.«

»Deine Tochter interessiert sich sehr für die Geschäfte, Ciro«, sagte der Baron lächelnd. »Sie scheint euren Besitz zu lieben.«

Der Marchese beugte sich zu ihr. »Geld bekommen wir natürlich auch«, murmelte er in ihr Ohr. »Dein Studium ist damit bezahlt. Und in die Villa können wir auch noch etwas stecken.«

»Bleibt doch über Nacht!«, schlug der *barone* nun vor. »Es ist hier draußen manchmal etwas einsam, und wir sind froh über nette Gäste.«

Stella schaute zu ihrem Vater. Er würde ablehnen, er fühlte sich doch nur in der Villa Camaleo an seinem Schachtischchen richtig wohl. Aber nein, da nickte er schon und sagte freudig zu. Sie rollte mit den Augen und hoffte im nächsten Moment, dass es keiner gesehen hatte. Ihr Vater hatte offenbar zu viel Wein getrunken, sich vom freundlichen Ambiente blenden lassen – und schon hatte man sie wieder um einen Teil ihres Grundbesitzes gebracht, und sie würden von dem schmierigen Verwalter weiterhin ausgenommen werden. Sie musste sich dringend etwas einfallen lassen! Wie hatte Buchhalter Mauro Scaletti es ausgedrückt? »Im letzten Jahr konnten keine Gewinne durch die Ländereien verbucht werden. Aber auch keine Verluste.« »Und wovon leben wir?«, hatte sie gefragt, kurz nachdem sie ihn eingestellt hatte. »Hypotheken. Schulden. Noch leiht die Bank uns etwas«, war seine Antwort gewesen. Hundert Flaschen Wein waren definitiv besser als kein Wein. Und der Baron würde dafür sorgen, dass der Most nicht irgendwo unverkauft liegen blieb.

»Warum geben wir nicht alles gleich in Ihre Hände und legen fest, wie viel wir jedes Jahr bekommen?« Stella bemühte sich, den Vorschlag ganz normal klingen zu lassen.

»Nun, an allem sind wir nicht interessiert.«

»Das denke ich mir. Aber wie sagt man so schön: Ganz oder gar nicht. Wir werfen unseren Verwalter raus, sobald Sie uns einen fähigen Mann nennen. Und wir bekommen einen gewissen Anteil, verkaufen aber nicht.«

Der Baron nickte mit einem amüsierten Lächeln. »Darüber ließe sich eventuell reden.«

»Einen fähigen Mann …«, murmelte ihr Vater. »Woher kennst du nur solche Ausdrücke, mein Mädchen?«

Stella zuckte mit den Schultern. »Vielleicht können Sie Don Sebastiano in unserem Namen entlassen und gegen Ihren eigenen Verwalter eintauschen?«

»Sehr gern. Der Kerl ist mir schon lange ein Dorn im Auge.«

»Danke!« Sie stand auf und ging an eines der Fenster.

Carlos folgte ihr. »Wenn Sie die Weinfelder sehen wollen, wird mein Vater Ihnen auch unseren Wald zeigen. An dem kommt man als Gast nicht vorbei.«

»Sie sind doch auch stolz auf diesen Wald.«

»Ja klar. Sie auf Ihren Besitz ja auch.«

Aha, er hatte gehört, was sein Vater zu ihr gesagt hatte. Stella fühlte sich provoziert, aber plötzlich hatte sie Spaß daran, ihm

Kontra zu geben. »Sie haben aber nichts dafür getan. Er ist Ihnen einfach so zugefallen. Und dann noch als Erstgeborener …«

Er zog die Augenbrauen hoch. »*Marchesa?* Das aus Ihrem Munde?«

Niemand hatte sie bis jetzt so genannt. Sie musste grinsen und er auch. »Ich bin stolz darauf, ich liebe es, ja natürlich«, fuhr er fort. »Warum auch nicht? Ich liebe Pferde, jeder sollte reiten können.«

»Ansichtssache.«

»Und ich glaube, dass auch Sie aufgrund Ihrer Geburt einiges an Vorteilen in Ihrem Leben genießen konnten.«

»Ich habe es mir schwer erkämpft, in einer Villa zu wohnen. Mehr möchte ich dazu nicht sagen.«

»Gut. Wie dem auch sei: Ich gehe hier nicht weg. Und du auch nicht, was, Felicita?« Er ging in die Hocke, damit seine kleine Schwester ihm auf den Rücken klettern konnte. Sie schlang ihm die Arme um den Hals, als er sich wieder aufrichtete. »Wir bleiben immer hier!«

»Tun Sie das«, erwiderte Stella. »Pferde und Geschwister sind bestimmt wunderbare Gesprächspartner.«

»Sie haben mit beiden Erfahrungen?«

»Mit Pferden und Geschwistern? O ja. Besonders intensive, würde ich meinen. Doch vielleicht sollte man den eigenen Horizont ab und an etwas erweitern. Und etwas für die Gemeinschaft tun! Ich bewundere Menschen, die nicht nur ihren eigenen Profit verfolgen.«

»Marchesa! Sie sind doch nicht insgeheim eine Kommunistin?« Flirtete er etwa mit ihr?

»Nein. Ich bin auch egoistisch, klar, ich möchte nur das Beste für meine Familie. Die geht vor. Aber ich merke, dass wir in einem System leben, das nur von einigen wenigen gelenkt wird. Und die haben leider alles andere als das Wohl des Volkes im Sinn!« Jetzt sprach sie schon wie Nico … »Und das macht mich wütend!«

Seine blauen Augen schauten sie auf eine ganz eigenartige Weise an … so wie Manuele, wenn er sie beobachtete und meinte, sie merke es nicht.

»Davon sollten Sie mir unbedingt mehr erzählen.«

Er flirtete! Ihr Blick heftete sich einen Moment an seinen etwas schiefen Mund, wanderte dann zu seinen Augen, die sie noch immer betrachteten.

Sie schaute weg.

8. Kapitel

»Was ist los, Stella?«

»Nichts.«

»Ich habe die Meisterschaft gewonnen! Freust du dich denn gar nicht?«

»Doch, natürlich.« Aber in ihrem Blick, der auf dem riesigen Pokal zwischen ihren Knien ruhte, konnte er überhaupt keine Freude entdecken.

Nico steuerte den Fiat langsam auf die Kreisstraße Richtung Bellaforte, denn Stella hasste es, wenn er zu schnell fuhr. »Ich sage doch, die Startnummer zehn bringt mir immer Glück! Zehn ist meine Glückszahl. Und übermorgen steht etwas in der Zeitung darüber, hat dieser Journalist gesagt. Messina vom Taucherklub Bellaforte wird jüngster sizilianischer Meister!«

»Oder so ähnlich«, murmelte Stella.

»So wie du es sagst, klingt es, als ob du morgen eher meine Todesanzeige lesen müsstest. Wirklich großartig, Stella!«

»Bitte lass diese Scherze, Nico. Ich freue mich. Wirklich.«

Nico schaute kurz in den Rückspiegel. Hinter den Sitzen ragten die lange Harpune und der *gancio* hervor, dort hatten sie auch seinen Taucheranzug verstaut und den größten von allen Fischen, die er erlegt hatte. Und Lolò natürlich. Stellas Cousin war während des Wettkampfs sein Helfer im Boot gewesen. Zum Glück war er nicht groß, so fand er zusammengekrümmt im Heck des Wagens noch

Platz, die riesige *cernia*, die Nico gleich zu Anfang vor die Harpune geschwommen war, auf den Knien. Sie hatte ihm den größten Teil der einundzwanzig Kilo gebracht, die die Waage am Ende zeigte. Und somit den Sieg!

»Seitdem du mit deinem Vater bei diesen Adligen warst, bist du irgendwie anders.«

»Ja?« Stella schaute aus dem Fenster, obwohl es dort außer verdorrten Gräsern und Büschen nichts Besonderes zu sehen gab.

»Meinst du nicht, dass ihr mit dem Verkauf ein gutes Geschäft gemacht habt? Die Kosten für dein Studium sind geritzt, und Wein gibt's obendrauf.«

»Man verkauft seinen Besitz nicht, niemals. So denkt man jedenfalls in Adelskreisen.«

Zu denen du dich bis jetzt nie gezählt hast, dachte Nico. »Mag ja sein. Aber so wie die Ländereien bisher genutzt wurden, haben sie euch kaum etwas eingebracht. Einen ungenießbaren Wein, wie du sagst ...«

»... oder Most, der dann irgendwo verschwindet oder verrottet. Wie alles verschwindet, geklaut und zerstört wird, wenn man nicht danebensteht. Ach, Nico. Wenn die Laroccas uns nicht geholfen hätten ... Sogar unseren Verwalter haben sie sofort gegen ihren eigenen ausgetauscht.«

»Das war doch nett!«

»Ja, aber ... ach, ich fühle mich so machtlos. Ich will endlich Geld. Ich will die Gewissheit, dass wir genug davon haben.«

»Die hast du doch jetzt. Du kannst studieren!« Studieren. Wenn er an sein eigenes Studium dachte, bekam er sofort wieder ein schlechtes Gewissen. Seine Mutter sparte, wo sie nur konnte, um die Gebühren zusammenzubekommen, und er war so faul. Es ging genauso weiter wie in der Schule. »Und die Laroccas haben tatsächlich einen Wald?«, unterbrach er schnell seine eigenen Gedanken.

»Den sie uns natürlich unbedingt zeigen mussten ...«

»Erzähl!«

»Na ja, viele Bäume, die dicht nebeneinander standen, und sogar Gras auf dem Boden darunter.«

»Wie groß?« Nico setzte zum Überholen einer kleinen *Ape* an, die vor ihnen entlangknatterte.

»Der *bosco?* Keine Ahnung. Richtig groß. Wir standen zwischen den Bäumen und konnten das Ende nicht sehen.«

»Und die ganze Familie war dabei?«

»Mmmh.«

»Wer alles?«

»Na, der Baron und sein ältester Sohn, dieser Carlos, und seine ... seine Verlobte. Dann seine kleine Schwester, die war süß, und einen zehnjährigen Bruder hat er auch noch, Gustavo, der war sehr still. Aber hübsch. Und seine beiden anderen Schwestern. Eine spielt wirklich toll Klavier, Ninetta heißt sie, und die andere scheint sich den ganzen Tag im Pferdestall aufzuhalten. Wie kann man nur.«

Stella schüttelte sich, und Nico kam einen Moment ins Grübeln, während er seinen rechten Arm um sie legte. Ob sie sich bei dem Besuch insgeheim gewünscht hatte, zu den reichen Laroccas zu gehören? Hatte sie sich vielleicht kurz eine Zukunft an der Seite des jungen Erben vorgestellt? Womöglich würde sie diesen Carlos Larocca heute ganz selbstverständlich heiraten, wenn sie damals als dritte Tochter liebevoll in der eigenen Familie willkommen geheißen worden wäre. Mit der Heirat hätte sie dann endlich ihre so dringend herbeigesehnte Gewissheit, immer genug Geld zu haben. Konnte er ihr die überhaupt jemals bieten? Ach, was sollten diese Gedanken? Nico kurbelte das Seitenfenster weiter herunter und fuhr einen Moment lang, ohne das Steuer zu berühren. Er hatte die meisten Fische herausgeholt und alle Wettbewerber geschlagen! Er war sizilianischer Meister! Und nun fuhr er mit dem Mädchen, das er liebte, im eigenen Wagen nach Hause.

»Unser Aufpasser Lolò pennt!«

»Der ist eben klein genug. Ich frage mich, wie Manuele sich da immer reinquetscht.« Stella lachte. »Obwohl er immer stöhnt, wenn er ein- und aussteigt, will er mich ja um keinen Preis hinten sitzen lassen.«

»Er ist eben ein Gentleman.«

Es war September. Seit einigen Tagen schon fuhren sie jeden Morgen mit Manuele im Heck nach Palermo zur Universität, das hatte sich so eingespielt.

»Als Student hat man wirklich mehr Freiheiten. Niemand schaut doch, ob wir zu zweit oder zu dritt im Auto sind.«

»Ha! Die schauen trotzdem noch, glaub mir.«

Nico wollte nicht widersprechen. Aber es war doch so, wie er sagte. Niemand fragte mehr, was Stella und er im Auto taten. Und sie taten ja auch wirklich nichts. Also zumindest nicht im Auto. Er lächelte wieder und wechselte noch einmal zurück zum unverfänglichen Thema, das ihn gar nicht interessierte. »Und wie hieß die andere Schwester?«

»Cuco, weiß nicht, warum, aber niemand nennt sie bei ihrem richtigen Namen, Christina. Die war auch sehr hübsch und perfekt, wie alle Kinder der Laroccas übrigens. Das war richtig auffällig.«

»So, so. Der Carlos war also auch hübsch? Na, Gott sei Dank hat der 'ne Verlobte. Sonst wäre ich jetzt vermutlich eifersüchtig.«

»Du bist doch nie eifersüchtig.«

»Sollte ich denn?«

Sie boxte ihn leicht auf den Oberarm und behauptete, er wäre doof. Nico grinste. Sobald sie das tat, liebte sie ihn wieder ... Stella machte sich einfach immer zu viele Sorgen und hatte dauernd Angst vor irgendwas. Angst, noch ärmer zu werden, Angst, erneut aus der Villa verjagt zu werden. Angst, dass er sie nicht mehr lieben könnte ... Nein, stopp, das stimmte nicht ganz. Dass er sie immer lieben würde, wusste sie. Vielmehr bereitete ihr Sorgen, dass sie aus irgendwelchen Gründen vielleicht doch nicht heiraten durften. Deswegen wollte sie es so schnell wie möglich tun. Ich wünschte, ich hätte dich endlich sicher bei mir, sagte sie oft, wenn sie oben im Ostflügel zusammen waren, und dann umarmte sie ihn mit einer Kraft, die man ihrer schlanken Gestalt niemals zutrauen würde.

»Carlos hat vermutet, ich wäre adoptiert!« Stella betrachtete ihr verzerrtes Spiegelbild im gewölbten Becher des Pokals.

»Wie kommt der denn darauf?«

»Er behauptete, dass ich dort im Salon meinen Namen so gesagt hätte, als würde ich ihn mir selbst nicht glauben.«

»Na, dann hättest du ihm deine Geschichte erzählen sollen.«

Sie nickte. »Ich habe sie ihm erzählt. So falsch lag er ja gar nicht.«

Nico ließ seinen Blick über ihr Gesicht gleiten. Sie sah einfach wunderschön aus mit ihrer langen, geraden Nase, dem ernsten Blick aus den braunen Augen mit den goldenen Einsprengseln, die man nur bei einem bestimmten Licht sah, dem vollen Mund. Er könnte sie ewig so betrachten. Doch dann würden sie von der Fahrbahn abkommen.

»Carlos' kleine Schwester hat mich gefragt, ob ich eine Mama wäre!« Sie hauchte auf die silberne Trophäe und kicherte.

»Wie bitte? Gibt es irgendwas, was ich wissen sollte?« *O Dio,* ich weiß, sie wird eines Tages die Mutter meiner Kinder, aber lass sie nicht schwanger sein ... bitte nicht, jetzt noch nicht.

»Nein, Nico. Alles in Ordnung! Wir haben doch immer aufgepasst. Ich werde studieren und eine erfolgreiche Architektin werden. Und dann irgendwann einmal ...« Sie grinste ihn plötzlich an. »Wie es sich wohl anfühlt, ein Kind in sich zu haben? Ob man es sofort merkt? Ob man jede Sekunde daran denken muss, oder vergisst man es vielleicht zwischendurch auch mal?«

Er zuckte mit den Schultern und atmete unhörbar auf. Musste sie ihm so einen Schreck einjagen? Und warum fuhr der Idiot hinter ihnen so dicht auf und überholte nicht einfach? Wollte der was von ihm? Was war los? Bekam er etwa jetzt schon Paranoia, bevor er überhaupt das erste Mal in seinem Sender gesprochen hatte? Sein Sender. Lange hatte er über den richtigen Namen nachgedacht, doch dann hatte er die Lösung gefunden: *L'Onda Blu*. Die Blaue Welle.

»Kannst du morgen Nachmittag zu Manuele kommen? Wir haben eine Überraschung für dich.«

»Aber das wird kein Ausflug zu irgendwelchen unbekannten Buchten, in denen du dann doch wieder nur tauchen gehst, oder?«

»Versprochen!«

»Na gut. Morgen Nachmittag ist aber schlecht. Wir haben bis drei den Grundkurs in Baustoffkunde und wollten uns dann doch an unser erstes Projekt setzen.«

»Was für ein Projekt schon wieder?«

»Na, was wir als Stegreif machen sollen. Die Wohnanlage für tausend Menschen. Wie Gropius sie entworfen hat, wie Aldo Rossi sie in Milano bauen will.«

»Ich mag das Thema nicht.«

»Welches Thema magst du denn? Das ist nun mal das, was wir machen müssen. Wir wollten doch zusammen arbeiten und haben nur vier Wochen Zeit. Hast du das Buch von ihm gelesen?«

»Von wem?«

»Von Rossi!«

»Nee. Als ich in die Bibliothek kam, war's ausgeliehen.«

»*Ich* habe es ausgeliehen, Nico. Kannst es bei mir lesen.«

»Mach ich ja. Morgen fang ich an.« Sie waren fast da. Nico fuhr die Via Alloro hinab und ließ Stella und den noch völlig verschlafenen Lolò vor der Villa raus.

Als Flora den Pokal sah, strahlte sie und umarmte ihn. »*Campione Siciliano!* Dein Vater wäre so stolz auf dich gewesen!«

Nicola drückte sie fest an sich. Endlich jammerte sie mal nicht über all das, was ihm unter Wasser angeblich passieren konnte, sondern freute sich für ihn! Sie hatte Tränen in den Augen, als sie wieder von ihm abließ.

Papa wird noch stolzer auf mich sein, wenn er hört, was für eine politische Arbeit ich mache, dachte Nico und übergab seiner Mutter den Pokal, die ihn sofort ins Wohnzimmer zu den wesentlich kleineren Trophäen auf die Anrichte stellte.

Beim Abendessen sah sie ihn unverwandt und strahlend an. Richtig ungewohnt. Was für ein Mensch sie vor dem Tod seines Vaters wohl einmal gewesen war? Er war erst zweieinhalb Jahre alt gewesen, als es passierte, er kannte seine Mutter nur trauernd. Dennoch war sie einmal eine glückliche Frau gewesen. Stellas Frage kam ihm in den Sinn. »Mama, wie war das eigentlich, als du … also … als du guter Hoffnung mit mir warst, hast du da eigentlich jede Sekunde daran gedacht?«

»Mein Gott, Nico! Nein! Das ist nicht wahr, oder?«

»Was denn? Nein, nein, keine Sorge … Ich will einfach nur wissen, wie es bei *dir* war.«

Flora bekreuzigte sich und senkte den Kopf.

»Was denkst du überhaupt von Stella, Mama? So eine ist sie doch nicht!«

»Nein, nein, natürlich nicht«, beschwichtigte Flora schnell.

»Und ich auch nicht! Ich würde nie …«

»Ich weiß ja.« Sie tätschelte seinen Arm, und er sah, dass es ihr leidtat. »Um also deine Frage zu beantworten: Ich habe jede Sekunde daran gedacht … als …« Ihre Stimme brach, und die fröhliche Stimmung war dahin. »Zweimal war ich so glücklich mit meinen Kindern unter dem Herzen. So glücklich wie nie zuvor.«

Nico hielt die Luft an. Er war ein Trottel. Nun kam auch noch die Geschichte mit Tosca, und sie würde wieder weinen. »Sie haben sie mir nicht einmal mehr gezeigt. Das war das Schlimmste.« Sie weinte. »Und mein Tommaso war nicht mehr da, mit dem ich meinen Kummer hätte teilen können.«

Nico hatte die Geschichte schon so oft gehört. Als seine Mutter vom Tod ihres Mannes erfahren hatte, war sie eine Treppe hinuntergestürzt. Das Töchterchen im Bauch, den kleinen Nico an der Hand.

Er schob die restlichen Spaghetti auf seinem Teller hin und her. Jetzt durfte er bloß nicht den Fehler machen und drum herumreden. Lieber ein paar schmerzliche Fragen, über die sie heftig schluchzen konnte. Das tröstete sie schneller als behutsames Ausweichen.

»Und du wusstest vorher, dass es ein Mädchen werden würde?«

»Ich wusste es, Nico, ich wusste es.« Wieder legte sie ihre Hand auf seinen gebräunten Arm. »Und ich hatte recht. *Das* wenigstens haben sie mir noch gesagt.«

»Warum wolltet ihr sie eigentlich Tosca nennen? Papas Mutter heißt doch Bittuzza, also Elisabetta. Und deine Mutter Rosaria.«

Sie liebte es, wenn er seinen Vater Papa nannte.

»Als dein Vater hörte, dass ich wieder in freudiger Erwartung war, hat er mir ein kostbares Parfüm geschenkt. Das hieß Tosca und kam aus dem Ausland. Und weil es doch auch diese schöne Oper gibt, die ich in Signora Mantellis Radio gehört habe, wie so viele andere, damals, bevor ...«

Nico stand auf und holte ihr eins der umhäkelten Taschentücher aus der Schublade. Er hatte bei seiner Mutter nie Parfüm gerochen. Jetzt wusste er auch, warum.

»Den Namen habe ich für sie ausgewählt. Ganz alleine. Mein Tommaso war ja nicht mehr da.«

»Sie wollen die Marmorplatte nun wirklich anfertigen lassen, dieses Jahr noch, zu seinem Geburtstag.« Das stimmte zwar nicht, an dem Platz, der nach seinem Vater und dem erschossenen Kollegen benannt werden sollte, hing immer noch das inzwischen verwitterte Holzschild, doch es tröstete sie hoffentlich.

»Ist schon gut, mein Junge. Ich hör schon auf.« Sie tupfte mit dem Taschentuch unter den Augen herum.

Nico nickte. Nun wusste er endlich, was er morgen als Erstes auf *L'Onda Blu* verkünden wollte.

Am nächsten Nachmittag konnte er Stella tatsächlich überreden, mit in den Dachverschlag zu kommen. Als sie die Stufen hochstiegen, war er nervös. Was würde sie zu seiner illegalen Radiostation sagen?

»Schön.«

Nico biss die Zähne zusammen. Er hätte es wissen können. Manuele stand draußen auf dem Flachdach und klemmte mal wieder die Hände unter seinen Achseln ein, wie immer, wenn er besonders stolz oder besonders unsicher war. Mehr als zwei Personen passten außer dem Tisch und dem Schemel, auf dem der Sender stand, nicht in den Verschlag. Es war heiß, die Holzlatten rochen nach Teer und knackten in der Hitze.

»Und die da willst du zwischendurch spielen?« Stella betrachtete einige der verknitterten Plattenhüllen, die aufrecht in einem Karton standen.

»Die haben wir in Bellaforte in Antonios Laden gefunden. Hat fast nichts gekostet.« Nico grinste. »Ich werde noch die neuesten Hits dazukaufen, aber heute spiele ich als Erstes etwas Älteres, und zwar von Tony Renis: *Quando quando quando!*«

Er sagte nicht, dass das Lied von 1962 die neuste Scheibe war, die er unter den alten Dingern hatte finden können.

»Schön«, sagte Stella wieder. »Aber wie soll man dich im Radio überhaupt finden?«

»Wir sind mit der Antenne direkt neben dem Mast, bester Zugang also, und auf der Frequenzskala dicht neben der Hundert. Wenn man nun also nur ein bisschen den Sender verstellt, hört man mich schon!«

»Und wenn sie diese Peilwagen schicken?«

»Dann warnt Signor Franco delle Poste mich. Hat er mir schon zugesagt.«

»Fragt sich, ob du dich auf den verlassen kannst.«

»Na klar, was denkst du denn«, entrüstete Nico sich. »Er war ein Freund meines Vaters! Hundertprozentig sagt der mir Bescheid. Die Idioten melden sich doch einen Tag vorher bei ihm an.«

»Sehr geschickt!« Der ernste Ausdruck auf ihrem Gesicht wich einem Lächeln. Endlich! Er umarmte sie und gab ihr einen kleinen Kuss auf die Wange. Manuele schaute diskret in den Himmel.

»Weißt du, Stellina, geh doch nach Hause, mach den Kram, den wir für Statik ausrechnen sollen, und hör dabei Radio. Und ab fünf drehst du den Knopf ein bisschen nach links, auf 99,8!«

»Ach genau, Statik. Das ist ganz schön viel, was der uns aufgegeben hat …«

»Ich könnte das ja auch machen. Ich habe nur gerade echt keine Zeit dazu.«

»Guten Tag und *buona sera*, ihr hört *L'Onda Blu*, den etwas anderen Sender.« Nico hielt inne. Seine Stimme wurde übertragen, hing einen Moment lang in der Luft, ging durch den Äther. Äther. Das Wort kam aus dem Altgriechischen und bedeutete blauer Himmel. Wie viele Menschen hörten ihn jetzt? Sein Vater dort oben im blauen Himmel vielleicht auch? Obwohl er den Tonfall von Clint Eastwood imitierte, um nicht sofort erkannt zu werden? Na sicher, seinen Vater konnte man nicht mehr täuschen. Der wusste jetzt alles!

»Wir melden uns hier aus Bellaforte, der großen Stadt in diesem weiten, weiten Land, die einem einzigen Menschen gehört! Hier bei uns werden die Gesetze noch handgeschmiedet, sie werden von einer einzigen Person gemacht, und ihr könnt euch denken, von wem! Richtig! Von unserem Bürgermeister. Unserem Sheriff: Don Fattino. Wer ist dieser Mensch, der uns so besonnen vor uns selbst schützt? Der weiß, wie viel Demokratie wir brauchen?« Nico setzte sich aufrechter auf seinen Hocker und rückte das Mikrofon etwas näher heran. Es lief gut. Er konnte es. Seine Stimme klang ruhig, etwas schleppend, aber sehr sicher. Danke, Clint! Die vielen Kinobesuche hatten sich gelohnt. Er grinste und schaute auf seinen Zettel mit den Stichworten.

»Don Fattino macht alles alleine, entscheidet alles alleine, aber ist Don Fattino deswegen ein einsamer Mann? Aber nein! Er ist ein Mann mit vielen Freunden. Sehr vielen wichtigen Freunden, die nach dem Krieg auf einmal wieder aus ihren Löchern gekrochen kamen.

Er verbietet uns nichts, er entscheidet die Sachen einfach selbst. Entgegen allen Beschlüssen des Gemeinderats. Aber wir fragen auch nicht. Wir wehren uns nicht. Wir leben in einem Sumpf, in dem alles verrottet, in dem sich Insekten tummeln, die uns bis aufs Blut aussaugen. Wir protestieren nicht, wir sprechen nicht aus, was wir denken. Wenn wir mit jemandem reden, dann sind wir vorsichtig, wir sagen nie unsere ehrliche Meinung. Könnte ja sein, dass man uns morgen schon verrät. Also stellen wir uns lieber dumm. Und sagen nichts! Sonst bringen sie uns um.« Nico spürte, wie gut es tat, endlich alles einmal auszusprechen, was sonst niemand, wirklich niemand zu sagen wagte.

»Wen haben sie in den letzten Jahren nicht alles umgebracht? Ich habe als Junge die Zeitung gelesen und irgendwann begonnen, mir die Namen herauszuschreiben. Ich werde euch die Liste vorlesen und von denen berichten, die ich kannte oder über die ich etwas herausgefunden habe. Immer nachmittags um fünf, immer hier auf *L'Onda Blu!*

Fangen wir an mit Zu Stefanú, der Erste auf meiner Liste. Nur ein einfacher Zitronenbauer, aber ein wunderbarer, rechtschaffener Mann, der zeit seines Lebens hart gearbeitet hat. Was hat er falsch gemacht? Er, der immer so nett zu uns Kindern war, obwohl wir ihm ab und zu ein paar Zitronen geklaut haben. Ich werde euch sagen, warum er sterben musste: Er hat die Wasserleitung, die zu seinem Grundstück führte, nicht ein zweites Mal bezahlen wollen.

Placido Mellila war Richter am Gericht in Palermo. Sein Beiname war *il buono*. Zu gut für manche Leute, für die es unerträglich war, sein Urteil nicht kaufen zu können. Was? Urteile der Richter in Sizilien sind käuflich? Aber ja! Denkt doch nur an den Prozess der hundertvierzehn! Damals in Catanzaro saßen sie alle auf der Anklagebank: die wichtigsten Vertreter der palermitanischen Mafia. Erinnert ihr euch? Der Prozess endete mit hundertvierzehn Freisprüchen!

Dann gab es noch Bino Francesco. Der wollte seine Ölmühle nicht in die Hände der ehrenwerten Leute geben.

Angelo Maggiore. Das war im Herbst 1962. Lag erschossen vor dem Café. In der Zeitung stand nichts über die Hintergründe. Es lagen damals wie heute so viele Erschossene auf den Straßen. Die Familien innerhalb der *Cosa Nostra* metzelten sich gegenseitig nieder. Sollten sie. Doch Maggiore war Kommunist und gerade dabei, eine Genossenschaft zu gründen. Er war im Weg. Reicht euch das noch nicht? Also gut. Machen wir weiter:

Pepuzzo Tripoli. Ein Gegner der privaten Klinik, die weit über den *Giardino Pubblico* hinaus gebaut werden wird. Er wollte sein Grundstück nicht verkaufen. Nicht an *sie*. Und musste deswegen sterben.

Und Tommaso Messina. Capo der Carabinieri.« Nicola musste schlucken. Doch er durfte sich nicht verraten, also versuchte er, mit unveränderter Stimme weiterzulesen. »Ein Capo, der sich Don Fattinos Auswahlverfahren, was Wahrheit ist und was nicht, auf keinen Fall unterwerfen wollte. Erschossen in einem Stall. Angeblich, als er drei Diebe festnehmen wollte. Aber es war eine Falle, denn seine Aufrichtigkeit war Don Fattino im Weg. Das stand nicht in der Zeitung.

Sein tapferer Kollege Francesco Alifieri. Ebenfalls in Ausübung seines Dienstes getötet. Hat die Namen der drei vermeintlichen Diebe noch nennen können, bevor er starb. Niemand hat die Auftragsmörder je festgenommen. Sie lebten jahrelang unbehelligt in Palermos Armenviertel, La Kalsa.

Baldassare Greco. Sekretär der *Camera del Lavoro* mit eigenen Ideen, die nicht mit denen Don Fattinos übereinstimmten. Ideen für mehr Schulen, um nur eine zu nennen ...

Okay, Leute, ich bin am Ende meiner Liste angekommen. Das waren nur die, die ich als Kind kannte, deren Namen mir etwas sagen. Aber es waren viel, viel mehr. Ihr wisst das.«

Nico nahm einen Schluck Wasser und zögerte. Konnte er nach dem Verlesen all dieser Namen wirklich die Musik spielen, die auf dem Plattenteller lag? Das Gesäusel mit dem einzigen Thema, wann sie nun, *quando quando quando,* endlich vorbeikam, damit der Kerl sie küssen konnte? Ach was, man konnte den Hörern nicht immer nur ernste Fakten um die Ohren hauen, dann drehten sie einen Millimeter weiter, und schon war *Die blaue Welle* aus ihren Hirnen entschwunden. Er setzte die Nadel an den Plattenanfang und lauschte dem Knistern. Die Sekunden dehnten sich, und plötzlich wurde alles überdeutlich. Sein Vater hörte ihn, und er sah ihn. In diesem Moment und immer schon! Sein Vater würde ihn beschützen vor allen dreckigen Machenschaften dieser Leute. Er wusste es mit unumstößlicher Gewissheit: Don Fattino und die Mafia konnten ihm nichts anhaben! Jetzt musste er dem verdienten Maresciallo Tommaso Messina nur noch ebenbürtig werden ...

»Aha, du hörst Radio! Stört dich das denn nicht beim Arbeiten?«, fragte Nico mit einem triumphierenden Grinsen, als er von Assunta in den Salon geführt wurde, wo Stella ihren Arbeitstisch aufgestellt hatte.

Sie schaute von ihren Berechnungen auf. »Nein, es stört mich nicht. War schöne Musik dabei heute. *Quando quando quando*«, sang sie ein wenig schief.

»Nur Musik?«

»Ich arbeite, Nico! Da kann ich mich nicht immer auf das konzentrieren, was sie da reden.«

»Ich hole nur schnell mein Strickzeug, dann setze ich mich ein wenig zu euch.« Assunta hinkte davon. Sie wäre in einer halben Minute wieder da, wusste Nico. Dreißig Sekunden Zweisamkeit, das war alles, was sie ihnen zugestand.

»Es war direkt auf Welle hundert, wo sonst die goldene Nachmittagsstunde läuft«, zischte Stella. Sie nutzte die Zeit, in der sie unbeobachtet waren, nicht einmal für einen kleinen Kuss, stellte Nico enttäuscht fest. »Ich brauchte gar nicht zu drehen. Wie hast du das gemacht, Nico? Alle haben es gehört!«

»Ich weiß nicht, vielleicht weil ich direkt neben dem großen Mast sende ... Und wie war ich? Also, wie war das, was ich gesagt habe?«

»Das, was du gesagt hast, war richtig, jeder von uns kennt die Namen. Aber überleg doch mal. Ein Don Fattino lässt sich nicht ungestraft beschuldigen und beleidigen ...« Sie hielt inne, weil Assunta mit ihrem Strickzeug hereinkam.

»... und deswegen kann das schon mal tödlich ausgehen, wenn man die Statik in diesem Falle nicht richtig berechnet«, fuhr Stella fort und trommelte mit dem Bleistift auf den Bogen Millimeterpapier vor sich.

»Lass mal sehen.« Er zog ein barockes, vergoldetes Sesselchen an den Tisch und beugte sich über das Blatt. »Die Statik ist der

Grundpfeiler von allem, ich weiß. Aber vielleicht muss man auch mal *neue* Berechnungsmethoden anwenden.«

»Neue Methoden sind immer auch Experimente, Nico. Willst du tatsächlich Todesopfer riskieren?!«

»Mein Gott!« Assunta ließ ihr Strickzeug sinken. »Ich wusste gar nicht, dass Architektur so ein gefährliches Fach ist.«

»Kein Risiko, keine Veränderungen, sage ich immer. Habe ich recht, Assunta? Hätten die ersten Erbauer von Kuppeln wie Stella gedacht, hätten wir heute einen Petersdom und ein Teatro Massimo mit Flachdach.«

Stella lächelte schwach. *Sie werden dich erwischen und töten, Nico, und das werde ich dir nie verzeihen!,* schrieb sie mit Bleistift neben die Zahlen, um den Satz dann sofort wieder wegzuradieren. *Das wird nicht geschehen, niemals, ich passe auf, amore!,* schrieb er daneben und bedeckte den Satz mit seiner Hand, als sie ihn ebenfalls wegradieren wollte. Sie schauten sich an. Vom Flur her war unterdrücktes Gekeife zu hören.

»Na, na, was ist da denn los?« Assunta stand auf, um nachzusehen, was da draußen vor sich ging. Nico nahm Stellas Gesicht in seine Hände. »Ich dachte, deine Schwestern kommen gar nicht aus ihrem Zimmer«, flüsterte er.

»Assunta weiß schon, wann sie wegschauen muss«, flüsterte Stella zurück. »Ich glaube, sie durchschaut alles …«

»Du musst nicht immer so viel Angst haben, Stella. Glaub mir, alles wird gut!«

9. Kapitel

September 1966. In Italien wurde gerne gestreikt. Und zwar dauernd und überall: die Tankwarte, Piloten und Autobusfahrer; die Ärzte, die Zöllner und die Müllabfuhr; die Lehrer, Richter und Universitätsprofessoren; die Bankbeamten, Museumswärter und Fernsehtechniker; die Bahnhofsvorstände und die Postangestellten.

Auch Stella hatte schon oft vor geschlossenen Postfilialen gestanden oder vergeblich auf den Autobus nach Bellaforte gewartet, doch nun schwappten die Streiks noch ein Stück weiter in ihr Leben.

Wie viele Studenten mit einem Mal hier waren ... So voll hatte Stella den Palazzo der Fakultät noch nie gesehen. Sie waren überall. In der Eingangshalle, auf den Fluren und in den Sälen. Jeder schleppte irgendwelche Stangen, Plakate und Manifeste mit sich herum, überall lagen Tücher auf dem Boden und wurden mit großen Buchstaben bemalt. Dass der Pförtner ihnen überhaupt das Tor geöffnet und sie hineingelassen hatte, wunderte Stella. Wie lange sollten diese Proteste denn dauern? Das Semester hatte doch gerade erst begonnen. Wann würde sie ihr Referat halten können? Heute bestimmt nicht mehr. Sie schaute sich nach Nico um, von dem sie in all dem Gedränge getrennt worden war. Er stand ein paar Meter von ihr entfernt, redete grinsend auf einen Mitstudenten ein und klopfte ihm dabei auf die Schulter. Natürlich. Das

Chaos hier gefiel ihm. Die sozialistische Arbeiterbewegung, der Jugendbund und die *Partito Comunista Italiano* hatten zu dem Streik aufgerufen, und nun streikten eben alle. Wofür auch immer …

Stella wich einem jungen Mann aus, der sie fast mit zwei Besenstielen aufgespießt hätte. Sie würde jetzt lieber in die Aula gehen und Professor Barinelli zuhören. Seine Grundeinführung in die Geschichte der Architektur war unheimlich spannend.

Sie hatte kein Lieblingsfach, es interessierte sie alles einfach viel zu sehr: von Statik über Bauphysik bis hin zu darstellender Geometrie, freiem Zeichnen und plastischem Gestalten.

Es gab einen festen Stundenplan und für jedes Semester ein Projekt, das sie über die Wochen hinweg bearbeiten mussten. Durften, sollte sie lieber sagen. Sie waren erst einen Monat dabei und studierten doch alle gerne. Oder etwa nicht? Achtzig neue Studenten waren im ersten Semester, fast die Hälfte davon Frauen! Sie hatten einen genauen Plan, welche Kurse sie belegen mussten, die Professoren waren in Ordnung, die Assistenten manchmal etwas arrogant, aber dann doch wieder hilfsbereit, die *biblioteca* eine Ansammlung von Schätzen. Was sollte also jetzt dieser Streik?

»Fakultät für Architektur streikt!«, riefen ein paar Leute und rannten über die Flure. In einer Aula wurden die Fenster aufgerissen, und das Bettlaken, das gerade noch auf dem Boden gelegen hatte – *Mehr Bildung führt zu Freiheit und Arbeit!* –, wurde hinausgehängt.

Musste das ausgerechnet hier sein, konnten die nicht etwas anderes besetzen? »Willst du da etwa mitmachen?«, fragte sie Nico, der sich zu ihr durchgekämpft hatte.

»Na klar, wir marschieren gleich los!«

»Wohin denn?«

»Keine Ahnung. Ist doch auch egal. Erst einmal sammeln wir uns auf der Piazza Bellini. Die von der Juristischen Fakultät kommen auch dazu.«

Stella schaute auf die Bücher unter ihrem Arm. Vielleicht fand hier im Gebäude ja doch noch etwas statt. Aber sie begrub ihre Hoffnung gleich wieder, als sie am Sekretariat vorbeikamen. Es war geschlossen, und auch keiner der Professoren hatte sich bis jetzt blicken lassen. Sie hoffte inständig, dass dieser Streik nicht allzu lange dauerte, während sie Nico die Treppen hinunter aus dem Palazzo folgte.

»Nieder mit den *padroni* – mehr Bildung für das Volk!«, schrien einige von ihnen, und Nico stupste sie an, damit sie mitmachte. Gut. Sie wusste zwar nicht, welche *padroni* gemeint waren, aber für mehr Bildung war sie auch. Sie hakten sich unter und bildeten lange Reihen, so breit wie die Via Maqueda. Nur Studenten, so weit das Auge schauen konnte. Die meisten der Mädchen trugen Hosen oder einfach dünne Strickpullover mit gerade geschnittenen Röcken, dazu flache Schuhe, die Haare zum Pferdeschwanz zurückgebunden. Nur sie, Stella, hatte eins ihrer zahlreichen, von Assunta gekürzten Dior-Kleider an und trug die Haare ordentlich hochgesteckt. Die Piazza Bellini war schon voller roter und weißer Banner, also zogen sie gleich weiter, Richtung Quattro Canti. Von hier ging es nach links, den Corso Vittorio Emanuele hinauf in Richtung Normannenpalast.

»Orsola!« Erst in diesem Moment entdeckte Stella die Freundin aus der Schule, die eine Reihe vor ihr ging. »Was machst du denn hier?«

Das Mädchen drehte sich um. »Na, was wohl!« Die dicke Orsola von früher, das Genie der Naturwissenschaften mit den vorstehenden Zähnen, hatte sich ziemlich verändert. Sie war um einiges schlanker geworden und trug die Haare sehr kurz, was ihr etwas Freches, Unbezwingbares gab. Die Zähne waren hinter einem unattraktiven Drahtverhau verborgen, aber wenn man genau hinschaute, konnte man den Eindruck bekommen, dass sie längst nicht mehr so weit vorstanden wie früher. »Wir müssen uns für die

Befreiung der Frauen einsetzen! Was meinst du, warum ich Jura studiere?«, rief sie über die Schulter, den Lärm übertönend.

Stella nickte. »Jura? Ich dachte Physik? Meine Güte, ich habe dich vermisst, wir sehen uns gar nicht mehr.«

»Ich komm dich bald mal besuchen«, gab Orsola zurück, wandte sich dann wieder nach vorn und hakte sich bei ihren männlichen Mitstudenten fester ein.

Vor dem Normannenpalast stand ein Rednerpult mit einem krächzenden Mikrofon, das sich die Redner des Kommunistischen Studentenbunds und der P.C.I. abwechselnd in die Hand drückten.

»Genosse, willst du jetzt ...? Oder soll ich ...?«

»Danke, Genosse!«

Der Ton war übersteuert und hallte aus den Lautsprechern, man konnte nicht viel von dem verstehen, was die Männer da vorne zu sagen hatten. Ab und zu jubelten die Menschen in den ersten Reihen, dann jubelten die hinten mit. Etwas zeitversetzt allerdings.

»Wollen wir gehen?«, wagte Stella nach einer Stunde zu fragen, als die Sonne schon hoch am Himmel stand. Orsola hatte sie im Getümmel aus den Augen verloren.

»Nein, warum denn? Das ist doch interessant«, antwortete Nico, ohne den Redner dabei aus den Augen zu lassen. »Ich finde es sehr richtig, was die dazu sagen. Ich glaube, ich werde bei dem Kommunistischen Studentenbund mitmachen!«

»Ich habe Durst, und ehrlich gesagt, verstehe ich so gut wie nichts.«

»Aber wir müssen zusammenhalten und gegen die *padroni* protestieren, Stella. Sieh mal, Professor Volpe ist auch da!«

Tatsächlich. Professor Volpe. Wenn *der* hier war, konnte die Versammlung doch nicht so schlecht sein. Stella ließ Nico stehen und drängte sich zu ihm durch.

»Warum sind Sie hier, *professore?*«

Wie immer wippte er auf den Zehenspitzen, um wenigstens einen Moment lang größer zu wirken, und sah sie durch seine Brille hindurch freundlich an. »Ich finde, es ist an der Zeit, dass die Jugend aufbegehrt und das alte System aufbricht. Außerdem erhoffe ich mir mehr Aufmerksamkeit hinsichtlich der Verbrechen, die hier gerade städtebaulich unter unseren Augen passieren.«

»Was genau meinen Sie?«

»Sie reißen die Villen ab! Die schönen Jugendstilvillen im Viertel werden enteignet und abgerissen, um fünfzehnstöckige Häuser aus Beton und einen Glaspalast an deren Stelle hochzuziehen. All das, um unseren Bürgermeister und seine Freunde noch reicher werden zu lassen. Auch die Zitronenhaine am Randgebiet der Stadt sind in Gefahr. Die ganze *Conca d'Oro,* das wunderschöne Goldene Becken von Palermo, ist in Gefahr! Wenn wir nicht einschreiten, wird aus dem Zitronengelb bald überall ein Betongrau geworden sein.«

»Wirklich?« Stella fühlte sich plötzlich dumm. Und ignorant. Und unpolitisch. »Enteignen? Wer lässt so etwas denn zu?« Sie dachte an die Villa Camaleo. Die konnten sie doch nicht enteignen, oder etwa doch?

»Führen Sie uns dahin, *professore!* Sagen Sie in Ihrer nächsten Vorlesung eine Exkursion an. Ich glaube, viele von uns würden mitkommen. Sie sehen ja, was hier los ist.« Plötzlich war sie stolz auf die Parolen skandierenden Studenten, die erhobenen Fäuste, die vielen Banner.

»Ach, hier bist du!« Nico legte von hinten die Hände um ihre Taille. »Hatte schon Angst, ich hätte dich verloren.«

»Nico!« Stella hielt seine Hände fest, machte sich aber nicht los, wie sonst, wenn er sie in der Öffentlichkeit umarmte. »Professor Volpe wird eine Exkursion machen. Wusstest du, dass Jugendstilvillen abgerissen werden, um Platz für Hochhäuser zu schaffen?«

Nico klopfte dem kleinen *professore* anerkennend auf die Schultern. »Da bin ich natürlich dabei! Finde ich echt stark von Ihnen! Demnächst duzen wir Sie noch!«

Der Professor lachte. »Wir brauchen eine gebildete Jugend wie euch!«, brüllte er gegen den wieder aufbrandenden Lärm an. »Ihr seid die Einzigen, die in diesen verkrusteten Strukturen etwas verändern können!«

Drei Stunden später hatte sich die Versammlung aufgelöst. Stella und Nico ließen sich treiben, redeten mit einigen Versprengten, die mit eingerollten Fahnen und Bannern auf den Bänken der Stadt saßen, und kauften sich bei einem Straßenhändler jeder ein *pani c'a meusa,* ein mit in Öl gebackener Milz belegtes Brötchen.

»Lass uns nach Hause fahren. Dann können wir endlich in Ruhe unser Projekt besprechen.«

Nico schaute in den Himmel. »Und wie wäre es, wenn wir vorher noch einen kleinen, winzig kleinen Ausflug an den Strand im schicken Mondello machten? Es ist so warm. Einfach bisschen planschen. Wie wäre das? Ich kauf dir auch ein Eis.«

»Nein, Nico. Der Sommer ist doch schon zu Ende.«

»Na und. Es ist total heiß, Stella!«

»Und außerdem habe ich gar keinen Badeanzug dabei.«

»Dann kaufe ich dir ein Eis *und* einen Badeanzug!«

Stellas Magen zog sich zusammen, und das lag nicht an der köstlich fettigen *milza,* die ihr den Mund verschmierte und sie nach einer Serviette suchen ließ. Nico war großzügig und trug immer recht viel Geld bei sich. Er hatte sie und auch die Kommilitonen schon oft mittags zu einem Happen auf dem Markt eingeladen. Durch den Verkauf der Fische, die er mit der Harpune jagte, konnte er ihr jederzeit Geschenke machen. Und tat das auch. Sie klemmte sein Geburtstagsgeschenk, die Aktentasche aus fein genopptem Leder, unter den anderen Arm. Was die gekostet hatte, wollte sie lieber nicht wissen. »Es ist bestimmt schon nach eins, also haben die Geschäfte zu.«

»Es ist genau Viertel vor. Und dort vorne auf dem *Corso* sind wir gerade an einem Wäscheladen vorbeigekommen. Die haben auch Bademoden. Stand dran.«

Er hatte recht. Die Tür war weit geöffnet, die beiden untersetzten Verkäuferinnen nahmen fast den ganzen freien Platz im Lädchen ein. Ehe sie sichs versah, stand Stella zwischen den hohen dunklen Regalwänden hinter einem Vorhang. Davor hörte sie Nico mit den beiden Frauen scherzen, während sie sich vor dem schmalen Spiegel drehte. Der Badeanzug saß wie angegossen. Er war gelb und weiß gemustert, und sollten das vielleicht Zitronen dort an der Seite sein? Egal. Ihr gefiel die Art, wie er ihre Taille betonte.

»Dann hätten wir noch dieses Modell hier.« Eine Hand reichte ihr einen weiteren Badeanzug in die provisorische Kabine. »Wir sind ziemlich ausverkauft. Der Sommer ist ja nun vorbei.«

»Ich glaube, der hier ist schon der Richtige …«

»Lass dich doch mal anschauen, *amore!*«

Die Damen kicherten entzückt. Dass ein junger Mann sich hier zu ihnen in den Laden verirrte, war sehr ungewöhnlich … und dann noch so ein reizender, der offensichtlich seine Verlobte vergötterte! Stella lächelte. Typisch Nico. Die beiden Matronen waren nicht die Ersten, die er mit seinem Charme bezauberte.

»Nach Mondello oder in eine einsame Bucht?«

»Was liegt auf dem Weg nach Hause?«

Nico zog die Brauen hoch. »Gut, Madame, Sie haben es so gewollt! Also die einsame Bucht.«

Sie fuhren hinunter zum Hafen, bogen rechts auf die Via Messina Marine und folgten ihr immer geradeaus die Küste entlang. Die Abstände zwischen den Häusern wurden immer größer und die Häuser selbst baufälliger, Hunde streunten am Straßenrand entlang, ab und zu sah man einen Mann neben einer *Ape* stehen, der auf Käufer für seine Auberginen oder Zitronen wartete. Kurz nachdem sie die letzten Ausläufer der Stadt verlassen hatten, bog Nico nach links ab, in einen Weg zwischen Ginsterbüschen und hohem Gestrüpp. Staub wirbelte auf, es gab eine Menge Schlaglöcher, und überall lagen Papierfetzen und Mülltüten. Stella seufzte innerlich. Sie sehnte sich nach ihrem Zeichentisch und den hohen Wänden des dunklen, kühlen Salons.

»Warum machst du nicht auch den Führerschein?«, fragte Nico gut gelaunt. »Dann würde ich dich hier auf diesem Weg mal zur Übung fahren lassen.«

Sie zuckte nur mit den Schultern. Sie hatte schon ein paarmal die Fiat-Limousine über den Hof gesteuert. Natürlich mit dem Vater neben ihr. Anfahren und anhalten ging noch sehr holprig, aber immer in der Runde zu fahren war einfach. Da passierte einem nichts. Ein Führerschein kostete Geld, und im Moment gab es wahrlich Wichtigeres, das bezahlt werden musste. Sie hatte keine Lust, es Nico ein weiteres Mal zu erklären.

Als sie am Strand ankamen, war Stella angenehm überrascht. Er war erstaunlich sauber. Ein paar niedrige Felsen umgaben den hellen Sand. Es lag kaum etwas von dem getrockneten Algenzeug herum, das sie so hasste. Nico stieg aus und holte die Ausrüstung, die immer hinter den Sitzen lag: Decke, Badehose und Taucherbrille. Stella hatte den neuen Badeanzug gleich unter ihrem Kleid angelassen. Mit bloßen Füßen lief sie durch den Sand. Ihr war heiß und die Haut klebrig vom Schweiß. Nun freute sie sich doch auf das glasklare Wasser, in dem nur sehr wenige Steine lagen.

»Woher kennst du diesen Platz?«

»Da vorne liegt ein Wrack, gar nicht tief. Das habe ich entdeckt, als ich mit Manuele mal hier schwimmen war.«

Schwimmen? Nico ging nie einfach nur schwimmen. »Komm!« Er fasste ihre Hand und zog sie in das flache Wasser, dass es spritzte.

Immer zog er sie einfach mit, nie fragte er, was sie eigentlich wollte. »Moment, mein Kleid!« Stella blickte sich um. Keine Menschenseele weit und breit. Sie waren alleine auf der Welt. Entschlossen streifte sie das Kleid über den Kopf, rollte es zusammen und warf es auf den trockenen Sand. Sie hatte langsam die Nase voll von den alten Dior-Modellen, sie waren viel zu offiziell und edel, sie brauchte unbedingt andere Kleidung.

»Du bist die Allerschönste!«, sagte Nico andächtig und ließ seinen Blick über ihren Körper wandern, bis er an ihrem Dekolleté hängen blieb. »O Mann, ich könnte dich auf der Stelle …« Er griff nach ihr.

»Nico, die können uns sehen!«

»Wer denn? Hier ist niemand.«

»Doch!« Kreischend machte sie sich los und lief lachend in die flachen Wellen.

Nico stürmte hinter ihr her, das Wasser spritzte auf, Stella hob die Knie, um schneller vorwärtszukommen, schon reichte das Wasser ihr bis an den neuen Badeanzug, da hörte sie Nico von hinten herantoben. Sie ließ sich mit einem Aufschrei fallen. Dann war er über ihr und tauchte sie mit seinem Gewicht unter, packte sie aber im selben Moment um den Bauch und zog sie wieder hoch. »Du unartiges Mädchen!«

»Mein Kopf! Mein Gesicht war unter Wasser!« Stella spuckte und schlug zum Spaß um sich. »Das machst du nie wieder mit mir! Sonst …« Sie strich die nassen Strähnen, die sich aus ihrer Frisur gelöst hatten, aus dem Gesicht.

»Sonst was?«, flüsterte Nico in ihr Ohr, und dieser Ton bewirkte, dass ihr Körper einfach das Kommando übernahm und sich nicht weiter um das kümmerte, was der Kopf ihm sagte. Sie ließ sich mit Nico in die kühlen Wellen fallen und küsste ihn leidenschaftlich … Obwohl doch alle sie sehen konnten (also wenn jemand da gewesen wäre), obwohl sie nicht verheiratet waren, obwohl man sie für ein leichtes Mädchen halten würde – denn auch Ehefrauen benahmen sich nicht so …

Sie hüpften und spritzten noch etwas im Wasser herum, Nico hielt sie an der Taille fest und versuchte ihr beizubringen, wie ihr Wassertreten zu einem richtigen Beinschlag werden konnte, doch das war ein vergebliches Unterfangen, wie sich schnell herausstellte.

»Lass uns ein Foto von dir machen«, schlug er vor. »Ich habe die Konica Mermaid dabei!« Schon lief er auf den Strand zu und kam mit der Kamera zurück.

»Aber ich gehe nicht unter Wasser!«

»Nur einen Moment. Du bekommst die Brille und bleibst einfach mit den Füßen auf dem Grund stehen.«

Stella rollte mit den Augen. Wenn Nico sich etwas in den Kopf gesetzt hatte, machte es wenig Sinn zu protestieren. Es sei denn, man war bereit, sich auf eine tagelang andauernde Diskussion einzulassen.

Sie setzte die Taucherbrille auf, drehte ihm den Rücken zu und marschierte ins Wasser hinein, bis nur noch ihr Kopf herausschaute. »Weiter!«, rief Nico hinter ihr. Sie atmete ein und verschloss den Mund. Dann ging sie noch einen Schritt und fühlte das Wasser über sich zusammenschlagen. Sofort bekam sie leichte Panik, wie hielt Nico das nur aus, ohne zu atmen? Sie ruderte mit den Armen und drehte sich um. Da hockte er zwei Meter vor ihr auf dem Grund, mit der Kamera vor dem Gesicht. Ganz klar, wie durch eine Fensterscheibe konnte sie ihn sehen. Sie breitete die Arme aus, um das Gleichgewicht zu halten, denn das Meer hatte sich anscheinend vorgenommen, sie umzuwerfen. Sie lächelte ihn mit fest zusammengepressten Lippen an. Er zeigte ihr den nach oben gestreckten Daumen, doch schon eine Sekunde später tauchte sie auf und japste nach Luft.

Nico bekniete sie, noch einmal unterzutauchen. Er war sich nicht sicher, ob das Bild gut geworden war. Sie tat ihm den Gefallen und war froh, als sie schließlich gemeinsam aus dem Wasser stapften. Sie legten sich auf die Decke, die Nico für sie ausgebreitet hatte, und ließen sich von der warmen Spätsommersonne trocknen.

Noch immer war niemand zu sehen. Es war, als ob die Welt sie einfach vergessen hätte. Danke, Welt, sagte Stella leise für sich und tastete nach Nicos Hand.

»Dieses Buch, das du mir geschenkt hast, ist wirklich toll!«, riss Nico sie aus ihren Gedanken.

»Das über Architektur?«

»Nein, das andere, mit den Gedichten von diesem Lorca.«

Na, wenigstens hat er überhaupt in eins der beiden Bücher geschaut, dachte Stella und unterdrückte einen Seufzer.

»Der hat wirklich gute Gedichte geschrieben, dieser Mann. Willst du eins hören?«

»Sag nicht, du hast ein Gedicht von ihm auswendig gelernt! Nein, das glaube ich jetzt nicht.« Sie kicherte und kniff ihn sanft in die Brust. Sie liebte seine durchtrainierten harten Muskeln unter der Haut und die leicht gekräuselten Haare darauf.

»He! Wenn ein Gedicht gut ist, lerne ich es auch gerne auswendig. Bisher hat mich nur noch keins so richtig angesprochen. Also, hier ist es ... Moment ... also der Anfang geht so:

La Chitarra
Incomincia il pianto della chitarra.
Si spezzano le coppe dell'alba.
Incomincia il pianto della chitarra.
È inutile farla tacere.
È impossibile farla tacere.
Piange monotona
come piange l'acqua.
Come piange il vento sulla montagna.
È impossibile farla tacere.

Piange per cose lontane … Ähh … den Rest weiß ich nicht mehr, aber es ist doch unglaublich, wie dieser Mann das Wasser beschreibt. Manchmal weint es wirklich. Und der Wind sowieso …« Er ließ seine Finger im Sand kreisen. »Weint um Dinge, die weit weg …«, sagte er versonnen.

»Ich finde es auch wunderschön«, sagte Stella. »Und ich liebe es, wie du rezitierst.«

»Rezi-was?« Nico küsste sie auf die Nasenspitze, als er ihren irritierten Blick sah. »War nur Spaß.«

Irgendwann sprang er auf. »Ich gehe kurz noch mal rein, dann fahren wir, okay?« Er lief mit Taucherbrille und Schnorchel in Richtung Wasser, drehte sich dann wieder um. »Ich habe meiner Mutter versprochen, den jungen Baum im Hof rauszureißen, der dort direkt an der Mauer wächst. Irgendwann macht er sonst noch das Haus kaputt.«

Stella stützte sich auf ihre Ellbogen und sah ihm hinterher. Und das Studium? Bei Nico waren immer andere Sachen wichtiger. Protestmärsche. Pokale im Apnoetauchen sammeln. Im Sender leidenschaftliche Worte über seinen Vater sprechen. Bäume ausreißen. Sehr selten mal ein Gedicht auswendig lernen …

Sie ließ sich wieder zurücksinken. Das Studium würde er mit ihrer Hilfe schon schaffen. Hauptsache, er war bei ihr, alles andere war Nebensache. Sie döste einen Moment lang ein, schrak dann plötzlich auf. Wo war Nico? Wie lange war er schon weg? Erst jetzt bemerkte sie den Mann, der dicht neben dem Fiat stand und zu ihr herüberschaute. Sie setzte sich sofort auf. Er war schon älter und ziemlich schmächtig, doch sein Grinsen war falsch und anzüglich, jetzt kam er auch noch näher. »Na, junge Dame, ganz alleine hier?« Seine Worte klangen wie das Meckern einer Ziege. Seine Hose war schwarz und dreckig, und stand der Hosenstall nicht halb offen? Schnell wandte Stella den Blick ab, und ihr Herz fing wild an zu klopfen.

»Mein Verlobter ist im Wasser.« Sie sprang auf und spähte über die Meeresoberfläche. Nichts. Verdammt! Er hatte doch gesagt, er würde nur noch einmal ganz kurz hineingehen. Sie lief auf das Wasser zu, ging dann sogar ein paar Schritte hinein, um mehr Abstand zwischen sich und den Unbekannten zu bringen. Wie lange war Nico schon unten? Sie spürte auf ihrem Rücken, dass der Mann hinter ihr immer noch starrte. Der soll so wenig wie möglich von mir zu sehen bekommen, dachte sie. Ein schwieriges Unterfangen in diesem viel zu weit ausgeschnittenen, weiß-gelb leuchtenden Badeanzug. Sie zog an dem Stoffschlauch, zerrte ihn noch ein Stück weiter über ihre Oberschenkel. Verdammt, Nico, wie kannst du mich hier an diesem einsamen Strand so lange alleine lassen?

Er blieb verschwunden. Sie drehte sich misstrauisch um. Der Typ glotzte jetzt in den Fiat hinein. Was hatte er vor? Wollte er etwa die Kamera stehlen? Steckte der Schlüssel womöglich noch? »Er kommt gleich raus!«, rief sie. Wieder fixierte sie die Wasseroberfläche. War das da vorne nicht sein Kopf? Tatsächlich! Gott sei Dank, da kam er geschwommen, sehr langsam, auf dem Rücken, als ob er sich eher treiben ließ.

Sie sah ihm dabei zu, wie er näher kam. Nun konnte er stehen und wankte vorwärts. Was war bloß los, warum ging er so komisch? Sie löste sich aus ihrer Starre und lief ihm entgegen. »Nico!«

Er sackte im Wasser zusammen, schien sie gar nicht zu hören. »Nico, was ist los? Alles in Ordnung mit dir?« Endlich hatte sie ihn erreicht. Nein, nichts war in Ordnung, das sah man sofort. Er war blass, und seine Hände zitterten. Die Taucherbrille klebte schief auf seiner Stirn, der Schnorchel hing seitlich daran herab, seine Augen waren hervorgetreten und so rot, als ob er Zwiebeln geschnitten hätte. Sie fasste ihn unter den Achseln, um ihn am Untertauchen zu hindern.

»Geht schon«, stammelte er leise. »Geht gleich wieder.«

»Ja klar, komm erst mal raus, auf die Decke …« Sie stützte ihn.

»Müssen vielleicht … ins Krankenhaus. Mirisschwindlich.«

Er nuschelte und konnte kaum einen Fuß vor den anderen setzen. Seine Lippen waren blau. »Du bist doch gar nicht richtig getaucht, oder?«

»Nein. Wollte nur kurz sehen, ob das Wrack noch da ist.«

»Nur kurz sehen, ob …? Nico, wie tief warst du denn? Und wie lange?«

»Weiß nich …«

Sie schleppte ihn auf die Decke und sah sich um. Wo war der widerliche kleine Kerl geblieben? Konnte er ihnen vielleicht helfen? Aber nein, der war natürlich weg. Wenigstens das Auto hatte er nicht geklaut … Nico schloss die Augen und atmete flach.

»Kannst du fahren, Nico? Wir sollten wirklich einen Arzt fragen, was das sein könnte.«

Er antwortete nicht, gab nur ein leises Stöhnen von sich. Stella schaute sich nach dem Cinquecento um. Immerhin hatte sie schon eine vier Meter lange Limousine über den Hof gesteuert! Dagegen war das da vorne ein winziges Nichts von einem Auto. Entschlossen ging sie zu dem Wagen und öffnete die Türen. Kein Schlüssel. Der war bestimmt in einer von Nicos Hosentaschen. Sie durchsuchte seine Hose, fand den Schlüssel, streifte das Kleid über den Badeanzug, packte alles zusammen, zerrte Nico so wie er war, nur in Badehose, auf den Beifahrersitz und setzte sich dann hinter das Steuer. »Ich kann das, ich kann das«, murmelte sie beschwörend vor sich hin und startete den Wagen. Wie klein alles war, kaum Platz für die Beine, doch sie bekam das mit der Kupplung und dem Gas sogar auf Anhieb hin. Das Auto machte einen Satz, und sie bremste. Wenn sie nicht gleich den Rückwärtsgang fand, würden sie im Sand stecken bleiben. »Nico!«, rief sie. »Wo ist der Rückwärtsgang? Hilf mir!«

»Hinten rechts«, kam es schwach vom Beifahrersitz. »Aber du kannst … doch … nicht fahren.«

»Doch, kann ich. Ich fahre dich ins Krankenhaus. Wo muss ich lang?« Keine Antwort. Nicos Kopf war nach hinten gekippt. Atmete er noch? Vergiss den verdammten Rückwärtsgang, befahl sie sich, gab panisch Gas und schlug das Lenkrad ein. Die Räder drehten durch, der Cinquecento schlingerte im Sand, drehte sich dann wie von Zauberhand, die Reifen griffen wieder, und schon holperten sie über den vermüllten Ginsterweg zurück. An der Straße bog Stella rechts ab, zurück in Richtung Innenstadt. Ihr Kopf war völlig leer. Wie um Himmels willen kam sie von hier aus zum Krankenhaus?

Durch Zufall sah sie ein paar Minuten später ein Schild mit der Aufschrift *Ospedale* und stand tatsächlich schon kurz darauf vor dem Eingang. Sie quetschte den Fiat in eine Lücke zwischen zwei geparkte Autos und bugsierte Nico aus dem Wagen. Es schien ihm etwas besser zu gehen, denn er grinste schon wieder und lallte so etwas wie: »Dukannsjafahn!«

Stella biss die Zähne zusammen und antwortete nicht. In der Eingangshalle zeigte er auf die breite Treppe, die offenbar in den Keller führte.

»Da unten müssen wir hin, meinst du? Woher weißt du das?«

»Die Kammer.«

Sie half ihm die Treppe hinab, setzte ihn auf den einzigen Stuhl im Wartebereich, der nur unzureichend durch eine Glühbirne von der Decke erleuchtet wurde, und machte sich auf die Suche nach einem Arzt. Ein gut gelaunter Herr in einem weißen Kittel kam ihr entgegen. »Junge Dame, kann ich behilflich sein? Wen suchen Sie denn?«

Sie lächelte ihn an. Manchmal war ein kurzes, wenn auch etwas verknittertes, sandiges Kleid von Dior doch recht nützlich. »Mein Verlobter war Tauchen und fühlt sich ganz schlecht. Ich glaube, er war auch ohnmächtig.«

»Na, da wollen wir doch mal sehen!« Die Schuhe des Arztes quietschten auf den dunklen Bodenfliesen. »Ach, da ist ja unser

Meister wieder! Hat ja nicht lange gedauert.« Er trat auf Nico zu, zog ihm das Unterlid herab und schüttelte den Kopf. »Also auf in die Unterdruckkammer. Sofort!«

Stella schluckte. Sie sah Nico nicht an, sondern ließ sich auf den Stuhl sinken, von dem er gerade aufgestanden war.

Auch als er nach drei langen Stunden wieder vor ihr stand, sah sie ihn nicht an. Schweigend gingen sie die Stufen hinauf, in die Halle und ans Tageslicht und bestiegen das Auto. Nico fuhr. Denselben Weg wieder aus der Stadt hinaus, bis links das Meer erschien. Stella sah aus dem Fenster. Die Minuten vergingen. Immer noch sprach keiner von ihnen ein Wort.

»Ich muss da morgen noch mal hin.«

Stella holte tief Luft. »Das ... und alles andere ...«, ihre Stimme wurde schrill, »... kannst du in Zukunft alleine machen.«

»Aber Stella!«

»Ich habe nicht vor, dir irgendwann beim Sterben zuzusehen, Nicola Messina.«

Er bremste abrupt und hielt am Straßenrand. Rechts von ihnen erhob sich die Mauer des Friedhofs von Bellaforte und Marinea. Wie passend, dachte Stella. »Ich werde dich verlassen, aber vorher sage ich deiner Mutter noch, wo wir heute waren.«

»Stella, jetzt übertreibst du aber. Ich hatte nur bisschen zu viel Kohlenmonoxid im Blut. Das macht müde. Und der Professor hat es mir jetzt auch erklärt: Ich habe ja eigentlich noch genug Luft und Sauerstoff in den Lungen, es ist nur der Atemreflex, der das Kohlenmonoxid loswerden will, das sich im Körper ansammelt, wenn man die Luft so lange anhält. Verstehst du? Es ist genug Sauerstoff da! Der Körper versucht also gar nicht ein-, sondern auszuatmen.«

Sie starrte ihn ausdruckslos an, bevor sie die Arme verschränkte und sich zurücklehnte. »Überleg es dir. Und teil es auch gleich deiner Mutter mit, wenn du dich gegen mich entschieden hast. Die freut sich bestimmt, wenn wir die Verlobung lösen.«

Nico schaute kurz an die Decke des Wagens. »Ich mache es nicht mehr. Versprochen. Oder zumindest viel, viel weniger, okay?«

Stella kamen die Tränen. Als ob sie es nicht vorher gewusst hätte. Selbst wenn sie damit drohte, ihm ihre Liebe zu entziehen, war er nicht bereit, seine Unterwasserwelt vollständig aufzugeben.

Doch dann spürte sie, wie er näher rückte, die Arme um sie legte und flüsterte: »Ich werde dich doch nie alleine lassen, Stella! Meine Maristella. Das weißt du doch!«

Sie musste ihm einfach glauben, denn es gab sonst niemanden, den sie so sehr liebte, und sie wollte auch gar keinen anderen. Sie klammerte sich mit einer Inbrunst an Nicola, deren Tiefe ihr noch gar nicht bewusst gewesen war, und küsste ihn immer und immer wieder, obwohl sie jemanden durch die Windschutzscheibe näher kommen sah. Es war die Witwe Sebastiano. Wie immer in Schwarz, wie immer eine einzige Rose für ihren viel zu früh verstorbenen Mann in der Hand.

10. Kapitel

Die Monate vergingen, reihten sich nahtlos aneinander, wurden unversehens zu einem Jahr.

Es war der 3. Dezember 1967. Die Zeitungen waren voller Kriegsnachrichten. Amerika kämpfte gegen Vietnam, Israel gegen seinen Nachbarn, in Bolivien war ein gewisser Che Guevara erschossen worden. Unruhe überall.

In Marinea gab es jetzt eine richtige Tankstelle, und während Professor Barnard an diesem Sonntagmorgen in Kapstadt die erste Herztransplantation vornahm, überlebte Signora Caruso auf dem Küchentisch einer Nachbarin nur knapp ihre vierte Abtreibung.

Von dem Schicksal des Herzpatienten würde Nico am nächsten Morgen in der Zeitung lesen, von dem glücklichen Ausgang des Eingriffs bei Signora Caruso, der Frau, die ihn in die Freuden der körperlichen Liebe eingeweiht hatte, niemals erfahren.

»Und nun ratet, was ich mir überlegt habe!«, rief er in die klare Morgenluft. Er sah, wie beide Frauen einen kurzen, zweifelnden Blick tauschten, bevor sie ihn anschauten und vorgaben, nichts zu verstehen. Na? Sie standen auf dem Friedhof, so schwer konnte es ja nicht sein. Doch keine von beiden schien ihn erlösen zu wollen.

»Ich werde ihm eine Kapelle bauen, Mama!« Floras Augenbrauen hoben sich, ihr Blick erstrahlte für einen kurzen Moment, wurde dann von einem Trauerschatten überdeckt, der sich aber langsam wieder aufhellte. Ihre typische Reaktion, wenn die Rede auf seinen Vater kam.

»Wirklich, Nico?« Sie umarmte ihn. Ihr Sohn, der sie um zwei Köpfe überragte, tätschelte ihr zufrieden den Rücken. Selbst für den angekündigten Spaziergang zwischen den Gräbern hatte sie ihre schwarzen Kleider nicht angelegt, sondern sich für ihren grünen Mantel und ein gelbes Halstuch entschieden.

»Dann hast du es gar nicht mehr weit bis zu ihm.« Er schaute über ihre Schulter hinüber zu Stella, die ganz und gar nicht so farbenfroh wie Flora gekleidet war. Sie trug einen braunen, kastenförmigen Anorak, darunter einen schwarzen dünnen Pulli mit Rollkragen und eine schwarze Hose, die an den Beinen recht eng war. Wie Brigitte Bardot in »Die Braut war viel zu schön«. Natürlich ohne die blonden Haare und die entsprechende Oberweite. Gerade deswegen war sie umso schöner.

»Dann kann ich ihn endlich besuchen!« Flora löste sich von ihm, hielt sein Gesicht aber noch in ihren Händen.

»So oft du willst, Mama. Ich werde es sofort im nächsten Semester im Projektseminar zu meinem *progetto* machen. Mit dir zusammen, Stella.«

»Wenn die Aufgabenstellung dazu passt …«, sagte Stella zurückhaltend.

»Ach, und wenn sie nicht passt, mache ich es allerspätestens als Abschlussprojekt. Da darf man selbst wählen, was man machen will. Ich werde so fleißig sein, wie du es noch nie erlebt hast! Ich werde kaum mehr Zeit für andere Dinge haben.« Das bezog sich natürlich auf das Tauchen, und nun wäre Stella eigentlich an der Reihe gewesen, ihn überschwänglich zu umarmen, doch sie drückte nur seine Hand, wie immer, wenn seine Mutter in der Nähe war.

Nico und Stella studierten nun schon im zweiten Jahr. Nach drei verregneten, stürmischen Novemberwochen schien die Sonne endlich wieder, die Luft war klar und der Himmel hoch und blau. Er war lange nicht mehr tauchen gewesen, sondern hockte nur noch fleißig an der Uni. Jawohl, richtig fleißig war er. Er hasste dieses Wort. Nun ja, es war Winter, aber auch im Herbst war er selten hinausgerudert, und wenn, dann hatte er sehr darauf geachtet, dass Stella nichts davon mitbekam.

Denn er war mit Simone und Beppe, den beiden Brüdern, und ihren Sauerstoffflaschen öfter mal zum Wrack getaucht und hatte eine formidable Idee entwickelt ... aber das kam später. Zunächst würde er für seinen Vater eine der schönsten, ungewöhnlichsten Grabkapellen in ganz Sizilien bauen!

Er nahm Flora an der Schulter und führte sie zwischen den kleinen Mausoleen und begehbaren Kapellen herum, die die Wege des Friedhofsgeländes säumten.

»Schau dir das hier mal an. So wird es nämlich auf keinen Fall werden. Niemals werden wir uns so einen hässlichen modernen Klotz hinstellen!« Er wies auf einen kompakten Betonwürfel, in den bis auf wenige senkrechte Fensterschlitze nur eine messingfarbene Haustür eingelassen war. »Oder es unfertig lassen ...« Sie blieben vor einem weiteren Häuschen stehen, bei dem die unverputzten Steinblöcke bereits Moos ansetzten.

»Stell es dir so vor, Mama: Du wirst hineingehen und an der rechten Wand einen kleinen Altar vorfinden, vor dem du sitzen kannst. Rechts und links davon zwei wunderschöne Sarkophage aus Marmor. Einer davon ...« Er verstummte. Seine Mutter schluchzte schon.

Na ja, einer davon würde eben für seinen Vater sein. Der andere für sie. Darüber weitere Nischen für weitere Tote. Für ihn, für Stella, später einmal für ihre gemeinsamen Kinder und deren Kinder? Der Gedanke daran bedrückte ihn nicht. War es nicht eher eine anheimelnde Vorstellung, etwas zu entwerfen, in dem man in ferner, sehr ferner Zukunft selbst einmal die letzte Ruhe finden würde?

»Hast du schon Skizzen gemacht?« Stella hatte die Arme vor der Brust gekreuzt. Na klar, sie war skeptisch, wie immer.

Nico schüttelte den Kopf. Er brauchte keine Skizzen, einen einzigen Entwurf würde es von der Außenansicht geben und einen weiteren für die Innenausstattung, das hatte er alles schon im Kopf. »Du wirst mir die Berechnungen machen. In Statik bist du wirklich fantastisch!«

Stella winkte ab. »Zu wem willst du gehen?«

»Zu Professor Volpe natürlich. Ich werde mich diesmal zusammenreißen und ganz geduldig sein, während ich mir anhöre, was er davon hält. Mama, du würdest ihn lieben.« Wieder legte Nico seiner Mutter den Arm um die Schultern. »Er ist ein kleines Männchen, mit seinem Spitzbart sieht er aus wie Trotzki, aber er ist einer der größten Visionäre in dem Laden, der sich da Fakultät für Architektur schimpft. Er redet zwar etwas umständlich, aber dafür kommen in seinem Wortschatz Wörter wie *utopisch, undurchführbar* oder *unmöglich* nicht vor.«

Er sah, dass Stella lächelte. Seine Idee gefiel ihr, er hatte es doch gewusst! Und Mama sowieso. Um Geld machte er sich keine Sorgen. Seine Mutter hatte einiges gespart und gab es sicher liebend gerne für die Kapelle aus. Und wenn es hart auf hart kam, würde er eben wieder ein paar Fische jagen gehen. Stella konnte ihm das dann nicht mehr verbieten, schließlich musste er die Kapelle seiner Familie, *ihrer* zukünftigen Familie, fertigstellen.

»Tja, Nico. Also, das ist ja alles gut und schön, aber ich weiß nicht ...«, sagte seine Mutter in diesem Moment.

»Wie? Du weißt nicht? Willst du Papa nun doch nicht aus Mistretta zu dir holen?«

Auch Stella, die ein paar Schritte vorausgegangen war, wandte sich nun um.

»Doch, natürlich. Das wünsche ich mir ja schon seit Jahren. Dann könnte ich ihn öfter besuchen als nur an Allerheiligen. Aber es ist nicht so einfach, einen Platz zu bekommen.«

»Einen Platz? Hier gibt es doch massig Platz!«, antwortete Nico und schaute über das brachliegende Land mit den vereinzelten Kiefern darauf, das die Gemeinde im letzten Jahr im Zuge der Friedhofserweiterung erworben hatte. »Oder ist das alles schon verkauft?«

»Nein. Aber die *comune* verteilt keine Baugenehmigungen mehr.«

»Du meinst Don Fattino?«

»Allgemeiner Stopp der Parzellenvergabe.«

»Warum darf niemand mehr seine Toten beisetzen? Um *wem* zu nützen? Um *wem* einen Vorteil zu verschaffen?«

Flora zuckte nur mit den Schultern. »Das ist alles, was ich weiß.«

»So viele Tote können die Freunde der Freunde doch gar nicht in den letzten Jahren angesammelt haben, dass das gesamte *terreno* jetzt schon wieder aufgeteilt und vergeben ist.« Nico ballte die Fäuste. Wieder etwas, über das er heute Nachmittag auf *L'Onda Blu* reden würde. Der Sonntagnachmittag hatte sich zu seinem festen Tag entwickelt, an dem er die Geschehnisse der vergangenen Woche in seinem Radiosender Revue passieren ließ. Ganz Marinea hörte ihn, und wenn der Wind gut stand, auch Bellaforte. Die Peilwagen waren im letzten Jahr mehrmals durch die Gassen von Marinea geschlichen, um ihn aufzuspüren. Doch dank des aufmerksamen Signor Franco *delle Poste* hatte er zu diesem Zeitpunkt nicht gesendet.

Es war nicht zu glauben, man erkannte seine Stimme tatsächlich nicht! Selbst seine Mutter hatte sich so manches Mal gefragt, wer dieser Mann wohl war, der sonntags plötzlich auf der Welle

Hundert in ihrem Radio sprach und so viele Interna aus der Gemeinde kannte. Anscheinend funktionierte sein Trick mit der Clint-Eastwood-Stimme immer noch. Manchmal klemmte er sich sogar eine Zigarette in den Mundwinkel, um den Zigarrenstumpen von Eastwood aus *Zwei glorreiche Halunken* nachzuahmen. Ohne sie allerdings jemals zu rauchen. Wenn Flora wüsste, dass ihr einziger Sohn es war, der nur ein paar Meter weiter auf dem Dach der Apotheke saß, was würde sie tun? Ihn bitten, damit aufzuhören, natürlich. Er kannte doch seine Mutter.

»Wir sollten trotzdem einen Platz beantragen. Kommt, lasst uns überlegen, wo wir die Kapelle am besten bauen können. Dahinten zwischen den Bäumen vielleicht? So ein bisschen Schatten ist immer schön.«

Er sah, wie die beiden Frauen sich anschauten. In ihrem Misstrauen waren sie sich immer einig. Wenigstens das.

Am nächsten Tag kam Nico nicht sofort dazu, Professor Volpe von seinem Projekt zu berichten. Sie hatten sich vor dem Grundstück eingefunden, auf dem einstmals die Jugendstilvilla des englischen Firmenbesitzers Winston gestanden hatte. Winston war Anfang des 20. Jahrhunderts ein erfolgreicher Importeur für Whiskey gewesen, aber nun schon lange tot. Seine Enkel hatten seinen Reichtum wieder mit nach England genommen.

»Eine der großartigsten Liberty-Villen in ganz Palermo! Und nun?« Professor Volpe stellte sich wieder auf die Zehenspitzen. »Eine Schande, wie ihr seht. In den Jahren 1959 bis 1964 hatte ein gewisser Vito Ciancimino, Politiker in der *Democrazia Cristiana,* den Posten des Dezernenten für öffentliche Arbeiten inne«, sagte der Professor. »Er hat damals, quasi über Nacht, Hunderte von Baugenehmigungen ausgestellt. Alle an einen Strohmann! So viel weiß man heute. Und ließ hier, auf dem Boulevard della Libertà, mindestens zehn weitere Jugendstilvillen Palermos dem Erdboden gleichmachen, um neu bauen zu können. Das Ergebnis seht ihr ein paar Meter weiter vor euch.«

Sie sahen zu den hohen, verglasten Gebäuden aus Beton hinüber, in denen sich Läden und Büros befanden.

»Hat denn niemand dagegen protestiert?«

»Doch. Aber hat es was geändert? Nein. Im Gegenteil, es geht weiter. Sie werden hier alles restlos zubauen. Und es gibt Leute, die wollen Don Vito jetzt sogar zum Bürgermeister von Palermo machen. Er ist noch besser mit den richtigen Leuten bekannt, oder sollte ich besser sagen, noch tiefer verstrickt in deren Machenschaften, als Salvo Lima, den wir letztes Jahr zum wiederholten Male gewählt haben.«

»Also wird er Bürgermeister werden und damit weitermachen ...«, murmelte Stella. »Und dann kommt der Nächste und der Nächste.«

Nico sah sie an. Sie hatte recht, aber er wollte nicht, dass sie recht hatte. Er würde diesen Leuten die Stirn bieten! Er tat es ja jetzt schon. Bei dem Gedanken fühlte er sich gleich besser. Ein paar der Studentinnen machten sich eifrig Notizen, wahrscheinlich, weil sie die Einstellung des kleinen *professore* mutig fanden. Doch wenn das, was er hier sagte, bei den falschen Leuten bekannt wurde, wären seine Tage gezählt. Nico seufzte und setzte seinen Fuß auf einen Mauerrest, an dem man noch den typischen Jugendstilbogen erkennen konnte. Gezählt waren sie bestimmt schon ...

Weihnachten kam, das Jahr 1967 verabschiedete sich still und leise und machte dem neuen Jahr Platz.

Im Januar bebte die Erde drei Tage lang im Westen Siziliens, die Leute in Palermo gerieten in Panik und versuchten, zu Fuß oder mit ihren Autos zu fliehen, was die Stadt in ein einziges, heilloses Chaos verwandelte. Bei weiteren Erdstößen ließen Busfahrer ihre Busse mitten auf den Straßen stehen, Bankangestellte liefen aus den Kassenräumen, ohne abzuschließen. Nach dem ersten Tag war die Innenstadt völlig verwaist. Die Menschen kampierten auf freien Plätzen und Friedhöfen, um riesige Feuer herum, die man gegen die Kälte entfacht hatte. Selbst die Gefangenen von Ucciardone durften draußen auf dem Gefängnishof bleiben, obwohl in ganz Palermo nur ein paar Mauern einstürzten.

Auch Stellas Familie hatte die bitterkalten Nächte während der immer wiederkehrenden Erdstöße in einer Art Zelt verbracht, das Alberto für sie errichtet hatte. Seine Mutter dagegen war mit ihm im Haus geblieben. »Man kann seinem Schicksal nicht davonlaufen, Nico«, sagte sie. »Die *case popolare* sind sicher.«

Südwestlich von Palermo dagegen wurden viele kleine Orte dem Erdboden gleichgemacht. Mehr als neunhundert Menschen starben unter den Trümmern.

Im Frühling wurden weitere Villen abgerissen und weitere Hochhäuser aus Beton errichtet. Stella und Nico diskutierten in ihren Seminaren bei Professor Volpe über die Politik, die das Land und vor allem Sizilien lahmlegte. Sie und ihre Mitstudenten protestierten erneut gegen die Leute, mit denen die Politiker in Palermo unter einer Decke steckten, die alles, einfach alles kontrollierten: die Müllabfuhr, die Wasserversorgung, die Vergabe von Bauaufträgen, die Führung von Krankenhäusern, die Besetzung der obersten Richter an den Gerichten und auch die überzogenen Steuerabgaben.

In anderen Seminaren lernten sie neue Methoden der Kalkulation, die Berechnung der Materialspannung, die chemische Zusammensetzung von Oberflächen.

Nico wurde unruhig. Was hatte das eine mit dem anderen zu tun?

Eines Nachmittags verließen sie den Saal, in dem sie einer Vorlesung von *dottore* Rotolo gelauscht hatten. Für heute war es geschafft. Nicos Kopf qualmte. Verdammte Bauphysik. Die Grundlagen musste er sich noch mal zu Hause anschauen.

Er trat hinaus in den kleinen Innenhof, der denPalazzo mit dem ehemaligen Kloster nebenan verband, und winkte seinen Mitstudenten zu, die dort standen und rauchten. Schnell lief er Stella hinterher. Schulter an Schulter gingen sie die Treppen hinunter, warfen dem Pförtner in der Eingangshalle ein lässiges *Ciao* zu und traten durch das weit geöffnete Portal auf die Straße. Die Via Maqueda war stark befahren, Omnibusse zogen schwarze Rauchfahnen hinter sich her und quälten sich in der schmalen Straße aneinander vorbei. Sie bogen in eine Seitenstraße, wo der Fiat geparkt war. Mittlerweile hatte Stella einen Führerschein, und da er auf dem Beifahrersitz immer so herrlich nachdenken konnte, überließ Nico ihr auch heute die Schlüssel.

Das Semester schritt voran, es ging langsam auf den Sommer zu, und was änderte sich? Nichts? *L'Onda Blu* sendete, deckte auf, nannte ein paar Kleinigkeiten, die in Marinea und Bellaforte gekungelt und geschoben wurden, und wofür das alles? Es gab kaum eine Reaktion. Vermutlich mussten noch ganz andere, viel schrecklichere Dinge geschehen als die paar Toten jeden Monat unter weißen Laken auf Bellafortes Straßen, um die Leute aufzuwecken. Und bevor er nicht wusste, wer wirklich die Drahtzieher waren, würde es bei den lokalen Bagatellen bleiben. War es wirklich nur jemand wie Don Fattino mit den Freunden der Freunde, oder wer steckte noch alles dahinter? Bevor er das Geflecht aufklären konnte, musste er es erst einmal in seiner Gänze durchschauen.

Es war wie die Spitze des Eisbergs, der in der Ferne an ihm vorbeitrieb. Er hatte seine Taucherbrille zwar in der Hand, war aber selbst noch kilometerweit vom Meer entfernt ...

Sein Vater hätte das von ihm erwartet. Sein Vater ... Die Kapelle für ihn war so gut wie fertig. Wenn er den Entwurf noch einmal ins Reine zeichnete, würde Stella sofort die Berechnungen machen können. Aber warum eigentlich? So wie es aussah, blieb das Gelände sowieso gesperrt.

Er hatte Stella versprochen, nicht mehr zu tauchen, obwohl es schon April war und das Meer so verlockend roch. Sollte sein Boot denn immer nur am Strand liegen?

Es musste sich etwas ändern in seinem Leben. Möglichst bald!

11. Kapitel

Alles soll so bleiben, wie es ist, dachte Stella und sah zu, wie Regina sich jedes Mal gewissenhaft Zeigefinger und Daumen ableckte, nachdem sie eine gezuckerte Kirsche angefasst hatte. Es war 1969. Ende August. Die Amerikaner waren vor einem Monat auf dem Mond gelandet und hatten einen neuen Präsidenten, der Nixon hieß. Die vierundsechzig Angeklagten des Mafiakrieges von Corleone waren freigesprochen worden. Sängerin Rita Pavone, die man dauernd im Radio hörte, hatte einen Sohn bekommen, und Stella, die Ritas Kurzhaarschnitt liebte, hatte sich die Haare auf Schulterlänge kürzen lassen. Zu mehr hatte ihr beim Friseur dann doch der Mut gefehlt.

Es war heiß an diesem Samstagmorgen. Die sizilianische Cassata hatte Assunta zubereitet, gerade halfen Enza und Regina ihr dabei, sie mit kandierten Früchten zu verzieren. Die beiden schnappten mit kindlicher Freude nach Luft, als Assunta ihnen mit dem Zeigefinger drohte, weil sie sich die Früchte in den Mund steckten, statt sie auf die Torte zu legen.

Stella betrachtete sie dabei. Es hatte sehr lange gedauert, erst jetzt, drei Jahre nach ihrer Ankunft in der Villa, benahmen sich die älteren Schwestern halbwegs normal. Assunta hatte ihnen einfache Hängekleider in angenehmen Farben genäht. Grün. Blau. Ein helles Braun. Sie wuschen sich regelmäßig, wenn man sie daran erinnerte, und verrichteten einfache Tätigkeiten. Am Mittagstisch ging es jetzt manchmal schon recht lustig zu. Seitdem sich Regina beim ersten kurzen Tischgebet ihres Vaters laut schreiend auf die Ohren geschlagen hatte, verzichteten sie auf das Gebet und wünschten sich nur einen guten Appetit. Manuele hatte vermutet, die Flecken an den Schläfen der Schwestern damals hätten von Elektroschocks herrühren können. Das war vielleicht eine Erklärung, warum sie bei ihrer Ankunft kaum mehr in ganzen Sätzen gesprochen hatten und so verschüchtert waren. Stella machte allein die Erinnerung noch immer wütend. Wie gemein, sie solchen Qualen einfach auszuliefern, ohne die Eltern zu verständigen. Der Vater hatte eine Klage eingereicht, doch inzwischen war viel Zeit vergangen, und der Rechtsanwalt machte ihm keine große Hoffnung.

Es ging ihnen besser. Die Mädchen stahlen nur noch ab und zu Nahrungsmittel, und Enza schrieb alles auf, was sie für erwähnenswert hielt oder Assunta ihr beibrachte.

Stella hatte einmal heimlich in ihr Heft geschaut:

- Wasser kocht in Topf am besten
- Füchse können nicht ins Haus kommen, haben Angst vor uns
- Obst musst du waschen vor dem Essen
- Aus Apfelkernen wachsen keine Bäume im Bauch
- Du musst Assunta besser zuhören!

Doch manchmal starrten die beiden auch nur vor sich hin, in einer Art Trance, und es war schwierig, sie wieder daraus hervorzulocken.

Stella nahm sich die letzte Kirsche, suchte vergebens einen Platz auf der Torte und warf sie sich dann in den Mund. Die Schwestern schauten sie erstaunt an. Pssst, nicht Assunta verraten, bedeutete sie ihnen und hielt sich den Zeigefinger vor den Mund. Die beiden prusteten los. Rau und dunkel, als ob ihre Stimmbänder eingerostet wären. Stella lachte mit ihnen. Das Leben in der Villa war fast wieder normal, nein, es wurde immer besser!

Morgen Nachmittag war sie bei Nico zum Kaffee eingeladen, wie jeden Sonntag, und sie würde die Torte aus Ricotta mitbringen.

Assunta hatte Enza und Regina nun jeweils einen Lappen in die Hand gedrückt, mit dem sie kreuz und quer auf dem Tisch herumwischten, sodass alle Krümel zu Boden fielen.

Stella holte Kehrblech und Besen und nickte zufrieden. Es war eine mächtige Torte. Und eine mit teuren Zutaten! Das Geld, das sie für den Verkauf der Ländereien bekommen hatten, war noch nicht aufgebraucht, und dank des neuen Verwalters kam monatlich sogar etwas hinzu. Baron Larocca hatte umgehend den schmierigen Don Sebastiano entlassen und sich im letzten Herbst wieder höchstpersönlich mit den versprochenen hundert Flaschen Wein auf den Weg zu ihnen gemacht. Sie vertraute dem Baron inzwischen und empfand es als beruhigend, dass auch ihr Vater das erste Mal in seinem Leben jemanden hatte, mit dem er Schach spielen konnte und der ihn in seinen Palazzo nach Palermo einlud. Auch Maria schien stolz auf den neuen Freund des Marchese, obwohl sie ihm natürlich nie offiziell vorgestellt werden würde.

Stella wischte sich den dünnen Schweißfilm von der Stirn.

Carlos hatte ihr wie immer Grüße ausrichten lassen. Wie unverschämt. Er wusste doch, dass sie verlobt war. Und er doch auch! Er würde immer noch nicht studieren, sondern lieber das Landgut übernehmen wollen, berichtete der Baron. Stellas Mundwinkel zuckten. Der mit seinen Pferden ... Als ob es etwas Tolleres im Leben geben konnte, als von weisen und erfahrenen Männern lernen zu dürfen. Oder von Frauen. Doch die gab es bei ihnen im Institut nicht. Abgesehen von den Sekretärinnen. Seit drei Jahren studierte sie nun schon, noch zwei weitere Jahre, und sie wäre eine richtige Architektin. Auch Nico war auf dem besten Weg dorthin. Aber wollte er das wirklich? Bei ihm war sie sich nie sicher. Manchmal benahm er sich wie ein Kind, das nicht älter werden wollte. Allein die Sache mit dem Sender. Sonntag für Sonntag saß er da oben in der Bretterbude und nuschelte in seinem Cowboyslang ins Mikrofon. Obwohl man seine Stimme nicht erkennen konnte, war das gefährlich. Sie hatte das Gefühl, ganz Marinea suchte nach ihm, dem Nestbeschmutzer, wie manche den Unbekannten nannten. Er nahm das verbotene Wort in den Mund, das hier sonst niemand aussprach. Mafia. Den älteren Leuten machte es Angst. Sie hatten zeit ihres Lebens Augen und Ohren verschlossen. Wieso zwang er sie jetzt, etwas zu hören, was sie nicht hören wollten?

Bei den Jugendlichen kam »Klint Iiistewuud« wesentlich besser an. Sie hockten um diese Uhrzeit alle vor dem Radio, weil Nico mittlerweile eine größere Plattensammlung hatte und bessere Musik als zu Anfang spielte …

Stella nahm die Torte und stellte sie in den Kühlschrank. Die Küche war jetzt leer. Assunta hatte Enza und Regina mit in den Garten genommen, wo sie mit ihrer Hilfe die Tomaten wässern wollte. Die beiden freuten sich jedes Mal, wenn man ihnen so schwierige Tätigkeiten wie Torten verzieren, Eimer füllen und Gießkannen schleppen zu tun gab.

Stella hörte es von draußen hämmern. Alberto zimmerte neue Kaninchenställe auf dem Hof. Er baute die schönsten Kaninchenställe, die man je gesehen hatte. Irgendwie erinnerten sie allerdings eher an Miniaturarchen. Und Lolò? War immer noch ein unzuverlässiger Geselle, der sich mal hier, mal da herumtrieb, keiner festen Arbeit nachging und natürlich immer auf Geld aus war.

Trotzdem, dachte sie, während sie hoch in den Salon ging, wo ihr Arbeitstisch sie schon begrüßte. So kann es bleiben.

Sie setzte sich und war gerade in die Berechnung eines Türbogens vertieft, als es leise klopfte und Orsola plötzlich im Salon stand.

»Nein, wie schön!« Stella sprang auf, begrüßte die Freundin und führte sie zu einem der Sofas. Sie hatten sich seit dem Protestmarsch in Palermo ein paarmal gesehen, doch immer noch viel zu selten, wie Orsola jetzt beklagte.

»Ich weiß, aber wir studieren ja nun beide, und ich habe außer der Uni noch so viel am Hals …« Stella wollte schon anfangen zu erzählen, doch plötzlich hielt sie inne. »Was ist los, Orsola?« Obwohl sie sich nicht oft sahen, spürte sie, dass die Freundin etwas bedrückte.

»Ich wollte mit deiner Tante Assunta sprechen.«

»Mit meiner Tante? Warum?«

»Sie ist nicht so ein Moralapostel.«

»Die und kein Moralapostel?! Na, wenn du dich mal nicht …« Stella brachte den Satz nicht zu Ende. »Sag bitte nicht …«

Da brach Orsola auch schon in Tränen aus. »Doch!«

»Ach du meine Güte.« Orsola war schwanger, unnötig, noch genauer nachzufragen. »Von wem?«

»Von einem aus Bellaforte.« Es klang so bitter, als ob sie ihn zu Grabe tragen müsste, statt ihn zu heiraten.

»Du liebst ihn nicht?«

»*Den* doch nicht! Ich liebe Professor Anselmo. Aber der ist natürlich verheiratet. Und wenn ich ihn schon nicht bekommen kann, habe ich gedacht, will ich wenigstens ein bisschen Spaß haben und dann Anwältin werden. Nur für Frauen.« Orsola bekam einen Schluckauf.

Stella nickte. Mit diesen Träumen war ein für alle Mal Schluss. »Was soll Assunta denn noch für dich tun?«

»Na ja, ich dachte … Sie hat's ja nicht so mit der Kirche.«

»Willst du es etwa …?«

»Fragen kann mal ja mal, oder?« Orsola liefen die Tränen über das Gesicht. »Ich habe schon überlegt, meine geliebte Bratsche zu versetzen, um das Geld zusammenzubekommen.«

»Nein, Orsola, tu das nicht! Du spielst doch so gerne.«

»Wenn ich sie behalte, werde ich keine Zeit mehr dafür haben.«

»Weil du das Kind behältst?«

»*O Dio!* Dieses Kind wird ein Kind der Schande. Wie die Leute reden werden!«

O ja, Stella wusste, wie gemein die Leute redeten.

»Wir werden morgens vor der Messe in die Kirche huschen, damit niemand sieht, wie wir uns das Jawort geben. Und mein ›Ja‹ wird ein falsches sein.«

»Hat er dich gezwungen?«

Orsola schwieg eine Weile, bevor sie antwortete. »Ich war so dumm. Ich habe ihm vertraut, und dann hat er einfach nicht rechtzeitig aufgehört.«

Stella schluckte. »Vielleicht schaffst du es ja noch vorher, dann hast du wenigstens noch ein schönes Fest …« Doch ein Blick auf Orsolas Mitte zeigte ihr, dass es selbst für eine noch so schnelle Hochzeit in Weiß wohl schon zu spät war. »Deine Schwester hat doch auch eine *fuitina d'amuri* gemacht. Und alle haben sich über das Kind gefreut. Wird es eben eine Frühgeburt.«

»Ja, meine Schwester ist aus Liebe mit ihrem Bräutigam abgehauen, aber sie ist auch dumm wie ein Stück Holz. Bei mir dachten alle, ich bin schlau … und nun das.« Orsola putzte sich die Nase. »Mein Leben ist verpfuscht. Und ich mag ihn noch nicht mal richtig, diesen Bauer!«

Stella nahm die Freundin in den Arm. »Soll ich Assunta rufen?«

»Ja. Oder nein! Ich weiß nicht. Ich weiß gar nichts mehr …«

Als Orsola gegangen war, setzte Stella sich wieder an den Tisch, aber sie konnte sich nicht auf die Berechnungen konzentrieren. Immer wieder musste sie an die Schulfreundin denken. Hätte sie ihr raten sollen, das Kind alleine zu bekommen? Oder es wegmachen zu lassen? Sie seufzte, als sie plötzlich ein dumpfes Grollen wahrnahm. Ein heranziehendes Gewitter? Vormittags um elf? Es kam näher und wurde immer lauter, bis die Villa unter den Vibrationen erzitterte. Ein Erdbeben? Sie sprang auf und schaute in den Garten. Die Scheiben klirrten leise.

Das Donnern war noch nicht verstummt. Nein, dachte Stella, kein Erdbeben. Das hört sich anders an. Und vor allen Dingen hört es irgendwann auf. Da kam Assunta durch das üppige Grün angelaufen. Ihren Rock mit beiden Händen gerafft, warf sie den Klumpfuß darunter so schnell sie konnte nach vorne. *»Aiuuuuutooo!«*, rief sie immer wieder, Enza und Regina mit ängstlichen Gesichtern in ihrem Schlepptau. »So helft mir doch!« Stella rannte ihnen entgegen und traf alle drei unten an der Tür, die zum Garten führte.

»Um Himmels willen! Was ist denn los?«

»Die Mauer, sie reißen die Mauer ein. Auf der andern Seite ist etwas Riesengroßes. Mein Gott!« Sie legte die Hand auf ihren bebenden Busen und stützte sich mit der anderen bei Stella ab. »Ich habe die Steine runterpoltern sehen.«

»Kaputt. Machen alles kaputt! Muss das aufschreiben.« Enza schaute sich um, als ob sie ihre Hefte suchte.

Stellas Herz schlug noch schneller. Jemand war auf dem benachbarten Grundstück, das von ihrem Vater so unüberlegt verkauft worden war! Die Firma aus Catania hatte den schmalen Streifen anscheinend mit schweren Maschinen in Besitz genommen. Vielleicht hatten sie gar nicht vor, die Mauer zu zerstören, vielleicht waren sie nur aus Versehen dagegengefahren? Aber was wollten sie da bauen?

»Hol Alberto!«, rief sie Assunta zu. »Und bring die Mädchen rein!« Schon rannte sie einen der Gartenwege hinunter. Sie musste an ihren ersten Fluchtversuch denken, bei dem sie als kleines Mädchen im Nachthemd am äußersten Rand des Gartens entlanggehuscht war. Damals waren die Beete voller Tomaten, Schlangenzucchini und Bohnenstauden noch nicht angelegt gewesen,

Assunta hatte ja noch nicht in der Villa wohnen dürfen. Doch die Mauer war seit eh und je schon von Brombeeren und Feigenkakteen zugewuchert. Damals war sie Nicola das erste Mal begegnet. Bitte komm!, flehte sie ihn in Gedanken an. Ich brauche dich!

Als sie die Mauer erreichte, sah sie sofort, dass von oben ein Halbkreis hineingeschlagen worden war. Als ob ein Riese einen gigantischen Happen herausgebissen hätte. Das war kein Versehen, sondern pure Absicht!

»Stopp!«, schrie sie, als ein metallener Stab auftauchte, der an einer Art riesigem Bagger steckte und die Mauer nun mit äußerster Wucht rammte. »Stopp!« Aber niemand hörte sie. Wieder kollerten Mauerstücke und einzelne Steine krachend in das Brombeergebüsch. »Hört sofort auf!«

Ihre Villa! Hatte man tatsächlich ihre Villa enteignet und machte sie nun dem Erdboden gleich? Das würde sie nie zulassen! Vorher würde sie sich vor die Maschinen werfen! Sie drehte sich um, lief wieder los.

»Wir müssen auf die andere Seite!«, rief sie dem auf sie zustürmenden Alberto entgegen, der daraufhin sofort die Richtung wechselte. Nun tauchte auch Nico zwischen den Bäumen auf. Gott sei Dank!

»Woher wusstest du, wo ich bin? Hast du meine Gedanken gehört?«

»Nee, aber die Abrissmaschine!«

Er hielt ihr die Hand hin und zog sie mit sich. Sie hetzten durch die Flure der Villa, kamen keuchend aus dem Eingangstor und bogen nach links um die Ecke auf die Via Alloro. Sie liefen über die großen gummiartigen Blätter, die im Schatten des mächtigen Ficus am Boden lagen. Der Baum hatte Nico früher als Leiter gedient und zu seinen heimlichen Ausflügen in den Garten verholfen.

Sie verließen die Straße und rannten auf das verwilderte Grundstück, das sich an ihres anschloss.

»Verdammt! Guck dir das an«, rief Nico. Niemand hatte sich die Mühe gemacht, die rostige Eisenkette, die sich zwischen zwei Pflöcken am Eingang spannte, zu lösen. Die Baumaschinen waren einfach darüber hinweggewalzt. Stella zog die Stirn in Falten. Überall war Unkraut in die Höhe geschossen, das jetzt am Ende des glühenden Sommers natürlich vertrocknet war.

»He! Was macht ihr da!«, rief Nico und stellte sich sehr dicht vor den gewaltigen Bagger, der gerade eine Pause einlegte.

»Wer will das wissen?« Die drei Männer, die um den Bagger herumstanden, waren alles andere als beeindruckt.

»Wir«, sagte Alberto, er richtete sich zu seiner vollen Größe auf und stellte sich neben Nico. »Wir und die Marchesa di Camaleo. Besitzerin der Villa, die hinter dieser Mauer liegt.«

»Darf ich Ihre Baugenehmigung sehen? Wer ist Ihr Auftraggeber?« Stella schob sich zwischen Alberto und Nico und merkte, wie ihre Stimme und auch ihre Hände vor Wut zitterten.

Die Männer zuckten mit den Schultern. »*Signorina!* Was wollen Sie mit der Baugenehmigung? Die ist in Ordnung. Von der *comune* ausgestellt. Lassen Sie uns unsere Arbeit tun. Wenn Sie uns hier aufhalten, kann unser Chef sehr ungemütlich werden.«

»Kennst du einen von denen?«, fragte Nicola Alberto. Der schüttelte den Kopf.

»Dann hole ich jetzt die Carabinieri!« Stella spürte ihr Herz bis hinauf in den Hals schlagen. Das konnte doch nicht wahr sein, dass ihnen das passierte.

»Die Carabinieri? Ob *die* da was machen können?« Der Mann betrachtete Stella von oben bis unten und schien ihr dabei das leichte Sommerkleid mit den Blicken auszuziehen. Verdammt, sie würde in Zukunft auch im Sommer nur noch Hosen tragen! Schnell verschränkte sie die Arme vor der Brust.

»Warum denn nicht?«, meldete Nico sich nun auch zu Wort. »Die werden die Sache klären. Und das wird dauern. Holt lieber euren Chef, dann geht es schneller! Und du mach den Motor endlich aus!«

Stella legte ihre Hand auf seine Schulter. Wenn man die Zunft seines Vaters beleidigte, gab es für ihn kein Halten mehr.

Die Männer rückten zusammen und besprachen sich. Der Baggerführer warf ihnen von oben einen verächtlichen Blick zu und ließ den Motor extra laut aufheulen. Plötzlich stand der Marchese in der Schneise zwischen den hohen Gräsern. In seinem grün schillernden Morgenmantel und den abgetretenen Lederpantoffeln wirkte er völlig fehl am Platz. Hinter ihm sah Stella Flora mit einigen anderen Nachbarn aus der Via Scaduto herankommen. Auch Manuele und seine Mutter waren dabei.

Ihr Vater ging auf die Männer zu, die in aller Ruhe einen gefalteten Bogen Papier hervorzogen und zwischen sich ausbreiteten. »Sehen Sie, Marchese, hier ist die Mauer eingezeichnet«, brüllte einer von ihnen gegen den Baggerlärm an. »Aber das Grundstück, das die SiBeG von Ihnen gekauft hat, ist erst hinter dieser Linie zu Ende!« Er tippte mit seinem schwieligen Zeigefinger auf eine Linie, die wohl die Gartenmauer der Villa darstellen sollte.

»Wer ist die SiBeG?«

»Die Sizilianische Beton-Gesellschaft.«

»Was wollen die hier bauen?«, fragte Stella und merkte, wie sich Schweißperlen auf ihrer Oberlippe bildeten, doch niemand beachtete sie.

»Also muss die Mauer weg!«, beharrte der Mann mit dem Grundstücksplan.

»Die Pläne sind falsch!«, sagte ihr Vater energisch.

»Die Gemeinde hat sie uns so ausgestellt. Und der Geometer Varinelli hat sie genehmigt.«

»Unmöglich. Wie kann er so etwas genehmigen?«, warf Stella ein und wischte sich zornig einige Tränen aus den Augen. Sie hatte kein Verständnis mehr für das dumme Bauarbeiterpack, das, ohne nachzudenken, nur auf Befehl wunderschöne Jugendstilvillen oder vollkommen intakte Mauern niederriss.

Doch sie sah, wie Nico nickte. »Das traue ich dem Varinelli zu«, brüllte er in ihr Ohr. »Der hat seine Hände überall drin!«

»Oder Sie müssen eine Strafe zahlen für den zwei Meter breiten Streifen, den die SiBeG aufgrund dieser Umstände nicht bebauen kann, aber bezahlt hat.« Der Mann faltete den Plan zusammen. »Na? Holen wir jetzt immer noch die Carabinieri?«, wandte er sich grinsend an Stella.

»Ja, natürlich!«, fauchte die. »Alleine, damit Sie hier von diesem Platz verschwinden!« Sie spürte den schuldbewussten Blick ihres Vaters auf sich. Warum hatte er sie nicht um ihre Meinung gebeten, bevor er das Grundstück an diese Verbrecher verkaufte?

»Was, sagten Sie, soll hier gebaut werden?«, rief sie.

In diesem Moment stellte der Baggerführer endlich den Motor aus. Es herrschte Stille. Die ersten Grillen setzten zaghaft mit ihrem Zirpen ein, und der Wind fuhr leise in die trockenen Gräser.

»Ein Zementwerk.«

»Ein Zementwerk, Herr im Himmel«, murmelte Maria vor sich hin, während sie die Suppe mit der Kelle verteilte. »Staubt das nicht ungemein?«

Stella schaute in die Runde. Die Aufregung hatte sie hungrig gemacht, doch es war schon weit nach Mittag, bis endlich alle am großen Tisch im Speisesalon Platz gefunden hatten. Enza und Regina vermieden jeglichen Blickkontakt, weil Nico und Flora mit am Tisch saßen, die für sie noch immer Fremde waren.

Maria füllte sich als Letzte den Teller und setzte sich dann ebenfalls an den Tisch.

Stella senkte den Kopf und ließ ihren Löffel durch die Suppe pflügen. Erst die Nachricht von der armen Orsola, und nun auch das noch. Musste denn immer wieder etwas in ihr Leben einbrechen, das es traurig, unsicher und beschwerlich werden ließ?

Wenn wenigstens Nicola schon für immer an ihrer Seite wäre! Sie lächelte ihm über den Tisch zu, wo er neben seiner Mutter saß, doch er sah es nicht, weil er Flora gerade das Salz reichte. Wenn wir erst verheiratet sind, werden wir nicht jeder alleine an einem Ende des Tisches sitzen, wie es Sitte bei Ehepaaren ist, dachte sie. Sondern dicht nebeneinander! Wir werden alles gemeinsam entscheiden und das Beste für die Familie durchfechten. Das Gefühl breitete sich warm in ihrem Bauch aus. Selbst Flora würde das akzeptieren müssen. Und sagte man nicht immer, dass das erste Enkelkind auch die launischste Schwiegermutter der Welt versöhnlich stimmte? Na ja. Darauf würde sie noch etwas warten müssen …

»Erzählen Sie uns doch einmal etwas über den Geometer, diesen Varinelli«, bat sie die launischste Schwiegermutter der Welt.

Flora schaute sie erstaunt an. Es war das erste Mal, dass Stella ihr eine längere Frage als: Wie geht es Ihnen?, gestellt hatte. Doch sie begann zu reden. »Der Geometer Varinelli ist in den letzten Jahren bei allen Transaktionen dabei gewesen, die in Bellaforte zu beglaubigen waren. Man kann behaupten, wenn etwas schwierig ist, dann kommt er ins Spiel. Ja, so ist es. Nicht umsonst nennt man ihn die rechte Hand von Don Fattino.« Sie tauchte den Löffel in die klare Brühe, in der gelbe Markklößchen schwammen.

»Etwas ist schwierig, weil illegal«, sagte Nico, und man hörte Flora statt einer Erwiderung seufzen.

»Nun. Jetzt haben sie ja erst einmal aufgehört«, sagte der Marchese.

»Wenn Nico die Carabinieri nicht geholt hätte, wäre die Mauer jetzt platt!« Lolò saß geduckt am Tisch und schlürfte seine Suppe.

»Und du, wo warst du denn eigentlich wieder den ganzen Morgen? Karten spielen? Auch wenn du noch so viele *Mentinas* futterst, glaubst du, ich merke nicht, dass du nach Rauch stinkst?«

Assunta hob die Hand, als ob sie ihrem Sohn eins auf den Hinterkopf geben wollte. »Schon tausendmal habe ich dir gesagt, du sollst nicht …«

»Nicht hauen!«, sagte Regina laut und ließ ihren Löffel klirrend in die Suppe fallen.

»Nein, nein, Kind, ich mache doch nur Spaß!« Assunta ließ ihre Hand schnell sinken.

»Aber Montag sind die Maurer wieder da.« Stella spielte nervös mit der Serviette. Sie hatte schlagartig keinen Hunger mehr. Begriffen die anderen denn nicht, dass Eile geboten, dass die ganze Villa in Gefahr war? »Wir müssen bei der Gemeinde Einspruch einlegen. An wen wenden wir uns da am besten, Signora Flora?«

»Da gibt es ein Formular für einen Antrag. Das füllt ihr aus und bringt es direkt zu mir. Und ich lege es dann auf den Stapel, der von der Signora Olmo sofort weiterbearbeitet wird.«

Stella wollte einen Blick mit Nico tauschen, doch der schaute sie immer noch nicht an. Verdammt. Machte er das etwa absichtlich?

Wie hoch war so ein Zementwerk? Würden sie es vom Garten aus sehen? Durfte man so was überhaupt direkt neben eine Villa bauen? Würden die da drüben einen Brunnen bohren? Und wie konnten sie das alles verhindern? Die Fragen schwirrten wild durch ihren Kopf. Stella schaute in die Runde. Enzas Platz war leer, sie war mit Maria hinunter in die Küche gegangen, Regina drehte Kügelchen aus ihrem Brot und steckte sie dann eins nach dem anderen in den Mund, der Marchese schaute ihr dabei mit amüsiertem Blick zu. Der Rest der Anwesenden erging sich in Anspielungen auf Signora Carusos offensichtliche Schwangerschaft, obwohl sie doch schon zwei vaterlose Kinder ihr Eigen nannte.

Plötzlich merkte Stella, dass Nico sie anschaute. Er zog unmerklich die Augenbrauen hoch und machte eine leichte Kopfbewegung zur Tür, als ob er fragen wollte: Kommst du mit? Stella senkte schnell den Kopf und lächelte in ihre Suppe, während sie nickte.

Wann? Er legte die flache Hand auf die Stirn. Fünf Finger bedeuteten um fünf. Er nahm den Daumen weg. Um vier? Stella schaute auf ihre Armbanduhr. Es war schon drei.

Nach dem späten Mittagessen und der Aufregung würden sich alle erst einmal zu einem ausgedehnten Schläfchen niederlegen. Assunta würde wie jeden Mittag im Zimmer der Mädchen ruhen, während Stella die Nacht übernahm. Sie schloss ein wenig zu lang die Lider. Das bedeutete »ja«. »Aaaah!«, machte die Tischrunde in diesem Moment: Maria trug mit Enza zusammen ein Blech mit panierten Hühnerschenkeln herein.

Sie betraten nacheinander unbemerkt den Ostflügel, schlichen sich hoch in das Zimmer mit den Meeresfresken und rissen hinter den hölzernen Verschlägen alle Fenster auf. Sie schleppten die Matratze, legten Leintücher darauf. Aufreizend langsam entkleidete Nicola sie Stück für Stück und sie ihn, bis sie endlich fest umschlungen auf ihr Lager sanken. Im vom Pinienduft gesättigten warmen Durchzug liebten sie sich.

Danach kuschelte Stella sich noch enger an ihn. Die Sache mit der Mauer heute Morgen war zwar nicht vergessen, aber vorerst beiseitegeschoben. Sie lag in Nicos Armen, er war bei ihr. Das war das Wichtigste. Das erste Mal seit vier Wochen lagen sie wieder zusammen!

Nicola schien ähnlich zu denken. »Oh, wie sehr ich dich vermisst habe«, sagte er in diesem Augenblick. Eine Sekunde später hörte sie ein leichtes Schnarchen neben sich. Stella zog die Stirn in Falten und schaute in sein Gesicht. Das war doch unfassbar! Waren alle Männer so einfach zufriedenzustellen? Nein, Nico, so nicht! In den letzten Tagen war er öfter mal verschwunden, ohne dass sie wusste, wohin. Aber sie ahnte es, natürlich ahnte sie es: Er ging tauchen! Sie hasste seine Unehrlichkeit und seine Heimlichtuerei. Jetzt log er sie also schon an wie seine Mutter. Aber was sollte sie tun? Die Verlobung lösen, wie sie es ihm angedroht hatte? Das wäre natürlich konsequent, würde aber nur Flora mit Genugtuung erfüllen. Was konnte sie sonst machen?

Ratlos starrte sie in sein selig entspanntes Gesicht. Frechheit! Sie sahen sich so selten, hatten so wenige Möglichkeiten, ungestört miteinander zu reden, und dann stahl er sich auch noch auf diese Art davon. Sie wollte ihn schon an der nackten Schulter packen und rütteln, doch dann hielt sie inne und küsste ihn stattdessen sanft auf die Stelle. Er hatte hart gearbeitet, um die Nachprüfungen zu bestehen und weiterstudieren zu können, er war sicher erschöpft. Sie legte ihren Kopf ganz leicht auf seine Brust. »Kannst du so schlafen?«, flüsterte sie, überzeugt, dass er sie nicht hörte.

»Ich kann *nur* so schlafen, *amore!*«

Sie lachte, entspannte ihre Nackenmuskeln und ließ ihren Kopf schwerer werden. Ein paar Minuten lag sie so und hörte seinem Atem zu. Plötzlich war da ... Sie setzte sich auf und schnalzte prüfend mit der Zunge. Kein Zweifel, da war er wieder, der verdammte Geschmack in ihrem Mund. Sie wusste leider nur allzu genau, was das zu bedeuten hatte ...

»Nico«, sagte sie. »Schläfst du?«

»Hmm.«

»Hör mal. Ich mache mir Sorgen!«

»Ich weiß.«

»Wie kannst du es wissen, wenn ...«

»Die Mauer. Das Zementwerk. Euer Grundstück. Die Villa. Oder wenn's das nicht ist, dann bin ich es.« Er lachte sein gemütliches, zufriedenes Lachen und tastete blind nach ihr, um sie wieder neben sich zu ziehen.

»Ich muss mit dir reden. Hör mir zu!«

»Ich hör ja zu!«, knurrte er schläfrig.

»Ich habe wieder diesen furchtbaren Geschmack im Mund, wie Blut, wie Rost!«

»Was? Ach so.« Immer noch hielt er seine Augen geschlossen. »Ach, *amore.*« Er drückte ihren Arm. »Musst du denn jedes Mal, nachdem wir's getan haben, so dramatisch werden …?«

»Das hat nichts mit dramatisch zu tun. Meistens stirbt dann jemand.«

»Bei Pupetta war es aber anders. Da hast du vorher nichts geahnt.«

»Stimmt.« Beruhigt und auch ein wenig kleinlaut legte sie ihren Kopf wieder zurecht.

Als sie erwachte, war es fast dunkel im Zimmer. Stella wusste einen Augenblick nicht, wo sie war, dann schrak sie hoch und setzte sich auf. »Nico!« Sie rüttelte ihn an der Schulter. »Wach auf, es ist schon spät, wir haben viel zu lange geschlafen!«

»Oh.« Er seufzte schlaftrunken und blinzelte hoch an die Zimmerdecke. »Man schläft einfach so gut hier, und ich habe etwas herrlich Verrücktes geträumt.«

»Und was, wenn die uns jetzt suchen?«

»Ach, die pennen bestimmt alle noch. Mama hat sich auch gleich hingelegt, nachdem ich sie rübergebracht habe. Es ist Samstag, es ist heiß, und wir haben einfach alle zu viel von Assuntas köstlichen …«

Ein furchtbarer Schrei durchbrach die Stille. Beide sprangen von ihrem Lager, liefen nackt wie sie waren zum Fenster und spähten durch die Lamellen der geschlossenen Läden hinaus. »Ich sehe nichts.«

»Was ist passiert? Es kam aus dem Garten!«

»Los, wir müssen runter!«

Mit fliegenden Händen zog Stella sich an und rannte durch das Treppenhaus hinunter, vorbei an der Hauskapelle, hinaus durch die kleine Nebentür in den Garten. Nico folgte ihr, ohne darauf zu achten, ob man sie zusammen sah.

Sie lag auf dem Boden vor dem Fenster. Das Gesicht zur Erde gewandt, die Haare wie ein Fächer um den Kopf ausgebreitet. Sie trug nur ihre Unterwäsche, die Arme und Beine waren in seltsamen Verrenkungen von ihrem Körper abgespreizt, Blut war keines zu sehen. Stella kniete sich neben Regina. Sie wollte ihr Haar berühren, sie wollte ihr Gesicht aus dem Dreck holen, doch Nico war neben ihr und hinderte sie daran.

»Vielleicht hat sie sich die Wirbelsäule verletzt, dann darf man sie nicht bewegen.« Er tastete durch ihr Haar, legte seine Finger prüfend an ihren Hals. »Sie ist tot, Stella. Es tut mir so leid!«

Stella schaute zum zweiten Stock hinauf. Aus dem geöffneten Fenster hörten sie Enzas spitze Schreie. »Ganz kurz. Ganz kurz hab ich sie losgelassen. Sie schlief! Sie schlief doch!«

Assuntas beruhigendes Gemurmel war zu hören. »Nein!«, schrie Enza. »Ich bin schuld! Hab nicht auf sie aufgepasst.« Sie weinte heftig. Auch Stella kamen die Tränen.

Alberto kam in den Garten gelaufen, gefolgt von Lolò. Stella verstand nicht, was Alberto zu Nico sagte, doch er bekreuzigte sich und nahm Regina mühelos hoch. Dünn und schmächtig lag sie in ihrer Baumwollunterwäsche in seinen Armen. Nun kamen auch Maria und der Marchese gerannt.

Stella umarmte Nico. »Ich dachte, es wird besser«, schluchzte sie. »Ich dachte, ich könnte für alle sorgen.«

12. Kapitel

Ja, sein Wunsch war erhört worden, es hatte sich etwas geändert. Und zwar alles. Vielen Dank! Nico schaute kurz in den Himmel, senkte dann aber den Kopf wie die anderen und schlug das Kreuzzeichen. Der Sarg mit der verunglückten Regina wurde von den Totengräbern in die Gruft getragen. Stellas Familie war zwar ständig in Geldnot, doch Schwierigkeiten, ihre Toten zu bestatten, hatten sie nicht. Das Mausoleum der Camaleo, von einem ihrer größenwahnsinnigen Vorfahren angelegt, bot mehr als genug Platz, um auch noch die nächsten Generationen aufzunehmen. Die engsten Angehörigen gingen gemessenen Schrittes die drei Stufen hinab und wurden von den dunklen Mauern verschluckt. Nico wäre am liebsten am Eingang stehen geblieben. Doch als Verlobter gehörte er jetzt schon zur Familie, also folgte er Stella, die zusammen mit Assunta ihren Vater stützte. Ein muffig-feuchter Geruch schlug ihm entgegen, den auch die qualmende Weihrauchkugel des Priesters nicht überdecken konnte. Die Gänge waren schmal, immer tiefer wurden sie in die Unterwelt zu den Toten geführt. Vor der Nische, in der Regina ihre letzte Ruhe finden sollte, versammelten sich alle. Ein paar Kerzen flackerten in den Halterungen an den Wänden. Leise scharrten die Schuhe auf dem unebenen Boden. Nico konnte einen Blick auf Stella erhaschen, als sie sich umwandte. Ihr Mund war zusammengepresst, die Lippen nur noch ein dünner Strich. Auch sie fand es grässlich hier unten, das wusste er.

Es gab keine Luft, und die Mauern standen einfach zu eng aneinander. Er würde es völlig anders machen, an Licht würde es seinem Vater nicht mangeln. Die Halbkugel auf dem erhöhten Fundament wäre aus Glas, es würde eine fantastisch ausgeklügelte Belüftung geben, wie, das musste er noch überlegen. Doch eins stand fest: Die Kapelle würde einmalig werden!

Wenigstens war Enza nicht hier. Manueles Mutter hatte ihr ein starkes Beruhigungsmittel eingeflößt, nun schlief sie unter Marias Obhut in der Villa.

Nico dachte an den Kranz aus weißen Rosen, den seine Mutter für Regina bestellt hatte. Völlig übertrieben. Aber man sollte ja nichts Schlechtes über die Toten sagen und denken. Und Enza? Es fiel ihm schwer, dieses Mädchen zu mögen. Die älteste der Schwestern liebte Frauen, na gut, das tat er auch. Auch dass sie jetzt bleich und spindeldürr statt teigig und fett wie früher war, störte ihn nicht. Doch sie war immer so gemein zu Stella gewesen, das und den arroganten Gesichtsausdruck, den sie damals zur Schau getragen hatte, konnte er nicht vergessen. Nun, nach Reginas Tod, war sie völlig verwirrt. Sie aß nicht mehr, sprach nicht, machte nur unverständliche Zeichen mit den Händen und hielt die ganze Zeit ein Kissen umschlungen. Arme Stella, dachte Nico. Jetzt hast du zwar nur noch eine Verrückte an der Ferse kleben, die ist dafür jetzt aber komplett durchgedreht.

War es pietätlos, an einem solchen Tag tauchen zu gehen? Nein, beschloss Nico, als er zu Hause seinen braunen Abschlussfeier- und jetzt auch Beerdigungsanzug auszog und gegen kurze Hosen austauschte. Es war Samstagnachmittag, und er musste sich beeilen. Seine Mutter war nur schnell in die Apotheke gelaufen, um etwas gegen ihre grässlichen Kopfschmerzen zu holen. Er hätte das ja für sie erledigen können, doch Manueles Mutter mischte ihr immer ein besonders starkes Pulver an, das sie lieber selbst abholte. Wenn sie ihn sehen würde, könnte er das mit dem Tauchen vergessen.

Aber warum eigentlich? Stella hatte seine Unterstützung ausdrücklich abgelehnt und gesagt, dass sie den Nachmittag mithilfe von Assunta und Maria schon herumkriegen würde. Ehrlich gesagt war er froh, nicht wieder in der Villa erscheinen zu müssen. Dort saß man jetzt im Salon zusammen und empfing weitere Besucher. Es hatte keinen offenen Sarg gegeben, um von Regina Abschied zu nehmen. Und wer hätte das auch schon gewollt? Auch jetzt war es die pure Neugierde, die die Leute aus Marinea und Bellaforte unter dem Vorwand der Beileidsbekundung in die Villa trieb, die ihnen jahrelang verschlossen gewesen war. Seit Stella der Familie vorstand, sämtliche Schulden bei den Händlern bezahlt hatte, freundlich zu allen war und sogar ab und an eine Hilfe für den Garten oder beim Streichen einstellte, klopfte man dort gern einmal an.

Nico fuhr rüber nach Portovecchio, um endlich wieder einmal an der *Formica* zu tauchen, doch noch während er den Wagen am Hafen abstellte, entdeckten ihn die Brüder Simone und Beppe. Sie redeten gerne, waren dabei aber gutmütig und ein wenig naiv. Ihr Vater war Notar und stinkreich. Die beiden hatten zwar die Schule nicht zu Ende gebracht, waren aber dennoch als Gehilfen bei ihm in der Kanzlei angestellt und kannten jeden Bewohner in Bellaforte und seine Geschichte. Außerdem ließ die Arbeit ihnen ausreichend Zeit für ihre Leidenschaft: das Tauchen mit Sauerstoffflaschen.

Sofort erhoben sie sich von einem der Tischchen vor der Bar Al Porto und kondolierten ihm. »Herzliches Beileid!« Sie luden ihn zu einem Espresso ein und drückten ihn auf einen der Stühle. »Sie war ja schon fast deine Schwägerin.«

Er nickte.

»Wie ist es eigentlich genau passiert?«

»War es wirklich ein Unfall? Und dann noch direkt in der Villa …«

»Wie tief ist sie denn eigentlich gestürzt?«

Nico hüllte sich in Schweigen, bis sie das Thema wechselten.

»Wann gehen wir es endlich an, Nico?« Beppe klopfte ihm mahnend auf die Schulter. »Du lässt uns schon wochenlang warten! Was machst du eigentlich den ganzen Tag?«

»Ich musste in der letzten Zeit viel lernen.« Das war nicht einmal gelogen. Er saß zu Hause und starrte auf seine Bücher. Wenn er die verpatzten Prüfungen am Ferienende nicht erfolgreich wiederholte, konnte er das Studium ab September vergessen.

»Aber wann heben wir das Ding? Es wird nicht besser da unten …« Beppe schaute zwei Mädchen in kurzen Röcken hinterher, die Hand in Hand an ihnen vorbeiliefen. Die dicke Alte in ihrem Schlepptau warf warnende Blicke zu ihrem Tisch hinüber. Hier am Hafen war nachmittags immer viel los. Gegenüber der Bar lag das begehrte *ristorante* Dal Pescatore Gigì, vor dem zwei Kellner gerade die Tische neu eindeckten, um den Laden für das Abendgeschäft zu rüsten.

Nico lächelte. Die beiden Brüder waren ganz heiß darauf, mit ihm das Wrack zu bergen. Es war *sein* Wrack. Er hatte es gefunden, und was man im Meer fand, das gehörte einem! So lautete die alte Regel. Es war eine kleine Ketsch. Ein kreisrundes Loch in der unteren Bordwand zeigte, warum sie untergegangen war, doch ansonsten war sie sehr gut erhalten. Lange konnte sie demnach noch nicht am Meeresgrund liegen. »Habt ihr euren Freund mit dem Trawler gefragt?«

»Nardo? Aber ja! Er würde uns helfen. Hat sich noch mal einen stärkeren Motor einbauen lassen. Mit den 150 PS kriegen wir das Ding locker nach oben. Ketten hat er auch. Es darf uns nur nicht auseinanderbrechen!«

»Wenn wir die Ketten so anbringen, wie ich es euch gesagt habe, wird gar nichts auseinanderbrechen. So wie es aussieht, ist das Boot verdammt stabil.«

»Was wirst du damit machen, Nico? Verkaufen?«

Er zuckte mit den Schultern. Natürlich. Alberto würde ihm einen guten Preis zahlen und es nach der Reparatur selbst gewinnbringend weiterverkaufen. Aber viel wichtiger: Er würde Stella auf diesem Schiff heiraten! Er hatte schon mit Pater Anselmo geredet und seine Zusage bekommen. Schiffe konnten zu einem geweihten Raum werden, auch wenn sie am Strand aufgedockt waren. Sie würden sich also so schnell wie möglich das Jawort geben können, noch im September, so wie Stella es wollte, und dann würden sie auf Hochzeitsreise gehen. Eine Woche nach Venedig und nach Florenz, um sich dort alle architektonischen Wunderwerke anzuschauen! Den Dom in Florenz und die Renaissancepaläste in Venedig, über die Stella ein ganzes Buch gelesen hatte, und vieles, vieles mehr. Die Welt war voller genialer Bauwerke, sie würden ihnen einen Besuch abstatten und danach mit neuer Inspiration ihre eigenen bauen.

»Schau mal, wer da kommt! Haben wohl die Kränze bei der Beerdigung getragen, um sich etwas dazuzuverdienen«, rief Beppe. Nico rieb sich verlegen die Stirn. Pietät war noch nie Beppes Stärke gewesen.

Es war Manuele, der mit dem altersschwachen Motorroller seines Vaters dahergefahren kam. Auf dem Sozius hockte Lolò.

Als der Freund Nico erkannte, ließ er die Bremsen quietschen, und beide stiegen ab.

Lolò, dieser *birbantello,* ergattert sich immer ein Plätzchen …, dachte Nico, und da wo Mädchen sind, ist er eh meistens nicht weit. Aber warum trugen beide noch ihre schwarzen Anzüge von der Beerdigung? Er legte die Finger der rechten Hand zusammen und machte die typische Was-soll-das-Geste.

Manuele verstand sofort. »Ach. Na ja ... Wir wollten noch nicht nach Hause.«

»Genau. Die ham gleich immer irgend'nen Scheiß für mich zu tun, sobald ich mich da blicken lasse«, ergänzte Lolò fröhlich, schnippte sich ein Pfefferminz in den Mund und setzte sich zu ihnen.

Zu fünft diskutierten sie leidenschaftlich über das miese Abschneiden des A.C. Bellaforte und den bestechlichen Schiedsrichter bei der letzten Begegnung mit der dritten Mannschaft von Palermo, tranken noch mehr Espresso und *Crodino* aus kleinen Flaschen, beobachteten die vorbeilaufenden Mädchen, die sie ihrerseits keines Blickes würdigten. Die *Ape* vom alten Fifiddu schob sich vorbei, einen Haufen violett schillernder Auberginen auf der Ladefläche, und vor dem Seiteneingang des Restaurants wurden mehrere Stiegen Fisch abgeladen.

Kurze Zeit später fuhren zwei größere Wagen vor. Mehrere Männer mit Sonnenbrillen stiegen aus und betraten das Restaurant.

»Die Zwillinge«, sagte Beppe.

»Und der Bart. Die Maus. Mimmo. Und Der Blaue«, fügte Simone mit seiner leicht schleppenden Stimme hinzu. »Wenn die wüssten, dass Papa sie alle nur mit Spitznamen bezeichnet.«

Die nächste Limousine hielt. Zwei weitere Herren in Anzug und mit Aktentasche liefen zielstrebig zum Fischer Gigì hinein, während der Fahrer zehn Meter weiter am Straßenrand parkte. Nico beobachtete alles genau und rührte, ohne es zu merken, einen dritten Löffel Zucker in seine Tasse.

»Der Anwalt Calogero«, sagte Simone beiläufig.

»Und wer ist die Sonnenbrille da vorne?«

»Mein Gott, Beppe, als ob du den nicht kennst. Das ist Don Vito, der ist doch jedes Mal dabei!«

Plötzlich ratterten die Rollläden vor dem großen Fenster herab, und die Eingangstür des Restaurants schloss sich von innen wie von

Geisterhand. Niemand sagte etwas. Beppe kaute weiter auf seinem Zahnstocher herum. »Alle da«, murmelte er schließlich. »Geschlossene Gesellschaft.«

»Muss wichtig sein. Sonst treffen die sich meistens sonntagmorgens.« Simone rekelte sich ausgiebig.

»Die Namen, die ihr da gerade genannt habt, sagen mir nichts. Und ihr müsst sie auch nicht wiederholen.« Nico starrte auf seinen *caffè,* um niemandem ins Gesicht sehen zu müssen. »Erklärt mir nur, was die Typen machen.«

Manuele sah Nico erschrocken an, und Lolò bekam seinen breiten Mund überhaupt nicht mehr zu.

»Von Beruf?« Beppe fing leise an zu lachen. »Na ja. Anwalt, Parteisekretär der *Democrazia Cristiana,* Geometer, Firmenbesitzer, also der neue Besitzer von der Farsura S.p.a., die eigentlich in Milano ansässig ist. Und die anderen? Nennen wir sie Berater. Bewacher. Laufburschen.«

»Die wichtigsten Männer von Bellaforte sind ja schon drin. Die habt ihr gar nicht gesehen.« Simone zuckte mit den Schultern.

»Ich habe auch die, die reingingen, nicht gesehen!«, beteuerte Manuele und versteckte seine Hände unter den Achseln.

»Die Wichtigsten kommen durch das Haus nebenan«, erläuterte Simone.

Nico nickte. Das hatte er sich gedacht. Don Fattino und sein Gehilfe Varinelli. »Irgendwann müssen sie ja die Ausschreibungen machen.«

»Ja, die arbeiten auch am Samstagnachmittag.« Simone grinste.

»Da steht eine Menge an«, bestätigte Beppe.

»Zum Beispiel?« Nicola kippte seinen Espresso hinunter. Mein Gott, warum war der denn so ekelhaft süß?

»Och ... der Abschnitt der Küstenstraße von Bellaforte bis nach Termini Imerese, die neue Mülldeponie bei Ficarazzi, Wasser- und Gasversorgung ... Wir hatten alles schon da.«

»Den Hafen von Mongibello wollen sie auch total neu machen, oder?«, fragte Nico beiläufig. Kein Wunder, dass Stella beim Katasteramt keinen Einblick in die offenbar gefälschten Grundstückspläne der Villa erhalten hatte. Der Einspruch eines Mitglieds aus der Versammlung dort drüben bei Gigì, dem Fischer, reichte aus, um es zu verhindern. Und ein Wink von Don Fattino ließ der Familie Camaleo gleich am nächsten Tag eine ominöse Nachzahlungsforderung auf die Grundsteuer der letzten zehn Jahre ins Haus flattern.

»Klar. Darum geht's. Mein Vater macht dann manchmal die Verträge.«

»Für die Herren mit den Sonnenbrillen oder deren Freunde?«

»Na, einer muss es ja machen, oder?« Simone lachte und schlug Nico auf die Schulter.

»Ja, eben. Jungs, ich muss gehen. Mir ist schlecht vom vielen Kaffee.« Nico erhob sich.

»Gehst du etwa tauchen?« Manuele sah ihn besorgt an.

»Na klar. Was denn sonst?«

»Denk an das Wrack! Sag uns Bescheid!«

»Aber ja doch.« Die Brüder machten einen Aufstand, als Nico bezahlen wollte. Er verabschiedete sich mit Handschlag von allen.

»Nico!« Manuele holte ihn am Auto ein, als Nico gerade seine Gummiflossen hinter den Sitzen hervorangelte.

»Was ist?«, fragte er. »Kommst du mit? Wir müssen aber rüberschwimmen. Hab die *Marestella* ja nicht hier.«

»Gerade hast du gesagt, dir ist schlecht. Du darfst jetzt nicht ins Wasser!«

»Bist du meine Mutter oder was?« Nico ließ die Taucherbrille an zwei Fingern pendeln.

»Du bist viel zu aufgewühlt. Das sehe ich doch.«

»Ach, Manù! Reg dich ab, du ewiger Krankenpfleger!« Nico beugte sich wieder ins Auto. Doch als er die heiße abgestandene

Luft einatmete, merkte er, wie schwach seine Beine waren und wie heftig sein Herz klopfte. Zu viel Koffein vermutlich. Schnell kurbelte er das Fenster herunter und setzte sich auf den Vordersitz. »Los, wir fahren 'ne Runde, und ich verrate dir meinen Plan! Den darf niemand sonst hören.«

»Wenn du gegen das, was du beim Fischer Gigì vermutest, etwas unternehmen willst …«, flüsterte Manuele verschwörerisch, »das kannst du vergessen!«

»Steig ein!«

Der Freund gehorchte.

»Was für ein Unsinn!«, rief Nico, als er am Hafenbecken entlangfuhr. »Wie konnte ich nur so naiv sein?«

Manuele betrachtete ihn schweigend von der Seite.

»Ich Idiot habe wirklich gedacht, alleine gegen diese Leute kämpfen zu können! Das ist so, als ob sich einer mit seinem Zinkeimer an den Strand stellt und damit das Mittelmeer ausschöpfen will.« Er fuhr eine scharfe Linkskurve, sodass Manuele sich am Griff über der Tür festhalten musste, um nicht gegen ihn geschleudert zu werden.

»Alle stecken miteinander unter einer grauen Decke. Politik. Öffentliche Verwaltung. Baugewerbe. Mafia. Die arbeiten Hand in Hand. Deswegen hat auch niemand Interesse, diese Decke anzuheben und darunterzuschauen!«

»Na ja«, wandte Manuele vorsichtig ein, »wer sollte das auch sein?«

Nico schlug mehrfach auf das Lenkrad. »Eine Allianz muss her, sage ich dir! Eine Allianz von aufrichtigen Politikern …«

Manuele lachte auf. »Aufrichtige Politiker? Wo willst du die denn herbekommen?«

»Ein Zusammenschluss von unbestechlichen Richtern, mutigen Anwälten, rechtschaffenen Firmenbesitzern!«, fuhr Nico unbeirrt fort. »Von guten, ehrlichen Menschen eben. Denen nicht nur ihr eigener Gewinn wichtig ist, während unser wunderschönes Sizilien um sie herum immer ärmer wird und langsam zugrunde geht.«

»Es gibt nur wenige gute Menschen!«

»*Du* bist einer! Und ich werde gute Menschen wie dich um mich scharen, und dann, irgendwann, und wenn es auch noch ein paar Jahre dauert, werden wir zusammen in einer großen Gruppe von Vertrauten gegen dieses Geflecht aus Korruption und Machtgeschiebe angehen.«

»Wenn du bis dahin nicht schon furchtbar mit Don Fattino aneinandergerätst. Er hat bereits angekündigt, diese illegale, bolschewistische Radiobrut auszurotten.«

»Bolschewistisch! Der weiß doch gar nicht, was das bedeutet!« Nico lachte, doch es klang nicht sehr fröhlich. »Ich werde in Zukunft vorsichtiger sein, Manuele! Kein Radio mehr. Keine weiteren Provokationen von Bürgermeister und dem Rattennest von Stadtrat.«

»Das ist das Klügste, was ich seit Langem von dir gehört habe, Nico.«

Nico lächelte. Irgendwie beruhigte ihn dieser Gedanke mehr, als er sich eingestehen wollte.

»Aber was ist mit dem Platz für die Kapelle? Du hast Don Fattino auf *L'Onda Blu* schon mit einem Protestmarsch vom Friedhof bis vor die *comune* gedroht.«

»Sage ich wieder ab. Werde ich irgendwie anders regeln. Ich habe das Gefühl, da wird sich bald etwas tun, ohne dass ich als Einzelner meinen Kopf dafür hinhalte.«

Manuele klopfte ihm schon seit einem Kilometer immer wieder begeistert auf die Schulter, und nun fragte er: »Wirst du es Stella sagen?«

»Bald. Wenn ich diese blöden Nachprüfungen erst bestanden habe. Ich habe nämlich noch eine andere Überraschung für sie.«

Nico war so zufrieden wie schon lange nicht mehr. Alles würde sich ändern, und sie würden am Ende gewinnen! Aber das ging nur, wenn man den Feind in dem Glauben ließ, es bliebe alles beim Alten!

13. Kapitel

Nein. Es geht nicht.

Warum nicht? Heute. Nur kurz. Bitte!

Nein.

Liebst du mich nicht mehr?

Doch, natürlich! Dummkopf!

Da seine Mutter ihn nicht sehen konnte, ließ er seine Augen schmal werden und zog eine Augenbraue und einen Mundwinkel in die Höhe. Rhett Butler in seinen verführerischsten Momenten war nichts gegen ihn … Ich will dich treffen, sollte das heißen. Unbedingt!

»Wie geht es deiner Schwester jetzt?«

Stella schreckte auf und löste den Blick von Nico. Hatte er verstanden, was ihre Augen ihm antworten wollten? Es ging nicht! Er hatte Enza ja gesehen. Sie lächelte Flora an, die ihre Augen auf die Stricknadeln in ihren Händen heftete und sie aneinanderklappern ließ. Wie viele von den blauen und türkisfarbenen Quadraten hatte sie schon gestrickt? Wahrscheinlich sollte es eine neue Tagesdecke für Nico werden. Alles, was sie für ihn strickte, war blau.

»Es ist noch immer sehr schwer für sie«, beantwortete sie Floras Frage. »Sie redet bei Tisch mit Regina, deckt für sie, gießt ihr Wasser ein und beschwert sich, wenn sie nicht trinkt.«

»Ja. In der Trauer macht der Mensch so manches …«, seufzte Flora. »Mit ihr hinausgehen ist wohl gar nicht möglich, oder?«

»Enza möchte raus in den Garten, aber wir können sie dort nicht alleine lassen. Wir müssen immerzu auf sie aufpassen.«

»Warum das? Was kann ihr denn im Garten schon passieren?«, fragte Nico.

»Sie könnte sich in den Brunnen stürzen.«

»Oh, der Brunnen! Der ist allerdings gefährlich. Gab es da nicht mal ein Missgeschick mit dir und deinem Bein, das in dem Holzdeckel steckte?«

»Ja.« Sie funkelte ihn an: Lass das! Nicht vor deiner Mutter! Doch sie musste sich das Lachen verbeißen.

»Gut, dass man dich daraus befreit hat. Sonst würdest du heute noch damit herumlaufen.« Nico zwinkerte ihr zu.

»Ich war zehn. Und es war nicht lustig.« Nico hatte sie bei einem Fluchtversuch aus der Villa beobachtet und dann aus ihrer misslichen Lage erlöst. Angeblich hatte er sich in diesem Moment schon in sie verliebt.

Wie gerne hätte sie ihn jetzt in die Seite geknufft, aber das ging ja vor seiner Mutter nicht. »Enza schlägt sich dauernd ins Gesicht. Assunta meint, weil sie sich selbst bestrafen will.«

»Ja?« Flora schaute sie das erste Mal an diesem Tag direkt an.

»Ja. Weil sie die schlafwandelnde Regina nicht hat beschützen können. Weil sie sie im Schlaf losgelassen hat.«

»Also war sie mondsüchtig wie Batà in Pirandellos *Male di luna*.«

»Aber das war doch etwas anderes, Nico. Der Mann hat seine Frau ja noch gewarnt und ist am Ende nicht aus dem Fenster gestürzt.« Kein Wunder, dass sie dir nur eine Vier für den Aufsatz im Abitur gegeben haben, fügte sie unhörbar hinzu, um ihn vor Flora nicht bloßzustellen.

»Und was hat Nico mir erzählt? Sie durften auch im Kloster in einem Bett schlafen?« Floras Stimme klang empört.

»Das war wohl die einfachste Lösung für die Nonnen.«

»Damit Enza Regina in den schwierigen Nächten festhalten konnte?«

»Jede Nacht! In den Vollmondnächten natürlich ganz besonders.«

Nico schüttelte den Kopf. »Ihr solltet sie in den Garten begleiten.«

»Tun wir ja. Heute Nachmittag gehe ich mit ihr.« Und darum können wir uns auch nicht im Meereszimmer treffen, sagten ihre Augen.

Schade, antworteten die seinen, dann brachte er sie zur Tür, mit Floras wachenden Augen hinter ihren Rücken.

»Stella, Stellina! Enza ist nicht in ihrem Bett!« Assunta rang die Hände. In ihrem Nachthemd mit den rosa Borten sah sie aus wie ein kleines Mädchen. Ein sehr dickes kleines Mädchen.

»Hast du schon überall nachgeschaut?« Stella erhob sich verschlafen. Kurz nach sechs, sagte ihr Wecker. Gemeinsam liefen sie hinüber in das Zimmer der Schwestern, das nun nur noch von Enza bewohnt wurde.

»Ich habe nichts gemerkt. Obwohl ich doch mit ihr in einem Bett schlafe und meistens nachts sowieso dreimal aufwache und nach ihr schaue. Aber heute …«

Assunta stemmte ihre fleischigen Hände in die Seiten.

»Ich habe überall nach ihr gesucht. Im Garten. In der Küche. Auf der Toilette. Vielleicht verfügt Enza über Kräfte, von denen wir nichts ahnen …«

»Ach was! Ich glaube nicht an so einen Quatsch, das weißt du. Wo ist Lolò? Er muss uns suchen helfen.«

»Na, wo wohl? Der schläft natürlich noch.«

Sie weckten Maria, und nach einigem Hin und Her klopften sie schließlich auch beim Marchese und riefen ihm die Nachricht durch die Tür zu, dann liefen sie in den Wirtschaftshof und in Assuntas

Behausung, die in den ehemaligen Ställen der Mauereinfriedung eingerichtet war.

»Weißt du, wo Enza ist?« Assunta rüttelte das Bündel unter dem Laken, während Stella eines der Fenster aufstieß, um ein bisschen mehr Licht und Luft in den niedrigen Raum zu bringen. »Sie ist nicht in ihrem Zimmer!«

»Was?« Lolò hatte mal wieder eine Bindehautentzündung, die ihn mit wie durch Eidotter verklebten Augen in die Helligkeit blinzeln ließ. »Woher soll ich das wissen?«

»Los, steh auf! Wir müssen sie suchen!«

Sie durchkämmten die ganze Villa und schwärmten anschließend im Garten aus. Stella war es schließlich, die die ausgehobene Grube an der Gartenmauer entdeckte. Sie war tief, vielleicht zwei Meter, und die Erde, die sich daneben zu einem großen Hügel häufte, war staubtrocken. Unten, am Boden des Lochs, kauerte eine Person, die ihre blutig verschorften Knie umklammerte: Enza!

»Was machst du da unten?«, fragte Stella verwirrt. Sie sah die Spitzhacke und die Schaufel, die auf dem Erdhaufen lagen. Wie hatte die Schwester es überhaupt geschafft, so ein tiefes Loch in die festgebackene, ausgedörrte Erde zu hacken, ohne dass jemand etwas gehört hatte? Sie musste die ganze Nacht mit einer wahnsinnigen Kraft geschuftet haben. »Enza!« Stella trat noch näher an den Rand der Grube, aber Enza reagierte nicht. »Komm doch bitte da raus!«

Immer noch schaute die Schwester nicht auf. Plötzlich rutschte Stellas rechter Fuß nach vorne, und sie verlor das Gleichgewicht. Obwohl sie noch mit den Armen ruderte und sich zurückwarf, landete sie unsanft auf dem Hintern und rutschte auf der dreckigen Erde in die Grube.

Sie konnte es gerade noch vermeiden, Enza zu treten, als sie auf wackeligen Füßen zum Stehen kam. *Dio!* Was war das denn gewesen?

Das war ja fast so, als hätte ihr jemand den Fuß weggezogen! Ihr Herz pochte wild vor Schreck. Sie schaute zwischen dem Scheitel ihrer Schwester und den Wänden der engen Grube hin und her. Wie kamen sie hier bloß wieder heraus? Vorsichtig hockte sie sich hin. »Enza«, sagte sie leise und berührte sie zaghaft an der Schulter. Keine Reaktion. »Enza!«, versuchte sie es noch einmal. »Komm, wir rufen die anderen, die helfen uns hier raus, ja?« Enza stierte noch immer vor ihre Gummigaloschen auf den Boden.

»Habe sie nicht festgehalten«, murmelte sie plötzlich. »Habe sie jede Nacht festgehalten. Hätte sie doch am Nachmittag auch festhalten müssen.«

»Du musstest ja auch mal schlafen …«

»Durfte nicht schlafen!«

Stella schlang ihre Arme um Enzas Schultern und drückte sie an sich. »Ich bin deine Schwester. Und jetzt halte *ich* dich fest!«

Mit einem Mal nahm sie den köstlichen Duft der Pinie wahr, der sich in der wärmer werdenden Morgensonne entfaltete. Sie schaute nach oben und atmete tief ein. Selbst von hier unten konnte man noch den Himmel sehen. Man durfte nur nicht vergessen, den Kopf zu heben.

Und so hob sie den Kopf und lächelte einfach, als Nicola ihr am nächsten Morgen während des Seminars »Einführung in die Geschichte der Architektur 2« bei Dr. Farinelli einen kleinen, selbst gefalteten Briefumschlag zusteckte und sie Farinellis wichtige Antwort auf die Frage, wie man ionische, dorische und korinthische Säulen voneinander unterschied, verpasste. Sie hob den Kopf und nickte einfach, als Antwort auf die Frage in dem Briefchen, ob er sie für den späten Nachmittag zu einer Bootstour einladen dürfe. Es war Mittwoch, der 10. September, also mitten in der Woche, und das siebte Semester hatte gerade begonnen. Obwohl die Vorwürfe in ihr schon mit den Hufen scharrten, obwohl sie fragen wollte, wo er früher an diesem Morgen bei dem Seminar von Professor Volpe geblieben war. Ihre Drohung, die Verlobung zu lösen, hatte er wohl schon wieder vergessen …

Sie sagte Ja. Sie wollte nicht mehr so hart sein. Nicht zu sich selbst, nicht zu ihrer Familie, und schon gar nicht zu dem Menschen, den sie so sehr liebte! Ich muss mir von anderen helfen lassen, hatte sie beschlossen, muss den anderen die Hand reichen, ihren Rat annehmen und die Verantwortung an sie abgeben, bevor mir alles über den Kopf wächst und ich eines Tages mit aufgeschürften Knien einsam weinend in einer Grube sitze.

Auch Nico schien ganz aufgeregt, als sie sich an seinem Boot trafen. Immerzu grinste er sie an und beobachtete ihr Gesicht, wenn er meinte, sie merke es nicht. Lolò war natürlich als moralischer Aufpasser mit von der Partie, der wie gewohnt am Strand von Marinea unter den Augen der Fischer die *Marestella* bestieg, in der nächsten felsigen Bucht aber wieder an Land kletterte, kaum dass das Örtchen außer Sichtweite war.

»Und wo geht es jetzt hin?« Stella krümmte die Zehen auf dem nassen Boden des Bootes zusammen. Es konnte nicht sein, dass er mit ihr tauchen gehen wollte, es musste etwas Besonderes mit diesem Ausflug auf sich haben.

»Ich möchte dir etwas mitteilen. Aber erst, wenn wir da sind.«

Etwas *mitteilen?* Na gut. Sie hatte Zeit. Und geduldig war sie heute auch. Ausnahmsweise. Sie schaute ihm eine Weile beim Rudern zu, lehnte sich dann mit aufgestützten Armen nach hinten und hielt ihr Gesicht in die immer noch kräftige Septembersonne.

Irgendwann ließ Nico die Ruder sinken. »Weißt du, wo wir sind?«

»Natürlich!« Sie drehte an ihrem Verlobungsring.

»Müsste stimmen, oder?« Er holte beide Ruder ins Boot und warf den kleinen Anker über Bord.

Sicher. 38° 6' 49.83' N / 13° 21' 26.57' E. Sie waren an der Stelle, an der Nico sie gefragt hatte, ob sie ihn heiraten wollte. Und an der sie sich das erste Mal geküsst hatten. Die Koordinaten hatte er in den schmalen Silberring eingravieren lassen, den sie seitdem am Finger trug.

»Stella! Dies ist ein besonderer Tag. Ich habe ihn heute Morgen im Kalender angekreuzt. Ich weiß, dass ich nicht immer da war, wo ich sein sollte. Nämlich an deiner Seite. Und das hatte mit vielen Dingen zu tun. Ich wollte immer kämpfen, an allen Fronten. Und meinen Vater damit stolz machen. Aber ich habe verstanden, dass die Zeit dafür noch nicht gekommen ist …«

Stella schaute ihn fragend an, zwang sich aber, schweigend abzuwarten.

»… das erzähle ich dir später mal. Manuele fand es richtig, also muss es ausnahmsweise mal etwas Vernünftiges gewesen sein, was ich in meinem verrückten Hirn ersonnen habe.« Er lachte. »Heute wollte ich dir etwas ganz Besonderes zeigen, aber nun haben wir es doch nicht so schnell geschafft, und ich … ach.«

»Wer wir?«

»So ein paar Kumpels, die mir helfen wollten. Egal. Ich kann es einfach nicht mehr für mich behalten. Wir werden heiraten. Noch in diesem Monat! Ich habe das Boot fast geborgen …«

»Ein Boot?«

»Na, das Wrack! Aus der Bucht, weißt du noch? Die Brüder und ich werden es heben. Pater Anselmo hat schon zugesagt, uns darauf zu trauen. Es ist eine Ketsch, ich werde Segel besorgen und für dich hochziehen, als ob wir gleich losfahren.«

»Aber das Boot steht dann an Land, oder?« Hatte er gerade *uns darauf zu trauen* gesagt? Sie sah sich einen Moment lang unter flatternden weißen Segeln in einem weißen Kleid und mit weißen Röschen in der Hand.

»Es wird am Strand trockengelegt, ja. Die Rundhölzer und Stützen bekomme ich von Alberto. Alles ist schon vorbereitet.

Manuele und deine Freundin Orsola werden die Trauzeugen sein. Wir müssen nur noch kurz bei dem Pater vorbeigehen und diese Ehevorbereitung da mit ihm machen, ob wir bereit sind, ob wir immer enthaltsam und keusch waren und so …« Er lächelte sie etwas verschämt an.

Stella versuchte sich das Lachen zu verbeißen, doch dann merkte sie, wie sich das Strahlen auf ihrem Gesicht einfach nicht mehr unterdrücken ließ. »Ob wir bereit sind? Mehr als das! Aber wir sind doch nicht …«

»… keusch. Stimmt, sind wir überhaupt nicht …« Er schüttelte den Kopf. »Aber mit so einem Mädchen neben mir kann ich einfach nicht widerstehen … Wenn ich mir dich so im weißen Kleid vorstelle … Du willst doch ein weißes Kleid?«

Er war auf die Knie gegangen und hatte seinen Kopf unter ihr Kleid gesteckt.

»Nico, was tust du?«

Sie fühlte seinen heißen Atem genau da, wo es verboten war. Oder? Sagte die Kirche das nicht? Nico schien davon noch nichts gehört zu haben.

»Klar will ich ein weißes Kleid!« Sie hatte ihre Meinung geändert. Auf keinen Fall wollte sie morgens vor sechs demütig durch einen Seiteneingang in die Kirche huschen müssen wie Orsola. Die Ärmste! Das Kind war seit ein paar Monaten auf der Welt, ein kränkliches Mädchen. Die Freundin sah schrecklich unglücklich aus, als sie sie in der winzigen Wohnung der Schwiegereltern besucht hatte, und ihr Mann hatte sie und seine Tochter nicht mal angeschaut, sondern nur nach seinem Essen gerufen.

»O Gott!«, entfuhr es ihr. Ja, du da oben! Sie warf den Kopf in den Nacken und schnappte nach Luft, während ihr Blick sich im Blau des Himmels verlor. »Nico, Schatz! Wir können hier doch nicht …«

Er verharrte einen Moment, blieb aber, wo er war.

»Nein … mach weiter!«

»Zu Befehl, Madame!«, kam es unter dem Kleid hervor.

Sie stöhnte und schloss die Augen.

»Komm runter zu mir«, sagte Nico nach einer Weile mit rauer Stimme und tauchte wieder auf, »dann sieht uns keiner!« Stella wagte es nicht, ihm in die Augen zu schauen, und ließ sich von der Bank hinabgleiten. Es war nass dort unten auf dem Boden. Es war sandig und roch nach Fisch, und wie! Aber es war ihr egal. Es war zu spät, das Kleid auszuziehen, und selbst der Badeanzug war kein Hindernis. Sie schob ihn einfach zur Seite, wie Nico es gerade auch getan hatte … In Sekundenschnelle war er über ihr, umschlang sie mit einem Arm, schob sie ein Stück zu sich heran, ja, er legte sie mit einer erstaunlichen Sicherheit zurecht. Als ob er jeden Tag nichts anderes tut, ging ihr durch den Kopf, da drang er schon in sie ein. *Dio!* Sie waren nur noch ein Körper, so eng, so fest zusammen. Stellas Kopf stieß gegen die Bootswand, es war unbequem und wild und gerade deswegen so erregend! Es fühlte sich weich und gleichzeitig hart an, sie spürte seine heiße Haut in sich, und nicht dieses schubbernde, bremsende Gummizeug. Was für ein Unterschied! So konnte es also auch sein. Wie damals an dem kleinen Strand stellte ihr Kopf das Kommentieren ein. Stattdessen übernahm ihr Körper die Oberhand und feierte das Wunder, dass sie so perfekt zusammenpassten! Ihr Atem ging schneller, steigerte zu einem Keuchen, so wie seiner, sie hatten denselben Rhythmus, hatten ein Ziel, auf einmal offenbarte sich die Gewissheit, dass sie dieses Ziel auch mit ihm zusammen erreichen konnte. Sie spannte ihren Körper und bog sich ihm entgegen, sie sehnte sich so sehr nach ihm, dabei war er doch da! Und da! Überall! Helles Licht explodierte vor ihren Augen, alles in ihr zog sich zusammen und schoss bis unter die Schädeldecke. Sie hörte Nico aufstöhnen. *»Amore!«* Und es wurde heiß in ihr und brannte ein bisschen. Ja, *amore* war alles, und außer dieser, seiner *amore* war nichts wichtig! Sie klammerte sich an ihn und küsste ihn, doch plötzlich bildete sich in ihr ein wildes Lachen und wollte unbedingt hinaus, und so lachte sie, immer lauter, immer unbändiger. »Was ist?«, fragte Nico, der immer noch auf ihr lag. Er klang verwirrt, doch schon lachte er mit, denn ihr Gelächter war ansteckend, so rein und klar und ungehemmt, wie sie sich selbst nie zuvor gehört hatte.

»Ich weiß nicht«, wimmerte sie, unterbrochen von einer weiteren Lachsalve, »vielleicht ist es, weil ich so glücklich bin? Ich … ich kann einfach nicht anders!« Stella versuchte, es zu stoppen, doch es wurde nur noch stärker. Sie merkte, wie sich ihre Bauchmuskeln immer wieder anspannten und Nico dadurch aus ihr hinausglitt. Heiß und nass lief ein ganzer Schwall aus ihr heraus, in den Badeanzug, auf das Kleid …

Sie riss die Augen auf und begegnete seinem Blick. »O nein, Nico, was haben wir getan?«

»Wir lieben uns. Das haben wir getan.«

Sie blieben noch eine ganze Weile so liegen, bis sich Stella ihres schmerzenden Rückens bewusst wurde und sich langsam unter ihm hervorwand.

Nico richtete sich auf, streifte lässig seine kurze Hose von den Knöcheln, zog die Badehose wieder hoch und sah sie an. »Komm, wir gehen ins Wasser. Bisschen sauber machen.«

»Bisschen sauber machen!« Die letzten kleinen Wellen des Lachens kicherten aus ihr hervor. Vom Boden des Bootes aus suchte sie das undurchdringbare Gestrüpp der steilen Küste mit den Augen ab. Keine Menschenseele.

»Es ist bestimmt nichts passiert«, sagte Nico beruhigend, als er ihr mit einer zärtlichen Geste das Kleid über den Kopf zog, sodass sie nun im Badeanzug dastand.

Sie nickte und umarmte ihn. Bestimmt nicht, es floss ja alles gerade aus ihr heraus … »Lass uns zum *cubo* rudern, da ist es flach. Ich komm doch sonst nicht wieder ins Boot.«

»Okay.« Nico zog den Anker an seinem Seil nach oben und ruderte los. »Noch nicht mal bis in die Hütte haben wir es geschafft.« Er grinste.

»Unsere Hütte«, sagte Stella leise. Dort hatten sie sich das erste Mal geliebt. Ganz anders als heute, doch ebenso unvergesslich …

Nico schien den gleichen Gedanken zu haben. »Ich glaube, an unseren kleinen Bootsausrutscher da eben werde ich mich mein Leben lang erinnern.«

»Kleiner Bootsausrutscher?« Sie sandte ihm einen strafenden Blick. »Du hast mich verführt! Mich, ein unverheiratetes, unbescholtenes Mädchen.« Und schon saß sie quer auf seinem Schoß und küsste ihn, sodass er nicht weiterrudern konnte. Es war ihr egal, dass er von ihr ganz nass wurde. Sie würden heiraten, hatte er gesagt! Nie mehr würde sie alleine gegen alles kämpfen müssen, denn er würde immer bei ihr sein. Sie atmete seinen warmen, wie immer leicht nach Aprikosen duftenden Atem ein, als er seine Lippen schließlich von ihren löste. »Das muss an der Gegend liegen, dass ich ausgerechnet an dieser Stelle immer so viel Lust auf dich habe«, flüsterte er.

In diesem Moment knurrte Stellas Magen laut und deutlich, und sie mussten beide wieder lachen.

»Offensichtlich hast du Hunger. Ich wollte mit dir später nach Portovecchio rudern und in Vincenzos Trattoria etwas essen. Lolò habe ich auch dort hinbestellt. Aber erst um acht. Wir haben noch Zeit …« Er tastete seine Hose ab, die neben ihm auf der Ruderbank lag, und klopfte kurz auf die Taschen. »Verdammt, vor lauter Aufregung habe ich meinen Geldbeutel vergessen. Dann musst du vorerst mit Wasser vorliebnehmen.«

Sie nahmen beide einen großen Schluck aus der Flasche.

In der Bucht, unweit des *cubo,* sprangen sie über Bord. Stella hielt den Kopf angestrengt über Wasser und strampelte wie wild mit Armen und Beinen. Sie war froh, als sie den sandigen Grund unter den Füßen spürte. Immer noch sickerte etwas aus ihr heraus, sie fühlte es ganz genau, es hatte eine andere Konsistenz als Wasser. Sie versuchte es wegzuwaschen. Angeblich sollte es helfen, mit Essig Spülungen zu machen, aber dieses schrecklich salzige Meereswasser war bestimmt auch gut gegen das, was nicht passieren durfte. Sie lächelte. Jedenfalls nicht, bevor man verheiratet war …

Nach dem kurzen, erfrischenden Bad ruderte Nico nach Portovecchio hinüber. Nachdem sie feststellen mussten, dass auch Stella kein Geld dabeihatte, gab es nur noch eine Lösung.

»Sie schreddern gerade frisches Eis für den Nachtfang und für morgen früh, wenn wieder Fischmarkt ist, hörst du das? Sicher finde ich bei den Fischern schnell jemanden, der mir eine *cernia* abkauft!«

Stella nickte. Das mahlende Geräusch der hochmodernen Eismaschinen schallte die hundert Meter weit von der Küste bis zu ihnen hinüber. »Deinen Geldbeutel vergisst du, aber Harpune, *gancio* und Taucherbrille hast du natürlich dabei …«, sagte sie vorwurfsvoll.

Nico zuckte mit den Schultern. »Verzeih mir! Verzeih mir alles, was ich dir bis jetzt angetan habe und vielleicht noch antun werde.«

Stella lächelte ihn an. Sie würde nicht mehr so streng mit ihm sein, schwor sie sich. »So viel war das ja nicht.«

Er sollte bloß noch mal behaupten, dass *sie* diejenige war, die dramatisch wurde, nachdem sie sich geliebt hatten.

»Ich gehe eben runter und hole den Fisch.« Stella sah zu, wie Nico nach seiner Taucherbrille griff, den Bleigürtel aber liegen ließ. »Dann haben wir genug Geld für die Trattoria.«

Jetzt geht er alleine tauchen, obwohl ich ihm immer sage, wie gefährlich das ist, dachte Stella. Ach, meine Güte, ja. Ohne den Gürtel wird er schnell wieder oben sein. Was meckerte sie denn dauernd an ihm herum? Er war der beste Mann, den sie sich wünschen konnte. »Na, dann fang lieber gleich einen großen Fisch, der futtert doch immer für drei!«

Nico gab ihr einen Kuss auf die Stirn. »*Ti amo!* Du bist das Beste, was mir jemals begegnet ist!«

Dramatisch, feierlich, pathetisch. Genau, was sie gesagt hatte.

Er schob die Taucherbrille vor die Augen, nahm die Harpune in die Hand, setzte sich auf den Bootsrand und begann mit seiner Atmung. Schnappend wie ein Fisch, sog er immer mehr Luft in seine Lunge. Sie mochte das Geräusch nicht. Es hörte sich unnatürlich an. Menschen wurden zum Atmen geboren, nicht zum Luftanhalten!

»Pass auf dich auf!«, rief sie, doch er hatte sich schon rückwärts über Bord fallen lassen.

14. Kapitel

Wo waren sie denn? Hier an der *Formica* kreuzten sie doch sonst wie die Segelschoner bei der großen Parade von Palermo im Hafen hin und her. Und heute? Keine einzige *cernia* weit und breit.

Er ließ sich tiefer sinken. Wie weit war der Meeresboden wohl entfernt? Sieben Meter? Vielleicht acht?

Seine Augen suchten die Steine ab, zwischen denen die mächtigen Fische ihre Höhlen hatten. Kommt raus, ihr Lieben, sofort, beschwor er sie. Da, da vorne hatte sich etwas bewegt! Er fuhr mit dem langen Eisenstab in die Zwischenräume. Eine von euch reicht mir schon. Er zog den *gancio* hervor. *Oh no ... per favore,* nur ein winziger Fisch steckte auf der gebogenen Spitze. Am liebsten hätte er ihn wieder losgemacht, aber es war zu spät. Die kleine *cernia* war schon tot.

Das Licht fiel in einem goldenen Streifen fast bis auf den Meeresgrund. Das tat es nur zu einer bestimmten Zeit am frühen Abend. Nämlich jetzt.

Jetzt. Das war es, was zählte. Jeder Moment. Jedes kleine *Jetzt,* was oben nur an ihm vorbeirauschte, wurde hier unten zu einem unendlichen Glücksmoment. Warum konnte er mit Stella dieses Glück nicht teilen? Er machte eine Bewegung mit den Beinen, als ob sie eine einzige große Schwanzflosse wären. Er war halb Mensch, halb Fisch, wie Colapesce, der Junge aus der alten Sage, der sich in einen Fischmenschen verwandelt hatte und für immer unter Wasser geblieben war. Schon mit zehn hatte er in dem Schulaufsatz geschrieben, dass er später Taucher werden wollte und Colapesce helfen würde, den angeknacksten dritten Pfeiler von Sizilien zu stützen. Er grinste und machte mit dem Mund einen Druckausgleich, das konnte nur er auf diese Art, die anderen mussten sich immer die Nase zuhalten und dann gegenschnauben. Wo waren die Fische? Egal, sie würden kommen. Es war alles in Ordnung, ein perfekter Moment, als ob er alles, was er jemals in seinem Leben hatte tun wollen, bis zu diesem kleinen *Jetzt* erledigt hätte. Mehr ging nicht. Er hatte endlich Ruhe, er hatte alles vollbracht. Er war sizilianischer Meister geworden und hatte noch eine gewaltige Karriere vor sich, hatte in der Zeitung gestanden, seine Mutter war glücklich, sie trug wieder Farben und liebte das Autofahren. Stella war glücklich, o ja, das hatte sich gerade mehr als glücklich angefühlt ... sie würden heiraten, denn er liebte sie. Außerdem war er ein Mann, der seine Versprechen hielt, sie würden in der Villa wohnen und Kinder haben, ein Mädchen und einen Jungen, ja, bestimmt auch einen Jungen. Er studierte, er würde ein erfolgreicher Architekt werden und bald mit dem Grabmal für seinen Vater beginnen. Es wurde ganz ruhig in ihm, selbst das Knistern in seinen Ohren wich einer friedlichen Stille.

Plötzlich sah er seinen Vater vor sich stehen. Ganz deutlich. Sein Vater ist sehr groß, natürlich, und er trägt die Uniform der Carabinieri. Hinter ihm sieht Nicola eine Treppe, aber nicht die Treppe mit den vielen Blumen und Pflanzen aus dem Innenhof seiner Mutter, sondern die andere, von früher. Ähnlich eng und schmal. Er selbst ist klein, sein Papa beugt sich zu ihm hinunter, setzt seine Mütze ab und lacht ihn an, als ob er sich über etwas freut. Jetzt kommt die Mütze auf ihn zu, sie rutscht ihm über die Augen, und alles wird dunkel, aber das ist nicht schlimm, denn Papa hebt ihn mit seinen starken Armen hoch ... Er kann ihn überall hintragen und Mama steht oben in der Tür an der Treppe und plötzlich sehen seine Augen wieder das Licht es ist hell und er weiß sein Papa freut sich über ihn es ist unmöglich ihn zu enttäuschen weil er doch sein Sohn ist … sein Sohn … Und da steht Mama und Papa hält ihn ganz sicher und er lacht wieder und ruft Mama! Ich komme nach oben … Papa trägt mich nach oben, Mama! Mama!

15. Kapitel

Heiraten … im weißen Kleid unter weißen Segeln … was für einen Brautstrauß würde sie haben? Was für eine Frisur wäre am besten, jetzt wo sie ihr Haar nur noch kinnlang in einem Bob trug? Die waren jetzt Mode, und der Friseur neben der Uni hatte Sonderpreise für Studenten. Assunta würde ihr ein Kleid der Marchesa zurechtschneidern … Stellas Magen knurrte, und das Hungergefühl ließ sie langsam aus ihrem Tagtraum auftauchen. Sie lächelte und schaute auf die Wasseroberfläche. Wie viele Minuten waren vergangen? Sie hatte ihre Armbanduhr zu Hause gelassen. Wo blieb Nicola denn? Er sollte doch nur einen Fisch hochbringen. Wahrscheinlich hatte er schon längst einen aufgespießt. Dass er es auch immer bis zur letzten Minute auskosten musste … dabei hatte er noch nicht mal den Gürtel um. Sie stieß mit dem Fuß an die länglichen Bleigewichte auf dem Boden des Bootes. Ach, sie wollte nicht wieder sauer auf ihn werden. Sie spürte ihn noch in sich. Zum ersten Mal ohne Schutz, na ja, wenn man von ihrer Entjungferung absah, mein Gott, wie leichtsinnig, aber auch wie schön … Es würde noch mehrere erste Male in ihrem gemeinsamen Leben geben. Sie waren einfach füreinander bestimmt. Das Boot hatte sich gedreht. Auf welcher Seite war er hinuntergegangen? Sie beugte sich über den Rand und erschrak so heftig, dass sie zusammenfuhr! Da hing er unter der Wasseroberfläche, die Hände leer nach oben gestreckt, als ob er ihr winken würde. Da war kein Fisch, keine Harpune. Er lächelte sie nur hinter der Taucherbrille durch das klare Wasser an, doch ihr Herz fing laut und ängstlich an zu pochen. Das hatte sie schon mal erlebt, genau so hatte es sich angefühlt. Ein Déjà-vu. Jetzt würde er gleich wieder abtauchen, ohne hochzukommen, er würde sich immer weiter von ihr entfernen, wie in ihrem Traum … irgendwann, früher. Doch nun stieg er langsam auf. Gott sei Dank. Sie atmete laut aus und griff sich an ihr Herz. Mein Gott, wie konnte er sie nur immer so erschrecken. Da war er! »Nico!« Irgendwas stimmte nicht mit ihm! Sie streckte die Hand nach ihm aus.

»Mama«, sagte er. Er schien sie gar nicht zu sehen, schien nicht einmal einzuatmen, sondern sank sofort wieder ab.

»Nein! Nico! Nein!« Sie sprang auf, warf sich auf die Knie und lehnte sich weit über den Bootsrand. »Nein, bleib bei mir, komm hoch! Komm wieder hoch!« Sie sah ihn nicht mehr! Er war verschwunden! »Komm hoch! Komm zu mir! Bitte! Hörst du mich? Nico! Bitte!«

Die Tränen liefen ihr in Strömen über das Gesicht, doch sie merkte es nicht einmal. Sie schaute sich um. Kein anderes Boot in Sicht. Und der Hafen hundert Meter weit entfernt. Dazwischen das Wasser. Unüberwindbar. Sie sprang auf und fing an zu schreien, das Boot schaukelte heftig hin und her, doch sie ließ die Stelle im Wasser nicht aus den Augen, an der sie ihn zuletzt gesehen hatte. Sie musste sich diese Stelle merken! Ganz dringend merken! Sie nahm Nicos Hemd und schwenkte es in der Luft, um auf sich aufmerksam zu machen. »Hilfe! Kommt alle her, helft mir! Er ist untergegangen, er ist da unten, wir müssen ihn rausholen! Bitte! Helft mir doch!« Niemand hörte sie.

Dio! Es durfte nicht sein, mach, dass es nicht wahr ist! Nein, es ist nicht wahr, gleich taucht er auf, gleich ist er wieder da und lacht und sagt, was regst du dich so auf, meine Maristella, ich lasse dich doch nicht allein, versprochen … Sie hörte seine Stimme deutlich in ihrem Kopf, und doch legte sich die Angst wie eine eiserne Faust um ihr Herz, presste es zusammen und wrang es aus. Sie kniete sich wieder hin und beugte sich über den Bootsrand, bis ihr Gesicht knapp über der Wasserfläche hing. »O Gott, Nico, komm jetzt sofort hoch! Ich kann dich nicht raufholen, wie soll ich das machen, verdammt, ich kann es nicht, ich kann doch nicht schwimmen!«, schrie sie so laut, dass ihre Stimme sich überschlug. Sollte sie sich einfach hineingleiten lassen, hinunter zu ihm? Gemeinsam mit ihm sterben? Sterben. Er wird da unten sterben. Die Gewissheit traf sie mit fürchterlicher Wucht.

Die Glocken der Abendmesse läuteten von Portovecchio herüber. Sechs Uhr, dachte sie und wunderte sich über ihre klaren Gedanken. Sechs Uhr. Ab jetzt würde die Zeit anders bemessen.

Vom Hafen näherte sich ein Boot! Endlich! Sie kamen, um ihn zu retten. Sie würden ihn heraufholen. Es war nichts passiert, er würde die Augen aufschlagen …

»Hier! Hier!« Sie stand wieder auf und winkte. »Hierher! Schnell!«

Es waren Fischer. Stella kannte sie nicht. Wo war Lolò? Wollte der nicht am Hafen sein? Warum war er nicht mit im Boot? »Er ist dort unten! Holt ihn rauf! Schnell! Bitte!«, rief sie den Männern zu.

»Wir können nicht schwimmen, *Signorina!* Bleiben Sie im Boot, bleiben Sie im Boot, *Signorina,* wir kommen zu Ihnen!«

»Nein! Einer von euch muss reinspringen und ihn holen. Bitte! Er ertrinkt doch, er ertrinkt mir doch!«

16. Kapitel

Wenn man die Menschen von Marinea später fragte, wo sie waren, als sie von der Sache mit Nicola Messina hörten, konnten die meisten von ihnen die Frage noch Jahre später beantworten. Sie waren am Strand und flickten Netze, sie knieten in der Messe und beteten um ein gesundes Enkelkind, oder sie halfen der Schwägerin in Bellaforte beim Tomateneinkochen.

Und dann gab es noch die Gruppe, eine sehr große Gruppe von Menschen, die behaupten konnten: »Ich hörte als einer der Ersten davon und war vor dem Haus seiner Mutter.« Auch Jahre danach versagten ihnen die Stimmen, wenn sie darüber sprachen, und in ihren Worten klang eine gewisse Ehrfurcht mit.

Assunta war zufällig dabei. Sie hatte Maria den Einkauf an diesem frühen Abend abgenommen, damit diese ihre fast hundertjährige Tante in Palermo besuchen konnte. Assunta kaufte Scheuerpulver, dreißig Meter Wäscheleine und ein Päckchen Nägel und trat eben aus Signor Paolos Kurzwarengeschäft, als sie unter den Fischern einen heftigen Tumult bemerkte. Mehrere Menschen strömten hinzu. Eine Rauferei? Aber niemand schien sich zu prügeln. Eine Auseinandersetzung? Aber niemand erhob die Stimme. Assunta ging näher. Die Gesichter waren bestürzt, manche in Ungläubigkeit erstarrt. Das letzte Mal hatte sie etwas Ähnliches in den Gassen von Bellaforte erlebt, 1943, als es hieß, die *americani* wären in Siracusa an Land gegangen.

»Was ist los?«, fragte sie die Frau von Signor Franco *delle Poste,* die ihre rechte Hand vor den Mund hielt.

»Der Nico, der Sohn vom Maresciallo Messina, der ist vor Portovecchio untergegangen und nicht wieder hochgekommen!«

»Nein. Nein! Das kann nicht stimmen, da habt ihr euch verhört!«

»Na doch, sie haben es gerade gesagt. Totó Triscari ist mit dem Fahrrad herübergekommen, der hat gehört, wie sie am Hafen standen und darüber redeten!«

»Wo ist er, der Totó?«, schrie Assunta und schubste die arme Frau unsanft beiseite. »Ich will das selbst von ihm hören. Hat er ihn denn gesehen? Das kann nicht sein.« Wo war Stella? Wo war Lolò? Waren sie nicht heute Nachmittag zusammen losgezogen? Also waren sie bei ihm. Also konnte es gar nicht sein! *Dio,* mach, dass es nicht wahr ist, betete Assunta und hätte sich am liebsten die Ohren zugehalten, denn es kam aus allen Mündern: »Nico?«

»Der junge Nicola?«

»Nicola Messina!«

»Ja, der Sohn vom Maresciallo!«

»Nicht wieder hochgekommen?«

Assunta eilte durch die Menschenmenge, blickte in die erschütterten Gesichter. Mach es rückgängig, Gott, bitte mach es ungeschehen, wenn du nur ein wenig Erbarmen hast!

Die Einwohner von Marinea kamen zusammen, die Menge wurde immer dichter. O Gott, hörte man. Unser Nico! Manche fielen sich in die Arme, umarmten sich. Schon ganz im Schmerz, schon voller Mitgefühl mit Flora, seiner Mutter.

»O Dio! Dio!«

»Wer sagt es der Frau Messina?«

»Sie muss zu ihrem Sohn, er braucht doch jetzt seine Mutter.«

»Die Signora Messina weiß es noch nicht.«

»Wer sagt es ihr?«

»Wer hat den Mut?«

Betretenes Schweigen, gesenkte Köpfe. Niemand von ihnen wollte die schreckliche Nachricht überbringen. Und doch musste es sein ...

Langsam setzten sie sich in Bewegung. Ein schweigender Zug, dem sich immer mehr Menschen anschlossen, je weiter er sich durch die Gassen bewegte. Frauen eilten von ihren Ausguckfenstern hinunter auf die Straße. Alte Männer verließen ihre Stühle vor der Haustür und schlossen sich an. Kinder stellten das Spielen und Lachen ein und gingen ohne zu fragen mit. Ein Murmeln hier und da, ein Tuscheln, doch man hörte kein lautes Wort mehr.

Assunta wurde das Herz schwer, ihr kurzes Bein konnte trotz des schleppenden Ganges der anderen nicht mehr mithalten. Sie wurde langsamer und fiel zurück. Doch eine halbe Minute später hatte auch sie die Via Scaduto erreicht. Die Menge sammelte sich vor dem Haus und verstummte nun gänzlich. Der Fiat 500 stand in dem kleinen Hof und leuchtete in frischem Blau. Die Bougainvillea hielt in sattem Purpurrot dagegen. Die Vögel zwitscherten, als ob keine Tragödie geschehen wäre, als ob die übermächtige Wahrheit einfach hinweggezwitschert werden konnte. Niemand rührte sich. Keiner rüttelte an der Klinke der Pforte, niemand wagte sich auf den Hof, um auf die Klingel zu drücken, die unten an der Mauer, gleich neben der steilen Treppe angebracht war.

Signora Caruso stand in der Menge und presste ihr jüngstes Kind an die Brust. Nico! Ihr junger, kräftiger Nico mit der samtweichen braunen Haut und den wunderschönen Muskeln. Vom vielen Schwimmen im Meer hatte er die. *Sie* war es gewesen, die ihn in die Liebe eingeführt hatte ... Wie lange war das jetzt her? Vier Jahre? Fünf? Ninnina und Peppino waren noch klein gewesen und Matteo, der miese Kerl, seit einem Jahr auf und davon. Nico. Ihr junger Liebhaber war immer so sanft gewesen. Sie hatte ihm erst zeigen müssen, dass nicht alles zart sein muss, was eine Frau glücklich macht, und er hatte sich sehr gelehrig angestellt. Danach war er oft nicht sofort gegangen, er hatte sogar manchmal mit den Kindern gespielt, wenn sie wach geworden waren, und mit ihr gegessen und ein Gläschen Rotwein getrunken. Den hatte sie ihm verdünnt. Das Verlangen nach einem Glas Wein war schon seit diesem Morgen da und wurde nun immer stärker, machte sich breit in ihrem Kopf und auf der Zunge. Sie seufzte. Irgendwann war er dann nicht mehr vorbeigekommen, der Nico. So wie sie alle irgendwann ihre Besuche einstellten. Auch Vanni, der Vater von diesem hier … Sie schaute auf das Bündel in ihren Armen. Männer kamen und gingen, so war das wohl in ihrem Leben. Der junge Nico aber hatte ihr Herz gewärmt. War er nicht der einzige Mann, den sie je geliebt hatte und immer noch wahrhaft liebte? Sie schluchzte, hob den Säugling ein wenig und tupfte ihm einen Kuss auf den blanken, weichen Schädel.

Vor ihr standen Turiddu und Attaviu. Sie kannten Nico von der Straße, sie hatten damals zusammen Holzkreisel geschnitzt, Zitronen bei Zu Stefanú geklaut, waren in Gärten eingestiegen und hatten sich mit dem großen alten Herrenrad vom Schlachter Ciccione das Fahrradfahren beigebracht. Irgendwann war Nico ihnen abhandengekommen. Er war endlos lang zur Schule gegangen und hatte nicht mehr so viel Zeit für sie gehabt. Während sie bei jedem Wetter an der Mauer standen und darauf warteten, dass einer von den Freunden der Freunde ihnen für diesen Tag vielleicht Arbeit als Zitronenpflücker oder bei der Olivenernte gab, hatten sie ihn immer beobachtet. Erst hatte er den Schulabschluss, dann einen braunen Anzug, er sammelte kostbare Pokale vom Tauchen, später hatte er ein Auto und eine Verlobte. Und nun? Standen sie vor seinem Haus, vor dem sie hier, genau an dieser Stelle, mit einem Ball aus Lumpen Fußball gespielt hatten. Das Leben von Nicola, dem großen Nicola, dem sizilianischen Meister, mein Gott, was hatten sie gesoffen, als er an dem Tag in der Bar einen ausgegeben hatte … das Leben von Nico, der immer alles konnte, war zu Ende. Ihr Nico! Der so viele Pläne hatte. Der Architekt werden wollte! Einfach vorbei … Und sie? Hatten nicht mal Pläne. Sie schauten sich an, und jeder wusste, was der andere dachte. Auch *ihr* Leben konnte morgen vorbei sein. Sie würden nach Deutschland gehen. Arbeiten. Die suchten da Schweißer, hatte Tonio geschrieben, der lebte in einer Stadt, die hieß Ka-isersla-utern. Sie konnten nicht schweißen, aber wenn sie erst einmal da wären, würden sie es eben lernen. Es war nicht zu fassen: Es gab keinen Nico mehr, und sie würden von hier weggehen. Die Tränen kamen mit aller Macht, das erste Mal in ihrem Leben weinten sie voreinander und schämten sich nicht.

Der Fischer Giacomo stand ganz vorne am Zaun. Er biss den Zahnstocher durch, spuckte aus, biss wieder ein Stück ab, bis um ihn herum lauter winzige Stückchen lagen und er sich einen neuen in den Mund stecken konnte. Er schluchzte, dass es ihn schüttelte. Er hatte diesem kleinen Jungen das Schwimmen beigebracht! Er hatte ihn als *picciriddu* auf den Schultern getragen. Er sah ihn doch noch genau vor sich, wie er die Fische an den Ständen betastet hatte, als ob er sie untersuchen wollte. *U dutturi,* den Doktor, hatten sie ihn genannt. Giacomo presste die Kiefer zusammen. Es war ein Fehler gewesen, den Kleinen damals überhaupt zum Tauchen mitzunehmen. Er, Giacuminu, hatte ihn überredet, einen *gancio* in die Hand zu nehmen. Jawohl, überredet hatte er ihn. Er wollte doch erst gar nicht! Wie alt war der Junge da gewesen. Zwölf, dreizehn? Es war also seine Schuld, dass Nico, *u dutturi,* nun nicht wieder aufgetaucht war, und es war seine Pflicht, der Signora Messina die schreckliche Nachricht zu überbringen. Er musste es tun! Doch er konnte es nicht. Noch nicht. Giacomo umklammerte die Stäbe der Gitterpforte mit seinen riesigen Händen und lehnte seine Stirn dagegen. Heiß tropften die Tränen auf den Boden unter ihm.

Die Nachricht bringt sie um, oder *sie* bringt sich um, dachte Assunta und griff sich ans Herz. Sie stand ziemlich weit hinten, konnte aber die Tür oberhalb der Treppe und auch eines der Fenster gut beobachten. Die Arme, die Ärmste, dachte sie. Da schützt sie ihre Tür mit einem Vorhang aus dunklem Stoff vor der Sonne, da zieht sie die besten Kräuter in den Töpfen auf der Treppe, da hält sie ihr Haus blitzblank und ordentlich, verdient entschlossen ihr Geld, um dem Sohn alles zu ermöglichen, hat in den vergangenen Jahren gerade wieder ein bisschen Lebensfreude gefunden, nachdem man ihr so gnadenlos den Mann ermordet und sie ihr ungeborenes Kind verloren hatte ... und weiß noch nicht, was für eine Tragödie das Leben nun wieder für sie bereithält. Kann ein einzelner Mensch so viel Unglück ertragen? Assunta spürte, wie sich Floras Schmerz in ihrem Körper ausbreitete. Er brannte und wütete in ihr, als ob es ihr eigener wäre. In diesem Moment bewegte sich der Vorhang, und Nicos Mutter trat heraus. Wie alle anderen senkte auch Assunta den Blick. Keiner von ihnen ertrug, was er einen Moment lang in Flora Messinas Gesicht gesehen hatte: das Erkennen der übermächtigen Wahrheit, die Realität des Todes.

Erst als der Schrei Floras Kehle verließ, dieser Schrei, der noch im Umkreis von dreihundert Metern in den Küchen und Schlafzimmern des kleinen Örtchens zu hören war, dieser Schrei eines tödlich verwundeten Tieres, in dem das Unglück eines ganzen Lebens vereint war, erst in diesem Moment begriffen es die vor dem Haus versammelten Menschen endgültig: Nicola Messina war tot.

17. Kapitel

Die andere Zeitrechnung hatte begonnen. Wie lange saß sie hier schon in diesem kleinen Kämmerchen, auf diesem harten, mit Sisal bezogenen Stuhl? Es waren einfache Fischersleute, zu denen man sie gebracht hatte, tobend und um sich schlagend. Sie konnte sich nicht daran erinnern. Sie war da und doch nicht da. Ihre Kehle war ganz rau. Nicos Freunde aus dem Taucherclub hatten ihn schon längst holen wollen, doch die Carabinieri hatten es ihnen untersagt. Sie hatte den Capo angeschrien, war mit den Fäusten auf ihn losgegangen. »Wenn seine Freunde ihn sofort aus diesem verfluchten Wasser holen, kann man ihn vielleicht noch wiederbeleben!«

Der dicke Capo hatte nur den Kopf geschüttelt. »Dafür haben sie keine Befugnis. Wir müssen warten.«

»Er ist der Sohn von Maresciallo Messina! Ihr Vorgänger, der nicht so ein faules, korruptes Schwein war wie Sie! Der Maresciallo Messina wäre ins Wasser gesprungen und hätte persönlich nach jedem getaucht, um ihn zu retten! Er hat sich für die Menschen eingesetzt, nicht für die Gesetze!«

Man hatte sie von ihm weggezogen, als er drohte, sie festzunehmen. Sie hatte Nico nicht verlassen wollen, hatte sich auf die Hafenmole fallen lassen und sich gewehrt, als man sie wegführte, war dann aber in der Küche unten im Haus zusammengebrochen. Wie lange war das her? Wie oft war sie schon zum Fenster gegangen, um einen Blick hinauszuwerfen? Warum hatte man sie ausgerechnet in ein Zimmer im ersten Stock geführt? Von hier oben konnte man die *Marestella* grausam klar und deutlich weit draußen auf dem Meer sehen. Leer schaukelte sie vor sich hin. Umringt von drei anderen Booten mit ein paar Menschen. Aber niemand tat etwas. Sie wollte nicht mehr hinausschauen und musste es doch immer wieder tun. Sie hatte keine Kraft mehr. Nicht einmal zum Weinen. In ihr war nur eine dumpfe Kälte. Sie konnte es nicht glauben. Sie wollte es nicht glauben. Wieder trat sie ans Fenster. Der Hafen war voller Menschen. Sie standen herum, gestikulierten, schwappten wie Wellen mal hierhin, mal dorthin. Ein paar Autos waren auch da. Der Jeep der Carabinieri, aber kein Leiterwagen der Feuerwehr. Es wurde bald dunkel. Und immer noch lag er am Grund des Meeres. Im Wasser. Dort, wo er immer hingewollt hatte.

Eine Frau kam mit einem weiteren Lorbeertee und rührte Honig hinein. Sie könne sich auch hinlegen, wurde ihr angeboten. Das schmale Bett war von einer braunen Häkeldecke bedeckt. So wie die Decke, die Nico mit in ihre Fischerhütte am *cubo* gebracht hatte, als sie das erste Mal miteinander geschlafen hatten. Mein Gott. Es hatte keinen Sinn mehr. Er war nicht mehr da. Er hatte sie tatsächlich verlassen. Um einen dummen Fisch zu fangen. Und sie hatte ihn nicht davon abgehalten. Hatte noch gesagt, fang einen großen, damit du genug Geld für Lolò hast, der isst in der Trattoria so viel …

Immer und immer wieder ging sie den Dialog durch. Was waren seine letzten Worte gewesen. Was ihre?

Ti amo! Du bist das Beste, was mir jemals begegnet ist!

Und sie dagegen: Pass auf dich auf!

Ob er etwas geahnt hatte? Er hatte es plötzlich mit dem Heiraten so eilig gehabt. War ihm bewusst, wie wenig Zeit ihm noch blieb?

Ti amo! Du bist das Beste, was mir jemals begegnet ist. Das war ja ein Abschied! Er hatte sich verabschiedet, bevor …

Nein, sein letztes Wort war Mama gewesen, als er hochkam. Wieso war er noch ein letztes Mal aufgetaucht? Wieso hatte er sich nicht über Wasser halten können? Warum hatte sie sich in diesem Moment nicht sofort über Bord geworfen und seine Hand gepackt und ihn festgehalten, ihn so festgehalten wie nie zuvor und sich mit ihm an das Boot geklammert?

Jetzt im Nachhinein erschien es ihr unvorstellbar, dass sie im Boot sitzen geblieben war! Was hatte sie sich dabei gedacht? Sie hatte ihn untergehen lassen!

Doch in einem Winkel ihres Kopfes wusste sie, sie hätte ihn nicht retten können. Sie hätte ihn gar nicht mehr erwischt, er war so unglaublich schnell und überraschend untergegangen. Und wenn doch? Was hätte sie mit dem bewusstlosen Nico getan? Ihn über Bord gehievt? Wo sie sich doch selbst nicht einmal aus eigener Kraft aus dem Wasser hochziehen konnte? Sie wären beide ertrunken. Und das wäre besser gewesen, sagte eine andere Stimme in ihr. Dann müsstest du hier nicht sitzen und auf *ihre* Ankunft warten. O Gott. Seine Mutter. Seine Mutter würde kommen! Was sollte sie Flora denn bloß sagen. Sie konnte ihr nichts sagen. Sie konnte nie wieder das Wort an sie richten. Wo war Lolò? Warum kam Lolò nicht?

Wieder betrat jemand leise das Zimmer. Nicht Lolò, sondern eine ältere Frau, die sie mit leisen Tippelschritten umkreiste und dabei etwas murmelte, das sich anhörte wie: Er ist jetzt beim Herrn. Sie schlug das Kreuzzeichen und starrte Stella dabei unentwegt ins Gesicht, als könne sie es nicht glauben, dass sie nicht weinte. Nein. Sie weinte nicht. Sie fühlte überhaupt nichts. Kurz darauf wurde sie wiederum von der Gewissheit durchflutet, er war gar nicht tot und deswegen auch nicht beim Herrn. Sie wanderte aufgeregt im Zimmer umher. Er war einer der besten Taucher in ganz Sizilien! Der sizilianische Meister von 1966 und Vizemeister von 1967 war nur ein bisschen länger an seinem Lieblingsort geblieben. Sie würden ihn hochholen und wiederbeleben. Er würde ein bisschen Wasser spucken und grinsen und ... Wo war Lolò? Sie brauchte ihn jetzt. Und als ob ihr Wunsch von höherer Stelle erhört worden wäre, öffnete sich in diesem Moment die Tür, und ihr Cousin erschien im Türrahmen. Sein Gesicht war eingefallen, und in seinen großen Augen standen die Trauer und das Entsetzen so unfassbar deutlich zu lesen, dass Stella mit einem Mal wieder sicher war, es müsse etwas ganz Schlimmes geschehen sein.

Sie stürzte sich in seine Arme.

»Sag, dass es nicht wahr ist! Dass es einfach nicht wahr ist!«, schluchzte Lolò an ihrem Hals. Er weinte. Ihr kleiner Bruder weinte! Ein fester Brocken löste sich in ihrer Kehle, und auch sie begann nun endlich zu weinen.

»Sag du es mir! Es kann nicht sein, oder? Und warum holen sie ihn nicht endlich herauf?«

Lange standen sie so, Lolòs Gesicht hinabgesunken auf ihre Brust, dann wischte er sich seine nassen Wangen an ihrem Kleid trocken. Er trat ans Fenster und schob die Vorhänge beiseite. »Da kommt sie«, flüsterte er mit belegter Stimme, und Stella verbarg ihr Gesicht in den Händen und sank zurück auf den Stuhl.

»Da kommt sie in Nicos Cinquecento! Sie prescht durch die Menge wie eine Irre, gleich fährt sie noch einen um ... Da, jetzt steigt sie aus. O Mann, sie lässt die Leute nicht an sich ran, die sie aufhalten wollen, schau dir das an.« Doch Stella wollte ganz und gar nicht schauen. Sie konnte dieser Frau doch nicht von den letzten Minuten ihres Sohnes erzählen ... Ihr Herz klopfte voller Angst, und trotzdem spürte sie, dass es tief in ihr drin etwas gab, das zu ihr wollte.

»Was habe ich getan? Warum ist es passiert, Lolò. Warum?«

18. Kapitel

Sie halten mich fest. Sie sagen etwas.
Nein!

Ich muss zu ihm.

Ich muss zu ihm.
Es kann nicht sein.
Er ist alleine. Er darf nicht alleine sein.

Nein. Niemals.
Nein.
Gott. Gott, wo bist du? Das nicht.
Das nicht!

Portovecchio. Der Hafen. Warum die vielen Menschen? Carabinieri. Mit Uniformen. Mein Tommaso trug auch diese Uniform. Geliebter Tommaso! Wo ist unser Sohn?
Wo? Wo ist er?

Nicola! Nico. Kind! Ich komme.
Warum halten sie mich fest? Ich kenne die nicht.
Habe ich gerade geschrien?
Nico. Nico. Nicola!

Rüber zu den Steinen, dort wo die Kinder immer baden. Rüber, ich muss über diese verdammten Steine. Sie sind hinter mir. Da ist das Wasser. Nass, salzig. Ich trinke.

Ich gehe unter. Ich bin da, wo er ist.

Nicola!

Sie halten mich fest. Niemand soll mich festhalten!

Mein Sohn ist dort unten. Lasst mich wenigstens das Wasser mit ihm teilen!

Sie wollen ihn aufschneiden? Untersuchen?

Nein!

Niemand wird das tun!

Ihr lasst ihn in Ruhe! Ihr rührt seinen Körper nicht an!

19. Kapitel

Alles war leer.

Ihr Herz. Die Villa. Die Welt. Es war wie ein Albtraum, aus dem es kein Entrinnen gab.

Spät am Abend stand sie plötzlich drüben auf der anderen Straßenseite vor seinem Haus. Dann im kleinen Flur, vor seinem Zimmer. Assunta hatte sie hergebracht. Ihr Vater war mitgekommen. Auch Maria. Und Lolò. Stella verstand das alles nicht. Es gab Augenblicke der größten Verzweiflung in ihr. Und es gab Unverständnis. Was war denn überhaupt passiert? Es konnte nicht wahr sein. Niemals.

Dazwischen war nichts. Fühlte sie nichts.

Wenn sie später an diese Tage zurückdachte, war es, als ob sie einen Film sehen würde, dem man die Farbe entzogen und den Ton genommen hatte.

Sie wusste nicht, warum sie mit einem Mal keine Angst mehr vor ihr hatte, aber sie wollte sie sehen. Musste sie sehen.

»Signora Messina«, flüsterte sie und klopfte leise.

»Sie lässt ja niemanden herein«, sagte Manueles Mutter und drückte ihre Schultern. »Irgendwann werden wir die Tür aufbrechen müssen.«

Stella lehnte ihren Kopf an das Holz. Die Tränen liefen ihre Wangen herunter und tropften auf den Boden. Ein Wort kam ihr in den

Sinn. Ein einziges nur. Kam es von ihm? Hatte er es ihr geschickt?
»Mama.« Sie räusperte sich, sprach lauter: »Mama, bitte. Ich bin es.«

Der Schlüssel drehte sich im Schloss, und da stand sie vor ihr. Wortlos betrat Stella das Zimmer und hörte, dass Flora die Tür hinter ihr abschloss. Sie umarmten sich weinend.

Wie betäubt saßen sie dann nebeneinander. Nicht auf dem Bett. Nicht auf dem Stuhl an seinem Schreibtisch oder auf dem kleinen Hocker. Nein, es gab nur einen Platz für sie, erkannte Stella, als Flora sich dort niederließ: auf dem Boden vor seinem Schreibtisch. Hier war ein Kreis um sie gezogen. Hier war der Ort, von dem aus sie ihn ungestört beobachten konnten, wenn er wiederkommen würde, in seinem Zimmer. Da war sein Bett. Die Seekarten. Seine Bücher. Hier unten störten sie ihn nicht.

Irgendwann griff Flora nach ihrer Hand. »Er hat dich so sehr geliebt«, flüsterte sie heiser. »Mehr als mich. Aber das macht nichts, denn ich bin nur …«

»Nein«, unterbrach Stella sie. »*Dich* hat er mehr geliebt. Sein letztes Wort …«

»Ja?«

»Er ist noch einmal hochgekommen, aber ich konnte ihn nicht erreichen! Ich konnte ihn nicht retten!«

Sie merkte, wie Flora sie hielt, als sie weinte, weinte, weinte. Schließlich beruhigte sie sich und wischte sich die Tränen mit einem Taschentuch ab, das Flora ihr wortlos hinhielt. »Er ist noch mal hochgekommen und hat etwas gesagt.«

»Was?« Es klang zärtlich, liebevoll, als ob sie es schon wüsste.

»Mama.«

Stella wusste später nicht mehr, was sie wann getan hatte. Wie die Stunden vergingen, *ob* sie vergingen. Irgendwann fand sie sich drüben in der Villa wieder. Die Nachbarinnen waren nun bei Flora.

Sie lag in ihrem Bett, es war Abend, es war Nacht, es war Tag und wieder Abend.

Wenn Maria sie überreden konnte aufzustehen und ihr in den Morgenmantel half, kauerte sie benommen auf einem Sofa oder einem Stuhl. Manchmal gelang es ihr, einfach nur auf einen Punkt an der Wand zu starren und an nichts zu denken. Doch leider wachte sie immer wieder aus diesen Zuständen auf, und dann kehrte die Verzweiflung zurück. Warum war Nico nicht da? Wollte er sie denn gar nicht mehr besuchen? Er musste doch jeden Moment zur Tür hereinkommen! Lass mich nicht so lange allein!, bat sie ihn. Was denkst du dir eigentlich? Er kam nicht.

Sie ging jeden Tag zu Flora und saß im *salotto* auf dem Sofa. Die Nachbarinnen waren da. Manuele und seine Mutter waren da. Flora saß in Nicos Zimmer. Manchmal ließ sie sie herein. Sie redeten nicht. Die Scheu vor Nicolas Mutter war immer noch in ihr verborgen, doch in diesen Tagen spürte Stella sie nicht. Sie hatten sich gegenseitig alles gegeben, wozu sie imstande waren. Die Zusicherung von Nicos Liebe.

Stella schaute immer wieder das Foto an, das neben ihrem Bett auf der Frisierkommode stand. Nico saß in seinem Taucheranzug in der *Marestella*, mit zwei großen *cernie* zu seinen Füßen, und schaute zum Betrachter hoch. Sie hatte es von der Mole aus geschossen, und es war ihr Lieblingsfoto von ihm, weil er darauf so unendlich glücklich aussah.

Der Vater saß schweigend mit ihr im Salon. Einen Moment lang war es gut, dort mit ihm zu sitzen.

Irgendwann kam sogar Enza aus der Küche, in der Assunta sie den ganzen Tag lang beschäftigt hielt, und drückte ihr die Hand.

Stella erschauerte. Sie waren zwei Schwestern, die beide einen Menschen verloren hatten, den sie sehr liebten. Aber Nico war ja nicht verloren. Er war doch noch da. Er musste gleich wieder zur Tür hereinkommen. Sie spürte manchmal ein Verlangen nach ihm aufblitzen, ein tiefes Sehnen, nach ihm und seinem festen, männlichen Körper. Sie brauchte ihn so sehr. Nur seine Umarmungen konnten sie jetzt trösten.

Assunta stellte Teller mit kleinen Häppchen vor sie hin. Sie rührte kaum etwas davon an, brachte nur ab und zu ein paar Löffel heiße Hühnerbrühe hinunter. Ihr war ständig kalt, in ihrem Magen war ein Druck, der nie nachließ, auch nicht beim Schlafen, in ihren Träumen. Nie träumte sie von Nicola, doch selbst im Traum wusste sie jede Sekunde, dass etwas Schlimmes mit ihm passiert sein musste. Dennoch war er an ihrer Seite, sie sah ihn, sie hörte ihn überall. Er war vor ihren Augen untergegangen, doch er war immer noch bei ihr. Sie weinte, ohne es zu merken.

Irgendwann wagte sie sich in den Garten hinaus. Die Sonne schien, es war herrlich warm, und ein milder Wind ließ die Blätter des riesigen Ficus aneinanderrascheln, als sie zum Brunnen ging.

Sie klopfte auf den Holzdeckel, der den Brunnen verschloss.

Oh, der Brunnen! Der ist allerdings gefährlich. Gab es da nicht mal ein Missgeschick mit dir und deinem Bein, das in dem Holzdeckel steckte? Sie hörte das Grinsen in seiner Stimme. *Hier am Brunnen werde ich nie mehr mit dir stehen. Hier im Garten werde ich nie mehr sein.* Der Schmerz schlug plötzlich und unvermittelt mit aller Klarheit zu. Nico war überall, aber nur, um ihr zu zeigen, dass er nirgendwo mehr war.

»Nie mehr, nirgendwo«, murmelte sie, entsetzt über ihre eigenen Worte. Diese Endgültigkeit war unfassbar, und doch hatte ihr

Körper es mit einem Mal begriffen. Er überzog sich mit einer Gänsehaut, die Augen liefen über, und sie krümmte sich vor Schmerz zusammen. »O mein Gott, Nico! Tu mir das nicht an!« Sie fiel auf die Knie. Und nun war sie wieder auf dem Meer, und es war wie in ihrem Traum, nur dass der Traum diesmal Realität war. Sie sah das klare Wasser, in dem er versank. Ihre Hand, die er nicht nahm, die ins Leere griff. Er war fort.

Maria fand sie kurz darauf und brachte sie zurück ins Haus. Doch auch selbst das Schlafmittel, das sie ihr verabreichte, konnte sie nicht mehr in den Dämmerzustand der ersten Tage zurückversetzen. Von nun an wurde sie in jeder Sekunde von der Gewissheit begleitet, dass Nicola nie mehr bei ihr sein würde. Und dennoch war er der Einzige, der sie jemals wieder trösten, der alles wieder in Ordnung bringen könnte.

Nach und nach drangen die Nachrichten zu ihr durch. Das Dorf stand unter Schock. Die Fischer von Marinea hatten nicht nur die *Marestella,* sondern alle Boote als Zeichen ihrer Trauer schief gelegt.

Stella wollte nicht an seine Seele denken, sie wollte auch nicht an seinen toten Körper denken und wurde doch dauernd von den Bildern gequält. Wohin hatten sie ihn gebracht? Maria erzählte, dass sie ihn vielleicht doch noch obduzieren wollten. Und danach? Kam er zu Flora nach Hause oder in die Aussegnungshalle auf den Friedhof. Würde sie Abschied von ihm nehmen müssen? Nein! Niemals! Niemand würde sie dort hinbekommen. Sie bat Assunta an diesem Abend erneut um ein Schlafmittel.

Am nächsten Morgen erwachte sie benommen, verspürte aber das erste Mal nach vier Tagen das Bedürfnis, sich richtig anzuziehen. Als sie das lange schwarze Kleid ihrer Mutter über den Kopf streifte und der glatte Stoff des Innenfutters zärtlich an ihrem Gesicht entlangstrich, verstand sie die langen schwarzen Trauerjahre ihrer Schwiegermutter mit einem Mal und beschloss, selbst auch nie mehr etwas anderes zu tragen.

Obwohl Assunta sie vor ihr versteckte, fand sie einen Stapel Zeitungen in der Küche, die von Nico berichteten. Bilder und lange Artikel, an mehreren Tagen. Im *Giornale di Sicilia* und im *Corriere della Sicilia*. Einer dieser schrecklichen Fotografen hatte ihn fotografiert, als er endlich von den Tauchern der Feuerwehr heraufgeholt worden war. Er lag auf dem Rücken des flachen Bootes. Sein Gesicht konnte man auf dem körnigen Schwarz-Weiß-Foto nicht erkennen, doch seine nackten Füße, seine wunderschönen nackten Füße umso besser ... Sie legte ihre Wange auf das Foto und weinte, bis die Stelle ganz durchgeweicht war. Sie starrte auf den nassen Fleck. Das Unterteil des grauen Sargs, den der Bestatter mitgebracht hatte, stand neben ihm, erkannte sie jetzt erst. Von dem *gancio,* den Nico sich selbst zurechtgeschmiedet hatte, gab es ein eigenes Foto. Der kleine Fisch war darauf noch aufgespießt. So lautete auch die Zeile über dem Artikel: *Der Mann, der Fisch und ihre tödliche Begegnung in den Tiefen des Meeres.* Und eine andere: *Tragödie im Meer von Portovecchio.*

Daneben ein großes Foto von Nico. Lachend, mit Wuschellocken und langen Koteletten. Von wem hatten die Zeitungsleute das Bild? Wer hatte es ihnen gegeben? Flora bestimmt nicht! Etwas kleiner darunter: *Nicola Messina errang zwanzig Siege in vier Jahren. Er war der Sohn eines Carabiniere, der bei einem Überfall getötet wurde.*

Zu jedem anderen Ereignis hätte Flora die Erwähnung ihres Mannes sicher mit Genugtuung erfüllt. Stella hoffte, dass sie das Foto mit dem Sarg niemals sehen musste.

Übermorgen würde die Beerdigung sein. Nein. Ich will da nicht hin, dachte Stella. Wenn ich nicht hingehe, dann … Dann ist es vielleicht gar nicht wahr. Angst und Kummer schnürten ihren Magen noch enger zu.

Was seid ihr euch doch ähnlich. Sie denkt auch nicht daran hinzugehen.

Ach, Nico! Ich will dich zurück!

20. Kapitel

»Für Nicola Messina. Ja. Wir brauchen einen Platz für ihn!« Signora Galioto hielt den Telefonhörer fest umklammert.

Flora wusste nicht, worüber die andere da redete. Das Innere ihres Herzens, sie selbst, lag zusammengekrümmt in einer dunklen Höhle, abgeschnitten von dem Leben draußen. Wartete nur ab. Bald würde sie neben ihm liegen, dafür brauchte sie einen Grabplatz. Darum kümmerte sich jetzt die andere da draußen. Die jeden Tag kam und darauf achtete, dass sie sich tatsächlich ankleidete. Die den braunen Anzug, der noch wie neu auf seinem Bügel hing, aus dem Schrank holen wollte. Nein! Sie erwachte mit einem Ruck, und ihr war plötzlich klar: Das durfte nur sie selbst tun! Sie nahm der Frau Jacke und Hose aus der Hand und hängte sie von außen an den Schrank, damit sie beides sehen konnte, wenn sie in seinem Zimmer saß.

Die andere bestellte auch die Blumen und verfügte, dass ihr Sohn auf dem Friedhof aufgebahrt wurde. Nicht zu Hause, nein. Es war zu klein. Die vielen Leute belagerten sie, standen auf der Treppe, standen auch im Hof. Sie zog sich tiefer in die Höhle zurück.

Die andere antwortete am Telefon: »Wie bitte? Ja. Ja, es ist schrecklich.« Schweigen. Dann ging es weiter. »Ich bin sicher, Sie können helfen. Ja, uns allen tut es so leid für die Signora und ihren Sohn. Warum die Signora Messina keinen Grabplatz hat? Was ist das denn für eine Frage? Nein, nicht jeder … Ich weiß, wie schwierig … Ihr allerherzlichstes Beileid in Ehren, verehrte Signora, aber dadurch allein bekommen wir auch keinen Platz!«

Die andere legte auf und flüsterte mit den Nachbarinnen: »In der Gemeinde will man ihr nicht helfen. Nicht einmal Signora Olmo, die ihr seit drei Jahren auf dem Flur gegenübersitzt. Auch die tut so, als ob sie nichts machen könnte.«

Flora schlief und schlief doch nicht. Sie hörte die Worte ihrer Mutter, doch sie erreichten sie nicht.

»In Mistretta ist Platz, habe ich ihr immer wieder gesagt. Sogar in der Reihe bei Tommaso. Sie könnte unseren Nico dorthin bringen, endlich wieder bei uns leben und jeden Tag in Ruhe hingehen. Was ist das denn für eine Stadt hier bei euch, die keinen Platz für ihre Toten hat? Was will sie denn hier noch?«

Die Mutter war aus Mistretta zu ihr nach Marinea gekommen. Die Mutter hatte Glück. Sie war immer noch Mutter einer Tochter. Sie, Flora Messina, war auch noch Mutter, Mutter blieb man zeit seines Lebens. Aber sie hatte kein atmendes, lebendes, von warmem Blut durchströmtes Kind mehr. Wie hieß das, warum gab es keinen Namen für eine Frau, deren Sohn ertrunken war? Sohneswitwe. Ja. Sie war nun eine Sohneswitwe.

Irgendjemand antwortete etwas. Flora verstand den Sinn der Worte nicht. Sie hatte sich schon wieder in ihrem stillen Labyrinth verirrt.

Bald war die Beerdigung. Die da draußen kümmerten sich darum. Sie überließ es den Leuten, die das Haus bevölkerten. Im Salon saßen sie unter der Rosentapete und redeten über Nicola. Sie sahen sich die Pokale und seine vielen Kinderfotos an der Wand an. In der Küche stand alles voller Essen. Sie wusste schon, was sie mit alldem hier machen wollte. Mit den Möbeln und der Wohnung. Weg musste es.

Das Herz in seiner Höhle wusste es. Sie kannte das Versteck in der Höhle bereits seit dem Tod ihres Mannes. Damals war es der zweijährige Nicola gewesen, der sie wieder hinausgeführt hatte. An seiner kleinen Hand hatte er sie nach Monaten wieder ans Tageslicht geholt. Das Herz in der Höhle bäumte sich auf. Die Erinnerungen drangen sogar durch den Schutzschild zu ihm durch und ließen es keuchen, als ob es ersticke. Bitte nicht das kleine Kind vor ihre Augen schicken, nicht den Säugling, den lachenden Säugling, *il neonato felice* …

Das Herz blockierte die Erinnerungen und ließ sie ihren Körper bewegen, ohne zu denken. Sie spürte die eigenen verschwitzten, sich kräuselnden Haare nicht. Spürte keinen Hunger, keinen Durst. Sie fühlte nichts. Die Tür zu seinem Zimmer aufmachen. Seine Bettdecke streicheln. Es war alles sinnlos. Kummer war sinnlos. Trauer auch. Es wurde niemals besser im Leben. Sie hatte ihre beiden Männer geliebt, und sie hatte beide verloren. Nun gab es nichts mehr. Es war vorbei. Und es war gut so. Fast war es ihr, als lächelten ihre Lippen, doch das war ein Trugschluss. Sie würde ihren Sohn beerdigen und dann, wenn man sie endlich wieder alleine in ihrer Wohnung ließ, würde sie es tun. *Pazienza*. Geduld.

Ihr Herz lag in der Höhle. Sie würden wieder zusammenkommen. Es konnte nicht anders sein. Er würde sie auf der anderen Seite abholen, er würde da sein. In der Kommode waren genug Tabletten. Die Gewissheit erfüllte das Herz mit Frieden.

Jeden Tag kam sein Mädchen. Stella, die er so sehr geliebt hatte. Sie sah so blass und so schwarz aus. Die anderen ließen sie ins Haus, und dann klopfte sie an die Tür. Mama! Für die anderen blieb dieser Raum verschlossen, doch ihr öffnete sie. Sein Mädchen war jetzt eine Witwe und sie ihre *suocera,* die Schwiegermutter. Das Mädchen weinte in ihren Armen und sagte wieder, dass es ihr leidtue! Es tröstete das Herz in der Höhle tatsächlich für eine Sekunde, zusammen mit ihr zu weinen.

Als Stella aus dem Zimmer ging, beruhigten die anderen Frauen sie mit ihren vorgefertigten Sätzen, die sie für sich selbst bereithielten. Er ist jetzt an einem besseren Ort. Er hat nicht gelitten.

Sie in der Höhle hörte nichts von diesen Floskeln, das Herz schwamm in gnädiger Gewissheit: Bald würde sie bei ihm sein.

Die Nachbarn, allen voran Manueles Mutter, aber auch Maria, sorgten sich um Flora, kümmerten sich um die Dinge, die vorbereitet werden mussten. Signora Galioto telefonierte, sprach mit allen möglichen Leuten, verhandelte mit dem Verwalter des Friedhofs. Schließlich fand sich doch noch ein Platz für Nicola Messina. Im Grab der Familie Ignazio, einer dunklen Gruft, die man nicht für längere Zeit betreten durfte.

»Ich hoffe, es ist ihr recht. Man bekommt ja keine Antwort von ihr.« Sie seufzte, und die Nachbarinnen nickten stumm.

Doch auch diese Tatsache riss Flora für ein paar Minuten aus ihrer Apathie. »Nicht betreten?«, rief sie aus, als die Apothekerfrau ihr davon in vorsichtigen Worten berichtete. »Sie werden ihn hinstellen und die Tür verschließen? Sodass ich nicht mehr hineinkann?«

Melina Galioto nickte beklommen. »Er wird im unteren Bereich stehen.«

»Also im Keller!«

»Nun ja …«

»Ich werde nicht bei ihm sitzen können! Und es gibt keine Grabplatte, an der ich Blumen aufstellen kann.« Flora schlug die Hände vor die Augen. Sie wollte sterben. Sie wollte aber auch bei ihm sitzen und Blumen aufstellen. Und nun? Was sollte sie tun?

Sie ging zurück in Nicos Zimmer. Im Salon wurde über ihren Sohn gesprochen. Warum taten alle so, als ob sie Nico gut gekannt hätten, als ob er ihnen gehörte? Nur *sie* hatte ihn gekannt, sie hatte ihn geboren und aufgezogen. Und er gehörte allein ihr! Niemand durfte etwas von ihm haben. Sie schloss seine Zimmertür wieder hinter sich ab. Hier drinnen befand sich alles, was er als Letztes getragen hatte. Was als Letztes von ihm berührt worden war. Sein Taucheranzug, die Harpune und seine Badehose. Niemand außer ihr durfte die Sachen jetzt noch in die Hand nehmen. Sie würde nichts verschenken oder weggeben, wie sie das von anderen Frauen schon gesehen hatte, die die Schränke ihrer toten Männer schon nach kurzer Zeit ausräumten. Seinen schönen braunen Anzug? Niemals! Nur das Mädchen sollte etwas von ihm bekommen. Alles, was sie wollte.

Sein Boot lag wieder am Strand von Marinea. Der treue Manuele hatte es hinübergerudert. Er, der schon immer so groß und dünn war, war in den letzten Tagen noch stärker abgemagert. Seine Hosen schlotterten nur noch an ihm.

Sie würde auch das Boot für immer behalten. Obwohl sie es nie mehr benutzen würde. Und Gott? Gott erhörte ihre Gebete nicht. Er sandte keine Erscheinung von Nico zu ihr, obwohl sie ihn so gerne noch einmal sehen wollte. Nichts! Gott tat nichts, im Gegenteil: Er ließ all das zu!

Aber das bestätigte ihr nur noch einmal die Richtigkeit ihrer Entscheidung: Sie hatte auf dieser Welt nichts mehr zu tun. Sie wurde nicht gebraucht. War unnütz. So wie der Kummer, so wie das Leid. Alles war bedeutungslos.

Irgendetwas ging vor in ihrer Wohnung. Sie planten etwas, durch die Tür war ein kleiner Tumult im Flur zu hören, dann klopften sie und wollten den Anzug haben. Nein! Nie im Leben würden sie irgendetwas, das Nico gehörte, von ihr bekommen.

»Bitte, Flora!«

Flora schüttelte hinter der Tür nur den Kopf, wie auch gestern schon und die Tage davor.

»Aber Flora! Ich muss ihn doch waschen und ankleiden!«

Was? Wer würde ihren Nico waschen? Wer ihn berühren? Nun sprang sie auf und öffnete die Tür. »Nur ich darf das machen! *Vi prego!* Ich bitte euch! Lasst mich das machen!«

Sie sah, wie die Frauen hinter Melina Galioto skeptisch die Köpfe wiegten. »Ich verspreche, ich mache keine Szene, ich werde nicht zusammenbrechen. Lasst mich es tun! Bitte!«

»In Ordnung«, sagte Signora Galioto, »wir fahren zusammen.«

Im Auto des Apothekers brachte man sie bis vor die Aufbahrungshalle des Friedhofs. Vor der Tür griff Flora nach Melinas Arm und hielt einen Moment inne. »Ich möchte es alleine tun«, sagte sie kaum hörbar. »Gut. Wenn du meine Hilfe brauchst, ich bin hier.«

Die Halle war grau gestrichen und kahl. Flora näherte sich dem Tisch nur langsam. Es ist richtig so, sagte eine milde Stimme in ihr. Nur ich darf ihn anfassen, nur ich darf ihn das letzte Mal berühren. Sie trug den braunen Anzug über dem Arm. Den, den er auch bei seinem Schulabschluss getragen hatte.

Gestern Nacht war sie in die Jacke geschlüpft, deren Ärmel ihr bis weit über die Hände reichten. Sie hatte sich gesetzt, die Hose ordentlich gefaltet auf ihren Schoß gelegt, und hatte sich von seinem Anzug umarmen lassen. Ihre Hände waren in die Taschen geglitten und hatten ein paar von den weißen spitzen Haifischzähnchen zutage gefördert, die er immer in einem alten Marmeladenglas gesammelt hatte. Eine besonders schöne hellgrüne Seeigelhülle war auch darin … Sie hatte alles in den Taschen gelassen, es würde ihn ins Paradies begleiten.

Vorsichtig hängte sie den Anzug jetzt an einen Haken an der Wand.

Auf dem Tisch davor hatte irgendjemand eine Schüssel mit Wasser bereitgestellt. Daneben lagen Schwamm, Handtuch und ein Kamm.

Flora nahm das Laken, das ihn bedeckte, und faltete es ordentlich zusammen. Sein Körper war kalt wie Marmor. So kalt!

Sie griff nach dem Schwamm und tauchte ihn ein. Das Wasser roch angenehm nach Seife, doch sie legte den Schwamm wieder beiseite und ging mit der Schüssel zur Tür.

»Kannst du mir warmes Wasser bringen? Ihm ist kalt!«

»Natürlich!« Innerhalb weniger Minuten war Melina Galioto mit der frisch gefüllten Schüssel wieder zur Stelle.

»Und kannst du bitte eine Decke von mir zu Hause holen, die schöne blaue, die ich für ihn gestrickt habe?«

Auch das wollte Signora Galioto tun. Nachdem die Tür sich hinter ihr schloss, war die Außenwelt für Flora verschwunden, nichts gab es mehr außer ihr und ihrem Sohn. Sie wusch ihn, wärmte ihn mit dem Wasser. Sie fuhr das letzte Mal über diesen Körper, den sie geboren, gesäugt und gewickelt hatte. Den sie so oft gebadet und in den Schlaf gewiegt hatte. »Schlaf, mein Sohn, schlaf ein, *ninna nanna … questo bimbo della mamma …*«, sang sie auch jetzt, und die Tränen strömten ihre Wangen hinab.

Sie fuhr zärtlich über seine Stirn, wusch seinen Hals, seine starken Arme, seine behaarte Brust, seine Füße. Er war überall schön. Sie sang ihm ihr Lied und trocknete ihn ab. Langsam und sanft. Dann zog sie ihn an. Es ging ganz leicht, er half ihr. Das weiße Hemd, die Hose, die Jacke. Sie zupfte den Kragen zurecht, strich das Hemd auf seiner gewölbten Brust glatt. Sie war hart unter dem Stoff. Warum war sie so hart, so unmenschlich hart? Sie nahm den Kamm, um ihm ein letztes Mal die Haare zu kämmen. Wieder und wieder fuhr sie durch sein Haar. Noch einmal. Und wieder. Nein, sie durfte nicht fertig werden, sie konnte ihn nicht gehen lassen. Sie sah sein Gesicht, die geschlossenen Augen, er sah so friedlich aus, als ob er im Schlaf unmerklich lächelte. Sie streichelte seine Hände, küsste seine Stirn, richtete seine Locken noch einmal. Sie konnte ihn doch nicht verlassen!

Melina Galioto wartete schon seit fast zwei Stunden mit der blauen Decke auf dem Schoß. Plötzlich hörte sie einen dumpfen Laut. Sie sprang auf und riss die Tür auf. Da lag sie auf dem Boden. Der Kamm noch in ihrer Hand.

21. Kapitel

Stella ging nicht mehr zur Universität. Sie ging überhaupt nicht mehr nach draußen. War sie in den ersten Tagen noch in den Garten gelaufen, konnte sie die überbordende Natur jetzt nicht mehr ertragen. Die Farben der Blumen schmerzten in ihren Augen, die Zitronen und Feigen hingen dick und prall an den Ästen und erinnerten sie daran, dass alles ohne Nicola weiterging. Und ohne sie, denn es hatte keinen Sinn mehr. »Mein Geliebter ist tot«, sagte sie den ganzen Tag vor sich hin. Sie brüllte es manchmal gegen ihre Wände oder schleuderte es Maria oder Assunta entgegen. Sie war wütend auf ihn, auf die Ungerechtigkeit der Welt, auf das Meer, auf sich selbst. Es wurde nicht besser. Dieses ständige Sehnen nach ihm, diese Unruhe, dieses Herzklopfen, dieser Schmerz, weil er nicht da war. Ihr Körper zeigte alle Symptome einer rasend verzweifelten Verliebtheit, dabei war er doch tot!

Die Beerdigung überstand sie hinter einem Schleier, den Assunta ihr an einen schwarzen Hut der Marchesa genäht hatte. Sie weinte die ganze Zeit. Der Sarg war unwirklich groß. Sie konnte sich ihren geliebten Nico, ihren warmen, weichen, festen Nico mit den schwarzen Haaren auf der Brust und den zärtlichen Händen nicht darin vorstellen. Wenn ihr wüsstet, was wir alles miteinander getan haben, dachte sie. Und einen Moment lang wurde sie tatsächlich von einer warmen Woge der Erinnerung davongetragen. Die

Stunden oben im Ostflügel mit ihm, die in der Fischerhütte am *cubo* und das letzte Mal im Boot … Sie schaffte es, sein Gesicht heraufzubeschwören. Da war er, sein Lächeln, seine Lust in einer kurzen Reihe von Bildblitzen aneinandergehängt. Das kann uns niemand mehr nehmen, dachte sie. Das haben wir für immer.

Die Gruft, in der man einen Platz für ihn gefunden hatte, war noch dunkler und enger als die Familiengruft derer von Camaleo. Warum hatte seine Mutter sie nicht gefragt? Was für eine dumme Frage. Natürlich hatte Flora nicht gefragt, sie hatte sie zwar als Verlobte, als Witwe ihres Sohnes akzeptiert, sie hatte ihr seine Liebe zu ihr bestätigt, doch im Grunde ihres Herzens wollte sie ihren Sohn nicht an sie abgeben.

Im Kreise ihrer Familie wurde Stella nach der Beisetzung wieder in die Villa geführt. Eine schützende Gruppe, dicht um sie herum: Assunta, aufgeregt und rund, Maria, hager und zurückhaltend wie eh und je, Alberto, der kräftige Koloss im Hintergrund, neben ihm ihr Vater, der Marchese. Und Lolò, der ihre Hand den ganzen Vormittag nicht losgelassen hatte. Sie hatte jeden Einzelnen von ihnen so manches Mal verwünscht, doch nun erkannte sie: Sie hatten zusammen so viel Glück erlebt, und es war ihr gar nicht bewusst gewesen. Sie hatte gemeint, kämpfen zu müssen und immer mehr herbeizuschaffen, dabei war alles, alles bereits da gewesen.

Sie putzte sich die Nase mit einem der durchweichten Stofftaschentücher, und endlich versiegten die Tränen für einen Moment.

»Wir bereiten euch eine Stärkung vor«, sagte Assunta und nahm Enza an den Schultern, die in einer hellen Kittelschürze an der Tür stand und wie ein treuer Hund auf sie gewartet hatte.

»Ich komme auch gleich wieder.« Maria fächelte sich Luft zu und folgte den gebeugten Schultern des Marchese.

Stella sah Lolò an, als sie sich in den Grünen Salon auf den frei stehenden *divano* setzte. Lolò, ihr kleiner Lolò, der sich seit Nicos Tod kein einziges Mal betrunken hatte, der immer schon wach war und hier im *salotto verde* saß, wenn sie herunterkam. Er nahm ihr behutsam Hut und Schleier ab.

»Waren viele Freunde aus der Universität da. Auch 'ne ganze Menge Mädchen dabei.«

Stella nickte. Die Kommilitonen hatten ihr scheu die Hand gedrückt und später in einer Gruppe zusammengestanden. Stella beneidete sie. Sie konnten jetzt nach Hause gehen und einfach weitermachen mit ihrem Leben.

Lolò trat hinter sie. Mit sanften Bewegungen entfernte er die restlichen Haarnadeln, mit denen der Hut befestigt gewesen war. Dann nahm er die Bürste und strich damit immer wieder durch ihr dunkles Haar. Wie damals, dachte Stella, als die Geschichte mit dem Kutscher geschehen war. Doch diesmal konnte er sie nicht retten. Das, was ich diesmal verloren habe, wird nicht mehr zurückkommen. Sie legte den Kopf in den Nacken und schloss die Augen. Wohltuend monoton zog Lolò die Bürste Strich um Strich über ihre Kopfhaut und durch das Haar. *Piange monotona, come piange l'acqua …* Die Zeile aus dem Gedicht von Lorca kam ihr in den Sinn und damit auch Nicos warme Stimme, mit der er es für sie rezitiert hatte. Der Schmerz holte genüsslich aus und schlug erneut mit voller Wucht auf sie ein, immer wieder, obwohl sie doch schon am Boden lag.

»Ich will etwas für ihn machen, um ihm das letzte Mal etwas zu geben, das von mir kommt. Um ihm und allen zu sagen, dass ich ihn liebe, Lolò!«

»Wissen'se auch so«, sagte Lolò, und zum ersten Mal fand sie seine nuschelige Sprechweise tröstlich. »Ehrlich, Stella. Wer euch zusamm' geseh'n hat …«

»Ja?« Sie wollte es aus seinem Mund hören, weil er einer war, der vorher nicht überlegte, der immer nur sagte, was ihm gerade durch den Kopf ging.

»Na, ihr habt euch immer so gefreut, wenn ihr euch gesehen habt. Und wenn ihr euch dreimal am Tag gesehen habt, habt ihr euch eben dreimal gefreut, weißte? Da war immer so'n Blitzen in seinen Augen, und du ... du warst immer ganz weich. Kann's nich' besser erklär'n. So eben.«

So eben. Ja. So war es gewesen. »Aber wir haben uns auch gestritten.« Plötzlich wollte sie über Nicola reden. Sie schniefte und knüllte das nasse Taschentuch in ihrer Faust zusammen. »Ich war manchmal so sauer auf ihn, weil er nicht so viel für die Universität getan hat, weil er stattdessen immer tauchen ging ... O mein Gott.« Sie biss sich in die Handknöchel, um nicht zu weinen, wohl wissend, dass das nicht helfen würde, die Tränen liefen sowieso schon. »Ich habe ihn regelrecht erpresst, wenn er nicht endlich anfinge, ordentlich zu studieren, würde ich ihn verlassen ... meinetwegen hatte er keine Kondition mehr, nach dem Sommer war er nicht wie sonst im Training, und nun ... und nun ...«

»Was hast du mit ihr gemacht?« Assunta kam herein und eilte auf sie zu. Lolò ließ schuldbewusst die Bürste sinken.

»Nichts hat er gemacht, gar nichts!« Schluchzend versank Stella in Assuntas Armen. Es tat so gut zu weinen. Richtig zu weinen. Bis Assunta ihr auf die Schulter klopfte. »Nun iss erst mal was. Enza hat etwas zubereitet. Komm, Enza, meine Gute, komm nur rein!«

Enza hatte anscheinend hinter der Tür gewartet und kam nun mit einem Tablett heran. Verlegen stand sie damit vor dem Sofa. »Stell es dort auf dem Tisch ab, *gioia!*«, wies die Tante sie an. »Es sind nur Aniskekse. Und ein paar Pflaumen, einige Feigen. Du magst doch Feigen.«

Assunta ist wie ein Schwamm voller Liebe, dachte Stella, ein Schwamm, der nie leer wird. Je mehr man ihn drückt, desto mehr kommt heraus. Selbst ihrer Schwester ist sie immer mit Liebe begegnet, obwohl die Marchesa sie zeit ihres Lebens so gequält hat. Sie strömt über vor Liebe. Und auch Enza heilt sie damit.

Allein um ihrer Schwester Enza eine Freude zu machen, nahm Stella eine Feigenhälfte. »Ich möchte *le santine* für ihn machen. Die Gedächtniskarten, mit einem Foto und dem Teil eines Gedichtes.«

»Das wird wunderschön werden.« Assunta betupfte sich die Augen, und Lolò fing wieder an zu bürsten.

Die Wochen vergingen. Stellas Zeichentisch blieb unter dem weißen Laken verborgen, das Assunta darübergelegt hatte. Und auch die Karte war noch nicht fertig. Stella sah sie zwar schon vor ihren Augen, doch sie konnte nicht einfach nach Bellaforte in einen Laden für Druckerzeugnisse und Papier hineinmarschieren und sagen: »Hier ist der Entwurf, drucken Sie bitte hundert Stück davon.« Nein. Das war unmöglich. Ihre Beine trugen sie einfach nicht. Auch auf dem Friedhof war sie nach der Beerdigung noch nicht wieder gewesen. Es tut einfach weh, die zu sein, die noch da ist, sagte sie zu Nico. Dieses Mal antwortete er nicht.

»Die Signora Messina sitzt immer vor der Gruft«, durchbrach Lolò das einvernehmliche friedliche Schweigen beim gemeinsamen Mittagessen. »Sie darf aber nicht hinein. Wegen der Luft. Da ist irgendwas drin. Nachher stirbt sie auch noch … Obwohl …« Er unterbrach sich.

»Die Friedhofswärter müssen sie jeden Abend suchen, habe ich gehört«, sagte Maria. »Sie versteckt sich, die arme Frau, damit sie länger bei ihm bleiben kann.«

»Nur vor der Tür«, warf Lolò ein.

»Es ist doch eine Schande, dass man auf dem neuen Friedhof kein Grab bekommt!«, ereiferte sich Assunta wie so oft. »Wofür ist der ganze Platz denn da, wenn wir ihn nicht nutzen dürfen? Bekommen nur die was, die noch mehr zahlen können?«

»Er kann in unser Grab«, meldete sich Enza. »Ist noch Platz neben Regina.« Ihr Gesicht war längst nicht mehr so blass und abgezehrt, seit sie jetzt öfter mit Assunta im Garten arbeitete. Auch ihre Sätze wurden länger.

»Stella?« Assunta nickte ihr über den Suppenteller zu.

»Nein.« Stella schüttelte den Kopf. »Das wird sie nicht wollen.«

»Aber besuchen solltest du sie.« Maria klopfte sich nervös auf den knochigen Teil ihrer Brust, direkt unter ihrem Hals. »Seit der Beerdigung warst du nicht mehr bei ihr.«

Besuchen? Wieder hinüber in *sein* Haus gehen? Er war nicht mehr da. Das ertrug sie nicht. »Vielleicht. Morgen vielleicht.«

Doch dazu kam es nicht mehr. Zumindest nicht am nächsten Tag, denn mitten in der Nacht, weit nach ein Uhr, klingelte das Telefon. Stella, die mit Lolò im Salon dösend auf dem Sofa lag, einzig weil sie nicht in ihr Bett gehen wollte, schreckte auf. Das Herz klopfte ihr sofort bis zum Hals. Lolò nahm ab. »*Pronto?* – Ah, Manuele!« Er machte eine beruhigende Handbewegung zu Stella. »Na klar. Ich mach dir auf.«

»Er steht gleich vor der Tür. Will uns was erzählen.«

Manuele brachte seinen typischen Geruch nach Apotheke und Medizin mit, als er in den Salon kam. »Es ist was passiert, die Signora Messina …«, fing er an. »Ich weiß, es ist spät, aber ich konnte jetzt einfach nicht ins Bett gehen.«

»Was? Was ist mit ihr?« Stella war vom Sofa aufgesprungen und stand plötzlich dicht vor ihm. Er schlug die Augen nieder. »Stella. Wir haben uns noch gar nicht richtig gesehen, seit …« Er wandte sich abrupt ab und wanderte mit großen Schritten durch den Salon. »Sie hat Tabletten genommen, und zwar eine hohe Dosis! Die hätte für zwei starke Männer gereicht …«

»Woher hatte sie die? Und wie hast'es gemerkt? Mitten in der Nacht?« Lolò lief hinter ihm her, packte Manuele am Arm und führte ihn zu einem der *divani*.

»Er hat es mir gesagt.« Manuele schaute Stella nicht an.

»Wer?«, fragte sie, doch sie kannte die Antwort bereits.

»Nicola. Ich habe von ihm geträumt. Er hat mir gesagt: Geh rüber, sieh nach meiner Mutter, es geht ihr nicht gut.«

»Wie sah er aus?«

Stella krümmte sich bei Lolòs Frage innerlich zusammen.

»Nicola? Gut. Wie immer. Und irgendwie gesund, wenn du das meinst.« Manuele zuckte entschuldigend mit den Achseln und ließ seine Hände darunter Schutz suchen. Dann wagte er es doch, Stella einen Blick zuzuwerfen. »Er klang normal. Aber ernst. Es war so echt, ich konnte mich nicht dagegen wehren.«

»Wenn er sich etwas in den Kopf gesetzt hatte, war das auch äußerst schwierig, wie wir alle wissen.« Stella lachte und spürte gleichzeitig, wie ihr die Tränen in die Augen stiegen. »Und dann bist du rübergegangen?«

»Gerannt. Bin über den Zaun geklettert und habe die Tür aufgebrochen. Wenn das jetzt nicht stimmt, Nico, wie stehe ich dann da?, habe ich ihn gefragt. Aber ich war mir sicher, dass er recht hat.«

Stella wurde plötzlich ganz heiß vor Neid. Warum bist du Manuele erschienen? Warum hast du *ihn* ausgewählt, seine Mutter zu retten?

»Und dann?«, fragte sie Manuele.

»Habe ich die leeren Tablettenröhrchen eingepackt, die Signora auf den Arm genommen und in den Cinquecento gesetzt. Sie wiegt ja nichts mehr. So schnell ich konnte, bin ich mit ihr ins Krankenhaus gefahren.«

Lolò schüttelte den Kopf. »Ey, das ist 'ne Nummer. Wird sie von Nico aus'm Himmel auch noch gerettet.«

Alle drei schwiegen. Manuele durchbrach als Erster die Stille. »Ich vermisse ihn. Ich vermisse uns.«

»Uns vier«, sagte Lolò. Er stützte die Stirn in die Hand, und nun war es Stella, die ihm tröstend über den Kopf streichelte, denn seine Schultern bebten verräterisch. Doch dann fing er an zu erzählen, die Sätze sprudelten nur so aus ihm heraus. Wie er Nicola kennengelernt hatte, wie er ihn mit zum Tauchen genommen und ihm immer Geld zugesteckt hatte. Wie sie zusammen sizilianischer Meister geworden waren. »Er hat gesagt, er hätte noch nie einen so guten *assistente* wie mich oben im Boot gehabt!«

»Ja«, bestätigte Manuele, »ich war da längst nicht so gut drin. Habe mich sogar mal auf den Fang übergeben, weil das Boot so geschaukelt hat.«

Immer mehr fiel Lolò ein. »Ich war doch immer der *birbantello,* der kleine Penner, für ihn. Keiner wird mich wieder so nennen! Das durfte nur er.«

Die beiden hörten zu. Sie lachten. Sie weinten. Und wurden zwischendurch minutenlang ganz still, bis Lolò erneut anfing: »Den Riegel hat er von der Hütte abgeschraubt und mir gebracht, für deine Tür, weißt du noch, Stella?«

»Ich weiß. Und ich war sauer auf dich.«

»Und auf ihn! Denn da haste ihn schon geliebt.« Lolò schaute sie mit seinen dunklen runden Robbenaugen an, in denen schon wieder Tränen standen.

»Ja, da hab ich ihn schon geliebt«, wiederholte Stella. »Ich wusste es nur noch nicht.«

Um vier Uhr morgens hatten sie alle so viel geweint, dass sie Hunger bekamen. Gemeinsam stiegen sie in die Küche hinunter und bedienten sich aus Kühlschrank und Speisekammer. Sie verschlangen Brot, dicke Scheiben des geräucherten Schinkens, der von der Decke hing, und eingelegte Gurken aus Assuntas Gemüsegarten.

Um halb sechs sagte Manuele, er müsse jetzt langsam aufbrechen. »Zur Uni. Vorher fahre ich aber noch im Krankenhaus vorbei und schaue mal, wie es ihr geht.«

»Ich mache dir einen Kaffee, einen Augenblick hast du doch wohl noch?« Stella wollte nicht, dass die Runde sich auflöste, sie hatte Angst davor, alleine schlafen zu gehen.

»Kommt doch mit«, sagte er. »Wir nehmen den Cinquecento, das hätte er sicherlich gewollt.«

Sie fuhren über die menschenleeren Straßen, der Himmel über dem Meer war von der Morgendämmerung rosa gefärbt. Lolò hatte sich hinter den Sitzen zusammengefaltet und schnarchte bereits. Ein paar vereinzelte Vögel zwitscherten zaghaft, während die ersten Sonnenstrahlen noch auf sich warten ließen. Die Landschaft sah friedlich und wunderschön aus. Stella schloss die Augen. Wenn sie sich jetzt vorstellte, dass Nico neben ihr saß, wäre alles so wie früher, und sie könnte sich vielleicht für ein paar Sekunden einbilden, glücklich zu sein. Es gelang ihr nicht. Er saß nicht neben ihr. Sie schlug die Augen wieder auf.

»Meinst du, wir dürfen sie sehen?«, flüsterte sie.

»Eigentlich lassen sie nur Angehörige rein.«

»Sie hat ja nur noch ihre Mutter, die wohnt jetzt bei ihr.«

»Ja, aber die ist so schwerhörig, die hat gestern von meinem Einbruch und der Rettungsaktion überhaupt nichts mitbekommen.«

»Du hast sie *schlafen* lassen?«

»Ich habe ihr einen Zettel geschrieben und bin danach noch mal hingegangen, bevor ich zu euch kam. Um ihr zu sagen, dass ihre Tochter außer Lebensgefahr ist. Außerdem gibt es noch Wladimiro, ihren Cousin. Der hat meiner Mutter geholfen, das mit dem Friedhof und dem Begräbnis zu regeln. Und dann ist da noch die Familie von ihrem Mann, Nicos Vater.«

»Die mochte sie ja nie. Die wollten aus ihm einen Carabiniere machen …« Stella seufzte. Hätten sie es mal getan. Vielleicht würde er dann noch leben.

Sie ließen den Fiat mitsamt Lolò vor dem Krankenhaus im Halteverbot stehen. In der Eingangshalle atmete Stella tief ein. Da stand sie nun in ihrem schwarzen Kleid. Das erste Mal nach der Beerdigung war sie überhaupt wieder draußen. Die Menschen drängelten sich dicht an ihr vorbei, es gelang ihr nicht, ihnen auszuweichen. Für dich, *amore*, dachte sie, nur für dich tue ich noch etwas. Ansonsten möchte ich gar nichts mehr tun. Ihr Blick fiel auf das Schild neben den Stufen zum Keller: *Camera di decompressione*. Manuele schien ihre Gedanken zu erraten. »Man hätte es ihm nicht verbieten können, Stella. Es war sein Leben.«

Ja. *War*. Und wir werden uns nie daran gewöhnen können.

Vor der Station zögerte sie. Sie spürte auf einmal wieder die bekannte Scheu, seiner Mutter zu begegnen. Sie bat Manuele, alleine auf die Station zu gehen. Schon kurz darauf kam er wieder heraus. Er hatte sie nicht sehen dürfen, es würde ihr aber den Umständen entsprechend gut gehen.

»Werden die sie hierbehalten oder irgendwo anders hinverlegen? Wenn man sich umbringen will, wird man dann nicht …?«

»In die Psychiatrie gesteckt?«

Stella nickte zögernd.

»Ich habe gesagt, es sei ein Versehen gewesen.«

»Und das haben sie geglaubt?«

Manuele zuckte mit den Schultern. »Ich kann ganz gut mit Ärzten und Krankenschwestern. Bin ja nicht umsonst in einer Apotheke groß geworden. Und ich habe Signora Messina über eine Schwester ausrichten lassen, dass wir da gewesen sind.«

Nachdem sie sich überzeugt hatten, dass Lolò noch ungestört im Cinquecento schlief, gingen sie in eine Bar direkt neben dem Krankenhaus und bestellten zwei *caffè*.

Manuele schob die Tassen herum, bis Stella ihre Hand auf seine legte. »Was ist los, Manu?« Sie lachte bitter auf. »Abgesehen von der Tatsache, dass wir ohne Nico hier stehen, seine Mutter gerade versucht hat, sich das Leben zu nehmen, ich mein Studium aufgegeben habe und du deinen besten Freund verloren hast …«

Manuele hielt ihre Hand fest. »Aber du studierst doch weiter! Irgendwann?«

»Damit alles mich an ihn erinnert? Das kann ich mir nicht vorstellen. Nur diese Karte für sein Seelenamt will ich fertig machen. Für alles andere habe ich keine Kraft.«

»Bei mir ist es anders. Ich gehe einfach weiter in meine Seminare. Ich bekomme nicht viel mit, aber es lenkt mich ab. Sonst würde ich wahnsinnig werden.« Wieder fing er an, die Tassen zu verrücken. »Sie wird es wieder tun. Ich bin mir sicher, und dann sperren sie sie womöglich ein. Nicht alle Tablettenröhrchen stammten aus unserer Apotheke. Sie konnte ja nie gut schlafen, hatte oft Kopfschmerzen. Wer weiß, wie viel sie davon noch in der Wohnung versteckt hat. Du musst mir helfen, Stella.«

»Wie denn? Sollen wir jeden Abend bei ihr nachschauen, ob sie noch lebt?«

Manuele zuckte mit den Schultern. »Sie hat den Tisch zersägt, den runden Tisch, an dem sie immer gegessen haben …«

»Warum das denn?«

»Sie würden nie mehr gemeinsam an ihm essen, also brauche sie ihn auch nicht mehr, hat sie gesagt. Eine Hälfte hat sie im Wohnzimmer in die Ecke gestellt, da sind jetzt alle seine Pokale und Fotos drauf. Die andere Hälfte hat sie den Nachbarn zum Verbrennen gegeben. Wir müssen ihr einfach helfen, Stella!«

Gerade als Stella antworten wollte, betrat ein junger Mann die Bar. Trotz des Borsalinos aus Stroh, den er tief ins Gesicht gezogen trug, kam er ihr irgendwie bekannt vor. Als er sie sah, stutzte auch er zunächst, schaute dann schnell weg, bevor er sich einen Ruck gab und auf sie zukam. »Die Marchesa! Entschuldigen Sie bitte, ich habe Sie nicht sofort erkannt.«

Stella sah ihn an, ohne eine Miene zu verziehen, doch ein dumpfer Schmerz durchzuckte ihren Körper, wie immer, wenn sich das Leben vor Nicos Tod bei ihr meldete. Carlos Larocca, der Sohn vom Baron. Mein Gott, war dieser Nachmittag weit weg ... Wie kleinlich ihre Sorgen von damals gewesen waren, wie unterlegen sie sich gefühlt hatte. So dumm und unwissend war sie gewesen. Es war ihr immer um Sicherheit gegangen. Dabei gab es keine Sicherheit. Es gab nichts als die Gewissheit, dass sie alle sterben mussten.

Sie hatte keine Kraft, mit dem jungen Baron zu sprechen. Manuele, mach du das, baten ihre Augen den Freund, der sich auch sofort mit einer Schulter schützend vor sie stellte und Carlos die Hand reichte. »Entschuldigen Sie unseren Zustand, mein werter Freund, wir haben einen Verlust in der Familie zu betrauern.«

Stella sah dankbar zu ihm auf. Wie angemessen er sich in solchen Momenten ausdrücken konnte!

Carlos nickte. »Ich entschuldige mich meinerseits, ich wollte Ihnen nicht zu nahe treten. Ich hörte davon. *Le mie più sincere condoglianze!* Mein herzlichstes Beileid!« Er verneigte sich vor ihnen und trat dabei einen Schritt zurück. Stella nickte dankend und erwartete, dass er sich umdrehen und verschwinden würde, doch er blieb stehen und sah ihr in die Augen. »Wenn Sie irgendetwas brauchen, wenn ich mich irgendwie nützlich machen kann ... Lassen Sie es mich bitte wissen!«

Danke, aber nein. Stella schüttelte den Kopf. Carlos verbeugte sich knapp und verließ die Bar.

Ihre Kehle war rau. Ihre Augen brannten, und vom Geschmack des Kaffees in ihrem ausgetrockneten Mund war ihr elend. »Ich ertrage es nicht«, sagte sie schließlich. »Das Wohnzimmer voller Klageweiber bei Nicos Mutter ist einfach fürchterlich. So eine Begegnung wie eben ist fürchterlich. Ich werde nicht mehr nach draußen gehen!«

Und dennoch wusste sie im gleichen Moment, dass es nichts nützen würde. Der Schmerz über Nicos Tod würde immer weitertoben, egal wo und wie lange sie sich vor der Welt versteckt hielt.

22. Kapitel

Viel Zeit zum Verstecken blieb ihr nicht, denn eine Woche später, nur zwei Tage nach ihrer Entlassung aus dem Krankenhaus, versuchte Flora es erneut.

Wieder wurde Manuele von Nico im Traum um Hilfe gebeten.

Wieder klingelte der Freund in den frühen Morgenstunden am Tor der Villa, um Stella die neuerliche Schreckensmeldung zu überbringen. Er drängte sie, mit ins Krankenhaus zu fahren. Auch Wladimiro, den Cousin, zwang er mitzukommen. Flora läge nur apathisch im Bett und würde wohl bald in die geschlossene Abteilung eingewiesen, berichtete Wladimiro, als er von der Station zurückkam. »Ich habe mit dem Doktor gesprochen«, sagte Manuele und rieb Daumen und Zeigefinger aneinander.

»Du hast ihn bestochen?«, flüsterte Stella.

»Aber ja! Du musst nur noch unterschreiben, dass du die Verantwortung übernimmst, sollte noch einmal etwas Ähnliches geschehen«, sagte Manuele zu Wladimiro.

»O Gott«, murmelte der Cousin verdrossen. »War das teuer?«

»Das zweite Mal innerhalb so kurzer Zeit!«, rief Stella aus, als sie mit Manuele im Grünen Salon der Villa zusammensaß. »Sie will nicht mehr leben! Vielleicht sollten wir ihr einfach ihren Willen lassen.«

Manuele schaute sie lange an. »Hast du auch mal daran gedacht?«, fragte er leise.

»Im Boot. Aber nur kurz.« Stella seufzte. »Ich weiß zwar auch nicht, was ich ohne ihn hier noch soll, aber dafür … dafür fehlte mir bis jetzt der Mut.«

»Vielleicht müssen wir Signora Messina wieder einen Sinn geben.«

»Sag *mir* einen Sinn, und ich gebe ihn gern an Flora weiter.« Stella spürte, wie ihre Kehle eng wurde.

Manuele nickte. »Es ist wirklich schwer.« Sie versanken in Schweigen. Doch irgendwann sprang Stella auf. »Soll das jetzt ewig so weitergehen? Sie wird es auch ein drittes Mal versuchen. Wie schafft Flora das, wo versteckt sie die verdammten Tabletten? Wladimiro und die Nachbarn haben die Wohnung doch schon auf den Kopf gestellt.«

»Sie bewahrt sie bestimmt in seinem Zimmer auf«, sagte Manuele, »wir müssen da rein!«

»Es ist abgeschlossen, Manuele. Sie hat den Schlüssel versteckt, sagt Wladimiro.«

»Wir haben nur diese Chance, morgen wird sie wieder entlassen.«

Sie gingen über die Straße zu dem kleinen Haus und klingelten. Kein Lebenszeichen.

»Wir haben Wladimiro doch gerade hier abgeliefert, wo ist der denn hin?«, murmelte Stella.

»Nicos Nonna ist zwar ziemlich schwerhörig, aber nicht dumm«, sagte Manuele und zog einen Schlüssel hervor. »Den hat sie mir gegeben, falls ich nachts wiederkommen muss.« In diesem Moment öffnete sich das Gatter mit einem Klicken, und die Haustür ging auf.

In der Wohnung wurden sie von drei Nachbarinnen und Floras alter Mutter begrüßt. Die Frauen trugen Schwarz, redeten durcheinander und nötigten Manuele und Stella in den Salon mit der Rosentapete. Auch Wladimiro tauchte nun auf. »Jetzt habe ich auch noch die Verantwortung für sie«, jammerte er.

»Kinder, es ist ja alles eine Tragödie.«

»Ach ja. Ach ja. Es fehlen einem die Worte.«

»Was soll man da noch sagen?«

So klagten die Frauen eine ganze Weile, doch Stella konnte nur stumm auf die Hälfte des auseinandergesägten Tisches starren. Seine Mutter war so radikal. Sie brauchte den vollständigen Tisch nicht mehr, weil sie ohne ihren Sohn niemals mehr vollständig sein würde. Irgendetwas in Stella bewunderte sie dafür. Sie erhob sich und strich ihr schwarzes Kleid glatt. »Wir würden gerne in Nicos Zimmer gehen. Weiß jemand, wo der Schlüssel ist?«

Plötzliche Stille, dann brach ein Sturm des Protestes los. »Das könnt ihr seiner Mutter nicht antun!«

»Das ist nicht recht.«

»Die Signora Messina wird es merken, und dann ...«

»Tut sie sich was an?« Stella verschränkte die Arme. »Sie muss vor sich selbst gerettet werden.«

»Sagt wer?«, fragte Cousin Wladimiro plötzlich mit scharfer Stimme. »Die Verlobte, die hier seit der Beerdigung nicht mehr aufgetaucht ist, die ihr keinen Trost spendet, die sie danach ganz alleine gelassen hat?«

Stella schaute zu Manuele und schnappte nach Luft. »Ich war doch ...«, setzte sie an und wusste nicht weiter. Ach, du kannst mich mal, dachte sie plötzlich. Warum soll ich mich vor dir, einem Wildfremden, überhaupt rechtfertigen?

Den mochte ich nie, den blöden Wladimiro, der hat meine Mutter immer um Geld angeschnorrt, habe ich dir doch erzählt. Stella lachte auf und wusste im selben Moment, wie komisch das wirken musste, aber es war ihr egal. Er sprach wieder mit ihr! Sie hörte ihn! Sprich weiter, flehte sie ihn an, hör nicht auf! Wo ist der Schlüssel, Nico?

Sie ist doch so klein. Also sicher irgendwo unten.

Irgendwo unten ... Sie ging in den Flur und schaute sich um. Hinter ihr versammelten sich neugierige Gesichter, auch Manuele beobachtete sie. Unter der Garderobe stand eine Bodenvase, in der ein Regenschirm und ein Spazierstock steckten. Sie kniete sich hin und versenkte ihren Arm darin. Ihre Finger tasteten herum. Nichts. Sie schaute sich um. Unten ... Einer plötzlichen Eingebung folgend, hob sie die Vase hoch. Und da war er! Unter der Wölbung des Bodens lag der Schlüssel. Triumphierend nahm sie ihn an sich. »Nico hat es erlaubt«, behauptete sie, »Manuele und ich bringen nichts durcheinander.« Sie schloss die Tür auf, zog Manuele mit ins Zimmer und sperrte gleich wieder hinter ihnen ab.

Erschöpft schaute sie sich um. Da war sie wieder in seinem Reich. Dort vor dem Schreibtisch hatte sie mit Flora auf dem Boden gesessen. Es kam ihr vor, als ob es Jahre her sei.

»Woher wusstest du das mit dem Schlüssel?«

»Er hat es mir gesagt.«

»Und sagt er dir jetzt auch was?« Manueles Stimme war nur noch ein leises Krächzen.

»Ja«, sagte sie. »Sieh dich doch um. Er ist hier.«

Sie wunderte sich, dass sie nicht zusammenbrach, aber in diesem Augenblick war sie nur erfüllt davon, alles, was ihm einmal gehört hatte, wiederzusehen und nun auch berühren zu können. Auf dem Schreibtisch lagen ein paar Bücher, obendrauf *Das große Buch der Unterwasserwelt*. Neben dem Schrank lehnten seine Gummiflossen, die Taucherbrille hing über dem Stuhl, sein Taucheranzug auf einem Bügel. Sie strich mit den Fingern darüber. O Gott. Wie oft hatte sie ihn darin gesehen. Sie ging zu dem Bett mit der Häkeldecke und betrachtete die zwei großen Seekarten, die Nico darübergehängt hatte. An Stellen, an denen er tauchen gewesen war, hatte er mit Bleistift Koordinaten hineingeschrieben. Seine Schrift, seine Zahlen. Sie hockte sich vor das Bett, legte den Oberkörper darauf, wie zum Beten. Ihr Körper sog jedes Detail um sich herum auf. Sie schob ihre Hand unter die Tagesdecke, tastete unter dem Kopfkissen und zog seinen Pyjama hervor. Sie bohrte ihr Gesicht in den hellblauen Baumwollstoff. Er roch nach ihm, er roch so köstlich nach ihm!

Es klopfte an der Tür. Stella wandte sich um. Manuele kramte ungerührt weiter in Nicos Schreibtisch. »Hier sind sie!«, sagte er im nächsten Moment und zeigte ihr drei Tablettenröhrchen aus dunkelbraunem Glas. »Zwei Schlafmittel, eins gegen Schmerzen.« Er studierte die Etiketten. »Reichen auch noch für ein weiteres Mal.«

Sie schnupperte wieder an dem Schlafanzug und nahm eine weitere tiefe Prise von Nicos Duft. Nicht vergessen, du darfst es nicht vergessen, beschwor sie sich und legte ihre Wange auf den Stoff. Ihr Blick fiel auf den Monatskalender, der über dem Kopfende des Bettes hing. Nein, das konnte nicht wahr sein!

»Manuele«, sagte sie mit zitternder Stimme, »schau mal, am 10. September ist ein Kreuz! Mein Gott, hat er es geahnt?«

Manuele trat zu ihr und blätterte die Seiten zurück. Alle Tage waren leer. »Mmh. Er hat den Kalender offenbar nicht zum Eintragen von Terminen benutzt. Aber dieser Tag, der war ihm wichtig. Er wollte dir etwas sagen. Er sprach von einer Überraschung.« Er schaute voller Kummer auf sie herab. »Hat er das noch geschafft?«

Mit einem Mal kamen ihr seine Sätze wieder in den Sinn: *Stella! Dies ist ein besonderer Tag. Ich habe ihn heute Morgen im Kalender angekreuzt.* Ja, dachte Stella, das hat er.

Manuele rieb sich über die Stirn. Das Schweigen wurde ihm offenbar zu lang. »Hatte es mit dem Radio zu tun? Entschuldige bitte, ich möchte nicht indiskret sein.«

»Nein.« Verwundert hob Stella den Kopf. »Was war denn mit dem Radio?«

»Er wollte es aufgeben. Er wollte nicht mehr gegen Don Fattino angehen, bevor er nicht eine Allianz der guten Menschen geschmiedet hatte.«

»Wirklich?« Sie wischte sich über die Augen. »Er wäre fast noch erwachsen geworden, oder? Oh, Manuele. Ich vermisse ihn so verdammt, verdammt, verdammt!« Sie griff nach dem Schlafanzug, legte ihn dann aber wieder zurück auf das Bett. Sie stand auf, nahm Manuele bei den Oberarmen und schüttelte ihn. »Warum ist er dort unten ohnmächtig geworden? Wir wollten heiraten! Noch im September. Das war seine Überraschung. Er sprach von einem Boot und weißen Segeln und meinem Kleid und ... ach...« Sie ließ sich in seine Arme sinken. »Jetzt ist der September seit zwei Wochen vorbei, und schau dir an, was von mir übrig ist«, schluchzte sie an seiner Brust. »Eine Witwe, die keine ist! Warum? Ich halte das nicht aus, Manuele!«

Er hielt sie so lange fest, bis sie sich beruhigt hatte und sich aus seinen Armen befreite. Er reichte ihr ein Taschentuch. Stella schnaubte dankbar hinein und ging in dem kleinen Zimmer auf und ab. »Da liegt seine Unterwasserkamera. Mein Gott, ich will die Bilder sehen und dann auch wieder nicht.« Sie nahm die Konica auf und wog sie in der Hand. »Ich wollte die Karte für ihn entwerfen, die *santine*. Meinst du, Flora lässt das zu?«

»Niemand wird die Karte mit mehr Liebe gestalten können als du!«

»Ich weiß auch schon, wie. *Das* wenigstens kann ich noch für ihn tun! Auch wenn sie es vielleicht nicht mögen wird.«

»Warum sollte sie die Karten nicht mögen? Was ist da eigentlich zwischen euch? Ich habe das nie richtig verstanden.«

»Sie war nie der Meinung, ich sei die Richtige für Nico. Sie mochte meine Familie nicht. Ich denke, weil wir von Adel sind.« Stella seufzte. »Als ob uns das allein schon mit einer Schuld belädt.«

»Dabei hast du unter der Marchesa ja richtig gelitten.«

Stella zuckte nur mit den Schultern. »Kurz nach Nicos Tod war ich Flora so nahe. Und nun ... ist alles fast so wie früher.«

»Du kannst noch viel mehr für Nico tun als nur die Karten, Stella!«

»Ich glaube nicht.« Der Kloß in ihrem Hals schwoll wieder an und schmerzte.

»Doch. Trau dich an deine Schwiegermutter heran. Gerade jetzt, wo alles so leer und sinnlos erscheint. Streite mit ihr, rede mit ihr, sitz bei ihr und starr sie meinetwegen böse an. Aber tu was mit ihr. Das wird sie am Leben erhalten. Meinst du nicht?«

Statt einer Antwort beugte Stella sich über das Bett, küsste Nicos Pyjama noch einmal und schob ihn dann mit einer zärtlichen Geste zurück unter das Kopfkissen. Mit ein paar zupfenden Bewegungen richtete sie das Bett wieder her. Sie hätte endlos so weitermachen können. Hier war sein Körper noch. Der Nico aus Fleisch und Blut war hier ganz nah.

Sie brachte den Film aus der Unterwasserkamera zum Entwickeln. Als sie die Fotos durchschaute und dabei auch die entdeckte, die Nico unter Wasser von ihr gemacht hatte, konnte sie einen ganzen Nachmittag nicht mit dem Weinen aufhören. Die Taucherbrille sah von unten aus wie eine Krone, sie war die Königin des Meeres.

Endlich schaffte sie es, mit ihrem Lieblingsfoto von Nico zur Druckerei zu gehen. Sie besprach mit einem Angestellten das Format der Karte und die spezielle Art, in der sie gefalzt werden sollte, sie schrieb den Text auf, der neben dem Schwarz-Weiß-Foto stehen sollte, und gab an, welchen Schrifttyp sie für die Zeilen haben wollte. Es tat gut, sich mit etwas zu beschäftigen, das mit ihm zu tun hatte. Auch wenn es noch so wehtat.

Mit dem frisch gedruckten Hunderterpäckchen Karten zwang sie sich vier Tage später, zu Flora hinüberzugehen, nachdem Manuele sie zusammen mit Wladimiro aus dem Krankenhaus abgeholt hatte. Stella war ganz schlecht vor Aufregung.

Was würde seine Mutter denken, wenn sie merkte, dass man ihren Tablettenvorrat entwendet hatte? Was, wenn sie feststellte, dass die ungeliebte Verlobte die Karten für das Seelenamt in Auftrag gegeben hatte, ohne sie auch nur zu fragen? Stella versenkte das Päckchen noch tiefer in der Tasche ihres Mantels, denn es regnete schon seit zwei Tagen in Strömen. Hilf mir, Nico!, dachte sie, als ihr Finger die Klingel drückte, doch Nico hatte seit dem Vorfall mit der Bodenvase nicht mehr zu ihr gesprochen, sosehr sie ihn auch immer wieder darum bat.

Irgendjemand von den schwarz gekleideten Menschen ließ sie ein. Stellas Beine zitterten, als sie die rutschigen Stufen hinaufging. Im Salon saß wie immer eine Schar Frauen. Stella erkannte Signora Galioto, Manueles Mutter. Flora war nicht dabei. Stella wurde der nasse Mantel abgenommen, man drückte sie in einen Sessel und brachte ihr den Lorbeertee, um den sie gebeten hatte, denn ihr Magen spielte verrückt.

Sie saß dort nur ein paar Minuten unter den Augen der anderen Frauen, die Rosenkränze beteten und miteinander tuschelten, dann wurde Flora hereingebracht.

Mein Gott, sie ist nur noch ein Häufchen Knochen, das man in ein schwarzes Kleid gehüllt hat. Stella musste sich zusammenreißen, um sich den Schreck darüber nicht anmerken zu lassen, denn da kam Flora auch schon auf sie zu. In ihren Augen flackerte ein seltsamer Ausdruck, fast wie Freude, dachte Stella. »Ja … ja«, murmelte Flora, »ich spüre es …!« Stella nickte beruhigend. Flora war offensichtlich verwirrt. Bevor sie aufstehen konnte, bückte sich Nicolas Mutter und tastete nach ihrem Handgelenk; ihre knochigen Finger klammerten sich darum, als ob sie ihr den Puls fühlen wollte. »Das Meer hat ihn mir entrissen.«

Stella nickte und legte ihre Hand über die der Signora Messina.

»Dieses Monster!«

Stella wusste einen Moment lang nicht, ob Flora wirklich das Meer oder nicht vielleicht doch *sie* meinte. Ich kann ihr die Karten doch nicht zeigen ... auf keinen Fall, schoss ihr durch den Kopf. Es ist noch nicht einmal ein kirchliches Kreuz darauf und keine Rede von »hineinbefehlen in Gottes Hand«, keine »untröstliche Trauer«, dafür ganz viel vom Meer, das sie doch so hasst.

Flora schaute auf sie herab und nickte wissend vor sich hin, dabei ging ihr Atem stoßweise, und ihre freie Hand flatterte an ihrer Kehle herum.

»Sie sollte sich jetzt besser wieder hinlegen. Es ist zu viel für sie ...«, sagte jemand.

Stella erhob sich. »Aber ...« Doch die beiden Frauen führten Flora ohne deren Gegenwehr wieder zurück in ihr Schlafzimmer.

Stella bedankte sich für den Tee, stand auf und wandte sich zum Gehen. Im Flur nahm sie ihren Mantel, doch dann fiel ihr etwas ein. »Wegen der Messe am Sonntag ...«, setzte sie an. »Das Seelenamt.«

Manueles Mutter war plötzlich dicht hinter ihr. »Mach dir keine Sorgen, wir haben das alles schon mit Pater Anselmo besprochen.«

»Ich habe die Memoriamkärtchen, *le santine*, bestellt«, sagte Stella kaum hörbar. Die Karten schienen in ihrer Manteltasche zu glühen.

»Ach, du gutes Mädchen! Die hätten wir doch glatt vergessen!«

»Ich kann sie morgen abholen.« Sie merkte plötzlich, dass sie die Karten noch nicht hergeben wollte. Sie waren so schön.

»Wie gut, Stella. Und wenn irgendetwas ist, du weißt, du kannst immer bei uns vorbeikommen.« Die Apothekerin schloss die Tür hinter ihr.

In ihrem Schlafzimmer setzte Stella sich auf ihr Bett und löste das Gummiband, das die weiße Schachtel zusammenhielt. Die Kärtchen glitten heraus. Jedes war nur zehn Zentimeter lang und vielleicht sechs Zentimeter hoch. Auf der Vorderseite prangte das Meer. Stella verteilte die Karten mit beiden Händen auf dem Bett. Hundertmal das Meer. Es war ein Foto, das Nico mit seiner Leica von der *Marestella* aus aufgenommen hatte, und zeigte die beiden Ausläufer einer schwarzen Bergkette, hinter der die letzten Abendsonnenstrahlen hervorleuchteten. Der Himmel war tieforange, die Meeresoberfläche, die sich vor dem Betrachter bis hin zu den Bergen erstreckte, blauschwarz. Sein erster Farbfilm. *Incomincia il pianto della chitarra* stand auf weißem Hintergrund unter dem Meer. Die obere Karte war kürzer als die untere, sodass man die wenigen Zeilen des Gedichts auf der unteren Karte auch dann lesen konnte, wenn sie zugeklappt war.

È inutile
farla tacere.

È impossibile
farla tacere.

Piange monotona
come piange l'acqua,
come piange il vento
sulla montagna.

È impossibile
farla tacere.

Piange per cose
lontane.

Nichts hilft,
dass sie schweige.

Unmöglich,
dass sie schweigt.

Sie weint monoton,
wie das Wasser weint,
wie der Wind weint
über dem Schneefeld.

Unmöglich,
dass sie schweigt.

Sie weint um Dinge,
die weit weg.

Stella klappte eine der Karten auf und fing an zu schluchzen, als Nico sie anlächelte. Sie hatte Kopf und Schultern aus ihrem Lieblingsbild herausvergrößern lassen. Er trug den Taucheranzug, und man sah ein kleines Stück der Harpune. Darunter stand:

NICOLA MESSINA

* 1.4.1947 † 10.9.1969

Dreiundzwanzig wäre er im nächsten April geworden. Mit ihr zusammen. Am selben Tag. Sie waren beide Aprilkinder. Nun würde er immer so jung bleiben, während sie jedes Jahr älter würde. Wozu?

Flora würde toben, wenn sie die Karte sah. In Stellas Brust war ein unerträglicher Druck, und in ihrem Bauch zog es auf bekannte Weise. Auch das noch, nun bekam sie auch noch ihre Regel. Sie stand auf und suchte in der Kommodenschublade nach den selbst gemachten Häkelbinden. Wie lange hatte sie die schon nicht mehr gebraucht? Sie rechnete nach. Über sechs Wochen, fast acht! Ihr Körper hatte aus Kummer einmal ausgesetzt. Sie legte die Binden parat, nahm eine der Karten und ging hinunter, um sie Assunta, Maria und ihrem Vater zu zeigen. Ach ja, und natürlich auch Enza, Lolò und Alberto.

Auf der untersten Treppenstufe fühlte sie plötzlich einen Schwall von Blut aus sich hinausströmen. Du meine Güte! Hastig machte sie kehrt, lief in ihr Zimmer und besah sich das Desaster in ihrer Unterhose. Hellrotes Blut, und es kam immer mehr …

Schnell wechselte sie die Wäsche, legte sich mit der Binde zwischen den Beinen inmitten der Karten auf das Bett und krümmte sich zusammen.

Alles geht weiter, Nico, nur ohne dich. Ich werde dir nie mehr sagen müssen, dass wir uns nicht sehen können, obwohl die Gelegenheit günstig wäre. Du ahntest den Grund dann schon. *Le tue cose?*, fragtest du dann. *Di nuovo?* Er hatte sie immer so gerne mit allem Möglichen aufgezogen. Unvermutet durchfuhr sie ein Schmerz, als ob jemand mit einem Dolch in ihr Herz gebohrt hätte. Ein weiteres Nie-mehr. Wie oft würde sie diesen Schmerz noch erfahren? Sie richtete sich auf, sank aber sofort wieder zurück. Sie konnte jetzt unmöglich aufstehen, sie verblutete gerade … Mühsam angelte sie nach dem Klingeldraht über dem Kopfende des Bettes und zog daran. Sie benutzte diese Dienstbotenklingel sonst nie. Assunta unten in der Küche würde alarmiert sein. Und richtig, eine Minute später kam sie auch schon ins Zimmer gekeucht, Maria dicht hinter ihr.

»Was ist, *tesoro?* Ach, die Karten für das Seelenamt, ach je ...«

»Oh!«, rief Maria aus und nahm eine davon auf. »Die sind ja wunderschön!«

»Ja, mein Gott, er ist so hübsch, zum Weinen schön.« Assunta liefen die Tränen an den runden Wangen herab, als Maria ihr die Karte reichte. »Hast du deswegen geklingelt, meine Liebe?«

Stella schüttelte den Kopf. Sie spürte, wie sie errötete, doch sie musste einfach fragen, sonst passierte vielleicht noch etwas Schlimmes mit ihr. »Ich, also, es ist so stark, ich ...« Sie zeigte mit der Hand vage auf ihren Unterleib.

»Ach!«, rief Assunta aus. »Mach dir keine Sorgen. Das geschieht manchmal, wenn man besonders viel Kummer hat. Ich bring dir eine Wärmflasche und einen besonderen Tee aus den getrockneten Blüten der Feigenkakteen, die wirken krampflösend.«

Auch Maria nickte beschwichtigend.

Dankbar sah Stella zu, wie die beiden Frauen die Karten um sie herum aufsammelten, ihr dann beim Entkleiden halfen und sie ins Bett steckten. Sie zog sich die Decke über den Kopf und schloss die Augen. Auch heute war ihre Trauer wie ein dunkles feindliches Meer, in das sie hinabgezogen wurde. Sie wehrte sich nicht mehr dagegen. Sie rollte sich noch stärker zusammen, umarmte ihre Schultern und ließ die Wellen über sich zusammenschlagen. Wenn sie sich ganz ruhig verhielt, gelang es ihr, auch hier unten weiterzuatmen.

23. Kapitel

Sie hatte es gespürt! Ganz deutlich! Sobald sie das Mädchen berührt hatte, waren die Ströme zu ihr hinübergeflossen.

Außerdem war da noch dieser Geruch. Sie roch süßlich, nach Hefe und praller Haut, obwohl sie so dünn war. Es gab keinen Zweifel: Das Mädchen war schwanger. Mit einem Enkel für sie! Von ihm. Danke, Nico, danke. Ihr habt es vor der Ehe getan, ihr hitzigen jungen Leute. Aber Gott wird es verzeihen. Gott, dessen Wege sie nicht verstand, würde es verzeihen, wie er alles verzieh. Das erste Mal nach seinem Tod kam ein leichter Schauer von Freude in ihr auf. *O Dio!* Das wäre ja eine unfassbare Gnade! Nicht vergleichbar mit dem Leben, das sie verloren hatte, aber dennoch ein Funke der Freude.

Sie schlief kaum noch, seit es geschehen war, doch in dieser Nacht erst recht nicht. Sie betrachtete einen Moment den dunklen Hügel ihrer vor sich hin schnarchenden Mutter auf der Matratze neben sich, stand dann leise auf, holte den Schlüssel von Nicos Zimmer und setzte sich auf sein Bett, so wie sie immer bei ihm gesessen hatte, als er noch klein war.

Ich werde zu ihr in die Villa gehen, Nico. Ich werde das mit den Tabletten sein lassen. Nein, niemals, niemals mehr werde ich es versuchen. *Ti giuro!* Ich schwöre es beim Leben deines Kindes. Ich muss doch für das Kleine da sein! Sie klopfte zärtlich auf das Kopfkissen. Der Gedanke daran bringt mich ganz durcheinander. Ich muss morgen mein bestes schwarzes Kleid anziehen und zu ihr hinübergehen. Zu deiner Verlobten. Deiner Witwe.

Für ein paar Sekunden fühlte Flora sich getröstet, dann schlug die Trauer mit noch größerer Wucht wieder zu. Sie verließ das Zimmer, setzte sich an den Küchentisch, lehnte sich starr zurück und verbrachte auf diese Weise eine weitere schlaflose Nacht, bis das Morgengrauen im Fenster erschien, ein entfernter Hahn krähte und die Welt da draußen so tat, als ob sie sich tatsächlich weiterdrehen würde.

Wie kam es, dass ausgerechnet Maria am späten Vormittag in ihrem *salotto* saß? Dort, wo die Jalousien heruntergezogen blieben, wo der Fernsehapparat mit einem schwarzen Tuch verhängt war. War das ein Zufall?

Weitere Nachbarinnen kamen, sie sprachen über die Beerdigung. Und über die Blumen und die vielen Leute, die da gewesen waren. Sätze, die schon tausendmal in diesen Wänden gesagt worden waren. Maria hatte Aniskekse mitgebracht. Floras Mutter kochte Kaffee und brachte warme Milch, und obwohl Flora nichts von alldem anrührte und wie immer schwieg, schaute sie Maria zweimal ins Gesicht.

Die Nachbarinnen redeten. Auch über Assunta und Stella. »Stella fühlte sich nicht recht, sonst wären die beiden mitgekommen«, sagte Maria.

Flora horchte auf. Wusste die Nachbarin schon von dem, was ihnen aus der Ferne leuchtete? Noch klein wie ein Glühwürmchen in der allerdunkelsten Nacht, aber dennoch tröstlich.

»Aber so ... Sie liegt im Bett und ruht sich aus. Man ist ja manchmal recht kraftlos.« Maria schaute auf ihre Hände. Flora ebenfalls. Auch unter Frauen redete man kaum über diese privaten Themen. Und wenn, dann nur in Andeutungen.

»Ach ja.«

»Ach ja.«

Marias Blick wirkte schuldbewusst. »Ich habe gesagt, wenn das so weitergeht, muss sie zum Arzt.«

»Warum? Was fehlt ihr denn?« Die Stimme der Apothekerfrau klang alarmiert, und alle beugten sich vor, begierig auf Neuigkeiten.

»Nun ja, es ist das, was man jeden Monat hat.« Maria errötete. »Aber eben diesmal sehr viel ... Ich denke, es ist der Kummer.«

»Aber ja.«

»Natürlich.«

»Oh, meine Schwägerin hatte mal ...«

Als Flora nach und nach klar wurde, dass Maria in blumigen Worten Umschreibungen für Stellas sehr starke Blutungen fand, die an alles Mögliche, aber niemals an einen *stato interessante*, nicht an *andere Umstände,* denken ließen, schloss sie die Augen und fing an zu wimmern ... Wollte man ihr das Geschenk wieder nehmen, kaum dass sie es empfangen hatte? Wollte man ihr unbedingt den Enkel entreißen, diese kleine Seele, die sich gerade erst zart wie eine herabsinkende Feder auf dieser Welt niedergelassen hatte? Sie hatte keine Kraft zu schreien oder zu toben, doch ein hoher leidender Ton verließ ihren Mund. Schwoll an, wurde leiser, wurde wieder lauter, bis Melina Galioto schließlich sanft, aber dennoch resolut ein Glas Wasser an Floras Lippen setzte.

»Trink, liebe Flora. Ganz harmlos, nur ein bisschen was zur Beruhigung, gut für dich.«

In dieser Nacht saß Flora wieder in der Küche. Sie war benommen, das angeblich so harmlose Mittel, das Manueles Mutter ihr eingeflößt hatte, brachte sie dazu, überhaupt nichts mehr zu denken. Es betäubte auch den Rest ihrer Sinne. Sie schmeckte nichts mehr, sie roch nichts mehr, fühlte nichts.

Schon seit Stunden starrte sie auf den kleinen Austritt, den als Zimmer verkleideten Balkon, und auf einmal, völlig aus dem Nichts heraus, war da ein Licht, sehr weiß und rein, und er stand plötzlich da! Nicola! Ihr Sohn! Er war gut zu sehen und doch irgendwie durchsichtig. Und er trug … sie schlug die Hand vor den Mund, seinen Taucheranzug!

Flora öffnete den Mund, um etwas zu sagen, doch in diesem Moment sprach er zu ihr. *Mama! Mach es dir nicht so schwer. Mir geht es gut.*

Es war seine Stimme. Ganz warm und weich, wie früher in den Sommerferien, wenn er am späten Vormittag gerade aufgewacht war und zum Frühstück hinübergetappt kam und sie ihn und seinen in die Höhe wachsenden, zum Mann heranreifenden Körper am liebsten mit zärtlichen Küssen übersät hätte. »Du … bist da.«

Ja, Mama. Es ist nicht schlimm.

»O Nico! Ich bin so alleine ohne dich!«

Ich bin nebenan. Und warte auf dich.

Er wurde durchsichtiger. »Nein, nein! Bleib, nein, bleib doch!« Flora stand auf und ging auf die Stelle zu. Ein leichter Schimmer war da noch, direkt vor dem Spülbecken, dann war auch er verschwunden, und die Küche lag wieder in Dunkelheit. »Bleib! Bleib bei mir!« Schluchzend stützte sie sich auf das steinerne Becken. Es war so echt gewesen, sie hatte das nicht geträumt, es hatte sogar anders gerochen, als er da war … Selbst ihre betäubte Nase hatte es wahrnehmen können, und auch jetzt hing noch ein Hauch von Wiesenblumen in der Luft, wie die Sträuße, die er ihr immer zum Geburtstag gepflückt hatte.

Sie weinte, doch es war ein warmes, tröstliches Weinen. Mir geht es gut, hatte er gesagt. Es ist nicht so schlimm. Ihr Sohn war im Paradies, ganz sicher war er das. Er hatte Mama gesagt! Sein letztes Wort auf dieser Seite war Mama gewesen, und auch das erste, das er von der anderen Seite an sie richtete. »Nico, mein Kleiner.« Sie spürte die Liebe zu ihm viel stärker als je zuvor, auch für Tommaso, ihren Mann, für alle Menschen, für die ganze Welt. Flora schloss die Augen. Der Tod war nur eine kurze Trennung. Alles hatte Sinn. Alles war gut. Die Liebe blieb. Auch über den Tod hinaus. Sie waren immer noch aufs Engste miteinander verbunden.

Es war doch gar nicht so schlimm. Das hatte er doch gesagt!

Schon einige Sekunden später war der innige seelische Friede wieder dahin. Da bat sie Gott wochenlang um eine Erscheinung, und dann schickte er Nico in seinem Taucheranzug zu ihr?

»Ausgerechnet!« Sie nahm eine der beiden Tassen vom Tisch und schmetterte sie gegen die Wand. Die andere folgte.

Der Schrei, der zu dieser späten Nachtzeit die Dunkelheit durchschnitt, weckte zahlreiche Nachbarn. Doch nur Signora Galioto sprang aus dem Bett und machte sich auf, um der Freundin zu Hilfe zu eilen. Flora weinte. Sie würgte unverständliche Sätze heraus.

Gemeinsam mit ihrer alten Mutter gelang es Melina, Flora das weitaus stärkere Beruhigungsmittel zu verabreichen, das man ihr im Krankenhaus mitgegeben hatte, und sie nebenan in ihr Schlafzimmer zu bringen.

»Tötet mich ruhig … bringt mich … um, umbringen, dann bin ich bei ihm …« Das Mittel schien zu wirken, Flora brachte die Wörter nicht mehr klar über die Lippen, sie sank auf dem Bett zusammen und war weggetreten, bevor sie auch nur eine Träne weinen konnte.

»War die Dosis nicht doch zu hoch? Sie ist so klein und sie wiegt ja kaum mehr was«, flüsterte ihre Mutter.

»Das ist in Ordnung, denke ich«, antwortete Signora Galioto und studierte noch einmal das Etikett des Pillenröhrchens. »Bei der Dosis, die das Leben ihr verabreicht hat, bin ich allerdings nicht so sicher …«

24. Kapitel

Stella träumte in dieser Nacht. Sie war mit ihrer Schulklasse im Teatro Massimo in Palermo, um eine Oper anzusehen. Sie war nicht vorbereitet, hatte sogar vergessen, um welche es sich handelte. Warum war sie überhaupt noch in der Schule, hatte sie nicht längst Abitur gemacht? Bevor die Vorstellung begann, stieg sie auf die Bühne, denn man hatte ihr gesagt, hinter dem roten Samtvorhang würde Nicola auf sie warten. Sie glaubte das zunächst nicht, doch plötzlich war er tatsächlich dicht neben ihr! Sie wusste ganz genau, wie viele Wochen seit seinem Tod vergangen waren. Sechs Wochen minus zwei Tage. Sie hatten das Seelenamt noch nicht gefeiert. »Nico, was machst du hier?«, fragte sie ihn und versuchte den Vorhang wegzuziehen, damit sie ihn besser sehen konnte. Er schaute sie an, und sein Blick wärmte sie. Ein lautes Schluchzen drang aus ihrer Kehle.

Warum weinst du?, fragte er.

»Ich weiß es doch«, sagte Stella. »Du bist tot.« Gleichzeitig war er so real, so echt und zum Greifen nahe. »Umarme mich, Nico, bitte!«

Ich würde ja gerne, aber meine Füße sind ganz nass. Die Beine auch. Kannst du das nicht ändern, Stella?

»Aber ja«, sagte sie verwundert. In dem Moment, als er die Arme nach ihr ausstreckte, erwachte sie. Sie weinte, bis das Schluchzen in ihrer Kehle nicht mehr so brannte. Dann wechselte sie die Binde. Irgendetwas hatte er ihr sagen wollen. Aber was?

Als sie am nächsten Morgen aufstehen wollte, kam Assunta in ihr Zimmer. »Du bleibst liegen, oder willst auch du sterben?«

»Heute ist es nicht mehr so schlimm.« Stella erhob sich und ging leicht gebückt zur Waschkommode. »Ich habe von Nico geträumt, da ist etwas bei ihm nicht in Ordnung«, sagte sie, während sie Wasser in die Waschschüssel goss. Die Villa mit richtigen Badezimmern auszustatten war ein Traum, an den zurzeit nicht zu denken war. »Ich muss unbedingt Flora davon erzählen und mit ihr zum Friedhof.«

Sie erstarrte und griff sich stöhnend an den Unterleib. »O nein.«

»So, das reicht, mein Mädchen!« Assunta packte sie und schob sie resolut wieder Richtung Bett. In diesem Augenblick klopfte es, und der Marchese spähte vorsichtig ins Zimmer.

»Wie geht es dir? Ich mache mir Sorgen.«

»Es geht schon.« Stella schlüpfte unter die dünne Bettdecke und lächelte ihn schwach an. Wann war ihr Vater jemals an ihr Bett gekommen, um sich nach ihr zu erkundigen?

»Ich hole jetzt die Signora Pistolesi«, sagte Assunta. »Die beschwört für sie die Würmer.«

»Wenn es hilft. Wenn es hilft.« Der Vater war anscheinend froh, dass die Tante wusste, was zu tun war.

»Aber ich glaube nicht daran, Assunta«, protestierte Stella. Was für ein Aberglaube! Und was sollte das eigentlich heißen? War ihr Inneres etwa voller Würmer, die gebändigt werden mussten?

»Doch, das tut dir gut, du wirst sehen!«

Stella stöhnte auf und krümmte sich auf dem Bett zusammen. Immer noch floss das Blut mehrmals am Tag in wahren Sturzbächen aus ihr hinaus. Sollte sie nicht besser ins Krankenhaus fahren, als sich so einer Quacksalberin auszuliefern? Doch sie vertraute Assunta.

Eine Stunde später stand Signora Pistolesi an ihrem Bett. Sie strich Olivenöl auf ihren entblößten Bauchnabel, fuhr mit einer

Knoblauchzehe darüber und umkreiste ihn dann mit einer umgedrehten Espressotasse. Dabei murmelte sie immer wieder dieselben Sprüche vor sich hin, deren Bedeutung Stella nicht verstand.

»Was sagt sie da?«, flüsterte sie Assunta zu.

»Pscht!« Assunta hielt sich den Zeigefinger vor den Mund. »Das ist aus alten Zeiten überliefert.«

Stella wurde ganz ruhig. Die Berührung war angenehm, und sie spürte, dass langsam wieder ins Gleichgewicht kam, was in ihrem Körper durcheinandergeraten war. Die Blutstöße kamen an diesem Tag nicht wieder, Stella schlief ruhig, und am nächsten Morgen war ihre Binde immer noch trocken. Sie lächelte Assunta dankbar an, als die ihr Tee, Brot und selbst gemachte Aprikosenmarmelade ans Bett brachte. »Heute gehe ich aber! Ich fühle mich schon viel besser.«

Assunta seufzte. »Heute darfst du noch nicht aufstehen. Die müssen sich erst setzen, die *vermi!* Ich kann Signora Messina doch auch bitten rüberzukommen.«

»Niemals!« Aber Stellas Beine waren so wackelig, dass sie es kaum zur Toilette schaffte, also kroch sie wieder ins Bett.

Doch um die Mittagszeit erschien Nicolas Mutter schon von selbst. Klein und schwarz, mit ihren verschwitzten Locken, die Nico von ihr geerbt hatte, stand sie plötzlich mit Assunta in der Zimmertür.

»Schau mal, wen ich dir bringe«, sagte Assunta mit warmer Stimme. Über ihre Fußspitzen sah Stella Flora auf sich zukommen. Ich liege hier wie eine Gräfin und halte Hof, dachte sie und setzte sich auf. »Entschuldige meine Unpässlichkeit, Mama«, sagte sie. Bisher hatte es Flora doch immer besänftigt, wenn sie sie mit »Mama« ansprach. »Ich wollte dich besuchen, doch meine Tante ließ mich nicht gehen.«

Flora murmelte ein *»Buon giorno«* in ihre Richtung. »Oh, oh … ich glaube, mein Kreislauf lässt mich im Stich«, sagte sie plötzlich und fasste sich wankend an die Stirn.

»Setzen Sie sich, setzen Sie sich!« Assunta schleppte ein vergoldetes Barockstühlchen aus einer Ecke des Zimmers heran. »Warten Sie, ich mache Ihnen einen kleinen *caffè* mit viel Zucker, das wird sicher helfen.«

»Ich denke auch, danke«, antwortete Flora und setzte sich auf dem Stuhl zurecht.

Sie wollte nur, dass Assunta geht, dämmerte es Stella, denn kaum hatte die Tante das Zimmer verlassen, erhob Flora sich und kam auf sie zu. Ihre Augen waren gegen das helle Licht leicht zusammengekniffen, ihr Mund zu etwas verzogen, was wohl ein Lächeln darstellen sollte. Aha, dachte Stella und presste die Lippen aufeinander. Jetzt ist es so weit. Nun wird sie mir direkt von Angesicht zu Angesicht vorwerfen, dass ich ihren Sohn habe ertrinken lassen.

Flora setzte sich zu ihr aufs Bett und schaute ihr unentwegt in die Augen. Was hatte sie denn, sie machte ihr Angst. Ihre dünnen Finger legten sich um Stellas Unterarm. Nun beugte sie sich auch noch über sie, kam ihr immer näher und sog dabei die Luft durch die geweiteten Nasenlöcher. Schließlich schüttelte sie ungläubig den Kopf, als ob sie gerade eine Lüge gehört hätte, und stand auf. »Geht es dir wieder gut? Ja?«

»Ja, danke.« Stellas Gedanken rasten. Was war das eben für eine seltsame Inspektion gewesen? Ihre Augen folgten Flora, die wieder aufgestanden war und nun kopfschüttelnd und vor sich hin murmelnd im Zimmer umherging. Wenn nur Assunta schnell wieder zurückkommen würde.

»Wie dem auch sei«, sagte Flora plötzlich mit leiser Stimme. »Ich habe ihn gesehen.«

Stellas Herz setzte kurz aus. »Wann?«

»Er kam gestern Nacht in unsere Küche. Ich habe ihn ganz deutlich gesehen. Etwas durchsichtig, doch wunderschön!«

Dort, wo ihr Herz gewesen war, verspürte Stella nur noch brennende Eifersucht. Warum *ihr?* Warum nicht mir, Nico?

»Mama! Mach es dir nicht so schwer, hat er gesagt. Mir geht es gut.«

»Mir geht es gut«, wiederholte Stella andächtig, während es heiß in ihre Augen stieg. »Und wie sah er aus?«

»Schön! Wunderschön. Gesund und mit einem herrlichen Lächeln, wie zu Lebzeiten.« Flora zückte ein Taschentuch.

Stella fühlte sich klein und verloren und schämte sich erneut für das herrschaftliche Bett einer Marchesa, in dem sie lag.

»Du bist da, habe ich gesagt. Ja, Mama, hat er geantwortet. Es ist nicht schlimm. Und dann noch: Ich bin nebenan. Und warte auf dich.«

Er wartet auf sie, dachte Stella. Nebenan. Kein Wort von mir. »Ich habe auch von ihm geträumt. Heute Nacht.«

Flora wandte sich zu ihr. »Aber bei mir war es kein Traum! Es war eine *Erscheinung*.«

»Es war, als ob er neben mir stände. Ganz real. Und auch wunderschön!« Sie zögerte. Wenn sie ihr das jetzt mit den nassen Beinen erzählte, würde das den Traum mindern und sie würde sich noch kleiner fühlen.

Sie sahen sich an. »Wir waren im Teatro Massimo.« Stella weinte. Das Gefühl, ihn nicht umarmt zu haben, war so entsetzlich ... Sie räusperte sich. »Er sah auch sehr gut aus. Bei mir.«

Assunta kam mit einem Tablett und zwei Kaffeetässchen in den Raum, schaute von einer zur anderen und hörte ihrem Wettbewerb zu.

»Er hat Mama gesagt. Er war in ein reines Licht getaucht. Nicht von dieser Welt.« Flora weinte auch.

»Nico war ganz echt. Und so wunderwunderschön.«

»Er stand direkt an der Spüle. Mein Sohn.«

Flora ging auf Assunta zu, nahm eine der Tassen und leerte sie in einem Schluck. »Ich muss gehen«, sagte sie. »Es tut mir leid.«

Stella hätte sich am liebsten in der Villa verkrochen, doch der Traum ließ ihr keine Ruhe. Am darauffolgenden Nachmittag wagte sie sich in die Via Scaduto. Schon von Weitem hörte sie ein Klirren, wie von zerbrechendem Geschirr. Ein lautes Scheppern, dazwischen das Geräusch von Besenstrichen.

Vom Zaun aus starrte sie unter dem Schirm hervor auf Nicos Mutter, die im strömenden Regen mit einem Besen auf der schmalen Treppe herumfuhrwerkte. »Mein Gott, was tust du denn da …?«, rief sie ihr zu.

Was für eine dumme Frage. Sie fegte alle Töpfe von der Treppe, die meisten hatten sich schon am Fuße der Stufen zu einem Haufen von Erde, Scherben und Grünzeug vereint.

»Mama! Lass mich rein, ich muss mit dir reden!«

»Er hatte seinen Taucheranzug an!«, schrie Flora. »Seinen Taucheranzug!« Ein weiterer hübscher Basilikumtopf krachte zwei Stufen hinunter, wo er schließlich zerbarst. »Da kommt er aus dem Paradies zu mir. Und dann mit dem vermaledeiten Anzug! Ich habe meine zwei besten Tassen an die Wand geworfen.«

Stella presste ihr Gesicht zwischen die Gitterstäbe und musste nun doch lächeln. »Nein!«

»Doch! Das Meer hat ihn mir entrissen. Und nun zeigt es mir noch aus dem Jenseits seine Fratze!«

»Ich muss dir was erzählen. Bitte lass die letzten Töpfe heil und mach mir auf.«

Zu Stellas Verwunderung gehorchte Flora. Doch sie gestattete ihr nicht, die Scherben wegzuräumen oder die Erde zusammenzufegen.

Auch von Stellas Vorschlag, die malträtierten Pflanzen in einen Eimer mit Wasser zu stecken, wo sie sich erholen konnten, wollte sie nichts hören.

Oben in der Küche stand Stella andächtig vor der Spüle. »Hier?«

»Hier.«

»Als ob er in dieser Nacht unterwegs war, um uns beide zu besuchen, oder?«

»Ja. Eine besondere Nacht.« Floras Stimme klang verschlossen, so als würde sie das Erlebte eigentlich gar nicht teilen wollen.

»Ach, aber bei mir war es nicht ganz so schön, wie ich erzählt habe.« Stella schaute sich in der Küche um. Sie war in den letzten drei Jahren nicht oft hier gewesen und hatte bei ihren seltenen Besuchen mit Nico im *salotto* gesessen, mindestens eine Sesselbreite von ihm entfernt. Dennoch war ihr alles vertraut: die Schränke, der Herd, das Bord mit den Sammeltassen, von denen nun zwei fehlten. Er wäre nebenan, hatte er seiner Mutter gesagt. Nein. Stella schüttelte unmerklich den Kopf. Nebenan war nur sein leeres Zimmer. Mit den Seekarten an den Wänden und dem Kreuz im Kalender. Am 10. September war er gegangen. Für immer. Nun konnte er sie nur noch im Traum warnen. Sie holte tief Luft. »Nico hat mir gesagt, dass seine Füße und Beine ganz nass sind, ich wollte sie im Traum anschauen, aber ich bin vorher aufgewacht. Wir müssen zum Friedhof und nachschauen!«

»Was? Seine Beine?« Flora erschauerte. »*O Dio*. Warum hast du das denn nicht gleich gesagt?«

Wieder eine Anschuldigung. Stella ließ sich nicht aus der Ruhe bringen. »Es ist mir erst später wieder eingefallen.«

»Was sollen wir tun? Sie lassen uns ja nicht rein!«

»Wenn wir Anlass zu der Annahme haben, dass etwas nicht stimmt, vielleicht schon.«

»Anlass zu der Annahme …«, wiederholte Flora, und Stella befürchtete, ihre Wortwahl könnte sich zu überheblich angehört haben, doch Flora meinte offenbar etwas anderes. »Für manche Menschen reichen Träume eben nicht … Die Familie Ignazio können wir nicht bitten. Die benehmen sich komisch, seitdem sie mir den Gefallen getan haben, Nico vorübergehend dort aufzunehmen.«

Vielleicht, weil du versucht hast, die Tür aufzubrechen, und die Friedhofswärter mit deinen abendlichen Versteckspielen in Atem gehalten hast, dachte Stella, doch das sagte sie natürlich nicht.

»Wir müssen es versuchen, Flora!«

»Für ihn tue ich alles.« Sie sah sich um und griff nach einem Küchenmesser. »Wenn sie uns den Zutritt verweigern …«

Stella legte ihre Hand auf Floras. »Wir probieren es erst einmal ohne, denke ich.«

Auf dem Friedhof gingen sie sofort zum Verwaltungshäuschen. Durch das Fenster sah man zwei der Angestellten, die dort in ihren grauen Kitteln Karten spielten. »Das sind Schlitzohren, die brauchen wir gar nicht erst zu fragen.« Floras Elan war scheinbar einer großen Mutlosigkeit gewichen, denn sie drehte sich um und ging im dichten Regen davon.

»Aber …?« Stella stand mit durchnässtem Mantel auf dem schlammigen Weg. Sie hatte ihren Schirm in der Aufregung vergessen. Das Wasser tropfte ihr an der albernen Hutkrempe herunter. Dann gab sie sich einen Ruck und klopfte an die Tür. Einen von ihnen kannte sie, es war Attaviu, ein Freund aus Nicos Kindertagen. Hatte der nicht nach Deutschland gehen wollen?

Rasch schilderte sie den Fall. Bei all dem Regen bestand die Gefahr, dass das Mausoleum nicht dicht sei. Die Familie selbst hätte so etwas angedeutet …

Beide Angestellten schüttelten automatisch den Kopf. »Wir

haben auch gar keinen Schlüssel.« Stella bemerkte einen kurzen nervösen Blick zu dem Schrank, in dem die Schlüssel der begehbaren Kapellen und Mausoleen aufbewahrt wurden.

»Doch, habt ihr!« Sie streckte ihre Hand nach Attaviu aus. »Es ist nicht irgendwer. Es ist Nico! Um der alten Freundschaft willen!«

Sie fingen Flora ein, die ziellos zwischen den Grabmälern herumwanderte, betraten gemeinsam die Gruft und gingen vorsichtig die Stufen hinunter. Von irgendwoher drang ein gluckerndes Geräusch, und nach ein paar Metern standen sie tatsächlich bis zu den Knöcheln im Wasser. Flora rang die Hände. »Das darf nicht sein, das darf nicht sein!«

Sie gingen weiter hinein, das Licht der Taschenlampe und das Rauschen des Regens draußen wurden schwächer. In der Nische, in der Nicos Sarg stand, tropfte es in einem unaufhörlichen Rinnsal von der Decke und traf genau dort auf, wo man seine Beine vermutete. Floras Hände klammerten sich aneinander, als ob sie beten würde.

»Wir müssen das unbedingt abdichten«, sagte Stella mit einem Blick an die rissige Decke. »Oder ihn anders hinstellen.« Die Gruft war eng und dunkel, kein Platz, auch nur einen Blumentopf irgendwo abzustellen. »Aber zuerst müssten wir ihn hier wegbringen.«

Attaviu scharrte in seinem grauen schlottrigen Kittel mit den Füßen und tat, als ob er nichts gehört hätte. »So, jetzt haben Sie es gesehen.«

»So können wir ihn doch nicht stehen lassen!«

»Das ist massives Holz. So schnell kommt da nix durch. Hört ja bestimmt auch bald wieder auf zu regnen.«

Flora und Stella wechselten einen Blick, dann bedankte Stella sich bei Attaviu, der verlegen auf seine Schuhe starrte.

»Ich kann nix tun, das verstehste doch«, raunte er ihr zu, als sie vor dem Häuschen standen und er sehnsüchtig zu seinen Karten schielte, die noch auf dem Tisch lagen. »Nur sie … sie macht uns das Leben echt schwer, deine Schwiegermutter. Sie sollte besser nicht noch mal versuchen, abends hierzubleiben.«

Stella nickte. »Nico hat oft von dir geredet«, sagte sie. Das war gelogen, aber sie brauchte dringend seine Hilfe.

»Ja?« Attaviu strahlte, und ein paar Zahnlücken wurden sichtbar.

»Stell wenigstens einen Eimer darauf, ja? Und leer ihn ab und zu aus.« Sie kramte in ihrer Manteltasche, fand, o Wunder, einen lang vermissten Zehntausendlireschein im Loch des Mantelfutters und drückte ihn Attaviu in die Hand. »Für dich. Von deinem Freund Nico.«

Stella begleitete Flora durch den Regen nach Hause. Vor ihren Augen tropfte es weiter und immer weiter auf Nicos Sarg. »Wir können uns ja mal das Grab der Familie Camaleo anschauen. Das wäre doch … also nur vorübergehend.«

Flora würdigte sie nicht einmal mit einem Seitenblick, als sie antwortete: »*Deine* Kapelle.«

»Ja, *meine* Kapelle. Meine Mutter liegt da, meine Schwester Regina, auch mein kleiner Bruder Bartolo. Trotzdem fühlt es sich erst seit wenigen Monaten so an, als ob sie wirklich zu mir gehört. Es gibt dort mehr Platz, Mama. Und es ist trocken!«

»Nein.«

»Ja, aber … soll er denn ganz durchnässt werden?«

Flora schüttelte den Kopf. Zielstrebig zog sie den Schlüssel aus der Tasche und schloss die Gittertür auf. Der Fiat schimmerte dunkelblau und glänzte im Regen.

Was für eine Energie sie an den Tag legt, dachte Stella. Als ob sie es eilig hätte ... und dann wusste sie plötzlich, was Nicos Mutter vorhatte.

»Sie sind weg«, rief Stella ihr hinterher, als Flora schon fast an der Haustür war. »Nur falls du die Tabletten suchen solltest. Manuele und ich haben sie mitgenommen.«

Flora wandte den Kopf. »Was? Ihr wagt es, in sein Zimmer ...«

Stella antwortete nicht. Es tat ihr weh, seine Mutter so zu sehen. Sie wollte nicht mehr leben. Wie gut sie das verstehen konnte! Ihr stiegen die Tränen in die Augen, die sie seit dem Friedhof erfolgreich unterdrückt hatte.

»Mit Manuele, ja? Von *dem* hätte ich das ja nicht erwartet! Aber vielleicht doch ... Ich habe ihn zusammen mit dir gesehen. Da drüben, vor dem Tor der Villa habt ihr gestanden, und ihr habt sogar *gelacht!*«

Stella schnappte nach Luft. Gelacht? Sie lachten in letzter Zeit nur selten zusammen, sie lachten wirklich nur, wenn ihnen etwas Typisches von Nico einfiel, und meistens war ihnen dann beiden eher zum Weinen zumute. Wie gemein von ihr!

»Mama! Du kannst doch nicht von dieser Welt gehen, bevor du ihm nicht ein schönes Grabmal gebaut hast!«

Doch Flora drehte sich nicht mehr um, bis sie im Haus verschwand.

»Schönes Grabmal. Schönes Grabmal ... Du musst gerade reden.« Stella zwang sich, einen Fuß vor den anderen zu setzen, und ging auf das Tor der Villa Camaleo zu. Sie hätte auch runter ans Meer gehen und sich einfach hineinstürzen können. Was machte das für einen Unterschied? Vielleicht sollte sie Schluss mit allem machen, dann hätte sie endlich nicht mehr diese quälenden Erinnerungen im Kopf!

Seufzend kehrte sie um und betrat die Apotheke am Anfang der Via Scaduto.

»Stella! Was kann ich für dich tun, mein Mädchen? Assunta hat mir erzählt, dass du Probleme hattest?« Mit einem warmen Lächeln schaute Manueles Mutter sie an. Warum kann die hier nicht meine Schwiegermutter sein? fuhr es Stella durch den Kopf, und sie schämte sich sogleich dafür.

»Hier.« Das Päckchen war trocken und unversehrt, als sie es aus ihrer Manteltasche zog. »*Le santine*. Die Karten für das Seelenamt morgen. Ich habe sie Signora Messina noch nicht geben können. Wahrscheinlich will sie sie auch gar nicht.«

»Doch, das glaube ich schon.« Signora Galioto nahm das Päckchen an sich.

»Aber sie hat die Messe mit keinem Wort erwähnt.«

»Mach dir keine Sorgen, ich habe alles organisiert. Und hab ein bisschen Geduld mit Flora. Sie steht noch immer unter Schock und weiß nicht, was sie tut.«

Im Grünen Salon zog Stella Halbkreise um den abgedeckten Zeichentisch in der Fensterecke, bis sie schließlich den Mut fand, das weiße Tuch abzunehmen und sich daran zu setzen. Die alten Zeichnungen lagen noch so, wie sie von ihr am Morgen des 10. September, vor fast sechs Wochen, zurückgelassen worden waren. Das Stegreifprojekt. Wohnen als Element der Stadtentwicklung. Eigentlich hatte Nico versprochen, ihr zu helfen, doch bei den Versprechungen war es geblieben. Sie ließ ihre Stirn einen kurzen Moment auf das großformatige Papier sinken. Dann rollte sie die obersten Zeichnungen zusammen. Eine nach der anderen. Ihr Kopf war leer. Ein lächerlicher Gedanke, jemals wieder an die Uni zurückzukehren. Unmöglich. Ohne ihn? Mit einer ungeduldigen Bewegung fegte sie die Radiergummikrümel weg, die an einem älteren Bogen hafteten, und da ... da entdeckte sie seine selbstbewusste Handschrift: *Das wird nicht geschehen, niemals, ich passe auf, amore!*

Sie versuchte die wegradierten Worte darüber zu entziffern: *Sie werden dich erwischen und töten, Nico, und das werde ich dir nie verzeihen!*

Wann hatten sie diese Zeilen geschrieben? Es erschien ihr Jahre her. Damals war sie so wütend auf ihn gewesen, weil sie große Angst um ihn gehabt hatte. Und dann war der Tod von einer ganz anderen Seite gekommen.

Nicos Zettel mit der riesigen Glasblase fiel ihr in die Hände. Die Skizze für das Grabmal seines Vaters, hingekritzelt auf eine herausgerissene karierte Heftseite.

Du Spinner, dachte sie, und der Schmerz und die Liebe hinderten sie für einen Moment am Atmen. Das sind Visionen, die kann man nicht bauen. Wie soll das denn halten? Glas, das war es, was du immer wolltest …

Auf der Rückseite hatte er ihr eine andere Konstruktion aufgezeichnet, ein Dach, das aus vielen einzelnen Glasplatten bestand. Jede eingefasst in einer Ummantelung aus …?

Tja, da hatte er sich noch nicht festgelegt.

Es sieht aus wie ein Netz, wie ein Segel wird es an diesen hohen Stangen gespannt sein! Hier, hier und da … *Und eben nicht zusammenkrachen,* hörte sie seine Stimme. Stella betrachtete die Pfeile, die Nico damals rund um die Zeichnung gemalt hatte, um ihr seine Idee besser zu veranschaulichen. Eines Tages wird so gebaut werden, hatte er begeistert gesagt. Eine Überdachung für Plätze oder Stadien oder eine Halle am Flughafen, und wenn du nach oben schaust, kannst du die Flugzeuge am Himmel sehen.

Die Erinnerungen an ihn taten immer noch fürchterlich weh. Wie sollte sie ihnen je entkommen? Vielleicht, indem sie ins Ausland ging, dort studierte und das tat, worüber sie früher einmal gesprochen hatten? Nein. Das war unmöglich.

»Mama! Du kannst doch nicht von dieser Welt gehen, bevor du ihm nicht ein schönes Grabmal gebaut hast!«, murmelte Stella vor sich hin, und nun war sie sich ganz sicher: Sie hatte diesen Satz nicht für die Signora Messina gesagt, sondern für sich.

25. Kapitel

Ich bin nur wegen einer Sache hier. Was halten Sie davon?«

Doch Professor Volpe schaute nicht auf Nicos Skizze, die sie ihm hinhielt, sondern in ihre Augen.

»Stella, nimm dir Zeit, meinetwegen dieses Semester oder auch bis zum Sommer, aber du musst wieder zurückkommen!«

Sie schüttelte den Kopf. »Ich habe keine Kraft. Ich habe keine Ideen. Alles ist nur noch tiefschwarz.«

Der kleine *professore* nickte. »Verstehe. Und wenn ich dir jetzt sagen würde: Ja, sie sind genial, seine Entwürfe, ja, arbeite sie aus, ja, bau ihm sein Denkmal?«

»Grabmal.«

»Grabmal, Denkmal. Alles eins. Die Idee ist entscheidend. Keine Grenzen. Bau es ihm erst einmal in Gedanken und wirf sie dann auf Papier.«

»Wirklich?«

»Sei in zwei Wochen wieder hier zu meiner Sprechstunde im Büro. Ich bin gespannt, Stella!«

Ja, sie arbeitete wieder. Sobald die lähmende Trauer ein wenig nachließ, setzte sie sich an den Zeichentisch und starrte auf Nicos Pläne. Zunächst versuchte sie etwas zu berechnen, das sich nicht berechnen ließ. Sie ging sogar in die Bibliothek, um zu sehen, wer schon mit großen Glaskuppeln gearbeitet hatte. Es war kaum etwas zu finden. Doch dann begriff sie, was Professor Volpe gemeint hatte. Keine Grenzen. Sie musste nichts berechnen, damit konnte der *professore* ihr später helfen. Sie nahm die Idee von der Glaskugel auf, zeichnete sie von allen Seiten, stellte sie auf einen gemauerten Sockel, in den sie Türen und Belüftungsschlitze einließ. Sie unterteilte die Kugel in einzelne Segmente, wie Stücke einer Orange, vielleicht konnte man mit Metallstreben etwas machen? Sie lächelte, während sie den Bleistift führte. Etwas Wunderbares war geschehen: Es waren seine Augen, die ihr über die Schulter schauten, seine Hände, die aus der einen, großen Kugel noch mehrere kleine Kugeln wachsen ließen, seine Anweisungen, die Kugel zu halbieren und sie an einer Aufhängung schweben zu lassen.

Professor Volpe war begeistert von ihrer Kreativität.

»Genau richtig«, sagte er, als sie ihn das nächste Mal aufsuchte. »Lass dich nicht von Konventionen leiten. An diesem Punkt ist es völlig unnötig zu wissen, ob etwas möglich ist oder nicht.«

»Er hat mir geholfen. Es war, als ob er meine Hand führte.«

»Nicola wird immer da sein und dich führen, wenn du ihn lässt. Obwohl auch du selbst im Besitz eines brillanten Kopfes bist.«

Stella fing an zu weinen. »Entschuldigen Sie bitte. Ich stehe hier und heule, sobald jemand seinen Namen ausspricht. Stellen Sie sich so ein ernsthaftes und zielstrebiges Studieren vor?«

»Du darfst jederzeit hier in mein *ufficio* kommen, leere Bögen präsentieren und weinen und klagen. Ich werde da sein und dir dabei zuhören. So lange du willst. Versprochen!«

Neben Assuntas Umarmungen und dem gemeinsamen Schweigen mit ihrem Vater war das Angebot vom Professor das Tröstlichste, was Stella bislang erfahren hatte.

Der Wind rüttelte an den Fenstern. Graue Wolken fegten über den Himmel. Es war der 10. Dezember 1969.

Genau drei Monate waren vergangen, und noch immer brannte der Schmerz frisch und scharf wie am Tag nach Nicos Tod.

Stellas Energie war gänzlich verpufft. Sie zeichnete nicht mehr. Ihre Hände waren gelähmt. Sie konnte immer noch nicht richtig essen, nicht schlafen, nicht lesen. Sie lag die meiste Zeit im Bett und war so kraftlos, als ob die Tränen ihr alle Energie entzogen.

Die erträglichsten Stunden waren die, die sie schweigend mit Manuele verbrachte. Manchmal machten sie einen Spaziergang, oben am Meer entlang. Die Straße zum Cap Mongerbino wurde nun doch ausgebaut, um Marinea endlich mit einer ordentlichen Verbindung nach Portovecchio auszustatten. Doch warum hatte man ausgerechnet im November damit angefangen, die dichte *macchia* rechts und links der Straße zu roden? Alle Maschinen waren im tiefen Schlamm stecken geblieben und mussten nun auf das Frühjahr warten.

Manuele war immer für sie da. Manchmal brachte er Kuchen, ein Huhn oder sogar ein Stück Fleisch mit. Lolò war mit Alberto auf Montage in Milazzo, wo sie zusammen Baugerüste aufstellten. »Ich bin so dankbar, dass Alberto ihn mitnimmt«, hörte Stella Assunta irgendwann einmal flüstern. »So gerät er nicht in schlechte Gesellschaft, und irgendwer muss ja auch ein bisschen Geld für uns verdienen.«

Nach einem Mittagessen, zu dem Stella sich hinuntergeschleppt hatte, nahm der Marchese sie beiseite und zeigte ihr einen Brief: Der Baron hatte geschrieben, ihnen noch einmal sein herzlichstes Beileid ausgesprochen und gleichzeitig seinen Besuch angekündigt. Stella nickte nur stumm. Dann floh sie wieder in ihr Zimmer, kroch unter Laken und wollene Bettdecken und vergrub sich in ihren Träumen. Wenn sie es schaffte, an nichts zu denken, sackte sie manchmal in Endlosschleifen der Fantasie ab. Sie plante ihr gemeinsames Leben mit Nico, verschönerte die Villa, baute in Gedanken den Ostflügel aus, als ob nichts geschehen wäre, als ob sie reich und glücklich miteinander verheiratet wären. Doch ab und zu, wenn der Regen besonders heftig gegen die Scheiben prasselte, sah sie Nicos Sarg vor sich, auf dem ein Eimer stand, aus dem das Wasser überlief und lief und lief …

Eines Nachmittags dann kam Assunta zu ihr, als sie gerade an ihrem kleinen Sekretär in ihrem Schlafzimmer saß und die restlichen zwölf Erinnerungskärtchen anstarrte, die noch in ihrem Besitz waren. Nicos Mutter hatte sich weder lobend noch tadelnd zu ihnen geäußert, am Ende der Messe waren sie einfach an die vielen Besucher verteilt worden.

Assunta überbrachte ihr eine handschriftliche Botschaft vom Marchese: *Der junge Baron ist da, um uns seine Aufwartung zu machen. Magst Du nicht einen Augenblick herunterkommen?*

»Muss mir mein eigener Vater schon schreiben?«, fragte Stella und ließ das Blatt sinken.

Assunta blieb ihr die Antwort schuldig und lächelte sie im Spiegel an. Wortlos reichte sie ihr die Bürste. Stella verzog das Gesicht. Sie sah genauso miserabel aus, wie sie sich fühlte. Tiefe Schatten unter den Augen, die Haut blass und gelblich, und um den Mund herum sprossen einige rote Pickel. Sie hatte nie Pickel gehabt! Keinen einzigen!

Sie fühlte sich aufgedunsen und plump und war doch so dünn wie nie zuvor.

»Er hat Geld mitgebracht, der junge Baron. Stell dir vor, die Weinernte war überall schlecht dieses Jahr, nur bei uns auf Sizilien nicht, und die Mostpreise sind in die Höhe geschossen!«

»Ach ja?« Dieser Carlos Larocca machte sie aus irgendeinem Grund aggressiv. Besonders jetzt, wo Nico tot war. Oder hatte sie ein schlechtes Gewissen? Sie war damals auf der *masseria* viel zu nett zu ihm gewesen, diesem Pferdeknecht …

»Maria hat ein bisschen gelauscht«, riss Assunta sie aus ihren Grübeleien.

»Und jetzt soll ich mich bei ihm bedanken?«

»Nein, *tesoro*. Wenn du dich nicht gut fühlst, bleib ruhig oben.«

»Also hockt er immer noch bei seinen Pferden auf dem Landgut?«

»Davon hat Maria nichts erzählt.«

Stella ließ sich von Assunta eines ihrer schwarzen Kleider überziehen, putzte sich die Zähne und ging schließlich widerwillig nach unten.

Carlos stand auf, als sie den Salon betrat. Er reichte ihr die Hand. »Wie geht es Ihnen?«

Stella zuckte mit den Schultern. »Ich glaube, schlecht.«

Sie setzte sich auf eines der Sofas, denn ihr war schwindelig. Ihr Vater war in einem der Sessel zusammengesunken und rührte in seiner Teetasse. Assunta war hinausgegangen, um einen Lorbeertee mit Honig für Stella zu bringen. Etwas anderes brachte sie momentan nicht hinunter. Carlos setzte sich in angemessener Entfernung neben sie. »Ich kenne das Gefühl dieser unermesslichen Trauer. Es fehlt nur ein einziger Mensch auf dieser riesigen Welt, doch sie scheint plötzlich völlig leer.«

Ja, dachte Stella, genauso fühlt es sich an.

»Leider muss ich Ihnen sagen, bei mir hat es auch nach drei Jahren noch nicht aufgehört. Ich vermisse meine Mutter immer noch rasend.«

Sie schaute erstaunt auf. Endlich jemand, der vor ihr die unverblümte Wahrheit aussprach. »Es soll auch nicht aufhören«, sagte sie.

»Nein.«

Während sie ihren Tee tranken, erzählte Carlos von seinen Geschwistern, und Stella konnte sogar ein paarmal über die kleinen Geschichten lächeln. Nach einer halben Stunde stand er auf und sagte, er müsse nun gehen.

»Studieren Sie immer noch nicht?«, fragte Stella. Sie hatte trotz des süßen Lorbeertees einen ekelhaften Geschmack im Mund,

und in ihrem Magen flatterte es, als ob sie sich jeden Moment übergeben müsse.

»Sie meinen, ob ich immer noch ausschließlich interessante Gespräche mit meinen Pferden führe, wie Sie es schon damals nannten? Sie werden es nicht glauben, ich studiere seit einem Jahr. Und zwar Rechtswissenschaft in Catania.«

Stella nahm ein paar tiefe Atemzüge, um das flaue Gefühl zu vertreiben. »Interessant. Aber warum so weit weg von zu Hause? Warum nicht in Palermo?«

»Ihre Aufforderung, den eigenen Horizont ab und an zu erweitern, ging mir nicht aus dem Kopf. Dazu musste ich gehen. Weit weg gehen.« Er lächelte, sodass die Narbe an seinem Mund sich verzog, und schaute sie kurz an.

Eigentlich wollte sie nicht, dass das Gefühl des Vermissens aufhörte, doch für den Bruchteil einer Sekunde sah Stella ihren Zeichentisch auf einem Karren, der sich in Richtung Catania bewegte. Sie sah ein kleines Zimmer bei einer strengen Vermieterin, eine neue Universität, neue Professoren, neue Hörsäle, sie sah sich mit Käse und Brot abends auf dem Bett sitzen, weil sie sparen musste.

Carlos war längst fort, als sie immer noch auf dem Sofa ihren Fantasien nachhing. Der Marchese harrte in seinem Sessel aus. Er würde immer hier sein. Auch *der* Gedanke war tröstlich.

Stella war sich nicht sicher, wie Manuele es aufnehmen würde, aber als er sie das nächste Mal zum Spazierengehen abholte, ließ sie es darauf ankommen und berichtete ihm von dieser winzigen Idee, die in ihr aufgekeimt war.

»Du willst weg?«

»Ich trage Nicos Liebe und unser Glück immer in mir.« Stella seufzte. An wie vielen Tagen tröstete sie dieses hauchdünne Gefühl wirklich? An wie vielen Tagen wurde es zur tatsächlichen Gewissheit? »Noch ist die Trauer zu groß, und ich spüre es nur selten«, gab sie zu, wie um sich zu entschuldigen, »aber es ist immer da, das weiß ich.«

Manuele sagte kaum mehr etwas, und als er sich am Tor der Villa von ihr verabschiedete, sah sie, dass sich rechts und links von seinem Mund zwei senkrechte Falten gebildet hatten. »Dann wird also nichts aus dem Grabmal«, stellte er fest und panzerte sich mit seinen verschränkten Armen gegen sie und den Rest der Welt.

»Wie, Manú? Wie denn? Ich kann entwerfen, so viel ich will. Wir bekommen ja doch keinen Platz für ihn.«

»Und Signora Messina? Wenn sie doch noch mal einen Versuch unternimmt, weist man sie ein, hat der Doktor im Krankenhaus gesagt. Zum Schutz vor sich selbst.«

»Was soll ich denn tun, Manuele?« Die inzwischen so vertraute große Schwäche überfiel sie wieder und erstickte jeden Funken der für einen Moment zurückgewonnenen Energie im Keim. Sie wusste, sie würde in nächster Zeit nirgendwo hingehen. »Ich werde sie besuchen und ihr die Entwürfe zeigen, die ich von dem Grabmal gemacht habe. Dann regt sie sich schön auf, das hält sie vielleicht von anderen Gedanken ab.«

Manuele nickte, doch er sah sehr unglücklich aus.

Zwei Tage später war es so weit, das dritte Mal innerhalb weniger Wochen. Signora Messina hatte am Morgen des 24. Dezember versucht, sich die Pulsadern aufzuschneiden. Direkt neben ihrer Mutter, als die in der Küche morgens den Kaffee machte. Recht halbherzig, nur ein dünner Schnitt auf jeder Seite mit einem stumpfen Messer, doch diesmal würde es reichen, um sie in eine Anstalt einzuweisen, munkelten die Nachbarn und brachten sie nicht in ein Krankenhaus, sondern nur in die Apotheke. Als Wladimiro davon erfuhr, bekam er fast einen Herzinfarkt vor Angst, nun zur Rechenschaft gezogen zu werden. Die Sache müsse unbedingt vor den

Behörden geheim gehalten werden, erzählte er überall. Und obwohl es sich mit seiner Hilfe in Windeseile in Marinea herumsprach und jeder davon wusste, hielten alle dicht, und von offizieller Seite gab es keine Untersuchungen.

»Nun ist es so weit«, sagte Manuele, der mit einem Korb mit kleinen Panettonekuchen zu ihnen in die Villa kam. »Du musst mit deinen Entwürfen zu ihr rübergehen«, verlangte er.

Seit wann ist er denn so fordernd?, fragte Stella sich. »Kannst du den Korb wegstellen, die Panettone sind bestimmt sehr lecker, aber ich kann das heute einfach nicht riechen.«

»Meinst du, deine Mutter würde mir das Rezept geben?«, fragte Enza, die höflich um Erlaubnis gebeten hatte, bevor sie einen der Kuchen probierte. »Sie sind gut. Sehr gut.«

Stella atmete flach und betrachtete Enza wohlwollend. Früher hatte sie nur im Bett gelegen, ständig nach ihr geklingelt, um sie zu schikanieren, und dabei Unmengen Süßes verschlungen. Jetzt machte sie sich in Haus und Garten nützlich, fühlte sich ganz offensichtlich mehr und mehr in der Küche zu Hause und interessierte sich besonders für die Herstellung von Süßspeisen und Gebäck. Ein warmes Gefühl breitete sich in Stellas Magen aus, mit dem dennoch etwas nicht in Ordnung schien.

»Meine Mutter kann dir sogar zeigen, wie man sie macht«, sagte Manuele. »Jetzt zu Weihnachten backt sie pfundweise davon, um sie zu verschenken.« Er drückte Enza den Korb in die Hand und wandte sich wieder an Stella. »Zeig der Signora Messina deine Entwürfe!«

»Um sie vom Sterbenwollen abzulenken?«

»Ja. Genau deshalb«, antwortete er. »Das sind wir Nico schuldig.«

»Wir? Sind *wir* Nico etwas schuldig?«, ereiferte Stella sich. »Bist du also auch der Meinung, ich bin schuld an seinem Tod?«

Enza floh mit dem vollen Korb aus dem Zimmer. Sie hatte Angst vor lauten Stimmen.

»Nein, natürlich nicht.« Manuele starrte auf den Boden.

»Ist es für uns nicht schon schwer genug, *selbst* einen Sinn zu finden, um weiterleben zu wollen?« Sie wusste, sie war ungerecht, doch sie wollte mit Manuele streiten.

»Besuch sie einfach«, bat er. »Bitte.«

»Ausgerechnet heute? Am ersten Weihnachtsfest? Ohne *ihn?*«, rief Stella unter Tränen. »Wir haben uns vor vier Jahren verlobt, und nun ist er tot, und ich bin nicht mal eine Witwe, weil sie, sie … uns nicht heiraten ließ!«

»Wir sind alle Hinterbliebene. Zurückgelassene.« Manuele hatte wieder zu seiner tiefen, sonoren Apothekerstimme zurückgefunden. »Wir sitzen alle im selben Boot. Und sollten uns gegenseitig aus dieser schweren Seenot retten.«

Wie soll ein Ertrinkender dem anderen helfen?, dachte Stella, doch sie hatte nicht mehr die Kraft zu widersprechen.

Am nächsten Tag, dem Weihnachtsmorgen, saß sie im Salon und trank frisch gepressten Orangensaft mit ganz viel Zucker, das Einzige, worauf sie für eine Sekunde Appetit gehabt hatte. Es war der Morgen, an dem die Geschenke verteilt wurden, doch niemand hatte in diesem Jahr daran auch nur einen Gedanken verschwendet. Lolò hatte ihr eine hellblaue Rolle Mentinas dagelassen und das Radio eingestellt. Klassische Musik beruhigte sie manchmal. Obwohl auch Assunta sie sanft aufgefordert hatte, Nicolas Mutter zu besuchen, brachte Stella es nicht über sich, ihren Morgenmantel gegen ein Kleid zu tauschen und hinüberzugehen. Wie sollte sie das schaffen? Sie musste auch so schon dauernd an das fürchterlich leere Zimmer denken, das mal seins gewesen war.

Plötzlich brach die Musik ab, es rauschte im Sender, dann folgte ein Piepton. Stella fuhr zusammen, als eine Stimme verkündete:

»Radio *L'Onda Blu* wünscht frohe Weihnachten! *Buon Natale a tutti!*«

Sie richtete sich in ihrem Sessel auf. *L'Onda Blu?* Nicos Sender! Wer sendete da?

»Ich melde mich heute hier auf dieser Welle bei euch, weil ich über einen Freund sprechen möchte. Einen Freund, den ich niemals vergessen werde. Er hat so viel für uns alle getan, auch für mich.«

Stella atmete tief ein. Obwohl auch er versuchte, Clint Eastwood zu imitieren, war das ziemlich sicher Manueles Stimme!

»Und nun ist er durch einen tragischen Unfall dahingeschieden, und wir können ihn nicht einmal gebührend beisetzen, denn es gibt keinen Platz auf dem Friedhof von Bellaforte. Er hinterlässt untröstliche Freunde, eine untröstliche Verlobte, aber vor allen Dingen und ganz besonders eine untröstliche Mutter!

Bewohner von Marinea! Freunde! Ihr, die ihr ihn gekannt habt! Wir müssen dafür sorgen, dass er ein würdiges Grabmal bekommt, dass dieses Grabmal nach den besten, liebevollsten Plänen und so schnell wie möglich gebaut werden kann. Wenn ihr meiner Meinung seid, dann trefft euch mit mir morgen früh um zehn am Eingang des Friedhofs. Und bringt eine blaue Fahne mit! Blau wie *L'Onda Blu,* blau wie das Meer, das er so liebte!«

Stella schlug eine Hand vor den Mund. Was war in den stillen, zurückhaltenden Manuele gefahren, diese gefährliche Mission von Nicola weiterzuführen? Was hatte er gesagt? Die besten, liebevollsten Pläne ...? Damit hatte Manuele natürlich *sie* gemeint.

Als Flora sie und Assunta ins Zimmer kommen sah, hob sie die Augenbrauen und hievte sich aus dem tiefen Sessel, in dem sie von den schwarz gekleideten Frauen bewacht wurde. Flora kam auf sie zu und umklammerte ihre beiden Handgelenke. Ein schwaches Lächeln erhellte für einen kurzen Moment ihr Gesicht, als ob sie sich an etwas Schönes, längst Vergangenes erinnerte. Mit den beiden Verbänden, die unter den langen Ärmeln des Kleides hervorlugten, hatte Stella gerechnet, mit dem Kopfverband nicht.

»Sie hat ihre Stirn mehrmals gegen die Wand geschlagen, bevor wir sie davon abhalten konnten«, wisperte eine Nachbarin ihr ins Ohr. Sie sieht wirklich aus, als ob sie in einem Krankenhaus besser aufgehoben wäre, dachte Stella.

Flora ließ sie abrupt los und wankte stumm an ihr vorbei in den Flur, doch dann wurde Stella feierlich mitgeteilt, sie wolle mit ihr alleine sprechen, also machte sie sich auf zu einer Audienz in die Küche.

»Mein Plan ist aufgegangen. Ich wollte dich sehen.« Flora tätschelte ihr die Hand, hielt sie ein wenig fest, schien mit einem Mal ganz klar und aufgeräumt.

»Dafür hättest du nicht extra ...« Stella zog ihre Hand zurück. Die Küche roch nach Wäschebleiche und Verzweiflung. Ihr Blick wanderte über die Verbände an Floras Kopf und Armen. Flora hielt ihm ungerührt stand.

»Ich habe dir Entwürfe mitgebracht.« Verlegen rollte Stella die Papierbögen auf dem Küchentisch aus und beschwerte sie an den Ecken mit ein paar silbernen Kaffeelöffeln, die auf der Spüle lagen. »Das ist das, was Nico sich für seinen Vater vorstellte.«

Flora schaute mit gerunzelter Stirn auf das Papier. »Was soll das sein? Eine *cappella?* Ich sehe da nur Kugeln. Und wo geht man hinein?«

Stella erschrak über den rüden Ton, den Nicolas Mutter an den Tag legte. Rümpfte sie nicht sogar leicht die Nase?

»Nun ja, er hat sich da etwas vorgestellt, das an eine Luftblase unter Wasser erinnern soll. Nico will immer mit Glas bauen!« Wollte, wollte ... mein Gott, sie redete noch immer in der Gegenwart von ihm. »Ich habe seine Pläne nur aufgenommen und etwas ausgebaut.« Zum Beispiel mit einer Tür und anderen Kleinigkeiten, fügte Stella für sich hinzu.

»Das wird im Sommer doch viel zu heiß!« Flora schaute sie zweifelnd an.

»Es sind *seine* Pläne, er wollte etwas luftig Leichtes, wie eine Luftblase im Wasser eben.«

»Im Wasser? Im Wasser? Ich höre nur Wasser! Davon will ich nichts wissen. Das Meer hat ihn mir genommen, ich werde ihn doch nicht in etwas legen, das mich täglich daran erinnert!« Sie fegte mit einer einzigen Handbewegung die Pläne vom Tisch, die Kaffeelöffel landeten klirrend auf dem Steinboden.

»Professor Volpe haben sie gefallen«, sagte Stella leise. »Aber es ist eben noch eine Utopie.« Sie hob die Bögen vom Boden auf und rollte sie zusammen.

»Ich will keine Utopie! Ich will Marmor und Blumen und einen Altar, vor dem ich sitzen kann, und ein vernünftiges Kreuz! Ich will, dass alles, was ihm gehört, in sein Grab kommt. Auch sein Boot. Er soll in seinem Boot begraben werden!«

Gut gemacht, Manuele. Wenn es unser Ziel war, die Signora von trüben Selbstmordgedanken abzuhalten, dann ist es uns gelungen, dachte Stella. Auch wenn sie jetzt völlig durchdreht. »Auf Wiedersehen.« Sie ging mit kleinen starren Schritten aus der Küche und hielt Ausschau nach Assunta. Sie fand sie im Salon, wo sie sich mit den anderen Frauen unterhielt. »Lass uns gehen.«

»Hast du ihr deine Pläne denn schon gezeigt?«

»Ja. Und jetzt muss ich hier dringend raus«, flüsterte sie und zog Assunta am Arm. Eine der Frauen hatte Veilchenwasser aufgetragen, von dessen schwerem Duft ihr übel wurde.

Als sie mit der Tante vor die Haustür trat, atmete sie dankbar die frische Luft ein. Wovon war ihr nur so schlecht, hatte sie etwas Verdorbenes gegessen? Wohl kaum. Ein Stück trockenes Brot und der übliche Lorbeertee, was sollte daran verderben? Sie konnte sich gerade noch über das Geländer beugen, als der Schwall ihren Mund erreichte. Mit einem lauten Platschen landete das Erbrochene im Hof. Erschrocken stützte sich Stella an dem Geländer ab und spuckte noch einmal aus. Meine Güte, wie peinlich!

Hinter ihr öffnete sich die Haustür. »Ich wusste es doch!«, sagte Flora mit weicher Stimme und tätschelte Stella den Rücken. »Ich wusste es von Anfang an, und ich danke Gott dafür!«

26. Kapitel

Am nächsten Morgen versammelten sich fünfzehn junge Leute vor dem Friedhof von Bellaforte/Marinea. Ihre Fahnen waren so unterschiedlich blau wie das Meer, denn sie bestanden aus drei dunkelblauen Tischdecken des Ristorante Gallo d'Oro, mehreren zerschnittenen hellblauen Laken, einem türkisfarbenen T-Shirt und zwei ungetragenen azurblauen Küchenschürzen aus der Mitgift von Ninnella Vitale, die ihr Bruder Domenico gleich am Nachmittag wieder unbemerkt zurück in ihre Aussteuertruhe schmuggeln würde, bevor sie Krach schlagen konnte.

Die kleine Demonstration wurde von vielen Besuchern bemerkt, denn am zweiten Feiertag gingen die Familien, die es am ersten nicht geschafft hatten, zu den Gräbern. Auch der Geometer Varinelli trug ein günstig erworbenes Gesteck für seine Mutter in der Hand, mit dem er sich durch das Fahnenmeer hindurchwinden musste. Wie albern! Er schaute sich lächelnd und grüßend um; er würde sich die Gesichter genau merken und Don Fattino Bericht erstatten, natürlich würde er das. Der Bürgermeister wartete doch nur darauf, diesen jungen Schmarotzern das Handwerk zu legen. Sieh an, der Sohn des Apothekers ... und da vorne sogar einige Mädchen, mehrere davon kannte er. So, so, das waren also die Unterstützer des ungebührlichen Senders. Was riefen die da? »Gebt das Gelände frei! – Ein Platz auf dem Friedhof für jedermann! – Platz für den sizilianischen Meister!« Aha, es ging wahrscheinlich um diesen verstorbenen Taucher, diesen Nicola Messina. Den hatte er ja von Anfang an in Verdacht gehabt, den Sender ins Leben gerufen zu haben. Und seine Mutter hatte in der Gemeinde gehockt und so getan, als wüsste sie von nichts. War seine Verlobte auch dabei? Don Fattino hatte die Familie des Mädchens schon lange im Auge. Aber Varinelli konnte sie nicht entdecken.

»Keine Schmiergelder für ein Grab!«, skandierten die jungen Leute in diesem Moment.

Also Kinder, bitte! Schmiergelder! Was für ein hässliches Wort. Völlig überzogen, diese Zahlungen so zu nennen. Schließlich hatten einige wichtige Menschen mitzureden und zu entscheiden, und für diese wichtigen Entscheidungen mussten sie eben von jemandem bezahlt werden …

Während der Geometer Varinelli sein Gesteck auf dem Sims vor dem Grab seiner Mutter abstellte, ein hastiges Kreuz schlug und pflichtschuldig eine Minute verharrte, saß Stella auf dem Bett in ihrem Zimmer und wartete auf Assunta.

In dieser Nacht war sie nicht von Albträumen und lähmender Trauer, sondern einzig und allein von ihrem Herzen wach gehalten worden. Es hatte sie beruhigt und mit Freude erfüllt, es hatte aufgeregt losgeklopft und ihre Augen mit Tränen überschwemmt, die um Nico weinten und doch auch in freudiger Hoffnung auf ein Wesen, das tief in ihr heranwuchs und das von ihm war. Von ihm! Hunderte Tränen der Freude also und Hunderte der Trauer, doch irgendwann in den Morgenstunden war sie das erste Mal seit Wochen in einen tiefen Schlaf gesunken.

Jetzt stand sie auf, schaute in den Spiegel und überprüfte ihr Gesicht. Ihre Augen waren vom vielen Weinen geschwollen. Meine Güte, da habe ich geblutet, als ob ich im nächsten Moment sterben müsste, und nun bekomme ich ein Kind! Die junge Hebamme aus Marinea, die Assunta gleich gestern noch angeschleppt hatte, hatte es nach einer kurzen Untersuchung bestätigt. Trotz der heftigen Blutungen war sie schon am Ende des vierten Monats. Wie konnte das sein? Es war ein Wunder!

Ich bekomme unsere Tochter, Nico! Denn dass es ein Mädchen werden würde, stand für sie fest. Sie wusste es einfach. Ängstlich spürte sie in sich hinein. Würde ihr wieder schlecht werden wie in den letzten Tagen? Nein, heute Morgen hatte sie Appetit, sogar richtigen Hunger! Ob Assunta ihr wohl außer der zu erwartenden Strafpredigt auch etwas zu essen bringen würde?

Flora hatte sie gestern minutenlang umarmt und sich auf diese Weise Trost von Nicos Kind geholt. Stella hatte den starken Sog zu ihr hin gespürt. Doch wider Erwarten hatte die Umarmung sie nicht ausgelaugt, sondern sie mit mehr Kraft zurückgelassen.

Assunta brachte ihr ein Frühstück aus Kaffee, Brot und einem Eigelb, das sie mit Zucker und Marsala aufgeschlagen hatte, und auch einen Brief mit herauf. Ängstlich beobachtete Stella die Tante. Sie hatte seit gestern kein Wort mit ihr gesprochen. Hatte stumm geschaut, der Hebamme zugehört, den Kopf geschüttelt, ihren Arm gestreichelt.

»Wir reden später. Habe den Hefeteig da unten stehen …«, sagte sie auch jetzt nur und trat den Rückzug an.

In ihrer Stimme schwang so viel Liebe mit, dass es nicht allzu schlimm werden konnte, hoffte Stella. Während sie den zuckrigen Schaum aus dem Glas löffelte, öffnete sie den Brief. Er war mit der Schreibmaschine geschrieben, und er war von Carlos.

20.12.1969

Liebe Stella,
ich hoffe, es verletzt Dich nicht, wenn ich Dich in diesem Brief duze, doch ich fühle mich Dir so nahe, dass ich eine förmliche Anrede einfach nicht hinschreiben mag.

Mein Besuch bei Euch ging mir lange Zeit nicht aus dem Sinn. Ich weiß, dass Du unendlich traurig bist, und es tut mir in der Seele weh, Dich so zu sehen. Dein Nicola muss ein toller Kerl gewesen sein; schade, dass ich ihn nie kennengelernt habe. Ein kluger Kopf, ein großartiger Taucher, ein mutiger Mann, schon allein deswegen, weil er Deine Liebe errungen hat. Wenn er auch nicht reiten konnte … Ich verzeihe ihm das.

Stella stieß hörbar die Luft durch die Nase aus, doch auf ihren Lippen erschien ein mattes Lächeln.

Etwas, das ich bei meinem Besuch nicht zu sagen gewagt habe, möchte ich Dir heute schreiben.

Meine Verlobung wurde gelöst. Vielleicht war das gut so. Sie wollte etwas anderes vom Leben als ich.

Ich glaube, ich weiß erst jetzt, was ich selbst vom Leben will, und so habe ich beschlossen, Dich erst in fünf Jahren wiederzusehen. Fünf Jahre sind eine lange Zeit, und wir wissen alle nicht, was passieren wird, doch falls Du mich nicht vorher bittest, Dich zu treffen oder Dir zu helfen (glaub mir, ich würde Dir so gerne helfen, wenn es irgendetwas gäbe, das Dir die Trauer erträglicher macht), werde ich mich von Dir fernhalten.

So, und nun kannst Du mich vergessen.

Carlos

Oh, mein Gott, Carlos. Was soll dieser Brief? Warum ausgerechnet fünf Jahre? Und was für einen Zeitpunkt hast du dir dafür ausgesucht?, dachte Stella. Wenn da etwas zwischen den Zeilen stehen sollte, habe ich nicht die Kraft herauszufinden, was es ist … Ja, ich werde dich sofort wieder vergessen, denn ich werde mich jetzt nur noch auf zwei Sachen konzentrieren: Erst darauf, Nicolas Grabstelle zu bauen, und dann auf dich, mein Fischchen! Sie streichelte über ihren Bauch, in dem sie heute Morgen, als sie ganz still dalag, eine winzige Bewegung gespürt hatte, wie von einem Fischchen eben, das mit der Schwanzflosse im Vorbeischwimmen eine kleine Welle schlägt.

Sie ließ den Brief sinken, denn Assunta war hereingekommen. »Die Signora Messina hast du gerettet, so viel ist klar.«

»Ich ... Es tut mir wirklich leid, dass ich dich angelogen habe, aber um etwas anderes tut es mir nicht leid.«

»Ach, komm her, *amore!* Du machst uns doch alle so unendlich glücklich!« Assunta schloss sie in die Arme, presste sie an ihren üppigen Busen und ließ sie für die nächsten Minuten nicht mehr los.

»Die Leute werden reden ...«, murmelte Stella an ihrem Hals.

»Lass sie reden. Das haben sie bei mir damals auch getan, und was hat es mich gekümmert? Einen feuchten Dreck. Ich hatte dich, und dann kam auch noch mein liebster Lolò.«

»Und du hast es wirklich bis zum Schluss nicht gemerkt?«

Assunta winkte ab. »Ich war jung und dumm und doch die glücklichste Person auf dieser Welt!« Sie schob Stella mit ausgestreckten Armen ein Stück von sich.

»Er wird sie nie sehen, Assunta.«

»Wieso *sie*? Meinst du, es werden gleich zwei?«

»Es wird ein Mädchen!«

»Ach so? Aber natürlich sieht er sie! Er sieht dich, er sieht uns, wie wir sie gemeinsam aufziehen. Seine Mutter Flora, Maria, du, ich, der Marchese, mein Alberto, Onkel Lolò!«

Onkel Lolò. Sie lachten. Das erste Mal seit Nicos Tod lachten sie wieder! Schon im nächsten Moment seufzte Stella. Es war immer noch so verdammt schwer ohne ihn! Doch sie wusste, was sie tun wollte: Sie würde Verbündete und Freunde um sich versammeln.

Die Wohnung war dunkel, es roch nach saurer Milch, ungelüfteten Betten und etwas, das hinter einem Schrank still vor sich hin verweste.

»Ich hätte nicht so reinplatzen dürfen, Orsola, bitte entschuldige. Aber ich wollte unbedingt dich und die Kleine sehen. Und die neue Wohnung!«

»Oh, das ist nicht schlimm, ich bin ja eh immer zu Hause. Aber schau mich besser nicht zu genau an, ich sehe schrecklich aus!« Orsola hielt sich eine Hand vor den Mund.

»Das stimmt doch gar nicht, du siehst gut aus!« Eine dicke Lüge, Orsola sah völlig erschöpft aus. Sie hatte mindestens zwanzig Kilo zugelegt, die Kleider schienen jeden Moment an den Nähten aufzuplatzen, ihre kurzen Haare, die damals auf dem Protestmarsch in Palermo so frech und wild gewirkt hatten, waren auf Schulterlänge gewachsen und hingen kraftlos herunter.

»Hey, und du redest wieder deutlich, deine Zahnspange ist weg!«

»Ja ... aber ...« Sie nahm endlich die Hand vom Gesicht und zeigte ihre Zähne. Die obere Reihe stand nicht mehr übermäßig vor, doch es fehlte ein Zahn darin.

»Was ist passiert?«

»Gefallen.«

»Auf etwas draufgefallen?«

»Ja. Äh, nein. Runtergefallen. Die Kellertreppe.«

»Oje ...« Ein Verdacht flackerte in Stella auf, doch sie würde ihn nie aussprechen. »Hier wohnt ihr also jetzt.« Sie schaute sich um. Orsola war endlich die Schwiegereltern los, die alles besser wussten, und die Wohnung war tatsächlich ein bisschen größer, doch sie lag in einer trostlosen Ecke, weit außerhalb von Bellaforte, gleich neben dem neuen Elektrizitätswerk.

»Darf ich?« Stella öffnete eins der Fenster. Man hörte die Spannung der Transformatoren in der Luft brummen. Erst jetzt wandte sie sich dem Bettchen zu, in dem Orsolas kleine Tochter schlief. »Wie süß.«

»Sie schläft nachts nicht, will jede Stunde trinken. Ich bin völlig fertig.«

»Sie sieht gut genährt aus.« Das Kind war rund wie eine kleine Made.

»Und du? Mein Gott, Stella, du bist so dünn, und wenn du so stehst, sieht man ihn umso deutlicher herausstehen!«

»Ja, das scheint wohl so zu sein. Guck dir diese schwarze Bluse an, die Assunta mir genäht hat: Sie ist ein Zelt und trotzdem schon zu eng. In vier Monaten ist es so weit. Ende Mai, Anfang Juni.«

»Hast du keine Angst?«

»Wovor? Mir ist doch das Schlimmste schon passiert, Orsola.« Sie hielt die Luft an, als Orsola jetzt näher kam, denn die Freundin roch nach altem Schweiß.

»Dass die Leute über dich herziehen vielleicht?«

»Das tun sie schon.« Kann man denn sagen, von wem es ist?, hatte jemand im Bus nach Bellaforte gut hörbar von der Rückbank gefragt. Sie hatte sich daraufhin schnell in eine leere Bank gesetzt und die Knöpfe an der schwarzen Bluse gezählt.

»Ich habe es gerade noch geschafft, Stella, ich bin nun wieder eine ehrbare Frau und danke meinem Schöpfer dafür.«

»Ach, Orsola, das klingt überhaupt nicht nach dir! Bin ich denn *keine* ehrbare Frau mehr?«

»Nun, du warst nie verheiratet. Die Definition deines Zustands ist demnach genau diese.«

»Schön, dein scharfer Verstand funktioniert also noch! Du wolltest Anwältin für Frauen werden ... für Frauen, die geschlagen werden!«

Orsolas Hand wanderte wieder zu ihrem Mund. »Ich wünsche dir viel Kraft, Stella. Such dir jemanden zum Heiraten.«

»Warum? Um dann so wie du ...« Sie brach ab, als sie den Blick der Freundin sah. »Orsola, du warst die Schlauste in unserer Klasse. Du hast so gerne Geige gespielt.«

»Bratsche!«

»Bratsche, richtig. Noch schöner. Aber das hier kann doch nicht dein Leben sein.«

»Es wird sonst ein einziger Spießrutenlauf, glaub mir.«

Im Bummelzug nach Palermo ging es weiter. Zwei Frauen, die sie gar nicht kannte, warfen ihrem Bauch böse Blicke zu, und die Hausmeisterin der Schule, an der sie jahrelang jeden Morgen höflich grüßend vorbeigelaufen war, wandte sich ab, ohne ihren Gruß zu erwidern.

Stella zuckte mit den Achseln. Schau uns an, Nico, hier gehen wir, sagte sie in Gedanken und grinste für ihn. Nur für ihn. Sie klemmte die Papprolle unter den Arm, überquerte den Bahnhofsvorplatz, ging mit raschem Schritt die Via Maqueda entlang und ein paar Minuten später die Stufen der Fakultät hoch. Wie viele Wochen hatte sie Professor Volpe schon nicht mehr aufgesucht? Aber hatte er nicht gesagt, sie könne jederzeit bei ihm vorbeikommen? Und heute würde auch er die Überraschung sehen, die sie für alle sichtbar mit sich trug ... Ein paar Studenten kamen ihr entgegen, mit zwei von ihnen hatte sie schon im Seminar »Geschichte der Architektur« gesessen. Einer pfiff hinter ihr her. »Da hat sich aber jemand beeilt«, johlte es hinter ihrem Rücken.

Stella war froh, dass nach ihrem Klopfen sofort ein lautes *»Avanti!«* erscholl. Sie schlüpfte in das Sprechzimmer und schloss die Tür hinter sich. Doch es war gar nicht Professor Volpe, der da hinter dem Schreibtisch saß. Sie schaute sich um. Hatte sie sich im Büro geirrt? »*Buon giorno!* Hatten Sie einen Termin mit meiner Sekretärin gemacht?«

»Wo ist denn Professor Volpe?«, stammelte Stella. »Das ist doch sein Büro.«

»Nicht mehr, meine Liebe, nicht mehr!« Der rotgesichtige, dicke Mann hinter dem Schreibtisch taxierte sie von oben bis unten. »Und mit wem habe ich das Vergnügen?«

»Stella di Camaleo, Studentin aus dem, äh, vierten Jahr ... Ich habe Entwürfe, die ich dem Professor zeigen wollte.«

»Nun, dann müssen Sie ihn in der Bibliothek suchen. Aber zeigen Sie doch mal her!« Er war aufgestanden und näherte sich ihr. »Ich möchte immer gerne wissen, womit sich unsere *Studentinnen* beschäftigen ...« Es klang ekelhaft anzüglich aus seinem Mund.

»Ach nein, das ist nichts Besonderes ...«

»Geben Sie her! Wenn die Entwürfe hier an der Uni entstanden sind, habe ich ja wohl ein Recht darauf!« Schon hatte er ihr die Rolle aus der Hand gerissen und ging damit hinter den Schreibtisch, wo er die Bögen entrollte.

»Aber ...«, protestierte Stella. So ein Dreckskerl! Und warum war sie so schwach? Konnte sie noch nicht einmal ihre eigenen Sachen festhalten und verteidigen?

»Aha!«, sagte er. »Und was soll das werden?«

»Ein Grabmal.«

»Dieses Kugelzeug? Eine Fantasterei würd ich es eher nennen. Das ist doch niemals umsetzbar.«

»Ich habe mich zunächst nicht an Konventionen gehalten, um später ...«

»Spinnereien. Sage ich doch.«

»Ich ... wollte mich von meiner Fantasie leiten lassen.«

»Tja. Das sehe ich. Sind Sie denn überhaupt noch eingeschrieben?« Sein Blick verharrte demonstrativ auf ihrem Bauch.

»Ja, äh ... Nein.« Manuele hatte den Antrag zur Unterbrechung des Studiums für sie eingereicht. Sie hatte sogar die Studiengebühren für das Halbjahr zurückbekommen.

»Sehen Sie. Dann haben Sie gar kein Recht, hier zu sein. Und der Professor hat kein Recht, Sie in seiner Arbeitszeit zu empfangen.« Er grinste triumphierend. »Genau wegen derartiger Unregelmäßigkeiten ist er auch vorläufig suspendiert worden.«

Unregelmäßigkeiten? Der Professor war der rechtschaffenste, ehrlichste Mensch, den Stella kannte!

»Aber wir sind keine Unmenschen. Wie gesagt: Sie finden ihn in der Bibliothek. Und nehmen Sie Ihren Kram mit!«

Hastig rollte Stella die Pläne zusammen und taumelte rückwärts aus dem Sprechzimmer. Was für eine Unverschämtheit, wer war dieser Widerling überhaupt? »Dekan« las sie auf dem Schild über der Tür, das sie beim Hineingehen übersehen hatte.

Sie fand Professor Volpe in der Bibliothek, wo er auf einer Leiter stand und Bücher einordnete.

»Stella, ich habe Sie lange nicht gesehen! Wie geht es Ihnen?«

Der Professor stieg mit seinen kurzen Beinchen von der Leiter und kam ihr entgegen. »Was bringen Sie mir heute, außer … außer einer wunderbaren Nachricht von ihm …?« Er streifte ihren Bauch mit einem Blick.

»Von ihm, ja!« Stella vergaß den demütigenden Auftritt im Zimmer des Dekans für einen Moment und strahlte, doch sofort kamen ihr die Tränen, wie jedes Mal, wenn sich jemand an ihrer Schwangerschaft erfreute. »Aber was machen Sie denn hier?«

Der *professore* seufzte. »Tja. Bei der letzten Fakultätsratswahl hat man die Stelle des Dekans neu besetzt, und da ihnen meine politische Einstellung nicht gefiel und die Art, wie ich meinen Studenten in meinen Seminaren etwas vermittle, hat man das gleich genutzt …«

»Dieser arrogante Kerl! Das können die so einfach?«

»Wenn sie die richtigen Freunde haben, schon. Ganz rausschmeißen konnten sie mich nicht, aber das ist nur eine Frage der Zeit. Irgendetwas werden sie schon noch gegen mich finden. Bis dahin halte ich die Stellung. Also? Was haben Sie für mich?« Seine Augen lächelten sie über die randlose Brille an.

»Ich habe die Entwürfe noch mal mitgebracht. Ich würde sie gerne fertigstellen, bevor …«

»Wann ist es so weit?«

»Ende Mai.« Stella breitete die Pläne auf einem der unbesetzten Arbeitstische aus. Der Professor rückte die Brille zurecht und beugte seinen Kopf weit über die Entwürfe. Nach einer halben Minute richtete er sich wieder auf. »Es ist nichts Neues hinzugekommen, Stella. Sehe ich das richtig?«

Sie wand sich verlegen. »Nun ja. Ich hatte in den letzten Tagen plötzlich so viel Kraft und auf einmal wieder Lust, mich damit zu beschäftigen. Aber bevor ich es nicht berechnen kann …« Sie zuckte entschuldigend mit den Achseln. »Ich dachte, Sie könnten mir dabei helfen – und dann mache ich weiter.«

»Mmmh. Mmmh. Große, begehbare Glaskugeln …« Er machte ein schnalzendes Geräusch mit der Zunge. »Ich kann das leider auch nicht berechnen. Meines bescheidenen Wissens nach ist die Technik noch nicht so weit. Eines Tages, ja, eines Tages vielleicht …« Er tätschelte ihre Schulter.

»Das hört sich ungefähr so realistisch an wie: Eines Tages werden unsere Politiker unbestechlich sein, und niemand wird mehr Schutzgeld zahlen«, sagte Stella. Die Enttäuschung ließ ihren Hals eng werden.

»Das wünsche ich mir. Und bis dahin«, er zog die Augenbrauen hoch, »versuch herauszufinden, was *du* ihm für ein Grabmal bauen möchtest! Was willst *du,* Stella? Zeig mir doch einmal, wie es aussehen soll.«

»Ich?«

»Du.« Er rollte die Pläne zusammen und schrieb etwas auf einen Zettel. »Hier, meine Telefonnummer von zu Hause. Falls ich bald nicht mehr als Bibliothekar arbeiten sollte …«

Stella legte die freie Hand auf ihren Bauch, als sie die Stufen wieder hinunterging. Er fand die Pläne nicht gut, Nico, dabei dachte ich, er hilft mir! Und ich habe irgendwie Angst um ihn. Das

Leben ist so verdammt verwirrend. Aber ich werde nicht weinen, Nico.

Warum auch? Du hast doch mich. Und du hast sie, unsere Kleine. Du schaffst das.

Im Zug drängte sie die aufsteigenden Tränen zurück, doch gleichzeitig spürte sie, wie Trotz und Wut in ihr wuchsen. Vor dem Bahnhof in Bellaforte nahm sie den Bus, und als sie in Marinea ausstieg, suchte sie sofort die Apotheke auf. Wenn sie Glück hatte, stand Manuele an diesem Nachmittag hinter der Ladentheke. Ja, sie hatte Glück.

»Ciao, Stella! Wie geht es dir?« Sofort ließ er die zwei Kunden vor der Theke stehen, streckte besorgt die Hände nach ihr aus und führte sie zu dem Stuhl, der neben der Tür stand, als wäre sie höchst gebrechlich.

»Mir geht es gut, Manuele. Und ich muss mich auch nicht setzen, danke.«

»Ein Glas Wasser? Oder Milch? Trinkst du genug Milch? In deinem Zustand solltest du unbedingt Milch trinken.«

Sie schüttelte den Kopf. Sie hatte jetzt keine Zeit für Milch. »Nur eine kurze Frage«, raunte sie in sein Ohr. »Wie weit ist die Sache mit dem Friedhof eigentlich? Seid ihr vorangekommen?«

Er wiegte den Kopf von einer Schulter zur anderen. »Na ja, nicht in Riesenschritten, aber immerhin haben wir erreicht, dass unser Anliegen nächsten Monat im Gemeinderat von Marinea vorgetragen wird«, antwortete er genauso leise. »Bellaforte und Marinea streiten nämlich um den Anspruch, die Parzellen vergeben zu können, da der Friedhof ja für beide Orte angelegt wurde. Aber da wir keinen mächtigen Don Fattino in der Gemeinde haben, ziehen wir immer den Kürzeren.«

»Wir müssen kämpfen, Manuele!«

»Du nicht! Du musst dich jetzt schonen und ausruhen. Leg dich zu Hause ein bisschen hin.«

»Ich gehe jetzt hinüber zu meiner Schwiegermama! Sie mag es, wenn ich bei ihr sitze. Und irgendwann, wenn ich nicht mehr so wütend und durcheinander bin, werde ich das Grabmal neu entwerfen. Für sie. Und mich. Und Nico. Und für dich … und das Kleine …«

»Du bist die wunderbarste Frau, die ich kenne, Stella. Habe ich dir das schon einmal gesagt?«

»Danke.« Mit einem kleinen Lächeln küsste sie ihn rechts und links auf die Wange, eine Geste, die er bewegungslos und mit geschlossenen Augen entgegennahm.

»Brauchst du noch ein Kissen für den Rücken? Wenn du dich so hinsetzt, kann ich dich besser sehen.« Sie saßen auf dem *divano* im Wohnzimmer. Stella sah seine Mutter an. Sie war schön. Warum war ihr das nie aufgefallen? Da! Das Baby strampelte. »Es hat sich bewegt«, rief sie, »schnell!«

Flora rückte noch näher an sie heran und ließ ihre Hand von Stella zu einer Stelle unterhalb des Bauchnabels führen. »Hier!« Stille.

»Na, da war es eben jedenfalls. Mach's noch mal, Schätzchen, beweg dich für deine Nonna!« Flora lächelte, doch nichts tat sich mehr. Sie sahen sich an. Die Uhr unter dem Glassturz tickte auf der Anrichte. Stella lehnte ihren Kopf an das Polster des Sofas. Nebenan hörte man Floras Mutter in der Küche herumgehen, draußen auf der Straße heulte ein Auto auf, Kinder lachten und schrien sich etwas zu.

Ach, Nico. Hier sitze ich mit deiner Mutter, wir lauschen deinem Kind und hören zu, wie die Welt sich dreht. Sie atmete tief ein. Was wollte sie? Was wollte sie Nico geben? »Das mit seinem Boot, war das ernst gemeint?«

Flora wusste sofort, wovon Stella sprach.

»In seinem Grab? Ja, natürlich.«

»Da!«, sagten sie beide wie aus einem Mund. Es hatte sich bewegt. Stella lächelte, und eine Idee flatterte mit einem Mal durch ihren Kopf, mehrere Ideen, wie weißer Stoff, wie weiße Segeldreiecke, die im Wind hin und her schlugen. Sie drückte Floras Hand. »Ich muss nach Hause.«

»Ach nein, nicht jetzt schon …«

»Ich brauche unbedingt meine Zeichenkohle in den Händen und ein paar leere Papierbögen vor mir.«

»Was hast du vor?«

»Wir bauen ihm sein Grab.«

»Bitte geh nicht! Hol die Sachen, die du benötigst, und arbeite hier.«

Stella schnappte nach Luft und hielt dann den Atem an.

»An seinem Schreibtisch«, sagte Flora.

Sie sahen einander einen Moment lang stumm an. Dann hievte Stella sich aus dem viel zu weichen Sofa hoch. Hier unter Floras Augen war der richtige Ort, spürte sie, doch es musste schnell geschehen, bevor die Idee mit den Segeln aus ihrem Kopf geweht wurde. Sie griff nach Floras Händen und drückte sie. »Ich bin gleich wieder da.«

27. Kapitel

1970. Ein Erdbeben der Stärke 7,5 erschütterte China. Zehntausend Menschen kamen dabei ums Leben. Ein Liter Milch kostete 150 italienische Lire, ein Brot 230 Lire. Die Wochen vergingen. Die drei Mafiabosse Bontate, Badalamenti und Leggio taten sich in Palermo zusammen, um den Heroinhandel besser kontrollieren zu können, und die Gerüchte um die Trennung der Beatles verdichteten sich.

Es gab einen Eklat im Stadtrat von Marinea, und Clint Eastwood vom illegalen Radiosender *L'Onda Blu* verbreitete die Hintergründe dazu, die man in keiner Zeitung lesen konnte. Die großen Autos mit den Peilsendern darauf fuhren wieder verstärkt durch Marineas Gassen, wurden aber nicht fündig. Don Fattino heuerte auf Kosten der Gemeinde eine Firma aus Termini Imerese an. Warum bekam man diesen unverschämten Lümmel nicht endlich zu fassen? Wahrscheinlich waren es sogar mehrere. Aber die Idioten aus Bellaforte waren ja zu nichts in der Lage!

Lolò geriet in eine Prügelei, bekam einen Schlag auf sein rechtes Auge und büßte fünfzig Prozent seiner Sehfähigkeit ein. »Der andere ist jetzt total blind«, sagte er nur, wenn die Sprache darauf kam.

Manuele büffelte für seine *laurea* in Chemie.

Die Pläne für das Grab wuchsen ebenso rasch wie Stellas Bauch. Am 31. März, einen Tag vor ihrem dreiundzwanzigsten Geburtstag, ging sie hinüber zu Flora, um noch ein bisschen an den Entwürfen zu feilen. Es war sonnig, die Blüten und das Grün explodierten in der Natur, dennoch war Stella ängstlich zumute. Sie klingelte kurz, zog dann den Schlüssel hervor, den Flora ihr zugesteckt hatte, damit Stella sie zu jeder Zeit besuchen konnte. Heute werde ich ihr den Entwurf richtig erklären, dachte sie, während sie die Stufen der Treppe emporstieg. Hoffentlich mag sie ihn diesmal! Sie erinnerte sich an das Geräusch der Kaffeelöffel, als sie auf dem Steinboden aufprallten … Aber auch wenn nicht, vielleicht lenkt er uns von dem fürchterlichen Datum ab, das wir morgen zu überstehen haben. Dem ersten Geburtstag ohne ihn.

»Man kann es ja jetzt von allen Seiten sehen«, staunte Flora und beugte sich über Nicolas Schreibtisch. »Und diese beiden Dreiecke hier vorne, sollen das Segel sein?«

»Ja. Die werden aus Sichtbeton gegossen und dann weiß angestrichen.« Sie hielt die Luft an.

»Das sieht wirklich richtig echt aus, fast wie ein Foto.«

Stella nickte. Perspektivisches Zeichnen war nicht ihr Problem. Die Konstruktion bereitete ihr Sorgen. Sie würde den *professore* noch einmal aufsuchen müssen. Hoffentlich haben sie ihn noch nicht aus der Bibliothek geworfen, betete sie stumm, bevor sie Flora die Pläne weiter erläuterte. »Also, die *Marestella* wird hier unten in einer vier mal fünf Meter großen ausgeschachteten Grube ruhen, abgedeckt mit einer Scheibe aus fünfzehn Zentimeter dickem Glas.«

»Und das ist gleichzeitig der Boden der Kapelle?«

»Genau.«

»Und darauf kann man gehen?«

»Es ist bruchsicher.« Sie hatte so etwas schon einmal als Abdeckung über einem römischen Brunnen gesehen. Allerdings nur in einem Buch.

»Ich weiß nicht …«, sagte Flora kaum hörbar. »Einerseits will ich das Boot dort haben, aber möchte ich es denn immer sehen, wenn ich bei ihm sitze?«

»Wir können uns das noch überlegen.« Vielleicht gibt es ja auch noch keine bruchsichere Scheibe in diesem Maß, dachte Stella. Vielleicht ist das alles auch viel zu teuer … Ich habe keine Ahnung, wo ich mich da kundig machen kann, war einfach nicht lange genug an der Uni … Mein Gott, werde ich jemals wieder studieren? Wenn das Kind da ist, wird dafür erst einmal keine Zeit mehr sein. Sie sah die dicke Orsola in ihrer dunklen Wohnung vor sich, völlig erschöpft und unglücklich, mit strähnigem, ungewaschenem Haar. Du hast Assunta, du hast Maria, du hast Flora, beruhigte sie sich und wandte sich Letzterer wieder zu. »Die Wände werden von dem Segel eingefasst, die Verbindung wird mit einem großen Fenster aus Glas geschaffen.« Sie hielt inne. Vielleicht verstand Flora gar nicht, was sie meinte. Sie räusperte sich. »Na ja, hier geht man jedenfalls rein, dort ist der Altar, den du dir gewünscht hast, davor wird Platz für vier Stühle sein, siehst du, und hier, in diesen Marmor … Marmor …« Ihre Stimme versagte.

In diesen Marmorsarkophagen würden sie liegen. Links der Sohn, rechts der Ehemann. Marmorsarkophag! Sie konnte das Wort unmöglich aussprechen, Flora weinte bereits, und auch bei Stella kündigten sich Tränen an. Sie weinten so oft! Kein Tag verging, an dem die eine die andere nicht besuchte, kein Tag, an dem sie nicht zusammen schluchzten und seinen Tod bedauerten, aber auch dankten für diesen Sohn, diesen Geliebten, für die Zeit, die sie mit ihm gehabt hatten, um dann doch wieder in tiefen Schmerz zu tauchen. Es tat weh, aber es tat auch gut, bei alldem nicht alleine zu sein.

Es klingelte, Flora tupfte sich die Tränen ab und ging zur Tür. Kurz darauf kam sie mit Manuele an ihrer Seite wieder zurück. Er bewunderte die Zeichnungen ausgiebig. »Wäre doch eine Schande, wenn wir diese prachtvolle Grabkapelle nicht bauen würden! Morgen um elf veranstalten wir einen Protestmarsch vor der *comune* in

Bellaforte. Habe es gerade in einer Sondersendung auf *L'Onda Blu* durchgegeben. Alle sollen blaue Fahnen mitbringen oder gleich in Blau kommen. Und ich sage euch: Es werden viele sein!«

»Morgen?«

»Aber doch nicht an seinem Geburtstag?« Flora rang die Hände.

»Doch, natürlich! Wir erinnern damit ganz bewusst an ihn. Wir rufen der Bevölkerung von Bellaforte ins Gedächtnis, dass der sizilianische Meister, unser Freund …« Er bemerkte ihre Blicke und verstummte, doch dann ballte er die Faust und rief: »Wir werden unser Ziel erreichen, das schwöre ich euch!«

Wie kämpferisch Manuele geworden ist, dachte Stella. Und auch Flora musste das Gleiche gedacht haben, denn sie sagte: »Ist gut, Manuele. Du hast seinen Sender übernommen und verstellst deine Stimme, nun musst du ja nicht auch noch so unvernünftig werden wie er!«

»Stella ist vernünftig, die geht da nicht hin … aber ich schon, ich muss es einfach tun, Signora Messina!«

Am nächsten Morgen holte Stella den Silberrahmen mit Nicos Foto unter ihre Decke, sie krümmte sich zusammen, küsste das Gesicht auf dem Foto und weinte, bis das Kind in ihrem Bauch anfing zu strampeln und sie sich auf die andere Seite legen musste, weil es ihr ein wenig die Luft abdrückte.

Hey, mach es nicht traurig!

Sie schluckte das Weinen hinunter: Ich versuche es.

Sei keine traurige Mama, versprichst du mir das? Und spätestens wenn es draußen ist und dich sehen kann, trägst du wieder Farben, versprochen?

Sie versprach es und sagte ihm, dass sie ihn immer lieben werde, dann küsste sie das Foto inniglich, stand auf, streifte sich den Morgenmantel über und nahm unten im Grünen Salon die Glückwünsche entgegen. Niemand hatte ein Geschenk für sie, Gott sei Dank, sie hätte auch keines gewollt, doch Assunta hatte einen großen Strauß Iris aus dem Garten gepflückt und in eine Vase gestellt. Ein leuchtendes Blau für diesen Morgen, was passte denn besser?

Der Marchese umarmte sie und ließ dann seine Hände auf ihren Schultern liegen. »Gute Nachrichten in dieser düsteren Zeit, mein Kind. Mauro Scaletti sitzt seit heute Morgen unten im Büro und hat angedeutet, es gäbe das erste Mal ein Plus in unseren Büchern zu verzeichnen.«

Ein Plus? Wie kann das denn sein, lag ihr auf der Zunge, doch dann lächelte sie nur. »Das ist wirklich eine gute Nachricht.«

»Und!« Er machte eine bedeutsame Pause. »Und das Katasteramt hat uns Einsicht in die Karten zugesagt. Der Brief kam gestern.«

Stella fasste sich an den Bauch. Den Antrag hatte sie vor zwei Jahren gestellt. Nico war noch an ihrer Seite gewesen …

Assunta schnalzte mit der Zunge und bedachte ihren Schwager mit einem tadelnden Blick.

»Ich weiß, ich weiß«, sagte er, »nun lass ich dich auch mit diesen Dingen in Ruhe.«

Auf dem Weg in die Küche machte sie einen Umweg über das Büro des Buchhalters, gleich neben dem Arbeitszimmer ihres Vaters. Die Tür stand wie immer offen. Stella zog den Morgenmantel etwas fester um ihren vorstehenden Bauch und lugte hinein. Signor Scaletti saß mit aufgekrempelten Hemdsärmeln am Tisch vor den Regalen und blätterte bedächtig die Seiten des großen braunen Kontobuches um. Unzählige der gleichen Art waren ordentlich in die Regale hinter ihm gestapelt.

Ab und zu schrieb er mit einem Füllfederhalter einige Zahlen unter die langen Kolonnen. Irgendwann schaute er auf.

»Ach, welch überraschender Besuch! Die Signorina.«

»Mein Vater erzählt mir die seltsamsten Dinge an diesem wunderschönen Morgen, Signor Scaletti. Kann das denn stimmen?«

»Ähem, wenn Sie andere Nachrichten bevorzugen …?«

»Nein, nein.« Er siezte sie von dem Tag an, als sie ihn nach dem Tod der Marchesa um Hilfe gebeten und eingestellt hatte. Mein Gott, erst siebzehn war sie da gewesen.

»Natürlich hat der Verkauf des alten Palazzo in Roccalina uns weitergeholfen, aber erst die Zahlungen, die jeden Monat vom Baron Larocca eintreffen, geben uns die Kontinuität, die wir brauchen. Die Ländereien werfen das erste Mal etwas ab, der Most wird ordnungsgemäß abgerechnet …«

»Wie viel zahlt der Baron im Monat?«

»Es hat sich auf eine feste Summe eingependelt.« Er nannte ihr eine Zahl.

»So viel? Nur für die paar Liter Most? Und die Verpachtung ein paar abgegraster Wiesen? Erscheint Ihnen das nicht auch sehr hoch, Signor Scaletti? Wie lange macht Baron Larocca das schon?«

Der Buchhalter wiegte den Kopf und spreizte den kleinen Finger ab, während er in seinen Aufzeichnungen zurückblätterte. »Seit … Seit letztem Oktober.«

Nach Nicos Tod also. Stella stützte ihre Hand in den Rücken, als sie ein heftiges Ziehen verspürte und ihr Bauch hart wurde; das passierte an manchen Tagen. Alles normal, sagte die junge Hebamme jedes Mal, wenn sie sie in der Villa besuchte und mit einem modernen, kalten Stethoskop ihren Bauch abhörte. Alles normal.

»Alles normal«, wiederholte sie, nickte dem Buchhalter zu und verließ das Zimmer. Sie hatte jetzt keine Zeit, dem überraschenden Geldfluss nachzugehen, denn es gab noch eine weitere Person, die sie aufsuchen wollte: Enza. Enza hatte einen weiten blauen Mantel, und den würde sie sich an diesem Morgen von ihr leihen.

»Wo willst du denn hin?«

Mist. Musste Maria ausgerechnet jetzt mit ihren Einkäufen die Via Scaduto hochkommen?

»Nach Bellaforte. Zur Gemeinde.«

»In *deinem* Zustand?«

»Maria, das Kind kommt erst Ende Mai. Soll ich die nächsten acht Wochen etwa im Haus bleiben?«

»Aber ja! Und wenn du schon gehen musst, sollte einer von uns dich auf jeden Fall begleiten.« Maria stellte sich neben sie an die Bushaltestelle.

»Bring das da doch mal lieber nach Hause.« Sie wies auf den Korb, in dem viele Kartoffeln und eine große Sellerieknolle lagen. »Der ist doch viel zu schwer.«

»Nichts da. Ich komme mit dir. Nicht auszudenken, was sonst alles passieren kann!«

Stella schaute sich nervös um. Fehlte nur noch, dass Flora aus der Tür kam und sie hier entdeckte. Wenn sie den marineblauen Mantel über der Trauerkleidung sah, würde Nicolas Mutter sofort ahnen, was sie vorhatte.

Nun fahr schon los, dachte Stella ungeduldig, als sie in den Bus stiegen. Sonst kommen wir noch zu spät. Doch der Busfahrer wartete in aller Seelenruhe auf die zwei Personen, die noch angerannt kamen, dann schlossen sich zischend die Türen. Erst als Stella aufsah, erkannte sie, wer da durch den Gang nach hinten gehinkt kam.

»Ach, sieh an!« Assunta ließ sich vor ihnen auf die Sitzbank fallen, während sie sich das Kopftuch unter dem Doppelkinn zuknotete. »Was für eine Heimlichtuerei, ihr beiden! Ist das der Dank?« Sie drehte sich schnaufend um. »Maria, warum hast du es ihr nicht verboten?«

»Aber ich habe es ihr verboten!« Maria klopfte mit der flachen Hand auf ihr knochiges Brustbein, wie immer, wenn sie aufgeregt war. »Was eigentlich?«

»Na, diese Sache da heute vor der Gemeinde ... Außerdem ist das Enzas Mantel, Stella«, sagte Assunta streng.

»Ja. Ich weiß. Das zartblaue Kopftuch steht dir aber auch gut.«

»Ach, na ja!« Assunta zupfte daran herum. »Ich habe ihn immer sehr gemocht, deinen *fidanzato.*« Sie betonte das Wort mehr als deutlich. »Und außerdem können wir doch nicht immer schweigen!«

Stella schaute aus dem Fenster. Ein Glücksgefühl durchströmte sie plötzlich. Wir alle tun das für dich, Nico! Nur für dich!

Vor der *comune* trafen sie Manuele. Er hielt ein Megafon in der Hand und wurde von ein paar jungen Leuten umringt. Einige trugen dunkelblaue Arbeitshosen, zwei Mädchen babyblaue Strickjacken. Ihre selbst gemachten Fahnen hingen müde herunter. »Wir hatten mehr Leute erwartet«, sagte Manuele und knibbelte an seinem Bart herum, den er sich seit Neuestem wachsen ließ und der ihn älter machte.

»Vielleicht kommen ja noch ein paar«, versuchte Stella ihn zu trösten.

»Dass *du* überhaupt hier bist!« Er schaute sie mit einer Mischung aus Bewunderung und Besorgnis an.

Stella wiederholte den Satz mit den acht Wochen.

»Leichtsinnig, sehr leichtsinnig«, zeterte Assunta erneut los. »Aber sie lässt sich ja nichts sagen! Wir bleiben in der letzten Reihe!«

»Es gibt bis jetzt nur eine Reihe, *zia!*«, warf Stella ein und grinste.

Doch das änderte sich schnell, als ein großer Lastwagen auf dem Corso hielt und viele junge Menschen von der Ladefläche stiegen. Die meisten von ihnen trugen blaue Taucheranzüge oder Trainingsanzüge, es gab aber auch blaue Pullover, blaue Hemden und altmodische blaue Steppjacken. Ein kleiner Bus hielt dahinter an.

»Seine Freunde vom Taucherklub Bellaforte und die *Assoziatione Subacquea* aus Palermo!« Manuele lachte erleichtert auf. »Sie sind doch gekommen!«

Immer mehr Menschen quollen aus dem Bus, mindestens zwanzig waren es schon, die ersten machten sich bereits daran, Transparente zu entrollen. Manuele führte das Megafon an seinen Mund: »*Cari amici!* Liebe Freunde, liebe Bürger der Städte Bellaforte und Marinea! Kommt näher, kommt mal näher! Lasst uns für Gerechtigkeit demonstrieren!«

Manuele forderte die Gemeinde, aber vor allen Dingen den Bürgermeister auf, sich zu zeigen und zu den Vorwürfen zu äußern, die er jetzt vorbrachte. »Wieso ist es nicht möglich, einen Platz auf dem Friedhof zu erwerben? Wieso zwängen wir unsere Liebsten in das Fach einer Mauer, während ein paar reiche Menschen aus dieser Stadt, und zwar nur die aus Bellaforte, Bauplätze für ihre Kapellen zugewiesen bekommen?«

»Sag uns das, Bürgermeister!«, grölten ein paar von den Taucherfreunden im Chor.

»Was zahlen diese reichen Leute dafür?«

»Sag uns das, Bürgermeister!«

»Mit wem müssen sie befreundet sein?«

»Sag uns das, Bürgermeister!« Der Chor schwenkte ein Spruchband, auf dem *O Dio, non c'é posto!* geschrieben stand. O Gott, es gibt keinen Platz!

Stella lächelte. Sie stand zwischen Assunta und Maria, die nun endlich ihren schweren Korb mit den Kartoffeln abgestellt hatte, die Arme vor der Brust verschränkte und zuhörte.

»Es werden immer mehr«, sagte Assunta. »Schaut nur.« Der Corso füllte sich, die Menschen blieben stehen.

»Das sind nur Neugierige«, sagte Maria.

»Aber viele von ihnen tragen etwas Blaues«, entgegnete Assunta. Die Menge wurde dichter. Auch hinter ihnen versammelten sich nun Menschen. »Fattino! Fattino!«, skandierten die Ersten unter den Fenstern des Gebäudes, aber der Bürgermeister ließ sich nicht blicken.

»Lasst uns gehen«, sagte Assunta gerade, als plötzlich kleine runde Gegenstände durch die Luft flogen. Sie prallten an der Mauer und an den Scheiben der Fenster ab, doch aus den hinteren Reihen kamen immer mehr. Womit warfen die da? versuchte Stella zu erkennen. Steine waren es offenbar nicht. Die Menge jubelte, während Maria dicht neben ihr aufschrie: »Meine Kartoffeln! Wo ist mein Korb? Das sind meine Kartoffeln!«

Da splitterte die erste Scheibe, man hörte eine Polizeisirene, die Menschen schrien auf, einige johlten, manche liefen eilig davon. Stella wurde beiseitegeschubst. »Bleib bei mir«, rief Assunta. Doch das war unmöglich, der Strom der fliehenden Menschen trug sie einfach mit sich davon. Stella schaute sich um, die vielen Arme und Ellenbogen, die in die Höhe gerissen wurden, hatten die kleine Tante verschluckt.

»Ruhe bewahren, bewahrt die Ruhe!«, hörte man noch von Manuele, dann ein verzerrtes Quietschen und lautes Protestgeschrei aus den vorderen Reihen. Stella versuchte mit den Händen ihren Bauch zu schützen, ein großer Kerl drängte sie zur Seite, doch sie konnte nicht ausweichen, weil auch dort jemand stand. Plötzlich war Maria neben ihr. »Komm!«, rief sie und nahm sie bei der Hand. »Schnell, in die Seitenstraße dort!« Maria stemmte sich quer gegen den Strom, schirmte Stella mit ihrem Körper ab und zog sie dabei mit sich. Bleib auf den Füßen, bleib auf den Füßen, ermahnte Stella sich. Sie wurde geboxt und gestoßen, doch sie hielt den Oberkörper gekrümmt und schützte ihren Bauch mit dem linken Arm. Zusammen erreichten sie die Hausecke und flüchteten sich in die Gasse. Erleichtert atmete Stella auf. Erst jetzt hörte sie die vielen Polizeisirenen. Wer hatte die Carabinieri gerufen? Bestimmt der Bürgermeister.

»Geht es dir gut, hast du was abbekommen?«, kreischte Maria in ihr Ohr.

»Nur einen Schlag in den Rücken, am Bauch ist alles in Ordnung!«

Maria machte das Kreuzzeichen. »So ein Tumult, und alles wegen meiner Kartoffeln … *o Dio!*« Sie lachte mit verzerrtem Mund, doch Stella sah die Angst in ihren Augen. »Was ist los, du bist ganz blass, Mädchen!« Maria rieb mit beiden Händen Stellas Oberarme, wie um sie zu wärmen. »Assunta!«, schrie sie kurz darauf. »Gott sei Dank, da bist du ja!« Assunta hatte eine Schramme auf der Stirn, und ihr blaues Kopftuch fehlte. Sie nahm Stella sofort in den Arm und schaute prüfend in ihr Gesicht.

»Alles in Ordnung«, wiederholte Stella, doch das stimmte nicht. Ihr Bauch zog sich so hart zusammen wie noch nie, und nun fühlte sie auch, wie es unter ihrem schwarzen Rock nass und warm an ihren Beinen hinablief. Was immer es war, es war viel! »O Gott, da ist was …«, begann sie. »Ich muss mich setzen …«

»Sofort, sofort«, murmelte Assunta, und Stella konnte die Panik in ihrer Stimme hören.

»Aiuto!«, rief Maria zu den Balkonen der Gasse hinauf. »So helft doch, sie verblutet uns!«

Was? Wer? Stella sah an sich herunter, ihre Beine waren voller Blut, hellrot rann es an ihnen hinab. Die Schuhe, die bequemen grauen Schuhe, auch sie voller Blut. Ihr wurde schwindelig. Hinlegen, sie wollte sich nur noch hinlegen. Eine Tür ging auf. »Bringt sie hier herein, schnell!«, sagte eine raue knarzige Frauenstimme. Ihr wurde schwarz vor Augen, sie fühlte, wie zwei Arme sie unter den Achseln packten und ihre Füße über den Boden schleiften. Sterbe ich jetzt, Nico?, fragte sie.

28. Kapitel

Sie hatte sofort gewusst, was los war. Schon beim ersten Geschrei in der Gasse, direkt vor ihrer Haustür. Sie fühlte es, sie hatte immer ein gutes Gespür dafür gehabt, wann es bei ihren Müttern losging. Natürlich, auch diese Art von Geburten hatte sie schon einige Male in ihrem Leben gesehen. Manchmal war sie aufgrund ihrer Eingebung dabei gewesen und hatte das Schlimmste verhindern können. Doch meistens war es für Mutter und Kind zu spät, und wenn sie schließlich im Haus ankam, waren beide oft schon tot gewesen. Wenn der Mutterkuchen sich plötzlich löste, war innerhalb weniger Minuten alles vorbei. Das Kind bekam keinen Sauerstoff mehr, die Mutter verblutete. Nur ein Kaiserschnitt konnte dann noch retten ... einen Kaiserschnitt würde sie auch noch hinbekommen. Wie oft hatte sie dem Dottore Zingaro dabei zugeschaut. Der war nun auch schon fünf Jahre tot. Ein Skalpell hatte sie im Haus, in der Schublade im Küchentisch, nur die Brille, wo war die Brille ...? »Schafft sie hier herein, schnell, vorsichtig, legt sie hierhin, auf den Tisch!« Die Hebamme Concettina humpelte ihnen voraus in ihre Küche und fegte den einsamen Frühstücksteller vom Tisch, sodass die Katze erschrocken davonsprang. »So. Hier hinauf. Und Ruhe jetzt!«

Sie praktizierte ja schon seit einigen Jahren nicht mehr. Der Rücken, die Beine, das Gehör und die Augen machten nicht mehr mit. Doch sie hatte immer in die Pensionskasse eingezahlt und kam recht gut über die Runden.

Das junge Mädchen blutete, aber nicht so stark, wie sie vermutet hatte. Wo war nur die verdammte Brille? »Wie heißt sie? Hörst du mich, Mädchen? Nicht pressen, verstanden. Nicht pressen!«

Das Mädchen erwachte wieder aus seiner kurzzeitigen Ohnmacht und bäumte sich auf. Sie schrie, mein Gott, wie sie immer schrien, die Frauen. Das war nur recht so! Diese hier hatte Temperament, und sie presste, weil die Natur sie dazu zwang. Concettina tastete nach den Beinen der Gebärenden und stellte ihre Füße auf den Tisch. »Die Schuhe und den Rock auf und weg damit!« Die magere Frau zog der Schwangeren die blutbesudelten Schuhe von den Füßen, eine andere zerrte an dem schwarzen Rock. Beide weinten. Oje, mit denen, die weinten, hatte man meistens noch größere Last als mit den Gebärenden selbst.

»Platz da!« Endlich hatte sie die Brille gefunden, in ihrer Schürzentasche, wo auch sonst. Noch ein Schrei, vermutlich eine zweite Wehe. Und ein Geräusch, o ja, das kannte sie! »Heiaieie, da ist es schon, mein Gott, und der Kuchen gleich hinterher!« Sie griff nach dem winzigen Kind zwischen den Beinen der jungen Frau. Oh, oh. Das sah nicht gut aus ... Neunundzwanzigste Woche vermutlich. War gar nicht sonderlich blau, schrie aber trotzdem nicht. Die Lungen waren eben noch nicht ausreichend entwickelt in diesem Alter. Sie befreite es von der Nabelschnur, die sich zweimal um seinen Hals gewickelt hatte, schnitt sie mit der Schere durch, die neben dem Skalpell in der Schublade des Tisches gelegen hatte. Aufmerksam begutachtete sie das kleine Wesen, das da in ihren Händen lag. Ein Mädchen. Es lebte. Komm, komm in diese Welt, mein Kindchen! Und wenn es auch nur für kurze Zeit ist ... Concettina klopfte ihm leicht auf den Rücken. »Gebt mir ein Tuch, etwas Sauberes, dort unten im Schrank!« Eine der Frauen reichte ihr ein Geschirrtuch, sie wickelte das

Neugeborene fast vollständig darin ein, sodass nur noch sein Gesichtchen herausschaute, kaum so groß wie der Boden einer Kaffeetasse. »Hier, haltet es warm.« Sie drückte es der Dicken in die Arme. »Es atmet, aber nur schwach. Muss mich um die Mutter kümmern.«

»Danke, danke, Concettina!«

Aha. Man kannte ihren Namen noch, natürlich kannte man den. Sie hatte in den letzten dreißig Jahren ja halb Bellaforte zur Welt gebracht.

»Bitte tun Sie alles, was Sie können! Es ist mein Mädchen ... Stella heißt sie, Stella di Camaleo!«

Ach Gott, auch noch 'ne Adlige, dachte die Hebamme, das würde Ärger für sie geben, wenn eine der beiden hier in ihrer Küche starb. Na, obwohl, bei dem Kind war's ja wohl offensichtlich nicht ihre Schuld. Zu früh, viel zu früh ...

»Moment. Di Camaleo? Die Dritte? Das Sechskilokind?«

»Ja, genau!«

Jetzt wusste die Hebamme, wen sie hier vor sich hatte, der große, schwere Säugling, der nicht hatte herauskommen wollen, damals, in den Jahren nach dem Krieg. Die Marchesa wäre ihr beinahe unter den Händen weggestorben ... Und nun wusste sie auch, warum die Begleiterin hier so hinkte. Es war die Signorina Puppenbein! Sie ließ sie weiterreden und klagen und untersuchte währenddessen die junge Frau. Sie konnte kein Schwätzchen halten, sie hatte zu tun. Also ... eine klassische Plazentaablösung war das hier nicht, eher eine Sturzgeburt mit nachfolgendem Plazentaausstoß. Nicht ganz so gefährlich für die Mutter. Wenn ... ja wenn die Blutung nur aufhören würde. Concettina verlangte nach mehr Tüchern. Gut, dachte sie nach einigen Minuten, das sieht einigermaßen zufriedenstellend aus. »Nicht wieder ohnmächtig werden, Mädchen!« Doch als sie in das schmale Gesicht schaute, wusste sie, dass ihre Aufforderung zu spät kam.

»Und ich war doch auch bei ihrer Geburt dabei«, greinte es jetzt an der Tür. »Heute vor dreiundzwanzig Jahren, und es war genauso fürchterlich, nur länger hat es gedauert …« Concettina schaute kurz auf. Die Magere griff sich an den rotfleckigen Hals. Hitzewallungen. Wechseljahre. Das sah man sofort.

»Wird sie sterben? Oh, bitte sagen Sie doch was! Wird sie sterben? Oder das Kind?«

Concettina zuckte mit den Achseln. »Holt den Priester. Das ist besser.«

»*O Dio!* Ich laufe! Ich laufe!« Die Dünne sah kurz auf ihre blutigen Hände, doch nahm sich nicht die Zeit, sie am Spülstein sauber zu waschen, sondern rannte sofort los.

In der nächsten halben Stunde versorgte Concettina die ohnmächtige junge Mutter. Mithilfe einer kräftigen Nachbarin ließ sie sie vom Tisch heben und in ihr Bett legen.

Andere Nachbarinnen waren gekommen, hatten Kaffee gekocht, etwas zu essen gebracht, hatten den Küchentisch und den Boden gewischt und mehrere Rosenkränze gebetet. Concettina brummte unwillig. Was gaben manche Menschen nicht darum, um nahe genug an einer Sensation in ihrer Gasse zu sein. Eine Geburt, fast auf offener Straße! Das Kind würde in den nächsten Stunden sterben, dann hätten die Tratschmäuler umso mehr zu reden. Die kleine Signora Puppenbein, an deren wirklichen Namen sie sich auch jetzt noch nicht erinnerte, hatte sich vor Dankbarkeit fast auf die Knie geworfen, als sie neben dem Mädchen an ihrem Bett sitzen durfte. Die Familie mochte in finanziellen Schwierigkeiten sein, man hörte da so einiges, doch diese kleine dicke Frau mit den gutherzigen Augen würde ihr alles doppelt und mehrfach vergüten, davon war Concettina überzeugt!

Der Priester kam. Die Dünne war ganz außer Atem. Er hatte sein Köfferchen dabei und schaute sich gebieterisch im Zimmer um. Sie spielen sich immer so auf, diese Herren, dachte Concettina. Als ob sie tatsächlich die letzten Worte zwischen Gott und den Sterbenden führen würden. Sie betete lieber zur heiligen Anna, die war immer für sie da gewesen, hatte sie nur selten im Stich gelassen.

»Lasset uns Gottes Erbarmen herabrufen auf dieses Kind, das die Taufe empfangen soll, auf seine Eltern und Paten und auf uns alle, die wir schon getauft sind.« Er nahm die silberne Taufspritze aus seiner Tasche und öffnete sie an der Spitze. »Ist da geweihtes Wasser drin?«, fragte die Hebamme.

Der Priester erstarrte und funkelte sie an. »Ja natürlich! Das habe ich extra aus Lourdes mitgebracht!«

»Wann wart Ihr dort?«

Der Priester rollte ungeduldig mit den Augen. »Vor einem Monat, warum?«

»Weil das Wasser jetzt bestimmt schon stark verkeimt ist, also nicht mehr rein. Es wäre eine Gefahr für den Säugling.«

Der Geistliche legte die Spritze hin und kam auf sie zu. »Der lebt doch sowieso kaum mehr«, raunte er.

»Was?« Sie hielt sich eine Hand hinter das Ohr.

Er wiederholte seinen Satz etwas lauter. »Mit der Nottaufe entreißen wir diese Seele doch nur noch den Händen des Teufels.«

Das Kind in seinem Tuch musste wohl ein Geräusch von sich gegeben haben, denn die Dünne, die es auf dem Arm hielt, machte ein glückseliges Gesicht, und auch Signora Puppenbein war vom Bett aufgesprungen und zu ihm geeilt.

Es klirrte. Die Spritze lag auf dem Boden, um sie herum breitete sich in einer Pfütze das heilige Wasser von Lourdes aus. Wie war das denn geschehen? Assunta entschuldigte sich bei dem Priester. Der winkte gnädig ab und ging zum Wasserhahn.

Die alte Hebamme schüttelte unmerklich den Kopf. Na also, normales Wasser tat es auch bei einer Nottaufe. Doch ob die half? Da müsste Gott schon ein Wunder geschehen lassen, damit das Kindchen die Nacht überlebte. Manchmal vollbrachte er ja solche Dinge. Aber eher selten. Damit es Wunder blieben.

29. Kapitel

Leises Gewisper um das Bett herum. »Ist sie wach?« Tag und Nacht war jemand bei ihr, Assunta, Maria, auch Flora. Immer war jemand da. Sie schlief, sie wachte, sie konnte die Grenzen nicht mehr unterscheiden. Vor ihren Augen war es angenehm dunkel, die hölzernen Fensterläden zum Garten wurden seit Tagen geschlossen gehalten. Zwei Kerzen brannten rechts und links des Bettes. Nein, sie war nicht wach. Sie wollte nicht wach sein, dämmerte lieber weiter in ihrer Traumwelt dahin und hielt die Augen fest geschlossen. Nico war eben da gewesen, wenn sie sich nicht bewegte, schaffte sie es vielleicht, gleich wieder mit ihm im Boot zu sitzen, die Sonne und den Wind auf der Haut zu spüren und sein Lachen zu hören. Wenn sie ganz wach wurde, tat ihr Körper nur weh, zwischen den Beinen brannte es fürchterlich, und die Brüste spannten unangenehm … wie in diesem Moment. Bitte noch nicht, bat sie, noch einen kleinen Aufschub. Nico hatte ihr gerade etwas sagen wollen, was war das gewesen?

Vergeblich. Sie hörte, wie die Hebamme ihre Tasche ans Fußende des Bettes stellte und um das Bett herumkam.

»*O Dio*. Wir hätten niemals zur *comune* gehen dürfen«, klagte Maria und klickerte mit ihrem Rosenkranz, den sie kaum noch aus den Händen legte.

Stella stellte sich weiter schlafend. Doch ihre Brüste fingen an zu prickeln, und die Milch durchnässte Büstenhalter und Nachthemd noch mehr. Sie hasste den säuerlichen Geruch, der von ihr aufstieg.

Nach Ricotta und Schweiß und dem Franzbranntwein, mit dem man sie jeden Tag zweimal abrieb.

»Ich hab doch schon hundert Mal gesagt, sie trifft keine Schuld, es wäre zu diesem Zeitpunkt passiert, egal wo sie sich aufgehalten hätte«, brummte die Hebamme.

»Also war es eine Fügung, dass wir gerade in der Gasse vor Ihrem Haus gestanden haben!« Das war Assunta.

»Gottes Fügung«, ergänzte Maria. Assunta schnaubte nur.

»Ja. So kann man das sehen.«

Stella hielt die Augen geschlossen, doch sie merkte, wie jemand sich über sie beugte und ihre Stirn befühlte. Es war Concettina, die Hebamme, die ihr vor dreiundzwanzig Jahren ans Licht der Welt geholfen hatte. Und Nico auch ... Concettina roch sauber, wie ein offener Wäscheschrank, nach Lavendel und Leinen.

»Sie hat kein Fieber mehr. Das ist gut. Aber was macht ihr mit all den Kerzen?«, raunzte die Alte. »Lasst mal ein bisschen frische Luft herein. Wir ersticken sonst alle noch hier drin.«

»Das sind geweihte Kerzen. Wir beten!« Maria klang streng.

Nico, was wolltest du mir sagen? Hol mich zurück in deine Welt, bat Stella stumm, doch die Hebamme redete einfach weiter. »Und wie geht es dem Kind?«

»Ach je. Es ist so schwach.« Assunta schluchzte.

Stella spürte die unausgesprochenen Sätze, die in der Luft hingen. Es kann nicht mehr lange dauern. Eigentlich müsste es schon tot sein. Niemand sprach die Wahrheit aus, doch alle dachten so. Sie konnte, *wollte* dieses kleine Äffchen nicht ansehen, wenn sie es doch wieder verlieren würde.

Assunta und Maria hatten dem Kind aus einer Kommodenschublade einen Brutkasten gebaut, so ähnlich wie die, in denen man Küken aus ihren Eiern schlüpfen ließ. Der Kasten stand neben ihr auf der Matratze, das winzige Kindchen darin lag zwischen Kissen und Decken auf einem Stück Schaffell, unter das alle paar Stunden frisch aufgefüllte Wärmflaschen gelegt wurden. So hatte das Kleine es wenigstens warm. Seine Ärmchen waren nur so dick wie ihr Daumen, hatte Stella gesehen, seine dunkelrote Hautfarbe erinnerte sie an einen abgezogenen Hasen. Maria und Assunta versuchten es mit einer Pipette zu füttern, in die sie ein bisschen von Stellas Muttermilch aufzogen. Vergeblich. Es nahm kaum etwas zu sich.

Sie war noch immer leicht benommen, doch an eine Rückkehr in den Halbschlaf zu ihrem Geliebten war jetzt nicht mehr zu denken. Die Hebamme würde ihre Brüste ausstreichen und sie ermutigen, es selbst zu tun. Sie würde auf ihrem Bauch herumtasten und mit einem diskreten Blick zwischen ihren Beinen nachschauen, ob alles weiterhin gut verheilte.

»Immer noch so müde?«, fragte die Hebamme jetzt mit lauter Stimme. Sie hörte schwer, deswegen brüllte sie manchmal. Stella nickte nur, die Augen geschlossen. Wieder kam jemand herein.

»Und, wie geht es unseren beiden Mädchen heute?«

Nein, alleine war sie wirklich nie. Sie erkannte die Stimme von Manueles Mutter, die nun von den anderen begrüßt wurde.

»Gibt es Neuigkeiten?«, flüsterte Assunta laut.

»Nein. Sie lassen ihn und die anderen immer noch nicht gehen.«

»Konnten Sie ihn denn wenigstens sehen?«

»Ja, ich habe ihm Reisbällchen gebracht, die durfte er auch essen, alle sechs hat er verdrückt, aber er sieht schlecht aus.«

Stella atmete tief aus. Immer noch hielt sie die Augen geschlossen. Sie hatten den armen Manuele verhaftet und ihn als Anführer der Proteste und als Besitzer eines illegalen Radiosenders angeklagt. Ihn, der doch nie etwas von Nicos gefährlichen Machenschaften hatte wissen wollen.

»Wir müssen deinen Kreislauf wieder etwas in Schwung bringen«, meldete sich die Hebamme an ihrer Seite.

»Ich habe gerade wieder ein großes Stück Pferdefleisch in der *bagnomaria* garziehen lassen, damit schön viel Saft und Blut heraustritt, wie Sie es gesagt haben, Concettina!« Assunta klang stolz, und dem Geruch nach zu urteilen, trug sie den ekligen Saft auch schon in einer Tasse vor sich her …

»Ich war gestern wieder beim *barone* und habe es besorgt. Von da kommt es ja nun wirklich frisch.«

Anscheinend war der Marchese auch im Zimmer.

»So, Madame! Jetzt wachen wir mal auf und trinken das!«

Stella schlug die Augen auf. *Madame*. So durfte die dicke Hebamme sie nicht nennen, das durfte nur Nico!

»Komm, richte dich ein wenig auf.«

»Ich mag nicht.«

»Du musst zu Kräften kommen, *amore,* du hast so viel Blut verloren!« Mit flehendem Blick hielt Assunta ihr die Tasse hin. Stella hielt die Luft an, um nichts zu schmecken, und stürzte die blutige Brühe mit Todesverachtung hinunter.

»Bah«, sagte sie, als die Tasse leer war, und wischte sich den Mund ab. »Seid ihr jetzt zufrieden? Kann ich jetzt bitte weiterschlafen?«

»Noch nicht. Guck, hier habe ich dir eine Milchpumpe mitgebracht. Die ist steril und wird dir gute Dienste leisten.«

Stella schaute gar nicht hin, sondern schüttelte nur den Kopf.

»Mädchen!«, sagte die Hebamme streng. »Es atmet! Dein Kind atmet selbstständig, schon seit vier Tagen, allein das ist ein wahres Wunder. Meistens sind die Lungen noch nicht reif genug und können sich nicht entfalten. Doch deins …«

»Aber wenn es doch nicht trinkt …« Stella hatte das kleine Mädchen in ihrem Bauch immer als etwas Reines, Schönes, Vollkommenes gesehen. Und nun lag da stattdessen dieser abgezogene Hase …

»Du hast großes Glück gehabt. Es gab auch schon Frauen, denen das Kind bei so einer Sturzgeburt in den Abort gefallen und dort ertrunken ist, bevor sie es wieder herausholen konnten.«

Stella drückte ihr Gesicht in das Kissen und hielt sich die Ohren zu. Die Geschichten der Hebamme waren wirklich ermutigend.

»Wir werden es weiter mit der Pipette versuchen«, sagte Assunta jetzt.

»Und ein bisschen Licht und Luft hier hereinbringen. *Noch* ist es nicht gestorben. Schau es dir an!«, forderte die Hebamme sie auf. Mein Gott, sie war eigentlich ganz nett, aber immer wieder dieser barsche Kommandoton.

Mit einem kleinen Stöhnen hob Stella ihren Oberkörper und blinzelte über den Kistenrand. »Brav!« Die Hebamme lachte sie an und zeigte dabei ihre schadhaften Zähne.

Ja, reicht das nun? Da irgendwo liegt es, sie hatte nicht einmal die Kraft, die Hand auszustrecken, um zwischen den Tüchern nach dem Köpfchen zu tasten.

Sie ließ den Rest der alltäglichen Prozedur über sich ergehen und war froh, als die alte Concettina wieder gegangen war. Assunta brachte ihr eine Schale goldgelber Hühnerbrühe, die sie in kleinen Schlucken austrank, dann glitt sie dankbar und erschöpft zurück in die Kissen.

Sie träumte von Nico. Er schob einen Kinderwagen durch den Sand, ein altes Ding, wie die, die man lange vor dem Krieg gehabt hatte. Sie winkte ihm von der Straße aus. Warum plagte er sich durch den Sand mit dem absurden Gefährt? Die kleinen Räder waren tief eingesunken und kamen nicht voran. Warum ging er nicht auf dem festen Weg? Plötzlich fiel ihr alles wieder ein: Sie hatte ein Kind bekommen, viel zu früh, und deswegen hatte sie es ihm und seiner Mutter geschenkt. Warum hatte sie es nicht behalten? Warum hatte sie sich nicht darum gekümmert? Ein tiefes Schuldgefühl breitete sich in ihr aus, doch sie wusste, nun war es zu spät. »Wie habt ihr es genannt?«, rief sie ihm verlegen zu. Nicht einmal den Namen ihres Babys kannte sie …

»So wie das Mädchen, das meine Mutter damals verloren hat.«

»Verloren? Ist es ihr etwa in den Abort gefallen?«

»Nein. Als sie mit mir die Treppe heruntergefallen ist, war es in ihrem Bauch. Sie hatte sich so auf dieses Mädchen gefreut!« Er streckte eine Hand nach ihr aus. »Komm doch her, schau es dir an!« Er lachte. Welch ein Glück, er war ihr nicht böse. Sie lief durch den Sand auf ihn zu, voller Freude, doch der Kinderwagen war leer.

»Aber wo ist es?«

»Ich habe es hier.« Er zog den Reißverschluss seines Taucheranzugs auf, den er plötzlich trug, und da lag es winzig, aber ganz bequem an seiner Brust. Seine Haut war wunderschön rosa, es hatte zwei lange dunkle Zöpfe und schlief. »So weiß ich immer, wo mein Mädchen ist!«

Stella erwachte mit klopfendem Herzen. Sie war allein, die Kerzen brannten nicht mehr. Die Morgendämmerung drang durch einen Spalt des Vorhangs und tauchte den Raum in graues Licht. Sie setzte sich auf und sah sich um. Niemand war da. Nicht einmal Assunta ruhte auf ihrem Lager vor dem Bett. Die Decke war zurückgeschlagen, ein Pantoffel lag daneben, als ob sie es eilig gehabt hätte.

War es etwa gestorben, und sie hatten es weggetragen? Sie beugte sich über den Kasten und schob die Tücher zur Seite. Nein, es war noch da. Stella hockte sich auf die Knie und stützte die Hände rechts und links von der schmalen Schublade ab, um es besser anschauen zu können. Die winzigen Fäuste waren geballt. Und ... oh! Es hatte ja die Augen offen! Zum ersten Mal sah Stella die dunkelblauen Augen, die sie unter den angeschwollenen Lidern ruhig zu betrachten schienen. Sie sahen sich minutenlang an. Mein Baby. Bist du mein Baby? Warst du wirklich in mir drin? Ich kann das nicht glauben, es ist, als ob ich gar nicht dabei war, bei deiner

Geburt. Außerdem kann ich das nicht, dachte sie, ich kann dich nicht hochnehmen, wie soll das gehen?

Versuch es wenigstens.

Also gut, Nico. Sie schob beide Hände zwischen Decke und Schaffell und zögerte erneut. Die zarten Knochen der Rippenbögen fühlten sich an wie bei einem Hühnchen. Gott, und der Kopf war auch so klein! Sie nahm es hoch. Es war leicht, knapp ein Kilo, hatte die Hebamme gesagt.

Es machte komische kleine Bewegungen mit Armen und Beinen. »Nun zappele doch nicht so«, sagte sie leise und lehnte sich in ihr Kissen zurück, sodass sie halb aufrecht saß. So, mein Kleines, so, ganz langsam, beschwor sie es, und auch sich selbst. Da lag es nun, die Beinchen angezogen, das Köpfchen auf ihrer Brust. »Ist doch besser so, oder?«, fragte sie es und streichelte mit dem Zeigefinger sanft über seine Stirn, bevor sie die Decke hochzog und sie beide vorsichtig damit bedeckte. »So weiß ich immer, wo mein Mädchen ist!«

Sie musste wohl wieder eingenickt sein, doch dann wurde sie von irgendetwas geweckt. Wie lange stand Assunta wohl schon mit verschränkten Armen da und schaute sie an?

»Was machst du da mit dem Kind, Stella?«, fragte sie auch sofort. »Stell dir vor, du drehst dich um, dann erdrückst du es ja! Gib es mir, ich lege es wieder hin.«

Stella schlug die Augen nieder. »Vielleicht braucht es mehr als ein paar Wärmflaschen …«, murmelte sie auf das Köpfchen des Kindes hinab.

Assunta schüttelte den Kopf. »Aber Ruhe ist am besten für das Kleine, wie für dich auch!«

»Ich glaube, es ist einsam da in seiner Kiste. Es spürt mich nicht.« Doch als sie Assuntas Blick sah, legte Stella das Kind vorsichtig wieder zurück. Einerseits, um die Tante nicht zu verärgern, andererseits, weil sie sich ein bisschen verspannt vom Halten des Kindes fühlte. »Wie viel Uhr ist es? Würdest du mir bitte Wasser für ein Bad heiß machen?«

»Aber ja, aber ja. Hoffen wir mal, dass dein Kreislauf das auch durchhält.«

»Ich denke schon. Und danach versuche ich dem kleinen Vögelchen etwas einzuflößen ...«

Als Flora morgens um zehn das Zimmer betrat, war Stella frisch gebadet und fühlte sich das erste Mal seit Tagen wieder kräftiger. Entgegen Assuntas Rat hatte sie das Kleine wieder im Arm und versuchte ihm mit der Pipette etwas von der eigenen abgepumpten Milch zu geben. Die Milchpumpe war ein Folterinstrument. Der gläserne Trichter schloss sich unangenehm fest um ihre empfindlichen Brustwarzen, wenn sie den zusammengedrückten Gummiball losließ. Der dünne Strahl, der in das Glas spritzte, erinnerte sie an den aus dem Euter einer Ziege. Doch sie musste es tun, denn die Hebamme hatte sie gewarnt: Wenn sie die Milch immer nur ausstrich, würde die Milchproduktion schon bald versiegen. Und was sollte das Kind dann bekommen?

»Ich glaube, manchmal schluckt es schon ein bisschen.«

»Guten Morgen, Stella! Wird dir das nicht zu viel?«, fragte Flora, doch sie lächelte über das ganze Gesicht, als sie näher kam und sich zu ihnen beugte. »Sie ist so hübsch!«

»Ja.« Das habe ich leider erst sehr spät bemerkt, dachte Stella ein wenig schuldbewusst.

Flora nickte, und als ob sie ihre Gedanken lesen könnte, sagte sie: »Du warst einfach zu überrascht, musstest dich erst daran gewöhnen, nicht wahr?«

»Ja. Und ich schäme mich jetzt dafür.«

Nein, nein. Flora schüttelte nur den Kopf. Sie verstand. Sie verstand so vieles.

»Ich muss mit dir reden«, flüsterte Stella ihr zu. »Ich habe von Nico geträumt!«

»Ich regele das«, gab Flora verschwörerisch zurück. »Liebe Nachbarin«, sagte sie zu Assunta, die sich an den Vorhängen zu schaffen machte, denn Stella hatte um mehr Tageslicht gebeten, »soll ich schnell in die Küche gehen und uns allen einen Kaffee machen? Außerdem hat unsere junge Wöchnerin Hunger, ich könnte hinüberlaufen und ein paar Eier von zu Hause holen und ihr vielleicht eine *frittata* zubereiten?«

»Nein, nein, verehrte Signora Messina, ich gehe schon«, sagte Assunta wie vorherzusehen. »Der Marchese ist extra zu seinem Freund, dem Baron, gefahren und hat etwas ganz Gutes für unsere Stellina mitgebracht. Das wird sie stärken.« Mit eiligen Schritten verließ sie den Raum.

»Also, was hast du geträumt?« Flora setzte sich vorsichtig neben sie auf das Bett und hielt die Porzellantasse mit der mühsam gewonnenen Muttermilch gerade noch vom Umkippen ab.

»Ich habe Nico mit einem Kinderwagen gesehen, darin schob er unser Kind. Aber als ich dann näher kam, hatte er es bei sich getragen, an seiner Brust. Und das Kind hatte Zöpfe! Lange dunkle Zöpfe.«

Flora bedeckte sich die Augen und seufzte laut, doch sie weinte nicht. »Das heißt, es überlebt! Sonst hättest du die Zöpfe nicht gesehen.«

Stella wusste nicht, was sie antworten sollte. Ob man sich auf Träume tatsächlich immer verlassen konnte? »Flora, also ... als du damals beim Tod deines Mannes ... Ach, ich kann dich das nicht fragen.«

»Frag. Frag alles. Ich habe in letzter Zeit so viel neuen Schmerz erfahren, da ist es manchmal fast erholsam, sich an den alten, schon bekannten Kummer zu erinnern.«

»Du bist die Treppe heruntergefallen, und Nico war an deiner Hand.«

»Ja. Da war er zwei. Zweieinhalb.«

»Er hat mir heute im Traum erzählt, dass du dabei ein Kind verloren hast.«

Flora schnappte nach Luft. »Davon wusstest du vorher nichts?«

»Nein, nichts, ich schwöre es. Er hat nie viel darüber gesprochen.«

Die Tasse in Floras Hand begann zu zittern.

»Er hat im Traum gesagt, ihr hättet unser kleines Mädchen hier nach … nach ihm benannt. Nach dem Kind.« Stella rollten die Tränen über die Wangen, und auch Flora weinte nun hemmungslos.

»Er hat aber nicht den Namen gesagt, aber sie braucht doch unbedingt einen Namen«, brachte Stella noch hervor.

»Mein Gott, was ist passiert?«, rief Assunta, als sie den Raum betrat. Sie stellte das Tablett auf die Kommode und eilte zum Bett. »Atmet es nicht mehr? Ist es …?«

»Nein, es atmet und es trinkt«, sagte Stella und wischte sich die Nase mit dem Nachthemdärmel ab.

»Und sein Name wird Tosca sein«, sagte Flora.

30. Kapitel

Sie erzählte ihm alles. Während sie wickelte, während sie fütterte, während sie das Kind im Arm wiegte, hielt sie Zwiesprache mit Nicola. Meinst du, ihr Nabel ist in Ordnung? Er sieht immer noch so rot aus. Ob ich die Hebamme anrufen sollte? Aber sie kommt ja morgen sowieso. Ihre Hautfarbe wird langsam normal, oder? Ist sie nicht süß? Diesen Mund, den hat sie von dir!

Und manchmal erzählte sie auch Klein-Tosca von ihrem Papa. »Er war besessen vom Meer, er war der verrückteste und der liebevollste Mensch, den ich kannte. Er war sehr stark. Er mochte Tiere wahnsinnig gerne. Er war klug. Aber manchmal ein bisschen faul.«

»Sie hat viel aufzuholen«, sagte die Hebamme, als sie an einem Morgen im Mai zum letzten Mal nach Mutter und Kind schaute. »Diese frühen Kinder sind sehr anfällig. Schon ein kleiner Schnupfen kann verheerend für ihren schwachen Körper sein, er kann die Erreger noch nicht abwehren. Sie könnte daran sterben.«

Die Wochen vergingen. Wegen der Ansteckungsgefahr blieb Stella mit ihrer Tochter in der Villa. Und auch alleine ging sie nicht mehr aus. Denn wohin hätte sie auch gehen sollen, außer in den Garten, wo Assunta die Beete umgrub und mit Enza die Samen in den Boden brachte.

Sie hatte zwar genug Hilfsangebote von Maria, Assunta und vor allem von Flora, doch sie wollte so viel wie möglich selbst übernehmen. Das wenigstens konnte sie für das Kind tun, das sie so früh aus seinem sicheren Heim ausgestoßen hatte. So blieb ihr kaum Zeit für sich, und das war ihr sehr recht.

Stella liebte die frühen Morgenstunden, sie liebte das Gefühl, ganz allein in einer friedlichen, stillen Welt zu sein, wenn sie Tosca fütterte. Sie liebte das übernächtigte Gefühl und den erschöpften Schlaf neben der Kleinen, wenn sie endlich zur Ruhe gefunden hatte. Manchmal war sie ihr dann *zu* ruhig, und sie hielt alle paar Minuten ihre Hand über Toscas Mund, um zu kontrollieren, ob sie noch atmete. Stella hatte die Brutkastenschublade aus ihrem Bett verbannt. Nur noch ein schmales Kissen trennte sie von ihrem Kind. Schaffell und Wärmflaschen hielten es immer noch warm.

Nach zwei Monaten, es war schon Ende Mai, kam Manuele aus dem Gefängnis. Er weinte, als er Stella mit Tosca im Bett sitzen sah, und konnte sich gar nicht mehr beruhigen, als er entdeckte, wie klein sie war.

»Dabei ist sie schon gewachsen«, versicherte Stella ihm. »Du hättest sie am Anfang sehen sollen!« Stolz und mit sicherem Schwung hob sie ihm das Kind entgegen. Assunta hatte ihm winzige rosa Strampler geschneidert, und Flora hatte weiße Jäckchen und Mützchen aus Baumwollgarn beigesteuert. »Das schickste Mädchen von ganz Sizilien!«

Manuele war verändert. Seine Stimme war lauter, sein Auftreten ungeduldiger geworden. »Die Verhandlung über meine Strafe kommt erst noch, ich muss mich vorbereiten. Ich werde in die *Partito Comunista Italiano* eintreten. Die bei der P.C.I. sind wenigstens nicht bestechlich …«

»Du brauchst einen guten Anwalt«, sagte Stella, und einen Moment lang zuckte der Gedanke an Carlos durch ihren Kopf. Was wohl aus ihm geworden war?

»Ich werde kämpfen, Stella.« Er schaute zwischen ihr und dem Kind hin und her. »Für Nico und für euch beide!«

Danke, aber das brauchst du nicht, hätte Stella am liebsten gesagt, doch sie schluckte die Worte hinunter. Sie konnte jeden Verbündeten gebrauchen.

Aus den Wochen wurden Monate. Tosca wuchs und gedieh, doch sie nahm nur sehr langsam zu. Ein halbes Jahr würde sie mindestens brauchen, um das normale Geburtsgewicht von dreitausend Gramm auf die Waage zu bringen, hatte die Hebamme prophezeit.

Das wollen wir doch mal sehen, hatte Stella zunächst gedacht, doch nun war sie beinahe so weit, der alten Concettina recht zu geben. Die Milchpumpe hatte sie eines Tages entnervt beiseitegelegt und stattdessen Toscas kleines Mündchen gegen ihre Brustwarze gepresst. Am Anfang hatte sie immer wieder den Kopf weggedreht, doch Stella gab nicht auf, und irgendwann verstand sie und fing an zu saugen. »Mein schlaues kleines Mädchen«, lobte Stella sie, während Tosca sie während des Trinkens unverwandt anschaute. Ihre Augen waren im Laufe der Wochen immer blauer und immer wacher geworden. »Die hat sie von meinem Tommaso«, sagte Flora und weinte vor Rührung. »Von ihrem Großvater!«

Sie saß jetzt oft bei Stella und hielt sogar ihre Hand. Oder sie ging mit der Kleinen auf und ab, um sie in den Schlaf zu wiegen.

»Nimm die hier!« Flora wrang die Stoffläppchen in kaltem schwarzen Tee aus und gab sie Stella. »Die beruhigen, und bald tut es dann auch nicht mehr weh.«

»Sie schafft ja immer nur ein paar Züge, aber das reicht schon.«

»O ja, bei Nico war das am Anfang auch recht schmerzhaft.«

»Wirklich?« Stella lächelte Flora an. Inzwischen konnten sie manchmal schon über ihn reden, ohne sofort in Tränen auszubrechen. »Wie ist das Wetter? Gibt es wieder ein Gewitter, wie heute Nacht?«

»Oh, ich glaube, sie haben Blitz und Donner und noch mal heftigen Regen angesagt.«

Heftiger Regen! Der Regen von vergangener Nacht hatte Stella wach gehalten und ihr, als sie dann endlich eingeschlafen war, üble Albträume verursacht. Jetzt, wo die Sorgen um Tosca allmählich schwanden, kamen die bedrückenden Träume immer öfter.

»Mama?« Stella legte sich die nassen Läppchen auf ihre geschundenen Brustwarzen. Eins rechts. Eins links. Flora mochte es, wenn Stella sie wie eine geliebte Schwiegermutter Mama nannte. »Tust du mir noch einen Gefallen?«

»Aber ja, meine Liebe, alles, was du willst. Soll ich sie gleich wiegen und eintragen, wie viel sie getrunken hat?«

»Nein. Bring Nico bitte in unsere Gruft. Nur übergangsweise.«

Flora runzelte die Stirn.

»Ich weiß nicht, ob ich meinen Entwurf jemals ausführen werde, doch der Gedanke, dass er nass werden könnte …«

»Du hast recht. Das ist unerträglich.«

»Und vielleicht baue ich es ja eines Tages doch.« Stella lächelte sie dankbar an. »Das Grabmal.«

»Vielleicht.«

Doch sie bezweifelten beide, dass dieser Tag jemals kommen würde.

Was kam, waren Wochen voller Höhen und Tiefen. Manuele wurde in dem Prozess zwar nicht zu einer weiteren Gefängnisstrafe verurteilt, doch er musste eine hohe Geldstrafe zahlen und bekam einen Eintrag ins Strafregister.

»Jetzt bin ich vorbestraft«, sagte er zu Stella. »Und ich bin stolz darauf, denn es verbindet mich mit Nico!« Stella war gerührt und fiel dem Freund um den Hals.

Manuele, der sich früher immer nur für pharmazeutische Fachbücher begeistern konnte, hatte im Gefängnis mit dem Lesen von

Romanen angefangen und lieh sich auch jetzt noch Bücher aus der Bibliothek in Palermo, die er dann an Stella weitergab. In den Stunden, in denen sie neben der schlafenden Tosca auf dem Bett lag, verschlang sie eins nach dem anderen. Irgendwann wünschte sie sich nur noch dicke Romane. Sie lasen nacheinander *Moby Dick, Robinson Crusoe* und, obwohl sie es in der Schule schon durchgenommen hatten, noch einmal *I Promessi Sposi*. Manuele konnte sie immer öfter zu einem abendlichen Spaziergang überreden. Der kleine Weg zum Capo Mongerbino war nach mehreren Monaten tatsächlich zu einer Straße ausgebaut worden. Sehr befahren war sie zum Glück nicht, sodass sie ungestört nebeneinander daran entlangwandern und dabei über die Bücher reden konnten.

Lolò war wieder regelmäßig mit Alberto, dem Schiffbauer, unterwegs. Bei einem ihrer Aufträge lernte er in Alcamo einen Sprengmeister kennen, der ihn als Gehilfen auf seiner Reise durch ganz Sizilien mitnahm und nach und nach in die Kunst des Sprengens einwies.

»Ist das nicht furchtbar gefährlich, Lolò?«, fragte Stella, als er zwischendurch für ein paar Tage nach Hause kam.

»Ja klar! Das isses ja gerade! Und Geld bringt es auch!« Er drückte ihr ein Bündel Lirescheine in die Hand.

»So viel?«

»Kauf der Kleinen was Schönes! Das Beste is' für mein Nichte grad gut genug!«

Stella wollte sich mit einem Kuss bei ihm bedanken. »Lass mal, schon gut«, wehrte Lolò ab. »Hauptsache, du kannst lachen und du trägst endlich wieder Farbe.« Er zeigte auf ihr hellblau gepunktetes Sommerkleid.

»Ich habe es Nico versprochen. Wenn die Kleine draußen ist und dich sehen kann, hat er gesagt.« Schon kamen die Tränen. »Siehst du«, schniefte sie, »mit dem Lachen ist es nicht weit her.«

»Ich denk' auch jeden Tag an ihn. Ehrlich!«

»Wenn Tosca nicht wäre ... ich hätte es nicht überlebt.«

»Sie is'n starkes Mädchen, und sie hat's gut getroffen. Sie trägt den besten Vater in sich drin – und den tollsten Onkel der Welt hat sie sowieso.«

Sie ließen Tosca in Marias Obhut, und Stella begleitete Lolò in den Garten, wo Assunta ihm stolz ihre Gemüsebeete zeigte. »Wir versorgen uns selbst, und was wir verkaufen, ist auch nicht wenig!«

»*Dio*, ja, das wird ja 'ne Masse Tomaten werden, aber was is' das denn da?«

Stella zuckte mit den Schultern. »Tja ...«

Obwohl sie sofort Einspruch erhoben und geklagt hatten, war es zu keinem Baustopp gekommen, und so war das Zementwerk in den letzten Monaten wie ein Metallkrake gewachsen, dessen hässliche Tentakel weit über die Mauer zu sehen waren.

»Wozu sind denn diese Metalltürme?«

»Wir wissen es nicht, noch ist es nicht in Betrieb, aber die Baustelle macht eine Menge Krach«, sagte Assunta. »Und Staub.«

»Heilige Scheiße, die sind ja echt hoch!«

»Ja, die durften einfach drauflosbauen, unserem Antrag auf Einsicht beim Katasteramt ist erst viel später stattgegeben worden.«

»Hat auch nichts mehr gebracht, was?«

»Nein. Wir hatten ja auch keine Zeit mehr hinzugehen. Aber bei allem, was seitdem passiert ist ... Es ist mir egal. Es ist einfach nicht wichtig.« Stella schaute zur Villa. »Ich muss wieder zu Tosca. Maria wird immer ganz nervös, wenn die Kleine schreit.«

Der sizilianische Sommer kam mit voller Wucht. Doch Stella bekam kaum etwas mit von dem Leben da draußen. Sie hatte den Strand, das Meer, die an der Villa vorbeiziehenden ausländischen Touristen und Badegäste, ja, die ganze Welt ausgeblendet. In den warmen Abendstunden brachte sie Tosca manchmal hinunter und legte sie in den mit einem Fliegennetz geschützten Stubenwagen, ein antikes Stück aus dem Familienbesitz, in dem schon Enza, Regina und auch der kleine Bartolo gelegen hatten. Sie rollte ihn auf die riesige Terrasse, die sich zwischen den beiden Seitenflügeln der Villa zum Garten hin erstreckte. Dann gesellte sich auch der Marchese zu ihr. Gemeinsam saßen sie dort auf den etwas schäbigen Polsterstühlen, betrachteten die angesprungenen Fliesen auf dem Boden und die Mauersegler in der Luft, tranken Zitronenlimonade, die Enza ihnen brachte, und redeten kaum. Stella war das nur recht. Sie wollte keine Pläne machen. Die Gegenwart reichte ihr.

Der September näherte sich und schob in einer schwarzen Wolke den Todestag heran. Den 10. September, an dem Nicola ein Kreuz in den Kalender gemacht hatte, um Stella etwas besonders Schönes mitzuteilen. Er hatte es ihr auch noch gesagt. Und das zählt, dachte Stella, nur das zählt!

Am Zehnten gingen Flora und Stella gemeinsam zum Friedhof. Sie brachten Blumen und Kerzen in den engen Kellerraum der Gruft und saßen mit zwei Klappstühlen vor Nicos Sarg. So geht das nicht, so geht das nicht, er braucht einen eigenen Platz, dachte Stella immer wieder.

Nach drei Stunden lief Stella nach Hause, um Tosca zu stillen. Bevor sie das Zimmer betrat, wischte sie ihr Gesicht mit einem Waschlappen ab und schrubbte Hände und Arme bis zu den Ellenbogen mit Seife und einer Wurzelbürste. Entschuldige, Nico, es ist nicht wegen dir, ich habe nur das Gefühl, ich stecke Tosca mit irgendeiner Krankheit an, an der einer von all diesen Toten da unten gestorben ist. Ein Grabmal sollte einfach nicht so staubig und dunkel und feucht sein.

Ein Grabmal sollte eine Glaskugel sein!

Ja klar … Du liebster Spinner, du!

Schon bei der zweiten Stillunterbrechung kam Flora mit in die Villa.

»Ich wollte gerade zu Ihnen auf den Friedhof kommen, Signora Messina«, sagte die überraschte Assunta. »Ist denn jetzt jemand bei ihm?«

»Seine Tochter braucht uns, wir können nicht so lange von ihr fernbleiben«, erklärte Flora und beugte sich über Tosca, die angefangen hatte zu schreien.

»Das stimmt natürlich«, sagte Assunta und schaute sich um. Im Zimmer waren drei Erwachsene, nein, mit Maria waren es sogar vier, die sich um den Säugling scharten. Aber sie behielt diesen Gedanken für sich.

»Ich komm ja schon, ich komm ja schon«, rief Stella, die sich am Waschtisch erneut die Hände schrubbte.

»Vielleicht sollten wir dem Kind langsam etwas Gehaltvolleres als Muttermilch geben«, gab Flora zu bedenken. »Es ist doch immer noch recht zart.«

Sie hatte recht. In den vergangenen fünf Monaten hatte Tosca nur knapp drei Kilo zugelegt.

»Die Hebamme hat gesagt, das ist völlig normal«, protestierte Stella. »Und jetzt hat sie gerade erst das Trinken an der Brust gelernt.«

Ein paar Tage später, als Stella sich hatte überreden lassen und gemeinsam mit Assunta und Flora überlegte, was am besten für die kleine Tosca wäre – Fleisch- oder Gemüsebrühe, vielleicht mit winzigen Pastasternchen darin –, bekam das Kind hohes Fieber und keuchte schwer beim Ein- und Ausatmen. Die drei Frauen waren Tag und Nacht mit ihrer Pflege beschäftigt, Maria und Enza versorgten sie währenddessen mit Essen. Der Marchese ließ einen berühmten Doktor aus Palermo kommen, der eine Lungenentzündung feststellte und zur Behandlung mit Schröpftrichtern und Blutegeln riet.

»Niemals!«, sagte Stella. »Dieser zarte Rücken, diese dünne Haut, das schwächt sie ja noch mehr!«

Assunta holte Concettina zu Hilfe. »Oje«, sagte die nur, als sie das fiebernde Kind betrachtete. »Da waren wir doch schon fast übern Berg …«

Stella presste ängstlich die Lippen zusammen. Auf die Sprüche der alten Hebamme konnte sie wirklich verzichten, die gingen ihr dann tagelang nicht aus dem Kopf, das kannte sie schon. Doch Concettina ging mit Assunta in die Küche, schnitt zwei Knoblauchzehen und ein Stückchen Zwiebel sehr fein, goss heißes Wasser darüber und presste anschließend alles durch ein grobes Tuch. Dann tat sie einen Esslöffel Honig zu dem Sud.

»Gebt es ihr mit der Pipette. Es wird ihr nicht sonderlich schmecken, aber es wird helfen.«

Stella machte sich sofort daran, Tosca das Gebräu einzuflößen. Die Kleine verzog das Gesicht, schluckte aber ungefähr ein Löffelchen voll davon. Währenddessen ließ Concettina flache Schüsseln mit dampfendem Wasser um Stellas Bett aufstellen und gab überall einen Tropfen Lavendelöl hinein.

Maria zündete Kerzen an und betete, Assunta kochte nahrhafte Brühe für Stella, damit das Kind durch die Muttermilch zu Kräften käme, und Flora weinte und wich nicht von seiner Seite.

Sie zitterten zwei Wochen um Tosca. Stella schlief nur noch höchstens drei Stunden am Stück, doch dann ging endlich das Fieber herunter, und das Atmen wurde dem Kind leichter. Nachdem diese Krise überstanden war, machte die kleine Tosca einen enormen Wachstumsschub durch, das heißt, sie hatte ständig Hunger und nahm den Kampf mit dem Fläschchen und dem riesigen Sauger auf. Assunta kochte ihr erste Nüdelchen, sie kochte Brühe, sie kochte Brei.

Zu Beginn des Jahres 1971 putschte Idi Amin in Uganda, und die Frauen in der Schweiz bekamen endlich ihr Wahlrecht. Doch diese Nachrichten blieben weitgehend unbeachtet in der Villa, denn Nicos Tochter Tosca wuchs und gedieh und hatte am 1. April, ihrem ersten Geburtstag, immerhin ein Gewicht von sechs Kilo erreicht.

Stella lud Flora, Manuele, seine Mutter und auch Concettina in die Villa ein, und sie feierten den Doppelgeburtstag bei Kaffee und einer wunderbar klebrigen Feigenmarmeladentorte, die Enza gebacken hatte.

Stella war glücklich. Tosca lag rosig neben ihr im Stubenwagen an der Kaffeetafel und strampelte mit den Beinen. Sie hatte ihr ein weißes Stoffband mit einer gehäkelten Blüte über das mit dunklem Flaum behaarte Köpfchen gezogen. Ein Geschenk von Assunta. Ihr Baby wäre über die schlimmste Krise hinweg, hatte die Hebamme behauptet …

Als sie den Blick wieder hob, bemerkte sie, dass alle sie anschauten. Und warum war ihr Vater aufgestanden? Hatte sie etwas nicht mitbekommen?

»Ich habe dich gefragt, ob du nicht wieder studieren gehen willst, Stella.« Der Marchese faltete die Hände vor der Brust.

»Aber ich muss doch …« Sie zeigte auf Tosca.

»Es würde mich sehr glücklich machen«, sagte ihr Vater.

»Auf gar keinen Fall! Ich meine, sie lebt, und sie ist gesund. Aber sie kann doch noch nicht einmal krabbeln oder gar laufen wie andere Kinder mit einem Jahr.«

»Du warst genauso schwer bei deiner Geburt«, warf die Hebamme ein und schielte nach einem zweiten Stück Kuchen.

»Sechs Kilo? Ich?«

»Diese frühen Kinder sind oft zeit ihres Lebens etwas langsamer«, murmelte Concettina, doch jeder am Tisch hatte es gehört.

»Siehst du, Vater!«

»Es sind ja auch noch ein paar Monate bis zum nächsten Semester«, sagte der Marchese. »Mach dir keine Sorgen, die Gebühren können wir bezahlen.«

»Ach ja?«

»Du hast mit so viel Begeisterung angefangen, und du hast es gut gemacht!« Alle nickten zustimmend zu den Worten des Marchese.

Dass sie das überhaupt bemerkt haben, dachte Stella. Manuele, der neben ihr saß, griff nach ihrer Hand und blinzelte ihr zu.

»Das sage ich ja auch nicht uneigennützig. Wir bauen auf dich! Wenn du eine erfolgreiche Architektin bist, kannst du Geld verdienen. Einer muss den Karren ja ziehen.«

Stella blieb vor Staunen der Mund offen stehen. So sah er das also ...

»Und ich weiß auch schon ein Thema für deine Abschlussarbeit«, sagte Flora und tupfte sich die Augen mit einem Taschentuch ab. »Eine Kapelle.«

Das Thema werde ich mir bestimmt nicht aussuchen, dachte Stella, doch sie bemühte sich um ein Lächeln. »Na, dann habt ihr ja alles schon abgemacht.« Sie drückte Manueles Hand, zog sie dann aber zurück. Sie saßen hier ja schon wie ein altes Ehepaar ...

»Ja«, kam es einstimmig aus den Mündern.

Es war also beschlossene Sache. Stella fühlte sich zunächst unbehaglich und überrumpelt, aber je näher der September kam, desto mehr freundete sie sich mit der Idee an, wieder studieren zu gehen. Es würde ganz anders werden. Zwei Jahre hatte sie ausgesetzt, doch es war kein Problem, sich wieder einzuschreiben, stellte sie im Sekretariat der Fakultät fest. Es gab sogar ein extra Formular dafür. Stella zögerte. *Dauer der Studienunterbrechung?* Zwei Jahre, das war einfach. Aber was sollte sie als *Grund der Studienunterbrechung* hinschreiben?

Tod meines Geliebten, meldete sich Nico zu Wort. Sie lächelte und musste die aufsteigenden Tränen wegblinzeln, doch sie schrieb die drei Worte genau so nieder.

Professor Volpe war nicht mehr an der Uni, nicht einmal mehr in der Bibliothek. Stella nahm sich vor, ihn unbedingt anzurufen. Der Zettel mit der Nummer steckte noch immer in ihrem Portemonnaie.

Als sie wieder nach Hause kam, war sie erschöpft, dennoch rannte sie in den Grünen Salon, wo Assunta mit ihrem Strickzeug neben dem Stubenwagen saß.

»Mein Baby, mein Mädchen! Wie war es ohne mich?« Sie beugte sich über den mit hellen Stoffen ausgepolsterten Wagen. Tosca lächelte sie mit weit geöffneten Augen an und strampelte freudig, als sie sie sah. »Mama ist wieder da!« Stella musste sie einfach herausnehmen und küssen und an sich drücken. »Die Welt da draußen kommt mir richtig fremd vor, Assunta. Und so laut! Mein Gott, dieses Gekreische der Züge – und das der Menschen erst!«

»Wir haben gedacht, du musst dich wieder an das Leben gewöhnen, bevor es zu spät ist.«

»Bevor ich wunderlich werde, oder was?«

»Vielleicht auch das.«

Will ich mich denn wieder an das Leben gewöhnen, Nico?, fragte Stella ihn in Gedanken. Sie hob Toscas dicken Windelpopo an ihre Nase und schaute gleichzeitig sehnsüchtig zu ihrem Zeichentisch, der immer noch an seiner alten Stelle zwischen den Fenstern stand.

Ja, willst du.

»Hab sie gerade gewickelt«, sagte Assunta, ohne von ihrer Häkelarbeit aufzuschauen. »Und den Zeichentisch schon mal abgestaubt. Es ist alles bereit.«

31. Kapitel

Herbst 1971. Im Radio sang John Lennon *Imagine*, die USA zogen 177.000 Soldaten aus Vietnam ab, und die Zeitungen schrieben über den jungen Pino Vassallo, Sohn eines Bauunternehmers, der einige Monate zuvor von der Corleoneser Mafia entführt worden war. In Italien kam endlich der Film *Love Story* in die Kinos.

Stella fuhr jeden Morgen mit dem Zug von Bellaforte nach Palermo. Es war ein seltsames Gefühl, nach zwei Jahren wieder über die bekannten Korridore zu gehen und in den verschiedenen Hörsälen zu sitzen. Sie war dankbar, dass ihr Jahrgang, mit dem sie angefangen hatte, vor dem Sommer fertig geworden war und kaum mehr jemand an der Uni war, den sie kannte.

Einige Professoren erinnerten sich an sie, doch ihr war es lieber, wenn sie es nicht taten. Es tat weniger weh, die Erinnerungen zu verdrängen und einen neuen Anfang zu machen.

Stella schämte sich, wenn sie an früher dachte. Sie war damals so angespannt, ja, fast schon verbohrt gewesen. Auch Nico hatte sie gegängelt und gedrängelt und versucht, ihn davon zu überzeugen, dass man mit Fleiß und Zielstrebigkeit alles schaffen könnte. Sie hatte immer Angst gehabt, war immer auf Sicherheit bedacht gewesen. Und hatte währenddessen fast das Leben mit ihm verpasst.

Nichts war sicher. Das wusste sie jetzt. Alles konnte mit einem Schlag vorbei sein. Sie nahm die Professoren nicht mehr so ernst, ja, sie hatte manchmal Mühe, den Sinn in allem zu sehen, wenn einer von ihnen besonders pedantisch auf einem Problem herumritt. Dann fragte sie sich, warum sie eigentlich weiterstudieren sollte. Nur um das Grabmal zu bauen? Nur um das Grabmal zu bauen! Danach würde sie weitersehen.

Angst um sich selbst hatte sie keine mehr, doch die Furcht, dass ihrem kleinen Mädchen etwas passieren könnte, hatte sich tief in ihr eingenistet und ließ sich kaum verdrängen.

Stella schloss sich einigen Studentinnen an, sie entwarfen Projekte zusammen und bildeten Lerngruppen. Die meisten der Mädchen kamen nicht aus Palermo. Sie wohnten in Studentenwohnheimen, hatten alle recht arme Eltern und waren fleißig, sparsam und ein bisschen langweilig. Bis auf Imma. Imma war schnell im Kopf, hatte schon manch scharfen Kommentar in den Diskussionen abgefeuert, war aber in der Öffentlichkeit eher zurückhaltend. Stella mochte das. Nachdem sie die erste Seminararbeit zum Thema »Die Grundlagen in Akustik und Schallschutz« zusammen ausgearbeitet und abgegeben hatten, lud Stella sie eines Nachmittags zu sich nach Hause ein. Imma musste nicht lange überredet werden. »Mein Bruder wohnt mit mir in einem Zimmer im Wohnheim. Der sollte eigentlich auf mich aufpassen und mich dauernd begleiten«, sagte sie, »aber tagsüber muss er ja arbeiten. Und abends trickse ich ihn meistens irgendwie aus.«

Stella stellte ihr Tosca und die wichtigsten, liebsten Menschen vor, die ihr Leben begleiteten: Assunta, Maria, ihren Vater und auch Flora, die gerade ein winziges, selbst geschneidertes Höschen und eine dazu passende Weste für Tosca vorbeibrachte.

»Das wusste ich ja alles gar nicht von dir …«, sagte Imma und schüttelte ihre kurzen dunkelblonden Locken. »Ich dachte immer, Adlige sind reich und versnobt.«

»Und nun siehst du, dass sie arm sind und uneheliche Kinder in ihren baufälligen Villen verstecken.«

Sie saßen auf der Terrasse unter einem Sonnenschirm, für Oktober war es noch sehr warm. Tosca saß auf einer Decke und drehte einen Plastikbecher in den Händen.

»Will sie denn gar nicht laufen?«, sagte Imma und trank einen Schluck von der Zitronenlimonade, die Assunta ihnen gebracht hatte.

»Weil sie viel zu früh geboren wurde, hatte sie einiges nachzuholen. Sie ist mit ihren fast anderthalb Jahren auf dem Stand eines zwölf Monate alten Kindes. Krabbeln oder gar laufen will sie trotzdem nicht.«

»Verstehe. Dann gibt's doch keinen Grund zur Sorge, mein Neffe ist auch zwölf Monate alt, und den schleppen sie nur durch die Gegend, weil er partout nicht laufen will …«

Stella lächelte, als Imma sich jetzt über Tosca beugte und ihr zärtlich über die Wange strich. »Sie ist ziemlich klein, aber so niedlich! Sieht sie ihm ähnlich?«

»Ja, das tut sie. Komm, wir gehen hoch, ich zeige dir Fotos.«

Stella setzte sich Tosca auf die linke Hüfte und stieg mit Imma in den zweiten Stock, in ihr Schlafzimmer.

Andächtig standen sie vor den Fotos in den Silberrahmen, die Stella auf ihrer Kommode aufgebaut hatte.

»Er ist so hübsch, mein Gott, Stella … Wie hältst du das nur aus?« Imma versagte die Stimme, und Stella liebte sie dafür nur noch mehr.

»An manchen Tagen halte ich es nicht aus …«

Imma drehte sich zu ihr. Sie hatte Tränen in den Augen. »Ich bewundere dich. Du lässt dir in der Uni nichts anmerken, du bist so stark.«

Stella winkte ab. »Meine Maske.«

»Manchmal denke ich, das Leben will uns durch seine Schicksalsschläge etwas mitteilen«, sagte Imma. »Eine Lektion erteilen.« Während sie sprach, knöpfte sie sich ihre Bluse auf und stand plötzlich nur noch in Rock und Büstenhalter im Zimmer. Stella starrte sie an und wandte dann den Blick ab. Was sollte das denn jetzt? Tosca juchzte an ihrer Hüfte auf, griff nach ihren Haaren und versuchte, sie in den Mund zu stecken.

Imma drehte sich um. Nun sah Stella, dass sich eine lange dunkelrote Narbe wie eine Sichel um das untere rechte Schulterblatt legte und sich von dort nach vorne zog. »Deswegen habe ich zwei Jahre ausgesetzt mit dem Studium«, sagte Imma, bevor Stella fragen konnte. »Eine Herzoperation.«

»War das nicht gefährlich?«

»Gefährlicher wäre es gewesen, es nicht zu operieren. Ich war ein Jahr lang krank, immer müde, wurde immer schwächer. Als ich aus der Narkose aufwachte, habe ich zunächst gedacht, ich sei tot. Ich hörte mein Herz nicht mehr.«

»Ich höre mein Herz normalerweise auch nicht.«

»Na eben. Mein ganzes Leben lang hat es mich begleitet, es schlug und pochte in meinen Ohren, in meinem Körper. Ich hielt das für normal …«

Stella setzte sich auf das Bett, Tosca vor sich auf dem Schoß. »Und nun bist du völlig gesund?«

»Ja. Ich hatte Glück.« Sie drehte eine kleine Pirouette und zog ihre Bluse wieder an. »Allerdings hat mein Verlobter mich währenddessen verlassen. Als ich bei der Narkose einschlief, hatte ich noch ein Briefchen von ihm in meiner Hand, als ich aufwachte, saß er nicht an meinem Bett im Krankenhaus. Er kam gar nicht mehr.«

»Imma! Was für eine Geschichte!«

»Diese Geschichte hat mir eines gezeigt: Meine Zeit auf dieser Welt könnte vielleicht kürzer sein, als ich denke.«

Stella sah zu den Fotos hinüber. Ein viel zu kurzes Leben. Sie hatte Nico schon um zwei Jahre überrundet.

»Aber ich lebe nur einmal und werde so viel wie möglich hineinpacken in dieses Leben. Ich versuche, mein Studium gut abzuschließen, versuche, nicht egoistisch zu sein und Menschen zu helfen, versuche meine Familie so oft wie möglich zu sehen. Denn das sind die Menschen, die ich liebe.« In aller Seelenruhe knöpfte Imma sich den obersten Knopf der Bluse zu. »Mal passiert also etwas Schönes, mal etwas Furchtbares. Daran kann ich meistens nichts ändern, aber ich kümmere mich nicht mehr darum, ob ich die Moralvorstellungen bediene, die andere Menschen mir als Frau diktieren wollen«, sagte sie und öffnete die beiden oberen Knöpfe wieder, sodass man ihren Brustansatz sah. »Und ganz egal, was mein Bruder oder meine Familie mir sagt, das will nur noch *ich* für *mich* entscheiden!«

Was soll ich mit meinem unehelichen Kind denn erst sagen?, dachte Stella, dann lachte sie und rief: »Ich bin dabei!«

Die Wochen eilten dahin. Die Liste der Bücher, die sie für die Seminare lesen mussten, wurde immer länger, alle stöhnten, arbeiteten aber noch mehr. Stella gab Tosca morgens einen Abschiedskuss und überließ sie der Obhut von Assunta. Wenn sie am späten Nachmittag wiederkam, spielte sie mit ihrer Tochter und kümmerte sich um sie, bis sie ins Bett musste. Oft saß sie danach noch bis spät in die Nacht am Zeichentisch und über den Büchern. An zwei Nachmittagen der Woche wurde Tosca von Flora abgeholt, sobald sie aus der *comune* zurück war. An diesen Tagen ging Stella abends hinüber zu ihr, und sie aßen zusammen in der Küche. Den Esstisch im Wohnzimmer gab es ja nicht mehr.

»Wer hätte das noch vor ein paar Wochen gedacht, dass sie jetzt schon alleine in ihrem Kinderstuhl sitzen und den Löffel halten kann«, sagte Flora stolz.

»Du machst das so gut mit ihr. Ihr alle seid mir eine große Hilfe.«

»Du musst dich doch auf dein Studium konzentrieren können. In anderthalb Jahren machst du schon deinen Abschluss. Und Tosca geht es gut.« Flora schob einen Löffel Milchbrei in Toscas Mund, den diese wie ein Vögelchen aufsperrte. »Willst du nicht mal ins Kino gehen mit deiner netten Freundin? Oder mit Manuele?«

Stella nickte. Manú hatte sie schon zweimal gefragt, ob sie mit ihm einen Film anschauen würde.

»Tosca könnte dann bei mir schlafen.«

Niemals!, dachte Stella. Ich kann ohne sie nicht in meinem Bett liegen, ich kann ohne sie ja noch nicht mal in meinem Schlafzimmer sein. »Vielleicht«, sagte sie, doch sie spürte, wie die altbekannte Angst ihre Gedärme zusammenzog.

Flora nahm Tosca aus dem Hochstuhl, den Alberto für sie gebaut hatte. In der Villa stand ein ganz ähnliches Exemplar.

»Ich gehe sie wickeln.« Sie machte Anstalten, mit Tosca in ihr Schlafzimmer zu gehen.

Stella musste sich beherrschen, um ihr nicht zu folgen. Sie musste endlich einsehen, dass sie nichts kontrollieren konnte. »Ich räume inzwischen den Tisch ab«, rief sie, stellte die paar Sachen in die Spüle und setzte sich dann wieder. Auf dem Stuhl neben ihr lag ein Stapel Zeitungen, sie griff nach der obersten. Aus dem Schlafzimmer hörte sie Flora leise singen. Nein, sie hatte keine Lust, schon wieder etwas über das Autorennen Targa Florio zu lesen, bei dem im letzten Jahr einige Unfälle passiert waren, einer davon tödlich. Gerade wollte sie das Blatt wieder zurücklegen, als ein Schulheft zwischen den Seiten hervorrutschte. Ein altes Heft von Nico? Sie blätterte es auf.

Für dich, meine große einzige Liebe!, stand auf der ersten Seite. Das war nicht Nicos, sondern Floras Handschrift.

Sollte sie weiterlesen? Das tut man nicht, ermahnte sie sich. Dennoch konnte sie nicht widerstehen.

Für dich, meine große einzige Liebe!
Blau wie das Blau deiner Augen, Liebster.
Wenn sie sich schlossen, schienen sie Blütenblätter einer Rose zu sein.
In meinen dunkelsten Stunden behalte ich dein letztes Lächeln im Sinn,
immer noch warm und glücklich über deinen kleinen Jungen,
den du gerade verlassen hast.
In dieses Blau hat dein Sohn sich verliebt,
aber nicht in das Blau deiner Augen, mein Liebster!
Es war das Blau des Meeres,
dieses ungeheuren Monsters,
so gewaltig,
dass es ihn verschlungen hat.

Schon bei den ersten Zeilen waren Stella die Tränen in die Augen geschossen, doch sie las auch noch den nächsten Eintrag:

Ti cerco ovunque, amore
Ti cerco fra gli uccelli
Ti cerco fra i fiori
Ti cerco quando passa una cinquecento blu
Ti cerco nel sorriso di un bambino
Ti cerco ovunque e non ti trovo piu
Ma un giorno ti ritroveró
Giuro ti ritroveró
Dove?
Nelle braccia del tuo creatore.

Ich such dich überall, *amore*
Ich suche dich unter den Vögeln
Ich suche dich unter den Blumen
Ich suche dich, wenn ein blauer Cinquecento vorbeifährt

Ich suche dich im Lächeln eines Kindes
Ich suche dich überall und ich finde dich nicht
Aber eines Tages werde ich dich finden,
Ich schwöre dir, eines Tages
Wo?
In den Armen deines Schöpfers.

Schnell schlug sie das Heft zu, legte es wieder in die Zeitung und nahm sich eines von den Taschentüchern, die auf der Spüle lagen. O Gott, lass mich aufhören zu weinen! Sie tupfte sich das Gesicht trocken. Schon der Tod ihres Mannes hatte Flora bis in die Grundfesten ihrer Seele erschüttert, dazu der Verlust ihres kleinen ungeborenen Mädchens. Und nun war auch noch der Schmerz um Nicola, den einzigen Sohn, dazugekommen. Konnte ein Mensch das überhaupt aushalten?

Sie schlich sich an die Schlafzimmertür und beobachtete durch den Spalt, wie Flora mit Tosca redete, gurrte und spielte, indem sie ihr auf das Näschen drückte, bis die Kleine fröhlich quietschte. Sie klopfte an, um sie nicht zu erschrecken, stieß die Tür leicht auf und schaute den beiden vom Türrahmen aus zu.

»Vielleicht gehe ich am Wochenende mal ins Kino und bleibe bei Imma in Palermo. Meinst du, das wäre möglich?«

Na, endlich wollen Sie sich wieder amüsieren, Madame!

32. Kapitel

Ich habe das Teatro Massimo noch nie so schön erleuchtet gesehen«, sagte Stella und blieb andächtig stehen.

»Lass uns lieber einen Bogen darum machen, nachher bröckelt noch was von der Fassade und fällt uns auf den Kopf. Das Ding ist total baufällig. Und die Stadt tut nichts.«

»Welche Abteilung ist denn dafür verantwortlich? Das Baudezernat?«

»Kann sein. Ich tippe aber eher auf die Kammer der Stadtentwicklung, wo du deine Anträge als Architekt einreichen musst. Obwohl, vielleicht auch das Bauordnungsamt …«

»*Ragazze!* Wenn ihr das noch heute Abend herausfinden wollt, verpassen wir den Film.«

»Is' ja gut, Raimondo.« Imma warf ihrem Bruder einen genervten Blick zu und hakte sich bei Stella ein.

Als sie aus dem Kino kamen, war es schon halb elf. Trotz eines leichten Nieselregens waren die Straßen noch belebt, und die Leute suchten Schutz unter den Schirmen der Imbissbuden und drängten sich in die Lokale.

»Der Film war toll. Marcello Mastroianni war mal wieder großartig«, schwärmte Imma.

»Ich fand *Scheidung auf Italienisch* lustiger!« Ihr Bruder rieb sich den Nasenrücken unter seiner Brille.

»*Scheidung auf Italienisch?* Mein Gott, Raimondo, der Streifen ist bestimmt schon zehn Jahre alt, der war ja noch in Schwarz-Weiß. Und *Eifersucht auf Italienisch* sollte auch gar nicht lustig sein!«

»Ich will aber nicht so einen schweren Psychokram sehen, wenn ich ins Kino gehe.«

»Du meinst, Psychokram hast du im Schlachthof genug?« Imma rollte die Augen. Ihr Bruder arbeitete dort im Büro als Buchhalter.

»Ich hasse die Arbeit da. Vor allem den Geruch. Aber studieren ist auch nichts für mich.«

»Wie kommen wir denn jetzt wieder zu eurem Studentenheim? Fährt überhaupt noch ein Bus? Und lassen die uns da so spät noch rein?« Stella schaute zwischen Imma und ihrem Bruder hin und her. Er war mittelgroß, aber viel zu dünn und nicht gerade der sympathischste Aufpasser. Natürlich konnten zwei Mädchen wie sie auch alleine ausgehen. Doch das hätte sie auf der Straße zu Freiwild gemacht.

»Alles kein Problem. Aber lasst uns erst noch eine Kleinigkeit essen gehen. Ich habe Hunger!« Wieder hakte sich Imma bei ihr unter. Ein paar Minuten später drehte Stella das *pani c'a meusa* unschlüssig in ihrer Hand. Wenn die Erinnerungen doch nicht wären ... Das letzte Mal hatte sie so ein fettiges Milzbrötchen zusammen mit Nico gegessen.

Während sie aßen, standen sie vor einem Zeitungskiosk und betrachteten die Aushänge hinter dem Glas. Raimondo hatte sich auf eine Bank in der Nähe gesetzt.

»Mein Gott«, flüsterte Imma, damit ihr Bruder sie nicht hörte. »Überall starren einem nackte Brüste entgegen.«

Stella nickte und spürte, wie sie rot wurde. »Uns würden sie solche Zeitungen aber nicht verkaufen, oder? Stell dir das mal vor, du gehst da rein, und sie schieben dir schon das Heft mit den Stickmustern über den Ladentisch, du aber suchst dir eines mit den Nackten vorne drauf aus …« Sie lachte verlegen. Raimondo saß Gott sei Dank immer noch auf seiner Bank und kämpfte mit den Innereien seines Brötchens.

»In Deutschland gibt es Studenten, die wohnen zusammen, und jeder macht's mit jedem. Die haben sich auch nackt fotografieren lassen, habe ich in einer Zeitung gesehen. Meinst du, die sitzen da wirklich Tag und Nacht oben ohne rum?«

Stella zuckte nur mit den Schultern. Imma war immer so direkt.

»Dort vorne ist eine *taverna,* da treffen sich Studenten«, sagte die Freundin kauend. »Auf eine Cola?«

Stella zählte im Geiste ihr Geld.

»Ist auch nicht teuer.« Imma warf den Rest ihres Brötchens einer späten Taube hin und klappte ihren Mantelkragen hoch. »Was meinst du?«, fragte sie ihren Bruder. Der nickte nur.

»Verdammter Regen, komm, wir laufen!« Hand in Hand rannten die beiden jungen Frauen über die Piazza di Ponticello, Raimondo dicht hinter ihnen.

»Ich glaube, wir waren hier mal nachmittags in so einem linken Studentendebattierklub«, sagte Stella, als sie vor der Kneipe standen, und schaute sich um. Mit Nico. Alles mit Nico. Sie befanden sich in der Nähe der Universität, aber ob es hier an dieser Ecke gewesen war, konnte sie nicht mehr mit Sicherheit sagen.

In der Taverne war es warm, laut, verraucht und dunkel. Sie quetschten sich in eine Ecke auf eine Bank und zogen die feuchten Mäntel aus. Raimondo holte zwei Gläser Cola für die Mädchen und ein Glas Rotwein für sich. Eine Runde von jungen Männern und ein paar Mädchen sangen zur Musik und schlugen sich auf die Schultern.

Imma bemerkte Stellas Blicke. »Hier wird nicht so viel über Politik diskutiert, hier wird eher gesungen und später getanzt.«

Stella fühlte sich beobachtet, sie lächelte bemüht. Sie war nicht lustig. Sie war traurig, und jeder konnte es sehen. Was Tosca wohl machte? Schlafen natürlich, beruhigte sie sich. Es ist fast elf. Flora passt gut auf sie auf.

»Bist du öfter hier?«, rief sie Imma ins Ohr.

»Manchmal, wenn ich Raimondo überreden kann.« Sie nickte knapp in Richtung ihres Bruders, der ihnen an dem groben Holztisch gegenübersaß. »Aber nicht zu häufig. Das ist gefährlich.«

»Warum?«

Imma zuckte mit den Achseln, und Stella schlug die Augen nieder, als einer der Jungen ihr vom Ende des Tisches aus zuprostete. Dabei sah der eigentlich ganz gut aus.

»Auch in so einer großen Stadt lassen sie dich nicht in Ruhe«, erklärte Imma nun, den Mund dicht an ihrem Ohr. »Als Frau musst du dich durchmogeln und unsichtbar machen, um tun und lassen zu können, was du willst.«

Sie stießen an. Raimondo trank den Wein in einem Zug aus.

»Noch einen?« Bevor ihr Bruder ablehnen konnte, gab Imma irgendwem im Gewühl vor dem Tresen ein Zeichen. »Wenn er viel trinkt, bekommt er wenig mit.« Sie kicherte. »Dann habe ich freie Bahn. Ich heiße immer anders, ich erzähle ständig andere Geschichten über mich.«

Stella grinste. »Okay. Und wer bist du heute?«

»Heute? Heute bin ich Maria Tindari, die Krankenschwester. Meine Brüder verfolgen mich, und ich suche hier Schutz, in dieser Kneipe. Pass auf!« Sie wandte sich an den Jungen neben sich. »Kann ich dich mal was fragen? Hat diese *taverna* einen Hinterausgang?«

Stella hörte mit Erstaunen zu, wie Maria Tindari ihre Lebens- und Leidensgeschichte erzählte. Der Junge rückte näher an sie heran und schaute betroffen. Stella schaute besorgt zu Raimondo, doch der wurde gerade von einem langhaarigen Kerl in ein Gespräch verwickelt. »Und das ist meine liebe Chefin, Rita, sie ist

Ärztin, und ich darf fürs Erste bei ihr wohnen.« Imma gab ihr einen dicken Schmatzer auf die Wange. Stella nickte ernst, obwohl sie am liebsten laut losgelacht hätte.

»Und wer ist der da?«

Ein neues Glas Wein wurde vor Raimondo gestellt.

»Ritas Chef«, sagte Imma schnell.

»Wir sind mit der ganzen Belegschaft hier«, erklärte Stella.

»Ganz schön jung für 'ne Ärztin.« Ein Kumpel von Immas Gesprächspartner beugte sich vor, um Stella ins Gesicht schauen zu können.

»Sie ist hochbegabt. Mit vier in die Schule gekommen«, sagte Imma.

»Was für eine Ärztin bist du denn?«

»Ich bin noch nicht ganz fertig, aber ich werde Chirurgin.« Stella nahm einen Schluck Cola, ihr war plötzlich alles egal. »Und zwar mit Schwerpunkt Gehirnchirurgie!«

»Großartig.« Der Typ trank sein Bier.

»Und was machst du?«, versuchte Stella das Gespräch wieder aufzunehmen.

»Ich studiere Biologie.«

»Solange meine Brüder nicht da sind, muss ich das ausnutzen«, mischte Imma sich ein und warf schnell einen Blick zu Raimondo. Der schien seine Aufpassertätigkeit nach dem zweiten Glas Wein nicht mehr wirklich ernst zu nehmen, denn er plauderte mit einem Mädchen vom Nebentisch. »Ich möchte tanzen!«

Stella zögerte. Sie hatte noch nie getanzt. Schon gar nicht in einem öffentlichen Lokal.

»Guck einfach zu«, sagte Imma. Kurz darauf stand Stella am Tresen und beobachtete die zuckenden Körper auf der winzigen Tanzfläche. Der hübsche Junge, der ihr am Anfang des Abends zugeprostet hatte, tauchte plötzlich neben ihr auf und legte ihr seinen Arm um die Schulter.

Ach, Nico. Schau mich an! Hier stehe ich mit einem wildfremden Mann und wiege mich im Takt der Musik …

Na endlich. Ich mag es, wenn du lachst und dir mal keine Sorgen machst.

Ich bin oft so traurig, Nico. Manchmal weiß ich gar nicht, wer ich noch bin ohne dich. Geschweige denn, wer ich sein will.

Probier es aus! Du kannst alles sein. Wie Imma.

Das ist mir zu anstrengend, antwortete Stella ihm, doch dann musste sie ein bisschen über die Bemerkungen lachen, die der Hübsche ihr von links ins Ohr sagte, und hörte dem etwas langweiligen Biologiestudenten auf der anderen Seite zu. Flirten nannte man das wohl. Zum Abschied ließ sie sich von beiden sogar ein Küsschen auf die Wange geben. »Viel Glück im Krankenhaus!«

Sie schnappten sich Raimondo, der inzwischen ziemlich angesäuselt am Tresen lehnte, bezahlten und rannten kreischend vor Lachen zur Bushaltestelle. Es war schon nach eins, und es kam natürlich kein Bus mehr. Also wanderten sie zu Fuß durch die Straßen. Der Regen hatte aufgehört, die Katzen saßen auf den geöffneten Mülltonnen und duckten sich, als sie vorbeikamen. Stella hatte ein bisschen Angst, aber die wenigen Männer, die ihnen begegneten, hatten anscheinend Respekt vor dem dünnen Raimondo und riefen ihnen noch nicht mal etwas hinterher.

Stella war müde und froh, als sie eine halbe Stunde später vor der Hintertür des Studentenwohnheims standen.

»Hier kontrolliert uns keiner«, sagte Imma und schloss auf. »Den Portier sollte man natürlich schlafen lassen.« Die Flure wurden anscheinend die ganze Nacht von Neonröhren beleuchtet, die Luft war stickig und roch nach klebrigem Linoleum und gekochten Bohnen. Im Waschraum putzten sie sich die Zähne und grinsten sich im Spiegel an. »Na? Das hat doch Spaß gemacht«, stellte Imma mit dem Mund voller Schaum fest. »Nächstes Wochenende gehen wir in die Bar vom Hotel Aurora und machen auf *Femme fatale!* Hast du Lust?«

»Kommt dein Bruder mit?«

»Muss er wohl.«

»Wo schläft der denn heute?«

»In unserem Zimmer. Auf dem Boden. Keine Angst, du bekommst mein Bett.«

»Ist gut.« Raimondo war in Ordnung, von seiner Seite hatte sie nichts zu befürchten. Auch wenn Assunta sich schrecklich darüber aufgeregt hätte. Aber sie musste es ja nicht erfahren.

»Was ist? Nächstes Wochenende?«

»Ich glaube schon.«

Aber am nächsten Wochenende wollte Stella bei Tosca bleiben, denn sie hatte leichtes Fieber, und am übernächsten ging sie mit Manuele ins Kino, weil sie ihn einfach schon viel zu oft vertröstet hatte. Als Lolò drei Wochen später am Freitag aus den Schwefelbergwerken von Caltanissetta zu Besuch kam, blieb sie auch zu Hause und nahm sich seiner schlecht verheilenden Wunden an Mittel- und Zeigefinger an. »Hast du dir das etwa bei einem Sprengeinsatz geholt?«

»Nee, Schwesterchen, die sind nur gequetscht. War 'ne Autotür. Wenn beim Sprengen was schiefgeht, is' mindestens die ganze Hand ab … oder gleich der Arm.«

»Oh, hör auf, Lolò, und halt still! Egal was du erzählst. Ich finde diese Arbeit zu gefährlich.«

»Für Geld musste eben was riskieren. Für Geld mach' ich alles …«

Stella guckte ihn entsetzt an. »Nicht *alles*, Lolò! Sag mir, dass du das nicht ernst meinst!«

»Nee.« Er grinste. »Is' doch nur so'n Spruch. Pfefferminz?«

Stella schüttelte seufzend den Kopf und strich Salbe auf die aufgeplatzten Hautstellen. Dank Manuele besaß sie mittlerweile eine große Hausapotheke. Sie verband die Finger locker mit einer Mullbinde und war froh, hier in der Villa gebraucht zu werden. Wenn sie an den Abend mit Imma dachte und an die Studenten in dem Weinlokal, schämte sie sich ein bisschen.

Die Weihnachtstage versprachen sehr kalt und stürmisch zu werden. Sie heizten sämtliche Öfen in der Villa an und luden wie in den beiden Jahren zuvor Flora ein. Auch Manuele würde an den Feiertagen ein ständiger Gast sein.

Das dritte Weihnachten ohne dich, Nico, dachte Stella, als sie am Weihnachtsmorgen zusammen im *salotto verde* saßen. Da ist diese riesige Lücke, wo du sein solltest. Jeder denkt an dich und ist froh, die am Boden herumrutschende Tosca mit Geschenken überschütten zu dürfen. Wie können wir ohne dich je wieder glücklich sein?

Als sie sich nach dem üppigen Mittagessen auf der Straße zum Capo Mongerbino die Beine vertraten, wiederholte Stella ihre Gedanken vor Manuele.

»Du hast recht«, rief er gegen den Wind, »wir können ohne ihn nicht wieder glücklich sein. Aber wenn Tosca dann über den klingelnden Stoffball von Onkel Manuele lacht und sich plötzlich an einem Stuhlbein hochzieht, um ihn zu erreichen, dann ist Nico bei uns, und wir bekommen wenigstens wieder eine Idee davon, was Glück überhaupt noch sein könnte.«

Sie griff nach seiner Hand. »Das hast du schön gesagt. Danke.«

»Ich bin immer für dich da.«

»Ich weiß.«

»Arbeitest du wieder an der Kapelle?«

»Ja, sicher, noch kann ich in den Seminaren mit jedem kleinen Problem kommen.« Sie breitete die Arme aus und stemmte sich gegen den Wind. »Ich habe beschlossen, bei den Segeln mit Sichtbeton zu arbeiten. Sichtbeton ist ein pures Material, das Kraft und

Stärke und Robustheit ausdrückt. Gleichzeitig soll es aber auch für die Leichtigkeit der Segel stehen.«

Als Stella Manueles fragenden Blick sah, winkte sie ab. »Wenn du es siehst, wirst du verstehen, was ich meine …«

»Was du dir alles dabei denkst, was du alles einbeziehst, ist wirklich faszinierend!« Er schaute sie etwas zu bewundernd an.

»Tja. Gedacht habe ich mir viel, das stimmt. Auch wenn es wohl bei diesem Entwurf auf dem Papier bleiben wird.«

In der Woche nach Weihnachten lernte Stella für ihre schwächsten Fächer Tragwerkslehre und Bauphysik. Sie las und schrieb viel, Tag und Nacht klapperte die Schreibmaschine. Doch in den ersten Tagen des neuen Jahres war sie so erschöpft, dass die Zahlen und Buchstaben schon am Mittag vor ihren Augen verschwammen, und als Imma anrief, um sie am Wochenende nach Palermo einzuladen, sagte sie ohne groß zu überlegen zu. Warum soll ich mich schämen?, dachte sie und küsste Tosca zum Abschied. Es kennt mich da doch keiner, und niemand wird mich je wiedersehen. Außerdem haben wir so sehr gelacht! Sie grinste bei dem Gedanken, während sie Assunta das Kind in die Arme gab. »Sei ein liebes Mädchen. Mama ist bald wieder da.«

»Mama!«, wiederholte Tosca und schaute sie mit ihren hellblauen Augen unter den langen schwarzen Wimpern an.

»Ja, die Mama geht aus, und du bleibst bei Assunta!«

»Sssunta«, sagte Tosca und kuschelte sich an den üppigen Busen ihrer Großtante.

»Ist sie nicht ein schlaues kleines Mädchen?« Stella drückte Tosca noch schnell einen Kuss auf ihre weichen schwarzen Nico-Locken. Wie köstlich sie dufteten!

»Das ist sie«, bestätigte Assunta. »Und sie ist überhaupt kein bisschen zurückgeblieben, wie die alte Concettina uns weismachen wollte, siehst du wohl!« Sie strich Tosca zärtlich die Haare aus der Stirn.

»Ich glaube, Concettina wollte uns nur auf diese Möglichkeit vorbereiten …«, lenkte Stella ein.

Sie lachten beide, als Tosca zwischen ihnen erstaunt hin- und herschaute und dann fröhlich krähte.

»Ich habe ein einziges schwarzes Kleid, das ich anziehe, wenn ich mich schick machen will«, klagte Imma.

»Schade, meine passen dir ja nicht.« Stella hatte drei Haute-Couture-Kleider von Cardin und Christian Dior aus den Schränken ihrer Mutter mitgebracht und führte sie Imma jetzt in ihrem kleinen Studentenzimmer vor. Raimondo saß draußen auf dem Flur und rauchte eine Zigarette nach der anderen, während er auf sie wartete.

»Du bist eben viel größer als ich.«

»Aber mit einem dieser Abendjäckchen peppen wir dein kleines Schwarzes auf.«

»Meine Güte, ist das hier etwa aus echtem Nerz?« Imma fuhr mit den Fingern ehrfürchtig über das Schultercape. »Und das Rötliche etwa Fuchs?«

»Ich fürchte, ja …«

»Schön, wenn man Geld hat.«

»Hatte!«, widersprach Stella. »In dem Vieh sind bestimmt schon die Motten. Und ich beneide dich um deine Schminkkünste.«

»Meine Mutter war früher Sängerin am Theater in Siracusa, bevor sie Tuberkulose bekam. Von ihr habe ich mir einiges abgeschaut.«

Im Waschraum klebte Imma sich falsche Wimpern an und glättete sich die Haare zu einer leicht gewellten Bubikopffrisur wie aus den Zwanzigerjahren. Sie schminkte auch Stella, und beide waren begeistert von dem veränderten Anblick, den der Spiegel ihnen bot. Sie hatten Raimondo in ein Jackett gesteckt, das Imma sich von einem Studienkollegen geliehen hatte. Darin sah ihr Bruder nicht ganz so arg nach Buchhalter, sondern halbwegs elegant aus, als sie gemeinsam auf die Straße traten.

»Wir wollen ja nichts von den Männern. Nur ein wenig Spaß«, raunte Imma in Stellas Ohr. »Wir küssen nicht. Wir lassen uns nicht irgendwo anders hin einladen. Keine echten Namen, keine wahren Geschichten, kein Verlieben.«

»Okay. Abgemacht.«

In den mondänen Hotelbars an der Via Settimo schaute Stella sich von Imma ab, wie man lässig in den modernen Ledersesseln lag und dabei einen Drink und eine Zigarette hielt. Stella lernte, dass die meisten Männer in den Bars gerne ihr Geld vorzeigten und von sich selbst erzählten, und dass es ihnen egal war, ob sie sich als Laura, die angehende Gehirnchirurgin, oder wie an diesem Abend, als Patrizia, Schreibkraft in einer ganz kleinen Anwaltskanzlei, vorstellte. »Sie glotzen mir sowieso nur in den Ausschnitt«, beschwerte sie sich bei Imma, als sie sich spätnachts im engen Wohnheimzimmer gegenüberlagen. Raimondo schnarchte schon lange zwischen ihnen auf seiner Schlafstätte aus Decken und einem alten Teppich auf dem Boden.

»Wenn sie Geld haben, sind sie meistens langweilig. Wenn sie Künstler sind, haben sie oft kein Geld, dafür aber etwas zu erzählen«, stellte Imma fest und gähnte.

»Ich mag es, wenn sie von etwas begeistert sind. Für etwas brennen und nicht nur angeben.«

»Ich mag es, wenn sie mich fragen, wer ich bin, und dann auch wirklich zuhören.«

»Aber dann belügen wir sie ja regelmäßig«, warf Stella ein.

»Egal. So sind nun mal die Regeln. Wow, es ist schon drei, und wir können morgen so lange schlafen, wie wir wollen.«

Wenn es im Zimmer nur etwas wärmer wäre, dachte Stella und zog die dünne Decke fester um sich. Die Heizung des Wohnheims funktionierte angeblich schon seit Wochen nicht mehr.

»Morgen gehen wir wieder in die Studentenkeller, abgemacht?«, fragte Imma. »Da hängen nicht so viele alte Säcke rum. Und die meisten können auch besser küssen.«

»Imma! Ich denke, wir küssen nicht!« Stella setzte sich auf.

»Ach, manchmal muss man sich über seine eigenen Prinzipien hinwegsetzen.« Imma kicherte in ihr Kissen. »Nur wenn ich Lust drauf habe. Warum denn nicht?«

Stella starrte an die Decke in die Dunkelheit. »Schläft Raimondo wirklich?«

Imma streckte den Arm aus und rüttelte ihn. »Schläft.«

»Darf ich dir eine unverschämt indiskrete Frage stellen?«

»Oh, oh ... Da komm ich lieber rüber zu dir. Nachher hört er uns doch.« Imma machte einen großen Schritt über ihren schlafenden Bruder und schlüpfte zu Stella ins Bett. »Nur zu.«

»Okay, du hast es so gewollt. Bist du noch Jungfrau?«

»Ach je, das ist wirklich eine verdammt indiskrete Frage ... die ich *dir* ja nicht stellen muss.«

»Nein. Eher nicht.« Sie kicherten beide, bis sie nach Luft japsten und Imma zischte, sie müssten leiser sein, sonst würde ihr Bruder doch noch aufwachen.

»Ich habe keine Ahnung vom Liebemachen«, flüsterte Imma, nachdem sie wieder zu Atem gekommen war. »Tut es weh? Macht es Spaß? Ist es wirklich so toll, wie alle sagen?«

Stella dachte an die gestohlenen Stunden mit Nico im Ostflügel, in denen sie sich überall gestreichelt und geküsst hatten, an die vielen Knutschereien und die Spielchen, die sie miteinander getrieben hatten. Daran, wie sehr Nico es mochte, wenn sie über ihm hockte und ihm die Handgelenke auf das Kissen drückte; daran, wie er flüsternd ihren Körper beschrieb. Er durfte ihr dabei nicht in die Augen sehen, aber es erregte sie, dass sie ihn anscheinend so wild machte.

»Man sollte den Mann gut kennen und ihm absolut vertrauen,

dann tut es nicht weh, und es wird wunderschön! Man sollte ihn lieben ...«

Eine lange Pause folgte. Stella dachte, auch Imma wäre schon eingeschlafen, als sie die Freundin tief einatmen hörte.

»Also, meine Frage ist noch unverschämter und indiskreter als deine«, sagte sie.

»Frag!«

»Hast du das Gefühl, du wirst jemals einen Mensch wieder so lieben können wie ihn?«

»Nein.«

»Also wirst du auch nie wieder jemanden küssen.«

»Ich weiß nicht. Wenn ich denjenigen nicht liebe, warum sollte ich ihn dann küssen? Ich kann das nicht.«

»Hättest du das Gefühl, du betrügst deinen Nico?«

»Nein. Ich habe lange gebraucht, aber irgendwann hat mein Körper verstanden, dass ich ihn nie wiedersehen werde. Viel später als mein Kopf übrigens.« Sie atmete tief ein. »Betrügen kann man nur jemanden, der noch da ist. Dieses Endgültige ist es, was mich so leer und traurig macht.«

»Verstehe ich.«

Ich glaube nicht, dachte Stella.

»Aber vielleicht kommt doch mal jemand, mit dem das Küssen einfach Spaß macht. Ohne Hintergedanken. Einfach so. Gute Nacht, Stella. Muss jetzt schlafen.« Imma schlüpfte hinaus und tastete sich in der Dunkelheit hinüber zu ihrem Bett.

Stella zog sich die Decke über den Kopf. Sie mochte Imma, aber manchmal war sie einfach nur naiv. »Nein, Imma«, sagte sie leise. »Da kommt nichts mehr.«

Am nächsten Abend küsste Imma zwei verschiedene Männer. Sie passt die Gelegenheit gut ab, dachte Stella. Immer wenn ihr Bruder gerade nicht hinsieht.

Einmal gab sich Imma als Mirella aus. Ihr Opfer war ein Student der Mathematik auf dem Weg zu den Toiletten; weil er so einen schönen Mund hatte, wie sie sagte. Und dann spätabends ließ sie sich unter dem Namen Bellinda (wer heißt denn bitte schön Bellinda?, fragte Stella sie nachher) von dem Besitzer des Lokals küssen, der ein bisschen wie Marcello Mastroianni mit langen Haaren aussah und sie unbedingt wiedersehen wollte.

»Meine Güte, was für eine Klette«, beschwerte sie sich flüsternd bei Stella, als sie durch die Straßen gingen. »Ich kann erst Mitte Februar wieder hier in den Laden gehen, da ist Karneval, dann erkennt er Bellinda nicht mehr unter ihrer Verkleidung.«

Stella lachte und rieb sich die Augen. »Dass du da nicht mal durcheinanderkommst! Ich muss schlafen, der erste Bus um zehn nach fünf müsste gleich fahren, den kriegen wir noch.«

Gemeinsam mit Raimondo warteten sie an der Haltestelle und gelangten wieder ungesehen durch die Hintertür in das Wohnheim.

Als sie von den Waschräumen zurückkamen, lag Immas Bruder bereits laut schnarchend in seinem Bett und war partout nicht wach zu bekommen.

»Zu viel Wein«, sagte Imma.

»Die Betten sind zu schmal für zwei.« Stella war plötzlich nicht mehr müde. »Ich glaube, ich schlafe doch zu Hause.« Sie raffte ihre Kleider zusammen, die Raimondo einfach auf den Boden geworfen hatte.

»Verdammt, dem werde ich morgen was erzählen«, fluchte seine Schwester und kniff ihm in die Wangen.

»Ist doch nicht so schlimm, ich fahre einfach zurück nach Bellaforte«, flüsterte Stella. »Der erste Zug geht in einer Stunde.«

»Ich komme mit. Kann ich bei dir schlafen?«

»Kein Problem, mein Bett ist groß genug.«

»Wir machen eine Kommune auf!«

»Ja klar, und laufen alle nackt herum!«

Unter leisem Gelächter schrieben sie Raimondo mit dem Füllfederhalter eine kurze Nachricht auf seinen unbehaarten Arm, malten noch ein wunderschönes Seemannstattoo daneben und schlenderten dann gemeinsam zum Bahnhof. Sie tranken eine heiße Milch in einer Bar, setzten sich auf die Bank am Bahnsteig und warteten mit aneinandergelehnten Köpfen, bis der morgendliche Bummelzug sie nach Bellaforte brachte.

Tosca war natürlich schon wach und saß mit ihrem Lätzchen um den Hals im Kinderstuhl in der Küche. »Mama?«, fragte sie immer wieder. »Mama?«

»Mama ist wieder da, mein Schätzchen!«

Assunta wärmte im Morgenmantel am Herd Toscas Milch und mahlte Kaffee in der Mühle. »Na, ihr Nachtschwärmerinnen! Wart ihr im sündigen Palermo unterwegs?«

»Nein, nur im Kino, und dann konnten wir nicht mehr länger schlafen.« Stella schaute Imma an. Sie sah übernächtigt aus, Gott sei Dank war die Schminke in ihrem Gesicht fast verschwunden.

Doch Imma hatte nur Augen für Tosca. »Sie ist so süß! Und wie sie guckt!«, rief sie begeistert. »So erstaunt, findest du nicht? Als ob sie sich wundern würde, am Leben zu sein.«

»Sie ist ja auch unser Wunder!« Stella drückte Tosca einen langen Kuss auf die Wange und nahm einen Becher Kaffee von Assunta entgegen.

»Der Garten ist wunderschön«, sagte Imma, als sie im Grünen Salon standen und hinaus in die klare Januarsonne schauten. »Und so groß! Aber was sind das für hässliche Türme da hinten am Ende?«

»Das sollte ein Zementwerk werden.«

»Wie bitte?«

»Schon seit einem Jahr arbeiten sie nicht weiter daran, ich habe gehört, die SiBeG ist pleite. Aber die Türme sind uns erhalten geblieben … sieh mal, die rosten schon.«

»Dass man direkt neben einer Villa überhaupt gewerblich bauen darf, ist doch unglaublich. Was sagt der öffentliche Bebauungsplan?«

»Du wirst es nicht glauben, aber in der *comune* von Bellaforte und Marinea gibt es keinen solchen Plan.«

»Tja, Professor Minellis Lieblingsthema … über das ich auch noch alles lernen muss«, seufzte Imma. »Lass uns lieber Tosca gut einpacken, statt über das dröge Zeug zu reden, und dann im Kinderwagen ein bisschen mit ihr spazieren fahren. Schlafen können wir später immer noch.«

Stella stutzte. »Nun ja. Wir haben keinen Kinderwagen«, sagte sie leise.

»Wie bitte?«

»Wir haben sie immer in den Stubenwagen hier gelegt, der lässt sich auch hin und her rollen.«

»Aber ihr wart noch nicht draußen mit ihr!« Imma betrachtete die antike Wiege mit den schief stehenden, eisernen Rädchen.

»Doch. Natürlich. Im Sommer abends auf der Terrasse. Und wenn ich sie zu Flora bringe oder die sie abholt, ist sie ja auch kurz draußen.«

Imma sah sie prüfend an und zog dabei die Augenbrauen hoch. »Du weißt genau, was ich meine! Ihr wart noch nie richtig auf der Straße, unter Leuten mit ihr.«

»Schau mich nicht so an, Imma. Nein, ich schäme mich nicht für sie. Die unfreundlichen Kommentare über meinen Bauch habe ich schließlich auch ausgehalten. Aber wir wollten die Ansteckungsgefahr so gering wie möglich halten. Sie war so zart, so winzig, das kannst du dir heute gar nicht mehr vorstellen.«

»Aber jetzt ist sie doch ein kräftiges Kind!«

»Es sind höchstens zwölf Grad draußen, und sie hat gar kein warmes Winterjäckchen, und woher sollen wir jetzt so schnell einen Wagen bekommen? Ob Flora vielleicht noch einen hat …«, überlegte Stella laut.

»Wir stecken sie in das Nerzcape«, schlug Imma vor. »Das hält warm.«

»Nehmt sie am besten gleich mit«, sagte Assunta, als Stella ihr von ihrer Suche nach einem Wagen erzählte. »Die Signora Messina freut sich doch immer so über das Kind!«

Sie wickelten Tosca in eine wollene Decke, setzten ihr ein warmes Mützchen auf und gingen die paar Schritte hinüber in die Via Scaduto. Flora streckte sofort die Arme nach der Kleinen aus. »Ich komme gerade von der Messe«, sagte sie, »und wollte gleich auf den Friedhof.«

»Hast du vielleicht noch einen Kinderwagen von früher?«

Flora zuckte zusammen und schüttelte den Kopf, doch Stella sah, dass es hinter ihrer Stirn arbeitete. »Na ja. Im *ripostiglio* vielleicht. Die kleine Abstellkammer unter der Treppe.«

Als sie die Tür öffnete, stieß Imma Stella sanft in die Seite. Vor ihnen, mit einer durchsichtigen Plane abgedeckt, stand ein alter Kindersportwagen. Als Flora ihn von der Plane befreite und in den Hof schob, sah man, dass die Kissen sauber gewaschen waren und die Metallteile blinkten. »Er ist über zwanzig Jahre alt. Ich hatte ihn für mein zweites Kind aufgehoben … und nun bekommt …« Sie verbarg das Gesicht in den Händen. Auch Stella weinte. »Und nun bekommt Nicos kleine Tosca ihn!«

»Wo ist das Problem?«, flüsterte Imma in ihr Ohr.

Auf dem Friedhof trafen sie Manuele, der einen Notizblock und einen Stift in der Hand hielt. »Was machst du denn hier?«, fragte Stella ihn, nachdem sie ihn alle begrüßt und Imma vorgestellt hatten.

»Ich schaue mich nur ein bisschen um und notiere hier und da etwas. Es gibt nämlich einige Grabstätten, deren Pacht bald ablaufen wird. Vielleicht kann ich ihre Besitzer ausfindig machen.«

Stella sah, wie Imma ein weiteres Mal die Brauen hochzog und Manuele von oben bis unten in Augenschein nahm. Schnell erklärte sie der Freundin, wie es um die Plätze auf dem Friedhof bestellt war.

»Ach so.« Nun verstand Imma. »Ein Platz für dein Kapellenprojekt also.«

Flora seufzte und spielte mit dem Schlüssel, denn sie waren vor dem Grabmal der Familie Camaleo angekommen.

»Noch liegt er hier, aber das ist kein Dauerzustand!«, beeilte sich Stella zu sagen. »Ich denke auch nicht, dass wir Tosca mit hineinnehmen sollten, Flora.«

Nein, nein. Flora wehrte vehement ab.

»Wir haben schon protestiert und alles bei der Gemeinde versucht«, erzählte Manuele. »Ich war zwei Monate im Gefängnis wegen der Sache.« Er warf Stella einen liebevollen Blick zu.

»Der ist dir aber sehr zugetan«, bemerkte Imma leise und schaute Flora und Manuele hinterher, die jetzt die Gruft betraten.

»Ein guter Freund von mir. Und ein sehr guter von Nico«, gab Stella genauso leise zurück. »Der macht das hauptsächlich für ihn.«

Sie rückte der aufrecht sitzenden Tosca die Mütze zurecht und kontrollierte, ob sie es unter der Decke auch warm genug hatte.

»Will er irgendwann nicht vielleicht trotzdem eine Belohnung von dir?«

»Manú?« Stella lächelte. »Der ist so lieb. Der bekommt von mir, was immer er will!«

»Ach ja? Von mir bekäme er das auch ...«

»Imma!«

»Wieso? Schön groß ist er! Ich mag große Männer.«

33. Kapitel

Sie war es! Sie war es ganz sicher. Er erkannte es an ihrer Körperhaltung. Obwohl er sie nie in einer so noblen und gleichzeitig dekadenten Umgebung wie dieser vermutet hätte. Und was hatte sie da für eine Haube auf, unter der ihr Haar versteckt war? Sie hatte sich als Krankenschwester kostümiert und tanzte mit dem Idioten neben ihr, der vermutlich einen Harlekin darstellen wollte. Er ging näher heran. Die Augen, die gerade Nase, alles, auch ihre Größe stimmte.

»William, mein Freund!«

»Was?«

»Geh mal bitte rüber zu der Krankenschwester und frag, wie sie heißt!«

»Oho, gern. Die ist aber beschäftigt.«

»Egal, nur eben der Name! Sonst nehme ich dich nie mehr mit.« Er lachte, obwohl ihm innerlich ganz zittrig zumute war. Sein Studienkollege und Freund William war Engländer, trinkfest, ein guter Junganwalt und immer knapp bei Kasse. Erst hatten sie sich die Prozession angeschaut und dann mehrere Stunden in dem einfachen Lokal am Vucciria-Markt gegessen und getrunken, bis es früher Abend wurde. Und ehe sie darüber nachdenken konnten, waren sie zusammen durch die Kneipen des Viertels gezogen, bis sie doch noch hier gelandet waren, im Palazzo der

Familie Lo Faso. Die Einladung hatte seit Monaten bei ihm herumgelegen.

Großer Maskenball im Kostüm des Ottocento, *welcher am 14.02.1972 im Ballsaal des Hauses Lo Faso, Via Duca di Verdura 101, stattfindet.*

Er hatte nicht hingehen wollen. Erstens, weil man nie wusste, welche Verwandten man treffen würde und wer einen gut situierten Junggesellen wie ihn unbedingt mit seiner plumpen Tochter verheiraten wollte. Und zweitens hatte er es schon früher nicht besonders geschätzt, wenn seine Mutter ihn in die aufwendig genähten Kostüme steckte, in denen man sich kaum rühren konnte. Doch William, Sohn einfacher Leute aus Manchester, war fasziniert von allem, was glänzte und von Adel war. Wer aus den höheren Kreisen etwas auf sich hielt, war zu dieser sehr späten Stunde allerdings schon längst wieder zu Hause, und so hatte das Ganze etwas von einem Privatklub: Die Kostüme hatten buchstäblich Federn gelassen, das Licht in dem hohen Salon war gedämpfter als sicher noch zu Beginn des Abends, in den ledernen Fauteuils und Zweiersofas, die locker gruppiert zusammenstanden, wurde geknutscht oder erschöpft geschlafen, und nur einige wenige, meist junge Gäste tanzten noch auf dem Parkett. Die Diener standen gähnend in den Ecken und dachten wohl, es sähe keiner, dass sie sich anlehnten.

Er konnte es nicht vermeiden, sein Herz klopfte ganz albern vor sich hin, als William zurückkam.

»Maria heißt sie. Ich habe den nächsten Drink gleich mitgebracht.« Er drückte ihm einen schweren Whiskeytumbler in die Hand.

»Maria? Sie hat dich angelogen.«

»Vielleicht. Immerhin hat sie ihre Lippen eine Sekunde von denen des Harlekins gelöst, um es mir zu sagen.«

Küssten die sich wirklich? Nein, der Typ hing ihr nur am Hals, und sie ließ es zu. William übertrieb gerne ein bisschen. Er atmete tief ein. Die Kleine da vorne in dem Katzenkostüm mit den kunstvoll aufgemalten Schnurrhaaren war wahrscheinlich ihre Freundin, sie zog dauernd an ihrer Schwesterntracht und tuschelte ihr etwas ins Ohr. Wie das Frauen untereinander eben so machten. Die hatte gerade keinen, der an ihr dranhing, und sah schon ziemlich betrunken aus. Vielleicht konnte er über sie an diese angebliche Maria herankommen …

»Hallo, schöne Katzendame! Ist dein Harlekin schon gegangen?«

»Hallo, schöner Sherlock Holmes! Ja, mein Harlekin musste nach Hause zu seiner Mami.«

Er grinste. Schlagfertig war diese Freundin ja. Sein blonder Schnäuzer war bloß angeklebt, wirkte aber sehr echt zu dem Brillengestell aus Draht, der Pfeife und der Detektivmütze. Das Annehmbarste, was er im Palazzo an der Via Saladino im Zimmer seines Bruders gefunden hatte. William hatte er in die Uniform eines altmodischen Rittmeisters gesteckt, die tatsächlich noch in einem der Schränke seiner Eltern hing. So konnte er seine flammend roten Haare unter der Kappe verstecken, und wenigstens einer von ihnen war passend zum Motto gekleidet.

»Und der ist übrigens mein Bruder.« Sie wies auf den zusammengesackten Matrosen in einem der ledernen Sessel. »Nicht dass du denkst, wir sind leicht zu haben.«

»Niemals wäre mir das in den Sinn gekommen, werte Lady. Auch ohne Bruder!«

»Gibt es hier auch Bier zu trinken?«, fragte das Mädchen. Er schätzte sie auf Anfang zwanzig. Nein, aus adligen Kreisen kam sie nicht, das erkannte er sofort an der Art, wie sie ihre leere Champagnerschale zwischen den Fingern jonglierte.

»Hattest du nicht schon genug?« Er kaute auf seiner Pfeife, die seinem Großvater gehört haben musste.

»Nö.«

Na gut. Er bestellte zwei Bier bei einem der vorbeilaufenden Bediensteten. »Wir haben Flaschenbier aus Pilsen, ist das recht, mein Herr?«

Aber ja. Er nickte. »Wie seid ihr hier reingekommen?«

»Ach, war ganz einfach. Wir wollten eigentlich nur zum Kostümfest der Studenten, aber irgendeiner von diesen bedeutenden Langeweilern hat meinen Bruder auf der Straße bei der Prozession angesprochen und uns hier eingeschleust.«

Er brachte sie zu einem der tiefen Sessel, weit weg von dem betrunkenen Matrosen. Das Bier kam. Sie hatte einen ganz schönen Zug drauf, das Glas war halb leer, als sie es absetzte.

»Wie heißt du?«

»Valentina.« Sie schaute ihn mit großen Augen an, anscheinend gefiel er ihr. Frauen, die nicht interessiert waren, schauten einen meistens gar nicht oder nur sehr flüchtig an. »Und du?«

»Sherlock, stets zu Ihren Diensten, meine Teuerste.« Sie lachte, aber er musste immerzu zu Stella hinüberschauen. »Wie heißt deine Freundin?«

»Was?«

Er wiederholte die Frage. »Will sie vielleicht auch etwas trinken?«

»Ich frag sie mal.« Die Kleine wankte hinüber zu dem Paar, das immer noch auf der Stelle tanzte.

Stella – es musste Stella sein – drehte sich um, maß ihn mit einem freundlichen Blick und flüsterte der Freundin schnell etwas ins Ohr, wandte sich dann aber wieder dem Harlekin zu.

»Musstest du sie erst fragen, wie sie heißt?«

»Nee, aber ob ich dir ihren Namen verraten darf. Sie heißt Maria.«

Er schüttelte den Kopf. Das konnte doch nicht wahr sein!

Er hatte ihr diesen Brief geschrieben, drei Jahre war das erst her. Fünf Jahre hatte er sie in Ruhe lassen wollen, um ihr Zeit zu geben.

Ein Ratschlag von seinem alten Herrn. Aber was wusste *der* schon über die Mädchen von heute? Er nahm einen Schluck. Bier aus Pilsen schmeckte bitter.

Und was wusste er selbst denn über dieses Mädchen, das hier, keine fünf Meter von ihm entfernt, schäkernd und scherzend mit einem anderen herumstand? Das Mädchen, das um den Verlobten trauerte, das sogar ein uneheliches Kind bekommen hatte. Sein Vater bekam ja seit seiner Freundschaft mit Ciro di Camaleo alles mit. Er schnaubte. Auch das war ihm völlig egal, er liebte sie einfach, das sagten ihm zumindest sein Körper und sein dummer Kopf, seitdem er sie zum ersten Mal im Hof der *masseria* gesehen hatte. Er liebte sie und würde immer auch ihr Kind lieben! Ihre etwas spröde Art hatte ihm gefallen, ihr Verhalten und ihr schlanker Körper hatten ihn gereizt, sie zu erobern. Nein, nicht nur für ein paar Nächte. Für immer. Denn auch ihre Gedanken und die Weise, wie sie über Politik und die Menschen sprach, und ihre Wut über Ungerechtigkeiten hatten ihn fasziniert. Die Vorstellung, sie an seiner Seite zu haben, mit ihr zu reden, einzuschlafen und aufzuwachen beflügelte ihn.

Ihretwegen hatte er seine Verlobung gelöst, obwohl er doch genau wusste, dass sie gebunden und nach eigenen Worten auch noch glücklich war. Er hatte es ihr angesehen. Sie machte sich zwar jede Menge Sorgen um alles Mögliche, doch sie war tatsächlich glücklich verliebt. Auch wenn er sie nie bekommen würde – er wollte eine Frau, die er so lieben und verehren konnte wie sie, war ihm in diesem Moment klar geworden. Niemals würde er sich mit weniger zufriedengeben.

Und dann, nach dem schrecklichen Tod ihres Verlobten, hatte er gar nichts mehr gewusst. Durfte er jetzt um sie werben? Ausgeschlossen! Dabei hätte er sie am liebsten umarmen und trösten wollen, als er sie besuchte und sie dünn und blass, wie ausgelöscht im Salon vor ihm saß. Er war völlig ratlos heimgekehrt und hatte seinen Vater befragt. Und obwohl innerlich so ungeduldig seinem leidenschaftlichen Wahn verfallen, hatte er den Verständigen gemimt, der ihr mit dem Brief ein schlichtes Zeichen seiner Liebe gab, aber natürlich warten konnte. Wenn es sein musste, sogar fünf Jahre.

Sie hatte sich nie bei ihm gemeldet.

O Gott, jetzt kam sie auf ihn zu. Gut, dass er die Pfeife zwischen den Zähnen hatte und darauf herumkauen konnte. Seine Zigaretten hatte er längst aufgeraucht. Und William hatte sowieso nie welche.

»Es stimmt nicht, was du gesagt hast«, sagte sie zu der Katze, die angeblich Valentina hieß, und warf sich neben ihn auf das Zweisitzersofa. »Einfach so küssen macht keinen Spaß. Im Gegenteil, es kann ziemlich eklig sein.«

»Hast du ihn weggeschickt?« Valentina kicherte.

»Ja, ich habe behauptet, du wärst betrunken und bräuchtest mich.«

»Ich glaube, er kann dir weiterhelfen.« Valentina zeigte mit weit ausholender Geste auf ihn. »Sherlock ist einer der weltbesten Küsser, hat er mir selbst gerade erzählt.«

Herr im Himmel, dieses Mädchen log mühelos.

»Oh. Ich hoffe, er hat nicht übertrieben.«

»Sie haben Erfahrung, Schwester Maria?«

»Davon können Sie ausgehen, Mister Holmes.«

Endlich schaute sie ihn an. In ihren schönen braunen Augen entdeckte er sofort die hellen Splitter wieder, aber auch sehr viel Trauer.

Er räusperte sich und versuchte, einen würdevollen Sherlock Holmes abzugeben. »Nun. Es ist ja nicht nur eine Frage der Technik, sondern auch eine des Gefühls.«

»Genau!«, bestätigte sie. »Und das sagt einem doch schon in einiger Entfernung, ob aus der Sache etwas werden kann.«

»Da gebe ich Ihnen recht. Doch ich finde, wir sollten ihm eine faire Chance geben.«

»Wem?«

»Dem Gefühl.« Sein Herz klopfte wild, und alles in ihm bäumte sich auf. Es war furchtbar und doch wunderschön, so plötzlich neben ihr zu sitzen, nach diesen langen Jahren, in denen er sich nach ihr gesehnt hatte. Auch während der Geschichte mit der Gräfin und danach mit ihrer Tochter Elisabetta. Mein Gott, war er eigentlich wahnsinnig gewesen? Und während der ebenso heimlichen Beziehung zu der ruhigen Cellistin Giovanna in Catania. Die sich dann plötzlich für einen anderen entschieden hatte und diesen Mann auch heiratete. Er hatte bis heute nicht herausgefunden, warum. In all diesen Liebesverwirrungen und Affären war Stella immer präsent. War er nicht nur Anwalt geworden, weil sie diesen Satz mit der Gemeinschaft gesagt hatte? Ja. Und auch weil er ihr imponieren wollte. Obwohl es komisch klang und er es kaum vor sich zugeben mochte, war das die Wahrheit.

»Nun gut. Eine faire Chance. Aber wie finden wir das jetzt heraus?« Ihr Kopf war ein kleines Stück näher gekommen. Jetzt nur nicht zu schnell vorpreschen, ermahnte er sich.

»Ich denke, auf den Abstand kommt es an, wie Sie schon sagten. Wie weit Sie gehen wollen, überlasse ich dabei allerdings Ihnen, Schwester. Ihre Uniform steht Ihnen übrigens ausgezeichnet.«

»Wäre das zu weit?« Sie näherte sich mit ihrem Gesicht auf zwanzig Zentimeter.

»Das wäre sicher angemessen …« Seine Stimme klang etwas rau, denn er spürte, wie ihn ihre Gegenwart erregte, aber er bewegte sich nicht weiter auf ihr Gesicht zu. Das würde sie zu sehr bedrängen. Und richtig, zögernd kam sie noch ein wenig näher. Jetzt trennten sie nur noch wenige Zentimeter. Er spürte ihren Atem und sah ein wenig verschwommen, wie sie lächelte. Sie ist vielleicht ein kleines bisschen betrunken und deswegen lockerer als sonst, weiß aber noch genau, was sie tut, dachte er. Gut, dass Sherlock diese weiten Hosen trägt …

»Oh, oh, oh, was sehe ich da?«, quietschte das Katzenmädchen im Sessel und drohte Stella abzulenken. Doch in diesem Moment setzte William sich auf die Lehne ihres Sessels und brachte sie mit einer seiner frechen Bemerkungen zum Lachen. Danke, Sportsfreund! Er wusste, dass die Freundinnen eventueller Eroberungen bei Laune gehalten werden mussten. Schlecht gelaunte Freundinnen konnten bewirken, dass ein vielversprechender Abend abrupt endete, weil sie dringend nach Hause wollten.

»Ich denke, für mich ist die Sache eindeutig«, sagte er.

Sie zog die Augenbrauen hoch. »Und zwar?«

»Klarer Fall von Gefühl. Also bei mir.«

Sie kicherte. »Der Bart ist nicht echt, oder?« Sie lenkte ab.

»Lassen Sie mich bitte einige meiner Geheimnisse noch bewahren.«

»Einverstanden. Sie haben sehr schöne Handgelenke, wissen Sie das?«

»Das ist mir neu.«

Nun war ihr Mund nur noch eine Haaresbreite von seinem entfernt. »Hätten Sie etwas gegen ein bisschen Technik?«, flüsterte sie. Ihr Atem roch köstlich, obwohl er einen Hauch Knoblauch und vielleicht auch die ein oder andere Zigarette darin erschnuppern konnte.

»O nein. Absolut nicht.« Doch er rührte sich nicht.

Einen Moment verharrten sie so, dann legten sich ihre weichen Lippen ganz leicht auf seine. Er schloss die Augen. Doch sie küsste ihn nicht, und auch er machte keinen Vorstoß. Es war auch so wunderschön nah, er spürte ihren Atem und saugte ihn tief ein. Als sie sich wieder voneinander lösten, lächelten sie sich nur an.

Sie redeten dann nicht mehr viel. Die lustige Katze versuchte noch herauszufinden, welche Berufe die beiden Männer ausübten. Doch bevor William antworten konnte, hatte Carlos schon

»Import, Export« gerufen. »Zitrusfrüchte und landwirtschaftliche Maschinen.«

Zum Abschied reichte Stella ihm nur die Hand. »Vielen Dank, Mister Holmes!«

»Ich habe zu danken. Das war der schönste Nichtkuss, den ich je genießen durfte«, sagte er leise.

»O ja. Das fand ich auch. Er war ... Wie soll ich es nennen? Er war ... verheißungsvoll?«

»Kennen alle Krankenschwestern solche wunderbaren Eigenschaftswörter?«

Sie lächelte und ging mit der Katze davon.

»Keine Telefonnummer? Nicht mal den richtigen Namen?«, fragte William, während er sich aus dem Kühlschrank bediente. »Verstehe ich nicht. Warum halte ich dir denn sonst den Rücken frei? Doch nur, damit du ordentlich graben kannst ...«

Carlos sah mit zusammengezogenen Augenbrauen zu, wie William sich die Butter fingerdick auf ein Stück Weißbrot schmierte. »Ich kenne sie, William.«

»Und dann küsst du sie noch nicht mal? Aber, na ja, wenn ich jetzt so darüber nachdenke ... Heute Nacht in ihrem Bettchen wird sie sich fragen, warum um alles in der Welt sie dich nicht geküsst hat. Schlaue Taktik, mein Freund.«

»Ich kenne dieses Mädchen!«

»Du scheinst dich nicht sehr darüber zu freuen. Meinst du, es gibt noch welche von den *involtini,* die eure Köchin gestern Abend gemacht hat?« Er schob sich einen großen Happen Brot in den Mund und kaute.

»Ich freue mich wahnsinnig darüber. Ich bin richtig erschrocken, wie sehr!«

Hausdame Lucia betrat die Küche und band sich im Gehen die Schürze zu. »Dass die Herren aber auch morgens immer so einen Hunger haben«, sagte sie, als sie das von William angerichtete Chaos auf dem Küchentisch erblickte. »Ich kann Ihnen doch etwas zubereiten und im Salon decken. Möchten Sie Kaffee?«

»Vielen Dank, Lucia. Aber ich denke, wir gehen jetzt schlafen. Was meinst du, William?«

Der englische Freund nickte mit vollem Mund.

»Ach, einen Moment noch«, sagte Lucia und zog einen Zettel aus ihrer Schürze. »Da hat gestern jemand angerufen aus irgendwoher, ach je, ich hab's aufgeschrieben. Es geht um eine Grabstätte, ganz dringend soll es sein.« Sie starrte auf den Zettel. »Ein Mann, den Namen habe ich nicht verstanden. Aus Marina? *Accidenti,* verflixt, ich hatte die Brille nicht auf.«

»Marinea«, sagte Carlos. »Danke, Lucia.« Er nahm die Notiz an sich.

»Ein neuer Fall? Kümmert sich dein Chef jetzt auch schon um so spannende Dinge wie Grabstätten?«, fragte William.

»Nein. Der macht nur Handelsrecht. Wie deiner auch.«

»Wie mich dieses Referendariat nervt. Aber rechne mal nach ... Wenn alles gut läuft, sind wir in einem Jahr raus aus dem Laden und dürfen uns endlich Rechtsanwalt auf den Briefkopf schreiben!« William holte sich noch eine eingelegte Zwiebel aus dem Glas und warf sie sich in den Mund. »Na ja, vorher kommt nur noch die Kleinigkeit des zweiten Staatsexamens ...«, sagte er kauend.

»Marinea! Das ist *ihr* Dorf!«, erklärte Carlos.

»Ach, wirklich? Die Heimat von deiner Miss Nightingale?«

»Ja. Das kann doch kein Zufall sein. Obwohl ... vielleicht hat es auch nichts mit ihr zu tun, die Familie meiner Mutter stammt aus der Nähe.«

»Ihr Laroccas seid scheinbar überall.« William rieb sich die Stirn. »Mein Gott, das gibt einen Kater, ich merk's jetzt schon ...«

Carlos sah zum Fenster hinaus, ohne auf die Worte seines Freundes einzugehen. »Sie ist wie ein scheues Tier, das man nicht verschrecken darf. Aber irgendwann kommt sie von selbst näher, William. Du wirst schon sehen.«

34. Kapitel

Aber ich kann doch solche Machenschaften nicht erst anprangern und dann selbst so handeln!«

»Was heißt denn *Machenschaften*, Stella! Da ist nichts gekungelt bei der Sache, es ist eine rein private Abmachung. Die Pacht der Grabstelle wird von der Familie einfach nur verlängert, bevor sie abläuft.«

»Aber unseren Namen, das heißt, den Namen Messina, dürfen wir schon über die Tür schreiben?«

»Aber ja. Wir haben das Grundstück allerdings nicht regulär gekauft, sondern erstatten dem jetzigen Besitzer alle anfallenden Kosten.«

»Genau. Damit übergehen wir die offizielle Seite.«

»Mein Gott, Stella! Solange es auf den Ämtern so korrupt läuft wie bisher, sehe ich keine andere Möglichkeit. Du könntest natürlich auch erst unsere Gesellschaft von Grund auf ändern und jedem einzelnen Menschen ein anderes Verständnis von Staat und Gesellschaft eintrichtern. Willst du das vorher noch kurz erledigen?«

»Nein, natürlich nicht.« Stella hob die Vorderräder des Kinderwagens an, die an einer Wurzel hängen geblieben waren. Sie mochte es, wenn Manuele ärgerlich wurde. Irgendwie konnte sie ihn dann viel mehr respektieren. »Die Wege sind immer noch nicht fertig«, murmelte sie missmutig. »Dabei wird jetzt doch überall gebaut … Sieh dir das an, da vorne entsteht schon wieder so ein hässliches neues Ding!« Sie stieß verächtlich die Luft aus, als sie an einem Rohbau vorbeikamen. »Wer hat sich diese krude Mischung aus Gotik und Rokoko nur wieder ausgedacht? Aber unsereins bekommt keine Genehmigung und keinen Platz. Was für eine Ungerechtigkeit.«

»Da!«, sagte Tosca und zeigte mit ihrem kleinen dicken Zeigefinger in den Himmel. »Da!«

»Ein Vögelchen«, antwortete Stella mit weicher Stimme. »Sag mal *uccellino.*«

Tosca drehte sich zu ihr um, soweit ihr das im Sitzen möglich war.

»*Uccellino*«, wiederholte Stella. »Wie macht das Vögelchen?«

»*... pio pio pio!*«

»Genau.«

»Sie hat schon fast alles aufgeholt«, sagte Manuele.

»Klar. Morgen feiern wir ihren Namenstag. Du kommst doch?«

»Sicher, Onkel Manuele hat auch schon ein Geschenk für die kleine Toschina!« Er beugte sich zu ihr. »Nachdem das, was es zum Geburtstag gab, ja schon wieder kaputt ist«, ergänzte er mit leicht strafendem Unterton und zog eine kleine Grimasse, um sie zum Lachen zu bringen.

Aber Tosca lachte nicht. Sie hat wieder diesen erstaunten Blick, dachte Stella. Hatte Imma das nicht so genannt? »Ich konnte die Metallfeder gerade noch aus ihrem Mund holen«, sagte sie.

»Ich habe diese kleinen Blechfiguren zum Aufziehen früher geliebt.«

»Ich auch«, sagte Stella versöhnlich und nahm Manueles schlenkernde Hand, bevor er sie unter seine Achseln verschwinden lassen konnte. Aber für ein zweijähriges Kind vielleicht doch nicht das Richtige, dachte sie. War es nur die viele Arbeit, die sie in diesem Semester hatte, oder warum war sie so gereizt, wenn sie Manuele sah? »Wie weit ist es noch?«

»Es liegt im älteren Teil des Friedhofs. Jemand von der Familie wollte um vier Uhr da sein. Ein bisschen Zeit haben wir noch.«

Zwei ältere Damen kamen ihnen entgegen. Stella ließ Manueles Hand los.

»Oh, nun seht mal, was für ein süßes kleines Mädchen!« Sie blieben stehen.

»Und diese blauen Augen! Hast du diese Augen gesehen?«

»Wie alt ist sie denn?«

»Ziemlich genau zwei Jahre alt.«

»Ach, dafür ist sie aber sehr klein!«

Stella lächelte nur und bedankte sich, als die Damen ihnen alles Gute wünschten.

»*Che famiglia meravigliosa!*«, sagte die eine, als sie vorbeigingen.

»Hörst du, man hält uns für eine wundervolle Familie!«, sagte Manuele und griff wieder nach Stellas Hand. »Kanntest du die?«

»Nein. Sonst hätten sie bestimmt eine andere Bemerkung gemacht. Für viele werde ich immer das Mädchen bleiben, das eine Sünde begangen hat und es nicht mal bereut.«

»Tja, das ... Das ... So sind die Leute eben. Da sind wir, da vorne ist es gleich«, sagte Manuele.

Typisch, dachte Stella, bei diesem Thema lenkt er schnell ab. Sie schob den Kinderwagen an den alten Kapellen aus nachgedunkeltem Tuffstein vorbei, bis zu einem offenen Platz, auf dem die unterschiedlichsten Grabstellen angelegt waren. Im Boden eingelassene Grabsteine mit unkenntlichen Inschriften, verwitterte Kreuze, an die sich betende Engelfiguren schmiegten, hohe Blöcke aus Granit mit wuchtigen Kreuzen, rostige Gitterstäbe, die mit vertrocknetem Knöterich überwucherte Areale abgrenzten. Ein Vogel sang, sonst war es still.

»Wie wunderschön es hier ist«, sagte Stella. »So friedlich. Als ob die Zeit stillsteht.«

Manuele lächelte, als hätte er den Friedhof vor Hunderten von Jahren selbst angelegt. Er verschränkte die langen Arme vor der Brust und klemmte nun doch die Hände unter die Achseln. Die stolze Variante. »Das ist der älteste Teil.«

»Aber hier können wir unmöglich eine moderne Kapelle mitten hineinsetzen.«

»Warum denn nicht?«

Weshalb klang er nur gleich immer so beleidigt?

»Ach, Manuele. Ich weiß, dass du dir große Mühe gegeben hast, und ich weiß auch, dass wir keinen Platz von der Gemeinde zugewiesen bekommen, weil wir für den falschen Nachnamen suchen. Messina? Nicola Messina? Der damals Don Fattino angegangen ist? Niemals!«

»Auch sein Vater war ja schon ein erklärter Feind von Don Fattino ...«

»Na eben. Und selbst wenn wir im Namen der Camaleos etwas beantragen würden, wäre es nicht besser. Aber schau dich doch um! Es würde die gesamte Harmonie dieses Ortes zerstören. Das würd ich nie übers Herz bringen.«

»Du bist und bleibst leider eine Träumerin, Stella. Morgen taucht der Nächste mit einer Genehmigung auf und baut hier trotzdem.«

»Dann bin ich es wenigstens nicht gewesen.« Stella zerrte an dem Kinderwagen und wollte schon umkehren, als Manuele lachend nach ihrem Arm griff.

»Nun komm! Zieh nicht so eine Schnute. Der Platz, den ich meine, liegt weiter hinten in der Ecke.«

Sie gingen durch die schmale Lücke zwischen zwei Grabmalen. Hier begann schon die Friedhofsmauer. Davor lag eine recht große Grabstelle. Sechs Marmorplatten reihten sich aneinander, drei in der oberen, drei in der unteren Reihe, zwei davon waren zerbrochen und schon fast in den Schacht unter ihnen gerutscht. Gelbe

Flechten hatten sich darauf und auch auf dem flachen Mauersockel, der alles umrandete, ausgebreitet. Die ganze Fläche betrug ungefähr vier mal vier Meter, schätzte Stella. In einiger Entfernung stand ein Baum vor der Mauer und spendete Schatten. Ein Ficus wie der in ihrem Garten, nur längst nicht so groß.

»Kaputt!«, sagte Tosca und zeigte auf die zerborstenen Platten.

»Ja, das ist alles kaputt.« Stella hockte sich vor Tosca in den Staub und zog das rote Hütchen auf dem Kopf der Kleinen zurecht. Ein Geschenk von Flora. »Aber wir machen es wieder neu. Für Papa.«

»Papa!«

Stella stand auf und biss die Zähne zusammen, um die Tränen zurückzudrängen. »Es ist der perfekte Platz, Manuele!« Sie schluckte und suchte im Netz des Kinderwagens nach einem Taschentuch. »Wie heißt die Familie?« Stella versuchte, die Buchstaben auf den Grabplatten zu entziffern.

»*Famiglia* Marcipane«, sagte Manuele. »Ich habe echte Detektivarbeit leisten müssen, bis ich raushatte, wer die Erben sind und wer heute zuständig ist. Allerdings hat mich Attaviu auch in die alten Bücher schauen lassen.«

»Ja, Nicos alter Kumpel … der hat mir auch schon mal geholfen. Wie viel hast du ihm gezahlt?« Sie grinsten sich an, und nun flog Stella auf ihn zu und umarmte ihn stürmisch. »Ach, Manuele, ich freue mich so! Es ist wunderwunderschön hier! Und wir bekommen es wirklich? Kann ich tatsächlich bald anfangen?«

»Da!«, sagte Tosca in diesem Moment. Was hatte sie nun wieder entdeckt? Sie drehten sich zu ihr und folgten ihrem Finger. Nichts, nur der blaue Himmel. Doch dann sah Stella einen Mann zwischen den Rückseiten der alten Kapellen hervortreten. Er war blond, trug einen grauen Anzug und musterte Manuele und sie mit schnellem Blick. Dann lächelte er kurz und kam näher. Die kleine Narbe an der Oberlippe verzog seinen Mund ein wenig.

Carlos! Was für ein Zufall. Ihr Herz machte einen komischen Hüpfer.

Stella löste sich aus Manueles Armen. »Ihr Laroccas seid scheinbar überall.«

»Worauf Sie sich verlassen können, Marchesa. Und ist das etwa …? *O Dio!* Sie bricht einem ja das Herz mit ihrer Schönheit!« Carlos machte vor dem Kinderwagen einen Kniefall und schäkerte mit Tosca. Die warf sich in ihren Sitz zurück und blickte ihn stumm, aber doch wohlwollend an.

»Ihr kennt euch?« Stella spürte, wie sich Manueles Hand auf ihre Schulter legte.

»Ja!« Stella lachte zu ihm hoch. »Mein Vater hat … Ach, den alten Baron Larocca, den hast du doch auch schon bei uns in der Villa getroffen, Manuele. Das ist sein Sohn.«

»Carlos Larocca, sehr erfreut.« Er stand auf, klopfte den Staub von den eleganten grauen Hosen und gab Manuele die Hand. »Wir haben uns auch schon kurz in einer Bar in Palermo gesehen.«

»Aber sicher, jetzt verstehe ich. Hatte irgendwie nur den anderen Namen im Kopf. Marcipane …«

»Also sollen wir die Papiere gleich mal …?«

Stella sah von einem zum anderen. Carlos war für das Grab zuständig? Es gehörte ihm? Was für ein wunderbarer Zufall!

»Wie geht es Ihrem Vater?«, fragte sie. »Und den Geschwistern?« Erst jetzt merkte sie, wie schwer das Gewicht gewesen war, das auf ihr gelastet hatte, sobald sie auch nur an die Kapelle dachte. Und nun war es verschwunden!

»Sehr gut, danke. Mein Bruder Gustavo hat die Pferdezucht übernommen. Ninetta studiert Cello am Konservatorium in Rom. Die andere, Cuco, will im Sommer unbedingt heiraten … Und Klein-Felicita kommt bald auf das *liceo*. Unglaublich.« Er lachte.

Stella musste Carlos ununterbrochen anschauen, doch der erwiderte ihren Blick nicht lange, sondern sah unbekümmert von ihr zu Manuele, zu Tosca und wieder zurück, während er erzählte. Sehr gewandt, schon ganz Anwalt, dachte sie und merkte plötzlich, dass sie sich über ihn ärgerte. War das der Junge, der ihr geschrieben hatte, dass er fünf Jahre auf sie warten wollte? Der ihr so unendlich gerne helfen wollte und dann darum bat, sie solle ihn vergessen? Meine Güte. Warum fiel ihr plötzlich dieser sentimentale Brief ein? Hatte er sie darin nicht sogar geduzt?

»Und Ihnen geht es auch recht gut, wie ich sehe, und ich freue mich sehr darüber.«

In Ordnung. Er wollte die alte Nähe nicht wiederaufleben lassen, ganz sicher hatte er seine Gründe dafür. Nun wandte er sich erneut Tosca zu, die Zutrauen gefasst hatte und an seinen Fingern zog. Stella sah keinen Ring. Aber verlobt war er bestimmt. So eine gute Partie ließ sich die Noblesse von Palermo doch nicht entgehen.

Er schüttelte seine Hand leicht, als ob er sie aus dem dicken Händchen des Kindes befreien wollte. Tosca juchzte vor Vergnügen.

Stella musste wieder an den Brief denken. Ganz schön mutig, ihr so etwas zu schreiben. Prompt stieg der Schmerz von damals wieder in ihr empor und breitete sich wie eine düstere Tintenwolke in ihr aus. Eben war sie noch dankbar und beinah euphorisch gewesen, endlich einen Platz für die Grabkapelle zu haben, jetzt wollte sie nur noch den besten, zärtlichsten, lustigsten Mann der Welt zurück. Hörst du, ich will dich bei mir haben! Nichts anderes!

Leider antwortete Nico nicht.

»Ist das denn legal, was wir machen?« Stella ging einen Schritt zurück und stellte sich dicht neben Manuele.

»Ja. Ich habe die Pacht verlängert und im Namen der Familie meiner Mutter einen Bauantrag gestellt«, sagte Carlos. »Da ist kaum mehr jemand übrig außer denen da.« Er zeigte auf die Grabplatten. »Die Genehmigung müssten wir bald in den Händen halten.« Er schaute auf den Baum und die Friedhofsmauer. »Ein schönes Plätzchen.«

»Wussten Sie denn, was für ein Projekt wir planen?«, fragte Stella.

»Ja, ziemlich genau sogar. Herr Galioto hat vielleicht die Namen etwas durcheinandergebracht. Aber er hat es mir am Telefon in allen Einzelheiten beschrieben.«

Manuele klemmte seine Hände unter die Achseln, doch Stella achtete nicht auf ihn. »Auch die Sache mit dem eingemauerten Boot?«

»Ich kenne die entsprechenden Leute in Palermo, es war kein Problem, das zu erwähnen, auf dem Papier dagegen zu verschweigen. Und die Gemeinde von Bellaforte hat dann nicht mehr groß gegengeprüft. Manchmal hilft es, wenn *Rechtsanwalt* unter einem Schreiben steht.«

Stellas Augen trafen die von Manuele. Mal wieder nur durch Beziehungen, sagte sie ihm unhörbar. Und er nutzt sie natürlich.

So machen das die Leute, antwortete sein Blick.

Ach, zum Teufel mit der Unbestechlichkeit, dachte sie, nun ist es eben so. Sie lächelte ihren guten alten Freund Manù an und dann auf die Grabplatten hinab. Endlich würden sie sich ganz auf die Kapelle konzentrieren können. Die Grundfläche war vielleicht nicht völlig ausreichend, da würde sie tricksen müssen, doch die Wurzeln des Baumes waren weit genug entfernt, sie würden beim Ausheben der Grube nicht in Mitleidenschaft gezogen werden. Schließlich hatte sie eine Tiefe von insgesamt zwei Metern für das Boot vorgesehen. Die Eingangstür würde hier vorne sein, wo sie jetzt standen. Sie versuchte die Himmelsrichtungen zu bestimmen. Die zwei runden Fenster mit den bunten Glasmosaiken würden jeweils die Morgen- und Abendsonne einfangen und warmes Licht auf den Altar werfen. Sie hob Tosca aus dem Wagen. »Hier werden wir den Papa besuchen«, sagte sie in ihr Ohr, während sie die Kleine auf ihrer rechten Hüfte zurechtsetzte.

»Papa«, wiederholte Tosca und drehte sich zu den beiden Männern um, die hinter ihnen standen und sie beobachteten. Ihr Zeigefinger suchte einen Moment und zeigte dann ins Leere.

35. Kapitel

1973. Papst Paul VI. schafft bei den Mönchen die Tonsur ab. In New York wird das World Trade Center eingeweiht. Lucio Battisti steht mit *Il mio canto libero* wochenlang auf Platz eins der Hitlisten.

Das vergangene Jahr war vorbeigerast, als ob Stella nur einmal mit dem Finger geschnippt hätte. Schon war auch dieser Mai vorüber. Tosca war drei Jahre alt geworden, sprach in ganzen Sätzen und konnte jedes Kinderlied sofort auswendig, sobald man es ihr einmal vorgesungen hatte. Enza hatte gelernt, ganz alleine eine Ricottatorte zu backen, und Assunta war Mitglied im Gärtnerverein Bellaforte geworden.

Alle schriftlichen Arbeiten lagen hinter ihr. Stella hatte ein gutes Gefühl. In nur zwei Wochen musste sie ihre Diplomarbeit, ihr großes Abschlussprojekt, vor dem Prüfungskomitee verteidigen. »Die städtebauliche Entwicklung Palermos im Vergleich zu Bellaforte.« Sie hatte Professor Volpe zu Hause besucht und mit seiner Unterstützung einige Absätze über die Machenschaften des Stadtrats und der Politiker verfasst, ohne darin Namen zu nennen. Diese Absätze waren von ihrem Dozenten wieder gestrichen worden. »Zu kritisch. Nicht belegt durch Quellen.« Es war eben noch nicht an der Zeit, mit der Wahrheit herauszurücken.

An diesem Abend ging Stella früh schlafen, beinahe zur selben Zeit wie Tosca, deren neues Gitterbettchen neben ihrem Bett stand. Alberto hatte es gebaut. Es roch nach Holz und frischem Leim. In zwei Wochen würden alle, die in ihrem Leben eine wichtige Rolle spielten, nach Palermo fahren, vor dem Gebäude der Universität auf sie warten und sie nach ihrer Prüfung mit einem plötzlich hervorgezauberten Lorbeerkranz überraschen. Alle, auch Manuele, seine Mutter, Flora und sogar Enza würden mitkommen!

Der Marchese hatte ihr Stoff für ein Kleid geschenkt, das Assunta gerade für sie nähte. Der Tisch im Ristorante Quattroventi war schon bestellt. Die Familie würde die *laurea* der jüngsten Tochter feiern, wie es sich gehörte.

Mitten in der Nacht wachte sie von einem lauten Donner auf. Mein Gott, was für ein Gewitter, dachte sie und lauschte in die Dunkelheit. Ob der Knall Tosca geweckt hatte? Da hörte sie auch schon das klägliche Weinen. Schnell sprang Stella aus dem Bett und machte Licht. »Ich bin ja da, Mama ist da.« Tosca hatte sich an den Gitterstäben ihres Bettchens hochgezogen und schaute sie mit weit aufgerissenen Augen an. In ihrem offen stehenden Mund konnte Stella alle Milchzähnchen erkennen.

»Das war ein ganz lauter Donner!«, sagte sie. Sie wusste, Tosca würde das Weinen einstellen, um ihre Worte zu wiederholen. Seit ein paar Tagen redete sie ununterbrochen und liebte es, die kompliziertesten Worte auszuprobieren. Und da kam es auch schon: »Das war ein ganz lauter Donner!« Stella hob die Kleine aus dem Bett, küsste sie zärtlich und ging mit ihr auf dem Arm an die Balkontür. Zusammen schauten sie in den Garten hinaus. Aber dort war alles ruhig, keine Blitze zeigten sich am nachtblauen Himmel, es ging nicht mal ein Wind.

»Kein Donner mehr, wir können weiterschlafen.«

»Weiterschlafen.«

Doch Tosca wollte nicht mehr in ihr eigenes Bett, und so kuschelten sie sich unter Stellas Decke zusammen und schliefen schnell wieder ein.

Wenig später stand Stella vor dem Prüfungskomitee und konnte die Zusammensetzung von Stahlbeton nicht mehr erklären, weil eine Glocke plötzlich alles übertönte. Sie setzte noch einmal an. Warum musste sie überhaupt den blöden Stahlbeton erklären, ihre Diplomarbeit handelte doch von etwas ganz anderem …? Es läutete wieder. Die Damen und Herren vom Komitee schauten sie strafend an. »Ich kann nichts dafür«, sagte Stella, »mein Vater hat den Pförtner mit der Glocke eingestellt, ohne mich zu fragen.« In dem Moment erwachte sie. Tosca lag quer im Bett und hatte ihr die Füßchen in die Taille gestemmt. Ein Blick auf den Wecker zeigte, dass es kurz vor sechs war. An der Pforte klingelte es Sturm.

Das ist Manuele, dachte sie schlaftrunken. Flora muss etwas zugestoßen sein! Sie stand auf und legte die schlafende Tosca behutsam in ihr Bettchen, als sie unten im Haus schon Schritte hörte.

Als sie in den Salon kam, standen zwei Carabinieri und ein Polizist neben Assunta und dem Marchese. Stella starrte auf die Schlagstöcke und die Pistolen, die die drei in ihren Halftern trugen, und bekam auf einmal furchtbare Angst.

»Stell dir vor, es gab eine Explosion!«, sagte Assunta mit unnatürlich hoher Stimme. Sie war offenbar schon im Garten gewesen, denn sie hatte eine Gartenschere und ein paar Rosen in der Hand. »Hast *du* etwas gehört? Wir nicht.«

»Signorina, wir müssen auch Sie befragen«, sagte der Polizist schlecht gelaunt. »Auf dem Grundstück nebenan gab es einen Anschlag. Wo waren Sie heute in den Morgenstunden zwischen drei und vier?«

Stella schüttelte ungläubig den Kopf und legte die Hand auf ihr klopfendes Herz, um es zu beruhigen. »Na, im Bett. Wo denn sonst?«

»Jemand hat das Zementwerk beschädigt.«

Wie eine Darstellerin in einem Laienstück schlug Assunta die Hände zusammen, sodass die Gartenschere zu Boden fiel.

»Beschädigt? Ich habe etwas gehört, das nach einem schweren Donner klang. Ich dachte, ein Gewitter zieht auf.« Stella schaute ihren Vater an. Er strich sich wieder und wieder über sein schütteres Haar. Das machte er sonst nie.

»Tosca ist davon aufgewacht und hat geweint.« Alles, was sie sagte, klang plötzlich wie eine Ausrede in ihren Ohren. »Was ist denn passiert? Ich muss gleich nach Palermo an die Uni.« Das stimmte zwar nicht, doch Stella wollte die Situation so schnell wie möglich beenden.

»Wir wissen nicht, ob wir Sie gehen lassen können oder ob Sie mit zur Wache müssen.« Die Carabinieri hatten bis jetzt keinen Ton gesagt, sondern nur den ranghöheren Polizisten sprechen lassen.

»Was werfen Sie uns denn vor? Ich möchte sehen, was passiert ist!« Stella ging ans Fenster, obwohl sie wusste, dass man die Türme des Zementwerks nur im Winter aus dem Erdgeschoss der Villa erspähen konnte. Jetzt, Ende Mai, wurden sie durch das frische Grün der hohen Bäume verdeckt. Aber auch ohne sie zu sehen, wusste sie, sie waren nicht mehr da.

Nachdem sie Assunta gebeten hatte, sich um Tosca zu kümmern, und den Morgenmantel gegen ein Kleid ausgetauscht hatte, wurden sie und ihr Vater von den drei Uniformierten zu dem Grundstück hinter der Villa begleitet. Stella zog scharf die Luft ein, als sie in der Via Scaduto einen Polizeiwagen vor der Apotheke entdeckte.

»Was wollen Sie in der Apotheke?«, fragte sie. »Sie glauben doch nicht, dass die Besitzer etwas damit zu tun haben?«

»Wir ermitteln in alle Richtungen.«

»Aha«, sagte Stella nur. Ihr Herz hämmerte erneut. Den Verschlag, in dem der Sender aufgebaut war, hatten die Carabinieri damals entdeckt, doch er war leer gewesen. Der aufgeweckte Signor Franco *delle Poste* hatte alle technischen Geräte abgebaut und verschwinden lassen, sobald er über geheimnisvolle telegrafische Wege von den gewaltsamen Festnahmen vor der *comune* informiert worden war. Sie lagen sicher in seiner Garage.

Wer hatte sich diese Schikane also ausgedacht? Auch vor dem Grundstück stand ein großes Aufgebot der Carabinieri.

Stella und ihr Vater durften nicht nahe an den Tatort heran, doch auch von der Einfahrt aus konnte man die runden Türme sehen. Sie waren nicht auseinandergebrochen, sondern lagen wie gestrandete Wale auf der staubig rötlichen Erde.

»Nach unseren Erkenntnissen sind an den unteren Verstrebungen Sprengladungen angebracht worden«, sagte der Polizist.

»Aber … Warum ausgerechnet jetzt? Die SiBeG ist doch schon lange pleite, soviel ich weiß.«

»Verraten *Sie* es mir, Signorina. Wo hält Ihr Bruder sich im Moment auf? Ist er nicht bei einem Sprengmeister beschäftigt?«

»Er ist mein Cousin, und ja, er arbeitet bei einem Sprengmeister, aber ich habe keine Ahnung, wo er gerade ist. Er reist ständig in der Gegend herum. Hier ein Auftrag, dort einer. Auch auf dem Kontinent.«

»Wann haben Sie ihn zum letzten Mal gesehen?«

»Oh, da muss ich nachdenken. Wann war Lolò das letzte Mal bei uns, Vater? Weißt du das noch?«

Der Polizist wandte sich dem Marchese zu.

»Äh. Im März? Anfang April? Zu Toscas Geburtstag? Ja, ich denke schon.«

Stella bückte sich, um ihren braunen Halbschuh zuzubinden, dessen Schnürsenkel sich gelöst hatte. Die geschlossenen Schuhe passten nicht ganz zu dem Kleid und waren eigentlich viel zu warm, aber in der Eile hatte sie keine anderen gefunden. Als sie sich aufrichtete, umschloss sie das Papierchen mit ihrer Faust, das kurz zuvor gegen ihren Schuh geweht worden war. Es war hellblau, und man konnte den Schriftzug darauf gut erkennen. *Mentinas.*

»Ich muss jetzt wirklich gehen! Mein Zug nach Palermo geht in zwanzig …«

»Sie müssen uns leider auf das Revier begleiten, Signorina di Camaleo.«

»Bist du wahnsinnig? Du bist mein Cousin, du bist wie mein Bruder!«

»Aber sie hatten nichts in der Hand und konnten niemandem was nachweisen.« Lolò steckte sich das letzte Pfefferminzbonbon in den Mund und warf das Papier in den Wind, der es sofort davontrug. »Gut, wenn man Zeugen hat, die so viel saufen, dass sie die Tage durcheinanderbringen, an denen man mit ihnen Karten gespielt hat.«

»Sie haben den unschuldigen Manuele wieder verhaftet und einen ganzen Tag lang verhört!«

»Das tut mir wirklich leid.« Er schien sich Mühe zu geben, wenigstens etwas zerknirscht zu gucken. »Aber sach mal, warum wolltest du unbedingt *hier* mit mir reden?«

»Weil uns hier niemand zuhören kann.« Stella schaute über das Meer. Zwei Meter vor ihnen brach der Fels mit einer scharfen Kante ab. Hier oben hatte sie vor langer, langer Zeit mit Lolò gesessen, nach dem Angriff des Kutschers, als sie ihre Sprache verloren hatte. Seitdem die Straße nach Portovecchio ausgebaut worden war, gab es das *Macchia*-Gestrüpp nicht mehr, das sie damals so hermetisch von der Welt abgeschirmt hatte. Dennoch würde dies immer ein ganz besonderer Ort für sie bleiben.

»Glaubst du, die hören unsere Villa ab? Mit Wanzen?« Lolò grinste und ging so nah an die Felsenkante, dass Stella die Augen abwenden musste. »Du hast wohl zu viele Krimis im Kino gesehen!« Er kam wieder zurück.

»Ich muss wissen, ob ich dir noch vertrauen kann, Lolò.«

»Ich dachte, es würde dir gefallen, dass die verdammten Dinger weg sind. Mama hat's gefreut!«

»Sag jetzt nicht, sie wusste davon?«

»Nö, nich' direkt. Aber davon gesprochen, dass ich die Türme gern wegballern würde, habe ich ja oft genug vor ihr ... Und der Marchese wusste es mit Sicherheit auch.«

»Dann hast du es also nur für uns getan?« Stella lachte auf, obwohl ihr nicht nach Lachen zumute war. »Damit wir nicht mehr auf die hässlichen rostigen Silos schauen müssen?«

»Nö.«

»Warum denn dann? Nun sprich endlich, Lolò! Du machst mich wahnsinnig.«

»Vielleicht, weil es jemand wollte? Tja. Und es gab auch noch Geld dafür.«

Stella schlug sich mit der Hand vor die Stirn. »Ich hab's doch gewusst!«

»Na und? Die, die mich gefragt haben, sind auch gegen die SiBeG. Die kriegen noch Geld von denen, weil: Die sind gar nicht pleite, die haben schon wieder unter 'nem andern Namen 'ne andre Firma aufgemacht. Umso besser, hab ich mir gedacht. Ham wir wenigstens auch was von.«

»Ich wollte dich eigentlich fragen, ob du mir bei der Kapelle hilfst. Aber so ...«

»Wieso, warum denn nich'? Klar helf' ich dir. Wann fangen wir an? Auf'm Bau bin ich ein Meister, und Zeit hab ich auch. Die Aufträge sind 'n bisschen mau gerade.«

»Ich muss mich auf dich verlassen können.«

»Kannste doch!«

»Du darfst zwischendurch nicht einfach abhauen. Und nicht zu viel rumerzählen. Wir haben die Baugenehmigung, aber die läuft nicht direkt auf unseren Namen.«

»Also trickst du auch ganz gerne ein bisschen rum, meine liebe Schwester?«

Stella stieß einen Seufzer aus und ließ die Schultern fallen. »Na ja ... Das ist was anderes.«

»Klar.« Lolò hob die Hände. »War's das? Können wir wieder gehen?«

Stella nickte. Wenn sie an die Pläne für die Kapelle dachte, erschien ganz automatisch ein Lächeln auf ihren Lippen. Sie hatte sie vor einem Jahr als Semesterarbeit eingereicht und eine glatte Eins dafür bekommen. Der arrogante Dekan des Fachbereichs war einer der zahlreichen politischen Intrigen zum Opfer gefallen, was Stella keinesfalls bedauerte. Der Nachfolger von Professor Volpe war sehr sachlich und ließ sich nicht zu politischen Äußerungen hinreißen, war aber kompetent und fair. Er hatte zunächst Zweifel an der Durchführbarkeit geäußert, doch als Stella mithilfe des kleinen *professore* mehrere Beispiele anführen konnte, bei denen antike Bauwerke mittels eines Glasbodens geschützt, aber für die Öffentlichkeit zugänglich geblieben waren, hatte er sich überzeugen lassen. »Wer Ihnen das dann bewilligt, ist natürlich eine komplett andere Frage ...«

Sie verschwieg ihm, dass das Projekt schon längst bewilligt war. Nun, wozu hatte man Beziehungen? Je weniger Stella über Carlos nachdachte, desto besser ging es ihr. Über seine Beziehungen nicht und über sein schiefes Lächeln erst recht nicht. Nur die Aussicht auf das Grundstück ließ ihr Herz schneller schlagen.

Du warst schon immer eine Idee zu pragmatisch, Stellina!

Ach ja? Ich nenne das zielstrebig. Die Pläne sind gut, das weiß ich, nur die Umsetzung bereitet mir Bauchschmerzen. Was kann da nicht alles schiefgehen ... Was, wenn der Beton Nester bildet, weil er nicht lang genug gerüttelt wird? Und wie lang ist überhaupt »lang genug«? Ich kenne mich da nicht aus. Was machen wir, wenn die Grube mit Wasser vollläuft? Müssen wir die Wände von außen abdichten?

Weißt du, was das Gute am Tod ist? Diese verdammte Angst ist einfach weg.

Ach, Nico! Ich hätte diese Angst so gerne mit dir zusammen.

»Was is'? Was grinste so?«

»Nichts.« Ich habe nur mit meinem Geliebten geredet, dachte Stella. Aber das bleibt mein Geheimnis. »Sobald ich die *laurea* hinter mir habe, können wir endlich anfangen. Schon in zwei, drei Wochen.« Sie legte ihrem etwas kurz geratenen Cousin einen Arm um die Schulter, als sie über die Straße zur Villa zurückgingen. »Ich habe eine kleinere Glasplatte bestellt als ursprünglich geplant, doch Flora sagte, sie müsse die *Marestella* nicht immerzu sehen.« Und außerdem war das Format schon teuer genug, sie musste es schließlich bezahlen.

»Die alten Särge hol' ich da aber nicht raus. Nie im Leben!«

»Sag ich ja: In zwei bis drei Wochen sollte das erledigt sein.«

»Was machen die denn mit denen?« Lolò schüttelte sich vor Unbehagen.

»Mit den sterblichen Überresten, meinst du? Die kommen in ein *ossario*, in ein kleines Gefäß, in dem man die Knochen sammelt, und werden in die Gruft der Laroccas im Landesinneren überführt.«

»Na gut. Is' aber schrecklich eng da zwischen den alten Kapellen an der Mauer. Kommt da überhaupt 'n Bagger hin?«

»Ich habe meine Zweifel, aber Manuele meint, es geht. Der hat das alles bedacht, sagt er, und vorher schon ausgemessen.«

»Manuele hat keine Ahnung vom Bau!«

»Meinst du, wir bekommen das zur Not auch so hin?«

»Mit der Schaufel? Zwei Meter tief?«

»Anderthalb.«

»Aber ja. Schaffen wir, auch wenn wir alles hintragen müssen. Dauert nur bisschen länger. Ich bring 'n paar Kumpels mit. Aber ich bin der Chef! Is' klar!«

Stella nickte. Endlich, endlich … fast vier Jahre nach Nicos Tod und sechs Jahre nach seinen ersten dahingeworfenen Plänen würde sie ihm und seinem Vater eine letzte Ruhestätte bauen! Wie immer, wenn sie daran dachte, kamen ihr die Tränen. Ich werde keine Angst mehr haben, Nico. Ich werde es versuchen!

36. Kapitel

»Ich kann es noch gar nicht recht glauben. Ich habe meine *laurea* in der Tasche und realisiere mein erstes Projekt!«, rief Stella, als sie drei Wochen später bei Manuele in die Apotheke platzte, wo er dem alten Fischer Buttito gerade den Blutdruck maß.

»Wir brauchen einen fähigen Maurer, der das Fundament gießen kann«, sagte Manuele. »Und wir brauchen einen genauen Plan, in dem wir alle einzelnen Schritte festlegen. Schließlich hast du noch keine praktischen Erfahrungen.« Manuele klopfte Buttito auf die gebrechliche Schulter. »Bleiben Sie ruhig noch etwas sitzen.«

»Stimmt. Erfahrungen habe ich noch keine. Ich müsste mich erst einmal in einem Planungsbüro anstellen lassen und dort die Praxis kennenlernen. Aber für so etwas haben wir keine Zeit. Nachher zieht jemand in der Gemeinde aus einer Laune heraus die Genehmigung zurück, und dann warten wir wieder eine Ewigkeit. Lolò hebt die Grube für das Boot aus, er zieht mir auch die Mauern hoch.«

»Lolò?«, fragte Manuele nur und ging hinter die Verkaufstheke zurück.

»Natürlich. Er gehört zur Familie!« Stella merkte, wie sie lauter wurde. »Und er kann wirklich einiges. Alberto wird die Schalung für die Segel bauen. Die wird aus Beton gegossen, das kann Lolò nicht. Es muss sehr sorgfältig geplant werden, denn jedes Schalbrett erzeugt ein Muster. Sind die Bretter jetzt unterschiedlich groß oder schief, ist das Fugenbild gestört und die Wand ist versaut. Das kann man nicht mehr korrigieren ...«

»Jaja. Verstehe«, unterbrach er Stella ungehalten. »Zur Familie ... Das ist manchmal schlimmer als jeder Fremde.«

»Wenn ich ihm nicht vertrauen kann, wem dann? Ich muss es einfach riskieren.«

Die Ladentür klingelte. »Schönen Tag noch, Signor Buttito!«, rief Manuele dem alten Mann hinterher.

Es gab Schwierigkeiten. Natürlich gab es Schwierigkeiten. Dabei hatte alles so gut begonnen. Carlos hatte Wort gehalten und die Särge seiner Urahnen samt Knochen aus den Gräbern holen und wegbringen lassen. Lolò und drei seiner mit Schaufeln und Spitzhacken bewaffneten Freunde legten an einem Julimorgen um fünf Uhr in der Früh los. Sie entfernten die Ziegelsteine aus den leeren Schächten, in denen die Särge gestanden hatten, und obwohl der Boden darunter steinig und wie festgebacken war, gewann die Grube für das Boot rasch an Tiefe. Gegen ein großzügiges Trinkgeld schloss Attaviu ihnen den Friedhof jeden Morgen lange vor der offiziellen Öffnungszeit auf, sodass sie wenigstens ein paar Stunden in der Kühle des anbrechenden Tages arbeiten konnten. Doch irgendwann, als sie die Grube auf das nötige Maß verbreitern wollten, stießen sie an den Seiten auf Felsen, und es ging nicht mehr weiter.

»Sprengen wir es eben!« Lolò hatte die Sprengladungen schon vor den bewundernden Augen seiner Freunde angebracht, als Stella an diesem späten Morgen vorbeikam, um nach dem Rechten zu schauen.

»Sprengen? Bist du verrückt geworden?« Sie griff sich an den Kopf. »Da werden doch sofort alle aufmerksam auf das, was hier läuft.«

»Wieso? Was läuft hier denn?«, fragte der bulligste unter den Freunden und starrte sie aus weit auseinanderstehenden Augen an.

»Nichts, wir bauen eine Grabkapelle, aber unter dem Namen einer anderen Familie. Das soll nicht unbedingt jeder wissen. Mehr nicht.«

»Und wir setzen hier ’n Boot rein.«

Stella rollte mit den Augen. Dieser kleine Idiot! Dieser *große* Idiot!

»Ja? Was denn?«, beschwerte sich Lolò. »Glaubst du, die *Marestella* rudert von allein hierher? Wir brauchen einen Anhänger und Jungs, die den ziehen oder schieben, vielleicht müssen wir sie auch hochkant an den andern Totenhäusern vorbeischleppen. Is’ ja so eng alles hier!«

»Schon gut. Das bleibt aber unter uns, ja?« Stella schaute die Jungs beschwörend an. Konnte man diesen tätowierten Kerlen mit den ausdruckslosen Gesichtern trauen? »Es ist zwar nicht verboten …«

»Aber wir ham auch nich’ gefragt«, ergänzte Lolò grinsend und sah in die Grube hinab. »Wir sind dort hinten jetzt bei eins fünfundzwanzig. Aber auch wenn wir bei eins dreißig wär’n … der dicke Trumm hier vorne stört. So geht’s nicht rein.«

Stella seufzte. Manuele hatte die *Marestella* doch schon vor Wochen ausgemessen. Breite und Länge hatte sie im Kopf. Sie vergaß nie eine Zahl. Aber wo war die breiteste Stelle des Bootes? Ab wo verschlankte es sich zum Bug hin? Ach, verdammt, warum hatte sie nicht auf ihre innere Stimme gehört und selber viel genauer nachgemessen? Wie hatte ihr Professor in Baugestaltung immer gesagt? Was auf dem Papier ein kleines Fragezeichen – wird auf dem Baugerüst zum Riesenproblem. Auch sie inspizierte jetzt die Grube. Felsen, an beiden Längsseiten hell schimmernder Felsen. Die Jungs hatten alles an Erde abgetragen, was möglich war. Natürlich könnte man dem Stein mit einem Presslufthammer zu Leibe rücken. Doch auch das machte einen Riesenlärm.

»Und wenn wir es diagonal reinlegen?«

»Vergiss es. Passt nie! Sagt mir mein Augenmaß.«

»Ich gehe an den Strand und messe die *Marestella* noch mal ganz genau aus. Und du nimmst bitte ganz schnell die Sprengkapseln da vom Stein. Ich denk immer, die gehen jeden Moment hoch …«

Stella machte sich auf den Weg. Seit dem Unfall hatte sie das Boot nicht mehr gesehen. Fast vier Jahre nicht mehr. Manuele, der treue Manú, hatte sich um alles gekümmert. Das Boot von Portovecchio nach Marinea gerudert, auf Rundhölzer gestellt, mit einer Plane abgedeckt und mit Seilen festgezurrt. Ihre Beine waren ganz schwach, als sie sich der *Marestella* näherte. Wie ein in einen Lappen gewickeltes gigantisches Stück Seife lag sie da. Der weiße Bug war unverfärbt, der Strich darauf knallgrün, und den in oranger Farbe gepinselten Namen konnte man auch noch gut lesen. Seine Mutter war damals nicht gerade erfreut gewesen, als Nico die *Flora* zur *Marestella* umgetauft hatte … Ach, Flora, liebe Mama, liebe *suocera* … Warum haben wir nicht schon vor seinem Tod Frieden geschlossen? Stella versuchte die Schnur zu lösen, unter einigen Mühen konnte sie schließlich eine Ecke der Plane zurückschlagen. Da war ein Stück der orange gestrichenen Bank und des grünen Bootsinneren. Hier hatten sie gesessen. Auf diesem Stück Holz. Sie wollte jetzt nicht daran denken. Die Farben waren immer noch kräftig. Weiß, Orange, Grün. Niemand sonst hier hatte ein Boot in dieser Farbkombination gehabt. Sie schaute sich um. Nun ja, in den letzten vier Jahren hatte sich wohl etwas geändert. Plötzlich gab es viele weiße Boote mit grünen Rändern, mindestens fünf zählte sie. Stella stapfte durch den Sand, um sie sich genauer anzuschauen. Orangefarbene Bänke, grünes Innenleben. Das konnte kein Zufall sein. Hatten die Fischer ihre Boote aus Verbundenheit mit Nicola so gestrichen?

Sie fragte einen Fischer nach einem Zollstock.

»Habe ich nicht. Wozu überhaupt, was wollen Sie denn messen?«

»Das Boot dahinten. Die *Marestella.*«

»Ah, das Boot vom jungen Messina. Gott habe ihn selig. Immer noch ein gutes Boot. Wollen Sie es verkaufen?«

»Nein!«

Stella lieh sich schließlich ein Maßband aus dem Haushaltswarenladen von Signor Paolo, der mindestens schon hundert war, das Geschäft aber nicht seinem Sohn überlassen wollte. Sie hielt ein kleines Schwätzchen mit ihm, und als sie zurückkehrte, hatte sich schon eine Gruppe von Fischern versammelt, die sie beim Ausmessen argwöhnisch beäugten. Das Maßband ringelte sich widerspenstig, irgendwann nahm einer von ihnen das Ende und half ihr, es anzulegen. Ein Meter zwanzig mal vier Meter sechzig. Manueles Zahlen. Doch sie brauchte es genauer. Bei zwei Meter zehn war die Ausbuchtung am größten, ab vier Metern lief es schlank nach vorne zu. Wie ich es gesagt habe, dachte Stella: Wenn wir die *Marestella* diagonal hineinlegen, müsste es funktionieren. Die Männer schauten ihr andächtig zu. Bei Lolòs eigenartigen Freunden konnte man nicht auf Verschwiegenheit bauen. Also war davon auszugehen, dass sich auch unter den Fischern bald herumsprach, was sie vorhatte. Somit war es wichtig, das Boot so schnell wie möglich einzumauern, die Glasplatte darüberzulegen und einzufassen. Wenn jemand ihnen schaden wollte, müsste er sie zunächst anzeigen. Die Behördenmühlen mahlten sehr langsam, das war in diesem Fall ausnahmsweise mal ein Vorteil. Die zuständigen Leute vom Bauamt würden der Anzeige nachgehen, das Boot aber nicht sofort wieder herausholen. Vielleicht würden sie eine Strafe zahlen müssen. Viele Häuser wurden gebaut, bei denen die Strafe für die Nichteinhaltung der Vorschriften in der Bausumme gleich mit eingeplant war.

Oder sie könnten eine Sondergenehmigung beantragen. Wegen des übergroßen seelischen Leids der Mutter des Verstorbenen. Doch wer sollte eine Sondergenehmigung erteilen außer Don Fattino? Stella schnaubte verächtlich durch die Nase und lenkte dadurch die Blicke der Fischer auf sich. Don Fattino. Von dem war alles andere als Hilfe zu erwarten.

Als sie auf den Friedhof zurückkehrte, war es fast schon Mittag. Lolò und seine Freunde hatten sich in den Schatten des Ficus zurückgezogen und spielten Karten.

»Wir legen es diagonal, ungefähr um fünfzehn Grad. Es wird gehen.« Lolò schaute ungläubig, doch Stella legte noch einmal das Maßband an, um sich zu vergewissern. Die Maße kamen hin, es war eine einfache Gleichung.

»Morgen können wir schon das Fundament gießen«, sagte sie und lächelte aufmunternd in die Runde der skeptischen Mienen. »Die *Marestella* hat eine neue Heimat!«

Es war Manuele, der sie warnte, als sie ein paar Tage später in ihrem provisorischen Büro im Hinterzimmer der Apotheke saßen. Er hatte vorgeschlagen, die Abläufe auf der Baustelle von hier aus zu planen.

»Bei dir im Salon kommt alle naselang jemand rein, und Maria nötigt uns ständig, etwas zu essen oder zu trinken. Und dann ist da noch, entschuldige, dein Vater …«, hatte er gesagt.

»Was ist mit meinem Vater?«

»Na ja, er will immer dabeisitzen und macht seltsame Vorschläge, auf die du dann sehr ausführlich eingehst.«

Stella hatte ihn nur ungläubig angeschaut.

»Oder Tosca kommt mit Assunta, und dann sind wir wieder abgelenkt. Du weißt, ich liebe sie über alles, aber …«

»Es gibt auch noch andere Räume in der Villa als den Grünen Salon.«

»Deine Tochter gibt keine Ruhe, bis sie dich findet. So ist es doch!«

Sie hatte, ohne es zu wollen, gelacht. Ja, Tosca konnte wirklich sehr beharrlich sein. Wenn sie ihr etwas zeigen wollte, zerrte sie Assunta oder Maria hinter sich her durch die ganze Villa, bis sie ihre Mama endlich gefunden hatte.

Und wenn sie in Nicos Zimmer …? Aber sie hatte den Gedanken schnell wieder verworfen. Dort die ersten Pläne zu zeichnen war eine Sache. Aber vor Flora Details wie Höhe und Breite der Sarkophage und die Knochenaufbewahrung zu diskutieren, eine ganz andere.

Also hatte sie nachgegeben. Und warum auch nicht im Hinterzimmerchen der Apotheke? Hier hatte sie sich manchmal im Winter mit Nico getroffen, wenn Manueles Eltern mit ihm auf dem Land waren. Es war vielleicht ein bisschen warm, aber es roch gut nach Seife, Kräutern und Medizin; es gab einen Tisch, an den sie ganz besondere Erinnerungen hatte und auf dem sie Pläne und Listen ausbreiten konnten.

Stellas Blick fiel auf die Wand, an der die fünfzehn Zentimeter dicke Glasplatte verpackt in mehrere Schichten Pappe lehnte. Mit einer Spedition, die sonst Marmor transportierte, war sie aus der Nähe von Rom gekommen. Fünf Mann hatten sie hier hereingetragen. Fünf Mann würden sie auch wieder hinaustragen müssen. Durch den transparenten Boden würde die Kapelle in einen ganz speziellen, wunderbaren Ort verwandelt werden. Stella hatte das massive Stück Glas ursprünglich sofort auf den Friedhof schaffen wollen. Attaviu hätte ihnen, gegen eine kleine finanzielle Aufmerksamkeit, sicher ein geschütztes Plätzchen anbieten können, doch Manuele traute auch ihm nicht. Der sogenannte Freund habe Nico mal einen Holzkreisel geklaut und angekokelt, und dann, als er unkenntlich war, behauptet, es wäre seiner. Also, wenn das kein früher Beweis seiner Unaufrichtigkeit sei! Stella wusste, sie würde nur schwer Gegenargumente finden können.

»Warum wolltest du mich sprechen? Geht es um ›die Reise‹?«

Der Transport des Bootes vom Hafen aus Marinea bis zum Friedhof lief unter dem Decknamen »die Reise« und sollte am kommenden Abend nach Einbruch der Dunkelheit stattfinden.

»Weil ich dich warnen wollte. Ja, es geht um ›die Reise‹, aber vorrangig geht es um Lolò.« Schon wieder, dachte Stella.

Was hat der kleine birbantello jetzt wieder ausgefressen?

Tja, Nico, das würde ich auch gerne wissen, antwortete sie ihm stumm, und in einem der Apothekerschränke spiegelte sich das weiche Lächeln wider, das ihr Gesicht jedes Mal überflutete, wenn er mit ihr redete.

»Mir ist zugetragen worden, dass einige Fischer über die *Marestella* geredet haben. Das Boot sei noch in sehr gutem Zustand und so weiter.«

»Ach ja? Das haben sie mir neulich am Strand auch schon gesagt. Und zwar ganz direkt, als ich danebenstand.«

»Es geht noch weiter, Stella. Sie haben angeblich mit deinem Cousin abgemacht, dass sie ein anderes Boot ins Grab legen. Dass sie die *Marestella* austauschen wollen!«

»Mit Lolò? Niemals!«

»Die Signora Messina merkt doch gar nicht, ob es die *Marestella* ist, haben sie gesagt.«

»Aber *ich!* Ich merke es! Halten die uns denn alle für Idioten?«

»Sie haben angeblich ein ganz ähnliches Boot schon weiß und grün überpinselt und orangefarbene Sitzbretter reingelegt. Ein Wrack. Es würde untergehen wie ein Stein.«

Stella schüttelte fassungslos den Kopf, doch Manuele fuhr fort: »In der Dunkelheit fahren sie es rüber, senken es ins Grab hinab, und schon siehst du es nur noch von oben … Und wenn erst die Glasplatte drüber ist …«

»Ich würde es trotzdem merken!« Würde sie wirklich? Leise Zweifel nagten an ihr.

»Sie haben ihm den Tausch vorgeschlagen. Angeblich hat er zugestimmt.«

»Sie? Wer sind denn *sie?*« Stella presste die Kiefer aufeinander, bis ihr Gesicht schmerzte. »Das kann nicht sein«, sagte sie leise. »Das glaube ich einfach nicht.«

Manuele nickte. »Ich wollte es zuerst auch nicht glauben. Aber du weißt ja, für Geld …«

»… macht er fast alles«, sagte Stella tonlos. Sie wollte es vor Manuele nicht zeigen, aber Lolòs Verrat richtete sich vor allen Dingen gegen sie, als Schwester, als Familie. Sollte es stimmen, sollte er tatsächlich auf dieses Angebot eingehen, konnte sie ihm nie wieder vertrauen. Und was tat sie dann mit ihm? Musste sie ihn aus der Villa werfen? Brachte sie das wirklich fertig? »Vielleicht macht er es aber auch gar nicht. Vielleicht entscheidet er sich ja dagegen …« Sie ließ sich auf einen Stuhl sinken und verbarg das Gesicht in den Händen. Manuele schwieg vielsagend.

»Ich muss es darauf ankommen lassen, Manú. Ich kann ihn damit nicht konfrontieren. Allein dass ich ihn so einer Sache verdächtige, ist ungeheuerlich und würde ihn tödlich beleidigen.«

»Du willst also dabei sein, wenn sie das angestrichene Wrack auf den Friedhof schleppen? Vielleicht ist die *Marestella* dann schon verkauft und schippert irgendwo weit weg vor Milazzo herum.«

»Ich werde ihn nicht im Vorfeld zur Rede stellen, aber ich werde mich auch nicht reinlegen lassen, Manuele.« Sie räusperte sich. »Wann werden die Ziegelsteine geliefert?«

»Ende der Woche.«

»Gut. Das Holz für die Verschalung bringt Alberto mit. Sobald die Mauern hochgezogen sind, kann er mit der Arbeit an den beiden Betonsegeln beginnen.«

»Die Fenster sind angekommen und stehen jetzt in Palermo auf dem Hinterhof bei diesem Händler. Diesem … Carlotti.«

»Schön. Flora hat sich nun endlich für einen Messingbeschlag der Tür entschieden, also kann ich das Ganze gleich morgen früh in Catania bestellen.«

»Wie zahlst du das?«

»Per Postanweisung. Ich nehme Flora mit zur Post.«

Sie hakten einen Punkt nach dem anderen auf ihrer Liste ab, dann begleitete Manuele sie über die Straße bis vor die Villa. Der aufgehende Mond schien auf sie herab und tauchte alles in sein silbernes Licht. Manuele wollte noch etwas sagen, doch Stella drückte ihm nur die Hand und wünschte ihm auf diese Weise eine gute Nacht.

In der Villa ging sie sogleich nach oben in ihr Schlafzimmer. Assunta saß in einem Sessel neben Toscas Bett und strickte im Licht der Nachttischlampe. »Da bist du ja schon wieder. Wie spät ist es denn?«

»Schon halb zehn. Aber wir haben alles erledigt. In diesem Hinterzimmer ist es furchtbar heiß.« Sie unterdrückte einen Seufzer und schaute durch das Moskitonetz nach Tosca. Sie lag auf dem Bauch, die Fäustchen neben ihrem Gesicht geballt auf dem Kissen. Ihre Füße ragten bis an die Gitterstäbe. Sie war schon wieder gewachsen, der Babyspeck verschwand langsam, und am liebsten hätte Stella das Netz beiseitegeschoben und wäre hinuntergetaucht in das Bett, um an ihrer Tochter zu schnuppern und ihre samtweiche pralle Haut an den nackten Armen und Beinen zu berühren. Doch das musste sie auf einen anderen Zeitpunkt verschieben.

»Ich kann noch nicht schlafen und würde gerne noch mal runter ans Meer. Es ist warm, und der Mond ist so schön heute.«

Assunta schaute alarmiert von ihrem Strickzeug auf. »Alleine? Ans Meer? Jetzt?«

»Nur ein Viertelstündchen. Oder wolltest du ins Bett gehen?«

»Nein. Aber ich komme mit. Ich lass dich doch nicht alleine am Strand rumlaufen. Ich sage Maria Bescheid, dass sie nach der Kleinen schaut. Die Arme kann ja sowieso nicht mehr schlafen. Tja ja … der Wechsel. Auch so etwas, womit sich die Männer nicht plagen müssen.« Schon hinkte Assunta davon.

Das Meer war ruhig, ein leichter Wind vom Land glättete es, sodass der Mond seine Lichtschneise ungestört darauf ausgießen konnte. Am Strand von Marinea war niemand zu sehen, nur ein Hund rannte auf der Promenade vorbei, und weiter hinten knatterte ein Moped zwischen den Häusern davon.

»Ich will nur noch einmal die *Marestella* sehen«, sagte Stella und hakte ihre Tante unter, die mit ihrem kurzen Bein auf dem Sand nicht gut laufen konnte. »Morgen Abend bringen wir sie hinüber zum Friedhof.«

Ihr Herz tat weh, wenn sie an Lolò dachte. Wie sollte sie Assunta das Verhalten ihres Sohnes erklären? Sie überlegte, ob sie die *Marestella* mit einem Zeichen versehen sollte. Aber wie? Etwas einkerben? Warum hatte sie kein Messer eingepackt? Oder etwas daraufmalen? Vielleicht noch schnell morgen früh?

Sie näherten sich langsam den dunklen Schatten der Boote. Die Wellen schlugen leise an den Strand. Welches war es? Sie sah das wie ein Stück Seife eingepackte Boot zunächst nicht, doch dann lag es genau da, wo es ein paar Tage zuvor gestanden hatte. Sie kamen noch näher. Jetzt war Stella sich ganz sicher; die graue Plane der *Marestella* war im Mondlicht gut zu erkennen. Moment mal! Abrupt blieb sie stehen und hinderte dadurch auch Assunta am Weitergehen. Hinter dem Boot machte sich jemand an der Abdeckung zu schaffen, es wackelte leicht, und man hörte, wie ein Seil durch die Ösen gezogen wurde. Hatte Manuele also doch recht gehabt! Assunta schaute aufmerksam, doch kein bisschen ängstlich zu ihr hoch. Stella fing vor Wut an zu zittern.

Sie holten es schon jetzt! Was für eine Dreistigkeit! Sie würden untergehen mit der *Marestella,* diese Diebe! Sie würden qualvoll ertrinken, und sie gönnte es jedem Einzelnen von ihnen von Herzen! Eine dunkle Gestalt tauchte hinter dem Boot auf und duckte sich gleich wieder.

»*Buona sera!*«, sagte Stella laut.

»Hä? Was macht'n ihr hier?« Es war Lolò, der in diesem Moment mit zwischen den Schultern eingezogenem Kopf hervorkam. Schon als Kind hatte er das gemacht, wenn er ein schlechtes Gewissen hatte, fiel Stella plötzlich ein. »Mann, hab ich 'n Schreck gekriegt.«

»Und was machst *du* hier?«, fragte Stella.

»Na ja. Wollte gerade mal unter die Plane schauen und so ...« Hastig steckte er einen größeren Gegenstand in die Hosentasche.

»Was hast du da?«

»Nichts. Ich bereite nur etwas vor.«

»Ach so. Du schaust sie dir ein letztes Mal an. Die *Marestella* von *Nico*. Verstehe.« Stella wunderte sich, wie ruhig ihre Stimme klang, obwohl ihr so viele Gedanken durch den Kopf schossen. Waren sie gerade in ein verabredetes Treffen geplatzt? Standen die anderen vielleicht irgendwo und beobachteten sie? Wie viel Geld hatten sie Lolò geboten?

»Ich hab 'n Fehler gemacht, Stella. Ich hätte dich fragen sollen.«

Stella hörte sich selbst nach Luft schnappen. Sie hielt den Atem an, um ihn nicht sofort vor Assunta anzubrüllen.

»Ach, mein Sohn. Wie rührend. Hältst du etwa Wache am Boot, bevor es morgen ...?« Assunta versagte die Stimme.

»Pffff.« Die Luft entwich aus Stellas Lungen wie aus einem Fahrradreifen. Das war doch nicht zu fassen!

»Ja, Mama, ich pass auf. Jetzt hat es vier Jahre hier gelegen, aber man weiß ja nie, was den Leuten im letzten Moment noch so in' Sinn kommt. Es zu klauen oder so ... Außerdem nehme ich Abschied. Na ja.« Er holte den Gegenstand wieder aus der Hosentasche, ließ ihn über die leicht durchhängende Plane rollen und drehte sich von ihnen weg. Was war das? Doch nicht etwa eine Dynamitstange? Nein. Stella konnte es nicht fassen: Eine rote Grabkerze kullerte auf der Fläche herum. Sie fing sie auf und hielt sie fest.

Assunta tätschelte das Boot, als ob es lebendig wäre. »Dann gehe ich jetzt wieder nach Hause. Stella, kommst du mit?«

»Nein, *zia*«, sagte sie. »Ich bleibe noch ein bisschen hier bei Lolò.«

Sie half Lolò dabei, die Plane ganz zu lösen. Dann machte er eine Räuberleiter, damit sie ins Boot klettern konnte, kam hinterher und zündete die Kerze an. Eine letzte Fahrt mit dir, Nico, dachte Stella. Du hast immer vorne mit dem Rücken zum Bug gesessen und gerudert. Also da, wo ich jetzt sitze. Immer. Stimmt's? Wir wissen, wie es war, als du es angestrichen hast und wie empört Flora durch den Sand davongestapft ist … Wir wissen noch, wie voll das Boot an manchen Tagen nur mit *cernie* gewesen ist. Ich rieche immer noch die Algen an den Felsen, auf denen Lolò sich davonmachte, und den Fischgeruch, der ziemlich schnell von den mächtigen Leibern in der Sonne emporstieg. Weißt du noch? Und das Knarren der Ruder in den Metallhalterungen und die Wellen, die gegen die Bootswand schlugen, wenn plötzlich stärkerer Wind aufkam. Auch wenn ich nie wieder in ein Boot steige, das werde ich mein ganzes Leben nicht vergessen.

Stella strich über das schmale Brett, auf dem sie saß. Das Licht der Kerze brannte ruhig und warf einen Kreis auf die orangefarbene Sitzbank. Ach, Nico, ich bin so glücklich, dass Lolò nicht versucht hat, die *Marestella* zu verhökern. Ich werde es ihm gegenüber nie auch nur erwähnen!

Der Mond stieg höher, ein paar Fledermäuse flogen vorbei. Keine Menschenseele zeigte sich. »Als ob die Boote mit uns trauern«, sagte Lolò plötzlich.

»Mmmh.«

»Von welchem Fehler hast du eigentlich gesprochen, Lolò?«, fragte Stella nach einigen Minuten der Stille, ohne ihn anzuschauen.

»Ach na ja, das war ja echt beknackt von mir. Ich hab nur an mich gedacht. Wie immer eigentlich.«

Nein, erzähl es nicht, ich möchte es eigentlich doch nicht hören, dachte Stella, aber er redete weiter. »Ich hätte dich fragen müssen, ob ich mitkommen soll, an diesem Tag … als er … als er nicht wieder hochkam. Ich habe dich nie um Verzeihung gebeten.«

»Oh, Lolò.« Stella wusste nicht, ob sie lachen oder weinen sollte. Sie tat beides. »Er hat mir was über unsere Hochzeit sagen wollen. Und das auch getan …« Sie wischte sich die Tränen aus dem Gesicht und lächelte bei dem Gedanken. »Ich glaube, auch wenn du ihn auf Knien angefleht hättest, bleiben zu dürfen, er hätte dich weggeschickt, Lolò.«

»Echt?«

Stella musste lachen, so unendlich erleichtert war sie. Sie liebte diesen kleinen Murmelkopf von einem Cousin, mit dem sie das Leben beschenkt hatte. »Echt. Mach dir bitte keine Gedanken!«

37. Kapitel

Am nächsten Abend traf die *Marestella* in einem würdigen Geleitzug vor dem Friedhof ein. Es war schon dunkel, doch Attaviu hatte ihnen das Tor aufgeschlossen, und so glitt sie auf ihrem Anhänger geschmeidig zwischen die Friedhofsmauern. Lolòs Freunde schoben sie bis hinter die alten Grabkapellen. Nur auf dem letzten, engen Stück mussten sie das Boot vom Hänger nehmen und ein wenig kippen. Mehr als fünfzehn Paar Hände umklammerten den Bootsrand. Stella, Manuele, Alberto, selbst der träge Attaviu, alle fassten mit an. Wortlos und still. Kein Fluch, kein nennenswertes Keuchen oder Stöhnen kam über ihre Lippen. Schritt für Schritt schleppten sie es vorwärts.

Assunta, Maria und Flora erwarteten sie. Sie hatten taubedeckte Blumen aus dem abendlichen Garten mitgebracht und zu langen Ketten miteinander verflochten. Die bunten Blumengirlanden schmückten die *Marestella*, als sie sie in die Grube hinabließen. Für die erste Nacht, Nico, flüsterte Stella ihm in Gedanken zu. Für die Ewigkeit.

Sie entzündete eine weitere weiße Grabkerze und stellte sie auf die nackte aufgeworfene Erde. Die Kerzen bildeten einen großen Ring. Alle weinten. Auch die Männer ließen ihre Tränen laufen, ohne sich ihrer zu schämen.

Keiner wollte nach Hause gehen, und so saßen sie auf den herbeigeholten Bänken der Aussegnungshalle. Assunta und Maria kochten im Häuschen der Friedhofswärter Kaffee. Erst weit nach Mitternacht verließen sie, einer nach dem anderen, das Boot in seinem Grab.

Doch am nächsten Morgen stand der gesamte Bautrupp von Lolòs Männern sowie Alberto bereits in der Morgendämmerung vor der Apotheke. Gemeinsam luden sie die schwere Glasplatte auf den Bootshänger, fuhren sie auf den Friedhof und legten sie auf den offenen Schacht. Sie deckte nur die vordere Hälfte der Fläche ab, die andere Hälfte übernahmen dünnere Betonplatten. Vorsichtig, mit beinahe liebevollen Gesten, zementierte Lolò höchstpersönlich die Ränder der Platten ein. Der Höhenunterschied von drei Zentimetern zwischen Glas und Beton würde später mit quadratischen Fliesen aus Marmor ausgeglichen werden.

Der Bau ging voran. Der Boden um die Grube herum wurde mit einem Estrich ausgegossen, die ersten Mauersteine gesetzt. Schon bald lag das Boot innerhalb der schnell in die Höhe wachsenden Mauern. Die Wände waren noch unverputzt und nach oben hin offen, als Alberto an der Holzverschalung für die beiden Betondreiecke zimmerte, die die Kapelle an einer Ecke wie ein großes, weißes Segel umschließen würden. Sehr sorgfältig wählte er die einzelnen Bretter, denn auch er wusste, dass die Maserung, die sie dem Beton geben würden, immer sichtbar sein und nicht korrigiert werden könnte.

»Hast du gesehen, Alberto?«, rief Stella zu ihm herauf. »Die *comune* von Bellaforte hat ihre Genehmigung für das Bauvorhaben erteilt, komplett mit Stempel und so weiter …« Sie zeigte auf das Blatt Papier, das seit Neuestem an der Mauer klebte.

»Unglaublich. Was ist da los in der Gemeinde? Meistens schaffen sie das nicht vor der Einweihung«, erwiderte Alberto.

Stella lachte. Assuntas Mann war die Ruhe selbst. Er hatte auch

Lolò etwas unter die Arme gegriffen und die Koordination der Arbeiten übernommen.

Als das Dach ein paar Tage später geschlossen wurde, verharrte Stella andächtig in dem kleinen Raum und schaute nach oben. Obwohl die beiden Fenster und die Tür noch fehlten, bekam sie das erste Mal eine Ahnung davon, wie es sich tatsächlich anfühlen würde, in der Kapelle zu stehen.

»Ich habe mich nicht gefragt, was für ein Gefühl ich in den Menschen erwecken möchte, wenn sie sich dort aufhalten«, sagte sie zu Professor Volpe, den sie kurz darauf in Palermo besuchte. »Ich wusste, was ihre Augen sehen sollen, was ihre Ohren hören sollen und wie breit die Ecke für den Schrank werden muss, in dem seine Mutter Blumenvasen und Putzzeug aufbewahren kann. Doch was sie fühlen sollen .... Das fehlt auf meinen Plänen.«

»Durch die Wahl der Materialien, der Fenster, des Lichteinfalls haben Sie es bereits bestimmt, liebe Stella. Durch die Transparenz des großen Fensters, das die Wände und das Segel miteinander in den Dialog stellt, entsteht Leichtigkeit und dadurch eine Verbindung vom Inneren des Raumes zum Himmel.« Das vertraute Du, mit dem er sie in den Zeiten ihrer größten Verzweiflung angesprochen hatte, war inzwischen wieder dem förmlicheren Sie gewichen.

Der *professore* goss ihr Kaffee ein. Seine Hände zitterten noch stärker als früher. »Wenn man in der Kapelle sitzt, hat man gleichzeitig einen Blick auf das Boot und den Himmel. Ist das nicht fast so, wie auf dem Meer zu sein?«

Stella sah ihn fasziniert an. Erklärte er ihr gerade, was sie geschaffen hatte?

»Ich habe das Bauwerk ja noch nicht gesehen, aber seien Sie ruhig stolz und unbesorgt: Sie allein haben dies alles erdacht, Ihre Ideen auf dem Papier manifestiert und dann Stück für

Stück in Stein, Beton und Glas auferstehen lassen! Und ich bin sicher, Sie haben instinktiv eine ganz besondere Atmosphäre geschaffen.«

Am Tag, als die Fenster eingebaut wurden, flatterte eine Hochzeitseinladung ins Haus: Carolina Gemma Agata Larocca ehelicht den Baron Jacopo von und zu Gattilusio. Wir laden Sie, den Marchese di Camaleo, und Ihre Töchter herzlich zur Feier ein.

»Mitten im Hochsommer!« Stella gab ihrem Vater die auf handgeschöpftem Papier gedruckte Einladung zurück. »Ich kann sowieso nicht mit. Auf der Baustelle gibt es jeden Tag noch hundert Probleme, die zu lösen sind.«

»Aber ihr seid doch fast fertig.«

»Alberto streicht den Sichtbeton der Segel weiß, Lolò verputzt die Mauer. Bestimmt fragt er mich, wie grob ich den Putz haben möchte, und über die Wandfarbe der restlichen Kapelle habe ich mich mit Flora auch noch nicht abgestimmt.«

»Nico wird noch zwei Tage länger warten können.«

Stella schaute ihren Vater an. Seit seinem Tod hatte er ihren Verlobten nie wieder beim Namen genannt. Um sie zu schützen?

»Du kommst mal raus. Und bei unserem letzten Besuch hat es dir dort oben doch auch gefallen. Der alte Baron ist ein großer Bewunderer von dir!«

Ach so, der *alte* Baron also, dachte Stella. Der junge hat es sich ja anders überlegt. »Ich kenne da niemanden außer den Kindern der Laroccas und werde mich zu Tode langweilen.«

»Auf einer Hochzeit langweilt man sich nicht. Da wird gelacht und getanzt und gegessen und gegessen und nochmals gegessen, da werden Intrigen geschmiedet und Verlobungen ausgehandelt!« Der Gesichtsausdruck ihres Vaters war plötzlich ungewohnt lebhaft. »Wir müssen ein Geschenk besorgen! Ein großes Geschenk, etwas, das mindestens dreißigtausend Lire kostet.«

Stella nahm ihm die elegante Einladung aus der Hand und studierte sie noch einmal. »Ihre *Töchter* steht da sogar.«

»Ja, ich gedenke wirklich, Enza auch mitzunehmen.«

»Oh.«

»Ich wollte ihr ein Kleid nähen lassen. Jede meiner Töchter soll wenigstens einmal ein Kleid von mir bekommen.«

»Das, welches du mir zur *laurea* geschenkt hast, ist wirklich wunderschön.«

»Zur Hochzeit muss Assunta dir aber ein anderes, neues nähen!«

»Vater! Das ist schon übernächsten Samstag, so kurzfristig, wie denken diese Laroccas sich das eigentlich? Und Assunta ist mit Maria an dem Tag in Misilmeri beim dortigen Gärtnerverein eingeladen. Soll ich Tosca etwa den ganzen Tag bei Flora lassen?«

»Flora hat nur noch zwei Dinge in ihrem Leben, die wirklich von Bedeutung für sie sind«, sagte der Marchese, ohne sie anzuschauen. »Den Friedhof und Tosca. Aber nur eins von diesen zwei Dingen macht sie sehr glücklich.«

»Ich weiß«, seufzte Stella. »Fahren wir also in Gottes Namen hin.«

38. Kapitel

Das Essen wurde im Garten serviert. Lange, mit weißem Leinen gedeckte Tafeln waren dort aufgebaut, das Geschirr schimmerte ebenfalls weiß und trug das Wappen derer von Larocca: ein großes L thronte auf einem stilisierten Berg. Stella inspizierte die Tische genauer. Alles passte zusammen, die Tischdecken waren nicht gestopft, das Service nicht angeschlagen, silberne Kerzenhalter und Vasen mit weißen Rosen wechselten sich als Tischdekoration ab. So viel konnte sie von hier aus erkennen. Sie musste sich zusammenreißen und auf ihren Gesichtsausdruck achten, denn sie fühlte sich beobachtet. Sollte man nicht meinen, dass das Brautpaar an so einem Tag das Wichtigste war? Doch es gab offenbar Menschen, die sich nicht sonderlich um das jung vermählte Glück scherten, sondern möglichst viel von dem mitbekommen wollten, was sich sonst noch in der hier versammelten aristokratischen Gesellschaft anbahnte. Schon in der Kirche hatte Stella die erhöhte Aufmerksamkeit bemerkt, die ihr zuteilwurde und die sie sich nicht erklären konnte. Dagegen war das Wiedersehen mit Carlos, vor dem sie eine gewisse Aufregung, um nicht zu sagen nervöse Panik verspürt hatte, geradezu entspannt gewesen.

Carlos ... Als ob der sich um sie kümmern würde. Sie hatte ihn vor der Kirche ja kaum eine Minute gesehen. Sein Händedruck war warm und sein Lachen herzlich gewesen, als er sie nach dem Marchese und der in ihrem neuen Kleid erstarrten Enza begrüßte.

»Wie wunderbar, dass Sie kommen konnten. Ich hoffe, alles läuft zu Ihrer Zufriedenheit mit dem Bauplatz und der Kapelle?«

»Ja, vielen Dank, wir sind fast fertig …«

»Sehr schön. Dann wünsche ich weiterhin alles Gute bei dem Projekt und hoffe, wir sprechen heute Abend noch einmal miteinander. Es sind so viele Gäste, bitte entschuldigen Sie mich …« Schon hatte er den nächsten Gast begrüßen müssen.

Er hoffte es … Stella biss sich auf die Unterlippe und spürte, wie ihre Augenbrauen und ihr Magen sich gleichzeitig zusammenzogen.

Jeder hier war von höherem Stand, abgesehen vielleicht von den zahlreichen Tageskellnern und diesem Freund von Carlos, diesem Engländer, den er ihr in der knappen Zeit vorgestellt hatte und der ihr irgendwie bekannt vorkam. Schon während der Vorspeisen, die oben auf der Terrasse zwischen Töpfen mit üppig blühenden Jasminbüschen gereicht worden waren, hatte man sich um sie gedrängt und sich ungefragt vorgestellt. Scharen von Baronen, Herzoginnen, Grafen und Gräfinnen, die ihr neugierig die Hand schüttelten. Natürlich wollten sie sie von Nahem sehen: Die beiden Töchter des Marchese waren eine willkommene Abwechslung. Die eine durchgedreht und zu den Nonnen geschickt, die andere mit einem unehelichen Kind gesegnet … Enza schaute sich um, als ob sie einen zoologischen Garten voller gefährlicher Tiere hinter den Gittern besichtigen würde, und klammerte sich an Stellas Hand. »Alles ist gut, Enza, die wollen uns nur Guten Tag sagen.«

Eine verschrumpelte Dame ließ es sich nicht nehmen, an Stellas Kleid zu zupfen und den Stoff zu loben, während der Rest der Umstehenden sie unverhohlen neugierig beobachtete. Stella unterdrückte ein Grinsen. Das Kleid hatte Assunta in Windeseile aus einer alten Dior-Robe geschneidert, besser gesagt, aus ihr herausgeschnitten. Es war aus hellblauer Spitze und mit einem Stoff der gleichen Farbe unterlegt, die Ärmel hatte Assunta abgetrennt und den bodenlangen schmalen Rock bis knapp über die Knie gekürzt. Der Ausschnitt war rund, aber dezent, und auf ihren nackten Schultern wurden die verbleibenden Träger nun mit zwei ebenso blauen Schleifenbändern zusammengehalten, ein drittes, breiteres Band hielt ihre Haare zurück.

Noch zu Hause hatte sie sich übertrieben ausstaffiert gefühlt. Nur um Assunta nicht zu enttäuschen, hatte sie das Kleid angezogen. Nun aber sah sie, dass sie völlig angemessen gekleidet war. Die meisten Frauen hatten sich nach der Kirche – in der Stella ihre nackten Schultern natürlich mit einem Cape bedeckt hatte – sogar noch einmal umgezogen. Jetzt gefiel sie sich in dem Kleid. Auch Enza sah in ihrem ausgestellten grünen Kleid, das der Vater ihr in einem Geschäft am Corso Butera gekauft hatte, frisch wie ein Apfel aus.

Und warum überhaupt so ein Gesicht ziehen? Wollte sie Carlos ernsthaft vorwerfen, dass in der Villa Camaleo jede Tischdecke gestopft und ausgebessert, jeder Teller angeschlagen war und auf seiner *masseria* nicht?

Ihr Vater kam auf sie zu. Seine Wangen waren glatt rasiert, sein alter Anzug war zwar nicht modisch, saß aber hervorragend und wirkte überaus elegant. Er plauderte mit einem Mann an seiner Seite, als ob dies eine seiner Lieblingsbeschäftigungen sei. Sie gab dem älteren Herrn die Hand. Er freute sich scheinbar sehr, sie kennenzulernen. Hatte es sich doch noch nicht überall herumgesprochen, dass die Familie di Camaleo fast mittellos war, dass Enza und sie keine angemessenen Heiratskandidatinnen waren?

Sie entschuldigte sich, warf noch einmal einen Blick auf die Tischordnung, die auf einer hübschen Zeichnung angeschlagen war, und stellte fest, dass sie weit entfernt vom Tisch des Brautpaars und allen wichtigen Leuten saß. Na ja, die bekannten Namen eben: die Giardinellis, die von San Giorgio, die von Verdura und so weiter. Egal. Sie hörte dem Gemurmel und Geschnatter zu, das den

Garten erfüllte. Gläser klirrten, Gelächter stieg in Wolken auf, in den Ställen der *masseria* wieherte ab und zu ein Pferd. Langsam senkte sich die Dämmerung herab, Fackeln und Kerzen wurden angezündet, und schließlich wurde zu Tisch gebeten.

Stella gegenüber saß ein älteres Paar: der Graf Testasecca mit seiner Frau, daneben ihr kleinwüchsiger Sohn Ottaviano, dessen rechtes Auge permanent zuckte. Links von ihr hatten Enza und der Marchese Platz genommen und rechts eine ältere Verwandte, die ihr als die Marchesa San Vincenzo vorgestellt wurde. Ihre dünnen schwarzen Augenbrauen waren aufgemalt, und sie trug ein spöttisches Lächeln zur Schau. Wahrscheinlich hatte man auch bei ihr gerätselt, wohin man sie setzen sollte, also war sie hier am äußersten Ende der Tafel gelandet. Stellas Augen verfolgten das Brautpaar, das sich nun zu seinem Tisch begab. Carolina Gemma Agata Larocca, blond und schmal, trug ein fast schon unschicklich kurzes Brautkleid und einen überlangen, mit Blumen bedruckten weißen Schleier, in den sie sich einhüllen konnte wie in eine Gardine, was sie auch öfter tat. Sie ist ein bisschen schlaksig, so wie Carlos, dachte Stella. Die Geschwister nennen sie Cuco. Es war albern, gewiss, doch sie war stolz auf dieses Wissen. Dann betrachtete sie den Bräutigam mit seinen dunklen Koteletten, dem langen Pony und den modernen Schulterpolstern im kastenförmigen Jackett. Die beiden passten gut zueinander, und sie liebten sich. Das sah man sofort. Sie reckte den Hals noch etwas mehr, um Carlos zu suchen. Da stand er ja. Er legte seinem Vater die Hand auf die Schulter und führte ihn an seinen Platz, rechts von seiner Tochter, der Braut. Sie sah die kleine Felicita, meine Güte, sie war lang aufgeschossen, sie sah Gustavo und die ältere, musikbegeisterte Schwester, Ninetta, die sie zwar nur zwei Stunden in ihrem Leben gesehen, deren Namen sie aber behalten hatte. Der Baron hielt eine kleine Rede, man ließ das Brautpaar hochleben, die Gesellschaft stieß mit den gefüllten Sektschalen an, und nun setzten die Musiker mit einem getragenen, feierlichen Stück ein.

»Nun, was halten wir von dem Brautpaar?«, fragte die Marchesa San Vincenzo. Leise aufstoßend setzte sie ihr leeres Glas ab. »Er ist Baron und Pferdenarr, so wie sie. Mit seinem länglichen Gesicht und den ebenso langen Zähnen werden sie viele gescheckte Pferdekinder zeugen können!«

Stella nickte, zu überrascht, um antworten zu können.

»Und damit wird die Zucht auf Gut Larocca in alle Richtungen erweitert.«

Stella lachte. »Ich mag die Braut, ach, eigentlich alle Töchter. Und Gustavo.«

»Tja, Gustavo, der wurde ja lange als Nachfolger für die *masseria* gehandelt, nachdem Carlos, der Älteste, plötzlich unbedingt im fernen Catania studieren musste. Aber wer weiß? Nun ist Carolina ja mit ihrem Mann da. Ach, die Laroccas heben sich wirklich von dem ganzen Gesocks hier ab, sie haben es richtig gemacht. Das hier kommt natürlich alles aus dem Palazzo in Palermo an der Via Saladino.« Sie zeigte über die Tafeln. »Bis zum letzten Kerzenhalter. Sie haben früher oft kleine ungezwungene Gesellschaften für mehr als hundert Leute gegeben. Damals, als die Baronin noch lebte. Sie war ja keine von Klasse, aber sie war durchaus imstande, sich so zu benehmen!« Die Marchesa schlug die Hände zusammen, sodass die Ringe an ihren knotigen Fingern aneinanderklirrten. »Voller Stolz und Anmut und der Lust zu leben. Dennoch konnten sie ihren Besitz mehren, weil sie sich nicht darauf ausruhen, sondern mit ihren Köpfen und Händen arbeiten. Der Baron baut Wein an, er züchtet Pferde, er führt seine Geschäfte selbst. Nicht wie die meisten anderen hier, mit ihren eingemotteten Kleidern und Einstellungen. Niemand von den *nobili* arbeitet bei uns auf Sizilien. Im Norden schon. Im Norden machen sie was aus ihrem Besitz. Der alte Agnelli zum Beispiel. Hat eine Adlige geheiratet und trotzdem die größte Autofirma des Landes auf die Beine gestellt. Undenkbar bei uns. Hier im Süden ruhen sich die Männer auf ihrem Besitz aus.

Und die Frauen? Keine dieser Frauen hat sich jemals um eine Arbeit bemüht. Und wenn es ihnen finanziell noch so schlecht geht. Ich auch nicht. Ich lernte Cembalo, aber nicht genug. Ich lernte sticken. Ach, wie grausig langweilig. Malte ein wenig. Ließ mein Hirn in meiner Jugend verfaulen wie einen Kohlkopf. Und warum? Weil seit Jahrhunderten gilt: Eine adlige Dame benutzt weder Gehirn noch Hände. Sie lässt das andere für sich machen. Und in vielen Köpfen besteht dieses Verbot immer noch. Aber nun kommt ja die neue Generation.« Sie winkte dem Kellner, um ihr Glas erneut füllen zu lassen. »Auch so ein Unding: Wein ist Männersache! Dabei ist es so ein guter Tropfen, den der Baron da anbaut!« Sie nahm einen großen Schluck und schnalzte mit der Zunge. »Und Sie? Was machen Sie, meine Liebe? Darf ich das fragen? Die Camaleos hatten immer einen guten Ruf, aber seitdem die Marchesa aus dem Palazzo in Roccalina verjagt wurde …«

»Ging es bergab.« Stella war nicht beleidigt, im Gegenteil, sie mochte die freie Art ihrer Tischnachbarin. »Wir sind seit langer Zeit schon gezwungen, bescheidener zu leben.«

»Ach, das haben Sie schön ausgedrückt. Aber ich hörte das Gerücht, Sie haben sogar studiert?«

»Ich bin …« Stella zögerte. Es war das erste Mal, dass sie einer Fremden Auskunft über ihren Beruf ab. »Ich bin Architektin.« Es hörte sich großartig an.

»Oh! Wie ambitioniert! Und Sie haben tatsächlich einen Abschluss gemacht? Und auch vor, in Ihrem Beruf zu arbeiten? Ich hörte natürlich von Ihrem Verlust und dem kleinen Mädchen, das es da noch gibt.«

Stella starrte irritiert und gleichzeitig fasziniert auf die aufgemalten Augenbrauen. Diese Frau wusste alles über sie! Dann ließ sie den Blick über die Köpfe der Gesellschaft schweifen, die sich mit mehr oder weniger feinen Tischmanieren über die Teller beugten. Waren die auch alle über die Familie di Camaleo informiert?

Die Marchesa schien ihre Gedanken erraten zu haben. »Aber Herzchen! Wir sind ein einziger Inzuchtverein und interessieren uns nun mal für das Leben unserer Mitgefangenen.« Sie lachte. »*Sie* allerdings, meine liebe Maristella, sind ja quasi eine Quereinsteigerin und somit eine Ausnahme. Vielleicht auch die einzige ledige Dame im Umkreis von hundert Meilen, die anscheinend kein Auge auf den jungen Baron geworfen hat?«

»Nein.« Stella erhob ihr Glas. »Ich bin nur als Beobachterin hier.«

»Wie wir alle, meine Liebe.« Die Marchesa stieß mit ihr an. »Wie wir alle!« Es war ihr mehr als deutlich anzusehen, dass sie ihr nicht glaubte.

Die Menüfolge hörte und hörte nicht auf. Makkaroni mit Ragout, Seebarbe auf Salbeiblättern, Hasenbraten, Wildschwein an Waldmorcheln, mit Orangen gefüllter Truthahn, Brasse im Teigmantel, Spanferkel nach sizilianischer Art, und zu allem der schwere Rotwein von den Weinfeldern der Laroccas. Die Frauen tranken Wasser mit *anice* oder erfrischende Limonade. Zwischendurch wurde immer wieder geraucht, auch stinkende Zigarren und Zigarillos, doch der über den Tischen hängende Qualm hielt die Mücken besser fern als die tellergroßen Citronellakerzen, die hinter den Stühlen auf dem Boden standen. Zum Schluss gab es Eistorte und *caffè*. Stella hielt es kaum noch auf ihrem Stuhl, sie wollte endlich aufstehen, ein wenig umhergehen, mit der kleinen Felicita und vielleicht auch mit Carlos sprechen.

Auch bei den anderen Gästen kam eine leichte Unruhe auf, doch nun erhob sich Ninetta, die ältere Schwester, und setzte sich in dem recht großen Orchester ans Cello. Das bedeutete Sitzenbleiben … Stella lehnte sich ergeben zurück. Wie in Trance lauschte sie der Musik. Geige, Cello, Bratsche. Spielte Orsola nicht auch Bratsche? Wie man hörte, hatte sie sich scheiden lassen. Sie musste sie unbedingt besuchen gehen! Wäre es nicht wunderschön, wenn sie bei der Einsegnung der *capella* etwas vortragen könnte? Das Ave-Maria vielleicht? Schon bei der Vorstellung stiegen Tränen in ihre Augen.

»Jemand, der behauptet, sizilianische Hochzeiten seien eine Qual, ist noch nie in Napoli gewesen«, stöhnte die Marchesa San Vincenzo. »Dort mästen sie einen noch drei Stunden länger.«

Als das Stück zu Ende war, standen alle auf und applaudierten. Dann wurden die Tische nach hinten geschoben, um die Tanzfläche freizuräumen.

»Tanzen Sie, Maristella?«

»Ich habe es nie gelernt.«

»Dann werden Sie ihn wohl weiterhin aus der Ferne betrachten können.« Sie wies auf Carlos, der wieder von einem Menschenpulk umgeben war. Die meisten davon Frauen, wie man unschwer erkennen konnte. »Er ist nämlich ein ausgezeichneter Tänzer.«

»Ich kann weder reiten noch tanzen.«

»Irgendwer von denen wird Sie aber auffordern«, sagte die Marchesa, und nun erst bemerkte Stella, wie der kleinwüchsige junge Mann sie quer über den Tisch in sein zuckendes Auge fasste. Auch andere männliche Gäste bewegten sich durch die Stühle tragenden Kellner zielstrebig auf sie zu. Mit einem Mal ärgerte sie sich. Warum saß sie hier alleine am schlechtesten Tisch? Warum musste sie sich dieser hässlichen jungen Adeligen mit den furchtbaren Frisuren und den tumben Gesichtern erwehren, anstatt von Carlos aufgefordert zu werden? Warum kam er nicht wenigstens vorbei, um mit ihr zu reden? Wahrscheinlich würde sie später am Abend wieder mit Enza und dem Vater nach Hause fahren, ohne ihn noch einmal gesehen zu haben. Es waren so viele Menschen hier, er könnte sich den ganzen Abend mühelos unter ihnen verflüchtigen. Die Musik setzte ein. Oh, bitte nicht, dachte sie. Ottaviano, das Schiefauge von gegenüber, umrundete den Tisch und kam auf sie zu. Seine Wangen wirkten ganz glatt, wie aufgepumpt, die Nase ebenso. Das ganze Gesicht sah aus, als bestünde es aus fleischfarbenem Gummi. Aus seinem kleinen Mund blitzten allerdings auffallend weiße Zähnchen hervor. Alles an ihm war klein. Stella überlegte schon, wie sie ihn höflich abwimmeln konnte, da sah sie, wie er vor Enza stehen blieb und ihr formvollendet die Hand zum Tanz reichte. Mit offenem Mund schaute sie zu, wie Enza sich von ihm auf die Tanzfläche führen ließ und beide Arme um seinen Hals schlang, als solle er sie vorm Ertrinken retten. Er hielt sie bei den Hüften, sie stützte ihr Kinn auf seine Schulter, und so drehten sie sich langsam wiegend im Kreis.

»Stella?« Jemand tippte ihr auf die Schulter. »Ich sehe, ich muss meiner jüngsten Tochter wohl persönlich das Tanzen beibringen.«

Sie wandte sich um. »Aber ich kann nicht …«

»Wir bleiben zunächst hier am Rande, da sehen uns nicht alle.«

»Wenn du meinst.« Stella stellte sich gerade hin und rieb nervös ihre Hände, doch dann musste sie plötzlich grinsen. Wenn diese Hochzeit auch schon irgendwie enttäuschend war, dann würde sie wenigstens eine neue Erfahrung machen: Ihr Vater würde sie das erste Mal in seinem Leben im Arm halten.

Er kam näher. Nur ein kleines Stückchen größer als sie, legte er seine rechte Hand unter ihr Schulterblatt und bedeutete ihr, ihre Linke auf seiner Schulter abzulegen. Dann griff er nach ihrer Rechten; sanft, aber bestimmt hielt er sie fest. Seine Finger waren nicht mehr so schlaff und weich wie damals, wenn sie ihm als Kind an jedem Sonntagnachmittag für eine Sekunde die Hand geben musste.

»Das ist ein Walzer, was sie da spielen. Stell dir ein Viereck auf dem Boden vor, das wir mit den Füßen abgehen. Ich gehe mit rechts vor, du mit links zurück … ja, genau so, jetzt den rechten Fuß zur Seite setzen, den anderen heranziehen …« Mit wenigen Worten und langsamen Bewegungen hatte er ihr innerhalb von zwei

Minuten den Grundschritt beigebracht. Stella strahlte ihn an. »Woher kannst du das?«

»Ich hatte in meiner Mutter eine gute Lehrerin. Hörst du die Musik? Das ist ein Dreivierteltakt. Danach tanzen wir jetzt.«

»Jetzt schon? Aber ich …«

»Lass dich führen von deinem alten Vater. Auf diesem Terrain kennt er sich ausnahmsweise einmal aus!« Er nahm sie an der Hand und zog sie zwischen die tanzenden Paare. Stella schaute sich um. Beobachtete sie jemand? Enza drehte sich mit dem jungen Grafen im Kreis. Wenn *die* das konnte …

»Nach oben schauen, Ellbogen ein wenig ausstellen.« Ihr Vater nahm Haltung an, dann schob er sie selbstsicher und langsam über den Tanzboden. Nach zwei Musikstücken forderte ein mittelalter Glatzkopf ihn höflich auf, ihm seine Tanzpartnerin zu überlassen. »Sie ist meine Tochter!«, sagte der Marchese. »Sie ist noch Anfängerin, aber sie hat Taktgefühl!«

»Aber ich dachte immer, ich bin …«, setzte Stella an, da übergab er sie bereits den Händen des Mannes.

»… unmusikalisch«, beendete sie den Satz. Es ging wunderbar! Nach einer Stunde wusste sie, es gab Männer, die besser führten als andere, und welche, die es gar nicht beherrschten. Von ihrem Äußeren konnte man jedoch nie darauf schließen, was man bekam. Es gab kleine Dicke, die unbeweglich aussahen, aber äußerst schwungvoll führten, es gab lange Dünne, die es ebenso gut machten. Es gab die Stillen, die Selbstbewussten und die, die schwitzende Hände hatten, immer eine Idee neben dem Takt lagen oder üblen Mundgeruch verströmten. Ich tanze Walzer, dachte sie wieder und wieder. Sogar die Drehungen waren kein Problem mehr. Foxtrott und Rumba hingegen gingen leider noch gar nicht. Nach einer Stunde ließ sie sich von ihrem letzten Tanzpartner zu ihrem Platz geleiten. Die Tische waren inzwischen abgeräumt, noch mehr Kerzen waren gebracht worden, und die Kellner schenkten Marsala und Liköre in langstieligen Gläsern aus.

Stella lehnte die nächsten Tänze höflich ab, um wieder zu Atem zu kommen.

»Sie lernen schnell!« Die Marchesa nuschelte nur noch, was wahrscheinlich daran lag, dass sie ein Glas Mandellikör nach dem anderen wegsüffelte. »Ich denke, gleich werden Sie Ihren Beobachterposten aufgeben müssen. Er hat sich nämlich schon mehrfach nach Ihnen umgeschaut, hier in unserer Ecke.«

»Wer?«

»Nun, unser junger Anwalt.«

»Ach der. Zeigt der sich auch mal.« Stella borgte sich den Fächer der Marchesa, fächelte sich Luft zu und trank in großen Schlucken von der Limonade, die der Kellner ihr serviert hatte.

Aber Carlos ließ auf sich warten, stattdessen stand plötzlich der Engländer vor ihr und forderte sie auf. Sein weißes Hemd klebte an seinem Körper, und seine roten Haare ringelten sich feucht zu einer seltsamen Tolle. »Ich wollte schon ewig mit dir tanzen.«

Sie mochte es, dass er sie einfach duzte. Studenten duzten sich, junge Arbeiter duzten sich. Nur die jungen Adligen, die blieben auch untereinander beim Sie.

»Na dann.« Sie gab ihm die Hand und erhob sich, obwohl sie nicht viel Lust dazu hatte. Er führte sie an den Tanzboden. Irgendwoher kannte sie ihn ... doch sie hatte keine Zeit, weiter darüber nachzudenken, denn schon schob er sie rückwärts.

»Ich kann gar nicht richtig tanzen«, sagte er nach einer halben Minute, in der sie ihm dreimal auf die Füße getreten war. »Es gelingt mir einfach nicht, die falschen Schritte wegzulassen, und bitte daher tausend Mal um Verzeihung!«

Stella lachte auf. »Ich befürchte, ich bin dir da keine große Hilfe, denn ich habe heute erst angefangen.«

Er grinste. Aus der Nähe sah man seine Sommersprossen auf der milchig weißen Haut. »Ich bin auch nur hier, um dir etwas von Carlos auszurichten.«

Ihr Herz galoppierte sofort los, sie konnte die Schläge in ihrem Hals spüren und ärgerte sich gleichzeitig darüber. »Wieso kommt er nicht selbst?« Sie waren inzwischen stehen geblieben und wiegten sich nur noch im Takt. Eins, zwei, drei, eins, zwei, drei.

»Er will dich nicht kompromittieren. Du weißt schon, alle diese Heiratskandidatinnen, die um ihn herumspringen, oder deren Eltern. Wie eine Meute Hunde, denen man eine Woche lang das Fressen vorenthalten hat. Die würden dich sofort zerfleischen.«

Er bemerkte ihren erstaunten Blick. »Na ja, zumindest sehr genau unter die Lupe nehmen.«

»Beobachtet fühle ich mich schon seit der Kirche. Aber ob man mich noch so richtig entehren kann, möchte ich bezweifeln. Ich bin nicht verheiratet und habe ein Kind.«

Nun schaute er überrascht in ihr Gesicht, als ob er darin nach Anzeichen ihrer Verderbtheit suchte. Carlos hatte es ihm ganz offenbar nicht erzählt ... Es tat weh, sie wollte es nicht zugeben, aber es tat trotzdem weh. »Tja, kaum zu glauben, ist aber so.«

»Aber ja, *of course!* Natürlich hat er mir davon berichtet, und er hat mir auch genau beschrieben, wie dein Töchterchen aussieht. Ich versuche mir gerade vorzustellen, wie viel es wohl von dir hat.«

Er hatte sie ihm beschrieben. Stella wurde ganz warm in der Magengegend.

»Er bittet dich, vorne an die Hofeinfahrt zu kommen und einfach hinauszugehen.« Der Engländer hatte seine Stimme gesenkt. »Als ob du auf einen Wagen wartest, der dich nach Hause fährt. Er wird da sein.« Er drückte ihre Hand. »Vielen Dank für diesen bezaubernden Tanz«, sagte er laut. »Er war *absolutely gorgeous!*« Mit diesen Worten, was immer sie auch heißen mochten, führte er sie an ihren Platz zurück. Stella sackte auf ihrem Stuhl zusammen.

Das Versteckspiel wegen meiner Ehre mag ja recht anständig sein, dachte sie, aber geht es nicht eigentlich eher darum, dass der hochwohlgeborene Carlos nicht mit mir gesehen werden will? Verdammt. Sie würde ihn warten lassen! Ach was, sie würde gar nicht erst erscheinen! Doch ihr Herz klopfte immer noch wie nach der schnellsten Tanzeinlage, wenn sie an ihn dachte.

Sie hielt nach Enza Ausschau und entdeckte sie mit dem schielenden Grafen auf der Tanzfläche, ihren Kopf auf seine Schulter gebettet. Die Musik hörte auf. Es blieb ihm nichts anderes übrig, als sie wieder an ihren Tisch zu führen. Graf und Gräfin Testasecca sahen Enza aufmerksam entgegen. Die ließ ihre Augen von rechts nach links huschen und grinste verlegen über beide Wangen, als sei sie ein Kind, das etwas ausgefressen hatte. Sofort wurde ein Stuhl für sie frei gemacht, auf den sie sich etwas undamenhaft plumpsen ließ, die Hand des jungen Grafen weiterhin umklammernd.

Stella fing ihren Blick auf. Sie griente immer noch wie ein Honigkuchenpferd, hielt sich jetzt jedoch die freie Hand vor den Mund und zuckte mit den Achseln. Alles in Ordnung, signalisierte Stella ihr mit einer Handbewegung und stand entschlossen auf. »Bin gleich wieder da. Will mich nur ein wenig frischmachen!«

Die Marchesa nickte wissend. »Aha! Der Zug des Herzens ist des Schicksals Stimme, nicht wahr? Mir ist entfallen, von wem dieses Zitat stammt.«

Stella ging durch den Garten, an dem lang gestreckten Gebäude der *masseria* vorbei, über den Hof, der voller Limousinen stand, bis zu den Reitställen und war schon fast zum Tor hinaus, als ein Wagen sie überholte. Jemand kurbelte das Fenster herunter. »Dürfen wir Sie mitnehmen, Signorina?«

Noch bevor sie richtig wahrnahm, wer in dem Auto saß, schüttelte sie den Kopf. »Nein, danke, ich warte auf meinen Vater, der holt den Wagen.« Sie zeigte vage auf den Hof mit den vielen Fahrzeugen.

»Dann noch einen schönen Abend.« Stella spähte in das Wageninnere. Es war ein altes Ehepaar, das an ihr vorbeifuhr.

»Ksss, ksss«, zischte es aus den Ställen. Carlos! Wenn du glaubst, dass ich auf ein Pferd steige, hast du dich getäuscht.

»Ksss.«

Sie näherte sich zögernd dem schwarz gähnenden Loch des Schuppens. Kein Pferd zu sehen, dafür ein blank gewienerter, dunkelgrüner Oldtimer und alte Motorräder, eines mit einem Beiwagen. Eine Gestalt trat aus einer dunklen Ecke, sie hatte einen komisch geformten Kopf und schwankte wie ein Monster aus einem Horrorfilm. »Ciao!«, sagte das Monster. Erst jetzt erkannte sie Carlos, der einen Helm trug.

»Mein Gott!«, flüsterte sie und griff sich an den Hals. »Musst du mich so erschrecken?«

»Entschuldige. Wen hast du denn erwartet? Hier, nimm den da. Wir machen einen kleinen Ausflug.« Seine Augen strahlten sie an, als er ihr einen Stahlhelm reichte, der aussah wie eine halbe Eierschale. Dann nahm er ein altes Motorrad, das an der Wand gelehnt hatte, und schob es in Richtung Hof. »Na komm«, forderte er Stella auf, als sie sich nicht von der Stelle rührte. »Oder würdest du lieber reiten?«

»Wir können doch nicht einfach hier abhauen.«

»Doch, können wir. In einer halben Stunde sind wir wieder zurück.«

Sie setzte sich den Helm auf. Der Motor tuckerte laut vor sich hin.

»Schaffst du das?«

Pfff. Na klar. Sie kletterte hinter Carlos auf das alte Motorrad und zupfte an ihrem kurzen Kleid herum, das sich noch weiter in die Höhe geschoben hatte.

»Du hältst dich am besten an mir fest. Und wenn wir uns in die Kurven legen, musst du mitgehen. Okay?«

Zögernd legte sie die Hände an seine Taille und ließ sich von ihm die Stützen zeigen, auf denen sie ihre Füße abstellen konnte. Mein Gott, Nico! Gerade habe ich das erste Mal in meinem Leben Walzer getanzt, und nun fahre ich auch noch auf einem Motorrad mit.

Du solltest viel öfter schöne neue Dinge machen!

Sie schluckte. Bist du sicher? Ich sitze hier gerade mit … du weißt es … musst mich ja bloß anschauen.

Natürlich weiß ich es. Werd' glücklich! Und für mich bitte mit!

Für dich bitte mit? Ich soll alles für dich mitmachen?

Ja. Lachen zum Beispiel. Nach all den Jahren hörte sie zum ersten Mal sein warmes, tiefes Lachen wieder.

Das Motorrad machte einen Satz, und Stella wurde erst nach hinten geworfen, dann gegen Carlos' Rücken. Schnell klammerte sie sich an ihn und presste ihre Oberschenkel gegen die Sitzbank. Der Auspuff knatterte laut an ihrem Bein, als sie jetzt über das letzte Stück des Hofes holperten. Dann fuhren sie an den vielen geparkten Autos und Oleanderbüschen vorbei, die die Auffahrt säumten, bogen am Ende der Eichenallee nicht auf die Straße, sondern nach links auf einen schmalen Weg durch die hügeligen abgeernteten Felder und die Pferdeweiden ab, und knatterten immer höher in Richtung *bosco*. Stella konnte sich noch gut an die Kutschfahrt beim letzten Mal erinnern.

Der Fahrtwind strich erfrischend an ihren nackten Beinen entlang. Sie fuhren bergauf durch zerklüftete Wiesen und ein paar Meter in den Wald hinein, mitten zwischen die Bäume. Carlos brachte das Motorrad zum Stehen, ließ sie absteigen und schaltete den Motor aus. Er schob das betagte Gefährt durch die Gräser bis an eine Birke und lehnte es dort an den Stamm.

»Der Ständer zum Aufbocken ist abgebrochen. Gehörte meinem Opa, das Teil. Ist eine alte Ducati …« Er klopfte auf die Sitzbank, als wäre sie ein Pferdehals. »Ich dachte, wir laufen ein paar

Schritte, und du erzählst mir in Ruhe, wie es dir geht. Wir haben uns schließlich über ein Jahr nicht gesehen. Seit unserer Begegnung auf dem Friedhof nicht.«

Stella nahm den Helm ab und strich sich nervös über ihr Haar, bis Carlos sie beruhigte. »Deine Frisur ist in Ordnung. Sieht wunderschön aus mit dem blauen Band darin.«

Sie gingen nebeneinander auf dem Pfad zwischen den Bäumen entlang.

»Scheint ein großer Heiratsmarkt zu sein dort unten in eurem Garten«, sagte Stella, ohne ihn anzuschauen. Was tat sie hier? Es ist nur Carlos, sagte sie sich.

Aber er ist auch ein Mann, der nicht mit dir verwandt oder verschwägert ist, hörte sie nun Assuntas Stimme in ihrem Kopf.

Wie gut, dass die Tante nicht mit zur Hochzeit gekommen war. Sie hätte diesen Spaziergang überhaupt nicht gutgeheißen!

Er ging neben ihr, die Hände auf dem Rücken. »Die sind wie Hyänen untereinander, diese Mütter, die meinem Vater ihre Töchter für mich anpreisen.«

»Und? Hast du dich schon entschieden?«

»Na ja. Noch nicht ganz.« Er machte eine Pause, als ob er die Kandidatinnen in Gedanken noch einmal durchgehen würde. Stella tat, als würde sie die Bäume bewundern.

»Hey, höre ich da etwa einen Vorwurf? Du hattest schließlich auch jede Menge Verehrer, die mit dir tanzen wollten.«

»Es hat Spaß gemacht, wirklich. Aber das bedeutet alles nichts.«

»Stimmt. Man trifft viele Menschen, und man bleibt trotzdem irgendwie leer.«

Stella versuchte sein Gesicht zu erkennen. Dachte er wirklich so ähnlich wie sie?

»Bis man es auf einmal weiß: Das ist sie! Das ist die Person, mit der ich mein Leben verbringen will. Ich glaube, es muss großartig sein! Aber was erzähle ich dir da? Du hast es schon erlebt.«

Ja. Habe ich. Und daran halte ich mich seit vier Jahren fest, dachte Stella.

Sie gingen schweigend zwischen den lichten Bäumen hindurch, es war eigentümlich hell, von oben konnte man durch die Wipfel die Sterne funkeln sehen.

»Einmal habe ich allerdings ein Mädchen getroffen …«

»Und? Was ist passiert?« Sie versuchte ihre Stimme ganz neutral und dennoch freundschaftlich klingen zu lassen. Sie waren Freunde, sie gingen durch einen der letzten Wälder von Sizilien und waren gute Freunde.

»Nichts. Wir haben uns über ein spannendes Thema unterhalten, und danach habe ich sie leider nicht mehr wiedergesehen.«

»Hast du sie nach ihrem Namen gefragt?«

»Ja. Ein schöner Name, aber ebenso wie der Nachname leider sehr, sehr verbreitet hier bei uns auf Sizilien.«

»Also hieß sie Giuseppina Russo? Oder Rosalia Lombardo?«

»Fast.«

»Okay. Hmmm. Schwierig. Hast du alles versucht? Es gibt Telefonbücher, es gibt …« Sie zuckte mit den Schultern.

»Privatdetektive?« Sie lachten beide. Stella betrachtete von der Seite seine gut geschnittenen Haare, sein lässiges, ein bisschen aus der Hose gerutschtes Hemd, die teuren Schuhe. Nie würde er über seinen Reichtum ein Wort verlieren. Sie mochte sein Gesicht, die wachen blauen Augen darin, seinen Mund mit diesem kleinen Fehler, dieser Narbe zwischen Oberlippe und Nase, die sie seltsamerweise mit Mitgefühl und Fürsorge erfüllte, sobald sie sie sah. »Wie war sie so? Was machte sie beruflich? Hätte sie zu dir, dem Anwalt, gepasst?«

»Ich habe sie nicht gefragt. Ehrlich gesagt, habe ich auch nicht nach ihrem Nachnamen gefragt. Vielleicht wollte ich sie absichtlich gehen lassen. Vielleicht habe ich gespürt, dass sie noch nicht bereit für mich war.«

»Carlos! Du enttäuschst mich!« Gut, das war zwar ein Spaziergang unter Freunden, aber sie durfte ihn ja wohl mal ein bisschen aufziehen. Sie versuchte es jedenfalls. »Was heißt: Sie war vielleicht noch nicht bereit? Da steht die Richtige vor dir, und du ...« Der Weg wurde schmaler, er ließ ihr den Vortritt.

»Ja, ich weiß. Manchmal benehme ich mich wie ein Idiot.«

Nein, wollte sie sagen, nein, du benimmst dich nicht wie ein Idiot. Du bist zurückhaltend und bescheiden und drückst dich gewählt, aber nicht überheblich aus, du bist erfrischend unkonventionell, na ja, das ist natürlich auch einfacher, wenn man wohlhabend ist ... du hast Geld, ohne ein feiner Pinkel zu sein, ich mag dein schiefes Lachen, und ... Am liebsten hätte sie ihn berührt, aber sie wusste nicht, wie; er ging immer noch hinter ihr, und außerdem würde sie das natürlich niemals tun.

»Ich werde übrigens alles daransetzen, Richter zu werden. Als Richter kannst du etwas bewirken! Wenn alle, die mit mir an der Uni waren, auf dem Weg weitermachen, den wir dort beschritten haben, dann wird etwas ganz Neues kommen, Stella! Endlich! Es muss eine Allianz geben, und mit unserem Wissen, mit dieser neuen Strömung könnte das gelingen. Als Einzelner hast du keine Chance, aber wenn sich viele zusammentun, dann vielleicht ...«

Stella horchte auf. Allianz? Hatte Manuele nicht erzählt, Nico habe etwas ganz Ähnliches zu ihm gesagt? Sie würde ihn unbedingt genauer darüber befragen müssen.

Sie spürte, wie Carlos von hinten nach ihrer Hand griff, und drehte sich zu ihm um. »Wir haben heute noch gar keinen Walzer zusammen getanzt.« Er legte die Hand unter ihre Schulter und summte eine Melodie. Eins, zwei, drei, eins, zwei, drei. Schon führte er sie im Kreis.

Seltsam, sie tanzten auf einem Waldweg, und es fühlte sich völlig richtig an. Sie lächelte und schaute auf seinen Mund. Zum Glück war es schön schummrig hier unter den Bäumen.

»Sie hieß übrigens nicht Giuseppina und auch nicht Rosalia.«

Aha, jetzt redete er wieder von diesem Mädchen. »Sondern?«

»Maria.«

»Oh, auch von den Marias gibt es einige zur Auswahl.«

»Sie war Krankenschwester.«

Stella schluckte. Er schien immer noch verliebt zu sein. Sie sah, wie sich eine Schwester über ihn beugte und ihm wie unabsichtlich einen Blick auf ihre Brüste gewährte. Na ja, Männer standen auf so etwas ... Als sie damals das Kostüm trug, hatte sie sich ja auch nicht vor all den Anspielungen retten können ... Schwester, Sie müssen mich dringend beatmen ...

Sie hielt die Luft an. Sherlock Holmes! Abrupt blieb sie stehen und zog ihre Hände und Arme von ihm zurück, als ob er eine ansteckende Krankheit hätte. Doch Carlos sah sie nicht an, er ließ die Arme hängen und starrte verträumt an ihr vorbei. »Wir haben nicht viel geredet, aber es war der beste Nichtkuss, den ich jemals bekommen habe.«

Nein! Sie drehte sich um, senkte den Kopf und lief los. Wie peinlich! Wie unfassbar! Bloß weg hier, großer Gott, sie hatte ihn damals fast geküsst. Obwohl sie nur ein bisschen betrunken gewesen war, hatte sie sich an diesem Abend in dem protzigen Palast einfach wahllos an ihn rangeschmissen, ohne ihn zu erkennen ... er hätte *irgendwer* sein können, und er wusste das!

Sie rannte den Pfad hinunter, bis das Wäldchen wieder lichter wurde und sie das Motorrad sah. Ihre Schritte wurden langsamer. Sie hatte ihn fast geküsst. Er musste denken, sie wäre total leicht zu haben. Niemals wäre sie so weit gegangen, wenn sie gewusst hätte, wer sich hinter diesem lächerlichen Schnauzbart und dem Brillengestell verbarg. Lächerlicher Schnauzbart? Irgendwie hat dir dieser Sherlock Holmes aber auch gefallen, dachte sie. Nein. Doch. Nein!

Es ist ein Spiel gewesen, mehr nicht!

»Stella!« Er kam langsam auf sie zu. »Ich mag den Satz gar nicht sagen, der mir auf der Zunge liegt, denn es ist noch zu früh …«

»Es war ein Spiel, ein Versehen, eine kleine Laune. Ich liebe Nico und werde ihn nie aufgeben. Vergiss es!« Sie schaute ihn wütend an, und die Tränen sammelten sich schon irgendwo in ihrem Hals, bereit, jeden Moment loszubrechen.

»Das weiß ich. Das weiß ich doch. Nichts ist dadurch anders. Mach dir keine Sorgen.« Er ging zu dem Motorrad und schob es aus dem Wäldchen. »Ich werde das, was damals im Hause der Lo Faso geschehen ist, weit weg in eine kleine Ecke meines Gehirns schieben und nicht mehr daran denken.«

Doch Stella war schon den Weg hinuntergelaufen. Sie hörte, wie er den Motor anwarf, dann war er auf der Maschine neben ihr.

»Komm!« Er reichte ihr den Eierschalenhelm. »Steig auf, es ist zu weit zum Laufen. Dein Vater wird sich sonst wundern, wo du bist.«

Wiederwillig gehorchte Stella. Sie fuhren die Feldwege hinunter zur *masseria*. Diesmal achtete sie darauf, ihn nicht zu berühren. Carlos lenkte das Motorrad direkt in den Unterstand. Sie kletterte umständlich herunter und übergab ihm wortlos den Helm.

»*O Dio,* Stella! Ich wollte dich nie bedrängen.« Er schien jetzt so geknickt, fast tat er ihr leid. Sie blieb einen Moment stehen.

»Hast du ja auch nicht.«

»Sicher?«

»Holmes ist ein englischer Gentleman, oder?«

Er lachte erleichtert auf. »Gut! Aber Stella, irgendwann, wenn du noch mal Walzer mit mir tanzen möchtest, rufst du mich an. Versprich mir das!«

Sie zuckte mit den Schultern. Vielleicht.

»Aber ruf nicht hier oben an, sondern *a casa mia,* in Palermo, da lebe ich jetzt.«

In deinem Haus, ja, sicher. Die wahren Adligen nannten ihren Palazzo nie Palazzo, sondern nur Haus.

»Hast du meine Telefonnummer von dort? Soll ich sie dir geben?«

»Es gibt Telefonbücher.«

»Ach ja. Ich vergaß!«

39. Kapitel

Sie hatten sie nicht mehr hineingelassen. Nicht mal mehr von Weitem hatte sie sie sehen dürfen. Sie wollte doch nur helfen, wollte putzen, man wusste doch, was für einen Dreck und Staub die Handwerker machten, aber auch das war ihr verboten worden.

Doch nur, damit die Überraschung für dich umso schöner wird, hatte Stella gesagt. Flora schnaufte. Überraschung? Sie hatte in ihrem Leben genug davon erlebt. Sie brauchte keine mehr.

Nun würde sie die *capella* bei der morgigen Einsegnung das erste Mal in fertigem Zustand sehen. Von außen – und vor allem von innen!

Flora drehte sich um, und ein Lächeln breitete sich über ihrem Gesicht aus. Ein Gutes hatte es, dass Stella, Assunta und auch Maria keine Zeit mehr für etwas anderes fanden: Tosca war in den letzten Tagen ununterbrochen bei ihr gewesen. Das kleine dreijährige Mädchen saß auch jetzt auf seinem Stuhl, zerkrümelte hoch konzentriert ein Stück Brot in den Händchen und tippte die Krümel dann mit den Fingerspitzen auf. Nico hätte sie das Brot damals wohl weggenommen, doch ihr Enkelkind ließ sie gewähren. Tosca hatte doch so viel Neues zu entdecken, jeden Tag! Sie konnte dem Kind stundenlang dabei zuschauen, wie es die Welt entdeckte. Tosca sprach neue Worte fehlerlos nach, sie bestand darauf, Dinge alleine zu tun, und wenn Flora ihr doch einmal etwas verbieten musste, damit sie sich nicht verletzte, wurde sie nicht wütend und schrie, sondern schaute ihre Nonna stumm mit den großen blauen

Augen so enttäuscht und verwundert an, dass es ihr fast das Herz brach.

Morgen war nun endlich der Tag! Das beste ihrer schwarzen Kleider hing schon auf seinem Bügel am Schlafzimmerschrank, daneben Toscas Festtagskleidchen. Es war winzig und hellblau und einfach nur ein Kleid für ein dreijähriges Mädchen, das seine Tante ihm genäht hatte; doch allein, dass es dort hing, machte alles ein bisschen weniger schlimm.

Stella hatte den Bau der Kapelle großartig geplant und durchgeführt und an alles gedacht, dennoch machte Flora sich Sorgen. Würde ihr geliebter Tommaso pünktlich aus Mistretta eintreffen? Stella hatte auch das organisiert, doch es hatte Missverständnisse mit dem Beerdigungsinstitut und eine daraus folgende Verzögerung gegeben, sodass die Zeit sehr knapp wurde.

Was konnte sie tun? Nichts, außer beten vielleicht. Aber auch dafür hatte sie nicht mehr so viel Zeit, seit Tosca bei ihr war.

Sie hat mich alles gefragt, deine Stella, sagte sie zu Nico. Alles habe ich entscheiden dürfen! Ach, sie hat mich manchmal ganz durcheinandergebracht mit ihren Fragen, um mich nicht zu übergehen. Sie ist ein gutes Mädchen! Und wie sie mir immer die Geldsachen vorgerechnet hat. Jede Ausgabe hat sie haarklein aufgeschrieben.

Flora hatte Stella nicht gesagt, dass sie einen Kredit aufnehmen musste. O nein. Das war allein ihre Sache, und wofür sollte sie ihr Geld denn ausgeben, wenn nicht für diese Grabstätte?

»Na, und für dich natürlich, mein Spätzchen. Komm, wir gehen rüber zur Signora Viola, die hat auch ihr Enkelkind da.«

Am nächsten Morgen war Flora so nervös, dass sie vergaß, Kaffeepulver in die *caffètiera* zu füllen, und sich über das klare Wasser in der Espressotasse wunderte. Sie rannte kopflos hin und her und bekam Toscas Haare erst beim dritten Versuch zu ordentlichen

Zöpfchen geflochten. Es war, als ob sie wichtigen Besuch bekäme, ein Wiedersehen, ein Zusammentreffen mit den beiden liebsten Menschen dieser Welt!

Signora Galioto klingelte früh und brachte ein Tablett Aniskekse mit. Sie zündeten eine weitere Kerze vor Nicos Bild an und sprachen über die Kapelle.

»Stella war gestern Abend zum Essen bei uns, die beiden waren ja völlig erschöpft«, erzählte Manueles Mutter. »Was haben sie in den letzten Wochen gearbeitet! Unser Manuele hat sich ja in der Apotheke kaum mehr blicken lassen.« Sie schüttelte den Kopf. »Stella ist so gern bei uns, darüber bin ich sehr froh. Und ich muss sagen, diese große Aufgabe hat sie völlig verwandelt. Ihre Stimme ist klarer, ihre Sprechweise ruhiger, alles, was sie sagt, könnte man sofort aufschreiben. Ist es nicht so?«

Flora nickte nur.

»Erst habe ich ja gedacht, dieser Beruf ist nichts für eine junge Frau«, fuhr Manueles Mutter fort, »mit all dem Dreck auf so einer Baustelle … aber wenn ich sie jetzt so sehe, so zielstrebig und geschäftig, mit diesem großen Buch, das sie immer mit sich herumschleppt …«

Flora kannte das Buch. Natürlich. Stella notierte alles darin, jede Telefonnummer, jede Vereinbarung. Sie habe eigentlich nur damit begonnen, um Manuele ins Gedächtnis zu rufen, was sie abgemacht hätten, hatte sie Flora irgendwann anvertraut. Denn er habe sich oft nicht an die Absprachen gehalten, habe Sachen doppelt und dreifach bestellt oder ihre Anweisungen an Lolò und seine Freunde, die sie gemeinsam beschlossen hatten, wieder rückgängig gemacht. Indem sie es vor seinen Augen aufschreibe, habe er keine Ausrede mehr. Clever, das Mädchen!

»Ich habe sie wirklich in mein Herz geschlossen.« Signora Galioto war mit ihrem Lobgesang noch nicht fertig. »Sie wirkt so klar und geordnet, wie ein Kleiderschrank, den man ausgeräumt, durchlüftet und danach den Inhalt neu sortiert hat. Und unser Manuele hat sie auch sehr, sehr gern. Ich glaube, er wird sich bald ... also es könnte sein, dass er ...« Sie hielt inne und wurde ein wenig rot. In der nächsten Minute sagte niemand ein Wort. Die Kerze vor Nicos Bild flackerte. Tosca legte ihre Puppen auf dem Sofa schlafen. »Ihr müsst ins Bett, ihr Spätzchen.«

Flora schloss kurz die Augen, bevor sie sagte: »Wie schön für Stella und eure Familie! Und ich werde immer die erste *suocera* bleiben, nicht wahr?«

Es klingelte wieder. Weitere Nachbarinnen betraten das Haus, auch sie brachten etwas zu essen, stellten Töpfe mit Suppe in die Küche, kochten frischen Kaffee, setzten sich in den Salon und redeten über Nico. Sie murmelten und klagten, immer wieder klingelte es an der Tür. Es war wie kurz nach seinem Tod. Es war fürchterlich.

Als Stella endlich kam, zitterten Floras Hände so stark wie nie zuvor. Das Mädchen griff danach und hielt sie fest, einen langen Moment krallten sie sich ineinander, die Gedanken flossen zwischen ihnen hin und her und synchronisierten sich. *Was für ein Datum! Heute vor vier Jahren ist es passiert. Ich werde versuchen, nicht dauernd auf die Uhr zu schauen. Oh, ich weiß, jetzt nehme ich es mir vor, aber ich werde es trotzdem tun, wie auch schon in den Jahren zuvor.*

Flora ließ die Tränen einfach laufen. Auch Stella weinte. Ihre Blicke ließen nicht voneinander ab. Dasselbe Leid war über sie gekommen und hatte sich in ihren Köpfen und Körpern eingenistet. Nicht bereit, jemals wieder zu gehen.

Es ist zehn Uhr dreißig. Heute vor vier Jahren hat er noch gelebt. Hat er noch gelebt. Hat er noch gelebt.

»Ist er da?«, flüsterte Flora schließlich.

»Noch nicht. Manuele steht am Friedhof und wartet auf den Wagen ...« Stella presste die Lippen zusammen. Flora wusste, wie wichtig das alles für sie war. Dass Tommaso vielleicht mit einer Verspätung eintraf, war für Stella noch unerträglicher als für sie selbst.

»Was ist denn das da für ein hübsches Mädchen?«, rief Stella in diesem Moment mit belegter Stimme, als Tosca aus dem Wohnzimmer getippelt kam und sich stolz vor ihr drehte. »Ja, wer ist das denn?« Sie kniete sich hin und breitete die Arme aus, so gut das in dem schmalen Flur möglich war.

»Das is' doch deine Tosca!«, rief die Kleine und stürzte sich in ihre Arme.

Flora lächelte, während sie nach dem ersten einer ganzen Reihe noch folgender Taschentücher angelte. »Gehen wir?«

»Ja. Mein Vater steht mit der Limousine draußen. Hast du alles? Vergiss deine Rosen nicht.«

Im Auto sah Flora, wie blass Stella war, nur zwei kreisrunde Flecken glühten auf ihren Wangen. »Wie geht es dir?«, fragte sie und drückte Tosca an sich, die auf ihrem Schoß saß. »Du trägst kein Schwarz ...« Ihr Blick fiel auf die Aktentasche, die Stella dabeihatte. Ein Geschenk von ihrem Sohn.

»Er mag keine schwarzen Kleider. Er will mich farbenfroh sehen.« Stella strich über ihr tiefrotes Kleid.

Flora tastete nach dem herzförmigen Gesteck aus Rosen neben sich.

»Aber um deine Frage zu beantworten ...« Stella rieb sich die Stirn, als ob sie Kopfschmerzen hätte. »Ich habe so auf diesen Tag hingearbeitet, war nervös, habe mich irgendwie beinahe sogar darauf gefreut. Jetzt merke ich, dass es eigentlich gar nichts zu freuen gibt. Die nächsten Tage werden kommen, und es gibt rein gar nichts.«

Statt einer Antwort seufzte Flora nur tief und tätschelte Stellas Knie.

Als sie mit der Limousine in den Friedhof einfuhren, stachen einzelne Sonnenstrahlen aus der Wolkendecke hervor und brachten ein wenig warmes Licht in den bisher so grau verhangenen Tag.

Überall waren Menschen, auch der Parkplatz vor dem Tor stand schon voller Pkw. Stella öffnete die Autotür und stürzte auf Manuele zu, der gleich hinter dem Tor stand. Ohne es zu hören, wusste Flora genau, was sie ihn fragte: Ist der Sarg aus Mistretta schon angekommen? An seinem besorgten Gesichtsausdruck konnte sie die Antwort ablesen: Noch nicht. Sie umarmte ihn kurz. Flora sah, wie er sie mit seinen langen Armen festhielt und zart über ihre Schulter strich. Stella kam zurück, die Augen noch stärker gerötet, doch mit einem kleinen Lächeln für Tosca auf den Lippen.

Sie nahmen die Kleine in die Mitte, und Flora merkte wieder einmal, wie tröstlich die Berührung einer Kinderhand sein konnte. Langsam gingen sie an den dicht beieinanderliegenden Grabstellen entlang und durch den schmalen Gang zwischen den altertümlichen Grabkapellen hindurch.

Und da lag sie vor ihr! Sie war hoch, höher, als Flora angenommen hatte, und sie erstrahlte in einem warmen Gelb. Über der Messingtür stand auf einem weißen Zementbalken in schwarzen Lettern *Famiglia Messina*. Flora schluchzte auf, legte sich die Hand auf den Mund und spürte neue Tränen aus ihren Augenwinkeln quellen. Die Tür stand offen, das steinerne Segel daneben ragte spitz in den Himmel, der immer weiter aufklarte und nun schon fast blau war. Die Äste des ausladenden Ficus schwangen im Wind zu den Betonsegeln hinüber, als ob der Baum versuchte, sie zu berühren. Die *capella* fügte sich vor der Friedhofsmauer ein, als habe sie da schon immer gestanden. Leise Musik setzte ein, erst jetzt registrierte Flora die Menschen, die an der Seite standen, sah sie den Wald der bunten Blumenkränze auf ihren Holzgerüsten und die drei Frauen, die sich mit ihren Streichinstrumenten zusammengefunden hatten und nun ein Ave-Maria anstimmten. Assunta und Maria umarmten sie, doch sie merkte es kaum, sie weinte um die beiden großen Verluste in ihrem Leben, die *drei* Verluste natürlich, denn Klein-Tosca damals in ihrem Bauch gehörte auch dazu. Plötzlich wurde sie ganz ruhig, und ihre Gedanken waren nur noch bei ihrem Sohn. Was für eine große Anzahl Menschen für dich gekommen ist, Nico. Und die wenigsten von ihnen tragen Schwarz. Nur ich. Du hast dieses Schwarz jahrelang an mir sehen müssen und mich immer gebeten, Farbe zu tragen, aber heute konnte ich nicht anders.

In diesem Augenblick nahm Stella ihre Hand und drückte sie fest, immer fester, bis es wehtat. Sie schaute auf. Von beiden Seiten kam ein mit Blumen geschmückter Sarg! Der rechte wurde auf den Schultern von sechs Carabinieri in Uniform getragen, auch ihr Schwager war darunter. Flora schluckte an ihren Tränen. Und links … Da waren die Freunde von Nico, vorneweg Manuele und der kräftige kleine Lolò, der seine Arme nach oben strecken musste, um den Größenunterschied auszugleichen. Dahinter drei junge Männer aus Bellaforte, die wohl vom Taucherklub kommen mussten, und der Sechste, Turiddu, war sein bester Freund in Kindertagen gewesen. Die Gruppen gingen mit ihrer schweren Fracht langsam aufeinander zu, trafen sich mit den Stirnseiten und drehten beide zur *capella* ein. Seite an Seite verharrten die Särge jetzt nebeneinander, als ob sie schwebten. Vater und Sohn.

Noch einen Moment, dann waren sie vereint, beide unter einem Dach, immer ganz in ihrer Nähe. Flora versuchte nicht mehr, die Tränen abzuwischen. Aus den Augenwinkeln sah sie Stella, und an ihrem Bein spürte sie, klein, stumm und voller Ehrfurcht, doch auch warm und lebendig, Nicolas Tochter.

Die Särge zogen in die Kapelle ein, erst der von Tommaso, dann Nicolas. Auch wenn Stella vielleicht recht hatte, es gab für den morgigen Tag keinen Grund zur Freude. Aber nun hatten ihre Lieben endlich ein Zuhause gefunden.

40. Kapitel

Die Blumen, oh, wie viele Blumen sich in der Kapelle türmten! Auf den Sarkophagen, auf dem kleinen Altar, auf jedem Sims lagen sie und machten den kleinen Raum zu einem Treibhaus der Farben und Düfte. Der Pfarrer hatte die Särge gesegnet und die Kapelle mit Weihwasser benetzt. Er musste wohl auch ein paar Sätze über die Toten und ihre frühe Heimkehr zu Gott gesagt haben, aber davon hatte Stella nichts mitbekommen, zu bewegt war sie von der Atmosphäre in der Kapelle. Sie schaute auf ihre Füße. Direkt darunter, in nur wenigen Zentimetern Abstand, leuchtete die *Marestella* in ihrem frischen Grün und Orange. Auch die kleine weiße Muschel auf der Bank und die beiden Seeigelhüllen, die sie im letzten Moment noch daraufgelegt hatte, bevor das Glas die Grube von oben verschloss, konnte sie erkennen. Stella atmete tief ein und fühlte, wie eine Last von ihrer Brust genommen wurde. Es war gut. Für einen kurzen Moment war alles gut. Orsola war mit ihrer Bratsche und zwei Kolleginnen gekommen und spielte noch einmal eines dieser schwermütigen Stücke, die einem auch an sonnigen, leichteren Tagen Schauder der Ergriffenheit über den Rücken jagten. Auch Imma war gekommen; mit den violetten Malvenblüten im Haar und dem schillernd blauen Kleid sah sie aus wie eine Nixe. Stella war glücklich, die alte und die neue Freundin an einem Tag wie diesem bei sich zu haben. Die letzten Gäste traten aus der Kapelle, nachdem sie in einer scheinbar endlosen Schlange an den beiden Särgen Abschied genommen hatten. Auch Professor Volpe war gekommen und hatte Stella wortlos umarmt.

Manuele hob Tosca hoch und überreichte sie Stella.

»*Amore!*« Stella herzte und küsste ihre Tochter, doch die Kleine strampelte ein bisschen unter den Liebesbezeugungen und zeigte auf das gerahmte Foto, das auf Nicos Marmorsarkophag stand. »Papa hat viele Blumen.«

»Ja. Papa hat jetzt ganz viele Blumen.« Sie küsste Tosca noch einmal und stellte sie dann zurück auf den Boden. Jemand umarmte sie in diesem Augenblick mit runden weichen Armen von hinten. Ohne hinzuschauen, wusste Stella, dass es Assunta war.

»Die Laroccas sind nicht gekommen«, sagte die Tante. »Dabei verdanken wir ihnen doch so viel!« Assunta tupfte sich mit einem Taschentuch das hochrote Gesicht ab. »Aber ihr Kranz ist wunderschön. Diese vielen Zweige aus kleinen Buchsbaumblättern, und sieh doch, wie elegant der Lilienzweig daran befestigt ist, und die weiße Schleife.«

Stella nickte. Sie sah den Waldweg vor sich, auf dem sie mit Carlos getanzt hatte. Sie spürte noch immer die Stellen, die sein Rücken berührt hatte, als sie auf dem Motorrad gesessen hatte. Besser, dass sie nur den Kranz geschickt hatten. Was hätte sie Carlos auch sagen können?

Manuele nahm ihre Hand. »Gehen wir?«

Stella schaute sich um. Sie waren die Letzten in der Kapelle. Nur Flora saß noch mit gesenktem Kopf auf einem der Stühle vor dem Altar. »Zeig der Nonna, wo der Nonno jetzt ist«, flüsterte Stella dem Mädchen ins Ohr.

»Nonna!«, rief Tosca mit ihrer hellen Stimme, zupfte die Großmutter an ihrem schwarzen Kleid und riss sie aus ihrer Andacht. »Weißt du, der Nonno hat jetzt ein Steinbett ...« Flora nahm ihre Enkelin auf den Schoß und hörte ihr lächelnd zu.

Stella war beruhigt und wandte sich wieder Manuele zu. »Danke! Du warst mir eine unbeschreiblich große Hilfe!«

»Das möchte ich gerne auch weiterhin sein.« Er hielt ihre Hand fest und strich mit dem Daumen über ihren Verlobungsring. Dabei schaute er sie so durchdringend an, als ob er etwas sagen wollte.

Stella hielt einen Moment die Luft an, stieß sie dann hörbar aus. »Ich würde gern noch ein wenig alleine sein«, sagte sie schnell.

»Natürlich.« Er drückte ihre Hand noch einmal und verließ die Kapelle. Auch Flora stand in diesem Moment auf, nickte ihr zu und ließ sich von Tosca an der Hand hinausführen.

Stella holte ihre lederne Aktentasche aus einer Ecke der Kapelle und zog ein kleines grünes Kästchen daraus hervor. Ein mehrfach verknotetes weißes Band war darum gewickelt, das in einer Schleife mündete. Sie versuchte die Tränen zurückzuhalten, als sie sich über den Sarkophag beugte, die Blumen beiseiteschob und einen Kuss auf den freigelegten Marmor drückte. Hier. Ich lasse das bei dir! Die beiden Briefe, die du mir geschrieben hast, als ich krank war. Die weiße Armbinde mit der Nummer zehn, die du mir so stolz und glücklich nach dem *Trofeo del Bono* vermacht hast. Du warst überzeugt, die Zehn wäre deine Glückszahl. Ausgerechnet die Zehn ...

Stella presste die Lippen zusammen, aber die Tränen liefen schon. Die messingfarbenen Zahlen, die seitlich am Sarkophag angebracht waren, zeigten den 10. September als sein Todesdatum. Stella wandte ihren Blick ab.

Ich lasse auch deine Liebeszettelchen bei dir. Deine verrückten, beschwörenden Sätze kann ich sowieso auswendig. Und all die Seeigelhüllen, die du mir als Junge geschenkt hast. Du wunderbarer Mann. Du liebster Geliebter. Du bist mein Leben.

Sie stellte das flache Kästchen neben sein Foto und streichelte über seine Oberfläche. Sie musste gehen. Auch wenn sie noch eine

Minute blieb und dann noch eine … Irgendwann würde sie zurück in die Villa gehen müssen. Sie hörte Toscas hohes Stimmchen, sie hörte das Gemurmel der Gäste draußen vor der Kapelle und die Musik, die in diesem Moment verklang.

Du hast ja Tosca, sagten die Leute. Du bist nicht allein. Es stimmte, sie hatte Tosca und war dankbar für dieses Glück. Doch was sie alle nicht verstanden: Durch ihre Tochter wurde ihr die Leere an ihrer Seite nur noch stärker bewusst.

Sie wandte sich um. Sie musste zurück in ein Leben, von dem sie nichts wusste, außer dass es ohne Nicola immer noch leer, leer und nochmals leer war.

41. Kapitel

Sie hasste die dürren braunen Stängel, die verwelkten, hart gewordenen Blütenköpfe, die verdorrten Äste, die gelben schlaffen Gräser, die zusammengerollten Feigenblätter. Der Herbst kam unaufhaltsam und ging dieses Jahr sehr früh in den Winter über, der alles an Kraft nahm, was in der Natur noch vorhanden war. Eines Nachmittags holte Stella sich von Assunta die Gartenschere und ging damit zwischen den Bäumen umher.

Sie schnitt Vertrocknetes und Abgestorbenes weg, metzelte verdorrte Schlingpflanzen nieder, immer weiter stutzte sie die Stauden zurück, sie zerschnippelte und verstümmelte, was sie erreichen konnte, fand immer mehr, bis sich eine Blase an ihrem Handballen bildete.

Dann nahm sie einen Rechen und harkte das nasse Laub auf den Wegen zusammen. Wie gut, dass jeden Morgen wieder neue Blätter da waren. Sie hätte wochenlang weitermachen können, nur um nicht nachdenken zu müssen. In einem großen Korb sammelte sie die herabgefallenen Pinienzapfen. Niemand würde sich mehr die Mühe machen, die ascheschwarzen Hüllen aus ihnen zu lösen und zu knacken. Niemand würde sie mehr mit den hellen Kernen füttern. Die Piniensommer waren für sie vorbei. Aber die Zapfen brannten gut in den Kaminen und Öfen der Villa, wenn sie trocken waren.

Was sollte sie tun?

Sie hatte keine Kraft, irgendetwas zu planen oder zu entscheiden. Sie stand morgens auf, sie aß, ohne zu schmecken, was. Sie nahm sich jeden Tag von Neuem vor, sich in Toscas Gegenwart zusammenzureißen, doch sie ertappte sich immer öfter dabei, wie geistesabwesend sie ihrer Tochter beim Spielen zusah, wie zerstreut sie sie badete, wie leicht es geschah, dass ihre lustigen Sätze einfach nur an ihr vorbeirauschten.

Manchmal half sie in der Küche oder im Garten. Sie las nicht, sie zeichnete nicht. Sie ging nicht auf den Friedhof.

Flora dagegen ging jeden Tag zur Kapelle, erzählten die anderen.

»Wenn wir nicht ab und zu Tosca zu ihr brächten, würde sie dort einziehen«, sagte Maria am Mittagstisch.

»Wenn sie das tröstet«, verteidigte der Marchese sie.

Stella nickte nur stumm. Wie schön für Flora. Für sie hatte sie die Kapelle doch schließlich gebaut. Doch was hatte sie selbst als Trost? Was war das überhaupt? Nico war immer noch bei ihr, sie liebte ihn noch stärker als früher, wenn das überhaupt möglich war. Einen gewissen Teil ihrer gemeinsamen Geschichte hatte sie dort in der Grabstätte gelassen, sie konnte nicht erklären, welchen. Es hatte mit den Briefen und Zettelchen zu tun. Trotzdem entlastete das alles sie nicht. Es gab ihr nur das Gefühl von völliger Leere, absoluter Sinnlosigkeit.

Man ließ sie in Ruhe. Niemand forderte sie auf, irgendetwas zu tun, sich Arbeit zu suchen oder gar fröhlich zu sein.

Die Tage verstrichen. Manchmal raffte sie sich jetzt auf und ging ans Meer. Dort starrte sie auf den endlosen Horizont und die schiefergrauen Wellen. Um den Ostflügel machte sie einen großen Bogen. Sie war seit seinem Tod nie mehr in dem Zimmer mit den Meeresfresken gewesen.

Flora war tatsächlich jeden Tag auf dem Friedhof. An einem Donnerstagnachmittag bat sie Stella um eine Unterredung. Wäre es nicht möglich, an diesem festen Tag für Stella und Tosca etwas zu

Abend zu kochen und ihr Enkelkind dann auch über Nacht zu behalten? Stella stimmte zu.

Seitdem nutzte sie die Stunde vor dem gemeinsamen Abendessen und ging an diesem Tag in die Kapelle.

Sie saß dann dort und konnte Floras Geruch noch wahrnehmen. Immer standen frische Blumen auf den beiden Marmorsärgen. Es war friedlich bei ihm und seinem Vater, aber auch hier dachte sie nicht viel.

Sie wollte nur noch eines: dass Tosca glücklich war. Doch selbst dafür konnte sie kaum noch ihre Kräfte mobilisieren und war umso dankbarer, wenn andere das für sie übernahmen.

Flora hatte ihr ein Kleidchen geschneidert, auf das sie blaue und grüne Fische genäht hatte. Der ganze Stolz einer Dreieinhalbjährigen.

Stella liebte es, ihr Kind lachen zu sehen, und hörte in diesen Momenten, wie unecht ihr eigenes Lachen klang, denn sie konnte es nicht mehr. Ihre Seele war klein und zusammengeschrumpft. Sie hatte es ganz und gar begriffen, beinahe schon akzeptiert, dass sie Nicola nie mehr wiedersehen würde. In diesem Leben zumindest nicht. Sie würde ihn nie mehr anfassen. Nie mehr küssen. Neben ihm liegen. Reden. Lachen. Vorbei. Das war vorbei. Nur, was machte sie jetzt mit dieser Erkenntnis? Die Sehnsucht nach ihm war umso größer, wuchs jeden Tag aufs Neue. Sie konnte ihn nicht vergessen. Niemals.

Ach, Nico.

Ach, Stella. Sei glücklich. Sei glücklich für mich mit.

Ich würde es gern versuchen, aber ich weiß nicht, wie, Nico.

Der November kam mit dem Fest der Allerheiligen. Die Dunkelheit brach jeden Tag früher herein, und es wurde ungemütlich kalt. Stella packte sich jedes Mal warm ein, bevor sie am Donnerstag Tosca hinüberbrachte und zum Friedhof ging.

Bereits um vier Uhr nachmittags musste sie Kerzen in der Kapelle anzünden. Das flackernde Licht schirmte sie ab, sie saß in einem hellen warmen Kreis.

So hell die Kerzen auch sind, Nico. In mir ist es dunkel. So dunkel wie nie, sagte sie ihm. Die Gewissheit, dass irgendetwas Sinn haben könnte, ist mir abhandengekommen.

Du hast keine Hoffnung mehr.

Mag sein.

Es wird sich bald etwas ändern.

Ja? Ich hasse Veränderungen. Meistens führen sie doch zu Schlechterem.

Nach dem Abendessen, das sie wie jeden Donnerstag bei Flora einnahm, faltete sie mit angestrengtem Lächeln noch ein paar Papierboote für Tosca und gab ihrer Tochter dann einen Gutenachtkuss.

Zurück in der Villa, wurde sie von ihrem Vater begrüßt. »Mein Kind, stell dir vor, Enza wird sich verloben. Die Familie war noch nicht offiziell hier, aber Maria hat es mir gerade erzählt. Ich muss mich darauf vorbereiten, so zu tun, als ob ich von nichts wüsste!«

Stella zuckte zusammen. War das möglich? Enza und das Gummipuppengesicht, der schielende kleine Ottaviano? Sie würde zu ihm nach Trapani in den Palazzo seiner Familie ziehen. War das die Veränderung, von der Nico gesprochen hatte? Ein Schauer der Schwermut durchzog sie. Sie würde ihre ältere Schwester vermissen! Noch vor zwei Jahren wäre ihr ein derartiger Gedanke völlig absurd erschienen.

»Ich mag ihn«, sagte der Marchese. »Und er mag unsere Enza. Ist das nicht schön?«

»Das ist wunderbar.«

Sie ging in den Grünen Salon, wo Enza saß und sich mit einer Häkelarbeit abmühte.

»Bist du aufgeregt?«, fragte Stella und setzte sich neben die Schwester.

Enza ließ das leicht verfilzte Viereck in ihren Händen sinken und nickte wie wild mit dem Kopf, blieb aber stumm.

»Ich freue mich so für dich! Was meinst du, was für einen Ring wird er mitbringen?«, fragte Stella.

Enza zuckte mit den Schultern, dann lächelte sie. »Einen schönen!«

»Ich finde, ihr passt sehr gut zusammen. Aber sag mir: Woher wusstest du, dass er der Richtige ist?«

Wieder Schulterzucken, dann sammelte Enza sich für einen Satz: »Sagt, was ich im Kopf grad denke.«

»Ihr versteht euch wortlos?«

Enza nickte. »Liest in meinen Augen. Hat mich lieb. Kann mein Kinn auf seine Schulter legen.«

Stella vergrub ihr Gesicht in den Händen. Genau das war es. Sie vermisste einen Menschen, der in ihren Augen las, der sie lieb hatte. Einen, dem sie das Kinn auf die Schulter legen konnte. In Nicola hatte sie all das gehabt.

Vielleicht darf ich nicht mehr erwarten, sagte sie sich. Vielleicht war es der Vorrat an Liebe, den das Leben für mich bereitgestellt hat. Er ist aufgebraucht. Mehr gibt es nicht.

»Ich werde dafür sorgen, dass es eine wunderschöne Verlobungsfeier wird, Enza!«

Mit diesem Plan im Kopf, ging Stella hinunter in die Küche.

»Ach, Liebes, da bist du ja. Was macht unser Schätzchen drüben bei Flora?« Assunta wrang einen Lappen aus und wischte den Herd sauber.

»Ich habe Boote für sie gefaltet. Sie war ganz munter, sie ist so gern bei ihrer Nonna.«

»Sie ist ein *miracolo,* dieses Mädchen! Sie macht uns alle so glücklich.«

Stella nickte. Sie vermisste Tosca, doch sie wusste, sie durfte

Flora diesen Abend nicht nehmen. »*Zia,* wir sollten mit einer Tradition brechen.«

»Wovon sprichst du, mein Kind?«

»Wir sollten die Kette der unglücklichen, erzwungenen oder unerfüllten Verlobungen durchtrennen und etwas wirklich Schönes ins Leben rufen.«

»Für Enza?«

»Für Enza.«

Weihnachten war es so weit. Der Salon war mit rot blühenden Weihnachtssternen geschmückt, der Rosoliolikör stand in Karaffen bereit, Enza war das erste Mal in ihrem Leben bei einem Damenfriseur gewesen und wartete in einem neuen Kleid oben in ihrem Zimmer. Als sie schließlich heruntergerufen wurde und der Marchese ihr in gewählten Worten von dem Antrag des einzigen Sohnes der hochnoblen Familie Testasecca berichtete, leuchtete ihr Gesicht so strahlend glücklich auf, dass Stella die Tränen in die Augen schossen.

Sie wischte sie mit dem Handrücken ab und musste über Tosca lächeln, die regungslos, einen Finger im Mund, vor Ottaviano stand und fasziniert in sein glänzendes Gummigesicht starrte.

Ottaviano überreichte Tosca einen Strauß mit neunundzwanzig roten Rosen und öffnete mit zittrigen Fingern das Kästchen, in dem ein Ring auf blauem Samt funkelte.

»Aaaah«, raunten alle Anwesenden und fingen an zu klatschen.

Die drei Testaseccas verabschiedeten sich eine Stunde später mit vielen guten Wünschen und Beteuerungen, sehr glücklich über den Zusammenschluss der Familien zu sein.

»Ich muss noch mal kurz weg«, sagte Stella, kaum dass sich die Tür hinter ihnen geschlossen hatte.

»Alleine?« Assunta stand mitten im Salon und streichelte Enzas

Hand. »*Auguri,* mein Mädchen! Was hast du nur für einen feschen *fidanzato!*«

»*Fidanzato e fidanzata!*« Enza kniff die Augen zu und trampelte kurz mit den Füßen auf den Boden. Tosca hielt sich ihre kleinen Fäuste vor die Augen und machte es ihr nach.

Stella musste sich das Lachen verbeißen. Sie schüttelte unmerklich den Kopf. Ob Enza noch manchmal an den Verlobungsnachmittag vor vielen Jahren dachte, an dem sie mit kurz geschorenen Haaren und abrasierten Augenbrauen in genau diesem *salotto* aufgetaucht war? Aber vielleicht hatten die Elektroschocks ja auch diese Erinnerung gelöscht.

Sie seufzte. »Ich gehe nur kurz zur *capella.*«

»Aber es wird schon dunkel.«

»Was soll mir schon passieren? Passt du bitte auf Tosca auf? Es dauert nicht lange.«

»Ich werde ein weißes Kleid haben«, sagte Enza in diesem Moment.

»Ja, das wirst du!« Stella nickte.

In der Halle griff sie nach ihrer wattierten Jacke und verließ die Villa.

Sie hatte Glück, Flora war schon weg. Stella setzte sich auf einen der Stühle vor den Altar in die Dunkelheit. Kein Licht, kein Kerzenschein, sie wollte einfach nur an gar nichts denken. Ein paar Minuten später schreckte sie hoch, als es von außen an die Tür klopfte. Sie stand auf und spähte durch die Scheibe. Es war Manuele. Sie öffnete ihm.

»Es ist kurz vor fünf«, sagte er statt einer Begrüßung. »Die schließen gleich ab.«

»Woher wusstet du, dass ich …?«

»Sonst bist du nur donnerstags hier, ich weiß.« Er betrat die Kapelle und stand plötzlich dicht vor ihr. »Ich sehe dich ja immer an der Apotheke vorbeilaufen.«

Was war nun? Sollten sie nicht lieber gehen? Nachher wurden sie noch eingeschlossen ... Sie sah ihn an und versuchte herauszufinden, was er vorhatte, doch sie konnte sein Gesicht kaum erkennen. Plötzlich tastete er nach ihren Händen. »Du sitzt hier alleine im Dunklen ...«

»Ach, Manuele.« Sie machte einen kleinen Schritt auf ihn zu und legte ihr Kinn auf seine Schulter. Es passte genau dort hin. Stella wusste nicht, wie lange sie so standen, ohne sich zu bewegen. Eine Minute? Eine Stunde?

»Stella«, sagte er schließlich, »dieser Ort ist vielleicht der beste und gleichzeitig der unpassendste der Welt.«

Seine langen Finger drehten an ihrem Ring. Sie mochte das Gefühl. Das hatte Nico auch manchmal bei ihr gemacht.

»Ich weiß, dass du einsam bist. Und ich möchte, dass du den Ring niemals ablegst.« Er hob ihre Hand vor seine Augen, starrte einige Sekunden darauf und ging plötzlich vor ihr auf die Knie.

»Maristella Letizia di Camaleo. Willst du meine Frau werden?«

42. Kapitel

»Weshalb haben wir es eigentlich immer wieder verschoben?«, rief Stella und hoffte, dass er ihre Worte verstand.

»Du wolltest ja unbedingt erst die Hauskapelle fertig haben«, kam prompt die Antwort.

»Ich wollte den ganzen Ostflügel fertig haben. Du weißt, warum.«

»Wenn du nicht so eine großartige Architektin und Bauherrin wärst, hätte ich nicht über zwei Jahre darauf gewartet, glaub mir! Ich hätte dich einfach entführt und …«

»Bin ich das?« Stella lehnte ihre Stirn gegen das Türblatt und sah auf ihre Füße hinab, die in Seidenstrümpfen und Pumps steckten. Man würde die hohen Absätze unter dem Kleid nicht sehen, aber sie fühlte sich einfach weiblicher darin.

»Was? Eine gute Architektin? Aber natürlich!«

»Ich weiß. Ich wollte es nur noch einmal hören.«

»Kommt ihr jetzt mal von der Tür weg, ihr Turteltauben!« Assuntas Stimme zischte nervös. »Stella! Du stehst immer noch halb nackt herum, und die Signora Martelli will dir die Haare machen!«

»Halb nackt?«, kam es durch die Tür. »Das habe ich gehört!«

»Also bitte!« Assunta wedelte in gespielter Empörung mit ihren dicken Armen, als ob sie einen aufdringlichen Gänserich vertreiben wollte.

»Ich komm ja schon! Ich seh dich gleich vorm Altar, *amore*«, rief Stella und grinste über diesen Satz. Wie oft konnte man den in seinem Leben schon sagen? »Ach, Moment, eine Frage noch: Sind deine Trauzeugen endlich da?«

»Einer ja, der andere noch nicht«, kam es von der anderen Seite.

Stella verdrehte lächelnd die Augen, dann begab sie sich in Assuntas Obhut, die schon mit der Robe aus hellblauer Seide dastand, bereit, sie ihr über den Kopf zu ziehen.

»Du wirst eine wunderschöne Braut sein.«

»Aber nicht so schön wie Enza. Die war in Weiß!«, sagte Stella, als sie aus dem bodenlangen Kleid wieder aufgetaucht war. Es lag eng an, hatte keine Ärmel und war sehr schlicht geschnitten. Sie betrachtete sich im Spiegel und zupfte leicht an einigen der unzähligen silbernen Perlen herum, die den Ausschnitt säumten.

»Tja …« Assunta zwinkerte Stella zu, während sie ihr einen silbernen Schal um die Taille schlang. »Wir haben mit Engelszungen geredet, aber mit deinem eigenen Kind als Blumenmädchen konnten wir Padre Anselmo nun wirklich nicht von deiner Jungfräulichkeit überzeugen.«

Stella schaute sich um, als sie um die Ecke bog. Endlich konnte man wieder vom Haupttrakt in den Ostflügel gelangen, ohne den Umweg über den Garten nehmen zu müssen.

Weißt du noch, Nico?, fragte sie. Ja, natürlich wusste er noch.

Die Bretterwand, die jahrelang, ja, seit Stella denken konnte, den Weg versperrt hatte, gab es nicht mehr. Sie raffte den Rock ihres Kleides. Der Flur vor ihr war licht und hell gestrichen, die Decke neu eingezogen und der Mosaikboden, auf den sie ihre Füße in den hohen silbernen Brautschuhen nun Schritt für Schritt setzte, wieder intakt. Die Verlegearbeiten waren langwierig und kostspielig gewesen, doch es hatte sich gelohnt. Alles war genau so geworden, wie sie es sich vorgestellt hatte.

»Nun geh doch nicht so schnell!« Assunta folgte ihr mit Trippelschrittchen und keuchte.

»Ich glaube, sie warten alle schon.«

Dort hinten stand der Marchese bereits neben der offenen Flügeltür der Hauskapelle. Stella merkte, wie sich ihre Mundwinkel immer höher nach oben zogen, sie strahlte ihm entgegen.

»Bereit, mein Mädchen?«

»Sind sie alle da drin?«

»Ja. So ist es wohl.« Er richtete seine Krawatte. »Wer hätte das gedacht, dass wir hier an diesem Ort …«

Stella wechselte den Brautstrauß von der linken in die rechte Hand. Mein Gott, sie war plötzlich doch wahnsinnig aufgeregt. Und die Tante erst! Sie sah aus, als ob sie kurz vor einem Herzinfarkt stünde. Stella umarmte sie noch einmal schnell.

»Vorsicht, der Haarschmuck!« Assunta versuchte erst gar nicht, ihre Rührung zu verbergen.

Flora kam mit Tosca aus der Kapelle und reichte dem Kind den Korb mit den Blüten. Er war so groß, dass er gegen ihre Knie stieß.

»Sie wollte viel zum Streuen haben«, sagte Flora entschuldigend.

Stella beugte sich zu ihrem Mädchen hinab und gab ihm einen Kuss. Wenn deine Tochter sich etwas in den Kopf gesetzt hat, bekommt sie es meistens auch. Sie ist so wie du, Nico.

»Du siehst wunderschön aus!« Tosca trug ein Kleid in dem gleichen Hellblau wie das ihrige. »Und du erst, Mama! Du siehst so fein aus wie eine Prinzessin im Märchen.«

Die Musik setzte ein, das alte Klavier ertönte ein wenig dumpf, ihr Vater reichte ihr den Arm. Stella lauschte, doch schon beim zweiten Ton wusste sie, welches Stück da gespielt wurde. Der Hochzeitsmarsch von Mendelssohn. Das war also seine Überraschung. Mein zukünftiger Mann ist doch romantischer, als ich dachte, schoss ihr durch den Kopf, als sie nun mit ihrem Vater an ihrer

Rechten die Kapelle betrat. Sie schaute kurz zur Decke. Die Fresken des eingestürzten Gewölbes waren für immer verloren gewesen, also hatte sie sich auch hier für ein reines Weiß zwischen den neu vergoldeten Pfeilern entschieden, was dem Raum die Dunkelheit nahm. Die fünf Bankreihen auf jeder Seite waren dicht besetzt, zum Gang hin waren sie jeweils mit einer weißen Schleife geschmückt, in der eine Lilie, eine weiße Rose und Lorbeerzweige steckten. Überhaupt standen überall Vasen mit weißen Blumen. Stella musste vor Rührung schlucken. Wie wunderschön! Sie hatte die Kapelle seit gestern nicht mehr betreten dürfen, um Assunta die Freude der Überraschung zu lassen.

Die Gäste sahen ihr entgegen. Imma, Orsola mit neuem Mann und bereits dem dritten Kind, die Testaseccas, Enzas Ehemann Ottaviano, lauter erwartungsvolle Augenpaare, Münder, lachende Gesichter. Wir wollten die Tradition durchbrechen, dachte Stella. In dieser Familie sollten die Frauen nur noch die Männer heiraten, die sie wirklich lieben!

Dort vorne am Altar, nur ein paar Meter entfernt, stand er. Stella versagten die Beine. Sie konnte nicht weitergehen und war dankbar, dass ihr Vater sie so fest am Arm hielt.

Beinahe hättest du ihm die falsche Antwort gegeben.

Ja.

Eben nicht »ja« …

Ach, Nico.

Ach, Stella. Gut, dass du es noch kapiert hast.

Dass ich niemanden brauche, dem ich mein Kinn auf die Schultern legen kann?

… sondern, dass du Walzer tanzen möchtest!

Ti amo, flüsterte sie unhörbar.

Ich liebe dich auch! Und nun tanze. Tanze, was das Zeug hält!

Das werde ich!

In diesem Moment schaute Tosca sich nach ihr um. Darf ich nun endlich losgehen?, fragten ihre großen blauen Augen. Stella nickte ihr zu, und ihre Lippen formten noch ein weiteres stummes *Ti amo.*

»*Attenzione,* Mama! Ich streue jetzt«, rief Tosca laut, und alle lachten, als sie eine Handvoll Blütenblätter hoch in die Luft warf und auf ihr nach oben gerichtetes Gesicht niederregnen ließ.

Sie ließ sich auf den Altar zuführen. Nun konnte sie nichts mehr zurückhalten. Der Pfarrer redete, sie beantwortete seine Frage mit einem »Ja«. Die Ringe wurden getauscht, die Braut durfte geküsst werden. Familienmitglieder fielen sich in die Arme.

Nach der Zeremonie wurden die Trauzeugen der Braut zum Unterschreiben aufgerufen. Lolò und Enza erhoben sich und kritzelten nervös ihre Namen unter das Dokument. Stella wunderte sich, einer der beiden Stühle auf der Seite des Bräutigams war immer noch leer. Doch Pater Anselmo wusste offenbar Bescheid, er winkte in den hinteren Teil der Kapelle, wo das betagte Klavier stand. »Er hat es doch noch geschafft. Pünktlich aus Rom.«

Die Musik brach ab, jemand kam zwischen den Kirchenbänken durch den Gang nach vorne. Alle Blicke folgten ihm.

»Du?«, fragte Stella und schüttelte den Kopf. »*Du* bist sein …?«

Er zog die Schultern hoch und ließ seine Hände unter den Achseln verschwinden. »Er hat mich gefragt, ob ich den Hochzeitsmarsch kann. Wie konnte ich da Nein sagen?« Mit diesen Worten küsste Manuele Stella rechts und links auf die Wange und gratulierte ihr.

Carlos nickte und umarmte ihn schulterklopfend. »Nur auf den verrückten Engländer als *testimone di nozze* wollte ich mich nicht verlassen.«

Stella konnte es nicht glauben. »Deine Eltern sagten, du bist in Rom unabkömmlich.«

»Wir haben uns dort bei Gericht kennengelernt«, antwortete Carlos an Manueles Stelle. »Er ist der erste Parteireferent, den ich kenne, der zu seinem Wort steht! Los, Junge, jetzt unterschreib! Nicht dass hier noch was schiefgeht.« Der Bräutigam nahm die Glückwünsche von Enza und Lolò entgegen. Auch Assunta, der Marchese, Flora und Maria konnten es nicht mehr abwarten und drängten nach vorne, um Stella zu umarmen und die besten Wünsche für die Zukunft auszusprechen.

»Du bleibst immer meine *suocera,* meine Mama«, sagte Stella zu Flora. »Eine andere habe ich nicht und will ich auch nicht!«

Sie vergossen ein paar Tränen zusammen.

In einer kurzen Pause schnappte Carlos sich Stella, nahm sie zärtlich bei den Schultern und küsste ihren Mund. »Was für ein Tag! Die schönste und klügste Frau der Welt hat mich gerade geheiratet«, flüsterte er in ihr Ohr. »Ich bin so froh, dass sie sich manchmal auf so einfache Dinge besinnt, wie in einem Telefonbuch zu lesen!«

Stella wurde so oft geherzt und geküsst, dass Assunta ihr zwischendurch den Haarreif mit den weißen Jasminblütensternen wieder zurechtrücken musste. »Mein Herz! Mein Herz hält das kaum aus!«, jammerte die Tante, doch sie lächelte dabei strahlend. »Ich habe gedacht, ich klapp zusammen, als ich dich dort vor dem Altar stehen sah. Selbst von hinten sahst du so glücklich aus!«

Bevor sie hinaus auf die Terrasse gingen, um die langsam eintrudelnden Gäste zu begrüßen, nahmen sie Tosca zwischen sich und zeigten dem Baron, Carlos' Geschwistern und den Testaseccas den renovierten Ostflügel. Auch Manuele und seine Eltern schlossen sich ihnen an.

»Das erste Mal seit zwei Jahren, dass er nach Hause kommt«,

klagte Melina Galioto, und es sah aus, als wolle sie ihren Sohn nie wieder loslassen.

»Ich bin in Rom an der richtigen Stelle, Mama. Nur da kann ich etwas bewegen.«

»Und was ist bei uns in Marinea?« Die Beschwerden seines Vaters wurden leiser, je weiter sie zurückblieben.

»Das ist ja richtig groß hier«, sagte Carlos' Vater, als sie den ersten Stock durchschritten hatten. »Bei den Kosten dachte ich eigentlich eher an einen Hühnerstall, den du wieder flottgemacht hast, und nicht an derartige Zimmerfluchten.«

»Obwohl die Statik besser war, als ich dachte, und wir nur eine einzige Decke komplett neu einziehen mussten, hat es immense Summen verschlungen, und du weißt das, liebster Baron«, sagte Stella. Mit Carlos' Hand in der ihren schlenderte sie lächelnd über die weißen und roten Blütenblätter, die Tosca als duftige Spur hinter sich herzog. Das Kind war unermüdlich.

»Beeindruckend, was du alles kannst, du frischgebackene Schwiegertochter!«

»Nun ja. Mit den nötigen finanziellen Mitteln ...«

»*Basta,* meine Liebste«, unterbrach Carlos. »Es war mein Verlobungsgeschenk an dich. Zu Weihnachten und zum Muttertag gibt es jetzt nichts mehr.« Er lachte. Sie liebte sein Lachen.

»Was werdet ihr mit dem vielen Platz machen?« Cuco breitete die Arme aus, sodass ihr Bauch unter dem weiten Hängerchen sichtbar wurde. Ihr kleiner Sohn ging an der Hand ihres Mannes.

»Wir werden hier leben!«, sagten Stella und Carlos wie aus einem Mund. Sie lachten.

»Und in Palermo in der Via Saladino«, fügte Carlos hinzu.

Sie standen am Fenster im ersten Stock und schauten am Stamm der Pinie vorbei hinab in den Garten. Auf der Terrasse war eine große Tafel aufgebaut, nicht ganz so groß wie damals bei Cucos Hochzeit auf der *masseria,* doch es wurden gut achtzig Gäste zum

Empfang erwartet. Sie sahen Maria, die wie eine Heerführerin die Reihe der Tageskellner abschritt und deren weiße Handschuhe inspizierte.

»Wann ist es so weit?«, fragte Stella mit Blick auf Cucos Bauch.

»Ende August. Ich werde die letzten Wochen bestimmt nur im Haus herumliegen können, bei der Hitze.«

»Sie schafft es aber dennoch, bei uns zu Hause das Kommando in den Ställen und auf den Koppeln zu übernehmen. Mach dir also keine Hoffnungen, Carlos, falls du Ähnliches vorhast, um Ruhe vor deiner Frau zu haben«, sagte Cucos Mann Jacopo und setzte sich das Söhnchen auf die Schulter, während Tosca weiterhin mit großem Ernst den Inhalt des Korbes vor ihnen ausstreute.

»Mir kann es gar nicht schnell genug gehen!« Carlos wandte sich Stella zu, küsste sie auf den Hals und flüsterte: »Ein bisschen Tradition muss sein.«

Sie sah ihn mit hochgezogenen Augenbrauen an und schaute schnell an ihrer Taille herab.

»Keine Angst, man sieht es noch nicht!«

Sie stiegen eine weitere Treppe hoch.

»Ohne meinen Freund Nico hätte ich nie diese Laufbahn eingeschlagen«, sagte Manuele gerade zum Baron, als sie den zweiten Stock betraten.

»Wir brauchen dich da in Rom«, bestätigte Carlos. »Unser Land braucht uns. Ich werde Richter, Stella geht in den Bausektor, du beobachtest die Politik. Wir schmieden unsere Allianz!«

Alle drei standen plötzlich zusammen, ihre Hände trafen sich, legten sich übereinander, als ob sie einen Pakt besiegeln wollten. »Auf die Allianz!«

»Auf die Allianz!«

»Kinder, was für ein ernstes Thema an so einem herrlichen Frühsommertag!« Imma war zu ihnen gestoßen und drehte sich einmal im Kreis, sodass der Rock ihres ausgestellten Kleides hochwirbelte. Sie warf Manuele einen kleinen Blick zu, gerade so lang, dass selbst er ihn nicht für zufällig halten konnte, und tat dann, als ob sie Tosca fangen wollte, die kichernd vor ihr davonlief.

»Und das ist mein Zimmer«, rief die Kleine und rannte in den nächsten hohen Raum. »Schau mal, Fische, überall Fische und das Meer und Seeschlangen!«

»Meine Güte, seht euch das an!«

»Das schönste Zimmer habt ihr *ihr* gegeben?«

Die Gesellschaft war zum Halten gekommen und starrte mit offenen Mündern an die herrlich leuchtenden Meeresfresken hoch oben an der Decke. Imma stand plötzlich neben Manuele und fasste ihn wie zufällig am Arm, während sie nach oben schaute. Stella sah, wie seine Augen überrascht aufleuchteten.

»Und in diesem großen Bett schläfst du ganz alleine?«, fragte er die kleine Tosca, drehte sich aber gleichzeitig zu Imma und guckte sie verträumt an.

»Mama ist ja nebenan. Ich kann jede Nacht zu ihr, auch wenn ich bald ein Schulmädchen bin!«

Stella nickte lächelnd.

»Warum ist da oben immer noch ein Riss?«, fragte der Baron.

»Und warum ist der golden?«

»Ist das denn sicher?«

Die Gäste zeigten sich gegenseitig den gezackten Streifen, der sich wie ein Blitz durch das aufgemalte Meer zog.

»Davon hast du mir gar nichts erzählt, *amore.*«

Stella trat mit ihrem frisch angetrauten Ehemann etwas beiseite. »Ja. Da ist ein Riss mitten im Bild. Mitten im Meer«, sagte sie leise. »Er war früher schon da, und ich habe ihn extra nicht verschwinden lassen, sondern nur mit Gips aufgefüllt und die Linie dann vergoldet.«

»Sag mir nicht, du hast da auf dem Gerüst unter der Decke geklebt.«

Ihr Blick sagte ihm, dass es genau so gewesen war.

Carlos stöhnte. »Dich kann man auch nicht für zwei Minuten alleine lassen ...«

»Ich musste das selbst tun! Dieser Riss steht für etwas, das sich durch mein ganzes Leben ziehen wird und auf immer zu mir gehört. So wie Nico. So wie Tosca. So wie du!«

Danksagung

Ich liebe es, ausführliche Danksagungen von anderen AutorInnen zu lesen, und auch eigene zu schreiben, doch diese hier wird kurz!

Denn im Sternenboot, dem ersten Teil dieses Romans, habe ich schon alle lieben Menschen aufgezählt, die mir bei der gesamten Geschichte geholfen haben.

Noch einmal erwähnen und ganz besonders danken möchte ich aber Gianni Trovato, dem wahren Architekten des Grabmals, der mir Auskunft über sein Studium in den frühen Sechziger Jahren in Palermo gab.

Der Architektin Anette Speiser, die ihr Wissen auch noch in wunderbar verständliche Worte für mich gekleidet hat.

Meinen Erstleserinnen von lovelybooks: Nina, Anja, Susanne und Sabine. Ihr wisst nun: Gerade die unglaublichsten Sachen, sind mir auf Sizilien so erzählt worden …

Danke an meine Beraterinnen aus dem wahren Leben, unbestechlich und dennoch meinen Texten wohlgesonnen: Stefanie Roge und Claudia Prinzen.

Und natürlich Maria!

Du warst die Erste, die mir von Enzo Messina erzählt hat.

Wie oft haben wir wegen dieser wahren Geschichte geweint.

Du allein hast sie erst zum Blühen gebracht.

Grazie mille!

Ti amo.